Viola Alv

Viola Alvarez, in Lemgo, Westfalen, geboren und in Detmold aufgewachsen, ging nach dem Studium der Germanistik, Geschichte und Skandinavistik als Dramaturgin zum Theater nach Hamburg. Zusammen mit ihrem Mann schrieb sie ein Buch über indianische Heilmethoden. Viola Alvarez lebt in der Nähe von Köln und veranstaltet Seminare zur Persönlichkeitsentwicklung.

Viola Alvarez

Das Herz des Königs

Das schöne und traurige Leben
von Marke Herrscher zu Tintâgel
von ihm selbst erzählt

BLT

BLT
Band 92 187

1. Auflage: August 2005

Für Walter Blank

In diesem Roman
werden bisweilen Motive
aus den mittelalterlichen Tristan-Romanen
Eilharts von Oberge
und Gottfrieds von Straßburg verarbeitet.

Vollständige Taschenbuchausgabe
der im Gustav Lübbe Verlag erschienenen Hardcoverausgabe

BLT und Gustav Lübbe Verlag in der Verlagsgruppe Lübbe
Originalausgabe

Lektorat: Daniela Bentele-Hendricks
Umschlaggestaltung: Guido Klütsch, Köln
Autorenfoto: © privat
Satz: Kremerdruck GmbH, Lindlar
Druck und Verarbeitung: GGP Media GmbH, Pößneck
Printed in Germany
ISBN 3-404-92187-9

Der Preis dieses Bandes versteht sich einschließlich
der gesetzlichen Mehrwertsteuer.

Erster Teil

DER WEG ZURÜCK

Cornwalls Chronik (Auszug)

... ez hat gar niemand gewuszt, was füer ein Leides den Küneg hat bevallen, daz war an einem Tage im Summer, als er sô krank fiel, dasz wir dachten, er müesst sterben noch ê der nächste Mond voll ward. Doch er lebet und kann niht herrschen, er lebet und kann niht sterben und ganz Kurnevals ist voll der truire, Fride unde Reht sind swach, Gevalt fäert uf allen straszen. Dâ kommen die Magi und Wîsen, doch keiner kann sagen, was den Küneg gezund wird machen.

(Niemand wusste, woran der König erkrankt war. Es war mitten im Sommer, als er so schwer erkrankte, dass wir befürchteten, er müsste noch vor dem nächsten Vollmond sterben. Aber noch lebt er, auch wenn er nicht regieren kann, er lebt und kann nicht sterben, und ganz Cornwall trauert, Friede und Gerechtigkeit sind in Gefahr, auf den Straßen herrschen gewaltsame Zustände. Viele Ärzte und Heilkundige hat man gerufen, doch auch sie wissen sich keinen Rat, wie der König genesen könnte.)

Erinnerungen

Ich habe in meinem Leben viele Männer auf der Folter gesehen. Es sind grausame Erinnerungen, und heute kann ich mich nicht einmal mehr von der angeblichen Notwendigkeit überzeugen, die all diesen scheußlichen Handlungen zugrunde gelegen haben soll. Mein Geist zerfasert sich ohnehin, doch nicht dergestalt, wie ich es mir wünschen würde. Es ist kein friedlich dumpfes Dahindämmern, eher ist es so, als ob ein Seil sich in die verschiedenen Stränge aufzwirbelt, aus denen es gedreht wurde.

Erinnerungen an die Folter so vieler fremder und vergessener Männer sind nur ein verschwindend kleiner Teil dieses endlosen Taus, das Gott nicht die Gnade hat abzuschneiden. Dabei weiß Gott genau, wie sehr ich auf das Sterben warte, ich erzähle es ihm in jeder Minute.

Die Folterungen, deren Zeuge ich war, waren grausame Akte menschlicher Gewalt, brutal und roh, Spiegelungen der Verbrechen, für die sie angesetzt und ausgeführt wurden, oder barbarische, aber wirkungsvolle Mittel, um Gefangenen Kriegsgeheimnisse zu entreißen.

Doch jetzt, wo ich hier liege, im achten Monat meiner Starre, unfähig, mich zu bewegen, oder auch nur aufzurichten, weiß ich, dass in dieser Bewegungslosigkeit eine ganz andere, wirksamere Form der Qual liegt. Ich starre auf die Ritzen im dunklen Mauerwerk, ich fahre jede Unebenheit zwischen dem Boden und der Decke mit meinen Augen ab, ich sehne mich sogar nach der Berührung des Staubs, der sich auf meinem Bett angesammelt hat.

Dann denke ich daran, wie es gewesen ist, Stein oder Holz mit den Fingern zu fühlen, die Form nachzufahren, zu spüren, ob etwas kalt oder warm ist. Wenn ich die Augen schließe, kann ich meine Fingerspitzen fast bis zu diesen Momenten glückseliger Nachlässigkeit zurückbegleiten, als ich einfach etwas berührte, ohne darüber nachzudenken, dass ich es konnte. Denn so sehr ich auch will, ich kann mich nicht rühren. Und das ist Folter, grausame unbarmherzige Tortur. Sie ist in sich unvergleichlich, aber doch den unzähligen Blendungen und Verstümmelungen, die in meinem Auftrag, auf meinen Befehl hin in den letzten fünfunddreißig Jahren geschehen sind, weit überlegen. Ich würde nun jedem alles erzählen, alles versprechen, jedes Geheimnis, jeden Schwur verraten und jeden Eid leisten, wenn ich mich nur einmal mit eigener Kraft aufrichten dürfte. Manchmal stelle ich mir vor, wie es sein würde.

Wie ich zuerst die Muskeln im Nacken in vorsichtiger Erwartung anspanne, langsam den Kopf vorbeuge, die Schultern hinterher schiebe und dann wie ein Farn meinen Körper nach vorne rolle, um mich schwer atmend aufzusetzen. Ich stütze mich mit der rechten Hand ab und greife mit der linken Hand nach dem unteren Bettpfosten. Und dann spüre ich Holz. Meine Finger erinnern sich, ich spüre es in der ganzen Handfläche, es ist sicher schlüpfriger, als ich es erwarten kann. Und darum müssen sich meine Finger noch fester schließen, sodass ich nicht abrutsche und all meine Mühe vergebens ist. Ich ziehe mich ein Stück weiter hoch und setze zuerst den linken Fuß auf den Boden.

Die riesigen Steinplatten sind eiskalt, aber meine Füße sind seit Monaten wie abgestorben, egal wie viele heiße Ziegel oder Kupferflaschen sie mir bringen. Deswegen suche ich nur kurz Halt und setze dann den rechten Fuß auf. Ich habe genau geplant, wie ich einmal noch ausatme, bevor ich mich dann hochziehe, um endlich zu stehen. Ich werde stehen. Keuchend, wacklig, würdelos, aber ich werde stehen. Ich werde den Rücken trotz der Schmerzen und des Unbehagens nicht strecken, um meinen Fortschritt nicht zu gefährden. Vornübergebeugt bewege ich mich Fuß um Fuß zur Mauer. Ich strecke die rechte Hand aus und fasse die unebenen Vorsprünge des Mittelsteins.

Er ist feucht, glitschig vom Moder und Schimmel, aber ich kann ihn fühlen. Und dann bin ich auch schon nahe genug am Fenster, dass ich diesen elenden Samtvorhang beiseite reißen kann, hinter dem ich Morgen und Abend, Mittsommer und Winter nicht zu unterscheiden weiß. Ich werde das Fenster öffnen, unachtsam, gierig, vielleicht wird das teure römische Glas darin brechen. Wenn schon.

Und dann werde ich endlich wieder das Meer sehen.

Ich hätte gern, dass es gerade Dämmerung ist. Ich wünsche mir eine ungezähmte See, grau und aufgeschäumt, endlos und wütend, ohne einen klaren Übergang zum tiefen Himmel über Cornwalls Küste. Ich will sie laut, mit brüllenden Wellen und fliegender Gischt. Diese reine Kälte wird mich erfrischen, während mir der Seewind Tränen in die Augen treibt und sie sogleich wieder abtrocknet. Ich atme den unbarmherzigen Wind ein, lasse ihn durch mich hindurchfegen, fühle die Luft, ich bin die Luft und die See.

Und dann werde ich mich an nichts mehr erinnern, ich werde an nichts mehr denken. Ich werde mir nichts mehr wünschen. Ich werde nur noch atmen, das Meer eintrinken und sterben. Und alles ist gut.

Aber egal, wie oft ich es mir ausmale, egal, wie sehr ich dafür bete, Gott lässt mich nicht gehen.

Ich habe drei Priestern alle Sünden gebeichtet, an die ich mich noch erinnern kann. Einer war frömmer als der andere, aber es hat nichts genutzt. Sie haben sogar meinen alten Freund, den Bischof von Salisbury, die Reise bis hier zur Küste machen lassen, weil sie hofften, es ginge mit seinem erhabenen Segen schneller zu Ende als unter dem schlechten Latein unserer Provinzpriester. Doch vergebens. Es tut mir Leid um seine alten Knochen, älter noch als meine. Er sorgt sich sehr um mich. »Du musst gesund werden, Marke«, hat er gesagt, »spätestens zum Mittsommer gehen wir dann zusammen tanzen.« Ich hoffe dagegen, bis zum nächsten Mittsommerfest mausetot zu sein.

Nur, irgendetwas lebt noch in mir, das zu stark und lebendig ist, als dass ich damit sterben könnte. Inzwischen rede ich mir gerne ein, dass es egal ist, wie lange ich noch auf den Tod warten muss, ich würde nur einmal gerne noch das Meer sehen. Aber wenn ich erst damit anfange, Wünsche zu haben, werde ich nur noch elender. Es gibt so viel, von dem ich mir wünschte, dass es geschehen, noch mehr, von dem ich mir wünschte, dass es ungeschehen wäre. Keiner der armseligen drei Dorfpfaffen, noch mein lieber Bischof können daran etwas ändern. Nur Gott, an den ich immer geglaubt habe.

Vielleicht hat mein Leben deswegen so lange gedauert, weil ich die wirklich wichtigen Entscheidungen auch immer Gott überlassen habe. Ob das gut war, kann ich nicht sagen. Ich will mich nicht versündigen, doch ich weiß, wie schwer es ist, immer das Richtige zu tun. Ich habe so viel gefehlt in meinen viel zu langen Jahren, und schlimmer noch, so viel Unsinniges getan, dass ich Gott nichts vorwerfe.

Unten in der Halle versammeln sich täglich mehr und mehr Schranzen, die auf mein Ableben warten, vorher aber noch darauf, von mir zum neuen König ernannt zu werden, oder sie warten darauf, vom neu ernannten König mit einem Amt, einem Lehen oder einer bezahlten Fahrt beauftragt zu werden. Der Herzog von Bristol ist sich seiner Sache ganz sicher.

Und da ich schon einen weiteren Tag nicht sterbe, nicht sterben kann, warten sie alle weiter, und das mit verbissener Geübtheit. Die Geduld, mit der sie auf mein Sterben warten, übersteigt die meine bei weitem. Sie fressen uns die letzten Vorräte weg, und im Weinkeller lassen sie nur noch Essig übrig. Cornwall ist arm geworden.

Auch da mache ich mir nichts vor. Solange ich konnte, habe ich ein gutes Haus geführt. Tintâgel war groß, unter meiner Herrschaft größer und reicher als jemals zuvor. Wir hatten auch im Winter Musikanten und manchmal tanzende Frauen aus dem Süden.

Aber ich verliere mich in der Vergangenheit. Heute Nacht hatte ich ein schweres Fieber und quälende Träume.

Ich bin noch nicht alt genug, dass ich mir selber nicht mehr auf die Nerven gehen würde, wenn ich beginne, meine Erinnerungen wie spelzigen Gerstenbrei wiederzukäuen. Ich bin erst sechsundfünfzig Jahre alt, manche leben gute zwanzig, dreißig Jahre länger.

Doch in meiner Familie sterben die Menschen jung. Schon mit fünfundzwanzig war ich der einzige Überlebende der Königssippe von Cornwall, das hat mich in den Augen aller alt gemacht, bevor ich noch eine Falte hatte oder am Stock gehen musste. Das und die Heirat mit Isolde.

Ich will nicht an Isolde denken.

Viele glauben noch immer, dass mich der Schmerz zerreißt, die unerwiderte Liebe, die gekränkte Eitelkeit des gehörnten, ältlichen Ehemannes. Das ist alles Unsinn. Beim Gedanken an diese halbgare irische Gans empfinde ich nichts als die grenzenlose Langeweile, die mich schon überkam, als ich sie zum ersten Mal sah und mich schweren Herzens mit dem Gedanken vertraut machen musste, dass dieses dümmliche junge Ding an meiner Seite Königin sein würde.

Isolde würde sich leicht vergessen lassen. Sie war Zeit ihres unseligen Lebens nur eine Schnatterliese ohne Sinn und Verstand, ich glaube, dass sie in den vier Jahren unserer Ehe in ihrem Herzen nie einen Tag älter geworden ist als die siebzehn Jahre, die sie bei unserer ersten Begegnung zählte. Isolde hätte für keinen wirklichen Mann mehr sein können als eine ungenaue Erinnerung an ein plapperndes Kind, süchtig danach, gesehen und beachtet zu werden.

Doch der Gedanke an Isolde ist untrennbar verbunden mit der Erinnerung an die Frau, die wie eine Welle über mich hingespült ist und Land genommen hat. Die Frau, deren Mann ich gewesen bin, die meine wirkliche Königin war.

Brangaene.

Von Michaele de Zwyyntek, Majordomus von Tintâgel zu Cornwall, an die ehrwürdige Äbtissin Perpetua des Klosters zur guten Pforte bei St. Materiana:

Im Namen unseres Herrn JESU CHRISTI etc.

… erlaube ich mir, an Euer Ehrwürden mit der Bitte heranzutreten, dem König an seinem Sterbebett (verhüte GOTT, dass dem unabweichlich so sei) eine Eurer Laienschwestern zur dauerhaften Pflege bereitzustellen. In tiefem Gram verharren wir in ungebrochener Hoffnung auf seine baldige und zweifellos vollständige Genesung, so GOTT will.

Doch einstweilen, wie Ihr wisst, ist der edle Herrscher noch immer gefangen unter dem Bann seiner zehrenden Krankheit, gegen die alle Ärzte ratlos sind, und auch die heiligen Sakramente, die seine Majestät empfangen, mehrfach empfangen, vermochten keine Linderung zu bringen.

Der König befindet sich seit nunmehr fast neun Monaten in dieser körperlichen Starre, wie sie sonst nur die Toten befällt.

Dabei scheint er bei recht klarem Bewusstsein, GOTT hat ihm noch nicht die Sprache genommen, wofür wir sehr dankbar sind, hat seine Majestät doch in seiner Weisheit und in seinem festen Vertrauen auf GOTT DEN HERRN, der ihn sicherst genesen lassen wird, noch keinen Nachfolger benannt. Es gibt keinen Thronanwärter mehr, den die Räte sonders annehmen würden, der Cornwall führen und vor den Habgierigen schützen werde, wenn dereinst unser König nicht mehr bei uns weilen, sondern zu Füßen des HERRN sitzen mag.

Zu meinem Anliegen: Die Knechte werden seiner Pflege nicht mit der rechten Aufwartung gerecht, und wir fürchten, dass er, falls ihn abermals ein Fieber befalle, vor den Dienstmännern und Mägden Dinge des Staates sagen mag, die ihnen zu Ohren nur Unheil und Wirrnis stiften könnten.

Deshalb bitten wir Euer Ehrwürden höflichst um die Übersendung einer der Laienschwestern im Schweigegelübde, namentlich der Frau, die als *Brangaene von Irland* dereinst mit unserer leidvoll verschiedenen, viel geliebten Königin Isolt mit den Goldenen Haaren von der Insel kam.

Bevor unsere Königin so schrecklich und zu früh ohne Erben verstarb, wurde die Besagte der Liebe zum Herrn JESUS wegen in Euer Kloster eingeführt.

Ich entsinne mich dessen, weil ich damals die Ehre hatte, sie durch eine Garde eskortieren zu lassen, als ihr Wunsch, dem Herrn im Schweigen zu dienen, sich nicht mehr bezähmen ließ.

Die Dame Brangaenen genoss des Königs Vertrauen, und wenn er ihrer Pflege anheim gestellt wird, so glauben wir auf eine schnellere Genesung hoffen zu können.

Ich erinnere Euer Ehrwürden zu diesem Zeitpunkt auch noch einmal demütig an die Schenkung, die ich als armer Sünder und bescheidener Diener des HERRN vor knapp einem Jahr zeitgleich mit dem Einzug der Frau Brangaene dem Kloster machte, um ihrem Wohlergehen und der Gewährleistung ihres Wunsches nach frommem Schweigen gerecht zu werden. Ich bin sicher, dass sich die ehrwürdige Mutter in ihrer Weisheit erinnern werden. Ich bitte demzufolge untertänigst um ihre schnelle Übersendung nach Tintâgel in den nächsten Tagen.

Ich entbiete im Namen des HERRN etc.

Michaele de Zwyyntek de Cornwallis, Haushofmeister seiner erhabenen Majestät, Marke Rex, Fürst und Herzog von Cornwall, Herrscher zu Tintâgel über das Waliserland. (Siegel)

Der Fluss

Ich wurde vor sechsundfünfzig Jahren zur Hälfte des zweiten Monats nach Mittsommer geboren, in dem Jahr, nachdem die Nordvölker Tintâgel für drei Monate belagert und nicht hatten einnehmen können. Meine Mutter war Cornelia Juvenea, die Enkeltochter des letzten römischen Statthalters des Grenzwalls im Süden, mein Vater hieß Marcus Valerius wie ich. Er war Lehnsherr über Tintâgel, unter der Gnade des letzten Kaisers zum König gekrönt, bevor die Römer genug Schwierigkeiten mit sich selbst hatten und uns unseren eigenen Streitigkeiten überließen.

Es waren für Britannien die Jahre der Nordvölker und Sachsen. Scheußliche Jahre, doch Tintâgel liegt am anderen Ende der Welt.

Die Menschen hier sterben nicht durch Krieg, eher durch Langeweile, scherzten die Bauern, bevor sie es besser lernen mussten. Denn die Iren hielten ihre Beutezüge damals noch weiter nördlich ab, sodass der große Krieg, der uns so viele Jahre Leid brachte, in weiter Ferne lag.

Es ist schwer, auf ein Leben zurückzublicken, ohne der Versuchung zu erliegen, es so aus erhabener Ferne zu sehen, wie man einen Fluss im Tal von einem Hügel aus sieht.

Wenn jemand nahe vor einem Fluss steht, scheint dieser unendlich lang und breit, kaum zu überwinden. Und obwohl wir wissen, dass er von einer Quelle kommt und auf eine Mündung hinfließt, erkennen wir doch nur das Stück, vor dem wir stehen, seine rauschenden und dennoch stehenden Wasser. Vom Hügel aus aber sehen wir einfach einen Fluss, wie er sich durch die Landschaft windet, sich einfügt in seine Umgebung.

In meinen frühen Jahren habe ich vor so vielen Flüssen

gestanden, einer erschien mir breiter als alle zuvor, und der nächste wieder und wieder. Jetzt vom einsamen Hügel meiner stillen Tortur, sehe ich alle diese Flüsse, wie sie sich zu einem einzigen Strom vereinigen, der auf ein Ziel zuführt, auf die Frau, die mein Meer wurde. Auf Brangaene.

Ich werde versuchen, die Flüsse wieder zu sehen, wie das dumme Kind, das ich war, als ich vor ihnen stand. Ich werde mir Zeit nehmen, alle diese Flüsse noch einmal zu überqueren. Vielleicht lassen sie mich ein zweites Mal bei ihr ankommen.

Als Kind sah ich meinen Vater als einen Helden, unverwundbar, tapfer und ohne Fehler. Er war zu selten zugegen, als dass er mir in seinem kurzen Leben anderes hätte beweisen können. Als er starb, war ich gerade zu den Zieheltern gekommen. Meine Erinnerungen an die Eltern sind schwach, oft vermischt mit den Wunschbildern des Mannes späterer Jahre, der es eilig hatte, mit der Erinnerung an beide seinen Frieden zu machen. Die Bürden meines Standes erschienen mir bisweilen so groß, dass ich sie nur tragen konnte, wenn ich mir fabulierte, beide Eltern wären mit besonderen, übermenschlichen Gaben ausgestattet gewesen. Diese Gedanken brauchte ich, damit ich nicht wankte unter der Vielzahl von Hindernissen, die sich mir in den Weg stellten. Aber inzwischen bin ich klar genug, mir einzugestehen, wie wenig ich über diese beiden Menschen weiß, wie fern sie mir sind.

Sind die Hände, an die ich mich erinnere, wie sie mich im Bade hielten, die Hände meiner Mutter oder die einer der Zofen und Kammerfrauen? Wem gehört das Lachen, das mir jedes Mal ein Gefühl im Bauch schenkte, als hätte ich frische heiße Milch mit Honig getrunken? Ich wünsche mir heute mehr denn je, dass es das Lachen meiner Mutter war, doch ich sehe nicht einmal mehr ihr Gesicht vor mir. Die Erinnerung daran verschwimmt vor meinen Augen wie eine der kostbaren Miniaturmalereien im neuen Gebetbuch des Bischofs, das er mir bei seinem nutzlosen letzten Besuch zeigte, in der freundschaftlichen Hoffnung, mich aufzuheitern.

Klarsichtig ist mir einzig die Erinnerung meines Herzens an etwas Schönes und Warmes und ein Frauenlachen, das solch ein Glück in sich klingen ließ, dass ich bete, es möge wirklich meiner Mutter gehört haben, und dass es mein Vater war, der sie so zum Lachen brachte.

Später habe ich mich nie, nach keinem Sieg, den ich errungen hatte, nach keiner Intrige, die ich sinnlos gewonnen hatte, nach keiner Beute, die ich einbrachte, nach keinem Vertrag, den ich listig zu Ungunsten eines anderen abschloss, größer und mächtiger, nie mehr als ein wirklicher König gefühlt, als wenn ich es vermochte, durch einen Scherz oder durch eine unbeabsichtigte Ungeschicklichkeit Brangaene ihr wunderbares Lachen zu entlocken, dieses Lachen, das nur ich kannte, bei dem sie den Kopf in den Nacken warf und es aus sich herausprasseln ließ, ein tiefes und unhöfisches Lachen, ein Lachen reiner Lebensfreude.

Einmal bin ich geprügelt worden, weil ich aus der Aufsicht der Frauen fortgelaufen und in den Schweinestall geklettert bin.

Es war mein erstes großes Abenteuer, doch sicher keines von großer Weite. Wenn mich auch bisweilen mein Gedächtnis im Stich lässt, so weiß ich aus der harten Arbeit späterer Jahre, aus den unbestechlichen Büchern, die meine Haushalter, Schatz- und Stallmeister geführt haben, dass Tintâgel damals nicht mehr als ein etwas größerer Bauernhof mit römischen Mauern drum herum war. Die Hühner liefen den Frauen bei der Spinnarbeit um die Füße, und draußen waren die Schweine im Sommer frei, weil sie die Ratten besser einfingen, als es eine Legion von Katzen je vermocht hätte. Als ich an diesem Tag zu den Schweinen lief, wollte ich mir die neuen Ferkel ansehen, von denen die Magd geredet hatte. Ich weiß nicht, wie alt ich war, doch war ich gerade so groß, dass ich ein Bein auf den Futtertrog legen und mich so über das Hindernis, das zwischen mir und dem Ziel meines Abenteuers stand, hinwegziehen wollte. Aber meine unerfahrenen kleinen Finger rutschten am klammen Stein ab, und ich landete im Schweinetrog inmitten des Gestanks fauliger Rüben und feuchten Roggenschrots, hilflos, überrascht und wütend, als ich das neugierige Schnauben der sich erhebenden Muttersau hörte, wie sie sich schmatzend und behäbigen Trittes dem Trog näherte. Gelähmt vor Schreck, konnte ich mich nicht rühren, ich hörte sie und wartete atemlos, bis sie ihren blassen riesigen Kopf über den Rand der Steinwanne geschoben hatte und mit ihren feucht-schmierigen Nüstern nach mir schnüffelte.

Ich streckte meinen kleinen Zeigefinger nach dem Tropfen aus, der unter ihrer Schnauze zitterte, ich stellte mir vor, dass es ein wertvoller Stein wäre, und sehe genau vor mir, wie er geheimnisvoll funkelte in der trüben Dunkelheit des Stalles.

Die Sau verharrte vor mir. Ihr warmer Atem, den sie nebelhaft ausstieß, stob mir ins Gesicht, als ich mich roh gepackt und aus dem Fraß herausgerissen fühlte.

Unter einem Hagel von plötzlichen Fluchworten und Schmähungen fing ich laut an zu heulen, hing dann baumelnd über einer hohen, unbekannten Schulter und landete kaum ein paar Dutzend Schritte später vor den Füßen meines Vaters in der großen Halle.

Der Mann, der mich von der Sau, meiner Entdeckungsfahrt und dem Anblick der kleinen Ferkel weggerissen hatte, sagte laut etwas wie: »Euer Kleiner will bei den Schweinen liegen, König Marcus, es ist wohl besser, dass Ihr ihn beizeiten lehrt, dass sich ein König eine andere Gesellschaft sucht, sonst mag es übel ausgehen.«

Er lachte hämisch, wischte sich dann seine Hände an den Beinen ab und fluchte, dass ich stänke wie hundert tote Sachsen an einem warmen Sommertag.

Noch immer war ich stumm und starr, unfähig zu begreifen, was geschehen war.

Da aber packte mich mein Vater, warf mich über seine Knie und hieb auf meinen stinkenden kleinen Körper mit der ungebremsten Kraft eines Streiters und Schwertführers ein. Ich jaulte laut auf vor Schmerz, und ich hörte ihn, wie er rief, ich solle ruhig heulen. Da ich offenbar sehr dumm sei, so dumm, ein Schwein anschauen zu wollen, wolle er so lange weiterschlagen, bis ich wüsste, dass ein König nicht weint und dass ein König nichts mit Schweinen zu tun haben will. Er hielt sein Versprechen. Ich heulte lange, doch er schlug mich länger, bis ich keinen Ton mehr von mir gab, nur noch zitternd und weh auf seinem Schoße hing.

Da setzte er mich in meinem Kittel auf den kalten Boden vor die erloschene Feuerstelle.

»Warum müssen Kinder so klein und nutzlos sein? Warum muss man überhaupt Kinder haben?«, grollte er im Weggehen. Mein kleines, blankes Hinterteil war heiß, schmerzte furchtbar und fand nicht einmal Linderung durch die Kühle der Steine.

Der Wunsch, laut zu jammern, um etwas von der tosenden Pein aus meiner Kehle entweichen zu lassen, stieg wieder in heilsamem Versprechen in mir auf, doch die Furcht, dass mein Vater mich hören könnte und zu neuen Schlägen zurückkehren würde, war ungleich größer. Ich hustete gegen den Druck auf meiner Brust, das Stechen hinter meinen Augen an, bis ich spürte, wie der Schmerz verebbte.

Dann weiß ich nichts mehr.

Ich vermute, dass meine Mutter oder eine der Frauen mich gewaschen und getröstet hat, dass die Wundheit schnell verheilte und ich um die Schweine einen großen Bogen machte.

In den harten Wintern damals standen die Kühe und Pferde in der großen Halle, und die Läuse und Flöhe schienen sich auf uns wohler zu fühlen als auf dem Vieh.

Vielleicht war es ein Flohbad, an das ich noch zurückdenken kann. Das Plätschern des warmen Wassers in einem runden Zuber, in dem ich jetzt so gerne meine eisigen Füße baden würde, aber nicht mehr kann. In der Erinnerung kann ich die Wärme an meinem Bauch spüren. Ich erinnere mich auch genau an eine Frauenhand, die mir Wasser über den Kopf schöpft, mich kitzelt und dabei ein Lied singt:

»Klein Marke wird ein großer Held, klein Marke wird ein starker Mann«, immer wieder, diesen anspruchslosen selbst gezimmerten Vers zu einer einfachen kleinen Melodie, die ich bald überzeugt genug mitzusingen wusste.

Ich, Klein Marke, der große König, der jedoch viel zu lange nicht wusste, was es hieß, wirklich ein Mann zu sein, weniger noch, was es bedeutete, ein Mensch zu sein.

Ich bin so müde.

Ich bin dieses Lebens oder besser dieses Sterbens so überdrüssig. Der Stallknecht, der kommt, um meine Liegegeschwüre mit einem viel zu groben Lappen zu waschen, wirft mich hin und her wie einen Heuballen, und die Küchenmagd, die mir den elenden Gerstenbrei, den sie offensichtlich für die rechte Krankennahrung halten, mindestens einmal am Tage einfüttert, kann nicht aufhören, sich dabei ständig die Nase zu wischen.

Wer hätte es gedacht in den Tagen, da ich mich aufschwang, vielleicht sogar der Großkönig Britanniens zu werden, dass ich einmal hier liegen würde, versteinert und hilflos und wieder so dumm wie der Knirps, der bei den Schweinen Freundschaft suchte. Ich war ein hochfahrender Mann, ich war stolz und ich war es zu Recht. Ich bin ein gerechter König gewesen, ein tapferer Krieger. Ich habe mein Volk nicht geschunden oder verhungern lassen, um meine eigene Größe zu nähren. Als ich gerade König geworden war, sang man schon Lieder auf mich, und mir sind mehr Fürstentöchter und adlige Frauen zur Heirat angeboten worden, als ich selbst sagen könnte, ohne mich wie ein Aufschneider zu fühlen.

Aber jetzt? All das scheint wie ein Traum, undeutlich vergangen. Der Reichtum, den ich errang, ist verzehrt.

Die Schlachten, die ich schlug, haben uns keinen dauerhaften Frieden gebracht. Die Gebiete, die errungen und gesichert waren, sind entweder abtrünnig geworden oder verwüstet.

Und was die Lieder angeht, habe ich mir in meiner Jugend sicherlich darin gefallen, Lobpreis zu hören, mich wie eine Sagengestalt verehrt zu finden. Doch wieder sehe ich den Fluss von einem Hügel aus und habe begriffen, dass mein Verdienst hauptsächlich darin bestand, nicht so grausam, tückisch und gierig zu sein wie die meisten anderen Herrscher. Man hat mir die Lieder nicht für das gesungen, was ich tat, sondern wohl für das, was ich nicht getan habe – und dies scheint mir kaum eine Errungenschaft. Seit der Affäre Tristans mit meiner jungen Gemahlin Isolde gelten die Lieder ohnehin nur noch den beiden. Ich bin so etwas wie der böse Unhold, der eifersüchtige Ehemann, der die Liebenden trennte. Wenn ich es könnte, ohne an einem Hustenanfall zu ersticken, würde ich gerne hin und wieder darüber lachen. Die Leute glauben, was sie wollen. Ich habe das wesentlich eher begriffen als mein Haushofmeister oder auch der gute Bischof, die immer noch versuchen, dem Volk zu sagen, was es zu denken hat. Der strahlende Held und gute König ist nun also der grimme Alte, der ein liebendes Paar auseinander zu halten sucht, wie in einer Jahrmarktsposse. All das tägliche Streben, das Sich-groß-Hungern, die vielen kleinen Finten und Intrigen langen zu nichts als der Erkenntnis ihrer Vergänglichkeit und Vergeblichkeit.

Es kommt mir vor, als hätte ich einen unendlich langen Tag gekämpft, wäre am Abend als unbestrittener Sieger zum Lager gegangen und wache nun am Morgen auf, um zu sehen, dass es weder eine Schlacht noch einen Triumph gab, sondern nur unverrichtete Arbeit, die jetzt auf einen anderen wartet.

Der Haushofmeister kommt schon wieder. »Wie fühlen sich Euer Majestät heute? Ist die ersehnte Besserung eingetreten?« Jeden Tag erscheint er morgens und abends, er ist mir das einzige Stundenglas geworden, das ich noch lesen kann. Triefend vor Mitgefühl, welches er sich direkt vor der Tür noch anzwingt, tritt er ein, und an seinen Demutsbekundungen lese ich die Zeit ab, die mir von Tag zu Tag neu berechnet wird. Wenn ich für halbtot erklärt bin, wohl daran gemessen, dass ich so gut wie nichts aß oder dass sie meine Ausscheidungen von irgendeinem Quacksalber untersuchen lassen, so bin ich der »edelste aller Herrscher«, wenn sie mir noch unbestimmte Zeit einräumen, zischt er mir beim Aufrichten aus seiner stetig despektierlicher werdenden Verbeugung nur ein »Sire« zu.

Heute bin ich also »Majestät«, das heißt wohl, es geht mir ganz gut.

Er führt etwas im Schilde, und wenn ich auch nicht weiß, was es ist, so weiß ich doch, diesen in seiner Gesinnung allzu geschmeidigen Mann niemals zu meinen Freunden zu zählen.

Die Äbtissin Perpetua des Klosters zur guten Pforte bei St. Materiana an Michaele, Majordomus zu Tintâgel, Cornwall, Statthalter des Regis Marke, etc.

... Möchten wir Euch freundlich versichern, Eurem Wunsch zu genügen. Doch mag es noch ein paar sieben Tage dauern, bis die Frau Brangaene von Irland wieder ganz hergestellt ist. Die fromme Seele hatte, wie Ihr vielleicht bedenkt, den Wunsch, GOTT nicht nur durch ihr Schweigen, sondern auch durch ihren Rückzug von der Welt zu dienen. So lebte sie seit unbestimmter Zeit, bald nach ihrer Ankunft hier unter unserem bescheidenen Dach, in der Einsiedelei, wo sie im Fasten und stillen Beten sicher den Segen des ALLMÄCHTIGEN erwarb.

Als wir nun auf Euren Boten hin sie aus ihrem bevorzugten stillen Aufenthalt herausreißen mussten, fanden wir sie recht siech und schwächlich vor, sodass ich sogar sagen kann, es ist für Euch ein rechtes Glück gewesen, diesen Boten nicht ein paar Tage später zu senden, da sie wohl schon bei unserem HERRN und Erlöser und ihrem Bräutigam dem HERRN JESUS CHRISTUS geweilt hätte. Nun bekümmern sich mehrere unserer erfahrensten Heilkundigen um sie, und wir beten, die Frau Brangaene binnen ein paar Wochen wiederhergestellt zu haben. Bedenkt immer, dass alles nach GOTTES Willen geschieht. Unser Schöpfer vergisst nichts.

Einstweilen gibt es hier so viel, um das wir uns sorgen müssen, denn das Wachs für unsere Kerzen wird in diesen langen Tagen nicht eben mehr, und es fehlet uns ebenso an Honig, da uns die Immen im Sturm des letzten Mais sonders gestorben sind. Zwar spricht DER HERR: SEHT DIE LILIEN AUF DEM FELDE, SIE SÄEN NICHT, SIE ERNTEN NICHT. Doch scheint Cornwall noch nicht unter dem gleichen Segen DES HERRN zu liegen wie die Felder, die sein Sohn erschaute.

Wenn der Herr Majordomus es also in seiner Macht sehen könnte, unseren unbedeutenden Beitrag zum Wohle des Königs wie immer im Dienste GOTTES durch eine kleine Gefälligkeit erleichtern zu können, würde dies von uns dankbar angenommen und sicher auch der Frau Brangaene in ihrer Genesung beihelfen.

Cornwalls Chronik (Auszug)

»Wurd im Jâr, da es das zwei und dreissigste des Küniges Marcus des Älteren, Gott behüete ihm sîne Sêle, gewest und das zwelfte sîner Herrschaft, sîn Sünelîn, dâz heisset Marcus ebene, zuo den Edelen Gordec und der Frau Berenice im Süden gesendet, da ez lernen sollt, wie ein Künige herrschet. Und ist doch im gelichen Jâr der Künig selbez am Fieber verstorben, gerad noch dass er hat durch Gottes gnad gesen, daz im sîn edele Küneginne hat ein Tochterlîn geborn, waz heisset Blanscheflur, daz meint diu Weisze Bluome …«

(Als der König Marcus der Ältere selig zweiunddreißig wurde, es war im zwölften Jahr seiner Herrschaft, wurde sein Sohn Marke in den Süden zu den Zieheltern, den Edlen Gordec und Berenice geschickt, um eine angemessene Erziehung zu erhalten. Im selben Jahr verstarb der König am Fieber, er lebte gerade noch lang genug, zu sehen, dass ihm eine kleine Tochter geboren wurde. Sie wurde Blanscheflur getauft, das bedeutet »Weiße Blume«.)

Der Königsweg

Der Abschied von Tintâgel, als ich mit sieben Jahren zu den Pflegeeltern geschickt wurde, war überschattet von der Krankheit meines Vaters. Es wusste keiner, was ihn befallen hatte. Er magerte ab und war von Leibschmerzen geplagt, die nicht durch gewärmten Wein, nicht durch fette und nicht durch magere Speise zu lindern waren. Selbst klares Wasser bereitete ihm große Pein, und meine Mutter, die mit meiner Schwester schwanger ging, war besorgt, ärgerlich und den Ratschlägen eines triumphierenden Haushofmeisters ausgeliefert.

Die Truhen für meine Abfahrt waren schon gepackt, da hörte ich, wie eine der Kammerfrauen, die meinen Vater betreute, wenn meine Mutter zu müde war, zu einer anderen sagte: »Es wird nicht mehr lange dauern. Auf dem gedeiht nicht mal mehr eine Laus.« Ich weiß noch, wie mich diese Ankündigung in dumpfe Furcht versetzte. Ich wollte meine Mutter nun umso weniger verlassen und hing an ihr, was sie als Eifersucht auf das neue Kind missverstand. Unwillig schob sie mich fort, sagte mir, ich sei zu groß für solch ein Gehabe und dass sie sich meiner schämen müsste. »Benimm dich wie ein Mann, Marke, nicht wie ein Kleinkind.«

Die Küchenmägde und Knechte machten sich über die Vorgänge auf Tintâgel ihre eigenen Gedanken und tuschelten viel über Zauberei oder Fluch, von denen mein Vater befallen sei. Manche gingen ins Dorf, um sich von den alten Frauen Schutzzauberamulette geben zu lassen. Ich erinnere mich auch an einen Streit, den meine Mutter mit dem Priester hatte, weil sie eine der Kräuterfrauen und Heilweisen kommen ließ, die damals nur noch im Verborgenen lebten.

Der Priester nannte meine Mutter eine Schande für ihren

Stand, eine Ungläubige, und prophezeite, das Kind, das sie trug, werde jung sterben, um ihre Schuld zu sühnen. »Ihr werdet sehen«, spuckte er, »es kann allein Übel von dieser Gottlosigkeit kommen!«

Es war eine ungeheuerliche Anklage.

Doch der Priester war allgemein ein missgestimmter Mann, er lebte mit zwei Frauen in einer Kate unten vor der Burg. Die beiden Gefährtinnen zankten, da er keine von beiden heiraten wollte, stetig darum, welche ihm näher stehe und auf seine Erbschaft rechnen dürfte.

Als er die Königin so unwirsch anfuhr, lernten er und ich in meinem Versteck eine Seite an meiner Mutter kennen, die mir heute eine der liebsten Erinnerungen an sie ist, und die uns beide im Moment unsäglicher Überraschung einte. Statt ihm Recht und nachzugeben, stemmte sie die Hände auf die Hüften und rief: »Jetzt haltet ein für alle Mal Euer dummes Maul, Pfaffe. Ihr habt nicht mehr Macht, mich und mein Kind zu verfluchen, als Ihr es über Eure zwei hässlichen Weiber habt. Geht mir aus den Augen, ich will Euch vor dem nächsten Sonntag nicht wiedersehen.«

Der Priester grabschte nach seinem Kreuz, holte Luft und drehte sich auf dem Fuße zum Gehen, begleitet von einer bedrohlich anschwellenden Wolke unterdrückten Lachens, das vom Gesinde, den Edlen und meiner Mutter zugleich schließlich erleichtert ausstob.

So wenig in diesem kleinen Gefecht zwischen dem Priester und meiner Mutter auch geschehen war, veränderte sich jedoch an diesem Tag die gedrückte Stimmung, die seit der Erkrankung meines Vaters über Tintâgel gelegen hatte. »Das Leben geht weiter«, sagten die Leute, und auch ich fühlte es genau. Auch wenn der König sterben sollte, das wussten wir in diesem Moment alle, waren wir doch nicht schutzlos und allein. Meine Mutter, Cornelia von Cornwall, würde zu herrschen verstehen. Ich war an diesem Morgen glücklich und sorglos, wie nur ein Kind es sein kann.

Am selben Tage, möglicherweise auf den Rat der Heilweisen

hin, ordnete meine Mutter für die ganze Burg einen Waschtag an, dem sich keiner entziehen konnte, so als wollte sie nicht nur den Mief des Priesters, sondern auch die lastende Atmosphäre der Krankheit meines Vaters austreiben. »Alles wird gewaschen«, wiederholte sie unerbittlich in den Kammern, den Ställen, den Gesindehäusern. Kleider des Hofgesindes und auch die Gewänder der Edlen, die älter als fünf Jahre waren, wurden auf einem großen Feuer verbrannt. Alles Seifenkraut, was sich in den umliegenden Dörfern finden ließ, wurde den Bauern zu einem für diese erfreulich hohen Preis abgehandelt. Die Kühe und Pferde wurden dauerhaft aus der großen Halle verbannt, und die Kinder der Burgsassen erhielten neue Aufgaben als Hüter von Hühnern und Gänsen.

Unter Königin Cornelias Anweisung entwickelte sich Tintâgel in den nächsten Jahren zur saubersten Burg Britanniens, wenn ich nach dem urteilen kann, was ich später anderswo sah und roch. Ich habe später an dieser Tradition bis zur letzten Æquinox festgehalten, doch nicht allen gefiel es. Der Bischof sprach zu mir sogar davon, dass er es für möglich hielte, meine Krankheit wäre durch übermäßiges Waschen ausgelöst worden. Man habe, so berichtete er, von grauslichen Krankheitsfällen in den Badehäusern von Londinum gehört.

An diesem ersten Badetage jedoch, der den inoffiziellen Regierungsbeginn einer der resolutesten Herrscherinnen markiert, die Cornwall je gesehen hat, musste ich als Sohn der Machthaber natürlich mit gutem Beispiel vorangehen. Diejenigen, die ihre Hemden so lange trugen, bis sie zerfielen, hatten große Schwierigkeiten, sie vom Leib zu bekommen. Bei den meisten von uns hatte sich der Stoff irgendwo schon mit der Haut verbunden und das Schrubben mit der groben Bürste war ermüdend für die, die es tun mussten, aber sehr schmerzhaft für die, denen es angetan wurde. Nachdem ich gewaschen und mit roter Haut dem Zuber entstieg und neu eingekleidet war, führte mich meine Mutter selbst in die große Halle. »Ich muss mit dir sprechen, Marke. Du wirst dich heute vom König und mir verabschieden«, sagte sie streng. »Von heute an sind wir nicht mehr deine Eltern, sondern das Königspaar, dem deine Treue und Ehre zustehen. Wir werden uns lange Jahre nicht sehen. Ich werde gut herrschen über Cornwall in der Zeit, Marke, aber ich werde ab morgen für die nächsten vierzehn Jahre auch vergessen, dass ich einen Sohn habe.« Ich wollte ihr klar machen, dass ich nicht wusste, wovon sie sprach, und klappte den Mund auf, aber sie hob nur gebieterisch die Hand. »Wenn du zurückkehrst, werde ich dieses Land größer gemacht haben, und ich hoffe, du wirst dann edel und stark genug sein, unserer Familie die Macht zu erhalten und sie zu schützen. Du bist unser Pfand an die Zukunft, Marke, aber verlass dich auf nichts. Trau niemandem. Niemals.« Sie sah mich an mit einer Mischung aus Trauer und Ferne, die mich nach dem gerade wiedergewonnenen Vertrauen ins Leben umso mehr erschütterte. Ich verstand trotzdem nicht. Ich begriff nicht, was sie mir damit sagen wollte. Sie streckte die Hand aus, um mir durchs Haar zu fahren, eine ihrer immer seltener gewordenen Zärtlichkeiten, nach denen ich mich gerade in den letzten Wochen so gesehnt hatte. Doch ihre Augen und ihre kalten Anweisungen hatten mich so aus der Fassung gebracht, dass ich unwillkürlich vor der Berührung zurückschreckte.

Zuerst glaubte ich, in ihrem Blick Schmerz zu entdecken. Ich wollte mich in ihre Arme stürzen, einen Schwall von Entschuldigungen und Zärtlichkeiten schon aus der Kehle hochsteigend, aber ich zögerte. Und dann sah ich ein zufriedenes Lächeln sich langsam über ihr Gesicht ausbreiten, und dieses Lächeln war furchtbarer als alles, was sie bisher gesagt hatte. »Gut so, Marke«, sagte sie ganz sanft, mit der gleichen Stimme, mit der sie mich früher oft zur Nacht verabschiedet hatte. »Gut so. Vertrau niemandem. In jedem von uns wohnt ein Ungeheuer, das nur auf eine Hand wartet, die sich nach ihm ausstreckt, sodass es sie beißen kann. Und je argloser die Hand, umso schmerzhafter ist der Biss. Das sind die Wege der Welt, und wir alle gehen sie. Ich werde sie gehen und du auch.«

Anschließend, noch immer in Aufruhr und Unverständnis,

wurde ich zu meinem Vater geführt, der noch bleicher als bei meinem letzten Besuch auf seinem Lager in den Kissen lag.

Er schwieg lange, ob aus Schwäche, Gleichgültigkeit oder innerer Sammlung weiß ich nicht. Dann sprach auch er.

»Te voco, Marce de Cornwalli«, begann mein Vater förmlich, doch wechselte er dann meinem Alter zuliebe in die Volkssprache: »Du wirst einmal Herrscher sein über Cornwall, nach zwei mal sieben Jahren, wenn du zurückkehrst nach Tintâgel, musst du ein König sein. Es ist dein Erbe, dein Blut, dein rechtmäßiger Anspruch. Hörst du?« Ich nickte und er hustete, wobei binnen eines kurzen Augenblicks kalter Schweiß auf sein Gesicht trat. »Ein König zu sein verlangt zuerst, dem Menschlichen zu widerstehen. Lass die anderen lachen und weinen, saufen und fressen. Du musst stets Maß halten. Wenn andere nicht weiterwissen, musst du einen Ausweg kennen. Wenn andere sich fürchten, musst du vorangehen. Du musst Gott berühren, Marke, um ein König zu sein. Zeige nie, dass du ein Mensch bist. Hast du verstanden?« In der Einfalt des Knaben, der gefallen wollte, nickte ich. Da hob mein Vater seine kränkliche Hand wie zu einem Segen, nur um mir dann eine Ohrfeige zu verabreichen, die in ihrer Kraft umso überwältigender war, weil ich sie dem siechen Mann gar nicht mehr zugetraut hätte.

»Lüg mich nicht an, Marke von Cornwall, ich bin dein König, mich zu belügen ist ein Vergehen, das ich strengstens bestrafe. Selbst jetzt noch, mein Sohn. Selbst jetzt noch.« Er hustete wieder. Das gab mir Zeit, aufzustehen und mich dem Bett erneut zu nähern. Doch diesmal hielt ich einen anderen Abstand ein.

Er nickte. »Die Lüge ist der erste Schritt zum Verrat. Und jeder Verrat findet Förderer.« Ich nickte wieder, vorsichtig, aber mit dem Versuch, das, was er sagte, zu verstehen. Gerade jetzt war ich so ärgerlich, dass ich gerne irgendeinen anderen beim Tun zum Schaden eines Menschen oder einer Sache unterstützt hätte, ohne nach dem Warum und Wohin zu fragen.

»Wenn du König bist, Marke, herrsche mit Strenge. Sei unberührt von dem, was die Menschen bewegt, aber nimm es ernst, nur so bist du schneller als der Verrat. Und du wirst stets Urteile fällen, die Gerechtigkeit bringen. Hast du das verstanden?«

Ich zögerte, dachte nach und glaubte, ihm diesmal ein ehrliches Ja geben zu können. So kam ich näher und nickte beflissen: »Ich verstehe, Vater.« Da schlug er mich erneut.

»Dann vergiss es nicht, Marke. Und hör nie auf, um das zu kämpfen, was dir schon gehört. Solange du lebst. Sei auf der Hut.« Mein Vater sank in die Kissen zurück und schloss die Augen. Ich wartete noch einen Moment unschlüssig, doch dann öffnete sich die Tür und ich wurde hinausgewunken. Es war das letzte Mal, dass ich meinen Vater sah. Und ich habe seine Worte nie vergessen.

Höfische Manieren, Kriegsstrategie, Gerichtsbarkeit und Verwaltung, all diese Dinge sollte ich in den nächsten zwei mal sieben Jahren lernen. Doch glaubte ich unbeirrbar mein Leben lang daran, dass mir Mutter und Vater an diesem Tag die einzige Versicherung für einen König gegeben hatten, die es gibt: misstrauische Wachsamkeit, Herzenskühle und immer einen Schritt schneller zu sein als der Verrat.

Der verzärtelte und hilflose Knabe, der ich war, hätte sich gewünscht, von den Eltern unter Tränen geherzt und gekost zu werden. Diese Träume blieben unerfüllt. Und doch ahnte ich, dass ich einmal dankbar sein würde für die ebenso kalten wie klugen Ratschläge.

Meine Mutter kam nicht auf den Hof am Tag, als ich Tintâgel verließ. Ich hatte ihre Silhouette, die ihre fortgeschrittene Schwangerschaft zeigte, noch in der Küche gesehen, als ich aus der Halle kam, doch war ich zu stolz oder vielleicht auch zu vorsichtig, um zu ihr zu gehen und um einen Abschied zu betteln. Ich hatte in meiner Mutter etwas Hartes, Unbarmherziges und Unbezwingbares erkannt, das ich umso mehr fürchtete und fortwünschte, als ich seit dem Tag dieser Lektion wusste, dass es auch in mir zu finden sei. Zwischen uns durfte keine Rührseligkeit mehr sein. Eines Tages würden wir uns vielleicht gegenüberstehen wie zwei gekreuzte Klingen, und wenn ich den Kampf gewinnen wollte, durfte ich ihr keine Möglichkeit geben, meine Gefühle für sie auszunützen.

Ich drehte mich auch nicht um, als ich aus dem großen Tor ritt. So verließ ich Tintâgel, eine Hoffnung auf den Fortbestand der Familie, Garant für zukünftige Tage, doch zunächst vergessen und nur noch als der Sohn im Süden bedacht.

Die Weggefährten, Corbin, Aryff, Swelth und die anderen, die mich nach Kanelegres begleiteten, scherzten mit mir, um mich abzulenken. So sehr ich mich verlassen fühlte, hörte ich doch wieder und wieder die röchelnde Stimme meines Vaters, der mich ermahnt hatte, dem Menschlichen zu widersagen.

So lächelte ich nur zu den wohlmeinenden Possen, ich sagte den Männern nicht, wenn ich müde oder hungrig war, und als ich des Abends mich so verlassen fühlte, dass ich den Mond hätte anheulen können, biss ich mir in den unteren Arm, bis ich Blut schmeckte. Noch heute kann ich die Narben meiner kleinen verbissenen Zähne sehen, die den einsamen Jungen auffraßen und den zukünftigen König gebaren.

Marcus Rex de Cornewallis, rechtmäßiger König, wurde ich nur wenige Wochen später, als mein Vater schließlich starb – drei Tage nach der Geburt von Blanscheflur, meiner armen Schwester, die wirklich schön war wie eine Blume, unbeschwert wie eine Lerche und die früh und unglücklich sterben sollte, wie der Priester es in seinem Zorn meiner Mutter prophezeit hatte, an dem Tage, als sie Königin und furchtbar in ihrer Größe wurde.

Ich glaube kaum, dass ein bitterer Mann, wie der Hauspriester einer war, genug Anhören vor Gott finden konnte, um einen Fluch zu bewirken. Aber letztendlich ist es egal, wie man die Gleichung zieht, am Ende steht der Tod.

Von Michaele Majordomus zu Cornwall
An die ehrwürdige Äbtissin des Klosters
zur guten Pforte bei St. Materiana:

Im Namen des HERRN JESU CHRISTI etc.... Möget Ihr Euch nur die rechte Zeit nehmen, die Frau Brangaene wieder herzustellen, es ist gewisslich vonnöten, dass sie ganz und gar bei Kräften ist, um ihren Dienst hier auf Tintâgel anzutreten. Auch scheint, GELOBT SEI GOTT, das Ableben des Königs nun ein Stück weiter in die Ferne gerückt. Er spricht wieder, führt leidlich in nicht immer klaren Anweisungen die Staatsgeschäfte von seinem Lager aus und hat, wie Ihr in aller Bescheidenheit versichert sein könnt, in mir den treuesten aller Diener. Aber, des HERREN Wege sind unergründlich, und so hoffen wir, dass er uns in seiner Weisheit den Landesvater nicht nehmen wird, eh er einen Amtsfolger bestimmt. Schon mein Vater war ein treuer Diener des Königshauses, so wie ich dereinst hoffe erinnert zu werden. Doch will ich Euer Ehrwürden mit den Staatserwägungen eines weltlichen Lakaien nicht langweilen, wo Ihr doch in einem Dienste steht, der höher ist selbst als der des Königs, im DIENSTE GOTTES. Das Wachs wird Euch dieser Tage durch Boten erreichen.

Achtet mir nur gut auf die Frau Brangaene.

Ich entbiete Euch in demütiger Dankbarkeit etc.

Michaele, Majordomus de Cornewallis, Regis Marke etc.

La Mer

Was mir aus Tintâgel in den ersten Wochen und Monaten nach meinem Auszug noch berichtet wurde, war für mich nicht mehr als die unwillkommene Verbindung mit einer Welt, die ich hinter mir lassen wollte. Ich traf in Kanelegres nach einer langen Schiffsfahrt ein, die mir die See für immer als irdisches Gesicht ewiger Gottheit erscheinen ließ. War ich in Cornwall allein am Strande entlanggestreift, so hatte mir das Meer nur eine Kulisse geboten, auf der ich mir Nordleute und Araber vorstellte, die ich durch das wilde Luftfechten meines Holzschwertes zurücktrieb, verloren in mein eitles Spiel von schnellem Heldentum und Sieg.

Doch die Fahrt nach Kleinbritannien ließ mich erkennen, was das Meer sein konnte, wenn es der sicheren Betrachtung von der Küste aus einmal entbunden war.

Nun sah ich mauloffen und furchtsam, wie sich aus dem Nichts meterhohe Wellen, größer als Tintâgel selbst, erheben konnten, Kathedralen aus brüllender Wassermacht, geschaffen nur für einen winzigen absichtslosen Augenblick, die Leben schenken, Leben nehmen konnten. Und dieselben Türme, die das arme Schiff umtosten, fielen schon im nächsten Moment zurück in die harmlose Ruhe eines stillen Dorfweihers. In der Nacht beobachtete ich das geheimnisvolle Leuchten der Fischschwärme unter dem Wasser. Ich sah das Meer wie Anbeginn und Ende der Welt, eine Macht ohne Falsch und Recht, ein Wesen, die Vorstellung vielleicht nur eines Wesens, das ungleich größer war, als alles Menschliche jemals sein oder werden könnte.

Am Morgen, bevor wir anlegten, waren wir ganz von Nebel umgeben. Die Sonne musste zwar aufgegangen sein, denn der

Dunst war hell, wie von einer unsichtbaren Quelle beleuchtet, aber man sah sie nicht.

Um uns herum herrschte, außer dem verhaltenen Knarren der Schiffsplanken, bewegungslose Ruhe. Die Zeit stand still, und selbst das träge Schaukeln des Bootes konnte den Eindruck einer völligen Entrücktheit nicht mindern. Der bretonische Schiffer kam zu mir, wie ich so an der Reling stand, und legte mir wider allen Zeremoniells den Arm um die Schulter. »Siehst du, mein Junge«, flüsterte er halb in Cornisch, halb in Bretonisch, aber ich verstand ihn. Dann wechselte er ins Französische: »La mer.« Ich nickte, während ich seine raue Hand im Nacken fühlte. »Es ist ganz einfach«, raunte er dann, »ob König oder Fischer, la mer, hein?«

Ich schauderte und hielt die Luft an. In mir formte sich ein Gebet. Es war der Atemzug, in dem ich aufhörte, ein brabbelnder kleiner Junge in der Kirche zu sein, der sich langweilte und sich die Beine in den Bauch stand.

In diesem winzigen Moment wusste ich, wie ich es heute weiß, dass unser aller Leben einem höheren Zweck dient, dass es einen Gott gibt, vielleicht nicht die Götter, um die sich die Kirchenmänner mit den alten Druiden und Hexen stritten, sondern einen Gott, der genau so war wie dieser Nebel über den Wassern: still, allumfassend, übermächtig und friedlich – jenseits dessen, was ein Mensch je sagen, doch in allem, was er zu fühlen vermag.

»La mer«, sagte ich dem Fischer nach, und er nickte, ohne zu lächeln oder zu blinzeln.

Mit seinen großen rissigen Fingern griff er erstaunlich sanft nach meinem Handgelenk und legte meine Jungenhand in die Fläche seiner eigenen. »Du heute, ich gestern«, sprach er, während er auf meine Hand zeigte, dann wies er auf die seine: »Ich heute, du morgen«, radebrechte er weiter. »Aber toujours«, und er wies mit meiner Hand in seiner ins unbestimmte Draußen, »toujours la mer«.

»Toujours la mer«, übte ich, und ein großer Trost durchströmte meinen klammen Körper. Er lächelte und entblößte seine gelichteten Zahnreihen hinter dem Gestrüpp seines Bartes. Seine Augen waren von tiefem Blau, und in ihnen sah ich dasselbe Lächeln, das mir seine Lippen zeigten.

Ein Lächeln bedingungsloser Freundlichkeit.

Ich hätte so gern für immer meine Hand in seiner warmen rauen Faust gelassen und mit ihm auf das Meer gesehen. Mir kamen in der kalten klaren Morgenluft die Tränen, und ich wandte den Kopf ab.

»Oui«, sagte der Seefahrer ruhig, »das macht das Meer.« Er hatte Recht wie niemand zuvor, der mir je hatte etwas beibringen oder erklären wollen.

Und ich hatte verstanden.

Es würde immer etwas geben, das klar blieb, egal wie schwierig das Leben sein mochte, ich musste es nur finden. In mir breitete sich tiefes Vertrauen aus, eine Heimat in der Menschlichkeit gefunden zu haben. Und dann erinnerte ich mich der Worte meiner Eltern, ich hörte ihre Warnungen, nicht zu vertrauen und den menschlichen Regungen zu widerstehen, so als wären sie mir von einem Schatten gerade in diesem Augenblick nochmals eingeflüstert worden.

Und ich wusste, dass der König, der ich werden sollte, diesen sanften Bretonen und seine Menschlichkeit nicht lieben durfte, dass es mich verwundbar, unköniglich machen würde.

So beging ich, nur ein paar Wimpernschläge, nachdem ich Gott gesehen hatte, wissentlich und deswegen umso schwerer wiegend, die erste wirkliche Sünde meines Lebens, die mir kein Beichtvater ablösen und niemand vergeben kann, und ich mir selbst am wenigsten.

Ich wischte seine Hand von meiner verkrampften Schulter und zischte: »Es geziemt sich nicht, den Kronprinzen von Cornwall wie einen Bauernjungen zu betatschen. An Land soll man Euch weniger zahlen, weil Ihr vergessen habt, wen Ihr an Bord Eures Schiffes hattet.«

Ich ging unter Deck, roch den Gestank der Seekranken und erstarrte in meiner Scham. Ich hatte das Geschenk wahrer Freundlichkeit böse zurückgewiesen. Ich hatte gesündigt.

Im Laufe meines Lebens habe ich alle Gebote gebrochen, die die Kirche uns aufgestellt hat, um uns Recht und Unrecht nach ihren Maßstäben begreiflicher zu machen. Manche dieser Dinge waren unsinnige, andere ungebührliche Taten und wieder anderer kann ich mich kaum noch erinnern, so wenig bedeuteten sie mir. Doch weiß ich, seit jenem Tag auf dem Schiff, als ich lernte, das Meer zu lieben, als ich im Gesicht des Seefahrers und im stillen Nebel jenes fernen Morgens Gottes Lächeln sah, was wirkliche Schuld bedeutet. Ich weiß noch, dass ich das Schiff hocherhobenen Hauptes verließ und ebenso kalt und unbewegt das Pferd bestieg, das am Hafen auf mich wartete. Auch fühle ich noch die bittere Versuchung, der ich kaum später erlag, als ich aufhorchte, wie einer der Gefährten im Gespräch zu dem anderen sagte, dass ich dereinst einen guten König abgeben würde. »Der ist jetzt schon kalt wie ein Fisch«, sagte Aryff.

Und wie sich dann die Schuld in eine doppelt glühende Eitelkeit wandelte, die mich meinen Frevel vergessen ließ, solange sie andauerte. Doch Eitelkeit brennt wie Stroh, egal, wie hoch die Flammen lodern mögen, sie geben weder Wärme noch dauerhaftes Licht, und wenn sie ersterben, ist die Kälte umso stärker fühlbar.

Vielleicht würde es mir ja meine Gesundheit zurückgeben, wenn ich das Meer sehen könnte, und vielleicht ist es meine Sühne, dass ich es nicht kann. Denn das einzige Meer, das ich nun habe, ist das der Bilder in meinem Herzen. Vergib mir, mein bretonischer Freund, vergib einem dummen, verängstigten Kind, das dich kränkte und um deinen gerechten Lohn betrog. Und auch wenn ich deinen Namen nicht kenne, so bist du doch seit jenem Tag das Gesicht gewesen, das ich jedes Mal sah, wenn ich das Meer betrachtete. Deine Prophezeiung hat sich erfüllt, ich bin heute der, der du gestern warst, und die elend lange Zeit zwischen diesen beiden Tagen, die meine Hand zu deiner werden ließen, scheint kaum länger gedauert zu haben, als eine Kerze braucht, um bei einer Böe zu verlöschen. Gestern noch war ich ein Knabe. Ein Leben von fünfzig Jahren ist verstrichen wie ein Atemzug.

Als ich ein Kind war, erschien jeder Tag lang, neu und voller Dinge, die ich in Erinnerung behalten wollte. Jeder Stein, den ich umdrehte, war es mir wert, für ein paar Wochen aufbewahrt zu werden.

Aber was habe ich tatsächlich aus den ersten Jahren auf Kanelegres behalten? Ich weiß, dass bald nach meiner Ankunft ein Bote kam, der den Tod meines Vaters verkündete und zugleich die Geburt meiner Schwester, und dass beide Ereignisse mir fern blieben. Der Tag, an dem der Bote Kanelegres erreichte, war die Vollmondnacht vor Æquinox, und ich war aufgeregt gewesen wegen der Feuer, die die ganze Nacht brennen sollten. Ich wurde aus der Lateinstunde abgerufen. Dies war mir eine so willkommene Unterbrechung, dass ich kaum in angemessener Betroffenheit auf die Botschaft reagieren konnte. Ich wusste lang, dass mein Vater sterben würde, und sein Tod bedeutete dem verwirrten Kind, das ich damals war, kaum mehr als eine Erleichterung und die dümmlich siegreiche Gewissheit, dass nun trotz meines geringen Alters ich der König von Cornwall war, vertreten für die nächsten Jahre durch die Regentin, meine Mutter. Ich selbst dankte dem Boten für seine Mühen und wies altklug an, dass man ihm zu trinken geben sollte, um ihn dann am nächsten Tage mit dem Ausdruck meiner tiefen Trauer, ungebrochenen Sohnestreue und Vaterliebe nach Tintâgel zurückzuschicken. Der kleine Hof zu Kanelegres fand mich gesammelt würdig und einmal mehr einen geradezu geborenen König – und ich war es zufrieden. »Er nimmt es erstaunlich gut auf«, hörte ich meine Ziehmutter im Hinausgehen sagen. Wenn ich kein Kind mehr sein durfte, so wollte ich doch bereits das Morgenlicht jenes Herrschers sein, der dereinst Cornwall regieren sollte.

Meine bretonischen Zieheltern, Berenice und Gordec, versuchten ihr Bestes, mir das Gefühl zu geben, wirkliche Eltern zu sein. Sie bevorzugten mich ihren eigenen Kindern gegenüber in der Auswahl der Kleider und der Speisen. Sie sorgten dafür, dass ich die besten Pferde reiten konnte, und wiesen mich umsichtsreich in ihr höfisches Zeremoniell ein, das nicht eben geschliffen war, um das Mindeste zu sagen. Unwillig, was ich später noch oft bereuen sollte, lernte ich leidlich Latein zu schreiben, zu sprechen und zu lesen. Das Bretonische wurde mir schnell vertraut, und wären die Gefährten nicht gewesen, so hätte ich das Cornische wohl schon im ersten Jahr außer Landes vergessen. Nur für die Musik wollte ich kein rechtes Talent zeigen, vielleicht habe ich deswegen später Tristans Begabung als Harfner und als Sänger so bewundert. Auch die Dichtkunst, wo sie nicht von Heldentaten und Schlachtenruhm erzählte, ließ mich kalt. Vielleicht lag es auch an dem kümmerlichen Priester, den die Gasteltern einzig hatten bezahlen können, für drei Jahre mein Lehrer zu sein.

Es ist, als sei zu jener Zeit nur erst ein geringer Teil meiner Seele geboren gewesen, ein Teil, der mich überleben ließ, aber nicht leben. Und sicher war dies nicht mein bester. Ich weiß nicht wirklich, was ich in dieser Zeit dachte. Ich würde mir wünschen, dass ich ein gutes und verständiges Kind war. Aber ich weiß es nicht. Ich glaube, in der Hauptsache wollte ich nur ein guter Kämpfer sein, selbst die Aussicht auf den Thron zu Tintâgel war mir, je länger ich von zu Hause fortblieb, wenig gegen die Träume, von blutigen Feldzügen, die ich ruhmreich anführte.

Ich war schnell mit dem Langschwert, zielte leidlich mit dem Bogen, und ich wurde bald ein exzellenter und leidenschaftlicher Reiter. Doch andere Erinnerungen an die zwei Mal sieben Jahre in Kanelegres sind wie in ein dunkles Zimmer eingeschlossen. Berenice und Gordec blieben mir fern, wie es sich für Eltern geziemte, und die Ziehgeschwister, vor allem Gâles, der Älteste, mieden mich mit dem Neid aller Kinder einem Bevorzugten gegenüber. »Cornwall ist ein Hosenscheißer«, sang Gâles den Kleineren vor, und sie plapperten seine Ansichten in bewundernder Monotonie nach. Ich verstand sie und härtete meinen Geist und mein Herz gegen die Einsamkeit. Die Gefährten, die mich aus Tintâgel begleitet hatten, waren in der Stille der Bretagne sich selbst überlassen. Einige nahmen Gefährtinnen aus den umliegenden Dörfern und zeugten Kinder, denen sie während der Zeit, als sie mich bewachten und schützten, gute und sorgende Väter waren.

Ich sah sie häufig, und sie waren immer freundlich zu mir.

Wenn ich das Gefühl hatte, völlig allein und verlassen auf der Welt zu sein, ging ich in den Stall und hielt mich an meiner alten Stute fest, die mich hierher getragen hatte. Ich legte meine Arme um ihren Hals und atmete ihren Duft ein. Ihr sanftes Schnauben tat mir wohl, und bisweilen legte sie ihren Kopf über meine Schulter, wenn ich in ihren Verschlag trat. Dann drückte sie sanft gegen mich, bis ich ein paar kleine Schritte zurücktat, um sogleich ihrerseits zurückzuweichen. So ging es ein paar Mal hin und her, es war ein wundervoller Tanz innigster Freundschaft, eine Gunst, die sie nur mir gewährte und die mein Herz davor schützte, ganz und gar zu Stein zu werden. Denn wenn ich auch keinem Menschen nahe sein konnte, so war ich doch diesem warmen und sanften Tier für wenige und kostbare Augenblicke so nah, wie zwei Kreaturen es einander nur sein können. Ihretwegen bevorzugte ich bis zum letzten Tag, an dem ich noch auf einem Pferd sitzen konnte, weibliche Tiere.

Die Jahre, die in der Bretagne folgten, waren langsam gelebt, doch schnell erzählt. Ich lernte zu kämpfen, an Ziegen und Schafen übte ich das erste Töten fremden Lebens, sodass es mich in der Schlacht nicht unvorbereitet treffen sollte. Es erschreckt mich, dass ich heute sagen muss, dass es mich weder belastete noch mir schwer fiel.

Ich beobachtete die alten Kämpfer, wie sie ihre Hiebe und Stiche setzten, und erkannte, dass einige schnell vorgingen, präziser als so mancher Schlachter, als wollten sie dem Vieh oder Mensch Schmerz, Leid und das ungläubige Erschrecken im Augenblick des eigenen Sterbens so kurz wie möglich halten. Andere hingegen suchten die Stelle, an der das Blut hervorbrach, ohne den Getroffenen rasch zu töten. Sie weideten sich – so schien es mir – nicht nur an seinem Leid, sondern waren beglückt, dass sie durch einen so geringen Aufwand und oft nur durch das Glück eines Augenblicks dieses Schauspiel hervorrufen konnten. Ich weiß nicht, ob ich wirklich über das Sterben nachdachte, als vielmehr über die besten und sichersten Techniken, den Tod anderer zu erwirken. Mein eigener Tod war mir unvorstellbar, ebenso wie Altern, Schmerz und Krankheit, die ich überall um mich herum sah.

Hier in der Fremde hatte ich es nach den ersten Monaten des Kummers vermocht, mir in der Einsamkeit meiner Seele eine Feste zu errichten, die weder andere Menschen noch ihre menschlichen Sorgen einließ. Dabei waren mir die Adligen ebenso gleichgültig wie das einfache Volk.

Ich war mir der einzige Verbündete, den ich brauchte, der einzige Verbündete, den ich noch hatte, und ich dachte nicht daran, diese karge Allianz aufs Spiel zu setzen für einen trügerischen Moment des Gefühls oder der Nähe.

Als ich dreizehn war, im Winter vor meiner ersten Schlacht, begann ich, die Frauen anders anzusehen. Es war, als suchte ich an ihren Gestalten oder in ihren Gesichtern nach etwas Wichtigem, doch ich konnte nicht sagen, was es war.

Ich wusste, dass mir jede der Mägde zur Verfügung gestanden hätte, sodass ich an ihr hätte lernen können, was ich in den Ställen, den Bettkammern auf Kanelegres und den Hütten der Dörfler wieder und wieder vor sich gehen sah oder hörte. Doch es erschien mir als eine zu gefährliche und ungebührliche Nähe, als würde die Paarung dem einen Menschen ein Recht auf die Seele oder die Gedanken des anderen geben. Mein Ziehbruder, Gâles, war zwei oder drei Jahre älter als ich und versuchte bisweilen ein vertrauliches Gespräch über Frauen und ihre körperlichen Vorzüge zu beginnen. Dabei war er wie immer unerquicklich und beschränkt in Wortwahl und Aussage seiner Schilderungen. »Die hat echt so was von Dingern«, würde er zum Beispiel sagen und vor seinem Brustkorb ausladende Gesten vollführen, die auf die äußere Beschaffenheit bestimmter Frauen hinweisen sollten. »Und mit dem Hintern von der kannst du Nüsse knacken.«

Zwischen Angst und Neugier hielt ich unter seinen Reden zwar still, doch fragte ich nie nach oder bezeugte je ein deutliches Interesse.

Eines Abends, als ich mich schon zur Nacht niedergelegt hatte, kam Gâles herein und rüttelte mich wach. Er sprudelte über mit der Erzählung seiner neuesten Heldentaten, der Eroberung einer nicht einmal mäßig hübschen Waschmagd, die Lisine genannt wurde. »Soll ich dir mal ein paar schöne Abendgedanken schenken, Kleiner. Ich habe gerade so derartig im Heu gerollt, da kann einer wie du nicht mal davon träumen. Die Lisine, die ist einmalig, sag ich dir.«

Er habe sie am Waschtrog, wo sie nach langem Tagwerk noch in der Dämmerung stand, abgefangen und sei mit ihr in den Stall gegangen. Sie hätte sich erst gesträubt, doch er hätte ihr versprochen, ihr die neuen Fohlen zeigen zu wollen. Und bevor sie misstrauisch werden konnte, hätte er sie geschickt gepackt und bestiegen, wie er sagte. »Von hinten! Mann, das war vielleicht was!« Ihre Gegenwehr wäre nur mäßig ausgefallen, wozu auch sich gegen den jungen Fürsten auflehnen, und schließlich habe er den Eindruck gewonnen, dass es ihr nicht schlecht gefallen hätte. Zu den Fohlen wären sie dann aber nicht mehr gegangen.

Ich sehe sein angespanntes Gesicht noch vor mir, wie er im Halbdunkel vor mir hockte, in seiner verzehrenden Gier, mir zu beweisen, dass er mir etwas voraushatte. »Ich hab sie so was von gehobelt, die Tiere sind schon ganz unruhig geworden davon.«

Ich hatte keinen Grund, an seiner Darstellung zu zweifeln. Auf seiner Stirne glänzte Schweiß, und als ich in seinen Augen suchte, ob er mich angreifen und verprügeln wollte, wie er es oft tat, wenn ich ihn nicht für seine Verdienste pries, entdeckte ich eine grenzenlose Leere darin. Was geschehen war, bedeutete nichts. Eine der Waschfrauen, die sich gegen ihn nicht wehren konnte, musste sich von ihm beschlafen lassen. Und um zu begreifen, was geschehen war, musste er es mir erzählen, damit er überhaupt fühlen konnte, dass es passiert war, dass irgendetwas passiert war.

Stets hatte ich Gâles und seinen wilden Zorn gefürchtet. Doch in diesem Moment veränderte sich etwas. Gâles wurde kleiner, oder ich wurde größer, auf jeden Fall veränderte seine Erzählung die Kräfte zwischen uns. »Ich bin sehr müde«, sagte ich ihm. »Lass mich mit deinen Geschichten ein für alle Mal in Ruhe.«

Dann drehte ich mich um und starrte die Wand an. Gâles aber, statt wie es sonst die Folge meiner Missachtung gewesen wäre, begann nicht etwa meinen Rücken zu treten oder meinen Kopf zu schlagen, sondern zog sich still und ohne ein weiteres Wort zurück. Seine Erzählung jedoch blieb bei mir. Ich lag im Dunkeln und fasste einen Entschluss: Egal, wie lange ich warten musste, um mit einer Frau in der Paarung zusammen zu sein, nie würde ich eine der Mägde zwingen, überreden oder bitten, mit mir zu schlafen, und nie würde ich zu irgendjemandem darüber sprechen.

Wenn es überhaupt wert war, es erlebt zu haben, dachte ich, war es auch wert, darüber zu schweigen und darauf zu warten.

Am nächsten Tage beobachtete ich Lisine, wie sie zusammenschrak, sobald sie Gâles sah. Sie war groß und hager, mit dünnen lockigen Haaren in einem stumpfen Haselton. Sie war vielleicht zwanzig Jahre alt. Weil sie trotz ihres jungen Alters kaum noch Zähne hatte, hielt sie ihre Lippen stets eng zusammengepresst, in ihren Augen ein unheilvolles Leuchten tiefer Hoffnungslosigkeit, wie ich es später oft bei zu lange Eingekerkerten oder eben Verurteilten gesehen habe. Während sie putzte und wusch, sprach sie mit sich selbst, zischte sich üble Beschimpfungen zu und hieb sich manchmal selbst mit einer ihrer harten rissigen Fäuste gegen den Schädel, als wollte sie einen inneren Druck lindern. Die anderen Mägde sonderten sich deswegen gemeinhin von ihr ab. Wenn ich sah, wie Gâles sich hin und wieder aufmachte, um in Richtung der Zuber zu streichen, empfand ich tiefe Verachtung für ihn. »Es tut mir Leid«, flüsterte ich manchmal stellvertretend, doch nur wenn ich sicher war, dass mich niemand hörte. Mich auf einen Kampf einzulassen, um Lisine Ruhe vor seinen Nachstellungen zu schaffen, dafür hätte ich meinen sicheren Hort der Einsamkeit aufgeben müssen. So sah ich nur zu, ließ es geschehen und schämte mich eine Weile. Doch schließlich gewann wie immer, wenn ich eine störende Gewissensregung fühlte, die Gewohnheit, alles Beunruhigende auf die Seite zu schieben.

Eines Abends, als ich heimlich noch spät ausgeritten war und mein Pferd selbst trocknen musste, weil die Knechte schon schliefen, traf ich im Stall erschreckt auf ein verschlungenes Paar und entdeckte so mit Abscheu, dass auch Gordec, mein Ziehvater, sich dieselbe arme Frau zu Willen machte. Die Beobachtungen menschlicher und tierischer Paarungen waren mir nicht fremd, ich kannte die Laute, die Bewegungen und die ewig gleichen Gesetzmäßigkeiten der Pferde, der Schweine, der Schafe und der Menschen.

Ich hatte wohl bisweilen Frauen gesehen und gehört, die in den Armen ihrer Liebhaber heiter und glücklich schienen, sodass ich den Schluss zog, dass diese Begegnungen jenseits der reinen Notwendigkeit wohl auch ein Vergnügen wären. Lisine war keine von ihnen, vielleicht weil Gordec ein noch plumperer Geliebter war als sein Sohn. Während er buckelnd über ihr kauerte, seinem eigenen abwesenden Glück nachjagend, zischte sie Flüche gegen die Stalldecke: »Du sollst verrecken, du Ausgeburt einer dreiköpfigen Sau, du erbarmungswürdige Irre, du Stute mit saurer Milch, du bist verraten für immer.« Sie sprach über sich. Angewurzelt stand ich in der Dunkelheit beim Zaumzeug und konnte mich nicht rühren. Sie beschimpfte sich selbst, nicht den Mann, der sie hierher gebracht hatte.

»Ach, halt's Maul«, grollte Gordec, »da kommt man ja ganz außer Laune.« Er gab ihr eine Maulschelle.

Sie hörte auf zu fluchen und begann stattdessen zu wimmern, hoch und schrill, wie wenn man Katzen hört, die ertrinken. Entweder war Gordec dann die Lust vergangen, oder er war zu einem Ende gekommen, jedenfalls wurde er langsamer, stand alsbald auf und richtete Hemd und Hosen. Dann spuckte er aus und blies sich die Nase: »Gottverdammtes Weib«, murmelte er und verließ den Stall, ohne mich bemerkt zu haben.

Das Licht war fast ganz verloschen, und nur vom Küchenhaus wehte schwacher Fackelschein herüber. Ich bin mir sicher, dass auch die Frau mich nicht gesehen haben konnte, doch sie blieb liegen, den Blick starr in meine Richtung gerichtet. »Sterben«, wimmerte sie, »bitte, sterben.«

Ich stand mit schwachem Atem und fühlte in meinem Inneren den Kampf zwischen Mitgefühl und Feigheit. Da die Feigheit aber durch tägliche Übung ungleich besser entwickelt war, gewann sie schließlich den erbarmungswürdigen Zwist. Ich rannte davon, ohne mich noch einmal umzudrehen.

Dies war meine zweite Sünde.

Als Lisine ein paar Wochen später sichtbar schwanger war und die Großmagd wohl bei der Herrin Berenice um einen Ersatz angesucht hatte, wollte Gordec den Bastard selbstverständlich ohne Aufhebens mit den anderen zusammen aufziehen. Damit wäre alles erledigt gewesen. Die Familie und ich hatten beim Mahl gesessen, und Berenice hatte von Lisines Ausfall mit weniger Interesse gesprochen als von einer Ziege, die ein paar Tage keine Milch geben konnte.

So musste sie, beantwortete ich mir selber die Frage, die ich lange in meinem Kopfe gedreht hatte, wohl schon wissen, was Gordec trieb, sich aber nicht weiter damit befassen.

Als Gâles aber sein Maul auftat und prahlte: »Vielleicht hab ich ja auch meinen ersten Bastard gemacht. Ich nehm sie mir nämlich schon seit kurz vor Mittwinter«, veränderte sich etwas. Gâles schickte mit vollem Mund sein dummes Lachen hinterdrein und merkte seiner ignoranten Natur gemäß nichts vom Umschwung am Tisch. Gordec war sprachlos. Dass sein Sohn sich erdreistete, die Bettgenossinnen des Vaters ohne dessen Wissen anzugehen, kratzte an seiner Eitelkeit. Dummheit, wenn sie anderer Dummheit begegnet, ist immer machtlos, weil sie sich nicht im anderen erkennen kann.

Dafür verlor Berenice nun ob der Bekanntmachung ihres Sohnes entweder ihre Gleichgültigkeit oder ihre Geduld, was immer es gewesen war.

Sie stand von der Tafel auf und warf ihren Löffel in den Topf, dass es nur so spritzte: »Ihr beide seid meinem Schwestersohn ein übles Vorbild dessen, was ein Mann sein sollte. Vater und Sohn haben offensichtlich weder Geist noch Witz genug, sich ihre Buhlen zumindest aufzuteilen und ihre Bastarde auseinander zu sortieren. Und da ich mir bei keinem von euch sicher bin, ob ihr den Unterschied zwischen einer gesunden Ziege und einer kranken Frau kennt, halte ich es für angebracht, mich selbst um diese Angelegenheit zu kümmern. Marke!« Ich schrak zusammen, da ich mich an der Tafel auch nach all diesen Jahren meist nur als ein stummer Beobachter fühlte und oft vergaß, dass ich von anderen gesehen werden konnte, auch wenn ich mich unsichtbar verhielt.

Ich sprang auf: »Ja, Madame.«

»Du wirst mit mir kommen, Marke, hier sind schon zwei, die als Herren versagt haben. Es besteht durchaus keine Notwendigkeit, dass du der Dritte wirst. Deine Mutter würde dir gewiss besseres Herrschen beibringen als eines, das schon am eigenen Hosenlatz aufhört.« Dann gab sie ihrem Sohn einen Hieb auf den Hinterkopf und spuckte vor ihrem Gatten aus.

Sie fegte vor mir her durch die Flure in Richtung der Gesindehäuser, und ich beobachtete zum zweiten Mal das Schauspiel, wie Frauen im Augenblick der offensichtlichen Schwäche ihrer Männer sofort bereit sind, die Dinge auf ihre Weise zu regeln. Hatten deswegen so viele Männer Angst vor ihren Frauen?

Berenice war zwar eine Halbschwester meiner Mutter, doch war sie ihr im Angesicht und Wesen unähnlich gewesen bis zu diesem Tage. Nun zeigte sich der gleiche Eisenkern, den ich während der Krankheit meines Vaters bei meiner Mutter beobachtet hatte. Berenice betrat die Hütte, in der die arme Lisine schlief. Die Unglückliche lag auf einem Strohsack, der durchdrungen war von der Feuchte des Frühjahrsregens und überzogen mit Kot und Erbrochenem.

Die Frau war unleugbar schwer krank, Fieber ließ ihre Augen glühen, und das fahlweiße Gesicht schien um den zahnlosen Mund herum zusammengeschrumpft zu sein. Als sie ihre Herrin erkannte, wimmerte sie und hielt schützend die Hände vors Gesicht. Berenice drehte sich zu mir um und griff mit harten Fingern in meine Haare und zwang meinen Kopf in Richtung des Lagers: »Hier, Marke«, sagte sie leise und eindringlich, »hier siehst du das Schicksal aller Frauen, die sich nicht wehren können. Dies ist nur eine Magd, doch leidet keine Königin, keine Kaiserin je anders. Gordec und Gâles haben es nicht in sich, so etwas zu erkennen, geschweige denn es zu verhindern. Aber du, Marke, du wirst sie dir ansehen, bis zum Schluss. Dann kannst du entscheiden, was für ein Herrscher du sein willst. Und was für ein Mann!« Ich wusste nicht, was sie meinte. Aber ich blieb stumm und wollte gehorchen.

Berenice ließ meine Haare los, nahm ihren Umhang ab und breitete ihn ohne wirkliches Mitleid über die Kranke, kauerte sich dann an ihre Seite und sprach leise: »Wann hast du es getan?«

Die Angesprochene schien sogleich zu wissen, was die Herrin meinte: »Vorgestern in der Nacht.«

»Und womit?«

Lisine bäumte sich mit einem Heullaut auf, und ich sah, dass der untere Teil des Strohsacks mit Blut durchtränkt war. »Mit einem Schürhaken«, flüsterte sie und sackte dann in sich zusammen, war für eine Weile ohnmächtig und zuckte mit Armen und Beinen. Berenice nickte und stand auf.

Mir war übel vom Geruch und von der Angst der armen Frau.

»Hol dein Jagdmesser, Marke«, flüsterte Berenice, ohne mich anzusehen. Ich gehorchte und lief zum Stall, zog mein Messer aus meinem Jagdbeutel und rannte zurück.

Die Herrin Berenice hatte sich neben dem Lager niedergekniet und hielt der elenden Magd die Hand, eigentlich eher das Handgelenk, da Lisine ihre Finger vor Schmerzen zur Faust geschlossen hatte.

»Was ist dein Wunsch?«, fragte sie die Kranke. Die Herrin war noch immer kühl und ungerührt, so schien es, doch zum ersten Mal bemerkte ich in diesem Augenblick den Zauber der schwesterlichen Zugehörigkeit, den manche Frauen miteinander fühlen, egal welche Umstände sie zusammenbringen. Lisine öffnete die irren Augen und keuchte, wie sie es in der schrecklichen Nacht im Stall getan hatte, nachdem Gordec sie benutzte: »Sterben, endlich.«

Und Berenice nickte und sagte, dass es so geschehen würde.

Die Großmagd war mit mir hereingekommen und fragte, ob sie einen Priester holen lassen solle. Sie hätte im Dorf Wandermönche gesehen, die billig zu haben wären. Lisine schüttelte heftig den Kopf und begann trotz der Entkräftung wieder mit beiden Fäusten auf den eigenen Schädel einzuschlagen, sodass Berenice schlicht antwortete: »Keine Mönche, kein Priester und keine Zuschauer.«

Die Großmagd, die noch etwas hatte sagen wollen, klappte ängstlich den schwatzbereiten Mund zu und verließ das Gesindehaus, um draußen alle Anwesenden zur Arbeit an weit entfernten Orten des Hofes zu befehlen.

Wir waren wieder allein in dieser scheußlichen Hütte. Das Wimmern der Kranken tönte lang durch den Raum wie eine schlecht angeschlagene Harfensaite. Berenice drehte sich zu mir: »Sie sagen, dass wir Frauen das Leben geben und dass ihr Männer es wieder nehmt. Aber das ist Unsinn. Das Leben, das die arme Irre dort in sich trug, war ihr von einem Mann, meinem eigenen oder meinem Sohn, gegeben worden. Und nun werde ich ihr das ihre nehmen. Die Frau töten, die vielleicht die Mutter meines Enkelkindes war. Ich will, dass du mich verstehst, Marke.« Ich schluckte an meiner Furcht und meinem Unbehagen. Berenice griff hart nach meiner Schulter.

»In unser aller Leben kommen Zeiten, wenn wir töten müssen, und Zeiten, wenn wir Leben schenken können. Ob Mann oder Frau spielt keine Rolle. Aber wenn deine Zeit zum Töten kommt – und ich meine nicht das grausame Spiel mit Ziegen und Schafen, das du den Winter über gespielt hast –, mach es schnell. Und tu dir nicht Leid dabei. Das wäre ein Misstun gegen den, den du tötest.« Sie hatte cornisch mit mir gesprochen, was sie selten tat. Dann ließ sie mich los, streckte die

Hand aus, nahm das Messer und schnitt der schon wieder dahindämmernden Lisine ohne ein weiteres Wort, und schneller als ich es selbst die Legionäre an den Übungspuppen hatte tun sehen, die Kehle durch. Die Frau gurgelte rau. Sie starb schnell, so wie Berenice es gewollt hatte.

»Töten ist nichts, was man dauernd üben muss, Marke. Sei froh, wenn du es nicht oft tun musst.« Sie wartete noch, bis Lisine ganz zu zucken aufhörte, riss sich dann einen Streifen vom Kleid und band die Wunde zu, sodass es weniger Gerede geben würde. All dies tat sie mit der gleichen kalten Routine, mit der ich sie hatte Gänse stopfen oder Hühner köpfen sehen. Ein Menschenleben war zu Ende. Einfach so. Es war das erste Mal, dass ich dabei war, wie ein Mensch getötet wurde. Wie ein Mensch starb, ohne Krankheit, ohne Alter.

Ich trat vor die Hütte und erbrach mich, wegen des Gestanks, wie ich mir einredete. Berenice ging ohne ein weiteres Wort an mir vorbei. Am gleichen Nachmittag noch wurde Lisine verscharrt, bevor zu viele Fragen aufkamen. Ich hatte ihr Gesicht und den weißen Verband um ihren Hals gesehen, bevor sie das Tuch um sie zogen. Die Priester hatten mir, Gâles und den anderen Ziehbrüdern beibringen wollen, dass der Tod eine Erlösung sei. Aber Lisine sah nicht erlöst aus, sondern verendet. Ein schreckliches Ende, nach einem schrecklichen Leben. Weswegen war sie wohl verrückt geworden? Was waren diese Geister gewesen, deretwegen sie sich selbst gehasst hatte? Ich kauerte versteckt in der Nähe des Platzes, wo sie sie vergruben. Die Erde kullerte dumpf auf das Leichentuch. Lisine war verschwunden.

Gâles war nicht weiter bekümmert, er zeigte keinerlei Anzeichen einer seelischen Unruhe, und Gordec ging trotz des Regens auf die Jagd. Berenice stand geschäftig wie immer in der Küche und rupfte Hühner. Ich trödelte durch den Stall, blieb bei meinem Pferd und wünschte mir, mit einem Menschen reden zu können. Aber selbst wenn es jemanden gegeben hätte, ich hatte mir seit Jahren angewöhnt, alle Fragen nur in meinem Inneren zu stellen, und nur auf meine eigenen Antworten zu hören. Manchmal dachte ich, dass ich auch stumm sein könnte. Vielleicht wäre es sogar besser – allerdings würde ich dann kein König werden können. Wenn ich stumm zur Welt gekommen wäre, hätten mich meine Eltern nicht zu Berenice und Gordec geschickt, sondern entweder zum Gesinde, oder sie hätten mich irgendwo bei einem Bauern als Knecht aufwachsen lassen, ohne mich je wissen zu lassen, wer ich wäre. Als ich so vor Lisines Grab hockte mit dem vielfältig bitteren Nachgeschmack dieses Tages und der vorhergehenden Wochen, dachte ich nach, ob sie wohl immer eine Magd gewesen war, ob ihre Eltern sie vielleicht weggegeben hatten, weil sie nicht richtig im Kopf war. Das Leben war mir bisweilen bereits unerklärlich vorgekommen, nun bescherte mir der Tod ebenso viele Fragen.

Berenice hatte mich nun wahrlich aufs Töten vorbereitet, doch ich hatte es selbst noch nie getan. Ich fürchtete mich davor.

Im Sommer war ich bereits darin erfahren und hatte in wenigen Tagen mehr Männer umgebracht, als ich Jahre zählte.

Herrenpreis des armen Dichters Romuald auf die Fürsten Gordec und Gâles zu Kanelegres und auf den Ziehsohn, Marke von Cornwall, wegen ihrer Taten in der Fehde gegen Morgân, den Schrecklichen (Auszug)

Groß ist Gordec, edel ein Kämpe und ehrbar im Kampfe,
und Gâles, sein hehrer Sohn, folgt ihm tapfer stets,
in jedem Streite treten beide gemeinsam grimm
der feigen Feinde flatterhaften Fahrlässigkeit entgegen.

Ohn Zögern focht auch Jung Marke, aus Cornwall ein Prinz,
jung an Jahren, doch wild im stillen Gemüt.
Von seinem Arm fielen der Feinde viele,
alsbald zehn an einem Tage, das ist wahr, denn ich
kann es bezeugen.

Rot färbten Gordec, Gâles und Marke die Felder
noch vor der Abendsonne, die sich spiegelte
im vergossenen Blute der gemeuchelten Männer Morgâns,
als dann der Tag der Nacht ein Lehnsmann wurde.

Da klagte Morgân und mitleidslos schwor
Rache er auf ewiglich
denen zu Kanelegres und denen zu Cornwall,
er wollt nicht ruhen in grausiger Fehde,
als bis tot und kalt wären die drei Kämpen so stark.

Ebenda lacht kühn Gordec, da lacht kühn Gâles,
da lächelt still der Prinz zu Cornwall,
denn so klar war der Sieg, sodass es würd dauern
Jahr und Tag vielfach über, bis Morgân sich erholte
und wär zum Kampfe bereit noch einmal.

Christus, Herr, schütze die von Kanelegres.

Versuchung

Das Töten dieser Jahre wurde mir zu solcher Gewohnheit, dass ich mich kaum an Einzelheiten erinnern kann. In schlimmen Träumen holten mich in der Nacht bisweilen die Gesichter einiger namenloser Männer ein, deren Leben ich genommen hatte. Ich sah ihre Augen noch einmal brechen, hörte wieder und wieder ihr schon gurgelndes Flehen, es nicht zu tun, roch die letzte Mahlzeit in ihrem Atem, während ich zustieß.

Jetzt sind meine Albträume andere, ungleich schlimmer als die metzelnden Verrichtungen eines Halbwüchsigen auf dem Felde. Jetzt träume ich davon, Brangaene niemals wieder zu sehen, sie für immer verloren zu haben, und es ist ein Traum, der auch im Wachen nicht endet.

Die schlimmsten Bilder sind die, in denen ich sie sehe, sie fühlen kann, in denen sie bei mir ist, wie früher. Und dann erwache ich mit der elenden Gewissheit, als einsamer Krüppel in einer verfallenden Burg zu sterben. Neulich in der Nacht ist Brangaene zu mir gekommen. Im Lichte des schönen sechsarmigen Leuchters, den wir schon lange nicht mehr haben, saß sie an meinem Bett. Sie hielt meine Hand und lächelte, und in der Täuschung dieses schändlichen Traumes hatte ich zum ersten Mal wieder eine Ahnung dessen, was ein Mensch wohl fühlen muss, wenn er Weinen in sich aufsteigen spürt. Doch ich erwachte, und weder Tränen noch Brangaene wollten sich alsdann zeigen.

Als ich ein Knabe war und tötete, da weinte ich schon Jahre nicht mehr. Ich erinnere mich des Tages der großen Fehde gegen Morgân, meiner ersten Schlacht. Morgân war ein damals noch minderer Fürst im Süden, der Gordecs Jagdrechte und Wegzoll mehrfach verletzt hatte. Er war schlau und ehrgeizig, doch in diesen Jahren noch zu arm, als dass er einen Kriegszug hätte gewinnen können. Warum er die Fehde trotzdem anstrebte, weiß ich nicht, doch ich habe gelernt, dass manche Männer und ebenso viele Frauen, egal wie sie sonst begabt sein mögen, hilflos sind gegen die alles verzehrende Flamme ihrer Ruhmsucht.

Morgân war ein solcher Mann.

Da ich Gordec nicht wirklich ernst nahm und für einen Herrscher zweifelhafter Geistesschärfe hielt, machte ich den Fehler, Morgân für noch dümmer zu halten, da es eben Gordec an diesem Tag gelingen sollte, ihn in dieser Schlacht zu besiegen. Einer, der sich von Gordec hereinlegen ließ, dachte ich, muss wirklich dumm sein.

Dieser Irrtum eines hochmütigen Knaben sollte Morgân zu Kanelegres' Todfeind und letztlich zum Mörder meiner Schwester machen, die ich an diesem Morgen jedoch noch gar nicht kannte.

Es ist seltsam, wie das Schicksal an seinem Webstuhl sitzt und unbesehen beginnt, Fäden zu verbinden, die der Betrachter erst nach Jahrzehnten als ein Muster zu erkennen weiß.

Der Tag, an dem ich hier liege und bei lebendigem Leibe vermodere, und die Nacht, während der ich in meinem Zelt unruhig auf den Tagesanbruch wartete, sind von ein und demselben Schiffchen verwoben worden, mein Leben ist ein Teppich geworden.

Vor dieser ersten Schlacht fürchtete ich den Tod so wenig wie heute, doch war meine Furchtlosigkeit damals nur die glückliche Unwissenheit der aller Jugend, während ich nun weiß, dass der Tod zu uns kommt, wenn es Zeit ist, nicht, wenn wir es fürchten – und bedauerlicherweise auch nicht, wenn wir es wünschen. Gâles und Gordec waren wild wie Hengste, die eine Stute in der Hitze riechen. Sie scharrten mit den Füßen und leckten sich die Lippen in Erwartung dessen, was kommen möge.

Als Morgân auf der anderen Seite des Tales mit einem Schärlein von kaum hundertfünfzig Mann aufzog, stand die Sonne erst eine Handbreit über dem Horizont.

Morgân schlug sich nicht selbst. Er blieb auf seiner Seite des Tales, ohne zu grüßen oder sich den traditionellen Riten zu unterziehen. Ungerührt saß er auf einem Schimmel und gab den Söldnern Befehle.

Gordec hatte mir den alten Veteranen Claudius, einen ehemaligen römischen Legionär, der mein Waffenmeister war, als Schutz zugewiesen. Als die Horde gegenüber losbrach, hielt er mich mit ruhigem Blut zurück und raunte: »Lauf dem Tod nie entgegen, Junge. Lass ihn zu dir kommen, dann kann er entscheiden, ob er dich mitnehmen will.« Als die Männer Morgâns schließlich nur noch zwanzig Schritt entfernt waren, ließ er mich los und brüllte mir eines der vielen Kommandos zu, die ich in den vorangegangenen Monaten gelernt hatte. Ob ich dem Befehl folgte, weiß ich nicht. Ich sehe nur noch den Moment vor mir, als mein Kurzschwert durch das Wams des Mannes, der auf mich zu rannte, ungebremst in seinen Brustkorb eindrang. Er hatte braune Augen, eine Narbe auf der rechten Wange und trug einen verfilzten Bart. Wie fast alle war er barfuß. Vielleicht ein hungernder Landsknecht, doch er ging im Angriff mit so wenig Geschick vor, dass ich in ihm eher einen Bauern oder einen Schuldner Morgâns vermutete, der seinen Kriegsdienst nicht freiwillig tat. Das Geräusch der Klinge, die Knochen und Muskeln durchtrennte, war eines, wie ich es noch nie zuvor im Leben gehört hatte. Mein Arm wurde eiskalt, überlaufen von einem Schauer.

Und zugleich befiel mich ein alles verzehrender Rausch, alle Befehle, die Claudius mit mir geübt hatte, vergingen unter der Herrschaft eines aus meinem Körper hervorbrechenden Hochgefühls der Gewalt, mächtig genug zu sein, ein anderes Leben zu beenden. Weder Claudius' Erfahrung noch mein Übermut führten nun die Waffen, sondern das wahnhafte Gefühl von Unbesiegbarkeit. Ich kostete Macht in ihrer niedersten Form und wie jeden anderen, der je von ihr getrunken hatte, nahm sie mich und alle meine Sinne gefangen. »Nein«, heulte der Mann sterbend, »ich kann noch nicht.«

Ich erinnerte mich an Berenice wie an einen allgegenwärtigen

Schatten und an ihre Mahnung, es schnell zu machen, deswegen zog ich mit der linken Hand mein Jagdmesser und schlitzte dem Verwundeten vom Gürtel bis zum Halse den Körper auf, so wie Claudius und ich es unzählige Male an den Strohpuppen geübt hatten. Ich hatte mich nicht darauf einstellen können, wie der Körper eines Menschen mit seinem lebensversessenen Inneren meiner Schneide so viel mehr Widerstand bot, als ein Schaf oder eine Attrappe. Auch erstaunte mich die Hitze, die heftig aus seinem Leib drang, und die in der Kühle des Morgens so deutlich wahrnehmbar auf meinen Händen kitzelte.

Der Mann fiel zuckend und kreischend, landete seitlich auf meinen Füßen, als ich bereits den nächsten Angreifer abwehren musste.

Zehn Männer lebten an diesem Abend nicht mehr, weil ich ihnen das Leben genommen hatte. Ihr Blut verklebte meine Haare und bedeckte meine Hände. Claudius hatte einen schlimmen Schnitt von der linken Schläfe bis zur Lippe davongetragen, weil er sich einmal zu viel nach mir umgedreht hatte. Der Kiefer hing ihm herunter, und das Wundfieber war nicht weit. »Sag ihm Auf Wiedersehen«, wies mich Gordec an.

In der Schlacht am nächsten Tag konnte Claudius nicht mehr dabei sein. Als ich am zweiten Abend ins Lager kam, besuchte ich ihn. Er konnte kaum sprechen. Die linke Hälfte seines Gesichtes wimmelte schon von Läusen und war stark angeschwollen. Seine Blicke folgten mir, voll von unausgesprochenen Reden.

Am nächsten Morgen war er tot. Auch Claudius wurde mit einem Stoffverband um den Hals beerdigt. Ich weiß nicht, wer es getan hatte, ich nahm sein Schwert mehr aus Verpflichtung zur Geste denn aus dem Bedürfnis heraus an mich und spürte nun jeden Tag weniger, wenn wir auszogen.

Nach knapp einer Woche war die Fehde vorbei. Gordec, Gâles und die kampfeslustigen Bretonen triumphierten über Morgân und seine sich täglich lichtende Schar, bis nur noch ein Haufen von zehn Verwundeten übrig geblieben war, die schmachvoll fliehen mussten. Gordec und seine Männer plünderten dem Brauch entsprechend drei oder vier Dörfer in Morgâns Herrschaftsgebiet und steckten die umliegenden Felder in Brand. Aus vorgetäuschter Trauer um meinen Waffenmeister blieb ich zurück, um mich nicht schuldig zu machen an diesem üblen Nachhall der Fehde, der Morgân wohl ein paar Jahre schaden mochte, der aber so viele andere für immer vernichtete. Ich sah den Rauch aufsteigen und hörte bisweilen Schreie. Mit sechs Ochsen, einer trächtigen Kuh, vier Ziegen, einem Karren halb voll mit Mehl, halb voll mit Bier kehrten wir nach Kanelegres zurück. »Was bist du bloß für ein Langweiler«, pöbelte mich Gâles im Vorbeigehen an. Es gab eine Siegesfeier, die drei Tage dauerte.

Ein halb verhungerter Dichter, den Berenice in unserer Abwesenheit aufgenommen hatte, verfasste eine Ode auf Gordec, der sich daraufhin fühlte wie der König der Welt. Er selbst konnte nicht einmal seinen eigenen Namen schreiben, doch trug er in den nächsten Wochen stets das Stück Pergament bei sich, auf das der wandernde Poet seinen Herrenpreis gekritzelt hatte. Gordec wurde nicht müde, alle zwanzig Strophen immer wieder zu hören. Der Reimeschmied, vor dessen Füßen und Magen nur ein langer, leerer Winter lag, wurde nicht müde, dem Schlachtengesang stets neue, ausgeschmücktere Begebenheiten hinzuzufügen, da mit jedem Poem sein Aufenthalt auf Kanelegres für einen weiteren Tag gesichert war. Hätte irgendjemand auf Kanelegres wirklich geahnt, wie schlecht der dünne Mann reimte, hätte er keine zwei Tage Obdach gefunden. Doch so wurde ihm die ländliche Unerfahrenheit der Herrscherfamilie zum Nutzen.

Auch auf die Herrin Berenice dichtete er Verse, die er des Abends auf einer schlecht gestimmten Harfe zum Vortrage brachte. Berenice war, wie meine Mutter, nie eine Schönheit gewesen. Eher plump an Wuchs, das Haar gelichtet, bestach sie die Menschen allenfalls durch ihre stille Bestimmtheit und ihre Umsicht als gewissenhafte Hausherrin. Doch im Herzen jeder Frau wohnt offenbar ein Wesen ganz unähnlich dem ihrer äußeren Erscheinung, das verzaubert sein will von der Idee, wie ein Liebender es sehen würde. So lauschte Berenice mit tränenüberglänzten Augen, wenn der Sänger ihre Schönheit pries, von ihren runden Wangen, blauen Augen und roten Lippen sang, von ihrer edlen Art und von seinem brennenden Bedürfnis nach einem ihrer Küsse. »Dein Mund ist wie eine Fackel, leuchtet in die dunkle Nacht«, lautete eine Zeile. Ich glaube, gegen eine Schweinshaxe hätte der arme Alte jederzeit zehn brennend begehrte Küsse eingetauscht.

Gâles machte Geräusche, als müsste er sich übergeben, als er bei einem lieblichen Vortrag zu Gunsten seiner Mutter einmal gegenwärtig war. Er hielt solches für lustig, doch ich sah, dass es Berenice kränkte. »Geh raus, wenn du von Kunst nichts verstehst«, zischte sie ihn an.

Gordec, inzwischen selbst gänzlich eingenommen von seinen Heldentaten auf dem Feld und mehr noch auf dem Papier, ging ganz anders vor als sein Sohn, um der Gattin die Freude am Besungenwerden zu nehmen. Er wies deutlich und unhöfisch auf die Ungenauigkeiten im Bilde des Dichters hin, die ihn, wenn es um die eigenen Verdienste ging, nicht zu stören schienen. »Ich kenne diese Frau nun seit fast zwei Dutzend Jahren«, belehrte er den Dichter, »und sie hat nie eine Reihe von Perlenzähnen gehabt, wie Ihr sagt. Im Gegenteil, meine Mutter selig hatte sogar Einwände gegen die Hochzeit gemacht, weil meine Gute im Kiefer etwas schwach bestückt war. Ihr müsstet das Gedicht wohl noch einmal bedenken, Freund.«

Berenice kniff die Lippen zusammen und wurde noch verschlossener als zuvor. Sie fragte nicht mehr nach Vorträgen des Fahrenden, und das kurzfristig entflammte Interesse der Familie an der Poesie erlosch.

Der Dichter musste Kanelegres in allen Hoffnungen getäuscht noch vor dem Ende der Erntezeit verlassen. Berenice gab ihm für seine Dienste ein junges Schwein mit auf den Weg, was eine großzügige Entlohnung war, doch dem Manne nicht lange zur Freude gereichte. Kurz hinter dem nächsten Dorf soll man ihn am seiner Abreise folgenden Tage erschlagen aufgefunden haben.

Der Winter kam und dann der Sommer, und der nächste Winter und der nächste Sommer. Fehde und Frieden wechselten sich zum Frühjahr und zur Erntezeit ab. Im Sommer, als ich siebzehn wurde, kam die Loba.

Sie war eine entfernte Cousine von Berenice durch ihre Mutter, mit mir und meiner Familie also nicht verwandt. Die Loba war aus dem Languedoc angereist, mit der Aura ihres ganzen sagenhaften Reichtums umgeben. Begleitet von sechs Reitern, vierzehn Fußsöldnern, acht Sänftenträgern, zwei Zofen, einem Kammerjungen und drei Wagenladungen voller Besitztümer brachte sie mir die erste Ahnung einer gänzlich anderen Welt nach Kanelegres und seiner Kargheit.

Als das Gefolge der Loba auf dem großen Hof hielt, prunkend in Farben und Stoffen, die trotz des Reisestaubs strahlender leuchteten als alles, was ich bisher an Gewändern oder Teppichen gesehen hatte, hielt ich gemeinsam mit dem Gesinde Maulaffen feil wie ein Bauerntölpel. Ein Knabe von haselnussbrauner Haut in fremdländischen Gewändern hielt die Vorhänge zur rechten Seite der Sänfte geöffnet, ohne dass der Gast im Inneren sich bequemte, auszusteigen.

Berenice, von der Ankunft ihrer berühmten Base erst am Vorabend durch einen Eilboten unterrichtet, hatte ihr bestes Gewand angelegt, ein safranfarbenes Leinenkleid mit braunen Verbrämungen, zu dem sie einen passenden Kopfputz besaß, der ihr ganzer Stolz war. Auch Gordec, Gâles, die kleinen Ziehgeschwister und ich waren angehalten worden, uns nach dem Besten unserer Möglichkeiten zu kleiden, doch nichts konnte darüber hinwegtäuschen, dass sich hier eine Rose in einen Küchengarten verirrt hatte.

Die Loba kam aus einer Laune heraus zu uns »ans Ende der Welt«, wie sie zynisch alle paar Augenblicke sagte. Sie war im Languedoc mit einem Fürsten vermählt, der ihr und dem gemeinsamen Ehebett zu Gunsten maurischer Knaben fernblieb. Ihre Schätze machten die Loba, die Wölfin, wie sie nach einer berühmten auf sie verfassten Ode nur noch genannt wurde, zu einer der begehrtesten Burgherrinnen des Südens. Sie hielt sich jede Saison eine neue Hand voll junger Dichter und Musikanten, die ihren Lobpreis in alle vier Winde trugen und sie mit den Taschen voller Gold verließen. Sie sollte viele Liebhaber besitzen, hieß es, doch der Klatsch, der seit der Ankündigung ihrer baldigen Ankunft durch Kanelegres summte, übertraf alles, was je ein Mensch gehört hatte, um ein Vielfaches. Die Küchenmägde reckten die Hälse, um keinen Augenblick zu verpassen.

Der maurische Knabe hielt noch immer geduldig den Vorhang, und weitere Momente verstrichen, in denen die Familie und das Gesinde gespannt von einem Bein aufs andere traten, bald freundlich wartend, bald ärgerlich, dass sich die Dame nicht nur unnötig Zeit ließ, sondern so auch trotz eines nur geringfügig höheren Ranges allzu klar machte, dass dieser Besuch eine Gnade, kein Vergnügen war.

Dann streckte sich eine Hand aus den Stoffen und winkte einem ihrer Begleiter, der sogleich seinen Mantel abnahm und ihn vor der Sänfte ausbreitete. Es hatte seit Wochen nicht geregnet, eine solche Maßnahme war unnötig, bloß ein weiterer Affront gegen die armseligen Gastgeber, deren simpler Boden selbst zu schlecht war für die Herrin aus dem Süden. »Was soll das ganze Getue?« Gordec zog geräuschvoll die Nase hoch. Ich erwartete, dass er sich sogleich gegen die Loba schnäuzen würde, um seinem gekränkten Stolz gebührenden Ausdruck zu verleihen, da trat die Loba aus der Sänfte. Bereits die erste Begegnung mit dieser spröden Frau ist mir unauslöschlich im Gedächtnis geblieben.

Sie war groß, fast schon größer als ich, der ich damals selbst Gordec um zwei Finger überragte, und von kräftigem Wuchs. Mit bezaubernder Nachlässigkeit trug sie ein grünes, schillerndes Gewand üppiger Machart, dessen Stoff der sparsamen Berenice für vier Kleider und eine Tischdecke gereicht hätte. Ihr Schmuck war berückend ausgewählt, gleißend in seiner wohl dosierten Kostbarkeit, und stach die arme Cousine, die sich in ihrem Bemühen mit allem behängt hatte, was Gordec je von seinen Beutezügen hatte mitbringen können, mit mitleidsloser Überlegenheit aus.

Das Haar hatte die Loba unter einem kompliziert gewundenen Kopfputz verborgen. Ihr Gesicht war ebenmäßig und wäre schön gewesen, hätte ihm nicht jegliche Wärme oder sogar das Leben gefehlt, an das die Loba wohl schon lange nicht mehr glaubte, egal wie gierig sie es um sich scharte. Mit leichter Hand ordnete sie bedächtig die ellenlangen Falten ihres Gewandes, bis sie schließlich zu uns aufsah, einer bunten, fadenscheinigen Abordnung provinzieller Feiertäglichkeit.

Sie lächelte. Nur ein einziges Mal habe ich die Loba anders lächeln sehen als bei ihrem ersten Besuch auf Kanelegres: Dieses gewohnheitsmäßige Lächeln war zugleich spöttisch, müde und böse. Ein Lächeln, das durch nichts mehr zu überraschen war. Ich fühlte, dass ich sie nicht mochte, eine verwirrend eindeutige Regung meiner im Inneren verborgenen Gefühle, da ich außer einer grenzenlosen Entfernung sonst nie etwas anderen Menschen gegenüber empfand.

Die hohe Dame straffte sich und schritt mit geübter, bedeutungsloser Liebenswürdigkeit auf ihre bescheidene Verwandte zu und küsste Berenice geziert beide Wangen. Dann reichte sie Gordec eine schlaffe Hand. Er schüttelte diese wie einen eingerosteten Pumpenschwengel, was die Loba aus dem Tritt brachte, daher tätschelte sie Gâles und den Ziehgeschwistern wohl nur flüchtig die Wangen. Schließlich stand sie vor mir.

Sie war etwas älter als meine Ziehmutter, so hatte ich gestern Abend vernommen, doch niemand hätte das geglaubt, wenn beide Frauen nebeneinander standen. Die Loba sah nicht eben jung oder mädchenhaft aus, doch sie war nicht wie die anderen Frauen ihrer Jahre von Falten zerfurcht, noch fehlten ihr nicht mehr als gerade mal zwei Zähne zum Ende ihrer Gaumen hin, wie ich sehen konnte, als sie mich anlächelte.

Sie hatte ein grünes und ein blaues Auge, was ich noch nie zuvor an irgendwem gesehen hatte, und in ihrer Stimme schwang jene abgeschliffene Gleichförmigkeit mit, die auch ich mir in späteren Jahren aneignete, ein Schutzschild gegen jedes Gefühl. Sie faszinierte mich und machte mir Angst.

»Das ist also der junge Marke von Cornwall«, sprach sie in mein errötendes Gesicht. »Sind wir denn auch ein bisschen miteinander verwandt, mein lieber Freund?«

»Das weiß ich nicht zu sagen, Herrin«, brachte ich hervor, glühend in meinem verletzten Stolz und in der Hoffnung, nicht gar zu bäurisch vor dieser hochmütigen edlen Frau dazustehen.

Sie verweilte, als wären wir gänzlich allein und unbeobachtet, geübt in der mir noch unbekannten Gewohnheit, sich in der Gegenwart Dutzender von Menschen zu bewegen, als wären diese nur taube Holzfiguren. Kokett legte sie erst eine Hand unter ihr Kinn und ließ sie mir dann in einer übergangslosen Bewegung durch meine Haare auf die Schultern gleiten.

»Was für schöne Locken«, gurrte sie. »Ich würde wohl gerne mit Euch verwandt sein, Jung-Marke. Ein hübscher Knabe wie Ihr ist eine Zierde für jedes Wappen. Aber vielleicht darf ich Euch einstweilen meine Freundschaft anbieten, zumindest bis wir geklärt haben, ob ich außerdem ein wenig Eure Tante sein werde oder nicht. Was meint Ihr, mein Hübscher?!«

»Was redet die?«, blökte Gâles in eifersüchtiger Verwirrung und wandte sich seinem Vater zu, der selbst nicht eben aussah, als hätte er auch nur eine kleine Antwort auf die Fragen seines Sohnes.

Dabei lag es wohl weniger am südlichen Dialekt der Loba als an ihrem verwirrenden Auftreten, dass sie in uns allen diese Bestürzung auslöste.

Ihre Hand lag noch immer auf meiner Schulter, und nur zwei ihrer Finger drückten sanft in meine Haut hinein.

Ich riss mich zusammen und antwortete: »Die Freundschaft einer edlen Dame, wie Ihr es seid, ist ein Geschenk, das kein Mann bei klarem Verstande zurückweisen würde, Herrin.«

Die zwei Finger bewegten sich nun in kleinen unmerklichen Kreisen gegeneinander. Mir wurde heiß.

»Na, so was«, sagte sie leise mit dem gleichen toten Lächeln,

»also doch ein wirklicher König, wie man mir gesagt hat. Ein Adler unter den Gänsen.« Dann laut: »Berenice, meine Teuerste!« Sie ließ meine Schulter los, doch vermochte sie noch während sie sich schon zu meiner Ziehmutter wandte, mir mit der Hand unmerklich über die Brust bis zum Gürtel zu streifen. »Da hast du ja einen ganz reizenden Kostgast, wie?« Die Loba fasste die immer armseliger wirkende Berenice unter den Ellbogen und strebte mit ihr auf die große Halle zu, die bei jedem Schritt, den die Loba auf sie zu tat, weiter zu schrumpfen schien. Gordec und Gâles starrten sich an und schüttelten die Köpfe. Ich selbst hatte es eilig, trotz meiner guten Kleidung in den Pferdestall zu gehen. Denn auch wenn die Hand der Loba mich nur mit den äußersten Fingerspitzen bis zum Gürtel berührt hatte, so war doch alles darunter in Aufruhr geraten, und ich schämte mich, so gesehen zu werden. Verstört saß ich auf einem Heuballen und kaute jeden Augenblick der Begegnung mit ihr wieder wie eine Kuh, bald ärgerlich, bald in gieriger Wiederholung der Zeit, in der ich ihre Hand auf mir gespürt hatte.

Die Loba war wirklich eine Wölfin. Nun war es an mir zu bestimmen, wer ich sein würde. Ein Schaf, ein Wolf oder einfach nur ein dummer Junge.

Ich sah sie, um dies herauszufinden, erst am Abend wieder, nachdem sie beinahe eine ganze Zeltstadt hatte aufschlagen lassen. Die Dame weigerte sich offenbar, in den für sie zu schäbigen Kammern von Kanelegres zu nächtigen, und hatte zu den hinteren Gärten hin ihre Zelte aufgestellt, uns in Farben und Formen unbekannt, doch selbst die Reiseunterkünfte der Loba und ihres Trosses waren edler als unser Ganzjahresquartier. Berenice hatte die Halle in Windeseile herauszuputzen versucht, allerdings wurden ihre eigenen Bemühungen zunichte gemacht durch eine großzügige Truhe südländischer Machart, welche die Loba angefüllt mit Tüchern, Leuchtern, Tellern und Bändern hinüberschicken ließ, wohl um sich beim Abendessen, das mit uns einzunehmen sie sich nicht weigern konnte, nicht zu sehr zu grausen angesichts unserer Barbarei. Verbissen, doch bereits verführt vom unverhofften Prunk, stattete Berenice die Halle mit einiger Geschicklichkeit so weit aus, dass selbst Gâles die Veränderung bemerkte. Stumm und unwohl saß er am Tisch, und Gordec brachte viel Zeit damit zu, sich auf dem Grund der neuen rotgoldenen Becher zu spiegeln, was seinen Unterhaltungswert als Gastgeber nicht förderte. »Manche haben sich eben besser verheiratet als andere«, schoss Berenice einen vom Empfänger unbeachteten Giftpfeil in seine Richtung.

Die Loba erschien schließlich mit dreien ihrer Begleiter, kräftige Söldner, doch kleiner als sie, die hinter ihrem Stuhl standen und auf jeden Wink von ihr zu achten wussten. Berenice bemühte sich angestrengt um eine höfische Unterhaltung. »Liebe Cousine, was führt Euch zu uns, in diesen armseligen Winkel der nördlichen Welt? Wir sind uns«, sagte sie bedeutsam gedehnt, »nun der Ehre Eures Besuches vollends bewusst, doch was uns diese Ehre verschafft, wissen wir noch nicht.«

Gordec zog gelangweilt einen Finger hin und her durch die Flamme einer Kerze, die vor ihm stand. »Ja«, rief er. »Erzählt doch mal. Au!« Die Loba betupfte sich den Mund geziert mit einem eigens dafür mitgeführten Tüchlein, was Gâles, der an der goldbestickten Tischdecke vergebens nach einem Ort zum Abwischen gesucht hatte, einen kurzen Ausruf des Erstaunens entlockte. »Ich bin hierher gekommen«, begann sie dann, »wegen des großen Verlangens, das ich hatte, Euch, teure Berenice, nach so vielen Jahren einmal wiederzusehen und mich mit Euch an unsere Jugend zu erinnern.«

»Was?«, rief Gâles. »Dafür reist Ihr …, äh, so weit.« Ihm selbst waren Reisen verhasst und er hatte wohl nur eine ungefähre Vorstellung von der Entfernung der Gegend, aus der die Dame gekommen war.

Die Loba legte den Kopf schief und sah Gâles an: »Welch ein reizender Junge, Berenice, noch so ungestüm wie ein Kind.« Gordec verstand sicher nicht, was genau sein Sohn falsch gemacht hatte, da uns Gâles' Frage alle bewegte, doch der Rüffel war angekommen, und er hieb seinem Ältesten mit der Hand auf den Hinterkopf, wo meiner Ansicht nach nicht viel Schaden anzurichten war.

Berenice versicherte ihrer Base, wie sehr sie sich freute, dass sie ihr diesen Besuch gemacht hätte, und der Rest der Mahlzeit verlief in eisiger Stille. Hin und wieder sah ich auf, ob es mir wohl gelänge, einen Blick der unruhestiftenden Besucherin zu erlangen, doch sie war ganz mit sich und ihren Verrichtungen beschäftigt. Erst als es Zeit wurde, sich für die Nacht zurückzuziehen, bat sie trotz der drei Söldner um meine Begleitung, dass sie sicher zu ihren Zelten zurückfinden möge, und Berenice, dankbar, dass zumindest ich sie an diesem Abend nicht blamiert hatte, gab mir einen eiligen Wink. »Natürlich geht er mit. Mach schon, Marke.«

In angemessenem Abstand schlich ich also durch die eben erst hereinbrechende Dämmerung neben ihr her. Eine der drei Wachen lief uns als Fackelträger voraus, eine sinnlose Verschwendung, da der Weg klar zu erkennen und geschützt innerhalb der Burgmauern war.

Schweigend, nur vom Rascheln ihrer großartigen Gewänder begleitet, schritten wir zu ihrem Zelt, an dem die drei Wachmänner sogleich Aufstellung nahmen. In ihrem vorauseilenden Gehorsam erkannte ich eine ganz andere Weise zu dienen, als ich sie bei den einfältigen Knechten, Mägden und Söldnern auf Kanelegres beobachtet hatte, die aus Furcht, Hunger und mit einer stumpfen Gleichgültigkeit das verrichteten, wozu sie angestellt waren.

Die Dienstmänner der Loba vom kleinen Kammerjungen bis zu den Wachen dienten ihr sich des Wertes bewusst, den sie für sie hatte. Sie waren stolz auf diesen Preis, doch sah ich keine wirkliche Loyalität der Herrin gegenüber, die der Treue ihrer Diener nur so lange sicher sein konnte, wie sie zahlte. Ich stand blöde vor dem Zelt und wartete, ob die Dame mir noch weitere Befehle zu erteilen hatte. »Ja, gut, also dann …«, stammelte ich unsicher.

Der kleine Maure hielt von innen die Falten der Eingangstür geöffnet und wartete. Die Loba wies mit einer keinen Widerspruch duldenden Geste ins Innere des Zeltes, und so folgte ich ihr zu einem ungewissen weiteren Verlauf des Abends. Die Pracht des Lagers ließ mir den Atem verschlagen. Mehrfach lagen fremdländische Teppiche weich übereinander, eine Schlafstatt mit Kissen übersät stand neben einem Kupferbecken, aus dem heiße Steine wohlige Wärme spendeten. Das Kind goss mit Kräutern versetztes Wasser auf die großen Kiesel, und wunderbarer Duft breitete sich aus. Zwei Truhen, derjenigen nicht unähnlich, die sie an Berenice hatte schicken lassen, standen rechts und links neben der Tür, beide angefüllt mit Gewändern, Stoffen und Zierrat. Um einen seltsam niedrigen Tisch herum, kaum höher als bis zu meinen Waden, lagen weitere Polster. Auf dem Tisch standen feine kupferne Krüge und goldene Becher. Es war unglaublich, so viel Reichtum auf einem Haufen zu sehen. Doch noch erstaunlicher war es, zugleich im Arrangement seiner verschwenderischen Nachlässigkeit zu erkennen, dass dies nur ein geringer Teil dessen war, was diese Frau in ihrer Alltäglichkeit umgab. Sie löste ihren Umhang und ließ ihn aufs Bett fallen, von wo der kleine Maure ihn aufnahm. Dann ließ sie sich vor dem kleinen Tischchen auf den Kissen nieder, mir bedeutend, dass ich mich ihr gegenüber setzen sollte. Der Kammerjunge schenkte einen Wein ein, wie ich ihn in seinem Aroma und seiner Reinheit noch nie geschmeckt hatte.

Schließlich wurde auch er nach draußen geschickt.

»Marke«, begann die gefährliche Verwandte dann ohne Einleitung. »Ich meine es wirklich gut mit dir, aber verlier nicht gleich den Kopf, hörst du. Wenn alles zu offensichtlich wird, verstimmt es mich.«

Ich errötete, auch wenn mir nicht ganz klar war, was sie meinte. Ich beschloss, mich auf jeden Fall besser zusammenzunehmen.

»Du bist hier fehl am Platz, mein Junge«, fuhr die Loba fort. »Du bist kein Bauernfürst wie Gordec, sondern ein wirklicher Herrscher, weißt du? Ich habe viel von dir gehört. Dass du so hübsch bist, wusste ich allerdings nicht, es trägt zum Reiz bei. Man will ja auch was fürs Auge.« Sie nippte an ihrem goldenen

Becher. »Ich kann dir sehr nützlich sein. Ich kann dir sehr viel beibringen, was dir ein langes Leben als König auf deinem Karnickelfelsen da oben in Britannien bescheren wird. Oder ein weniger langes Leben als einer der wirklich wichtigen Männer bei uns im Süden.« Sie machte eine Pause und schien nichts mehr sagen zu wollen. Ich zwinkerte verwirrt und versuchte zu verstehen, was sie mir mitteilen wollte. »Nun?«, fragte sie.

»Nun, was, Herrin?« Ich hatte wirklich keine Ahnung, was sie von mir erwartete, ich wollte mich nicht noch größerer Peinlichkeit aussetzen, als sie die Gegenwart der Loba ohnedies schon vermittelte.

»Ja, hast du dir denn noch keine Gedanken über deine Zukunft gemacht, Junge? Wie alt bist du jetzt: fünfzehn?«

»Gerade siebzehn.«

»Das ist auch schon fast zu spät. Marke, du bist ein wichtiger Eckpunkt der gesamten Reichspolitik. Deine Mutter hat Tintâgel so weit ganz gut gehalten, wie man hört. Cornwall ist reicher, als es das unter der Herrschaft deines Vaters oder der Römer war. Also bist du reich, Marke. Na ja, also für hiesige Verhältnisse zumindest. Spätestens in ein paar Monaten werden sie anfangen, dir Heiratskandidatinnen zu schicken. Du musst dann wissen, wohin du gehören willst. Willst du denn auf diesem Bauernhof bleiben, bis es zu spät ist?«

Zu spät wofür? Darüber hatte ich noch nie nachgedacht. Ich hatte mich daran gewöhnt, ohne Erwartung von einem Tag zum nächsten zu leben, bis irgendwann die Rückkehr nach Tintâgel, in die mir fremdgewordene Heimat, unausweichlich sein würde. Mit einundzwanzig sollte ich zurückkehren. Das waren noch vier Jahre. Das war eine Ewigkeit!

In diesem einfachen Land hier war es mir nur natürlich erschienen, nie über andere Möglichkeiten nachzudenken als die, die mir zugeteilt waren.

Jetzt kam ich mir mit einem Mal sehr dumm vor, einfallslos und träge wie Gâles, über den ich mich doch heimlich immer erhoben hatte. Mit welchem Recht, fragte ich mich nun.

Die Loba sah meinen Gedanken aus halb geschlossenen

Augen zu. Ich bin sicher, sie konnte sie in meinem Schweigen hören, als hätte ich sie laut herausgebrüllt. Sie hatte ihren Haken in mich gesetzt wie ein Angler, der sich noch nicht sicher ist, ob der Fisch kämpfen wird oder einfach an Land zu ziehen wäre. Dabei wollte sie den Kampf, um den Wert der Beute für sich zu erhöhen, das konnte ich spüren.

»Die Frage ist so einfach wie die Antwort, Marke«, sagte sie schließlich. »Willst du herrschen, oder willst du beherrscht werden? «

»Ich will nicht so sein wie Gâles und Gordec«, antwortete ich in tiefer Überzeugung, deren Gründe vielfältig waren.

Da lachte sie und trank mir zu: »Das ist doch ein Anfang. Du darfst jetzt gehen, mein Junge.«

Die Loba blieb fast einen Monat auf Kanelegres, in dieser Zeit gab sie mir nie wieder Anlass, etwas anderes von ihr zu erwarten als die politischen Unterweisungen, die sie mir allabendlich erteilte und in deren Verlauf ich Zusammenhänge außerhalb der beschränkten Welt der Landadligen zu verstehen lernte. Es ging nicht um Jagdrechte, Wegezoll oder Weideland, das einer dem anderen Fuß um Fuß wegnehmen wollte. Die Grenzen des Reiches waren verbunden mit einer empfindlichen Achse des Gleichgewichts politischer Mächte in Ost und West, zwischen Rom, Konstantinopel und den freien Städten des Languedoc. Cornwall in der Isolation des Nordens konnte eine wichtige Zunge an dieser Waage werden.

Ein Handelszentrum des Austausches mit den Nordvölkern, ein Schwerpunkt der ganzen Welt nördlich vom Frankenreich. Diese Zusammenhänge zu lernen faszinierte mich. Gewöhnt an die Stunden im warmen Prunkzelt der Loba, wollte mir Kanelegres nun mit jedem Tage fader und bäurischer scheinen, und mein Hochmut wuchs. Ich wollte, was die Loba hatte und wovon sie so unnachahmlich nachlässig sprach: Gold, Macht, Herrschaft. Ich hatte eine Lehrerin, und ich lernte. Ich lernte zu denken wie eine der klügsten Frauen, die ich in meinem Leben je kennen sollte. Dies war ein Vorteil, den ich als Halbwüchsiger nicht würdigen, sondern allenfalls hinnehmen konnte, ohne seine Tragweite für mein weiteres Leben zu ermessen.

Mich beschäftigten vornehmlich ganz andere Dinge, wenn ich meine Tage im Stall oder auf der Jagd verbrachte.

Die Befürchtungen - oder Hoffnungen -, die ich gehabt hatte, dass die Loba mich tatsächlich als ihren Geliebten wählen könnte und ich so von ihr abhängig wäre, waren einer ganz anderen, unsichtbaren und stärkeren Knechtschaft gewichen: Ich war angesteckt von ihrer Art, das Leben zu sehen. Sie formte mich und meinen politischen Verstand mit der Finesse eines Glasbläsers, der an einem Meisterstück arbeitet, das er gleichwohl auch jederzeit zerschlagen und durch ein neues ersetzen könnte, um nichts ärmer als einige Stunden der Arbeit. Mir aber dräute die Zeit, in der sie Kanelegres wieder verlassen würde, denn dann wäre die Welt entschwunden, die sie mir durch ihren golddurchwirkten Vorhang gezeigt hatte.

Privater Brief der Fürstin Konstanze von Aquitanien, genannt die Loba, Herrscherin über das Pyrnerland, an seine Exzellenz Bischof Enzio Vito II. von Avignon
(in der geheimen Korrespondenz zu bewahren)

Seiner Exzellenz, dem Herrn *Bischof Enzio Vito von Avignon*, dem Diener der hochheiligen römischen Kirche, entbietet seine treue Verbündete und Freundin, ihre durch GOTTES GNADE allzeit erhabene Fürstin von Pyrn, schuldig steten und aufmerksamen Gehorsam, ihren freundschaftlichen Gruß, etc.

Bestrebt, Eurem Auftrage nachzukommen, den Jungen von Cornwall einmal verbindlich in Augenschein zu nehmen, bin ich seit einigen Wochen bei meinen ländlichen Verwandten zu Kanelegres in Unterkunft gegangen und kann darob froh berichten, dass alles, was wir über den Jungen aus zweiter und dritter Hand gehört haben, in der persönlichen Begegnung annehmbar übertroffen wurde.

Der Knabe ist still, klug und von ausbaufähigem Geist.

Er ist freilich gänzlich ungebildet, was die politischen Zusammenhänge des Reiches betrifft, und von seinem Horizont nach dem Vorbild der bäurischen Landadligen hier nur in Fehde, Jagd und Feldwirtschaft geschult. Ein angenehmer Jüngling von hohem, aber stabilem Wuchs und schwarzdunklem Haar besticht er den Betrachter durch ein zweifellos gewinnendes Äußeres, enorm sprechende braune Augen und eine kriegerisch gestählte, doch nicht rohe Physis. Es wächst ihm bereits ein Bart, den er nach Römerart täglich entfernt. Das Römische ist bis auf die lange Gestalt überhaupt ganz durchschlagend, wohl von der Vaterseite her. Der Knabe trägt gelocktes Haar, seine Haut hat etwas Südländisches, erfreulicherweise also kein Brite, wie wir diese rosig blonden Menschen zuweilen beim Heiligen Vater gesehen haben. Er trug aus den Gefechten, in denen er sich nach Berichten der Zieheltern wohl bewährt haben soll, einige mindere Narben und Brüche davon, aber nichts, das entstellend zu sehen wäre. Seine Kleidung ist einfach, seine Manier entsprechend, doch zeigt er viel Talent zu neuen Bereichen des höfischen Lebens, in Haltung und Gebaren lernt er schnell und wäre bereits nicht mehr zu unterscheiden von einem, der zu Hofe in Tours oder Avignon aufgewachsen ist. Wie zu erwarten ist, spricht er noch cornisch und den Dialekt der Gegend zu Kanelegres, leidlich passables Latein und etwas Französisch. Erstaunlicherweise kann er gut lesen und sogar flüssig schreiben, ist aber keine kunstbeflissene Natur. Das Schaffen von kleinen, zierlichen Dingen liegt ihm wenig, ich sehe so ganz den Herrscher in ihm, dessen Versprechen uns schon von den anderen Quellen gemacht wurde. Er trägt – obschon noch so jung – in sich eine gewisse Seelengröße, die ihn still Achtung gebieten lässt.

Sein Verstand ist schnell, beweglich und wissbegierig.

Wenig an ihm, außer der Gestalt, ist noch ganz jünglingshaft, er ist nicht unüberlegt ruhmesgierig, auch nicht sittenlos. Er liebt GOTT sehr, doch scheint ihm die Kirche dabei nebensächlich, mit den Priestern, die nur im Winter hier dauerhaft Quartier nehmen, hat er sich des Öfteren gebissen, disputierte gar, wie die Ziehmutter mir erzählte, mit ihnen über theologische Besonderheiten, deren Einzelnes sie nicht wiederzugeben wusste. Das Beste dünkt mich, ihm einstweilen die lange Leine zu geben. Offen gegängelt würde er ein Feind sein – frei und unbehelligt, ein sicherer Verbündeter, gelenkt von unsichtbarer Hand. Meiner oder Eurer, lieber Freund.

Marke könnte ein Mann der großen Tat werden, strahlend in Ruhm und Waffen, doch würden dabei seine bemerkenswertesten Begabungen dürre gehen, denn das Herrschen, wie er es können wird, mag ihm ganz andere Schlachten aufzwingen als die mit Schwert und Bogen. Zum Geld hat er so gar keine rechte Einstellung, auch weiß er nicht, dass oder wie er besitzend ist, ihn höfisch zu machen wird dauern, aber erfolgreich sein.

Ich habe in der Zeit, die ich hier unter denen, die da zu meiner Verwandtschaft gehören, zubringe, es vermocht, sein tiefes Vertrauen zu erwerben. Er folgt in allen Dingen meinem Rat, und ich bin sicher, dass ich ihn auch zukünftig werde leiten können, sodass Cornwall die Stelle einnimmt, über die wir während meines letzten Besuches wiederholt gesprochen haben, ganz zu unserer beiderseitigen Zufriedenheit.

Ich werde mich kümmern und Eurer Exzellenz auch fürderhin Bericht erstatten, was sich bezüglich des jungen Königs von Cornwall weiter erwirken ließ. Es besteht einstweilen keine Not, ihn zu einem anderen Aufenthaltsort zu bewegen, auch ist noch kein Unterhändler oder Brautwerber an ihn herangetreten, ebensolches wir zu verhindern wissen sollten, bis er in anderen Dimensionen zu denken gelernt hat als denen, dass einem im Ehebett eine dralle Fürstentochter die Füße wärmt. Nach meiner Abreise werde ich einen meiner treuesten Männer hier zurücklassen, der sich weiter der Beobachtung und dem Schutz des Prinzen widmen wird. Seid also unbesorgt, was die Bewirtschaftung dieses fürderhin so ertragreichen jungen Gartens angeht.

Erfahrungen

Es geschah in der vierten Woche ihres Aufenthalts, als die Familie zu einer Hochzeit auf Canoel, einer Burg im Osten, fuhr und für fünf Tage fort sein würde. Es stand keine Fehde ins Haus, und auch von der Küste waren keine Angriffe zu erwarten. Die Loba hatte dennoch meine Anwesenheit zu ihrem Schutze erfordert, und das Gastrecht verlangte, dass Gordec diesem Wunsche entsprach, auch wenn er sich für den Besuch der hohen Frau noch immer nicht hatte erwärmen können. Andererseits gab ihm die Anwesenheit der Söldner, die die Dame bei sich führte, auch selbst eine größere Beruhigung, seinen Hof für ein paar Tage zu verlassen.

Da die Loba wohl außerdem mit Berenice zu deren Zustimmung über meine politische Unterrichtung gesprochen hatte, fand niemand etwas auszusetzen. Die Familie, einige Knechte und Söldner verließen die Burg, und die Mägde und Burschen verstreuten sich nach nicht gründlich verrichteter Arbeit, um ihren simplen Vergnügungen nachzugehen. Ihre Fahrlässigkeit konnte die Ernte nicht gefährden, so kehrte Berenice dieser unausweichlichen Entwicklung bei ihrer Abfahrt bewusst ein blindes Auge. Außerdem war Canoel nur etwas mehr als eine Tagesreise entfernt.

Kanelegres lag wie ausgestorben in der Hitze dieser Spätsommertage. Das Land flimmerte am Horizont, und der Himmel war frei von Wolken.

Am Morgen nach der Abreise war ich auf meinem Wege in die Kapelle, in der ich ungern in Gegenwart anderer zu Gott sprach, so wollte ich die seltene Gelegenheit zum alleinigen Gebet nutzen. Zudem hatte mein Hochmut sich in dieser Zeit so verwachsen, dass meine Gebete eitle Beschwerden der Ungeduld geworden waren, mich doch endlich anderen, größeren Aufgaben zuzuführen, daher glaube ich, dass Gott in dieser Zeit wenig Interesse hatte, mir zuzuhören.

Ich stand in dem dumpfkühlen Raum und hob die Hände, um zu beten, als ich die Tür hinter mir geöffnet und gleich wieder geschlossen werden hörte.

Die Loba war hereingetreten, eine wirkliche Überraschung, da ich nicht dachte, dass sie an irgendeine Macht jenseits der eigenen Schatztruhen glaubte, und sie den seltenen Messen vom Tage ihrer Ankunft an ferngeblieben war.

Ich drehte mich um und verbeugte mich in der Manier, die ich von ihr als höfisch gelernt hatte.

Sie nickte. »Nun, Marke«, sagte sie nüchtern, trat dann auf mich zu und küsste mich ohne Übergang auf den Mund. Ich hatte von diesem Moment geträumt, ihn ersehnt, gefürchtet und verflucht, jetzt enthielt er weder Zauber noch Überschwang, sondern nur das tragische Bewusstsein meiner völligen Unerfahrenheit.

Der Loba entging meine mangelnde Reaktion natürlich nicht. »Was ist denn los? Hast du etwa doch eine Freundin draußen im Waschhaus oder in der Küche, der du treu sein willst?« Sie hatte mich diesbezüglich einmal vor Wochen befragt, und ich hatte die Vermutung verneint, ohne nähere Hintergründe darzulegen. So schüttelte ich auch jetzt schamhaft verschwiegen den Kopf.

»Was ist es dann? Gefalle ich dir nicht?«, fragte sie und führte meine Hand zu ihrem Herzen oder besser der bestechenden Wölbung darüber, die ich lang schon begehrlich angestarrt hatte, wenn sie mir des Abends von Politik sprach. Allein diese Berührung, die erste Berührung eines anderen Menschen seit fast zehn Jahren, die nicht im Kampf, bei der Hilfe Verwundeter oder durch flüchtige Gesten der Zieheltern geschah, wirbelte mich in einen Abgrund hinein, aus dem ich nie mehr hoffen durfte, aufzusteigen.

Ich fühlte die Wärme eines anderen Körpers, die verletzliche Weichheit lebendigen menschlichen Fleisches, ohne dabei ans

Töten zu denken, ohne zu überlegen, wo diese Weichheit am besten mit einer Klinge zu durchdringen sei.

Ratlos floh ich mich in den Angriff, küsste der Frau die Wangen, als wollte ich ihr den Hals brechen, und sie stieß mich brüsk von sich: »Doch nicht so, Marke.«

Ich ließ die Arme hängen und wartete, von diesem ersten Tage an schien es bei der Sinnlichkeit mein Schicksal zu sein, der Frau alleinig die Entscheidungen ihres Tuns zu überlassen. Die Loba führte mich nicht, wie ich es so oft verstohlen erträumt hatte, in ihr Zelt, sondern schritt mir voran zu meiner und Gâles' Schlafkammer. Ich hätte nicht einmal gedacht, dass sie wüsste, wo diese lag, doch sie folgte den Gängen im Hausinneren mit einer Zielstrebigkeit, die darauf schließen ließ, dass dies nicht ihr erster Besuch war. Innen angekommen, schloss sie die Türe und schob den Riegel vor.

Ein Tier in einer Falle, das den Jäger auf sich zu kommen sieht, mochte sich wohl fühlen, wie ich es tat.

Dann begann sie ohne meine Hilfe ihr Gewand zu lösen, behielt jedoch ihren gewundenen Kopfputz auf, was mich verwunderte. Die Nacktheit, die sie mir prosaisch präsentierte, erstaunte mich weniger als die Erkenntnis, dass ich nun nach Jahren der angstvollen Vermeidung mit dieser Blöße eines anderen Menschen vertraut werden sollte. Und dadurch mit meiner eigenen. Sie hob ihr Kinn in meine Richtung, und ich nahm es als Geheiß, dass auch ich mich entkleiden sollte, was ich tat. Ihre Blicke wanderten ohne Zögern von meinen Augen zur Mitte meines Körpers und verharrten erwartungsvoll. Ich kämpfte in mir einen fürchterlichen Kampf. Etwas in meinem Inneren strebte der Loba entgegen, wünschte sich mit ihr zu vereinigen, endlich zu erfahren, nach langen Jahren des Wartens, was es war, das Männer und Frauen so zueinander trieb, wie ich es selbst unterhalb meines Herzens fühlte. Doch der Schwur, den ich um der stummen Leiden der armen Lisine willen tat, war tiefer gedrungen, als ich ahnte, und ich fürchtete mich, der Loba irgendwie ein Leides antun zu können.

Sie streckte sich auf meinem Lager aus und winkte mich zu

sich her. Ungelenk legte ich mich neben ihr nieder und wartete wie ein Hund auf den nächsten Befehl des Herrn.

»Wir werden es so machen, Jung-Marke«, sagte sie im leichten Plauderton ihrer höfischen Unterweisungen. »Zunächst, weil es auch nicht lange dauern wird, wirst du tun, was du meinst, gehört oder gesehen zu haben, wie es ist. Dann bringe ich dir bei, wie es sein soll.« Damit griff sie mir ins Haar und zog mich auf sich, zwischen ihre Beine. Ich stellte mich an wie ein zappelnder Fisch an Land, glaube ich, ängstlich, hastig und ohne Zartheit. Das verschwommene Gefühl, das mich schließlich auf das Ende dieser kurzen, erbarmungswürdigen Vorstellung hinwies, ging mir fast verloren unter der großen Angst des Augenblicks. Ich schüttelte benommen den Kopf und schämte mich einmal mehr.

Die Loba drehte mich sanft auf den Rücken, stützte sich neben mir auf und lächelte: »Ganz ruhig, Marke. Ganz ruhig. Jetzt wird es besser.« Ich zweifelte an dieser Versprechung, doch war ich es so gewohnt, auf die Dame zu hören, dass ich ihr nicht offen widersprach.

Zart klimperte sie mit ihren Fingern an meinen Rippenbögen auf und ab und kniff mich alsdann sacht in den Oberschenkel. »Was für eine Haut«, murmelte sie träumerisch, »weich wie Pferdenüstern und glatt wie polierte Kastanien.«

»Es tut mir Leid«, keuchte ich noch hilflos eine generelle Entschuldigung, nicht genau wissend wofür, aber sie erschien mir für alles, was ich getan oder nicht getan hatte, tun oder nicht tun würde, sehr angebracht.

Dann hörten die Gedanken auf.

Im grünen Auge der Loba glomm ein Sonnenstrahl, ließ die eine Hälfte ihres Hauptes im Halbdunkel des Raumes aufleuchten und die feinen Härchen in ihrem Gesicht golden erstrahlen. Unwillkürlich streckte ich meinen Zeigefinger aus und strich sanft ihre Wange vom Mundwinkel bis zum Augenlid empor. Dass Haut so weich sein konnte, sich so anfühlte, war mir die Entdeckung einer neuen Welt. Ich ließ den Finger weiter an Gesicht und Hals der Dame entlangfahren und folgte schwärmerisch seinen neuen Wegen mit den Augen. Die Loba war indessen versunken in ihre eigenen Erkundungen eines anderen Körpers, des meinen.

Die unbekannten Gefühle des Berührens und des Berührtwerdens verhinderten jegliche Vorstellung von Worten, ich verlor mich stumm in dem wundersamen Geschehen des Augenblicks. Die Loba ließ ihre Hände weniger unerfahren, doch ebenso zärtlich über meine Haut streifen, seufzend und entrückt in eine Welt, in die ihr niemand folgen konnte. Ich weiß nicht, was sie sah oder fühlte, während sie mir ihre Aufmerksamkeit schenkte, doch glaube ich, dass es ein Bild tief in ihrem Innern war, das sie in all diese Zärtlichkeit, diesen Schutz und die sanft daraus erwachsene Forderung einhüllte. Meine ungelenke Furcht wandelte sich mit jedem Wimpernschlag in eine stetig erregendere Entdeckungsreise, die mich trotz ihrer Neuheit in ein bekanntes Land zu führen schien. Meine Hände fühlten ihren Weg am Körper der Frau, als würden sie sanft von einer Feder geführt. Es war mir gleich, wo ich sie berührte, von ihrer Haut ging überall ein Zauber aus. Weniger und weniger erkannte ich die Loba, alles an ihrem Antlitz und ihrer Gestalt verwandelte sich mir in ein Urbild der Frauen, die Gegenwart einer Macht der Schönheit und Lust. Nichts erinnerte mich mehr an die schnellen Begattungen, die ich in den Pferdeställen oder hinter dem Waschhaus hatte vor sich gehen sehen.

Die Bewegungen zwischen mir und dieser fremden, verwunschenen Frau waren wie das Muskelspiel unter der Haut meines Pferdes, von einer unbestimmten Wärme und Zusammengehörigkeit. Unendlich lange lernten meine Fingerspitzen, was eine Verbindung mit einem anderen Menschen bedeutete.

Die Loba führte uns beide einen endlosen Pfad des vorsichtigen Tastens entlang, scheinbar ohne Ziel.

Sie folgte mit der rechten Hand der im Morgenlicht schimmernden Spur der Haare von meinem Nabel hinunter und griff nach mir. Durch jede ihrer weiteren Berührungen vermittelte sie mir, wie sie im Gegenzug angefasst werden wollte, bald schneller, bald härter, bis sie sich erhob und auf mir niederließ und anfing sich zu wiegen.

Die Gefühle, die sich in mir von meiner Mitte her ausbreiteten, füllten mich an, doch mehr noch berauschte mich der unglaubliche Anblick ihrer sanft schwingenden Brüste und kreisenden Hüften. Sie hatte den Kopf auf die rechte Schulter gelegt und hielt die Augen geschlossen. Mit den Handrücken fuhr sie in Kreisen von meinen Schultern zu den Rippenbögen und wieder hinauf, griff dann nach meinen Händen und zog sie sich auf ihr Becken, drehte es in wunderbarem Einfallsreichtum hin und her, dass ich mich getraute, auch den unteren Teil ihres Rückens zu erkunden. Ich wünschte, dass dieses seltsam wundervolle Spiel nie zu Ende gehen würde. Ich rang nach Luft, als sich die Frau schließlich auf mich niederbeugte, mit ihren Brüsten auf meiner Brust lag und sich ganz in mich hineinzuwinden suchte. Ich schlang beide Arme um sie und wollte sie nie mehr loslassen. Ich spürte, wie sich die Muskeln in ihrem Rücken in überraschtem Widerwillen strafften, doch ich konnte nicht fühlen, dass ich etwas Falsches tat. So sehr ich die Loba fürchtete, wurde mir doch in diesem Moment erstaunt klar, dass ich sie mit meinen kampferprobten Armen festhalten könnte, ohne dass sie sich zu wehren gewusst hätte.

Vielleicht war es diese Verkehrung des Machtgewichtes zwischen uns, welche die Frau klarer spürte als ich, und gegen die sie sich auflehnte, doch als ich nicht nachgab, veränderte sich bald auch etwas in ihr. Ihr angespannter Leib gab kurz nach, um dann den Takt der Bewegungen von Grund auf umso köstlicher zu ändern. Ihrer Kehle entstieg ein wachsendes Grollen, das in seinem Ansatz auch ein Schluchzen hätte sein können. Sie setzte beide Fäuste fest in meine Haare und biss mich in die Schulter. Ich folgte ihren Bewegungen mit einer mir nie vorstellbaren Unbeirrbarkeit meiner Hüften.

Alsbald hieb sie ihren Kopf neben mir auf die Kissen, um dann einen unterdrückten Schrei auszustoßen. In ihren letzten Zuckungen umschloss sie mich in sich mit solcher Macht, dass mir durch den nachfolgenden Ausbruch irgendwo zwischen meinem Äußeren und meinem Inneren schwarz vor Augen wurde. Ich hielt sie immer noch ganz fest, beseelt von dem innigen Wunsch, diesen wunderbaren, weichen Körper nie wieder loszulassen, die exquisite Verbundenheit unseres Augenblicks festzuhalten, um nie wieder alleine zu sein. Die Loba begann in meinen Armen zu schluchzen und sich zu regen, und diesmal ließ ich sie sogleich frei. Sie rollte sich von mir herab und verbarg ihr Gesicht. Bevor die Gedanken hätten wieder kommen können, um mich und sie zurückzuverwandeln in die begrenzten Wesen, die wir waren, bevor diese süße Zeitlosigkeit begann, sandte ich meine Hände wieder aus, zu tun, was sie von Gott weiß woher zu tun wussten. Das Entzücken über die fremde Haut war nun stärker, frei von jeglicher Forderung. Ich hielt den Rücken der Frau an mich gepresst und streichelte sie in ihrem verebbenden Schluchzen. Etwas war anders.

Ich war nicht mehr der dumme Jüngling, noch war sie die unnahbare Herrin geblieben, wir waren befreit von der Enge dieser beiden verlorenen Menschen, erhoben in einen göttlichen Kelch der Freude.

»Ach, Junge«, flüsterte die Frau nur, drehte sich dann zu mir und umschlang mich fest mit den Armen, dass ich mich nicht mehr bewegen konnte. Sie begann mich hin und her zu wiegen, wie ein Kind, das einschlafen soll, und ich wurde ganz ruhig, schaukelte weiter in unbekannte Welten naher Weichheit, vergaß die Trennung von Gedanken, Haut und Körpern und wurde eins mit dieser ersten aller Frauen.

In den nächsten drei Tagen und Nächten, die wir teils in ihrem Zelt, teils in meiner Kammer verbrachten, lehrte mich die Loba alles, was sie selbst über die Möglichkeiten der körperlichen Verbindung von Mann und Frau gelernt hatte. Ihr Wissen war vielfältig und geheimnisvoll. Getragen von der tiefen wortlosen Vereinigung des ersten Morgens erschienen mir die drei Tage wie ein einziger freudvoller Augenblick, der alles im Leben veränderte. Die Welt war mir neu, traumverloren und wunderbar.

Am vierten Tage, ich schlief noch, um den Zieheltern nicht

zu verräterisch übernächtigt gegenübertreten zu müssen, kehrten Berenice und Gordec von der Hochzeit mit der unerwartet frohen Botschaft heim, dass sie Gâles mit einer verwitweten Baronin aus dem östlichen Küstenland verlobt hätten. Ihre Familie werde am nächsten Morgen eintreffen, um die Hochzeit zu begehen. Bei der Abendtafel, an der ich in der bekannten Ruhe zu sitzen versuchte, hatte ich mir sinnlos vorgenommen, den Blick der Loba zu meiden, nur um diesen Vorsatz jeden Augenblick aufs Neue zu verwerfen.

Sie selbst hatte sich ungleich besser im Griff und gab mir natürlich keine Gelegenheit, mich in Verlegenheit zu bringen. Ich konnte dennoch nicht umhin, sie anzustarren, wie sie sich binnen weniger Stunden verwandelt hatte von der unerklärlichen Gefährtin des Lagers in die kalte Fürstin, die den Hof aus seinem trägen, spätsommerlichen Zauber riss und ihn sich wieder in ein aufgeblasenes Bauerngut verändern ließ.

Berenice plapperte aufgesetzt von Gâles' Versprochener: »Und morgen werden sie alle hier sein, direkt von der Hochzeit, es wird uns eine große Ehre sein, Euch unserer neuen Verwandtschaft in allen Ehren vorzustellen, Cousine.«

Die Loba hantierte mit ihrem Schal, den sie sich wie immer um das Haupt gewunden hatte, und sagte dann sehr leise: »Ich bedauere sehr, Berenice, dass ich diese Ehre nicht haben werde. Morgen früh reise ich nämlich ab.«

»Ehrlich?!«, entfuhr es dem dummen Gâles, und auch Gordec erwachte aus seinem üblichen taubstummen Wachschlaf: »Ja, aber, aber, liebe Cousine, so übereilt!«, rief er wenig überzeugend.

Die Loba lächelte ihr totes Lächeln: »Durchaus nicht übereilt, Cousin, der kurze Sommer Eures Nordens geht zu Ende, und ich werde mich wieder gen Süden kehren, wo der Sommer länger weilt. So war es ja schon lange geplant.« Berenice und Gordec antworteten angeblich besorgte Belanglosigkeiten und besprachen die Reise, doch ich hörte nichts mehr.

In meinem Inneren war ein Schmerz, als wäre mir ein glühendes Eisen in den Magen getrieben worden. Mir wurde eiskalt. Ich saß versteinert, als hätte ich in den letzten Tagen nie mehr an diese Möglichkeit denken können, dass sie ja wieder gehen würde, mich zurücklassen könnte. Sie hatte mit mir von Politik, von Herrschaft und Diplomatie gesprochen. Sie hatte mich Manieren und den Zauber, der zwischen zwei Körpern aufleben kann, gelehrt. Sie hatte von meiner Zukunft gesprochen, in einem so selbstverständlichen Ton, als müsste ich zu dieser Zeit nur um die nächste Ecke blicken, um ihren Rat zu erlangen. Ich hatte nach dem, was nun zwischen uns geschehen war, nie erwartet, dass sie weiterhin einfach gehen würde. Gordec und Berenice waren insgeheim erleichtert, die höher gestellte Verwandte vor der Hochzeit loszuwerden, und redeten der Loba zu, nicht zu spät aufzubrechen. Für mich hatte die Zeit aufgehört.

Nach Einbruch der Dämmerung rannte ich schäumend vor Wut zu ihrem Zelt, doch die Wachmänner hatten die für sie wohl wenig überraschende Order erhalten, mich nicht einzulassen. Mit der hellsichtigen Todesangst eines waidwunden Tieres versuchte ich dennoch zu ihr zu gelangen, brüllte, trat und forderte die ungerührt mich abwehrenden Söldner, bis Fackeln im Schlosshof signalisierten, dass Gordec – in seiner Gastfreundehre gefordert – der Base nun zu Hilfe eilen werde. Ich konnte die zusätzliche Schmach, dass dieser tumbe Mann mich so erniedrigt sehen sollte, nicht ertragen.

Vernichtet rannte ich fort in die fallende Nacht und hockte noch bis zum Morgengrauen klamm und kalt unter einem Baum in der Nähe. Manchmal sah ich ihre Silhouette im Inneren des Zeltes umhergehen. Aber sie verließ das Zelt nicht, bis ein paar Stunden vor Sonnenaufgang herrschte geschäftiges Treiben des baldigen Aufbruchs in ihrem Lager. Als die Sonne dann stieg, wartete sie, bis sich die Familie im Hof versammelt hatte, bis sie zur Verabschiedung ging. Obwohl ich mehrfach während der Qualen dieser Nacht beschlossen hatte, nie wieder auch nur einen Blick mit dieser Teufelin zu tauschen, rannte ich nun so schnell ich konnte, um meinen Platz in der Reihe einzunehmen, hier wenigstens würde sie mir etwas sagen müssen.

Ich würde mit ihr sprechen können, irgendetwas würde sie mir geben, vielleicht mich mitnehmen, ich wusste selbst nicht, was ich erwartete.

Als ich die Gruppe erreichte, beugte sie sich gerade zu Adela, der jüngsten der Ziehschwestern. Keuchend stellte ich mich auf und wartete. Dann war es so weit. Angesicht zu Angesicht standen wir uns gegenüber, wieder in den spürbaren Ketten der offenkundigen Unterschiede zwischen uns. Ich zitterte am ganzen Körper, und der Schweiß lief mir den Rücken hinunter.

»Erhaltet mir Eure Freundschaft, Prinz Marke, wie ich Euch die meine erhalten werde«, sagte sie und ihre Stimme klang vielleicht eine Spur rauer als vorher. Sonst unterschied sich nichts von den belanglosen Abschiedsformeln, die sie den anderen gesagt hatte.

Ich konnte das Spiel nicht mitspielen, es war mir zu ernst. »Warum?«, stieß ich einzig hervor. Gordec und Berenice, in Gedanken längst wieder Gâles' Hochzeit planend, tuschelten um etwas und beachteten uns nicht.

Da legte die Loba wohl in der launenhaften Erinnerung an die erste Begegnung zwischen uns die Hand in mein Haar und ließ sie zärtlich bis zu meiner Schulter fallen.

»Ihr wollt doch ein Herrscher sein, Marke, oder? Dann müsst Ihr lernen, das Euch nichts besitzen darf, niemand und nichts darf Euer Herr sein, auch wenn es Euch entzweireißt.«

»Ihr seid nicht meine Herrin, das ist es nicht«, zischte ich trotzig. Und da lächelte die Loba das einzige Mal ihr anderes Lächeln, das angefüllt von der Weichheit und Wärme der letzten Tage war, und ihre Augen hinter dem Schleier glänzten eine Spur zu feucht: »Von Euch habe ich doch auch gar nicht wirklich gesprochen, mein hübscher Prinz«, flüsterte sie, »sondern von mir.«

Dann stieg sie in die Sänfte, die Träger hoben an, und der Tross setzte sich in Bewegung. Einer ihrer berittenen Männer war in der Nacht krank gefallen und musste zurückbleiben. Die Loba verschwand, für immer, wie ich damals dachte.

Ich erinnere mich an die Loba wie an den Waffenmeister Claudius, an die arme Lisine oder an Eli, meinen Freund.

Sie waren die wichtigen Menschen meiner Jugend, sie formten meinen Weg und meine Entscheidungen. In mir lebten ihre Leiden, Gedanken und Freuden ein paar Jahre weiter.

Und sie alle taten das ihre, um mir das Herz zu brechen, wenn ich nicht damals schon lange aufgehört gehabt hätte, ein Herz zu haben. Ich ersetzte es mit den Jahren immer besser durch Höflichkeit und Umsicht, Vorsicht und eine gefahrlos zerstreute Sinnlichkeit.

Jahrzehnte strichen an mir vorbei, ohne dass das Leben mir je wieder Schmerz zufügen konnte. Aber ich war tot.

Ich war tot, wenn ich stritt und siegte, ich war tot, wenn ich bei einer Frau lag und mehr oder weniger den Zauber dieser ersten Tage wieder zu erschaffen suchte. Ich war tot, wenn ich Entscheidungen traf und mit ihnen triumphierte oder unterging. Ich lebte mit meinem toten Herzen, dessen Ruhe nie auch nur durch die flüchtigste Zuneigung für einen anderen Menschen gestört wurde.

Dann kam Brangaene und mit ihr die unabänderliche Gewissheit, zu leben und ein Herz zu haben, wenn auch eines, das mir gebrochen werden konnte.

Auch in den kalten Händen des kranken Mannes ist sicher noch die Erinnerung des unerfahrenen Siebzehnjährigen versteckt, seine Überraschung, als sie sich ohne sein Zutun an Unbekanntes erinnerten. Ich genoss die Frauen mein ganzes Leben seit jenem ersten Mal, und wo immer ich war, nahmen sie mich freundlich und stets zu ihrer Zufriedenheit auf.

Doch nie, bevor Brangaene mir begegnete, habe ich gewusst, was es bedeutet, mit Körper und Seele zu lieben.

Ich denke an die Rundungen ihrer Schulter unter dem honigfarbenen Fluss ihrer schweren Haare, die harte Ausbuchtung ihres Schädels hinter ihrem linken Ohr, um die ich meine Finger kreisen ließ. Ich spüre die Weichheit ihrer Schenkel und Hüften, fühle die Wärme ihres Rückens an meiner Brust. Doch genauso denke ich an ihr Lächeln, ihre Traurigkeit, ihre unbestechliche Geradlinigkeit. An die tiefe Kenntnis, die sie vom Leben, den Menschen und von mir hatte. Ich denke daran, dass ihr Lächeln mir größere Freude schenken konnte als alle Nächte Arabiens. Sie war schön in ihrer Gestalt, doch schöner noch in ihrer Seele, und ich durfte beide sehen, beide kennen, beide lieben. All diese Sinnesgeschenke halte ich am teuersten in den Jahresringen meiner Seele, doch auch sie schmerzen mich.

Denn jetzt hat sich alles verkehrt. Nun lebt mein Herz, doch mein Körper ist tot. In meinem Herzen, Brangaene, liebe ich dich jeden Tag aufs Neue. In meinem Herzen trage ich dich in meinen Armen und küsse dich zwischen Nacht und Morgen, in meinem Herzen …

Doch wenn du wieder kämst, wie sollte ich dich heute anrühren können, Brangaene, wie dich halten in diesen toten Armen?

Ode an die hocherlauchte Fürstin Konstanze von Aquitanien, geschrieben von einem, der es nicht wert ist, den Staub von ihrem Saume zu küssen, von Salimbin de Tours aux Rivières

Dass Glück und Leid so nahe beieinander wohnen,
Tür an Tür, Nachbarn in gleicher Brust,
Des gedachte ich nicht, zahl nun die Leihe der Lust,
Nie wieder will ich eitel über der Liebe thronen.

Als ich Dich sah, Du Schönste der viel edlen Frauenwelt,
Stolz und hoch und ein Mund zum Kosen geboren,
Da fiel ich krank an Dir, ward ewiglich verloren,
Nun jammere ich hellauf und bitter, dass es Dir bös gefällt.

Und fragt Ihr, wer sie sei, die in meinem Herzen regieret,
So bin ich rechte froh, dass ich nur ihren Namen sagen darf,
Und fährt dabei auch ein Messer durch mich hin so scharf,
Dass ich vergehe, ist es solcher Schmerz, der Jubel gebieret.

Sie ist eine Wölfin in Engelsgestalt, eine Wölfin heiß ich sie,
Sie ist edel und stark und wölfisch ihre Weise,
Was sie fühlt für mich, bleibt ihr Geheimnis leise:
Sie schaut mich an, blickt zu mir hin, doch sieht sie mich nie.

Was sie mir fühlet ist wert keinen Wimpernschlag,
Doch ich rufe: ich liebe Dich, schöne Wölfin!
Du kümmerst Dich nicht um mich, den niederen Salimbin,
Dennoch ich werde Dich lieben bis zum letzten Tag.

Bin ich Dir lästig, Wölfin, so werde ich ziehen,
Bin ich Dir gleich, so werde ich harren,
Bin ich Dir lustig, sieh mich als Narren,
Wölfin, jede Stunde mit Dir ist vom Himmel geliehen.

Leid

Am selben Tage noch, an dem die Loba uns verlassen hatte, wurde ich krank, als hätte mich ein Blitz getroffen. Dem Einzug der Hochzeitsgäste konnte ich schon nicht mehr beiwohnen. Ein plötzliches Fieber warf mich für drei Tage nieder, zwei der erfahrenen Kräuterfrauen wachten unablässig an meinem Bett, um für mein Wohl zu sorgen. Ich fand es vergebene Mühe, da ich fest davon überzeugt war, sterben zu müssen. Alle Umschläge und Wickel, die sie um mich legten, konnten doch keinen Balsam auf die frische Narbe in meiner Seele streichen, die schmerzte und todwund war. Jeder Gedanke an die Zukunft war mir verwehrt, aber jeder Gedanke an die eben noch wonnige Vergangenheit oder die grausame Gegenwart brachte mir fast den Schädel zum Bersten. Hilflos lag ich bewacht von den murmelnden Weiblein in dem Bett, in dem sie bei mir gewesen war. Die beiden Alten beteten eifrig, hielten meine Hand und ahnten nichts von meiner Qual.

In meinen Kissen roch ich noch Spuren der Öle und Duftwässer, die die Loba auf der Haut trug, ein jeder Atemzug war wie ein Faustschlag. Ich träumte wilde Fieberfantasien, in denen sie zu mir zurückkehrte, andere, in denen ich jede Minute unseres Zusammenseins wieder erlebte.

Wenn mir die Frauen ihren Sud zu trinken gaben, wurde mir schlecht und ich erbrach mich. Schließlich half mir eine von beiden eine Paste zu schlucken, die mich tief in ein leeres Land ohne Bilder, Träume, Erinnerungen und Schmerz sinken ließ. Dann, am vierten Morgen nach ihrer Abreise, am eigentlichen Hochzeitstag von Gâles und der Witwe wachte ich auf. Müde und etwas geschwächt, doch ohne eine Spur von Krankheit. Mit überraschtem Interesse konstatierte ich meine Fähigkeit, selbst diesen Schmerz zu überleben. Berenice war sehr erleichtert, wenn sie mich auch in den Hochzeitsvorbereitungen für Gâles nur mäßig hatte beachten können. Ich begegnete seiner Braut Morag, der zukünftigen Herrin von Kanelegres, erstmals am Mittagstisch. Die Frau war nur wenig jünger als Berenice, stellte ich überrascht fest. Ihr Gatte und ihre drei Kinder waren in einer Fehde ums Leben gekommen, sie selbst stritt nun mit dem jüngeren Bruder ihres Mannes um die Burg- und Steuerrechte für den ehemaligen Familiensitz. Der Ausgang des Krieges war wohl zu ihren Gunsten gewesen, doch der Schwager achtete ihre Rechte nicht und ein neuer Zwist stand ins Haus.

Sie hatte sich daher schnell und lohnend verheiraten müssen. Kanelegres war ein nicht zu unterschätzender Verbündeter. Gordec und Berenice ihrerseits witterten einen beträchtlichen, zinspflichtigen Zugewinn im Osten.

Was Gâles wohl fühlte angesichts der Ehe mit der Witwe, wusste ich nicht einmal zu raten. Ich saß appetitlos über meiner Grütze und sah das Brautpaar gedankenverloren an. Der Unterschied im Alter zwischen Gâles und Morag war geringer, als er zwischen mir und der Loba gewesen war. Wie kam es nur, dass ich beide Begegnungen, die heimliche und die hier öffentlich besiegelte, einander so ähnlich, doch mit zweierlei Maß messen wollte? Was mir bei der Loba als versprechend, einladend und beruhigend erschienen war, ihre Erfahrung, ihre Überlegenheit und ihren Vorsprung zu so vielen Bereichen meines Seins, kam mir bei der Witwe Morag nur schal und lächerlich vor. Was hatten die beiden schon gemeinsam, worüber würden sie reden können? Die Loba und ich hatten die endlosen Felder politischer Strategie und weltlicher Herrschaft gepflügt, wir hatten so viel miteinander besprochen, wenn es auch zumeist so war, dass sie meine Fragen beantwortete oder mir Aufgaben zu lösen stellte. Vielleicht war es auch nur die alte, nie ganz eingestandene Tiefe meiner Feindschaft mit Gâles, die mich so denken ließ. Dass er und ich etwas gemeinsam hätten, war mir unerträglich.

Was hatte Gâles schon von sich zu erzählen, was für Gedanken machte er sich, wenn überhaupt? Und die Frau, was musste sie fühlen? »Ach, was für eine nette Feier«, rief sie alle paar Augenblicke aus. Gerade vier Monate war es her, dass ihr Gatte und ihre Kinder erschlagen worden waren, aber sie sah nicht gezeichnet aus, nicht unter dem Bann traurigen Wahns, wie ich ihn bisweilen bei Fehdeopfern gesehen hatte. Ihr Gesicht war rund und rotwangig, sie wirkte freundlich, arglos schon fast. An Wuchs war sie klein geraten, nicht hübsch, aber auch nicht hässlich. Sie hatte sehr dunkles, sehr krauses Haar, und wenn sie lachte, verschwanden ihre Augen gänzlich hinter dem Ansturm ihrer runden Wangen. Wie Gâles so den Arm um sie legte, erinnerte das Bild des Paares eher an einen liebenden Sohn, der seine Mutter beschützen wollte. Gâles war nun achtzehn vorbei, es war hohe Zeit für ihn gewesen, zu heiraten. Bald würden, wie die Loba bereits gesagt hatte, auch an mich die Brautwerber herantreten, versuchen, mich mit erfahrenen Witwen und unberührten Jungfrauen gleichermaßen zu locken. Ich empfand nichts bei dem Gedanken an eine Ehe. Das kleine Glück, das Gâles und Morag hier am Tische vertraten, war mir so nichtig in den Nachwirkungen meines eigenen grandios schmerzhaften Rausches.

Wie hatte ich mir eigentlich vorgestellt, dass es mit mir und der Loba weitergehen sollte? Dass sie verheiratet war, im Süden lebte, mehr als fünfzehn Jahre älter war als ich, all das hatte ich mir nie so erbarmungslos überlegt wie in dem Moment, da ich Gâles und seine Braut an der Tafel sah. Die Loba war für mich ein Wesen aus einer anderen Welt gewesen, unwirklich fast, die »Wölfin« eben: keine Frau aus Fleisch und Blut, vor allem keine deutlich ältere Frau.

Ich kann nicht sagen, dass es gegen den Schmerz half, nun anders über sie zu denken, denn wirklichen Schmerz spürte ich schon nicht mehr, eher eine allumfassende Taubheit, die die Anwesenden gnädig meiner überstandenen Krankheit zurechneten. »Ich freue mich ja so, dass es Euch wieder besser geht, Prinz Marke«, rief die Dame Morag und trank mir mit einem der neuen, von der Loba hinterlassenen Bechern freundlich zu. Ein Gruß, den ich förmlich und ernst erwiderte.

»Ich danke Euch, edle Dame.« Die neuen, ernüchternden Gedanken halfen mir schließlich, zu einer neuen, ernüchterten Klarheit zu gelangen, die ich in meinem Leben noch nicht gekannt hatte. Ich war ein Fremder hier auf Kanelegres, und es hatte nichts mit meiner Herkunft oder dem höheren Rang zu tun, ich war hier immer ein Fremder gewesen. Ich gehörte nicht auf ein solch ländlich beschränktes Gehöft, meine Heimat lag in den fernen, aufregenden Welten, die mir die Loba gezeigt hatte, von denen sie mir an so vielen Abenden gesprochen hatte. Ich musste weg von hier, fort aus den Sorgen des Bauerndaseins, aus den brutalen und bedeutungslosen Fehdezügen gegen die Nachbarn; ich musste weg von Menschen wie Gordec und Gâles, die jeden Tag die gleiche Suppe ihrer Einfallslosigkeit schlürften und alles um sie herum als gegeben hinnahmen, egal, was es war.

War es wirklicher Hochmut, den ich spürte? Ich weiß es nicht, eher glaube ich, dass wohl eine unbekannte Pflanze im Garten meiner Seele keimte, und dass ich in der Unerfahrenheit der Jugend sie nicht anders zu düngen wusste, als mit der anmaßenden Einbildung, besser statt schlicht anders zu sein.

An Gâles und Morags Hochzeitstafel reifte mein Entschluss, Kanelegres zu verlassen und die Loba wiederzufinden. Wenn sie mich weiter als ihren Liebhaber wollte, war es mir recht, doch mehr noch sollte sie das Werk vollenden, das sie begonnen hatte an diesen Abenden im Zelt.

Ich wollte ein Herrscher werden, ein wirklicher König auf meinem »Karnickelfelsen«, wie die Loba Cornwall genannt hatte, ich wollte all das, was sie mir zu haben versprochen hatte: Gold, Macht und Herrschaft.

Ich stand auf, hielt mich in der Manier, wie die Loba sie mir beigebracht hatte, erhob mein Glas und rief in einer hier gänzlich verschwendeten Vollendung aus: »Es leben hoch mein Bruder Gâles und die Dame Morag, möge die Zahl der Tropfen in unseren Kelchen gering wiegen gegen die Geschenke des

Glücks, die ihnen Gott auf dem gemeinsamen Lebenswege darreichen wird.«

Die Gesellschaft stutzte, verstummte, erhob sich dann ebenfalls und trank aus. Man sah mich überrascht von der Seite an, und ein paar Frauen liefen zu Berenice, um sogleich mit ihr über mich zu tuscheln. Ich hörte überall Fetzen wie »Erstaunlich, der junge Cornwall«, »ein ganzer König«, und: »solch edle Manier«, doch ich tat ganz im Gegenteil, als hätte ich nicht ein Wort vernommen, trat zur Braut und küsste ihr die raue, kurze Hand: »Glaubt mir, Teuerste, was mich allein forttreiben könnte von dieser Tafel und Eurer sanften Gegenwart, ist nur die Gewissheit, dass ich Euer Glück in den Armen meines werten Ziehbruders nicht zu trüben wünsche, durch die heimlichen Blicke der Abgunst, dass das Schicksal Euch ihm statt meiner vergönnt hat. Aber ich ahne, dass Ihr sehr glücklich sein werdet.« Die so Angeredete errötete, und Gâles fragte bei ihr nach, was ich eigentlich gesagt hätte.

Dann verbeugte ich mich noch vor Berenice und ging aus der Halle. Mein Gesicht und Körper zeigten keine Regung, doch ich wusste in eitler Freude und bitterer Befriedigung, dass ich gerade Geburtshelfer zu meiner eigenen Legende gewesen war, der Legende des edelsten aller Könige des Nordens, des großen Marke von Cornwall, der ich nun jeden Tag mehr zu werden trachtete.

In den nächsten Monaten über den Winter hin änderte ich alles. Ich ließ mir große Teile des Goldes aushändigen, das Berenice seit meiner Ankunft vor zehn Jahren hier verwahrt und verwaltet hatte. Damit suchte ich einen Schneider, der mir gänzlich andere Kleider anpassen sollte als die, die ich bisher zu tragen zufrieden gewesen war.

Ich wählte Tuch in allen Farben des Sonnenunterganges, Umhänge und Mäntel in tiefem Rot, was ein Vermögen kostete. Ich begann meine Haare besser zu pflegen und ölte meine Haut nach dem Baden ein. Der Priester sah mich nun voller Aufmerksamkeit in den Lateinstunden, die ihn selber jenseits des Bequemen forderten. Ich fragte ihn nach Landkarten und verbrachte im folgenden Jahr über sechs Monate in der Bibliothek eines Klosters drei Tagesreisen im Süden. Mit Beflissenheit studierte ich Landverhältnisse, römische Berichte der Kriegskunst und Herrschaftsverwaltung. Ich memorierte die Namen und Verwandtschaftsverhältnisse sämtlicher wichtiger Familien Roms, Konstantinopels, des Languedoc, Britanniens und des Frankenreichs. Eine seltsame Wandlung hatte sich vollzogen, war mir früher das Lernen eine Bürde gewesen, der ich nach Knabenart zu entkommen suchte, so war mir in dieser Zeit keine Schrift dick genug, kein Wissen gänzlich ausreichend. Ich hatte begonnen, am wichtigsten Werk meiner Jugend zu arbeiten, an mir selber. Fast drei Jahre stand ich Kanelegres in den Fehden nun nicht mehr zur Verfügung. Aber es gab auch keine ernsthafte Bedrohung. Morgân schien sich ruhig zu halten, und Gordec war es zufrieden.

Ich kümmerte mich wenig um die heimischen Angelegenheiten, ich reiste und lernte. Morag und Gâles bekamen übers Jahr Zwillinge, und Gordec brach sich den Knöchel auf einer Jagd so schlimm, dass ihm ein Hinken davon zurückblieb.

Frauen benutzte ich zur Übung meiner höfischen Fähigkeiten, ich sagte ihnen lyrische Dinge über ihre Schönheit, auch wenn es dreist gelogen war, und hätte Gunstbeweise sammeln können, genug, um ein Leben lang davon zu zehren. Doch ich hielt mich ihren Betten im Innersten unversucht fern, blieb lieber einsam und geheimnisvoll und wartete, dass ich mein Werk vollendet hatte. Als ein Nebeneffekt dieser Vorgehensweise wurde mir bewusst, dass eben ein solches zurückgezogenes Leben das Interesse der Frauen an mir in besonders zuträglicher Weise förderte, und ich nahm mir vor, zu gegebener Zeit darauf zurückzukommen.

Zu meinem zwanzigsten Geburtstag sprach ich bei Berenice und einem immer mehr verwahrlosenden Gordec um Urlaub vor. Ich wollte nach Süden reisen, um die Loba zu finden. Ich dachte an dieses Wiedersehen mit Ärger, Furcht und einer unergründlichen Unruhe zugleich. Ich war zu dieser Zeit kaum noch in der Lage, andere Menschen in einer eigenständigen

Weise wahrzunehmen, jede Begegnung taugte mir nur als ein Spiegel, in dem ich mich selbst ansah, bestaunte und zu mehr Vollkommenheit zurechtrückte. Ich war so gefangen in mir und meinem Plan, dass ich die Einsamkeit, die mich früher noch bedrückt hatte, nicht einmal mehr spürte. Wen brauchte ich schon?

Als ich Gordec und Berenice gegenübertrat, die Taschen ohne Zweifel an ihrer Zustimmung zu meinem Gesuch bereits gepackt, herausgeputzt, als könnte mich jederzeit der Kaiser selbst überraschen, wie es mir zur Natur geworden war, sah ich in einem Moment kurzer Klarheit, wie alt sie geworden waren, fast schon, dass der Tod beiden eine Hand auf die Schulter gelegt hatte.

»Ach, Marke, mein Junge«, sprach Berenice mit neuer melancholischer Sanftmut, »du bist uns so ganz entglitten. So ganz fremd geworden. Die ersten Jahre warst du wie ein Kind für uns, doch dann auch wieder warst du nie wie eines unserer Kinder. Immer so still und ernst.«

Ich durchsuchte ihre Worte nach einem möglichen Anhaltspunkt, mich in meiner Präsentation verbessern zu müssen, fand aber keinen. Es klang mir ganz recht, wenn dies die Dinge wären, die sie auch zu anderen über meine Kindheit sagen würde. Marke, der Schweigsame!

»Ich danke, edle Ziehmutter und Tante, seid versichert, dass ich Euch und Eure sorgende Zuneigung stets in bester Erin–«

»Ach, so ein erbärmlicher Mist«, unterbrach mich Gordec, grollender noch als in seiner gewöhnlichen Rohheit. Ich hielt entsetzt den Mund, aber er hatte viel zu sagen: »Jetzt hörst du mir mal zu, du aufgeblasener cornischer Pinsel. Ich hab schon lange genug von deiner Vorstellung hier. Du willst weg, geh weg. Wenn du wiederkommen willst, komm wieder, aber verschon uns mit dieser elenden Pose deiner Hochherrschaftlichkeit. Du bist einfach nur ein dummer, kleiner Bengel, der denkt, die Welt ist erfunden worden, um ihm zu Füßen zu liegen. Vielleicht bist du ja ein bisschen schlauer als wir, als ich und Gâles zumindest, aber das ist dann auch alles, ja?«

»Vater Gordec, ich –«

»Halt's Maul, Junge, ich bin noch nicht fertig. Ich habe deinen Hochmut und deinen Stolz hier geduldet, weil ich dachte, vielleicht hat er ja wirklich was für sich, der Kleine. Aber seit ich nicht mehr so viel reiten kann, habe ich dich immer öfter beobachtet, Marke, und es gibt nichts, worauf du stolz sein kannst, denn außer dir siehst du nichts und niemanden in der Welt. Darum erspar uns deine geübten Reden und öligen Worte und geh einfach. Vielleicht tritt dir das Leben ja bald mal so in den Arsch, dass du zur Vernunft kommst. Wenn nicht, ist weder etwas verloren noch gewonnen, du bist einfach einer wie viele andere.«

Er machte eine Pause und schüttelte den Kopf. Ich stand ernüchtert und wie vom Donner gerührt und erwartete vergeblich, dass Berenice mir helfen würde, doch sie starrte zu Boden, und ich begriff erschüttert, dass sie Gordec zustimmte. Er zog durch die Nase hoch: »Hör zu, Kind, ich glaube nicht, dass ich dich noch lebend wiedersehen werde. Wir haben mal viel durchgemacht zusammen, wir haben viele Schlachten geschlagen und du hast mir oft den Rücken frei gehalten, dafür danke ich dir. Aber das Leben geht immer weiter, und niemand kann sich auf dem ausruhen, was er mal gewesen ist. Die Alten sterben, und die Welt verändert sich jedes Mal, wenn einer von uns tot ist. Und keiner wird bald mehr da sein, sich an das zu erinnern, was mal gut in dir gewesen ist, dass du nicht nur dieser unerträgliche Aufschneider bist, der seit zwei Jahren hier durch die Gegend stolziert. Also entweder du findest das wieder, was wir alle mal in dir gesehen haben, oder du bleibst einfach so unerträglich, wie du jetzt bist, ich kann es nicht ändern. Das ist alles.«

Es war die längste Rede, die ich je von Gordec gehört hatte. Ich hätte nie erwartet, dass er mich beobachten würde, und weniger noch, dass ihm diese Beobachtung eine solch beschämend treffende Sicht bezüglich meiner Person vermitteln würde. Das Schlimmste war, dass es zu mir durchdrang: Er hatte Recht, und ich konnte nichts daran ändern. Die Person, die ich statt meiner geschaffen hatte, war in ihrer Gier, gesehen zu werden, stärker als ich selbst und forderte täglich ihren Tribut. Wirkliche Scham zu fühlen, dafür wäre es noch zu früh oder eben zu spät gewesen.

Aber ich sah Gordec fest ins Auge, und für einen Moment hielt ich an einem Zipfel dessen fest, was er mal meinte, in mir gesehen zu haben.

Ohne über eine Pose oder deren Effekt nachzudenken, fiel ich auf die Knie und senkte das Haupt: »Segnet mich, Vater. Ich bitte Euch demütig.«

Eine Weile geschah nichts. Es gab nur die Stille, die die sanfte Begleiterin wahrer Demut sein kann, und ich wartete. Ich hätte alles von ihm hingenommen, einen Streich, angespuckt zu werden oder dass er einfach hinausgegangen wäre. Ich fühlte so deutlich, dass er mir geben würde, was ich verdiente, und ich wollte es annehmen.

Da legte er seine große, schmutzige Pranke, die vom Schwert und vom lebenslangen Kämpfen hart und schwielig war, in meine so sorgsam gekämmten und parfümierten Locken. Ich fühlte durch meine Kopfhaut die Hitze, die noch immer in diesem ungeschlachten, alten Manne loderte, fühlte seine ungelenke Fehlbarkeit, und es berührte mich im tiefsten Inneren.

Gordec, den ich gefürchtet, verachtet und verurteilt hatte, zeigte sich mir in diesem Moment als ein weiterer Fingerzeig Gottes auf das, was wirklich zählte: ein Mensch zu sein, ehrlich dem eigenen Wesen gegenüber, egal wie dieses Wesen auch sein möge.

»Marke von Cornwall«, klang dröhnend Gordecs tiefe Stimme, »geh mit Gott und unserem Segen.«

Dann ließ er mir die Hand fast in einem Streicheln bis zum Nacken gleiten und hielt hart an meinen Haaren fest, zog so meinen Kopf nach hinten, als würde er mir das Genick brechen wollen, sodass ich ihm ins Gesicht sehen musste: »Mach was mit deinem Leben, Sohn. Ich wünschte, mir hätte das jemand beizeiten gesagt.«

Ich blickte in seine Augen, seine schon getrübten blauen

Augen, und es war, als würde ich in ein langes Rohr hineinblicken, an dessen Ende hinter all der nichts sagenden Dummheit und Brutalität, die für mich immer die einzigen bestimmenden Wesenszüge Gordecs gewesen waren, eine stille, simple Weisheit zu finden war, die nur ein gelebtes Leben erreichen kann.

Er gönnte mir diesen Ausblick nur ein paar Sekunden länger, ließ meinen Schopf alsdann los und ging, ohne sich noch einmal umzudrehen, hinaus. Berenice stand in einigem Abstand vor mir, unentschlossen, ob sie den Worten ihres Ehemannes noch etwas hinzufügen sollte.

»Verzeiht mir, Mutter«, flüsterte ich. Ich wünschte, ich könnte sagen, dass sie mir ein Lächeln schenkte, bevor sie ging, doch ich glaube, die Regung ihrer Mundwinkel war eher Ausdruck einer stummen Resignation und Ratlosigkeit. So ging auch sie. Meine groß geplante Abschiedsszene fiel um mich zusammen wie ein Reisighaus in einem Herbststurm und ließ mich als einen abermals verzweifelten Jungen zurück, der sich in dem Glauben, schon ein Mann zu sein, für kurze Zeit einzig selbst hatte betrügen können.

Ich schlich mich aus Kanelegres wie ein Dieb. Ich dachte an die Jahre, die ich in diesen Mauern verbracht hatte, an die vielen Lehrer, die sich hier meiner angenommen hatten, allen voran die Zieheltern, aber auch Gâles, Claudius, Lisine und die Loba waren mir Ausbilder gewesen, wie ich sie nie im Leben vergessen würde. Ich ritt gen Süden, verwirrt, meine ganze sorgfältig gepflegte Eitelkeit der letzten zwei Jahre in sich zusammengeschrumpft, fühlte ich mich, wie es einem übermäßig ehrgeizigen Feldherren zumute sein muss, der eine lang belagerte Stadt schließlich erobert, nur um festzustellen, dass diese leer, nutzlos und ohne Vorräte ist.

Am Abend des dritten Tages gewahrte ich ohne Zweifel den Verfolger hinter mir und hörte angesichts dieser Entdeckung auf, mir selbst Gericht zu halten.

An die Fürstin von Pyrn, unsere treue Freundin, Konstanze von Aquitanien, von seiner Exzellenz dem Bischof Enzio Vito II. von Avignon (in geheimer Korrespondenz zu verwahren)

Im Namen unseres HERRN JESU CHRISTI etc.

Wie immer unbefriedigt von der Möglichkeit, Euch und Eure Schönheit nicht selbst in Augenschein nehmen zu dürfen, beste Freundin und Verbündete, muss ich also nur mählich froh zur Feder greifen, um Euch zu schreiben, wenn auch der Gegenstand dieser Epistel einer ist, auf dessen Erfüllung wir lange gewartet haben. Ich erhielt heute durch Boten den Ring Eures Vertrauensmannes, den Ihr zu Kanelegres zurückgelassen hattet, der uns sagen soll, dass sich der junge Cornwall aufgemacht hat, Euch zu finden. Auch wenn Ihr in den letzten Jahren wenig habt sprechen wollen über dieses Problema, so wird es doch nun Zeit festzulegen, was mit seiner Ankunft bei Euch genau vereinbart werden soll.

Es stehen drei Heiratskandidatinnen zur Verfügung, deren der Bischof von Konstantinopel klar eine bevorzugt, was diese dann eben zu unserer letzten Wahl machen wird. Wir selbst halten es mit der Witwe von Sizilien, was die Warenabwicklung von Nord nach Süd und umgekehrt um ein Vielfaches erleichtern würde, zugleich wären damit einige der normannischen Ansprüche klar entkräftet, was das südliche Britannien angeht, und wir könnten so in ihnen Bündnispartner für den Block gegen die Sachsen gewinnen. Auch höre ich, dass die Regentin zu Cornwall nicht unwesentlich Schwierigkeiten mit irischen Raubzügen haben soll.

Eine Allianz mit den Nordvölkern also würde auch dort helfen. Für uns nun, Teuerste, hätten wir durch eine solche schiffbare Nord-Süd-Achse ein ganz anderes Auftreten bei der nächsten Papstwahl gegenüber den Byzantinern, denn dann wären ihre Landhandelswege überholt und zweitrangig. Die

Witwe von Sizilien ist der Verbindung mit dem Jungen, wie ich schon sicher habe in Erfahrung bringen können, nicht abgeneigt. Im Gegenteil, schon öfters habe ich sagen hören, dass sie Knaben seines Alters bevorzuge, und laut Eurer damaligen Schilderung ist der junge Marke ein Leckerbissen für eine Frau solcher Gesinnung. Nun folgt also dem Plan, wenn er bei Euch weilt, und erstattet mir baldigst Bericht, nachdem er bei Euch eingetroffen sein wird. Lieber natürlich wäre es mir, die betreffenden Botschaften aus Eurem so vielfältig liebreizenden Munde zu hören. Ich entbiete Euch, so seid stets versichert, meine unwandelbare Freundschaft und meinen wohlmeinenden Gruß, etc.

(Siegel)

Worte der Klärung

Es ist mir so leicht, heute die Taten des Jünglings, der ich gewesen bin, zu belächeln. Ich sehe mich selbst, einen herrenlosen Hund, der an jedem Baum und Stein sein Bein hob, einfach nur um zu sehen, ob er damit durchkäme oder nicht. Bestrebt, ein Revier zu markieren, das nie ein Zuhause sein würde. Ich hatte das Gefühl, nirgendwo hinzugehören, niemand zu sein, und dachte zugleich, alles zu können, zu wissen und zu tun in der Lage zu sein. Es war, wie je einen Fuß zu beiden Seiten einer Schlucht zu haben und den Abgrund darunter zu ignorieren. Mich wundert, wenn ich darüber nachdenke, dass ich nicht von morgens bis abends erschöpft war, ermattet unter der Last dieser Spiele, die ich so furchtbar ernst nahm. Doch auch die Wege eines Kindes führen auf die Straßen des Lebens, und irgendwann haben wir so viel Weges hinter uns gelassen, dass eine Rückkehr unmöglich ist, und die Unbeschwertheit der Jugend ist vorbei. Unsere eigene Geschichte holt uns ein und zeigt uns fordernd die Schuldscheine und Wechsel, die sie durch unsere Entscheidungen erhalten hat. Und dann ist es zu spät.

Als ich in den Süden ritt, wusste ich nach all der Zeit des hastigen Wartens nicht mehr, warum ich das tat. Ich wollte die Loba wiedersehen, aber wieso? Ihr etwas zu beweisen, mich ihr zu zeigen als der Mann, der ich glaubte in den vergangenen zwei Jahren geworden zu sein, war nach dem Abschied von Gordec und Berenice so unwichtig geworden. Ich war überhaupt niemand mehr. Die innere Verlorenheit meiner Jugend hatte zu Beginn dieser Reise ihren Höhepunkt erreicht, und ich wusste, dass nun der Teufel ein leichtes Spiel mit mir haben könnte, gleich ob dieser Teufel Loba, Krieg oder Gold heißen würde.

Vielleicht wartete ich sogar auf Versuchungen, um in ihrem Angesicht wenigstens etwas fühlen zu können, ja, ich glaube, dass ich eigentlich weiterritt, weil ich mir im tiefsten Inneren einen Gegner wünschte. Ich war bisher nicht in der Lage gewesen, mir Freunde zu machen, so wollte ich nun wenigstens das Glück haben, Feinde zu treffen.

Sie sollten mir schenken, was ich durch Freunde nicht hatte erfahren können: die Ahnung von dem, was in mir war, dem Mann, der ich mein Leben lang weiter sein würde, wenn der Jüngling sein gespreiztes Spiel beendet hätte. Die Loba hatte ich mir zur Feindin gewählt, weil ich sie als Freundin nie würde haben können und weil ich meine Gedanken festhalten ließ an einem verschwommenen Gefühl des Verlustes. Ich achtete also mit Sorgfalt nicht auf die Vielzahl der Dinge, die ich durch sie gewonnen hatte, denn es hätte mir den Antrieb genommen, auch nur noch einen Fuß vor den anderen zu setzen.

Ich verfuhr mit dem Verfolger auf dieser Reise, der die rechte Überzeugung fehlte, wie der tote Claudius es mich vor langer Zeit gelehrt hatte. Ich hinterließ immer deutlichere Hinweise auf meine Wege, denen er folgen würde, zog dann wie der Verlauf einer Schlinge hinter ihn und stellte ihn in seinem eigenen Nachtlager. Eben war ich schon bereit, die Klinge an seiner Kehle entlangzuziehen, da er sich erstaunlich leicht hatte überrumpeln lassen, als ich im schwachen Feuerschein den ehemaligen Gefolgsmann der Loba erkannte, der nach ihrer Abreise in Kanelegres zurückgeblieben war. Er gab keinen Laut von sich, verteidigte sich auch nicht. Ich hatte ihn wohl in den vergangenen Monaten bisweilen beim Gesinde gesehen, doch seiner verlängerten Anwesenheit nicht mehr Aufmerksamkeit als ein flüchtiges Auge geschenkt. Nun rettete ihm diese Überraschung das Leben. Ich fragte ihn, wieso er mir folgte, doch er schwieg zu allen Fragen trotzig, sodass ich ihm wütend ins Gesicht schlug, aber auch das änderte nichts. Ich wusste zumindest, dass ich von ihm keinen Mord zu erwarten hatte. So schlug ich mein Lager zur Nacht neben ihm auf und wartete, dass er am nächsten Morgen die Lust am Schweigen verlieren würde, spätestens wenn er hungrig ging, denn seine Vorräte waren begrenzt.

Im Morgengrauen sattelte er wortlos die Pferde und hielt mir den Steigbügel. Wir brachen auf und ritten in seltsamer Gemeinschaft zusammen weiter. Er war nicht wirklich aufsässig. Vielleicht, so dachte ich, spricht er unsere Sprache nicht, und redete ihn in allen Zungen an, die ich auch nur fetzenweise auszusprechen vermochte. Er blieb unverändert still und hob den Blick kaum ob meiner Bemühungen. So erteilte ich ihm aber schließlich den Befehl, mir zu sagen, wie er hieße. Da hielt er sein Pferd an und stieg ab. Schon wieder gereizt und ungeduldig, näherte ich mich ihm in unfreundlichen Worten, als er mir mit einer sanften Geste, die ich nie vergessen werde, bedeutete zu schweigen. Er hob die linke Hand wie einen Fächer, legte die Fingerspitzen an seine Lippen und schüttelte den Kopf mit einer Mischung aus Traurigkeit und Verzweiflung.

In der prallen Sonne dieses Herbsttages stellte er sich vor mich hin und öffnete den Mund. Es war das erste Mal, dass ich eine solche Verstümmelung sah: Der Mann hatte keine Zunge mehr, nur noch einen kleinen Klumpen vernarbten Fleisches zur Tiefe des Rachens hin. Er schloss die Lippen wieder und sah mich an. Nie werde ich seinen Blick vergessen, den Blick eines Menschen, der so tiefes Leid erfahren hat, dass es ihm an jedem Tag seines Lebens wie eine Decke um die Schultern liegt. Dann zeigte er mir seine rechte Hand, an der es keine Fingernägel mehr gab.

Ich kannte den Strafenkodex des Südens nicht gut, ich wusste wohl, dass er ausgefeilter war als die eher rohen Gesetze des Nordens, in denen die kleinen Vergehen mit Prügel, die großen mit dem Tode bestraft wurden und deren Rest dem Einfallsreichtum des jeweiligen Vogtes oder Richters überlassen war. Doch ich vermutete, dass er entweder eine Falschaussage beeidet hatte oder ein Zeugnis geleistet hatte, dass einem Menschen von Einfluss nicht gefallen hatte.

»Die Loba?«, fragte ich ängstlich. Er schüttelte den Kopf. »Ihr Mann?« Da nickte er. Wie so oft in meinem Leben waren durch die Antwort auf eine Frage unzählige neue Erklärungen nötig geworden, doch in diesem Falle wurde es überdeutlich wie nie, dass auch all diese neuen Fragen nie zu einer Antwort führen könnten, die mir Ruhe geben würde. »Also reiten wir gemeinsam nach Loupierre, ja? Du willst dahin zurück.« Er nickte wieder und ging zurück zu meinem Pferd, um mir den Steigbügel zu halten. Ich hatte den Fuß schon aufgesetzt, da sagte ich zu ihm: »Ich weiß, dass du mir deinen Namen nicht sagen kannst. Kannst du ihn zeichnen oder vielleicht schreiben?« Der Mann legte den Kopf schief und sah mir in die Augen, er öffnete die Lippen leicht und grunzte einen Laut, der so klang, als hätte er lachen wollen, es war ein furchtbares tierisches Röcheln, hilflos und unzureichend, doch ich wusste, dass er mir mit diesem Laut zugleich anbot, mir die Treue zu halten auf unserer Reise. »Schreiben, ja?«, wiederholte ich, eiskalt im Inneren, und verfiel in die dumme Gewohnheit, die mir noch öfter Scham bereiten sollte, im Austausch mit diesem Verstümmelten selbst so abgehackt zu reden, als wäre nicht seine Zunge, sondern sein Geist beschädigt. Er brach einen Zweig von einem Strauch und kratzte einige erstaunlich schwungvolle Buchstaben unverkennbar römischer Prägung in den Sand. »RUÂL«, las ich.

Er nickte und blinzelte mit den Augen, als wäre etwas in ihm geschehen. Ich wurde noch neugieriger, dieser unverhoffte Wegbegleiter schrieb besser als die meisten Mönche, die ich kannte. Woher? Er wandte den Blick ab und hielt wieder meinen Steigbügel. »Ruâl von Loupierre«, sagte ich noch einmal, und er nickte.

Wir ritten weiter.

Ohne Zweifel war dies eine stille Reise, Ruâl war stumm, und ich hatte es nie gelernt, einfach mit einem anderen Menschen zu plaudern, zumal, wenn dieser nicht antworten konnte. Der Herbst schien hinter uns zurückzubleiben, die Begegnung mit dem Süden offenbarte sich nicht so sehr in der Veränderung der Landschaft und des Wetters, sondern darin, dass die Sonne nach wie vor warm schien und kein Regen aufzog, als ritten wir ohne Zeit, auch wenn nach meiner Rechnung bereits

Æquinox vorbei sein musste, als wir im Pyrnerland ankamen. Nur noch eine Tagesreise von Loupierre, wie der Sitz der Loba genannt wurde, entfernt schlugen wir des Abends unser Lager auf und rasteten.

Ruâl hatte ein Kaninchen mit einer Steinschleuder erlegt. Ich sah dem morgigen Tag mit Furcht entgegen. Ich fühlte, dass ich nicht ankommen würde, sondern nur rasten könnte auf einer Reise, die so unendlich viel länger wäre, als ich es mir träumen ließ oder vorstellen wollte.

Loupierre übertraf meine Erwartungen schon von weitem, als es wie eine weiße Frauenhand am Horizont stand, steil in den klaren blauen Himmel ragend, aus hellem Fels gehauen strahlte die Feste uns entgegen und war doch dabei für mich ebenso erloschen wie die Loba im Inneren. Mein Begleiter wechselte auf den letzten Meilen häufiger die Farbe, seine Verstümmlungen ließen unschwer den Schluss darauf zu, dass er hier nicht nur Gutes erfahren hatte.

Für mich aber war es wie der Ritt auf das Schlachtfeld eines weit überlegenen Feldherren, dessen einzige Schwäche allerdings nur im Kampf zu erkunden wäre.

Der Schritt unserer Pferde verlangsamte sich in der späten Mittagssonne auf dem schmalen Grat zur Pforte empor, als fühlten sie unser beider geheime Ängste, Hoffnungen und Zweifel. Als ich meine Stute durchs Burgtor lenkte, traf mich die Pracht des Innenhofes nicht unvorbereitet, berührte mich aber doch tiefer, als ich es erwartet hätte. Hier war die Loba.

Hier, in ihrer prunkenden Verschwendung zeigte sich wieder diese grenzenlose Leere und Verzweiflung einer in ihrem Innersten enttäuschten Frau, die nichts mehr hat als ihren Stand und ihren Reichtum. Bediente eilten auf uns zu und führten mich ins Innere, so schnell und behände, dass ich mich nicht mehr von Ruâl verabschieden konnte. Nun würde ich sie wiedersehen. Der Kampf begann.

Im ersten Augenblick unserer Begegnung war mir klar, dass mein Besuch keinerlei Überraschung darstellte. Die Loba war auf mich und die von ihr zu vermutenden vielfältigen Beweggründe meines Kommens besser vorbereitet, als ich es war, der es geplant hatte. Sie empfing mich mit der zerstreuten Sorglosigkeit einer viel beschäftigten, hohen Frau, die von einem zusätzlichen Gast an unliebsame Pflichten der Haushaltsführung erinnert wird, die sie aber doch nicht abschlagen kann.

»Wie nett, mein lieber Neffe«, lächelte sie ohne jegliche Gefühlsregung. Ich forschte gehetzt in ihrem Gesicht nach einer Empfindung, wie ein Jagdhund, der am Flusslauf die Fährte seiner Beute verloren hat. Ich fand alles wieder – und doch nichts. Das blaue und das grüne Auge, die schön gewölbte Stirn mit der gespannten Falte zwischen den Brauen, der beherrschte Mund, den ich einst geküsst hatte, alles war wie in den gehegten Bildern meiner heimlichen Erinnerungen. Sie war kaum gealtert, müder vielleicht, als ich sie erinnerte, und noch immer gleich begehrenswert. Doch ihre Augen waren tot, das Lächeln noch erstarrter zur Maske freundlicher Belanglosigkeit. Mein Herz schlug wild, und meine Hände waren eiskalt, als ich mich über ihre Rechte beugte, um sie in der mir von ihr angelernten Formvollendung zu küssen.

»Was seid Ihr verändert, Neffe«, sprach sie, nachdem ich mich wieder aufgerichtet hatte, noch immer unfähig, ein Wort zu sagen. »Schon fast ein Mann. Und noch hübscher. Ihr werdet ein sehr begehrter Gast in meinem Hause sein, denkt Ihr nicht?« Ohne eine Antwort abzuwarten, rief sie alsdann in die Runde ihrer sich neugierig nähernden Damen: »Liebe Freundinnen, seht her, aber nicht zu genau, denn dieser junge Löwe ist tatsächlich mein kleiner Schwesternsohn von Cornwall. Wie alt es eine Frau doch macht, wenn die Kinder groß werden.« Die adligen Frauen, während sie mir schon kokette Blicke zusandten, begannen sogleich Verneinungen zu schnattern und schürzten die Lippen, dass es hätte eine Einladung zum Kusse, aber auch nur eine Gesichtsregung sein können. Es war, als hätte sich die Manier, die ich bislang nur an der Loba gewahrt hatte, vervielfältigt in dieser Entourage. Sie war vielleicht die Reichste und Mächtigste, somit die Befehlshaberin der Frauen, doch in jeder von ihnen hockte sprungbereit die gleiche Bestie, willig der Herrin die Kehle zu durchbeißen, wenn sie sich einen Moment der Schwäche gäbe. Vollends im Bewusstsein dieser steten Gefahr schwebte sie durch das gefährliche Rudel und stellte mir die Damen vor. Ich hörte die Namen von Familien, deren Stammbaum, Motti und Linien ich in den letzten zwei Jahren so bemüht studiert hatte, aber die Gesichter verschwammen mir am Rand meines Blickfeldes. Ich sah nur die Loba. Sie trug einen weißen Umhang aus feinstem Leinen über einem blauen Untergewand mit farblich abgestimmtem Kopfputz. Ihre Hofdamen schillerten in allen Farben des Regenbogens. In ihrer sinnentleerten und eitlen Konversation erinnerten sie mich an die märchenhaften Vögel in den üppigen Volieren im Innenhof. Ihre Gefangenschaft war zugleich die einzige Begründung und Möglichkeit ihrer Existenz. Die Frauen, mit denen die Loba sich umgab, waren von ausgesuchter Schönheit und jede in anderer, besonderer Art anziehend, wie ich ohne Neigung feststellte. Die eine bestach durch ihre Zierlichkeit, die nächste durch ihre leuchtende Haut, wieder eine durch ihre kraftvolle Fülle, die nächste durch ihre Stimme oder ihre Gesten. Dabei waren sie auch geistvoll und gebildet, wie in wenigen Bemerkungen deutlich wurde. Die Herrin von Loupierre strich durch einen erlesenen Tiergarten der Weiblichkeit, und die Frauen flatterten halb in Angst, halb in Anmaßung um sie herum. Die Macht der Loba, obwohl ich seit Jahren selbst ihr Gefangener war, war mir noch nie so spürbar gewesen wie in den verwischten Beobachtungen der ersten Augenblicke unseres Wiedersehens. »Ihr mögt Euch ausruhen und erfrischen, Marke. Ich sehe Euch bei der Abendtafel«, verhieß sie mir noch, dann zogen sie und ihr Schwarm sich zu den Spielen zurück, mit denen sie sich vor meinem Eintreffen vergnügt oder eben zerstreut hatten.

Hinter mir hatte sich lautlos ein Kammerjunge genähert, ein Knabe, der im Winter schon zu alt für seinen Dienst sein würde. Er war zu dieser Arbeit besser gekleidet, als Gâles und meine anderen Ziehgeschwister selbst an hohen Feiertagen gingen. Erstaunlicherweise sah er mir voll ins Gesicht und nickte mir zu wie einem Bekannten, als wären wir gleichen Standes, dabei allerdings nicht anmaßend. Etwas an ihm schien mir seltsam vertraut, doch ich wusste nicht zu sagen, was es war.

»Bitte, mein Herr.« Er wies mich die Treppen hoch zu einem Gemach, das man offenbar für mich hergerichtet hatte. Heißes Wasser dampfte in einem Waschzuber. Die Kammer war hell und die Wände weiß getüncht, wie ich solches vom Süden gehört hatte. Durch das zarte Leinen der mehrfach gelegten Vorhänge stahlen sich die letzten Sonnenstrahlen. Das Gemach war angenehm warm und frisch zugleich. Ich legte meinen Umhang ab und staunte.

»Sire«, sprach da der Knabe, den ich schon ganz vergessen hatte. Er hielt den Kopf hoch, und seine Blicke schienen mich anzufassen. Seine Stimme begann nun ein wenig zu zittern: »Sire, Ihr habt mir meinen Vater zurückgebracht. Dafür möchte ich Euch danken.«

»Ruâl ist dein Vater?«, fragte ich überrascht. Der Knabe nickte stolz, aber auch ein wenig besorgt. Er war seinen Jahren weit voraus.

»Und wie heißt man dich?«, forschte ich, ohne zu wissen, warum.

»Ruâl, wie er.« Er wartete, und ich wusste plötzlich worauf. Mit seinen hellen Augen starrte er mich an, um mir um jeden Preis seinen jungen Willen aufzuzwingen, ohne sich noch gröberen Verletzungen der Etikette schuldig zu machen. Aber ich konnte ihm diesen Gefallen nicht tun, noch nicht vielleicht – aber vielleicht auch niemals. »Es ist gut, Ruâl, du kannst gehen«, sagte ich ihm daher nur.

Noch als ich mich umgedreht hatte, spürte ich seine grenzenlose Enttäuschung, die die Kammer nicht mit ihm verließ. Ich saß auf dem Bett, ließ das Waschwasser kalt werden und wartete. Wie lange würde es dauern, bis sie mich aufsuchte? Und mit welcher Botschaft würde sie kommen?

Ich wartete und wartete. Als die Sonne unwiderruflich unterging, wusch ich mich dann mit klappernden Zähnen und legte eines meiner feinen roten Gewänder an. Zur Abendtafel ging ich also, ohne dass sie sich mir gezeigt hätte.

Die Loba empfing mich auch keineswegs selbst, sondern ein kalt effeminierter Majordomus wies mich an, wo ich mich zu setzen hatte. Ich wurde weit fort von ihr platziert, zwischen eine üppige Hofdame aus Kastilien mit dem tiefsten Dekolletee, das ich je an einer Frau gesehen hatte, und einen griechischen Bettelmönch aus dem Orient, wie die kastilische Frau mir flüsternd mitteilte. Der Mönch war klein, vielleicht vierzig Jahre alt. Sein Haar war schwarz, mit vielen Silberfäden durchzogen. Grüne Augen blickten mich an, Augen wie von einem Raubvogel, Augen, die alles sahen, doch nichts in sich lesen ließen.

»Setz dich, Cornwall«, sagte er, ohne von seinem Platz aufzustehen. »Ich kann es nicht leiden, wenn man mir beim Essen über die Schulter glotzt. Ich sag's dir bloß einmal.«

Das war meine erste Begegnung mit Eli.

Unbeantwortete Briefe des Bischofs Enzio Vito II. von Avignon an die Fürstin Konstanze von Aquitanien, genannt die Loba

Im Namen unseres HERRN JESU CHRISTI etc.

… sind Wir doch zunehmend beunruhigt, Liebste, Beste, Unsere viel geschätzte Freundin, dass Wir nichts von Euch hören. Eure Briefe, wie Ihr wohl wisst, waren für Uns neben ihrem außerordentlich scharfsinnigen Informationsgehalt immer mehr noch ein Silberfaden Eurer Gegenwart, zwar ein nur schwacher Abglanz der Gunst, in Eurer berückenden Anwesenheit zu schwelgen. Und nun, was haben Wir getan, dass Ihr schweiget, Liebste, Beste? Ist denn nun der junge Prinz Marke bei Euch, wart Ihr schon in der Lage, ihm von Unseren Interessen zu sprechen? Wir warten voller Ungeduld auf Eure huldvoll geistreichen Antworten …

… wie Ihr wisst, verwandelt sich eine flüchtige Grille bald in wahre Besorgnis, wenn nichts getan wird, um diese zu zerstreuen. Nun sind schon wieder ein paar Tage verstrichen, und kein Bote aus Pyrner Landen erreichte Unsere Residenz. Ihr werdet doch nicht krank gefallen sein, Teuerste. Ihr wisst, Unsere Sache, bei allem Respekt für Euer feines politisches Gespür für den rechten Augenblick, duldet keinen Aufschub. Habt Ihr dem bei Euch weilenden König von der sizilischen Witwe gesprochen? Die Dame wäre bereit, ihm sogar so weit bis Rom entgegenzureisen, sodass alles Notwendige dort bedacht werden kann. Es liegt ganz bei Euch. Wir wissen, Ihr werdet Uns nicht enttäuschen. Wir hoffen auf Eure baldige Beantwortung dieses Schreibens …

… Meine liebe Fürstin, Ihr spielt, so scheint es, nicht nur in neuer Weise mit Unserer Geduld, sondern setzt auch Unsere lange Freundschaft als Pfand aus, da Ihr Euch nach wie vor der Gegenrede zu Unseren Briefen verweigert, obschon Ihr, wie mir aus guter und uns beiden vertrauter Quelle inzwischen hinterbracht wurde, keineswegs – zu Unserer großen Freude und Erleichterung – erkrankt seid. Nun denn, Ihr werdet gewiss Eure Gründe haben, doch kennt Ihr die meinen, die auf eine schnelle Lösung dieser Sache drängen, nur zu gut. Zahlt Euch der Byzantiner etwa mehr, so sagt es nur, wenn es hier um Geld geht. Die Witwe ist verstimmt, um es noch milde zu halten. Lange, sagt sie mir, wird sie ihre kostbare Hand nicht mehr ausstrecken, sodass ein Bauernlümmel aus Britannien sich überlegen könnte, ob er sie begehre. Wenn Wir weiter raten müssen, weshalb Eure so lange unwandelbare Treue nun zu wanken scheint, bleibt Uns nichts anderes übrig, als Uns an Euren Gemahl zu wenden, dass er nach Loupierre reise, um Uns über Euer Tun und Trachten zu informieren. Da Wir wissen, dass Ihr seine Gesellschaft auf Eurem Sitze nicht so schätzet, wie eine christliche Ehefrau dies tun sollte, denken wir, dass wir mit unserem Boten noch ein paar Tage warten werden, sodass Ihr uns Notiz geben könnt. Mit den besten Wünschen für Euer christliches Seelenheil …

ELI

Vom ersten Augenblick an, da er mich so respektlos anfuhr wie einen unerzogenen Bengel, war ich Elis bedingungsloser Diener. Was es auch immer war, das meine Seele in ihm erkannte, lange bevor dazu in mir Worte wuchsen, Eli war mir ein sicheres Versprechen. All die mühsam erworbene Weltgewandtheit und Hoffahrt schmolz in seiner Gegenwart zu einer nie gekannten Anhänglichkeit an diesen kleinen Mönch.

Es war mir seit diesem Moment an der ersten Abendtafel egal, ob die Loba mit mir sprach oder nicht, ob sie mich ignorierte, ob sie mit mir spielte. Ich hatte in Elis unbestechlicher Geradlinigkeit etwas gefunden, wonach mich dürstete wie einen Gestrandeten nach frischem Wasser. Wenn ich gekommen war, um mich in Feindschaft zu erfahren, hatte sich Gott doch gutgelaunt anders entschieden und mir den ersten wirklichen Freund meines Lebens gesandt.

Ich vertraute Eli, und ich lernte von ihm.

Eli selbst tat zunächst so, als wäre ihm meine Gesellschaft, die ich ihm in den nächsten Tagen ohne Unterlass aufzudrängen versuchte, wirklich lästig. Doch ich fühlte, dass es ihm gefiel, mit mir zusammen zu sein, und so erlaubte er mir, weiter hinter ihm herzulaufen, und ich tat es, ohne in meinem Stolz verletzt zu sein. Vor meiner Unerfahrenheit wirkte seine Weltweisheit noch tiefer, seine Entschiedenheit durch meine schwindlichte Wankelmütigkeit noch fester. Er führte mich, und ich folgte. Und so wie ich einen Meister brauchte, brauchte er einen Schüler, auf dessen leerer Jugend er die zahlreichen Erfahrungen seines Lebens einsticken konnte wie auf einen kostbaren Wandbehang.

Die Loba kam auch in den folgenden Tagen nicht zu mir,

wich mir sogar unverhohlen aus, wenn wir uns zufällig allein begegneten. Sie fuhr fort, so zu tun, als wäre ich ein halbwegs unwillkommener Verwandter, dem man die Gastfreundschaft aber nicht abschlagen konnte. Bisweilen wohl, wenn ich ihr im Säulengang in Gesellschaft einer ihrer Damen begegnete, blieb sie stehen, um in dieser unangenehmen und bedeutungslosen Weise mit mir zu sprechen, bei der sie Rede und meine Gegenrede gleich mit übernahm, sodass mir außer einem hilflosen Schnappen nach ungenutzter Luft nichts übrig blieb. Zu diesen Anlässen dann kniff sie mich auch gelegentlich wieder in die Schulter, ein Gedenken an diese erste unserer Berührungen, die bei mir früher Stürme ungestillter Leidenschaft entfacht hatten, mich nun aber eher kalt ließen. Ich wollte mit ihr reden, mehr als dass ich bei ihr liegen wollte, aber auch die erste dieser Motivationen zerstreute sich, da ich in Elis Zugegensein einen völlig gleichwertigen Ersatz für unsere früheren lehrreichen Diskurse gefunden hatte. Meine wachsende Gleichgültigkeit der nächsten Wochen blieb dem wölfischen Instinkt der Loba natürlich nicht verborgen, und es änderte ihr Gebaren in einer Weise, wie ich sie mir noch am Tag meiner Ankunft sehnlichst gewünscht hatte, doch nun war es mir gleichgültig. Sie rief mich nun bei den abendlichen Musikdarbietungen zu sich, hieß mich neben ihr zu sitzen und schenkte mir auch, zusammen mit ein paar hingeworfenen zynischen Bemerkungen, eines ihrer toten Lächeln. Einmal im Halbdunkel, bevor ein Gaukler auftrat, glaubte ich sogar, dass sie mir die Hand auf mein Knie legte, doch die Berührung war so flüchtig, dass ich mich auch getäuscht haben konnte.

Der Loba, so vermutete ich, schien meine Entfernung wie ein Spiel, dem sie immer neue Züge ihrer eigenen Strategien entgegensetzte, und obgleich es kein Spiel war, spielte ich es unbeabsichtigt so gut, dass sie immer näher kam.

Jeden Abend nach dem Mahl gab es eine andere Zerstreuung auf Loupierre. Bisweilen sangen Harfner Lieder, schöner und kunstvoller als ich sie je im Leben gehört hatte. Das war allerdings nicht weiter verwunderlich. Die Hunde auf Loupierre sangen besser als die Sänger auf Kanelegres. Fahrende spielten ebenso oft philosophische Diskurse mit unsicherer Terminologie oder angeblich berühmte Gerichtsverhandlungen nach, deren letztere bei den Frauen um die Loba besonders beliebt waren.

Meist handelte es sich um eine dumme, kleine Liebesangelegenheit, die – zunächst von verfeindeten Familien oder widrigen Umständen hintertrieben – zum Wohle der Liebenden entschieden wurde, und die Schönen seufzten und warfen mit Gold, genug um einen Bauernhof zu kaufen.

»Warum finden sie das so faszinierend?«, fragte ich Eli eines Abends bei unserem Spaziergang im Garten. »Es ist doch immer das Gleiche: zwei junge Liebende, böse Eltern, ein gütiger Richter, eine plötzliche Erbschaft. Selbst wo ich es nur ein paar Mal gesehen habe, kenne ich nun fast jede Wendung dieser Schauspiele auswendig, und die Damen der Fürstin müssen es schon hundertfach gesehen haben. Weswegen bewegt es sie so? Einige weinen dabei jedes Mal wieder vor Rührung. Es ist doch nicht spannend, nicht überraschend und auch nicht logisch.« Ich bildete mir viel auf meinen kritischen Geschmack gegen solch niedere Unterhaltung ein.

Eli ging weiter, ohne sogleich zu antworten. Er roch an einem für den nun auch hierher nachziehenden Herbst verblühten Strauch.

»Mit dem Denken ist es wie mit der Ernährung eines Kindes, Cornwall«, begann Eli dann zu dozieren. »Wenn du ihm immer nur Brei und Rosinen fütterst, wird es vielleicht nie etwas anderes wollen – und es wird auch selten etwas anderes vertragen. Denken heißt, sich die Zähne auszubeißen. Und manche Menschen vermeiden, dass ihnen im Verstande Zähne wachsen. Sie wollen nicht denken, weil es ihnen nicht angenehm ist. Dann suchen sie nach Nahrung, die sie nicht kauen müssen, wie diese Possen da drinnen. Es macht sie sicher. Sie verstehen es. Es gibt ihnen das Gefühl, dass sich auch all ihre Probleme mit einem Handstreich lösen ließen, wenn sie nur fest daran glauben, dass die Geschichten wahr sind. Sie verweigern sich der Wahrheit aus einer lang schon betrogenen Hoffnung.« Wir gingen weiter. Ich fühlte mich erhaben über derart menschliche Träumerei.

»Deine Schwierigkeit ist dagegen, dass du zu viel denkst, du wirst dir deine Zähne abgewetzt haben, bevor ein weiteres Dutzend Jahre um ist.« Er hieb mir auf die Schultern. »Was wirst du tun, um das zu verhindern?«

Ich wollte schon anfangen, tief darüber zu grübeln, um meinem Lehrer die richtige Antwort zu geben, da merkte ich, dass dies eine seiner Fallen war. »Mit Euch reden. Ihr denkt ja für mich«, sagte ich deshalb schnell und wich seiner Faust aus, die nach meinem Schädel zielte. Elis Lachen tat mir gut.

»Gar nicht schlecht, Cornwall«, lobte er mich aus der Dunkelheit, »gar nicht schlecht.«

Im dritten Monat meiner Zeit in Loupierre fand ein Fest statt, das noch größer war als die Feiern der vorangegangenen Abende. Tanzende Frauen kamen und maurische Musiker, die eine seltsam langgezogene Musik spielten, wie ich sie noch nie gehört hatte. Ich konnte mich trotzdem nicht recht in die Feierlichkeiten einfügen. Nach einer Weile sah ich, dass auch Eli nicht unter den Anwesenden weilte, wo er sonst wegen seiner genauen, oft schon scharfen Aussprüche immer ein gefeierter Tischgast war. Ich suchte ihn und fand ihn draußen in der Kälte, versteckt in einer Nische des Säulenganges, wo er sich mit einem Schlauch Wein eingerichtet hatte. Sein Gesicht war ungewöhnlich ernst, ohne den sanften Spott der sonst immer darin zu lesen war. Ob er sich nicht wohl fühlte?

Auf jeden Fall klang seine Stimme ein wenig vom Wein verschleiert, als er mich bemerkte.

»Was machst du denn hier, Marke, solltest du nicht da drinnen sein und Maulaffen feilhalten wie die anderen?«

»Ich würde lieber bei Euch sein, Eli«, bat ich unsicher. Eli sah schief zu mir auf und rückte dann ein Stück zur Seite, dass ich mich setzen konnte.

»Es ist nicht gut für die Jugend, bei den Alten herumzuhängen«, grollte er in seinen Becher. »Die Vergangenheit hat zu viele Gespenster, und manchmal kommen sie und stehen neben uns, legen uns die Hand auf die Schulter und machen uns bekümmert. Du solltest hier nicht mit mir Trübsal blasen, sondern tanzen, Junge.«

»Plagt Euch das Heimweh, Eli, nach dem Kloster?«, fragte ich ihn. Eli lachte einmal kurz und bitter auf, schüttelte dann den Kopf und sah mich lange abschätzend an, bevor er sprach:

»Ich war nicht immer Mönch, du nichtsnutziger König, weißt du. Aber sicher bin ich zu diesem Dasein berufener als manch anderer. Früher war ich Kaufmann. Nicht bloß irgendeiner. Ich war groß. Reich. Ich hatte vier Frauen. Und jede hatte ein eigenes Haus. Ich war der beste christliche Kaufmann in ganz Arabien!«

»Was ist denn passiert? Wieso seid Ihr das nicht mehr?«, fragte ich gierig. Mit dieser Wendung meines nächtlichen Ausfluges hatte ich nicht gerechnet. Eli hatte meinem erfahrungsarmen Selbst eine bunte Franse seiner reichen Vergangenheit gezeigt, und alles in mir wurde hungrig, mehr zu hören.

Eli hingegen war mürrisch. Er senkte die Lider über seinen Raubvogelaugen und drehte den Becher ungeduldig in seiner Hand hin und her. »Das geht niemanden etwas an«, sagte er dann. Seine Stimme war wie meistens ausdruckslos, keinesfalls aber in dem amüsierten Ton seiner Schnurren gelegen, die er gelegentlich erzählte, um mich und andere zu unterhalten. Er sah nicht so aus, als wäre die Geschichte erfunden. Vielleicht war es sogar eine seiner seltenen wahren Geschichten.

»Habt Ihr schlechte Geschäfte gemacht?«, tastete ich mich vorsichtig heran. Ich wollte nicht, dass die vielversprechende Erzählung etwa durch mangelndes Interesse meinerseits frühzeitig beendet sein würde. Ich nickte Eli auffordernd zu, weiterzuerzählen. Eli kaute den Wein, ohne sich aus der Ruhe bringen zu lassen.

»Nein, Junge, ich habe sogar das Geschäft meines Lebens gemacht, aber das kann keiner verstehen. Du schon gar nicht, Cornwall, du bist viel zu ehrgeizig für so was.«

Ich goss ihm Wein nach. Betrunkene suchten schließlich immer einen Zuhörer. Leider wurde Eli nicht so schnell betrunken.

»Bitte, Eli«, bettelte ich wie ein Kind um ein Schlaflied.

Alles, was Eli mir zu erzählen hatte, war so aufregend, so meilenweit entfernt von meinem eigenen Leben. Es war vor allem schon so vergangen, so sicher – alles musste irgendwie gut ausgegangen sein, denn Eli saß schließlich hier vor mir, trank genießerisch seinen Wein und war hinter all der unverschämten Bärbeißigkeit, die er erfolgreich zur Schau trug, ein freundlicher und zutiefst glücklicher Mensch. Oft hatte ich mich gefragt, welches Geheimnis er kannte, das ihn so hatte werden lassen.

Um ihn herum schien das Leben bunter zu sein, aufregender. Ich habe nie wieder einen Menschen wie ihn kennen gelernt, der in einem Moment im Leben ersaufen und im nächsten schon wieder auferstehen konnte mit nichts als einem Lachen. Wenn Eli Wein trank und ihn mit zurückgelegtem Kopf durch seine Kehle gleiten ließ, dazu schwelgerisch stöhnte, so wollte jeder, der ihm zusah, danach den Wein in seinem Becher trinken, weil dieser so viel besser zu schmecken schien, obwohl er für alle aus dem gleichen Schlauch gegossen worden war.

Wenn Eli lachte, war es, als hätte er den Sonnenschein verschluckt, und wenn er wütend wurde, war es ein geradezu biblischer Zorn. Alles an ihm war so abenteuerlich, so packend, dass es mir schon wie in einer seiner vielen Geschichten erschien. Ich betete Eli an.

Seine Berichte erweckten in mir die ungeduldige Sehnsucht nach einer Zeit, in der ich sein würde, wie er jetzt war – zufrieden mit sich und der Welt, ohne Vorstellungen davon, wie es anders sein müsste. Über Letzteres dachte ich zumeist den ganzen Tag nach.

Eli nahm alle Dinge mit Freude, wie sie kamen, eine Fähigkeit, die mir bis zum heutigen Tage ferngeblieben ist und die ich ihm umso glühender neidete, als ich schon damals ahnte, dass sie für mich unerreichbar wäre. Und er schien meine Gedanken lesen zu können.

Die Raubvogelaugen sahen mich lächelnd an. »Also gut, Kleiner. Ich erzähle dir die Geschichte. Und du wirst der Einzige sein, der sie je von mir hören wird.«

Ich hielt geehrt den Atem an. Von der Halle drangen sehnsuchtsvolle Fetzen der Musik zu uns herüber. Glöckchen klingelten leise an den Füßen der schönen Tänzerinnen, die ich ohne einen Hauch von Bedauern heute nicht sehen würde, und die Trommeln schlugen dumpf in den Nachthimmel hinauf. Die Macht der Erinnerung ging gleich einer Gestalt zwischen den Säulen des Innenganges auf und ab.

»Ich war mit einer Karawane von Konstantinopel nach Mekka unterwegs«, begann Eli leise. »Vierzig Kamele, Gold, Safran und eine Gruppe von zwölf Tänzerinnen aus Damaskus. Schönere Frauen gibt es auf der ganzen Welt nicht, Cornwall. Und sie alle liebten mich!« Er machte eine Pause und sah mich drohend aus den Augenwinkeln an, als fürchtete er meinen Zweifel. Dabei fand ich ihn nur wie immer unbeschreiblich grandios.

Ich hatte schon öfter bemerkt, dass Eli auf Frauen eine Wirkung hatte wie ein Topf Honig auf Bienen. Er war nicht schön, nicht groß, und so weit ich es je wusste, als Mönch absolut keusch. Aber das war sicher nicht immer so gewesen. Die Hofdamen der Loba tändelten mit ihm, wann immer sie konnten, und er wusste besser mit Frauen zu reden als irgendein anderer Mann auf der Welt, aber er überschritt nie die Grenzen des Anstandes und seiner eigenen Frömmigkeit.

Diese Fähigkeit musste aus seinem früheren Leben kommen, dachte ich oft, vielleicht von einer Art nachhaltiger Sättigung an schönen Frauen. Und der Anfang seiner Geschichte ließ dies durchaus vermuten.

Ich nickte ihm wieder eifrig und unterwürfig zu.

»In Mekka verkaufte ich alles zu einem Preis, den ich mir selbst nicht hätte träumen lassen. Ich feierte drei Tage und drei Nächte. Feiern, Cornwall, da hast du überhaupt keine Vorstellung von. Arabische Feste kennen kein Morgen, kein Gestern und kein Heute. Die zwölf Tänzerinnen tanzten für uns, und jeder Augenblick dieser Tage schmeckte wie Datteln mit Honig. Aber das verstehst du erst recht nicht, Junge, sitzt immer bloß da und denkst, über gestern und morgen, was du gemacht hast oder nicht machen solltest. Na ja, ich jedenfalls feierte.« Er war eine Weile still, und es war mir, als könnte ich in seinen Augen die fernen Bilder jenes Festes sehen, das er gerade in seinem Inneren für Momente nochmals besuchte. Ich war ein gieriger Zaungast dieses anderen Lebens, das mir so viel begehrenswerter erschien als mein eigenes – und so viel leichter. Ich konnte mir nicht vorstellen, dass es für Eli jemals Augenblicke der Verzweiflung gegeben hatte, wie ich sie seit Jahren von morgens bis abends in der Schwächlichkeit meiner Jugend zu erleben glaubte.

Eli lächelte, sanft, melancholisch. »Am Morgen danach, als alles vorbei war, machte ich einen Gang auf den Markt, um frische Kamele für die Rückreise zu kaufen. Manche Leute würden mir jetzt sicher im Nachhinein weise sagen, dass ich das nicht hätte tun sollen. Dass das ein Fehler war. Weißt du, was ich diesen Leuten sage, Cornwall?« Ohne Übergang von der traurigen Wehmut des Augenblicks vollführte Eli zur Antwort seiner eigenen Frage eine äußerst obszöne Geste und bekreuzigte sich dann, ohne die Hand überhaupt abzusetzen. »Na, jedenfalls war das Wetter schön, ich hatte Zeit und blieb überall stehen. Auch am Tisch eines Sklavenhändlers. Er hatte frische Sklaven aus Afrika, die er anbot. Ich hatte so etwas genauso oft gesehen wie den Kamelmarkt. Persönlich halte ich nichts von der Sklavenhaltung. Die Leute arbeiten besser, wenn sie dafür bezahlt werden, aber das kapierst du nicht als König. Egal, der Händler brachte seine Ware raus, und mich traf der Schlag. Da bringt er diesen jungen Mann, vielleicht dein Alter – und der sieht aus wie ein König. Also, wie ich mir einen König wünschen würde: edel, stark, großartig! Er sah aus, als wäre jedes seiner Worte ein gerechter Schiedsspruch, als wäre er die Gerechtigkeit selbst. Ein solcher Mann, dachte ich, dürfte nicht gefangen sein. Ich selber, dachte ich, dürfte nicht in Freiheit leben, wenn ein solcher Mann in Ketten ging. Es war ein erschütternder Moment. Der größte meines Lebens vielleicht.«

Eli schüttelte seinen Kopf, in bedrückter Erinnerung an die Außerordentlichkeit dieses in seinem Gedächtnis eingefrorenen Bildes.

Mich würgten wesentlich niederere Gefühle, Neid und Eifersucht. Mich, der ich ein wirklicher König war, hätte Eli sicher nicht so beschrieben. Ich löste in ihm nicht diese großen Gedanken aus. Inbrünstig hasste ich den Afrikaner, den Eli gesehen hatte. »Und?«, presste ich hervor, zerrissen zwischen meiner Neugier und meinem gekränkten Stolz.

»Und dann habe ich ihn gekauft«, sagte Eli schlicht. »Ihn zu kaufen hat mich die eine Hälfte meines Gewinnes dieser sagenhaften Karawane gekostet. Ihn freizulassen und wieder zurückzuschicken die andere. Ich habe sogar alle meine Ringe verkauft und einen Teil meiner Waren in Konstantinopel beliehen, um überhaupt wieder nach Hause zurückkommen zu können. Unterwegs gab es Schwierigkeiten, und die Reise dauerte länger als gewöhnlich. Wieder vor Ort, standen die Dinge nicht besonders. Zwei andere Karawanen waren nie angekommen, Stoffe, Gewürze – alles verloren. Auf einmal hatte ich so viele Schulden, wie ich vorher Reichtum hatte. Alles war fort. Zwei meiner Frauen verließen mich sofort, als ich die Häuser verkaufen musste, in denen sie so viele Jahre gelebt hatten. Die dritte lief zu meinem größten Gläubiger und war schon nach zwei Wochen so hochschwanger mit seinem Kind, dass es mir verdächtig vorkam. Die vierte sagte, dass sie mich nicht mehr leiden mochte, weil ich nicht der Mann wäre, für den sie mich gehalten hätte. Das war ich wohl auch wirklich nicht. Ich habe sie alle verstehen können. Als du eben kamst, habe ich gerade an sie alle denken müssen. Wie es ihnen wohl ergangen sein mag – und ob sie nun glücklicher sind, ohne mich. Eigentlich glaube ich, dass man niemanden glücklich machen kann, der in sich selbst nicht glücklich ist – aber bei mir, da sehe ich das manchmal anders.«

Er schwieg und trank Wein. In der Halle lachten die Gäste und warfen Münzen. Es klingelte durch die stille Nacht hier draußen in die Geschichte hinein wie ein Gelächter jenes fernen Verlustes.

»Und innerhalb von sieben Tagen nach meiner Rückkehr war ich so arm wie der ärmste Bettler«, endete Eli.

»Und der Mann?«, fragte ich atemlos. »Der Afrikaner? Was war mit ihm?«

»Ach«, sagte Eli zerstreut, »der mochte mich nicht besonders. Er mochte überhaupt keine Weißen. Ich weiß, dass er sicher nach Afrika zurückgekehrt sein soll. Aber weiter habe ich nichts gehört. Es war mir auch nicht so wichtig. Dass er frei war, war alles, was ich wollte.

Ich war auch sehr schnell sehr alt geworden in diesen Tagen. Die Armut von ein paar Wochenläufen machte mich älter als alle Jahre meines bisherigen Lebens. Und so war ich zu müde, um noch einmal von vorne anzufangen. Ich wollte kein Kaufmann mehr sein. Ich wollte nie wieder etwas zu verlieren haben. Da bin ich ins Kloster gegangen, um Gott in Ruhe ein paar Fragen stellen zu können.

Und nach ein paar Monaten, als ich wusste, was ich wissen wollte, wurde es mir da drin zu langweilig. Also habe ich wieder angefangen zu reisen. Weniger komfortabel zwar, aber ich komme immer noch herum. Gott und ich kommen jetzt ganz gut miteinander aus. Nur von den Bischöfen halte ich mich lieber fern.« Er lächelte mich zufrieden an. Für ihn war diese Geschichte zu einem guten Ende gekommen.

Doch mir ließ die Eifersucht keine Ruhe. Ich verschränkte gekränkt die Arme: »Dann war er ja doch nicht so großartig, Euer afrikanischer König, wenn er sich niemals bei Euch bedankt hat«, zischte ich kleingeistig und hilflos.

Eli hieb seinen Becher auf den Boden neben sich, dass der restliche Wein herausspritzte und wie ein blutiger Regen um uns niederging: »Ich wusste doch, du kapierst es nicht, Cornwall. Darum geht es doch gar nicht. Er hätte es sein *können*! Ich hatte etwas gesehen, das es mir wert war, alles herzugeben, was ich hatte. Ich hatte etwas gesehen, das größer war als ich und mein ganzes Leben. Darum geht es, Junge. Jeder Mensch kann ein

Schurke sein, dazu muss sich niemand besonders anstrengen. Jeden Tag findest du hundert Gelegenheiten, ein Lump zu sein, ein Haufen Dreck, mehr nicht. Egal ob du arm bist oder so stinkreich, wie deine Tante da drinnen. Aber die Chance, kein Schurke zu sein, die kriegst du vielleicht nur einmal in deinem Leben.«

Er sah mich wütend an und schüttelte den Kopf. »Jetzt weißt du wenigstens, warum ich die Geschichte nicht erzähle.«

Eli stand auf, klopfte sich die Kutte ab und spuckte die nächsten Sätze förmlich zu mir herunter: »Eines Tages, Cornwall, kann es sein, dass du vor so einem Tisch stehst, auf dem gerade alles verkauft werden soll, was dir etwas bedeutet, alles, was größer ist als du. Und du kannst stehen bleiben und es kaufen oder einfach weitergehen, als hättest du nichts gesehen. Jetzt wenigstens kannst du nicht sagen, du hättest nie von einem gewusst, der stehen geblieben ist und es gekauft hat. Es war mir jeden Dinar wert, Junge. Denn wenn du weitergehst, obwohl du weißt, was du gerade gesehen hast, und du hättest was daran ändern können, dann wirst du früher oder später daran eingehen. Merk dir das.«

Er ging, ohne sich noch einmal umzudrehen, hinein in die Halle zu den lachenden Gästen und tanzenden Frauen. Ein Gaukler spie Feuer und erhellte den ruhigen Hof durch die offenen Fenster mit seinem gespenstischen Wetterleuchten. Ich sah Eli über die Schulter nach, stand dann auf und schlich alleine in den Garten. Unter den hohen Sternen des Südens fühlte ich mich noch kleinmütiger und zutiefst beschämt. Und ich würde doch stehen bleiben, dachte ich trotzig. Ich würde mutig sein und großartig wie Eli.

Mit den Zehen schob ich trödelnd Kiesel aus meinem Weg, wandelte ziellos durch die kalte Nacht und sagte mir immer wieder vor, was ich dann tun würde, gierig auf eine Chance meines Schicksals wartend, kein Schurke zu sein.

Ich wollte noch besser sein als Eli.

Und ich würde es ihn wissen lassen. Dann müsste er sich bei mir entschuldigen. Oder auch über mich reden wie über den Afrikaner. Ich würde groß sein.

Aber ich bin es nicht gewesen.

Als Brangaene mich wiederliebte, als sie mich zum Leben erweckt hatte, da stand ich eines Tages wirklich vor diesem Tisch, auf dem alles lag, was mir je etwas bedeuten könnte. Vielleicht hatte ich sogar Brangaene mit der einen Hälfte des Gewinnes gekauft, doch ich hatte nie die andere Hälfte gezahlt, um ihr die Freiheit zu geben – und mir auch nicht. Ich war mit einem halben Handel weitergegangen. Und nun, ganz wie Eli gesagt hatte, ging ich daran ein.

Ich schließe meine Augen und warte, dass der Schmerz dieser Erkenntnis mich wieder verlassen wird. Aber er bleibt, er dauert an, um mich daran zu erinnern, dass ich ein Teil der Welt bin, die nicht ist wie Eli.

Seine Welt war frei und voller Leben. In seiner Welt war *er* ein König, und gerade als er arm geworden war, gehörte ihm alles. Ich denke an Eli.

»Ich bete für dich, aber ich schneide dir auch genauso schnell die Kehle durch. Die Wahl liegt bei dir«, hatte er mir ganz zu Anfang unserer Bekanntschaft gesagt. Beides würde ich ihm heute danken. Für Eli waren weder der Tod noch das Leben etwas, vor dem man Angst haben musste. Er lebte, was er glaubte, und war bereit, dafür zu sterben. Er war wirklich und gänzlich frei, so glaube ich. Er hatte nicht nur dem von mir beneideten Afrikaner an jenem fernen Tag die Freiheit geschenkt, sondern sich selbst. Und diese Freiheit war es wohl, die das Leben um Eli glanzvoll machte. Die ihn so anziehend und geheimnisvoll machte. Eli, mein Freund, wo immer du bist, hör meine Beichte: Ich bin ein Schurke gewesen. Im Angesicht der einen Gelegenheit, ein wirklicher Mensch zu sein, das freizukaufen, was mich besaß, bin ich weitergegangen.

Und ich kann nicht mal sagen, ich hätte nie von einem gehört, der stehen geblieben ist. Du hast es gewusst.

Segne mich, Eli, um Brangaenes willen, segne mich, dass ich es doch noch tun kann, sie doch noch freilassen kann.

Ich bitte dich um Verzeihung, Eli.

Die Fürstin Konstanze von Aquitanien, genannt die Loba, an den Bischof Enzio Vito II. von Avignon (in offizieller Post)

Ehrwürdiger Bischof, Eure Exzellenz, hört aus den Tiefen meiner Verehrung die Beteuerung von Treue und Dankbarkeit Eurer treuen Dienerin.

Exzellenz hatten die Güte, mir einen Besuch meines Mannes zu vermitteln, der wie Ihr wisst zu meinem großen Kummer unserem Stammsitz schon lange fernbleibt und auf Reisen in Arabien weilt, ohne dass ich, seine liebende Gattin, wüsste, wo er sich aufhalten mag. Doch ich weiß ihn unter GOTTES Schutz, dies ist mir eine große Beruhigung, und meine eigenen Wünsche unterbreite ich vertrauensvoll GOTT im Gebet, sodass er in Seiner Allmacht nach Seinem Gutdünken damit verfahren mag. Ob nun mein Gatte bald kommen wird, wage ich nur zu hoffen, aber nicht zu raten, ich vertraue einzig auf Eure Empfehlung, Ihr seid mir wie immer eine große Stütze in den Stürmen meines Lebens.

So werde ich Euch auch voller Demut und Dankbarkeit dem Heiligen Vater anempfehlen, Ihn wissen lassen, was für ein besonderer Gottesmann und treuer Diener seiner Kirche Ihr seid. Dies natürlich umso mehr, wenn Ihr vermöchtet, es zu erwirken, dass mein Gemahl endlich zu mir nach Loupierre zurückkehren würde. Noch heute werde ich eine Sendung Goldes durch Boten zum Heiligen Vater nach Rom schicken lassen, um in der heiligen Stadt selbst meinem Manne und Euch die Messen lesen zu lassen und für Euch dort vorzusprechen. Euren Dank begehre ich nicht, dessen wäre gewisslich anmaßend, mir ist es genug zu wissen, dass ich der Kirche bei ihren vielen guten Werken habe helfen können.

Im Namen JESU CHRISTI … etc.

Postscriptum: Wie Eure Exzellenz vielleicht hörten, weilt mein Neffe, der junge König Marke von Cornwall, derzeit bei mir. In diesen schweren Tagen war er mir Halt und Stütze. Leider wird der junge Mann uns sehr bald, wohl schon, wenn Euch dieser Brief erreicht, wieder verlassen, um in seine angestammte Heimat zurückkehren zu können. Ich bedauere zutiefst, dass Ihr ihn nicht habt kennen lernen können, er ist eine Zierde seines Standes, ein Schmuck für jedes Haus. Gott segne ihn.

Abschied

Am nächsten Morgen, als ich noch schlaftrunken und ein wenig benommen von zu viel Wein im Bett lag, die Augen gegen das wachsende Licht schirmend, trat die Loba ein. Sie kam auf mich zu, als wäre keine weitere Zeit zu dringenden Geschäften zu verlieren, und ließ sich wie selbstverständlich auf dem Bettrand nieder. Nachdem ich drei Jahre lang aufgeputzt wie ein Pfau verbracht hatte, so als könnte sie mich in jedem Augenblick sehen, musste sie mich nun zu einer Zeit überraschen, da ich mich im Äußeren stark unvorteilhaft gewahrte und im Verstande wegen der frühen Stunde noch nicht so beweglich war, wie ich es gewünscht hätte. Zwischen Ärger, Überrumpelung und einer weit abgemilderten Freude, sie nun doch noch unter vier Augen zu sehen, setzte ich mich auf, glättete meine zerwühlten Haare und rieb mir die Augen.

Zu jeder anderen Zeit hätte ich hinter diesem Auftauchen eine strategische Finte vermutet, dass sie abgepasst hatte, was geschehen war, um mich nun im ersten Moment des undeutlichen Zerwürfnisses der letzten Nacht mit Eli wieder für sich zu erweichen. Aber der gespannte Gesichtsausdruck meiner ehemaligen Lehrmeisterin hieß mich, solche Vermutungen fallen zu lassen.

»Ich muss mit dir reden, Marke«, begann sie, ohne eine Erwiderung abzuwarten. »Du musst abreisen, und zwar schnell, heute oder morgen. So schnell du kannst!«

»Was ist denn … Das ist doch … Was sagt Ihr da?«

Ich verstand überhaupt nichts. Ungeduldig warf die Loba den Kopf nach hinten, als könnte sie so viel dümmliche Uneinsichtigkeit kaum begreifen.

Diese kleine, allzu verächtliche Geste ließ in mir etwas aufschnappen, wie ein Schloss, das lange verrostet gewesen war.

Ich hatte genug – von ihr, von diesem ganzen lächerlichen Getue, von diesem Spiel, das für sie kaum mehr Unterhaltungswert hatte als die stupiden Liebesdramen und Feuerschlucker. Ich war aber kein Possenreißer, kein Schausteller oder Gaukler. Ich hatte nicht nur genug von ihr, ich hatte auch genug von Eli, von diesen beiden Menschen, denen ich mein junges Herz angetragen hatte und die nur an mir herumschulmeisterten, um sich selbst umso großartiger zu finden. Wenig würdevoll im Hemd sprang ich aus dem Bett. »Was denkt Ihr eigentlich alle, wer ich bin?«, brüllte ich – und zum ersten Male in meinem Leben hob ich außerhalb des Schlachtfeldes die Stimme. »Ihr habt das Gastrecht hier, wenn Ihr mich hinauswerft, gehe ich noch gestern, aber hört auf mit mir zu spielen. Seit ich hier angekommen bin, habt Ihr mich vorgeführt, mich verleugnet, an mir vorbeigesehen. Und nur wenn Ihr gerade nichts anderes zu tun hattet, dann habt Ihr mit mir geredet wie mit einem Schoßhund. Und das nach all dem, was ich für Euch getan habe. Schaut mich an!«, forderte ich unsinnig in meinem Hemde, denn ich war mir wohl kein guter Beweis für meine Ausführungen, so wie ich im Moment handelte und aussah. Trotzdem schäumte ich weiter, es war, als hätte sich etwas Bahn gebrochen, und ich konnte gar nicht mehr aufhören. »Ich habe für Euch gelernt, ich habe Unsummen für Kleidung ausgegeben, von der ich dachte, dass sie Euren Ansprüchen genügen würde, ich habe mich gedrillt wie einen Tanzbären, damit Ihr Gefallen an mir finden würdet.«

»Ich habe dich um nichts davon gebeten, Marke«, sprach die Loba kühl, doch war sie durch meine erregten Worte auch berührt.

»Ich schere mich nicht, ob Ihr mich gebeten habt oder nicht! Ich habe Euch damals auch nicht gebeten, in mein Bett zu kommen. Ich habe Euch nicht gebeten, mir den Kopf zu verdrehen und mich dann fallen zu lassen! Und trotzdem habt Ihr es getan.« Meine Unlogik fiel mir zwar auf, doch ich wollte nicht enden. »Ich bin hierher gekommen, weil ich Euch wiedersehen wollte, weil ich Balsam auf eine längst verheilte Wunde legen wollte. Für mich – und für Euch. Ich dachte, es liegt Euch wenigstens ein bisschen an mir.« Wider alles Vorhaben bettelte ich nun um ihre Zuneigung, ihre Anerkennung.

Ich schluckte. Das hatte ich eigentlich gar nicht sagen wollen. Mein Ausbruch sackte in sich zusammen. Ich stand peinlich berührt im Raum, wusste nicht wohin mit meinen Armen und setzte mich schließlich so weit von der Loba entfernt, wie es ging, auf eine Truhe am Fenster. Mein Kopf schmerzte und ich hielt ihn von ihr abgewandt, dass sie mir die Scham nicht allzu sehr ansehen sollte.

Es blieb eine Zeit still.

»Marke«, klang dann rau die Stimme der Loba, »sieh mich an.« Ich folgte dem Befehl aus Gewohnheit, ohne zu zögern. Ich sah, wie sie anfing, langsam Schleier um Schleier ihres Kopfputzes abzulegen. Ich hatte sie noch nie, auch damals in unserem intimen Beisammensein nicht, ohne eine ihrer gewundenen Trachten gesehen und fragte mich nicht zum ersten Mal, was darunter wohl zum Vorschein kommen werde. Ich hatte oft vermutet, dass die Loba wohl früh ergraut sein müsste, dass sie aus Eitelkeit diese Zeichen ihrer verschwindenden Jugend verbarg. Doch es war schlimmer: Die Loba war kahl.

Ihr Haupt jenseits der Stirne vernarbt wie vom Feuer.

Ich hielt den Atem an, doch ich stand den Anblick aus. Sie sah mich prüfend an, was wohl in mir vorging. Dann redete sie, beherrscht und kühl wie immer. »Als ich heiratete, war ich fünfzehn. Ich war sehr jung und noch ehrgeiziger. Du weißt selbst am besten, wie Berenice sich verheiraten musste. Mir und meinen Geschwistern wäre es ähnlich ergangen. Unsere Familie war nicht reich. Also wollte ich einen Gemahl mit mehr Geld, als ich es mir vorstellen konnte. Den fand man auch, und sowohl Vater und Mutter warnten mich vor ihm. Er musste sich schnell verheiraten, da ihn ein Kirchenfürst, einer seiner ehemaligen Liebhaber, wegen seiner Knabengeschichten denunziert hatte. Deswegen brauchte er dringend eine Ehefrau, um den Schein zu wahren. Es war klar, dass er weder Neigung zu mir noch zu Frauen im Allgemeinen verspürte. Ich hingegen dachte, ausreichend zu wissen, wer und was mein Mann war.

Außerdem hatte ich keine hohen romantischen Erwartungen an die Ehe. Ich wollte nur Geld, Macht und Reichtum. Ich wollte ein Leben …, ein Leben, wie ich es bekommen habe.« Ich konnte nicht aufhören, ihren kahlen Schädel anzustarren.

Sie vollführte eine unbestimmt weisende Geste mit der linken Hand und lächelte. »Aber ich wusste gar nichts von dem, was ein Mensch alles sein kann, ohne wie der Teufel auszusehen. Vielleicht, dachte ich noch vor der Hochzeitsnacht, macht er mir ein oder zwei Kinder als Erben, das würde ich wohl aushalten. Als sie uns dann zu Bette legten, geschah etwas, das niemand weiß, außer den Vieren, die in dieser Nacht im Raum waren. Mein Ehemann«, sie schluckte, als würgte sie das Wort, »zog mich aus, band mich an einen Stuhl und schor mir das Haar. Dann versengte er mir die Kopfhaut mit einer Fackel. Zwei seiner damaligen Liebhaber hielten mich, als ich, vor Schmerzen wahnsinnig, versuchte, meine Fesseln zu zerreißen. Die Herren lachten und belobten ihn sogar für seine umsichtige Gründlichkeit. Dann legten sie mich auf den Boden und traten mir in den Bauch, bis ich zwischen den Beinen blutete. Als es vorbei war, war ich halb ohnmächtig. Sie ließen mich einfach liegen. In meinem eigenen Dreck, im Blut, in höllischen Schmerzen. Der Mann, den ich geheiratet hatte, verließ die Kammer als Erster. Er sagte noch, es sei seine ganz besondere Form, mich zu seiner Frau zu machen, das Zeichen seines persönlichen Ordens. Nie würde mich ein anderer Mann wollen, nie sollte ich mehr sein als … eine Nonne mit Geld.« Sie blinzelte heftig.

Mir war so übel, dass ich nicht wusste, ob ich gleich speien würde. Wie konnte man sich so gegen ein junges Mädchen benehmen?

»Am nächsten Morgen erst ließ er ein paar Frauen zu mir, die meinen Kopf und meinen geschundenen Leib versorgten. Ich war tagelang todkrank, aber ich starb nicht. Eine der Frauen, die mich pflegten, war die Mutter eines jungen Schreibers. Sie war Hebamme und eine tapfere Person. Entsetzt ob meiner Wunden erzählte sie ihm, was geschehen war, und flehte ihn an, den Bischof um Hilfe zu bitten, kein christlicher Ehemann dürfe solches seiner Frau ohne Grund antun. Sie war eine derer gewesen, die mich vor der Hochzeit untersucht hatten. Und sie konnte schwören, dass ich am Morgen vor der Trauung noch unberührt gewesen war. Der junge Mann schrieb den Brief heimlich und ohne seinen Namen zu zeichnen, und der Bischof reiste dann sogar an, den Fall zu untersuchen. Allerdings kam er nicht zu mir, sondern ging lieber direkt zu meinem Gatten. Der führte dem Bischof gegenüber an, dass es schließlich keinen offiziellen Brautbeweis gegeben habe, also sei ich eben zwischen der morgendlichen Untersuchung und dem besagten Abend untreu gewesen, und er habe mich nach seinem Recht und Gutdünken gestraft. Dagegen wollte der Bischof nichts sagen, schon gar nicht nach den Schenkungen, die er mit sich fortführte. Er reiste wieder ab, ohne dass ich ihn auch nur gesehen hätte. Mein Ehemann hingegen ließ alle Schriftproben der Schreiber überprüfen, da ihm der Bischof die Anzeigenschrift überlassen hatte, und fand schnell den, der sich zu meinem Kläger machen wollte.«

»Ruâl«, flüsterte ich. Die Loba sah kurz und ein wenig überrascht auf, um sich dann den finsteren Zeiten der Vergangenheit erneut zuzuwenden.

»Ja, Ruâl, mein Mann ließ ihm die Zunge herausschneiden und die Fingernägel der rechten Hand herausreißen. So gezeichnet als Meineidiger, Lügner und Untreuer war er verdammt, niemals wieder Arbeit zu finden, wie er sie wohl besser als irgendein zweiter verrichten konnte. Ruâl versank beinahe für immer im Wahnsinn. Ich hingegen hatte den Handel mit diesem Teufel angenommen. Wenn ich seine Nonne war, so wollte ich auch sein Geld. Da er die Ehe nunmehr als vollzogen betrachtete, tat ich es auch.

Ich ließ zunächst Loupierre errichten mit der Auflage, dass er sich hier niemals blicken lassen sollte. Ich knüpfte alsdann meine eigenen Bande zur Kirche, zu Handelsherren und Adligen. Ich bettete mich mit jedem Herren, der mir vielversprechend erschien, und ich lernte, durch meinen Körper ihren Geist zu meinen Gunsten zu beherrschen.

Bald schon war ich reicher als mein Mann und stand unter dem sichern Schutze Enzio Vitos, des neuen Bischofs von Avignon, der einer meiner Liebhaber geworden war. Ich fand Wege«, sie wies auf die abgelegten Schleier – »meine Entstellung zu verbergen. Ich musste nur sehr, sehr vorsichtig sein.« Ich konnte nichts sagen.

»Ruâl nahm ich sofort in meine Dienste, er war mir treu, doch ist das Feuer in ihm seit den Tagen seiner Folter erloschen. Sein Sohn ist mehr, wie Ruâl einmal war. Er weigerte sich, wieder ein Schreiber zu sein, war es zufrieden, Knechtdienste zu tun. Seinen Sohn hat er das Schreiben auch nicht lernen lassen, obwohl dieser es sich sehnlichst wünscht.«

Ich sah den stolzen Knaben vor mir, wie er mir diese Geschichte am Tage meiner Ankunft erzählen wollte, wie er wollte, dass ich wusste, was seinen Vater zu dem gemacht hatte, was er war. Der Wunsch hatte diese Kammer damals nicht mit ihm verlassen, und hier hatte er sich nun auch erfüllt.

»Der Bischof von Avignon und ich hatten große Pläne, wir wollten ihn eines Tages Papst werden lassen. Das erschien mir als die einzige Herausforderung, deren Ausgang nicht sofort gewiss war. Sie weckte meinen Ehrgeiz. Es war ein Spiel, bei dem es viel zu gewinnen gab. Geld, Macht, alles! Wir brauchten dazu allerdings eine strategisch günstige, schiffbare Handelsstraße von Nord nach Süd über das westliche Meer. Und uns fehlte nur ein sicheres Pfand am nördlichsten Punkt, sonst war alles bedacht. Du warst unser Pfand, Marke. Ich bin damals nach Kanelegres gekommen, um dich für unsere Pläne zu sichern, für meine Pläne, an deren Ende die Vernichtung dieses Mannes steht, den ich ehelichte. Wenn Enzio Vito Papst sein würde, würde er ihn auf dem Scheiterhaufen als unzüchtigen Ketzer qualvoll verbrennen lassen. Jede Nacht seit meiner Hochzeit vor zwanzig Jahren dachte ich daran. Jede Nacht sah ich sein Gesicht in den Flammen und hörte, wie er schrie. Es heiligte mir jedes Tun, befahl mein ganzes Leben. Sein Tod wäre meine Erlösung. Das habe ich immer gedacht.« Es war gespenstisch still im Zimmer. Draußen auf den Fluren hallten geschäftige Schritte, die noch deutlicher machten, wie ruhig es zwischen uns war. Zwischen der überwältigenden Welle des Mitgefühls, die mich überrannt hatte, regten sich doch auch kleine Strudel der Verletzung.

Nun wusste ich endlich, was ich für die Loba gewesen war. Eine Garantie für sichere Handelswege. Ein Verbündeter in einer fernen Papstwahl, Unterpfand eines ehrgeizigen Bischofs, den ich in meinem Leben noch nicht gesehen hatte, der jedoch meines seit Jahren fest in der Hand hielt. Aber am schlimmsten war, dass ich sie verstehen konnte. Ich dachte an Lisine und Berenices Reden von den Leiden der Frauen, die sich nicht wehrten.

Die Loba stand auf, schritt auf mich zu und legte mir die Hand an die Wange: »Marke, mein Lieber, es tut mir Leid. Meine Aufgabe war es, dich zu beherrschen, sodass wir dir hätten vorschreiben können, wen du heiraten solltest. Da gibt es so eine Frau in Sizilien … Damals dachte ich, was ich hatte erdulden müssen, wäre auch für andere kaum schlimmer zu ertragen. Ich dachte, wenn du heiratest, wie wir es wollen, wäre nichts verloren.«

»Ich verstehe«, flüsterte ich benommen.

»Nein, ich glaube, du verstehst mich noch nicht ganz. Als ich auf Kanelegres weilte, da wusste ich vom ersten Augenblick, dass du mir ein leichtes Spiel sein würdest. Du warst so jung und so einsam. Du warst so verloren unter diesen simplen und einfallslosen Menschen. So hungrig nach irgendeinem Interesse, nach einer Beschäftigung.«

Sie hatte Tränen in den Augen. »Schon kurz, nachdem wir uns kennen lernten, ging ich manchmal während des Tages, wenn ich alle beschäftigt wusste, in deine Bettkammer. Ich saß dann auf deinem Lager, sah deine kindliche Unordnung, deine Unerfahrenheit in allen Dingen der Welt – und auch dein Versprechen, die Ahnung von dem Mann, der du einmal werden würdest. Du rührtest mich.«

»Ich rührte Euch?«, wiederholte ich leise ungläubig. Alles hätte ich wohl lieber gehört, als dass ich in dieser Frau, der ich mein Leben gewidmet hatte, seit dem Tage, an dem ich sie sah, Mitleid erweckt hatte.

»Ja, Marke, ich kannte keine Rührung mehr seit jener Nacht. Ich kannte überhaupt keine Gefühle, nur Kalkül und Rache. Aber dann, als wir beieinander gewesen waren und du so verwandelt warst, so voller Vertrauen, so selig und so glücklich, da wusste ich, dass ich gehen musste, um mich nicht an dich zu verlieren, um mich nicht dem Glauben hinzugeben, dass ich jemals ausbrechen könnte aus meinem Lebensgefängnis. Sieh mich an. Ich bin entstellt. Ich werde keine Kinder haben können. Wie lange wäre ich eine Frau gewesen, die deine …«, sie suchte nach einem Wort, Liebe wollte sie zu Recht nicht sagen, »deine Zuneigung hätte für sich erhalten können. Ein paar Monate vielleicht. Nichts macht eine Frau älter als ein zu junger Liebhaber, der sie auch noch verlässt. Ich war schon einmal im Inneren gestorben, Marke, alle Qualen der Hölle hatte ich schon einmal durchlitten. Und glaube mir, ich verspürte weder damals noch heute das Bedürfnis, diese Momente in anderer Weise zu wiederholen.«

Sie stand so nahe bei mir, dass eine ihrer Tränen heiß auf meine schlaffe Hand fiel. »Der Bischof drängt mich seit Monaten, dich zur Heirat mit der Frau aus Sizilien zu zwingen. Als ich Ruâl bei euch zurückließ, tat ich dies, damit er Botschaft senden konnte, wenn du zu mir kämest. Dass alles schnell arrangiert werden könnte. Ein Treffen in Rom, eine Heirat durch den Papst, ein paar Verträge. Du warst so vorhersagbar in deinem Ehrgeiz.

Aber als ich dich dann hier wiedersah, konnte ich den Plänen nicht mehr folgen. Du bist wohlgestalt und hübsch, Marke, aber das ist es nicht, was mir heute noch an dir zu Herzen geht. Du hast in all deiner jungen Unbeständigkeit doch immer noch so viel Versprechen in dir. Du bist rührend ernst und rührend sorgsam, auch wo du es gar nicht sein willst. Und in dir ist so viel ungenutzte Zärtlichkeit.«

Ihre Hand streichelte meine Haare, nun wirklich wie eine traurige Mutter einen Sohn berühren würde, der sie verlassen muss. »Ich will nicht, dass du so unglücklich wirst wie ich.«

»Und weswegen schickt Ihr mich fort?«, fragte ich in allen mir verbliebenen Gefühlen erschüttert, verwirrt, traurig.

Die Loba wandte sich um und setzte sich wieder aufs Bett.

»Der Bischof hat nach meinem Mann geschickt, dass er hierher kommen solle, um mich zu erpressen – oder vielleicht zu töten. Es kann sein, dass Enzio Vito nun mich gegen meinen Gemahl austauschen will, um sein Ziel zu erreichen, der nächste Papst zu werden. Dafür habe ich den Bischof vorsorglich als Hochverräter beim augenblicklichen Papst denunziert. Der Bote nach Rom hat die Burg gestern verlassen. Noch ein paar Wochen und Loupierre wird zum Mittelpunkt einer grässlichen Fehde. Ich muss selbst nach Rom reisen, wo ich einstweilen sicher sein werde.

Du solltest also schnell wieder nach Kanelegres ziehen. Es ist schon Winter. Und im Frühjahr oder Sommer spätestens musst du nach Cornwall zurück, Lieber. Deine Zeit in der Fremde ist vorbei.«

Was sie da als Letztes sagte, zog mir den Boden unter den Füßen fort, wenn ich nicht gesessen hätte, wäre ich gefallen.

Ich musste nach Cornwall zurück. Natürlich. Eli nannte mich sogar Cornwall, überall wurde ich unter meinem Titel vorgestellt, ich wusste, wer ich war, doch ich hatte völlig aus den Augen verloren, irgendwann wieder heimkehren zu müssen, wirklich König sein zu müssen, nicht nur ein junger Mann, dem zu seinen guten Manieren gratuliert wurde. Eisige Angst packte mich am Genick. Wie hatte ich so ein Dummkopf sein können, wie hatte ich all das tun können, was ich in den letzten Jahren tat, ohne dabei jemals an das Ziel meines Aufenthaltes in Frankenreich zu denken?

Ich musste zurück zu einer Mutter, die ich seit fast vierzehn Jahren nicht gesehen hatte – und ich hatte eine Schwester, die genauso alt war, die ich überhaupt noch nie gesehen hatte.

Die Loba begann ihre Schleier wieder zu jenem kunstvollen Putz zu winden, den ich nie wieder sehen oder bedenken könnte, ohne das Leid vor Augen zu haben, welches er verbarg.

Gerichtet stand die Loba auf, und ich tat es ihr mit wackligen Beinen gleich.

»Ich bitte Euch um Vergebung, Marke von Cornwall, Eure Seele ist zu kostbar, als dass ich mit ihr hätte hasardieren dürfen. Könnt Ihr mir verzeihen?«

Erst wollte ich mich vor dieser großen, armen Frau verbeugen, doch dann, geführt von einem warmen Hauch jener Zeiten, als wir uns aus so seltsamen Beweggründen für wenige Tage einmal so nahe gewesen waren, trat ich zu ihr und nahm sie fest in meine Arme. Ich hielt sie, und wir standen da, verloren wie lang zuvor, in eine Welt geschleudert, die uns zu Narren oder Schurken machte und unsere hilflosen Versuche, in ihr zu bestehen, stets von neuem verspottete.

»Ich danke Euch, edle Herrin, ich danke es Euch, dass Ihr mir ein Leben schenktet, welches ich ohne Euch niemals erfahren hätte können. Ich danke Euch, dass Ihr mir die Augen öffnetet und – dass Ihr mir die Freiheit schenkt.«

Unter ihren still verebbenden Tränen küsste die Loba mich warm auf den Mund. »Ich bedauere, dass ich Euch nicht als König sehen werde, Marke. Ihr werdet groß sein. Ich weiß es.« Ich küsste sie wieder.

Doch gab es keine Leidenschaft, kein Feuer in diesen Küssen. Sie waren ein Abschied von einer Freundschaft, die auf ihre Art wertvoll gewesen war, sie waren ein Abschied von einer Zeit, die für immer verloren war. Ich sagte in ihnen meinem Knabendasein Lebewohl, die Loba endgültig ihrer Jugend.

Wie doch die Zeit die Dinge wandelt. Gefangen in dem Aufruhr der ersten Leidenschaft, verfolgt von meiner kleinen Rachsucht, hatte ich, ohne es zu wissen, im Netz ihrer eigenen großen Rache gezappelt. Nun waren wir beide frei.

Ich musste an Elis Worte denken.

Auch die Loba war im entscheidenden Augenblick stehen geblieben und hatte uns losgekauft. Ich fühlte nur noch dankbare Freundschaft. Mit sanftem Druck entfernte sie sich aus meinen Armen und ging zur Tür.

»Ich bitte Euch um etwas«, sagte ich schnell, ohne zu wissen, dass ich dies lang hatte tun wollen. Sie nickte, großzügig, wie sie seit je gewesen war, ohne zu fragen, was es wäre.

»Lasst mich Ruâl und seinen Sohn mitnehmen. Vielleicht können sie woanders Ruhe finden.«

Die Loba lächelte wieder ihr totes Lächeln, doch mit einem Anflug des alten Kampfgeistes darin. »Sie haben schon gepackt, Marke. Sagt mir nur, wann Ihr abreisen könnt.«

Brief der Fürstin Konstanze von Aquitanien, genannt die Loba, an den Bischof von Salisbury, Philipp of Cowley

... natürlich ist es vermessen von einer armen Seele wie mir, anzunehmen, dass Ihr Euch noch an unsere Begegnung im Winter beim Heiligen Vater erinnern werdet, doch gleich damals, lieber Lord Cowley, war es mir klar, welch eine große Zukunft vor Euch liegen wird. Natürlich empfinde ich schreckliches Mitleid mit dem Schicksal, welches Euren Mitbewerber, Enzio Vito, befallen hat. Gottes Wege sind unergründlich. Der eine stirbt, der andere steigt. Mit kaum fünfunddreißig Jahren seid Ihr der Bischof von Salisbury, und auch wenn es Euch Eure Bescheidenheit verbietet, so zu denken oder gar zu planen, kann ich Euch bereits im Kardinalspurpur sehen. Ich erlaube mir, mit diesem Brief zwei Kisten aquitanischen Goldes zu schicken, von denen ich eine in den Besitz Eurer Kirche überzugehen wünsche. Die andere, lieber Freund, verzeiht die Anmaßung, ist für meinen lieben Neffen, den jungen König von Cornwall, und anmaßend ist diese Sendung an Euch, weil ich zugleich darauf setze, dass Ihr ihn sicher krönen und daher Gelegenheit haben werdet, ihn zu besuchen, um ihm dieses Geschenk seiner alten Tante, die das Reisen scheut, mit meinen besten Grüßen zu überbringen. Und wollt Ihr auch so gut sein, ihm zu sagen, dass in der irischen Sache seinen Anordnungen gemäß verfahren wurde und die hundert Reiter zu seiner Verfügung stehen. Ich hoffe, Euch beizeiten für Eure Unbill entschädigen zu können. Mit den erfreuten Grüßen des Heiligen Vaters, dem ich Gelegenheit hatte, von unserer kleinen Korrespondenz und unserem guten Einverständnis Kenntnis zu geben, verbleibe ich etc., etc.

Überraschung

Nachdem ich mich gewaschen und hergerichtet hatte, gab ich Anweisung, meine Taschen zu packen. Ich suchte Eli und fand ihn weit draußen im Garten beim Studium einiger Schriftrollen. »Eli«, rief ich schon von weitem und rannte auf ihn zu. »Ich muss abreisen, Eli.« Unser Streit von gestern war mir fast ganz entfallen.

Eli sah kaum von den Schriftstücken auf.

»So«, sagte er dann. »Ich hoffe sehr, dass du eine gute Reise haben wirst, mein Junge.« Er lächelte knapp und schwieg sogleich wieder, ganz vertieft in seine Lektüre.

Ich kämpfte mit meinem Stolz und meiner Neigung und hieß letztere, diesmal zu gewinnen: »Wollt Ihr nicht mitkommen, Eli, wollt Ihr nicht mit mir nach Cornwall gehen und mein Berater sein? Ich würde Euch zu meinem Majordomus machen.«

»Ja, mindestens«, spottete Eli, »ich würde aber auch gerne mal der Kellermeister sein. Vielleicht an den Sonntagen?«

»Ich meine es doch ernst, Eli, müsst Ihr mich immer auslachen? Ich dachte, Ihr wart es, der sagte, man soll einen ehrlichen Mann nicht verhöhnen, wenn man nicht selbst der Narr sein will?«, fragte ich mit einer seit diesem Morgen neugewonnenen Festigkeit, dabei sah ich ihm geradewegs in die schillernden Raubvogelaugen.

»Ach was«, zischte er. »Cornwall wird flügge. Dann war ja doch nicht alles umsonst. Da schau an.«

Eine Weile lang maßen wir uns mit Blicken, und zum ersten Mal seit dem Beginn unserer kurzen Freundschaft war es mir vollkommen gleichgültig, was er von mir dachte.

»Es ist nicht wichtig, Recht zu haben, Marcus«, redete er plötzlich in einem zwar östlich geprägten, doch erstaunlich fließenden Latein zu mir: »Wichtig ist, an die Meinung zu glauben, die man hat.«

»Wieso wollt Ihr nicht mitkommen?«, fragte ich ihn ebenfalls in der Gelehrtensprache. »Ich werde Euch brauchen, wenn ich König bin. Tintâgel ist mir ebenso fremd wie Euch.«

Grinsend nickte Eli: »Ja, aber ich brauche im Allgemeinen Könige ebenso nötig wie das Fegefeuer, Cornwall. Du wirst das schon schaffen, ohne mich. Es wäre mir auch viel zu kalt im Norden. Ich bin kein junger Mann mehr, wie?« Er lächelte. Ich nickte ihm zu:

»Dann werden wir uns wohl verabschieden müssen.« Die Angst, die ich vor einigen Stunden erstmals gefühlt hatte, war wieder da. Ich sollte ohne jeglichen Rat hinaus in eine Welt, die ich fast vergessen hatte. Eine Welt, die sich nicht um mich drehte, in der ich nicht wichtig sein würde – und in der doch so vieles von mir abhinge. Das Schicksal von Menschen wie Ruâl und Eli, von Frauen und Männern, die ich vielleicht nie im Leben sehen würde, wäre für viele Jahre mit meiner Fähigkeit, ein halbwegs guter König zu sein, verbunden.

»Komm her, Cornwall«, sagte Eli ganz leise. Dann umarmte er mich mit erstaunlicher Kraft, hielt mich so freundlich und warm, wie ich am Morgen die Loba gehalten hatte, und küsste mich dreimal auf die Wangen. »Und jetzt hau ab, du König, bevor ich dir wieder die Leviten lesen muss. Ab heute musst du das wohl für dich selber tun.«

Ich drehte mich um und lief aus dem Garten fort, so schnell, wie ich gekommen war. Ich konnte mich nicht mehr umdrehen. So gerne hätte ich ihm noch etwas gesagt, so gerne Worte gefunden, die ihm hätten danken können, dass er mein Freund gewesen war. Aber mein Mund war trocken, als hätte ich Staub getrunken, und meine Kehle eng. Ich stürzte mich in die letzten Geschäftigkeiten der Abreise und war froh, dass sich die Loba nicht mehr zeigte. Ich wollte auch von ihr keinen förmlichen Abschied, der sich über die Erinnerung unseres wirklichen Auseinandergehens an diesem Morgen gelegt hätte. Durch ihren Majordomus hieß ich meinen Dank und meine Abreise ausrichten. Ruâl und sein Sohn standen mit Pferd und zwei Packeseln im Hof, und der Knabe strahlte vor Aufregung und Freude über seinen heimlichen Herzenswunsch, der in Erfüllung gegangen war. Sein Übermut ließ mich im Vorbeigehen etwas erkennen, das ich so nie gedacht hätte, aber es stimmte. Ich war als ein Jüngling nach Loupierre gekommen, und ich ging als ein Mann, auch ein König, mehr denn jemals, aber wichtiger, als ein Mann. Ich hatte den Zorn und die Wankelmütigkeit meiner Jugend mitgenommen auf die Reise von Kanelegres bis hierher. Jahrelang hatte ich an beiden gezehrt und nun ihre Nutzlosigkeit erkannt. Ich kam, um zu stehlen, und ich ging mit Geschenken, wertvoller als alles, was ich mir je erdacht hatte. Die Angst war bei mir, gemahnte mich an meine ungewisse Zukunft, doch ich glaubte sie mir zur Gefährtin machen zu können, zu einer unschätzbar wertvollen Gefährtin, wie der Loba.

»Hast du keine Frau, Ruâl«, fragte ich mit Blick auf die gepackten Habseligkeiten den Vater, um die Antwort vom Sohne zu erhalten: »Meine Mutter ist beim großen Fieber vor einem Jahr gestorben. Mein Vater hat sie nicht mehr lebend angetroffen nach seiner Rückkehr.«

Der Knabe war so glücklich, so erleichtert, dass ihm selbst diese Erinnerung nichts davon nehmen konnte.

Sein Vater lächelte mich an, stolz und ein wenig müde. Wie ein Bauer, der eine gute Saat aufkommen sieht, aber nicht mehr weiß, ob er noch die Kraft haben wird, sie zu ernten.

Ich nickte: »Alsdann.«

Wir stiegen auf die Pferde und ritten den steilen weißen Weg von Loupierre hinunter, über die nördliche Ebene hin in den Winter hinein.

Ruâl legte sich nah ans Lagerfeuer des ersten Nachtlagers und schlief früh ein, sodass er später die Wache übernehmen konnte. Sein Sohn wieselte hin und her, sah alle paar Augenblicke nach den Schlingen, die ein Frühstück fangen sollten, und machte dabei genug Lärm, um noch die Kaninchen in Loupierre zu warnen. »Setz dich, Kind«, sagte ich ihm schließlich und gewahrte dabei zu meinem Erstaunen, dass dieser Knabe außer den Ziehgeschwistern der erste Jüngere war, mit dem ich seit Jahren gesprochen hatte. Er mochte zwölf sein, wie ich gestern – wie ich vor hundert langen Jahren.

»Sire«, plapperte er dann, »wo wir hingehen, gibt es da auch Kaninchen? Und fangt Ihr sie auch mit der Schleuder oder nur mit Schlingen? Gibt es dort Bären? Ich habe nämlich gehört, dass im Norden die Bären bis in die Ställe kommen und die Kühe an einer Leine mit sich fortführen. Und dann essen sie sie auf.« Ich lachte. Ruâl, das Kind, lachte mit. »Und stimmt es, dass Eure Frauen alle Bärte tragen und Schwerter schmieden können?« Seine Augen glänzten.

Schmunzelnd sagte ich: »Das mit den Bärten habe ich wohl zuweilen in Augenschein nehmen können.« Ruâl kicherte.

Ich trank einen Schluck Wein aus dem Schlauch und starrte gedankenverloren ins Feuer.

»Wenn Vater schluckt, ist es am schlimmsten für mich«, flüsterte der Junge plötzlich todernst ohne Übergang.

»Es ist so laut, wisst Ihr, und früher dachte ich stets, er könnte daran ersticken, an allem, was er aß oder trank. Und jedes Mal, wenn wir essen, denke ich an den, der ihm das angetan hat, und dann habe ich sündige Gedanken. Habt Ihr schon mal einen anderen Menschen umgebracht, König Marke?«

Ich sah ihn scharf an und überlegte meine Antwort: »Ja, das habe ich, das erste Mal, als ich wenig älter war als du.«

Er nickte, und ich wusste, dass er an den Mann der Loba dachte, dieses Scheusal in Menschengestalt.

»Würdet Ihr es auch wieder tun? Ich meine, in einer Fehde oder wenn Räuber kämen – oder wenn jemand Euch ein Leides tun wollte?«

Ich bedachte die Worte einer Frau, die sie zu mir an einem fernen Tage über der Leiche einer anderen Frau gesprochen hatte, und sie kamen aus meinem Munde, als stünde Berenice neben mir: »Töten ist nichts, was man dauernd üben muss. Sei lieber froh, wenn du es nicht oft tun musst. Es hilft auch nicht viel. Versuch lieber zu leben, als zu töten.«

Der Junge sah mich ernsthaft an und nickte mit dem Kopf. Dann stand er auf und legte sich zu seinem Vater, wobei er darauf achtete, dass die Decke warm über den Schultern des Schlafenden lag. Im Schein des Feuers sah ich Vater und Sohn beieinander liegen und hing meinen Gedanken nach.

Ich fragte mich, ob ich wohl jemals einen Sohn haben würde, einen Sohn wie Ruâl, der Fragen stellte, lachte, Unsinn machte und mich zudecken würde, wenn ich schlief. Aber der Gedanke an Kinder musste den Gedanken an eine Heirat zuerst passieren, und heiraten würde ich nicht, als bis ich in Cornwall heimisch geworden und die dortigen Machtverhältnisse so genau kannte, dass man mir keine Schlange ins Bett legen konnte - oder mich mit einem kleinen Mädchen verheiraten würde, das daran Schaden nehmen könnte.

Wir waren wohl insgesamt nicht länger als ein halbes Jahr von Kanelegres fort gewesen, doch als wir uns langsam wieder vertrauten Feldern näherten, roch ich förmlich, dass etwas anders war, völlig und gefährlich anders.

Eine Tagesreise von Kanelegres dann, schon zum Ende des Winters hin, doch noch immer war die Luft eiskalt, passierten wir ein Gehöft, dass schon seit jeher zu Gordecs Land gehörte. Allein, es gab gar kein Gehöft mehr. Das Wohnhaus und die Ställe waren bis auf den Boden niedergebrannt. Auf den dazugehörigen Feldern lagen aufgetrieben und steifgefroren die Leichen der ehemaligen Bewohner. Männer, Frauen und Kinder. Vielleicht zwei Wochen waren sie tot, so sah es wenigstens aus.

Fehde. Verlorene Fehde.

Ruâl, das Kind, schaute ängstlich hinter dem Rücken seines Vaters hervor, der versuchte ihm die Augen zu schirmen vor den furchtbaren Anblicken, die uns weiter erwarteten.

Das Land war verbrannt, Dörfer und Höfe verwüstet, der kalte Wind trieb uns die bittere Asche entgegen. Alle Behausungen waren geplündert worden, die Dörfler entweder versteckt oder übergelaufen zum Sieger dieses Krieges. Nicht einmal die cornischen Gefährten konnte ich finden.

Stumm, in grauenvoller Erwartung ritten wir auf Kanelegres zu. Statt des soliden Hofes mit den festen Steinmauern gab es nur noch Schutt und Ruinen ehemaliger Häuser. Die Burg Gordecs und Berenices, die nie besonders glanzvoll gewesen war, war zerstört.

Im ehemaligen Burghof selbst hing an einem Galgen Gâles' verweste Leiche, vom Frost zumindest zum Teil vor den Vögeln geschützt. Knarrend schwang er an seinem Galgen hin und her. Er trug mehrere Stichwunden am Bauch, aus denen das Blut auf seine Hosen, seine nackten Füße und zur Erde herabgetropft war. So viel Blut, dass klar war, sie hatten ihn gefoltert, bevor sie ihn gehangen hatten. Zu seinen Füßen lagen mit durchschnittener Kehle, der Größe nach aufgereiht, die Ziehgeschwister, sogar Klein-Adela, die nicht mal zehn Jahre zählte. Ich erbrach mich.

Ruâl, der Vater, stand starr in Schrecken, war doch dieser Platz auch für fast drei Jahre sein beordertes Zuhause gewesen.

Sein Sohn, die bestechenden Augen in Terror weit aufgerissen, klapperte mit den Zähnen. Keiner von uns konnte sich eine Weile rühren. Meine Füße kribbelten in der Kälte, mir war schwindlig. Ich hoffte auf irgendeine barmherzige Wendung, auf das Erwachen aus diesem Albtraum, auf einen zweiten Sonnenaufgang mitten am Tage, der diese Bilder für immer aus unserer Erinnerung tilgen würde. Doch die Sonne stand fahl, gerade auf dem kleinen Höhepunkt ihrer winterlichen Tagesreise angekommen, als mir klar wurde, dass nichts sich ändern würde. Schließlich, mein Schwert fest in der Hand, fing ich an, die Lage weiter zu erkunden. Ich fürchtete nicht wirklich überraschende Angreifer, da der Hof allzu verlassen lag, doch mein Schwert bot mir wenigstens die Illusion, mich gegen das Entsetzen verteidigen zu können, das schon lange den Sieg davongetragen hatte.

Vor der ehemaligen Kapelle dann machte ich eine noch grausigere Entdeckung: die kleinen Zwillinge von Gâles und Morag hatte man in Windeln auf der zerstörten Schwelle niedergelegt und erfrieren oder Hungers sterben lassen. In den

Resten der Kapelle selbst fand ich Gordec. Hinter ihm lag der Rumpf von Berenice, ihren Kopf gewahrte ich in einer Ecke. Gordec war in Stücke gehauen, wie ein geschlachtetes Vieh. Seine rechte Hand umklammerte noch immer das Schwert. Er musste gekämpft haben wie ein Berserker. Die Wolken meines Atems stießen hechelnd in die leblose Stille. Plötzlich ließ mich ein zappelndes Geräusch aufschrecken.

Aus dem zerborstenen, verkohlten Gebälk flatterte eine Krähe fort ans Tageslicht. Es war mir, als sähe ich den Tod selbst hinausfliegen, als hätte er hier ungeduldig auf mich gewartet, mir seine Anvertrauten zu übergeben. Die gesamte Herrschersippe von Kanelegres war ausgelöscht. Gordec, Berenice, Gâles und alle anderen lebten einzig noch in meinem ungläubigen Schrecken, der sich weigerte, das Gesehene unwiderruflich Wirklichkeit werden zu lassen.

Morgân, dachte ich immer wieder. Morgân musste wiedergekommen sein, mit mehr Geld, mehr Waffen. Seit der Fehde meiner lang vergessenen ersten Schlacht hatte er wieder und wieder geschworen, uns alle zu vernichten. Er hatte Wort gehalten. Es war nicht seine Schuld, dass wir ihn unterschätzten, ihn zu dumm, zu arm oder zu hitzköpfig gedünkt hatten. Schuld senkte sich über mich, das Gefühl, ein Unheil einfach mit einem Achselzucken übersehen zu haben.

Meine gesamte Familie zu Kanelegres war tot. Und in ihrer verspätet gewahrten Todesstunde gebar ich den leblosen Wunsch, dass ich es hätte verhindern können. Dass ich es hätte wissen müssen. Weswegen nur war ich zu spät gekommen? Oder weswegen war ich überhaupt erst fortgeritten? Was rechtfertigte mein Leben über ihrem Tode. Ich versuchte mich abzulenken, indem ich die Spur der Zerstörer und Mörder verfolgte.

Die Feste war klar von innen heraus zerstört worden, der Kampf hatte hier getobt, vielleicht sogar die Familie bei der Messe überrascht. Oder hatte sich Gordec in die Kirche zurückgezogen? Wie hatten sie Gâles ohne weiteres überwältigen können? Ich stellte mir alle Fragen, die ich aus dem Unterricht der Kriegskunst erinnerte, verbunden mit meinen eigenen Erfahrungen in der Fehde.

Wie war es Morgân nur gelungen, durch das Tor zu kommen? Gordec senkte seine Brücken für nichts und niemanden, ohne zu wissen, wen er einließ.

Weitere Ermordete vom Gesinde oder den Waffenknechten fand ich nicht. Die Aufstellung der Toten der Herrscherfamilie war eine Botschaft an mich.

Die Leiche Morags, Gâles' Frau, konnte ich ebenfalls nirgendwo finden. Sicher hatte Morgân sie verschleppt, um von ihrer Familie Lösegeld zu erpressen. Vielleicht hatte er sie inzwischen auch gezwungen, ihn zu heiraten, um so Erbansprüche auf Kanelegres geltend zu machen. Da ich nicht mal mehr mich selber betrügen konnte, dass hier noch irgendetwas auszurichten wäre, ging ich wieder in den Hof, wo Ruâl die Leiche meines ungeliebten Ziehbruders vom Galgen geholt hatte. Ich zitterte am ganzen Körper, als ich den dumpfen Aufprall des schweren gefrorenen Leibes neben der Reihe der anderen Erschlagenen hörte. Gordecs Glieder sammelten wir in dem zerrissenen Altartuch ein. Wir hatten versucht, den Jungen von diesem Anblick fern zu halten, doch hatte das Kind eine solche Angst, mit den Toten alleine zu sein, dass es uns auf Schritt und Tritt folgte, allenfalls hin und wieder dazu zu bewegen war, die Augen zu schließen oder den Rücken zu drehen. Was mochte in einem Kind dieses Alters vorgehen, fragte ich mich. Was mochte in mir vorgegangen sein, als mir der Tod so unausweichlich begegnete, wunderte ich mich in plötzlichem Abschweifen zu einer fernen Gestalt, einem jüngeren Selbst in einer vergessenen Zeit.

Den ganzen Nachmittag begruben wir schweigend die Toten. Der junge Ruâl weinte dabei unaufhörlich still vor sich hin. Sein Traum vom besseren Leben in einer neuen Gegend hatte einen grausamen Anfang genommen.

In den Trümmern der ehemaligen Kapelle schlugen wir unser unheimliches Nachtlager auf. Ich hatte in Berenices geheimer Vorratskammer, die die Mörder nicht entdeckt und so nicht geplündert hatten, ein Fässchen Honigwein gefunden, außerdem einen Schinken, Käse und getrocknetes Brot. Ruâl hatte ein Feuer gemacht und wir aßen und tranken gegen die Kälte und gegen die Nacht und die noch nachhallende Gegenwart des Todes.

Kanelegres gehörte nun mir, und Morgân hatte mir deutlich ausrichten lassen, wie lange ich mich wohl an diesem Besitz erfreuen würde. Ich dachte über vieles nach.

»Ruâl«, sagte ich dann endlich zu dem Stummen, »ich weiß, was du für deine Herrin getan hast, wie treu du ihr gewesen bist, auch nachdem du selbst hast Qualen leiden müssen – Qualen wie diese.« Ich wies um uns herum. Ruâl sah mir ernst in die Augen und nickte. Die dunklen Wolken, die seit dem ersten Tage, da ich ihn kannte, stets seinen Blick umgeben hatten, waren einer ruhigen Gelassenheit gewichen. Nach diesem so schrecklichen Tage schien so etwas unglaublich, doch dann auch wieder nicht. Fast hatte ich eine Ahnung, dass ihm die Beerdigungen des Nachmittags geholfen hatten, einige seiner eigenen Geister mit meiner Familie zu Grabe zu legen.

»Du bist ein außergewöhnlicher Mann, ich schätze dich und möchte dir und deinem Sohn vergelten, dass Ihr mit mir in die Fremde kamt, nur um dies hier vorzufinden.«

Ich betrachtete die Innenflächen meiner Hände, als könnte ich dort lesen, was ich sagen wollte. »Du bist frei zu gehen, wohin du willst, nach Frankenreich hinein, nach Rom selbst, wenn du willst. Ich werde dir Gold für die Reise geben. Genug auch, dass dein Sohn etwas lernen würde. Ich werde dir Zeugnis geben, dass du zu Unrecht gezeichnet warst. Was immer du begehrst. Es ist das Mindeste, was ich tun kann.«

Ruâl senkte den Blick ebenfalls. Das Feuer knisterte zwischen uns, und der Wind ließ Funken zur zerstörten Decke aufstieben. »Wenn du das aber nicht willst, so möchte ich dich fragen, ob du hier bleiben willst. Ich werde Kanelegres wieder aufbauen. Und ich werde dieses Land halten. Da ich aber selbst im Sommer oder Herbst nach Cornwall zurück muss, soll … will, werde ich einen Verwalter brauchen, der diese

Stätte erhalten wird, wachsen lassen wird. Ich könnte mir keinen besseren Verwalter vorstellen als dich, Ruâl. Und später einmal könnte dein Sohn Verwalter sein. Ihr hättet Lebensrecht hier bis in die siebte Generation. Ich würde euch gut bezahlen. Und dir nicht über die Schulter schauen. Ich vertraue dir. Und deinem Sohn.«

Das Kind hielt den Atem an, suchte die Augen seines Vaters, halb noch im Schrecken des Tages, halb in der Wirrnis einer langen Reise mit ungewissem Ausgang. Was er nun hörte, musste ihm als ein Angebot kalten Grauens erscheinen. Der Knabe war seit seiner Geburt den luxuriösen Reichtum von Loupierre gewohnt. Als Diener hatte er dort, ohne es zu wissen, ungleich mehr Vorteile genossen als der arme Gâles und seine Geschwister als Herrenkinder. Und nun war Kanelegres nur noch Stein und Asche. Es würde zwei Jahre dauern, hier wieder einen guten Hof zu errichten, länger noch, bis es wieder eine wirkliche Burg sein würde – und selbst dann könnte es sich nie mit einem Schmuckstück der Baukunst und einem Ort des Wohlstandes wie Loupierre messen. Ruâl stand auf, suchte ein Stück Kohle und schrieb in Latein auf die Reste der Wand, vor der früher einmal der Altar gestanden hatte: »Ich vertraue Euch auch. Ich will Euer Verwalter sein, wenn mein Sohn einverstanden ist.«

Die erlesenen Buchstaben unverkennbar römischer Prägung, schwungvoll und eigen, die unverwechselbare Schrift eines großen, eines hochbegabten Schreibers, flatterten im Lichtschein.

Ich las, was sie sagten, für das geängstigte Kind. Sein Vater und ich sahen den Jungen voller Ernst an, sein Wort sollte entscheiden. Ratlos zunächst blickte der Knabe von einem zum anderen, hielt sich dann an den Blicken seines Vaters fest.

»Dürfte ich schreiben lernen wie du, wenn wir blieben?«, fragte er dann leise und Ruâl erbleichte. Er sah mich nur an. Ich wusste, er fragte ohne ein Wort, ob auch ich seinem Sohn antun könnte, was sein Herr ihm getan hatte, wenn er über mich sagen und schreiben würde, was ich nicht hören wollte. Da stand ich auch auf, suchte in den Scherben, bis ich das alte

Steinkreuz gefunden hatte, hielt es fest in der Hand und sagte: »Niemals.«

Ein Schauer lief durch Ruâl, er grunzte abermals den schrecklichen Laut, der ihm allein als Sprache verblieben war, und nickte seinem Sohn zu. »Dann ja«, rief der in seiner hellen, manchmal schon sich überschlagenden Knabenstimme. »Dann wollen wir Verwalter werden.«

Und so, in den Trümmern der armseligen, von mir einst so verachteten Burg, die das kleine Leben und das schreckliche Grab meiner Zieheltern gewesen war, schlossen wir einen Pakt der Hoffnung miteinander. Ruâl, der geschundene Vater, Ruâl, der tapfere Sohn, und ich, ein ängstlicher König voller Fragen.

»Auf Kanelegres«, rief ich und hob die Schale mit dem warmen Honigwein, »auf Gordec und Berenice, auf den Frieden ihrer Seelen!«

»Auf Kanelegres!«, johlte der kleine Ruâl, dem der ungewohnte Wein die ersten heiteren Augenblicke eines entsetzlichen Tages bescherte. Sein Rausch machte uns lachen, und als er kurze Zeit später erschöpft und bezecht kopfüber in seine Decken fiel, waren Ruâl und ich allein mit unseren Gedanken zwischen Vergangenheit und Zukunft.

»Ihr habt mein Wort«, sagte ich ihm noch einmal. Dann legte ich mich auch schlafen. Morgen konnte nicht schlimmer sein als heute, eigentlich nur besser, dachte ich noch.

Denn morgen war der erste Tag meiner Rache an Morgân.

Zweiter Teil

KÖNIG VON CORNWALL

Der Reisesegen von Cummhyllford – cornisches Sprichwort

Wenn man reist, braucht man sich keine Sorgen mitzunehmen.
Es findet sich genug Gelegenheit, neue zu haben, sobald man angekommen ist.

Die Zeit

Die Zeit, die mich erschaffen hat, ist auch die Zeit, die mich bekämpft. Die Zeit, die mich so glücklich machte, dass ich nicht zu atmen wagte, ist auch die Zeit, die mich vernichtet. Meiner Sterblichkeit, meiner Vergänglichkeit und meiner Heuchelei in allen Bereichen meines noblen Daseins überführt, versuche ich dieser Zeit trotz ihrer Unbarmherzigkeit ein Freund zu sein. Denn auf ihre Art ist sie dies stets auch mir gewesen. Sie war mir ein Freund in der Zeit meiner Kindheit in Kanelegres und im Languedoc, ein Freund auch, als ich an jenem furchtbaren Tage Gordec und die Seinen erschlagen fand. Sie war mir ein Freund, als ich nach Cornwall zurückkehrte und mich wenden musste gegen die, die mir von der Familie noch geblieben waren.

Immer hielt sie ihre Hand über mich, trachtete in ihrer Unergründlichkeit danach, mich heil zu bewahren, bis ich Brangaene traf und Zeit alle Bedeutung verlor und doch so kostbar wurde.

In der kurzen Zeit mit Brangaene wog eine Nacht mehr als ein Jahreslauf, ein Kuss verlieh einer ganzen Woche Flügel, und eine Umarmung war Ende und Beginn der Ewigkeit.

Zeit, was ist das?

Als ich ein Knabe war, maß ich die Zeit vom Morgenbrot bis zum Ausritt und zäh wie eine Leimrute war mir die Zeit in der Lateinstunde. Ist es ein Segen oder eine Bosheit, dass wir in unserer Jugend so viel zu wissen glauben, ohne uns für diese Gewissheit je einen Beweis zu bringen? Ich weiß es nicht. Manches Mal habe ich darüber nachgedacht, was wohl gewesen wäre, wenn ich Brangaene damals getroffen hätte, als ich gerade zwanzig war, auf der Schwelle zur Regentschaft, die ängstliche Verbitterung über das Leben schon in jedem Atemzug. Mein Herz war eitel, so albern und verschlossen, sich selbst so unbekannt. Hätte ich diese Königin unter den Frauen erkannt, wenn sie mir begegnet wäre? Und, wenn ich sie erkannt hätte, hätte ich den Mut gehabt, sie zu umwerben? Wahrscheinlich nicht. Wenn Brangaene nicht zu mir gekommen wäre, ich wäre auch mit über fünfzig wohl noch zu feige gewesen, mich einer solchen Frau zu nähern.

Als älterer Mann hatte ich wenigstens die Weisheit, dieser Fügung meines Schicksals keinen dümmlichen Widerstand aus Stolz oder Angst entgegenzusetzen. Vielleicht hatte ich erst in diesem Alter die Demut, ein Geschenk wie die Gegenwart Brangaenes anzunehmen. Die Fähigkeit überhaupt zu erkennen, dass sie ein Geschenk war. Wenn Brangaene und ich einander zu gleichen Jahren begegnet wären, hätte ich sie wohl angestaunt wie ein Wunder, ihr auch hinterher geschwärmt, wie es Jünglinge tun, doch wenn sie damals zu mir gekommen wäre, hätte sie allein zu meiner Angst und meinem Ärger sprechen können: zu meiner Angst und meinem Ärger auf die Frauen, meiner Angst und meinem Ärger auf das Leben.

Denn hinter all der beherrschten Ruhe, die ich mir in der Jugend aufzuzwingen lernte, verbargen sich doch letztlich nur diese zwei Gefühle, und sie hätten uns alles zerstört, was wir hätten haben können. Oft wenn ich bei Brangaene lag und über ihren kurzen Schlaf wachte, wünschte ich mir heimlich, dass mich ein Zauber verjüngen könnte, mir zehn oder zwanzig Jahre schenken würde, sodass ich diese zehn oder zwanzig Jahre mit ihr hätte. Manchmal, wenn ich aufstand des Nachts und mich die alten Brüche schmerzten, die Narben in der Feuchtigkeit des Winters brannten, oder ich den Rücken kaum ohne Schmerzenslaut strecken konnte, dann dachte ich an meine dumme, lang vergangene, gerade noch da gewesene Jugend, die mir nie etwas genützt hatte, als ich sie hatte.

Über deren Gebrauch ich nun erst sinnvoll nachzudenken wusste, da sie für immer hinter mir lag. Hätte ich nur jene ungelenke und ziellose Kraft, die ich in Kämpfen und Schaugefechten noch fast bis zu meinem dreißigsten Jahr erprobte, wieder zurückrufen und mir zu Diensten machen können. Dabei ging es mir nicht um die Liebe, sondern darum, dass ich gerne ein bisschen mehr Lebensdurst gespürt hätte, als ich es noch konnte. Es ging mir um die Träume, die man nur haben kann, wenn man jung ist. Ich hätte Brangaene gerne meine Träume zum Geschenk gemacht, bevor sie unter den leisen Schritten der Zeit einfach verschwanden.

Es gibt alte Narren und junge Narren, und da ich beides gewesen bin, kann ich wohl auch beurteilen, was den einen vom anderen unterscheidet. Der junge Narr wird unwissend von den Wogen der Zeit hin und her gespült, wie ein Stück Holz im Meer mal oben, mal unten und je nachdem, wo er gerade landet, glaubt er, dass es sein Verdienst ist.

Der alte Narr, der ebenso umhergetrieben wird, hat gelernt, dass das Wasser ihn nach eigenem Plane treibt, ob er widersteht oder nicht, und so hält er sich fest an den wechselnden Wogen und weiß, dass die Wellen nichts mit ihm zu tun haben.

Brangaene war noch jung, als sie in mein Leben kam, dennoch habe ich an ihr das Narrenhafte nie gesehen, sie war nicht wie das Holz, sie war wie das Meer.

Ich kann es nicht glauben, dass sie fortgegangen sein soll, je mehr ich nun meinen Gedanken erlaube, die Reisen zu tun, die meinem Körper verwehrt sind, umso mehr spüre ich die unverrückbare Wahrhaftigkeit ihrer Gegenwart.

Ich kann auch das Meer vor Tintâgel nicht mehr sehen, und doch weiß ich, dass es hier sein wird, für immer.

Perpetua, die Äbtissin des Klosters St. Materiana, an den Majordomus Michaele de Zwyyntek auf Tintâgel

Im Namen unseres HERRN JESUS CHRISTUS etc.

Kurz vor Allerseelen stehen wir nun, und der Zustand der berufenen Frau Brangaene von Irland bessert sich endlich so, dass wir uns getrost getrauen, Euch zu sagen, dass sie mit GOTTES Hilfe alsbald überstellt werden kann.

Ob die Arme Euch allerdings eine Hilfe sein kann, vermag ich nach Beobachtung ihres Genesens nicht zu sagen. Sie scheint finster und verschlossen, fast feindselig, wenn sich dies nicht durch ihre Gelübde gänzlich verbieten würde. Es ist zuzeiten nicht so ganz einfach mit den Ausländern, sie tragen doch, egal wie oft getauft sie sein mögen, noch immer den Makel des Heidentums an sich, so nachgerade auch diese bedauernswerte Seele. Es scheint, als läge ihr satanisches Heidenerbe mit ihren eigenen guten Wünschen im Streite, sie hat sogar eine der ihr bestellten Pflegerinnen mit einer brennenden Öllampe beworfen. Holt sie nur um den nächsten Neumond ab. Und wir möchten Euch ebenso daran erinnern, dass es Zeit wäre, ein neues Altartuch zu bekommen. Vielleicht könntet Ihr die Güte haben, beim König darum vorzusprechen, da der Bote, der deswegen den Bischof in Salisbury aufsuchen sollte, von räuberischen Heiden erschlagen wurde und sein Ziel nicht erreichte. Einen anderen zu schicken können wir uns nicht leisten. Der HERR prüft uns hart dieser Tage. Empfangt unseren Segen und unsere Gebete, etc. etc.

Rache

Der Aufbau von Kanelegres ging langsam voran und fraß viel des Goldes, welches mir die Loba als eine von mir lange nicht entdeckte Abschiedsgabe mitgegeben hatte und das sich am Boden einer der Reisekisten befand. Es dauerte fast einen Monat, bis ich die Arbeiter und Bauern zurücklocken konnte, mit deren Hilfe Burg, Hof und natürlich auch die umliegenden Dörfer wieder errichtet wurden. Morgân hatte auch unter den unbeteiligten Landsassen Schlimmstes angerichtet. Taten, an denen gemessen der Tod meiner Zieheltern noch wie ein mildes Schicksal schien. Blendungen, Kastrationen und weitere Verstümmlungen hatten Alt und Jung gleichermaßen ereilt. Ich schluckte die Geschichten, die mir die verängstigten Menschen erzählten, widerwillig und doch mit wütendem Heißhunger in mich hinein, jede von ihnen eine Bestätigung meines Planes, Morgân zu vernichten. Ich musste den geschundenen Überlebenden große Summen oder freies Land zusichern, dass sie in das Umland von Kanelegres zurückkehrten. Es war eine Politik der Freigebigkeit, die ich mir nie mehr in meinem Leben leisten konnte, doch sie begründete meinen Ruf als großer und milder Herrscher, ein Ruf, dessen Endausläufer schon Monate vor mir über das Wasser schwappten und Cornwall erreichten, wo sie meine Mutter beunruhigten. Mir jedoch gefiel es, Dinge zu verschenken. Ich bin sicher, es war zum großen Teil eine selbstgefällige Launenhaftigkeit, die mich so handeln ließ. Das Land um Kanelegres herum war kein wirkliches Königreich, und Morgâns Wüten hatte seinen Boden auf Jahre zerstört. Ich schenkte, doch ich wusste zugleich, dass ich so auch mehr zurückbekommen würde. Die Bauern arbeiteten umso härter, nun da das Land ihres war. Sie versuchten zwar auch mehr als zuvor bei den Steuern zu schummeln, doch Ruâl und sein Sohn waren ein so bemerkenswertes Gespann als Verwalter, dass es allen außer den ganz Ausgekochten schwer fiel, die beiden zu betrügen. Ein Stummer, der wie sie unter der Willkür eines erzürnten Herren gelitten hatte, und ein Knabe mit Manieren besser als die der meisten Fürsten, beide gesegnet mit Klugheit und Gewissenhaftigkeit, das rührte das Landvolk oft wider das eigene Bestreben zu knausern. Ruâl und Ruâl, wie sie so durch die Umgebung ritten, Zins einholten, Steuern festsetzten, den Bau überwachten, Bücher führten – insbesondere Klein-Ruâl, dem der Vater das Versprechen gehalten hatte, ihn schreiben zu lehren –, erschienen mir mehr und mehr wie zwei himmlische Gesandte. In seiner singenden Aussprache des Südens, die sich mit der Geschwindigkeit des Kindes anpasste an den schwerfälligen Dialekt der Bretagne, liebten die Menschen den Jungen, strichen ihm über das Haar und belogen ihn vorsichtig.

Ruâl, der Vater hatte mir einige Verträge aufgesetzt, in denen er meine Versprechen, beide zu Verwaltern mit Wohnrecht zu bestellen, mehrfach absicherte. Auch verlangte er ein Schreiben, das seine Ehre wiederherstellte und ihn mit meinen Empfehlungen für einen anderen Herren ausrüstete, sollte ich durch Morgâns Hand, Krankheiten oder bei der Überfahrt nach Cornwall sterben. Ich musste mir eingestehen, während ich ungelenk die schönen Urkunden unterzeichnete, dass Ruâl nicht nur ein unendlich viel besserer Schreiber war als ich, sondern auch ein wesentlich gewitzterer Geschäftsmann. Ich nahm mir vor, ihn in der mir noch verbleibenden Zeit genau zu beobachten und alles von ihm zu lernen, was ich konnte.

An einem nebligen Morgen im ersten Frühling tauchte vor den ehemaligen Toren von Kanelegres eine blinde, hagere Gestalt auf, die von einem zurückgebliebenen Kind geführt wurde. Kaum hatte der Knabe den Bettler an den Pfosten zitternd zur Erde sinken lassen, drehte er sich auf der Ferse und rannte davon, als würde er von mordenden Horden verfolgt. Der Blinde wimmerte und rief Worte aus, die ich erst verstand, als ich näher herantrat, Ruâl und zwei neu geworbene Söldner direkt neben mir. Der Bettler sprach in Cornisch.

»Ich bin hier, hört Ihr«, rief er wieder und wieder. Es war Aryff, einer der Gefährten, die mich nach Kanelegres begleitet hatten, als ich noch ein kleiner Junge war, der nicht hatte ahnen können, was dieser Feste einst geschehen würde.

»Aryff?«, fragte ich ungläubig. Und der Blinde schrie, hohe gellende Laute, zwischen einem Heulen und Ausdruck unglaublichen Schmerzes, packte suchend meine Handgelenke und wurde in meinen Armen schließlich ohnmächtig und lag eine Weile wie erstarrt. Ich fürchtete schon, der Schreck und das kaum zu erahnende Ausmaß seiner Leiden hätten ihn ums Leben gebracht. Wir trugen ihn in die ehemalige Kapelle, die uns ein gemeinschaftliches Quartier geworden war. Ruâl löste vorsichtig den schmutzstarrenden Verband von Aryffs Augen. Er war geblendet worden, die Wunden kaum verheilt.

Sogleich gab ich Anweisung, den Urin der neu erworbenen Kuh auszukochen und für die Wundpflege aufzubereiten. Als Aryff sprechen konnte, durstig und geistig geschwächt, begann er in mühsamen Stunden seine Geschichte zu erzählen, die uns die Löcher der Ereignisse stopfte, die wir um das Ende von Kanelegres noch nicht hatten erraten können.

Morgân war zur Wintersonnenwende gekommen, plötzlich, als die Familie in der Messe gewesen war, hatten seine Horden im Hof gestanden, wie aus dem Boden gewachsen. Brüllend vor Mordlust, hunderte angetrunkener Söldner, Männer mit wahnwitziger Barbarei in den Augen, hatten sie die Wachen überrumpelt, glaubten alle. Aryff hatte Morgân erkannt, wie er inmitten des Treibens stand, ungerührt, seltsam lächelnd, als gedächte er nicht, einen einzigen Streich selbst zu führen, mit verschränkten Armen, während seine Männer wie dämonische Horden den Innenhof mit Leichen der Wachen und der Diener übersäten. »Haltet mir einen oder zwei der Cornen«, hatte er gerufen, seine Stimme seltsam hoch und singend. Aryff und zwei andere, die wegen der Messe auf Kanelegres gewesen waren und zu diesem Festtag ihre besten Gewänder angelegt hatten, waren so unweigerlich als Cornen zu erkennen gewesen, und die Männer banden sie und warfen sie Morgân vor die Füße. »Seht es Euch nur gut an, meine lieben Gäste. Ich möchte, dass Ihr nichts davon vergesst.« Da die gesamte Familie in der Kapelle gewesen war, hatte der alte Gordec geistesgegenwärtig, als er den Schlachtenlärm hörte, die Tür verbarrikadiert. Er hatte Gâles, Berenice und die Kinder angewiesen, über das Dach zu fliehen, doch da der Alte mehr und mehr ertaubte, war sein Plan durch seine eigene laute Stimme betrogen worden. Morgâns Männer fingen die fliehende Sippe hinter den Stallungen ab, banden sie und schafften sie in den Hof. Berenice aber hatte Gordec nicht verlassen wollen und er kämpfte um sein und ihr Leben, nachdem schon einer ihm den linken Arm abgetrennt und den rechten Schenkel durchstoßen hatte. Fünf von Morgâns Leuten tötete der Alte, bis sie ihm den Schädel spalteten. Sie schändeten Berenice neben seiner Leiche und schlugen der alten Frau dann den Kopf ab.

Die Kapelle brannte, und Morgân erteilte Befehle, den Galgen zu errichten. »Gott schütze die von Kanelegres«, fistelte er wieder und wieder mit seiner hohen Stimme und wischte sich die Lachtränen dabei aus den Augen. Man nahm Gâles die beiden Zwillinge, die er beschützend an sich gedrückt hatte, und legte sie gefesselt vor die Kapellentüre, aus der der Rauch so dicht quoll, dass ihr hustendes Schreien nach kurzer Zeit gnädig verstummt war. Gâles' Gesicht war wie aus Stein.

»Es klingt furchtbar«, flüsterte Aryff mit trockenen Lippen, »doch es war das erste Mal, dass der Junge wie ein Herrscher aussah und nicht wie ein Bauerntrampel.« Er schüttelte den Kopf und fuhr in seiner grausigen Erzählung fort. Sie führten Gâles unter den Galgen, während dieser schrecklichen Zeit hatte das Plündern und Morden nie auch nur einen Moment eingehalten, und schließlich war es bis auf das hastige Laufen der Diebe ganz ruhig geworden. »So«, rief Morgân, »nun erleben wir ein höchst seltsames Schauspiel, selten von Menschen bezeugt. Das Ende einer ganzen Dynastie.« Er gab ein schnelles Zeichen, viel zu kurz, um grausam zu sein, und den Ziehgeschwistern wurde einem nach den anderen die Kehle durchgeschnitten, Klein-Adela zuerst. Gâles musste ihr Sterben mit ansehen, bis nur noch er, Corbin und Aryff am Leben waren.

»Du irrst dich, Morgân«, sprach Gâles, »dies ist nicht unser Ende, sondern deins, mein Bruder Marke wird kommen, Kanelegres wieder aufbauen und dich vernichten.«

»Ach ja«, höhnte Morgân, »Marke aus Cornwall. Aber wie kann er das tun, wo ihm doch Kanelegres gar nicht gehört.« Gâles wollte schon antworten, als Morgân ein neues Zeichen gab. Die Horde der Mörder teilte sich zur Linken des Fürsten, und durch die Gasse schritt Morag, Gâles' Frau, von der alle bis zu diesem Moment angenommen hatten, sie wäre im Hause überrascht und erschlagen worden. »Ach«, hatte sie in ihrer dümmlichen, immer leicht überraschten Art gesagt, »ist schon alles vorbei, na, das ist ja gut. Beim letzten Mal hat es Wochen gedauert.« Sie lächelte Gâles zu, hob die Hand wie zu einem leichten Abschiedsgruß und sprach: »Na ja, Kanelegres gehört ja jetzt mir, und ich würde es ja auch so gerne behalten, wisst Ihr. Mir ist schon einmal ein jüngerer Bruder in die Quere gekommen. Ich glaube, mein teurer Freund Morgân hier wird das diesmal nicht zulassen.«

»Und das«, sagte Aryff, »das war der Moment, als Gâles starb. Als sie ihn folterten und ihm die Schlinge um den Hals legten und ihn hochzogen, da drückten sie ihm vielleicht die Luft ab, aber er war schon tot, seit er begriffen hatte. Dass sie die Horden eingelassen hatte, dass sie das Burgtor geöffnet hatte. Dass die Ehe mit ihm bereits Teil des Plans gewesen war. Dass diese …« Aryff atmete so schwer, dass er sich verschluckte, Ruâl gab ihm zu trinken. »Dass sie ihn und die eigenen Kinder umgebracht hatte, so wie sie es wohl bei ihrem ersten Gatten auch gewesen war. Dass sie verbündet war mit dem schlimmsten Feind und dass sie diesen Tag geplant hatte, als sie mit ihm an der Hochzeitstafel saß, mit ihm im Bett lag und die Zwillinge gebar.« Gâles hatte keine weitere Regung gezeigt.

»Na, also«, hatte Morgân darauf gerufen, »Erbschaftsfrage geklärt.« Er nickte den Söldnern zu, und sie zogen Gâles hinauf.

Sein Genick war schnell gebrochen. Als die Plünderungen abgeschlossen waren, setzten sie den Rest der Häuser und Stallungen in Brand, reihten die Erschlagenen neben dem Galgen auf und zogen mit Aryff und Corbin zu Morgâns Feste. Er und Morag ritten am Anfang des Trosses und scherzten unterwegs viel miteinander, als kehrten sie von einem erquicklichen Ausflug zurück. Corbin und Aryff wurden in ein Verlies, einen aus Ästen geflochtenen Käfig direkt neben den Schweineställen, geworfen. Sie bekamen zu fressen wie die Schweine, und bisweilen kamen die Söldner zu ihnen herüber, um ihnen ins Gesicht zu urinieren oder sie mit Kot zu bewerfen.

Corbin wurde langsam wahnsinnig und flehte Aryff in den kürzer werdenden klaren Momenten an, ihn zu töten. In einer besonders schrecklichen Nacht erstickte er den Freund, der eingeschlafen war, schließlich mit bloßen Händen, bis er ihm tot im Schoß lag. »Es war fast wie Liebe«, flüsterte Aryff. »Mehr konnte ich doch nicht mehr für ihn tun.«

Am nächsten Morgen ließ Morgân die Leiche herausholen und verfütterte den vorletzten meiner Gefährten an die Schweine. Aryff musste auch diesem Ende zusehen, doch fühlte er sich dabei fast heiter, als könnte nun wirklich nichts mehr geschehen. »Wisst Ihr, Marke«, sagte er tonlos, »wir beide, Corbin und ich, und auch die anderen fünf, wir hatten auch Frauen und Kinder in den Dörfern. Und die sind ja wohl auch alle tot.« Er machte eine kurze Pause, in seiner Stimme ein Flattern irgendwo zwischen der Erinnerung an Hoffnung und zugleich der Gewissheit, dass es für ihn keine gab. Ich konnte nichts sagen, aber Ruâl, derjenige von uns, der wohl am ehesten wusste, was Aryff fühlte, streckte einfach die Hand aus und legte sie dem Blinden mit jener unendlichen Zärtlichkeit, die ich schon früher unter den alten Veteranen füreinander beobachtet hatte, an die Wange. Aryff verstand. Er schüttelte kurz den Kopf, erstaunt, wie es mir schien, erstaunt vielleicht, dass ein Mensch dies alles aushalten konnte, ohne wie der arme Corbin wahnsinnig zu werden. Dann erzählte er die Geschichte zu Ende.

Morgân hatte Morag noch nicht geheiratet, aber sie lebte bei ihm und machte ihm täglich schreckliche Szenen, weil er jüngere und hübschere Frauen ihr vorzog. Sie drohte, ihn nicht zu heiraten, sodass Kanelegres nicht sein würde, dann versöhnte er sie eilends, nur um sie ein paar Tage später wieder mit einem Fußtritt aus dem Zimmer zu befördern. Aryff hatte Morgân kurz nach Corbins Tod blenden lassen, außerdem war er entmannt worden. Vor zehn Tagen schließlich, die er am Schlafbedürfnis des Narren zählte, den ihm Morgân mitgegeben hatte, sowie am Morgentau, waren beide nach Kanelegres geschickt worden. Der Junge sollte sofort zurückkehren, wenn er sähe, dass ich zugegen wäre, Aryff sollte mir im Fall meiner Anwesenheit eine Botschaft überbringen oder hier verhungern, für den Fall, dass ich noch nicht eingetroffen wäre. Dann hätte Morgân wohl einen anderen Weg gefunden, mir seine Weisung zukommen zu lassen. Da er – und offensichtlich auch sonst niemand aus seinem Gefolge – nicht schreiben konnte, hatte er Aryff Folgendes unter Schlägen eingetrichtert: »Ich, Morgân, der edle Fürst zu Lonois, Vertreter der rechtlichen Interessen der Witwe zu Kanelegres mache dich, Marke aus Cornwall, aufmerksam, dass du die Feste zu Kanelegres binnen zwei Jahresläufen völlig zu räumen hast, keine Ansprüche an sie geltend machen kannst und dass ich von der Witwe Morag, meinem zukünftigen Weibe, bestellt worden bin zum Verwalter dieses Lehens. Leistest du diesen Anordnungen nicht Folge, so nimm mit dieser Botschaft zugleich meine Erklärung zur Fehde.«

Marke *aus* Cornwall nannte mich dieses Gewürm in Menschengestalt, als wäre ich ein Gemeiner. Ich bezwang meine Wut, im Angesicht des Elends, das Aryff und alle anderen erlitten hatten, schien mir diese Kränkung meiner Ehre so nebensächlich, dass ich versuchte, sie einstweilen zu vergessen. Ich saß hilflos bei Aryff. Alle sahen mich an. »Danke, Aryff«, sagte ich schließlich und ging hinaus. »Er kriegt so viel Wein, wie er will«, bellte ich, als ich vor der Tür stand. Ruâl, der Vater, trat neben mich und schüttelte den Kopf. Wir gingen zu seinem Schreibpult. »Wein braucht er nicht«, schrieb mein Verwalter mit leichter Hand auf die Schiefertafel, die wir für unsere Unterhaltungen nutzten. »Er braucht eine Aufgabe.«

Ich sah Ruâl an und nickte ihm zu: »Kümmere dich. Du weißt es am besten.«

Dann stieg ich aufs Pferd und ritt, bis die Stute durchnässt und ich außer Atem war. Ich stieg ab, fiel auf der Erde nieder, krallte meine Hände ins spröde Gras und schrie so laut ich konnte, bis mir rote Punkte vor den Augen tanzten und ich dachte, dass mein Schädel platzen würde. Irgendwann hörte ich wieder Vögel singen und den Wind durch die Büsche streifen. Der Frühling kam, doch in mir waren nur Gedanken von Tod, Schmerz und Grausamkeit. Morag hatte meine Familie ausgelöscht, hatte geplant, gewusst und zugelassen, dass Berenice, die Frau, die sie glücklich wie eine weitere Tochter ins Haus genommen hatte, vergewaltigt und ermordet wurde. Und Gordèc, mein dummer, alter Ziehvater, der mir gewünscht hatte, dass mich das Leben in den Arsch treten sollte, war zerhauen worden wie eine Lumpenpuppe.

Ich musste husten, mein Rachen war durch das ungewohnte Schreien wie roh. Das Leben hatte mich nicht nur getreten, es hatte mich überrollt, zermalmt, verschlungen und wieder ausgespuckt. Und hier lag das Häufchen Elend, das von dem hochfahrenden, jungen Narren übrig geblieben war, der sich auf seine Verbeugungen, seine gedrechselten Worte und seine parfümierten Haare etwas eingebildet hatte. Marke von Cornwall, Marke *aus* Cornwall! Immer wieder sah ich Morag auf ihrer hastig veranstalteten Hochzeitsfeier vor mir, wie sie lächelte und »Ach, wie nett« sagte, wie ich mich ihr überlegen fühlte, weil ich ihr ein Kompliment machte, das sie nicht verstand. Was musste sie gedacht haben!? Hatte sie uns angesehen und gedacht, dass wir eines nicht zu fernen Tages alle aufgeschlitzt zu ihren Füßen liegen würden? Was war in ihr vorgegangen? Morgân musste sie eingeweiht haben, sie mussten ihr gemeinsames Ziel entdeckt haben, bevor sie Gâles auf dem Fest zu Canoel überhaupt das erste Mal traf. Der Ekel, den ich empfand, war unbeschreiblich. Ich hieb den Schädel auf die Erde, doch es half mir nichts. Selbst ihre eigenen Kinder hatte sie geopfert, oder war das Morgâns Bedingung gewesen, um keine weiteren Erben zu haben? Ich setzte mich auf und umschlang meine Knie. Ich hatte mit Aryff und Corbin auf Tintâgel Fangen gespielt, lange bevor mein Vater starb. Corbin hatte gestottert, fiel es mir ein. Wenn ich wieder in Cornwall war, nahm ich mir vor, wollte ich zwei Siedlungen gründen, und ich würde sie nach diesen beiden Männern nennen, stellvertretend für alle die, die am Mittwintertag in Kanelegres durch Morgân und die scheinheilige Witwe umgekommen waren.

Zwei Jahresläufe hatte ich also Zeit. Morgâns großzügige Drohung hatte mir klar gemacht, dass er in den nächsten zwei Jahren kein Geld mehr haben würde, um sein »Erbe« anzutreten. Die Söldner mussten alles verschlungen haben, was er besaß. Ich musste schneller sein. Ich würde nach Cornwall zurückkehren, Truppen ausheben und übersetzen. Und ich würde Morgân und die Witwe auf die grausamste Art töten, die ich mir vorstellen konnte, und ich würde dabei zusehen.

Und dann würde ich dafür sorgen, dass Lonois so dem Erdboden gleichgemacht würde, dass sich niemand daran erinnern würde, dass es je existiert hatte. Ich rieb die sandige Erde zwischen meinen Händen und roch daran. Welches Schicksal mich auch immer zum König bestimmt hatte, es war Zeit, dass ich dieses Schicksal annahm. Sobald es möglich war, würde ich nach Cornwall fahren. So ritt ich nach Kanelegres zurück.

Am nächsten Tag schickte ich zwei Männer mit viel Gold in die Klöster der Umgebung und ließ in den Chroniken dort aufschreiben, was geschehen war. Es kam oft vor, dass die Geschichtsschreibung der Unwahrheit mit Gold erkauft wurde, doch selten ist wohl die Wahrheit teurer gewesen, denn die Klöster hatten alle Angst vor Morgâns Rache. Einzig ein kleineres Nonnenkloster war bereit, die Aufzeichnungen auszuführen.

Ich bereitete ein Boot vor und fragte Aryff, ob er mit mir heimkehren wollte. Er zuckte nur die Schultern, doch ich hörte ihn später Anweisungen geben, dass man seine Habseligkeiten packen sollte. Das Gold, das ich ihm in meinem ungeschickten Bestreben, ihm etwas zurückgeben zu wollen, geschenkt hatte, steckte er sämtlich Klein-Ruâl zu.

»Weißt du nun eine Aufgabe für Aryff«, fragte ich Ruâl, als wir an seinem Pult die letzten Anweisungen durchgingen.

»Er hat schon eine«, schrieb Ruâls Kiel, doch weiter teilte er mir nichts mit, und ich ließ es gut sein.

Doch bevor ich abfuhr, musste ich Morgân noch eine Antwort zukommen lassen. Ich fand zwei herumziehende Söldner, die für Geld alles taten. Aus Stroh und jungen Weidenruten bauten wir ein Schwein, auf dem eine Lumpenpuppe saß. Der Puppe wurde ein Wappen in Morgâns Farben angenäht. Dann stießen wir Schwerter und Spieße durch die Puppe und legten ihr noch einen Strick um den Hals. Die beiden Söldner sollten die Puppe und das Schwein auf einem Handkarren zu Morgâns Burg ziehen. Sie ahnten, dass dies ein Auftrag sei, bei dem sie möglicherweise nicht dazu kämen, ihren Lohn jemals abzuholen, doch ich zeigte ihnen das Gold, das Ruâl für sie verwahrte, und gab ihnen Pferde und getrocknetes Fleisch mit auf den Weg. Beide kehrten nach sechs Tagen zurück, zerschunden zwar, doch sie hatten es vollbracht. Morgân hatte meine Antwort verstanden.

Vor dem gesamten Hof übertrug ich Ruâl schließlich die offizielle Verwaltung und die Befehlsgewalt in Kanelegres. Aryff, ein paar Bretonen, die mit nach Tintâgel kommen würden, die beiden Ruâls und ich brachen auf zum Strand. Das Schiff war bereits beladen. Ich nahm nicht viel mit. Auch schickte ich keinen Boten vor. Ich wollte unerkannt in Cornwall landen und unerkannt meiner Mutter gegenübertreten. Weshalb weiß ich nicht genau, sicher war es eine unbestimmte Furcht vor dem Nachhausekommen, die ich als Vorsicht zu bemänteln wusste.

Zum Abschied küsste mir Ruâl die Hand. »Ich weiß nicht, ob ich dieser Ehre würdig bin, mein Freund«, sagte ich ihm leise, als ich ihn umarmte. Da nahm er seine Hand ohne Fingernägel und legte sie auf mein Herz.

Klein-Ruâl weinte als Einziger, einer der vielen Dienste, die er uns erwies, denn wir alle konnten schon lange nicht mehr weinen.

»Du wirst hier viel Gutes tun, Junge«, prophezeite ich ihm bewegt. »Du wirst ein großer Mann werden.« Er sah mich an, als wüsste er nicht, wovon ich spräche.

»Werdet Ihr in Cornwall gleich heiraten, König Marke«, fragte er dann unvermittelt. Die Männer lachten, und das Kind wurde rot.

»Eine Frau, die mich will, Kleiner, die gibt es weder hier noch an der anderen Küste«, versuchte ich zu scherzen, und der Knabe legte den Kopf schief, als hätte ich ihn nicht verstanden.

Die Überfahrt war ruhig, ganz anders als meine Hinreise vor so vielen Jahren. Doch wieder übte das Meer jene unbeschreibliche, unvergleichliche Wirkung auf mich aus, der ich mich nicht entziehen konnte oder wollte. Ich stand bald Tag und Nacht an der Reling, sah nur hin und wieder nach Aryff, der teilnahmslos unter Deck blieb. Er reagierte kaum auf meine Fragen, und oft wunderte ich mich, weshalb er wohl die Strapazen dieser Seereise auf sich genommen hatte.

Der Schiffer war diesmal ein junger Fischer, nicht weise und lebensklug wie der Kapitän unserer ersten Fahrt, doch er machte seine Sache gut. Ich hatte ihm gesagt, uns sicher an einer ruhigen Stelle östlich von Tintâgel an der Nordküste Cornwalls abzusetzen, wofür er einen weiten und im Frühsommer oft gefährlichen Umweg segeln musste. Vier Tagesreisen im Osten von Tintâgel legten wir in einer einsamen Bucht an. Es war mir fast ein bisschen zu einsam, so als sei dies ein Schmugglerhafen. Ich würde später einmal ein Auge darauf haben müssen.

Der Schiffer wurde entlohnt, sein einstweiliges Schweigen trug ihm noch mehr Gold ein. Ich war so beschäftigt mit dem Ausladen, der Betreuung von Aryff und anderen Dingen, dass ich dem Moment, als ich erstmals nach zwei Mal sieben Jahren wieder cornischen Boden betrat, überhaupt keine Bedeutung beimaß.

Als die Pferde beladen waren und es ans Aufsitzen ging, kehrte sich Aryff suchend nach mir um. Ich griff die Hand des Blinden: »Hier bin ich, mein Freund. Ich werde Euch den Steigbügel halten. Dann reiten wir nach Tintâgel.«

Er lächelte nicht bei der Erwähnung seiner Heimat und zeigte auch sonst keine Regung: »König Marke von Cornwall«, sprach er so leise, dass die anderen uns kaum hören konnten. »Hier in Cornwall bin ich ein freier Mann, nicht wahr?«

»Das warst du überall, Aryff. Wärst du lieber in Kanelegres geblieben? Der Schiffer nimmt dich auch wieder mit zurück.«

Er schüttelte ungeduldig den Kopf. »Hört mir zu, Marke. Ich gab Eurem Vater noch meinen Eid, Euch sicher in die Bretagne zu Euren Zieheltern zu führen. Ich schwor ihm, Euch nie aus den Augen zu lassen, Euch mit meinem Leben zu beschützen. Das schwor ich, und das taten auch die anderen, die nicht mehr hier sind, um es zu bezeugen, dass Ihr als ein Mann und König zurückgekehrt seid. Ihr habt uns nie bemerkt in den Jahren Eures Aufwachsens, doch wir waren immer da, immer um Euch, bis zu jenem Morgen, als Ihr so plötzlich gen Süden verschwunden wart.« Mir schien, dass er jetzt lächelte. Ich hatte es wirklich nicht gewusst, nicht geahnt, dass sie mich all die Jahre beobachteten, mich beschützten. »Nun seid Ihr wieder hier. Bei meinem Leben schwor ich, Euch nach Cornwall zurückzubringen, und bezahlt habe ich diesen Schwur, wie er wohl dem Wert eines Königs teuer genug angemessen ist.« Er sprach ohne Selbstmitleid. »Ich bitte Euch nun, König Marke, mich aus diesem Schwur zu entlassen, dass ich mein Leben wieder für mich selber habe.«

Ich verfiel sogleich in jene betuliche Überfürsorglichkeit, die mir im Umgang mit Aryff als das einzige Mittel erschien, mit dem ich ihm danken konnte, für alles, was er um meinetwillen erlitten hatte. »Du sollst alles bekommen, Aryff, wenn wir in Tintâgel sind, gebe ich dir mehr Gold, ich werde deinen Namen in alle Bücher schreiben lassen und du wirst –«

»Nein«, sagte Aryff heiser. »Ich weiß genau, was ich will.« Ich schwieg. Er zog die Beutel, die ich ihm voller Gold gegeben hatte, alle vier leer aus seiner Weste und hielt sie in die Richtung, in der er mich vermutete. »Füllt Sie mir, König Marke, füllt sie mit Euren eigenen Händen mit cornischer Erde.« Er blieb still, und ich tat trotz der schnell hereinbrechenden Dämmerung, um was er mich gebeten hatte. Hier am Strand war nur Sand und Kies zu finden, so kletterte ich eine Weile ungelenk in den Böschungen herum, bis ich die Beutel hatte füllen können. Ich brachte sie ihm zurück, und er stopfte sie hastig unter seine Kleidung. »Bringt mich zum Meer«, flüsterte er, »nur bis zum Flutsaum.«

»Oh, Aryff, nein«, fing ich an, doch seine Faust kam aus dem blinden Nichts, hieb mit der ganzen Macht des alten Streiters gegen meinen Brustkorb, und er fauchte:

»Mein Leben, König, ab heute wieder mein Leben.«

Ich nickte, und obwohl er das nicht sehen konnte, spürte er doch mein Einverständnis und streckte den Arm aus, dass ich ihn führte. Ohne etwas sagen zu können, geleitete ich den armen Mann, bis seine Füße das Wasser spürten. »Oh«, rief er, wohl von der nassen Kälte überrascht, es klang sehr jung dieses »Oh«, vielleicht wie der Ausruf eines Kindes, das am Wasser spielt und von einer unerwarteten Welle durchnässt wird. »Danke, mein König«, sagte er dann. »Ihr habt dem, der Eurem Vater als König einen letzen Dienst getan hat, nun Euren ersten erwiesen. Das ist ein guter Anfang.« Damit schritt er voran, langsam, taumelnd bisweilen, aber unaufhaltsam ging Aryff, mein Beschützer, in die Wellen hinein, bis ihn das Meer in die Arme nahm und ihm sein Leben schenkte.

Ich stand lange und blickte angestrengt bis zu dem Punkt, wo ich ihn zuletzt gesehen hatte, kaum noch auszumachen in der abendlichen Hochzeit von Himmel und Wasser. Ruhig rauschten die Wellen an Land. Mein Land, versuchte ich zu denken. Ich war zu Hause. Es war ein guter Anfang gewesen.

»Reiten wir«, rief ich, kehrte zurück zu den Pferden und saß auf.

Warnender Gesang auf die schöne und liebliche Prinzessin Blanscheflur von Cornwall (anonym)

Alles, was Du tust, ist schön,
Schön sind Deine Arme, schön ist Dein Gang.
Wie eine Blume wächst Dir das Haupt aus den Schultern,
Edle Blanscheflur, das Gras neigt sich unter Deinen Füßen.

Weiß wie die Milch der jungen Ziegen ist Deine Haut,
Grün wie die Weiden Cornwalls sind Deine Augen,
Schwarz wie die Winterstürme ist Dein lockiges Haar.
Du bist das schönste Wappen Tintâgels, Prinzessin.

Dein Gang ist lieblich, wie des Falters Flug.
Und wie singender Regen klingen Deine Worte.
Du bist Cornwall, schön und strahlend, doch ach,
Wie Cornwall es ist, so bist auch Du alleine.

Wo, Schöne, ist Dein Beschützer, wo ist der Ritter,
Der König und Bruder, der Dich zu schirmen weiß,
Vor raubenden Horden und plünderndem Kriege,
Wo ist der, der Deine Schönheit hütet, ach wo?

Blanscheflur, Du wunderbare Zierde Britanniens,
Finde einen, der sich vor Dich stellt,
Sonst ist alles, was Dir noch bleibt,
Eine aufrechte Niederlage vor barbarischen Räubern.

Welch Brautpreis dies Dir wäre!
Ich weine, holde Blanscheflur, ich weine.
Um Deine grünen Augen, Deine weiße Haut.
Ich weine um Deine schwarzlockigen Haare.

Fremd

Als wir endlich die Küste verließen, war es schon so dunkel, dass wir schnell Herberge finden mussten. In einem Haus, kaum ein paar Meilen von der Anlegestelle entfernt, gewährte uns ein misstrauisches Wirtspaar Nachtlager zu einem Preis, der mich fast dazu gebracht hätte, mein selbstgewähltes Inkognito zu offenbaren. Ich hatte es allen eingeschärft, meine Herkunft nicht zu verraten, sondern uns als Handelsreisende aus der Bretagne auszugeben. Diese Art Fremdheit, die anders beschlagenen Hufe der Pferde, die Gewänder und die Sprache der Bretonen erregten bereits genug Aufsehen. Ich wollte hören, was die Menschen zu sagen hatten, ohne dass sie wüssten, vor wessen Ohren sie das taten. Dass mein eigenes Cornisch zunächst noch sehr eingerostet war, half der Tarnung.

Man hielt uns wirklich für Reisende, und wie ich bald erfuhr, war ein jeder, der nicht Ire war, zwar noch immer ein hundsfottiger Fremder, doch weit willkommener als diese.

Die Iren waren der Gegenstand jeder Unterhaltung. Wann sie das letzte Mal angegriffen hatten und wo und wann sie es wieder tun würden. Keiner unter den Wanderern des Gasthauses, den Bedienten oder den Wirtsleuten, die nicht Schreckliches durch die irischen Plünderungen erfahren hatten. Bis vor ein paar Tagen so beschäftigt mit meinem eigenen Krieg gegen Morgân, fiel es mir schwer, die Feindseligkeiten gegen die Iren derart schnell nachzuvollziehen, geschweige denn, sie gar zu meiner eigenen Angelegenheit zu machen. Ich hatte nichts gegen Iren, ich hatte etwas gegen Morgân.

Doch meiner neuen Rolle eingedenk, lauschte ich aufmerksam und versuchte dann die Bilder, die mir hier zugetragen wurden, mit den Fehdebildern von Kanelegres überein zu bringen. Es gelang mir überraschend gut. In meinem stark akzentuierten Cornisch fragte ich dann nach, warum der hiesige König nichts täte, den Beutezügen und dem Morden der Iren Einhalt zu gebieten. Ich musste ein Lächeln unterdrücken, solchen Spaß machte es mir, mich als dummer Fremder zu verstellen.

»Nicht mal die Kinder stellen hier so blöde Fragen«, höhnte ein reisender Kaufmann.

»Lass den Herrn doch fragen, er ist ja schließlich fremd! In seinem Lande, da ist bestimmt ein König da, der sein Volk schützen würde«, schrillte die Stimme der Wirtin vom Feuer. Ich hatte gedacht, dass sie längst eingedöst wäre. Mein Becher war mir nämlich schon lange nicht nachgeschenkt worden. Nun aber nickte sie mir äußerst wach zu, um mir zu bedeuten, dass meine Fragen ihren Segen hatten. Alle sahen mich plötzlich durchdringend an, sodass mir unweigerlich angst wurde, sie könnten mich erkennen. Meine Erinnerungen an meinen Vater waren schon nicht mehr sehr klar, doch glaube ich, dass ich ihm gerade in diesem Alter einigermaßen ähnlich sah. Doch diese Kate lag so weit von der Burg entfernt, dass es schon ein großer Zufall gewesen wäre, wenn mich einer wegen der bloßen Ahnung solcher Ähnlichkeit hätte enttarnen können. Die Bretonen schliefen am Tisch, und das Prasseln des Feuers war für einige Minuten das einzige Geräusch im Raume. Der Wirt, erfahren im Umgang mit Fremden und Unwissenden schon von Berufs wegen, fühlte sich plötzlich bemüßigt, mich einzuweihen. Anfangs redete er noch langsam, um auf meine ausländische Sprache Rücksicht zu nehmen.

»Seht Ihr, das ist so. Wir haben schon einen König, klar? Aber der ist nicht hier, der König! Nicht hier.« Er streckte mir wie zum Beweis die leeren Handflächen entgegen. Ich grunzte verstehend, weil ich das Gefühl hatte, man erwarte eine Reaktion. Der Wirt fuhr fort: »Der König ist nämlich noch ein ganz junger Mann, und seine Mutter hat ihn fortgeschickt.« Als er meine Mutter erwähnte, regten sich leise Unmutslaute unter den Zuhörern. Ich schluckte.

»Wir wissen natürlich nicht, wie die alten Frauen in Eurem

Lande sind, Herr«, redete der Wirt, »aber hier scheinen sie samt und sonders böse Ziegen zu werden, wenn sie alte Schachteln sind. Aua!« Seine Frau hatte ihn mit dem Schürhaken gepiekst. Er rückte von ihr ab. »Die Alte regiert Cornwall jetzt schon seit über einem Dutzend Jahren, und die ersten sechs davon waren nicht einmal so schlecht.«

Der Kaufmann machte mit weichen Lippen ein flatterndes Geräusch, als wollte er ausdrücken, dass man selbst dazu zweierlei Ansicht sein könnte. »Sie hat viel Steuern verlangt, gerade von den Kaufleuten«, raunte der Wirt. »Das war denen natürlich nicht recht. Aber uns ist es nicht schlecht gegangen.« Sogar seine Frau lächelte. Der Wirt machte eine Pause. »Aber dann kamen die Iren.« Alle brummten zustimmend, als wäre dies die erkennbare Phrase eines Gottesdienstes. »Und so gut sie ihre Sache auch zunächst gemacht haben mag, die Königin, im Krieg ist einem ein König eben doch lieber, nicht?«

»Natürlich«, sagte ich im Tone unwandelbarer Überzeugung.

»Ja, seht Ihr«, der Wirt nickte, »und den hatten wir nicht. Sie hatte ja nicht mal einen Bruder oder einen Sohn, der alt genug gewesen wäre, das Heer zu führen. Und wieder heiraten wollte die Dame nicht, dazu hatte es ihr zu gut gefallen, Herrscherin zu sein. Einen Ehemann hätte sie nur genommen, wenn er stumm, blind und taub gewesen wäre. So sind manche …« Er musste wirklich üble Erfahrungen mit seiner Frau gemacht haben, das Letzte klang sehr bitter. »Also hat sie kein Heer gehabt, keine Truppen. Hier und da hat sie ein paar Herren bezahlt, einige wenige Punkte an der Küste zu schützen, aber die Iren, gegen die ist kein Kraut gewachsen, wisst Ihr.« Seine Stimme senkte sich zu einem Flüstern. »Morolt, der Anführer, der frisst sogar Kinder, wenn er hungrig ist.« Die Zuhörer stöhnten ehrlich gepeinigt, nicht wie bei einer Gruselgeschichte. Ein Mann hinten im Raum schluchzte erstickt auf. Sollte das wahr sein? Morolt. Fast wie Morgân.

»So haben sie uns alles weggeholt, Kinder, Schafe, Schweine. Sie haben uns die Ernten verbrannt und die Hütten. Sie entern die Fischerboote noch auf der See und werfen den Fang weg, wenn sie ihn nicht selbst mitnehmen wollen. Man weiß nie, wo sie als Nächstes auftauchen, oder wann. Sie können im Morgengrauen hier sein oder erst wieder in zwei Jahren.«

Der Wirt ließ den Kopf pendeln. »Sie bringen ganze Familien um, nur für eine alte Ziege«, rief ein Mann, der im Schatten an der Wand saß. »Und dann lassen sie die Ziege irgendwo verhungern. Es geht ihnen nicht mal ums Essen.«

»Meiner Tochter haben sie die Füße verbrannt, weil sie ein Fass Wein gefunden haben und nicht glaubten, dass es nur dieses eine gäbe«, sagte eine Frau mit leerem Blick, eine Bäuerin ohne Zweifel, auf dem Weg zum nächsten Markt. »Und dann haben sie –« Die Frau brach ab, schüttelte den Kopf, als wäre ihr ein Gedanke gnädig entschlüpft.

»Und der Sohn der Königin?«, fragte ich heiser. »Ist er nicht bald alt genug nach einem Dutzend Jahren?«

»Sie holt ihn ja nicht!«, keifte die Wirtin. »Die will es ja nicht, dass er kommt. Sie will alleine Königin sein. Und in so eine Burg kommt ein Ire ja nur schlecht hinein. Ihr passiert schließlich nichts. So sind die hohen Herrschaften.«

Alle murrten bestätigend. »Sie holt ihn nicht, sie will nicht, dass er kommt?«, fragte ich staunend. Dass meine Mutter auf meine Ankunft so gar keinen Wert legte, war mir ein neuer, beunruhigender Gedanke. »Ja, so was«, flüsterte ich heiser.

»Dabei ist er ein Mann mit kaufmännischer Weitsicht«, tönte der Kaufmann, »er würde die Handelssteuern sogleich senken.« Zu meiner Überraschung stimmten alle dem Kaufmann zu.

»Er soll sehr weit gereist sein und sehr gelehrt, erfahren in der Kriegskunst«, bestätigte der Wirt.

»Und hübsch«, warf seine Frau ein. Ich wurde rot, was im Schummerlicht niemandem auffiel. Wer spielte hier mit wem?

»Er hat den Bauern all ihr eigenes Land geschenkt«, rief einer der Knechte. »Irgendwo im Süden – und einen Stummen hat er zu seinem Verwalter gemacht, weil er nämlich ein Mann ist, der den Menschen ins Herz schaut.« Wieder brummelten alle befriedigt.

»Aber man darf die Königin nicht nach ihm aushorchen. Eine ganze Reihe von Bittstellern, die nach dem Jungen gefragt haben, sind im hohen Bogen aus Tintâgel geflogen und fanden sich in den Zinnminen wieder«, wusste ein anderer.

»Nur ein Sohn«, sagte ich mit belegter Stimme. »Hat sie sonst keine Kinder?«

Das Volk lachte ausgelassen. »Oh«, machte der Kaufmann, »sie hat eine Tochter, die ist schöner als der Morgen.« Er vollführte dazu schwungvolle Bewegungen in der Luft, die wohl die Gestalt meiner Schwester andeuten sollten.

Die Wirtin schnalzte mit der Zunge: »Die Prinzessin Blanscheflur ist ein so wunderbares Mädchen, eine Schönheit! Aber sie hat doch auch noch keinen Mann, der uns schützen würde, die Königin lässt sie nicht heiraten, obwohl es Bewerber von überall her gibt.« Meine Schwester, die ich noch nie gesehen hatte, musste jetzt etwa vierzehn sein, so alt etwa wie Berenices und Gordecs dritte Tochter Veva. Wie konnten diese Leute allen Ernstes erwarten, dass meine Mutter Blanscheflur schon hätte verheiraten sollen.

Ich hustete. Irgendwie war mir der Gedanke körperlich unangenehm. »Das ist ja eine schlimme Sache«, sagte ich dann gedehnt. »Und keine Hoffnung?«

Der Wirt stand auf und beendete die Sitzung so abrupt, wie er sie begonnen hatte: »Zu viele Iren und zu wenig Truppen«, fasste er den Abend zusammen. »Diese Rechnung wird ja hier genauso ausgehen, wie in Eurem Land, oder? Das Leben ist beschissen, wenn man zufällig kein König ist. Hilft ja alles nichts. Manche leben, um zu leben, andere leben nur, um zu verrecken. Und vorher zu schuften!«

Damit suchte sich ein jeder einen Schlafplatz, und wenig später lag die Hütte dunkel in der stillen Nacht. Der Wind rüttelte an den Balken, und ich dachte an die Iren, die heute oder in zwei Jahren wiederkommen konnten.

Am nächsten Morgen ritten wir westwärts nach Tintâgel. Ich machte langsamer, als es notwendig gewesen wäre. Das Land, obschon der frühe Sommer es grün gefärbt hatte, wirkte doch merkwürdig tot. Keine Schafe, keine Schweine, keine Ziegen auf den Weiden, die Menschen pressten sich hinter ihre Türen, wenn wir für Wasser, Hafer oder getrocknetes Fleisch anhielten. Furcht war ihnen ins Gesicht gemeißelt, und nur die Alten sprachen mit uns. Die Jungen waren sicher in geheimen Kammern und Verschlägen versteckt, bis wir Fremden wieder weiterzogen. Überall hörte ich die gleiche Geschichte, natürlich wurde sie vorsichtiger erzählt, je mehr wir uns Tintâgel näherten. Die Überfälle hatten das Land ausbluten lassen, und die Königin weigerte sich, etwas dagegen zu unternehmen, um ihre Macht nicht durch Allianzen oder Bündnisse zu schmälern. Als wir das letzte Mal zur Nacht lagerten in einer halb heruntergebrannten Scheune in einem kleinen Dorf an der Küste, wies ich die Bretonen nochmals an, sich morgen durch nichts anmerken zu lassen, wer ich war. Ich wollte völlig unerkannt vor meine Mutter treten. Ich versprach mir davon eine Art Vorteil, denn offensichtlich war ihr mein Kommen nicht recht, und ich erinnerte mich an ihre eiserne Härte, die dem kleinen Jungen damals solche Angst gemacht hatte. Wie ein Echo hallten mir ihre Worte im Gedächtnis wieder: »Vertrau niemandem.« Sie hatte mir diese Worte gesagt, und ich spürte an diesem Tag ganz deutlich, dass ich dabei zuallererst an sie denken musste.

Ein glücklicher Zufall wollte es, dass die Königin am nächsten Tag Gericht hielt, so erfuhren wir es von den Bauern. Deswegen würde unser Erscheinen keinerlei Misstrauen auf sich ziehen. Wir waren einfach bretonische Reisende, die eine rechtliche Streitigkeit vor die Königin bringen wollten.

Im Laufe des Vormittags wischten vermehrt Erinnerungen, Bruchstücke nur, an mir vorbei. Als Tintâgel schließlich in Sicht kam, wurde mir klar, dass ich mich nun in Entfernungen zur Burg bewegte, die ich auch als kleiner Junge durchmessen hatte, wenn ich am Strand spielte oder ausreiten durfte. Ich hatte ein schweres Gefühl in der Brust. Die Melancholie, die mich überkam, wechselte bisweilen mit dem Erstaunen, wie viel kleiner alles war, als ich es in Erinnerung hatte. Die endlosen Schafsweiden waren, obwohl nun leer wie alle anderen, doch nicht so endlos. Die hohe, römische Burgmauer erschien mir an diesem Tag, da ich sie mit dem Auge des geschulten Kriegers sah, unterlegen zu selbst der in Kanelegres, von anderen ganz zu schweigen. Und der Turm war ein so jämmerlicher Anblick, hölzern und durch und durch feucht, dass ich mich nur über die Iren wundern konnte, dass sie hier noch keinen Erfolg gehabt hatten. Von der Seeseite aus schützten Tintâgel schroffe Klippen, vielleicht griffen die Iren immer nur mit einer schnellen Rückzugsmöglichkeit auf ihre Schiffe an und wählten keinen langen oder beschwerlichen Landungsweg. Ihre Kriegsführung schien nach den Berichten, die ich gehört hatte, die eines schnellen vernichtenden Angriffs und eines ebenso schnellen Rückzugs zu sein. Eines Tages könnte mir dieses Wissen vielleicht nützlich werden. Mich mit solchen Gedanken abzulenken half nicht lange. Etwas in mir wurde immer härter, mit jedem Schritt, den meine Stute machte. Ich war im Land meiner Kindheit und spürte keinerlei Freude – am allerwenigsten auf das Wiedersehen mit meiner Mutter.

Cornwalls Chronik (Auszug)

Eins tages iszt im schoenen summer der junge Künec heimkummen. Dâ was ein groziu fröide. Es war ein tac, dem ist nit vergessen worden, da weinte diu schoene Künecstochter Blanschefluor, und all die Luite riefen grosz: Er ist kumen, uns ze retten, es ist kummen stolz Marke, der Künec hêre. Er sull uns retten von dere Îren mord und rasen.

(Eines Tages im schönsten Sommer ist der junge König nach Hause gekommen. Das war ein Freudentag. Niemand wird ihn je vergessen. Prinzessin Blanscheflur weinte, und alle Leute jubelten: Er ist gekommen, um uns zu retten, der stolze König Marke ist gekommen. Er wird uns erretten vor der Mordlust der Iren.)

Heimkehr

Ich kam mit den Bretonen wie gedacht unbemerkt durchs Tor, gerade so wie alle anderen, die zum Gerichtstag gingen. Im Gedränge der verhärmten und verängstigten Bauern, der ärgerlichen, eiligen Kaufleute und anderen Reisenden, die Wegeschutz oder auch nur Unterkunft für eine Nacht suchten, fielen wir kaum auf. Ein paar Schreiber, die schon Klein-Ruâl ohne Mühe hätte besiegen können, versuchten Ordnung in die Menschenmasse zu bringen. Es werden wohl so an die siebzig oder achtzig Bittsteller da gewesen sein, und ich, der König, den die meisten dieser Menschen zu ihrem Schutze herbeisehnten, fühlte mich an diesem Tage durch ihre Gegenwart beschützt. Siebzig Zeugen, die von meiner Ankunft erfahren würden, konnte meine Mutter nicht verschwinden lassen – und somit mich auch nicht. Als mich einer der Schreiber nach meinem Anliegen fragte, antwortete ich wahrheitsgemäß: »Erbschaftsangelegenheiten.«

Der Mann verdrehte entnervt die Augen und wies mich einer Gruppe von sechs Männern mit ähnlichen Fragen zu. Wir mussten lange warten und wurden dann schließlich als dritte Schar vorgerufen.

Als ich die Halle betrat, zum ersten Mal nach vierzehn Jahren – um meine Mutter wiederzusehen, zum ersten Mal nach vierzehn Jahren zitterten mir wider alle Beherrschung und gegen meinen Willen die Knie. Ich hatte längst in meiner verschütteten Erinnerung nach ihr gesucht, aber nichts gefunden, auf das ich mich verlassen wollte. Ich hatte blitzartig auftauchende Einzelbilder gefunden, so ihre Hand, die sich meiner Wange näherte. Um sie zu streicheln? Würde ich sie sogleich im Gefolge ihrer Frauen erkennen, wenn sie nicht auf dem

Thron säße? Da plötzlich, noch feige verborgen hinter dem Rücken eines breiten Walisers, hörte ich den Klang ihrer Stimme. Und da wusste ich, dass ich diese Stimme unter Tausenden wieder erkannt hätte.

Die Stimme Cornelias, Regentin von Cornwall, meiner Mutter. »Also weiter«, rief sie. Mit trockenem Mund und feuchten Händen lugte ich dem Waliser vorsichtig über die Schulter und erschreckte mich fürchterlich.

Aus der Perspektive eines Kindes gesehen, war meine Mutter wie alle Erwachsenen groß gewesen. Dass sie mir nun kleiner vorkam, darauf hatten mich schon die Schafweiden und die Mauern vorbereitet. Dass sie aber so dick geworden war, fülliger als selbst die Schwangere, von der ich mich verabschiedet hatte, darauf war ich nicht gefasst gewesen. Als sie sich um sich selbst drehte, den Wein abstellte, um sich wieder auf den Thron zu setzen, erinnerten mich ihre Bewegungen an ein großes, voll beladenes Handelsschiff, das schlingernd eine Meerenge durchfährt. Ihr Haar war ihr kaum weiß geworden, im Gegensatz zu mir, dem die Loba schon mit siebzehn die weißen Haare nicht mehr hatte zählen können. Durch die übergroße Körperfülle war auch ihr Gesicht angeschwollen und hatte Falten wenig Raum gelassen, doch ihre Augen, deren Farbe ich selbst in diesem Moment nicht erinnern konnte, waren fast verschwunden hinter den runden, doch seltsam freudlosen Wangen. Sie strahlte keine natürliche Macht mehr aus, bloß noch Herrschsucht. Ihre Stimme, als sie die neuerlichen Verhandlungen eröffnete, tönte kalt und metallen. »Mutter«, dachte ich, noch immer hinter dem walisischen Rücken, und selbst der Klang des Wortes, verbunden mit der Matrone dort vorn war mir fremd. Berenice hatte ich manchmal Mutter genannt, aber nie mit der gleichen Selbstverständlichkeit wie ihre eigenen Kinder es tun konnten. Furchtbar vermisst hatte ich meine Mutter allerdings auf der Überfahrt damals, fiel es mir ein. Unwillkürlich schob ich meinen Ärmel hoch und betrachtete mit erstauntem plötzlichem Erinnern die Narben meiner kleinen Zähne in meinem Unterarm. Eine ganze Flut an Bildern und Gefühlen wollte mit diesem

Andenken plötzlich in mein Bewusstsein strömen, da wurde es auf einmal heller. Der Waliser war vorgerufen worden. Ich war so versunken in Gedanken, dass ich die Verbindung mit dem Geschehen um mich herum verloren hatte. Schnell senkte ich den Kopf und hustete leise in meinen Ärmel. Ich war nun der Nächste und wollte mir meine Überraschung nicht verderben lassen dadurch, dass mich meine Mutter vorschnell erkannt hätte. Die kalte Stimme der Königin fertigte den Waliser nach einer, wie es mir schien, sehr selbst gezimmerten Rechtsprechung ab. Sie hörte sich seine Ausführungen kaum bis zu Ende an. »Wenn du mir drei Zeugen oder ein Schriftstück verschaffst, dass dies Land wirklich deins und nicht meins ist, sollst du es wieder bebauen dürfen. Aber die Hälfte der Erträge bleiben meine.« Der Waliser schüttelte den Kopf und protestierte vorsichtig in seiner kehligen Sprache.

»Der Nächste«, rief meine Mutter unbeeindruckt und wandte sich, während ich vortrat, dem Haushofmeister zu, der – gefolgt von einem beflissenen jungen Mann – direkt neben ihr stand, wohl um ihr in Fällen zu raten, in denen sie nicht weiterwusste.

»Und was willst du?«, fragte die Königin, deren letzte Silbe ihr, da sie mir das Gesicht zudrehte, fast im Hals stecken blieb. Sie wurde blass. Die rechte Hand ging ihr ans Herz, wie von einer Schnur gezogen. »Marke«, flüsterte sie dann, bewegte fast nur die Lippen. Doch dieser Hauch reichte aus, die Halle verstummen zu lassen, als wäre es zur Mitternacht.

Ich verbeugte mich trotz meiner schlotternden Knie, sodass die Loba stolz gewesen wäre. »Regentin Cornelia von Cornwall«, rief ich dann gespielt harmlos, »ich komme zu Euch als König, um Euch dankbar von der schweren Bürde Eures Amtes zu erlösen. Und als treuer Sohn, um nach Jahren in der Fremde seine liebe Mutter wiederzusehen!«

Ich strahlte bemüht und breitete beide Arme aus. Meine liebe Mutter hingegen saß versteinert und sah aus, als hätte sie einen Frosch verschluckt. Es war noch immer totenstill.

Da regte sich etwas in der dichten Gruppe hinter der Königin, ein junges Mädchen schob zwei Frauen vor sich aus dem Weg und jubelte: »Marke! Endlich!« Sie rannte auf mich zu, fiel mir um den Hals und küsste mir knallend feucht das ganze Gesicht ab, dass es mich an einen überschwänglich liebenden Welpen erinnerte, der seinen Herrn nach langer Suche wiederfindet. Ich schloss aus der Begeisterung der jungen Frau, dass sie meine Schwester Blanscheflur sein musste und hielt sie sanft fest, wenn mir auch so viel Nähe peinlich war. Doch ihr ehrlicher Überschwang rettete den Augenblick. Die Höflinge und Gäste brachen in Beifall aus, warfen ihre Kappen und Hüte, und schneller als Stroh Feuer fängt, war es zur Halle hinaus: »Marke ist da, der König ist zurückgekehrt!«

Mein Plan war aufgegangen. Ich war hier, und alle wussten es. Und ich war zurückgekommen mit der öffentlichen Verkündung, König sein zu wollen. Vorsichtig löste ich die Arme meiner strahlenden und schluchzenden Schwester von meinem Hals, küsste ihr das Handgelenk und schritt auf meine noch immer bleiche, zitternde Mutter zu. Zwei Schritte vor dem Thron – ihrem Thron oder meinem Thron – blieb ich stehen. Der Berg, der Züge meiner Mutter trug, erhob sich langsam und sagte gepresst: »Was für eine schöne Überraschung Ihr uns bereitet habt, Marke von Cornwall, mein Sohn. Eure Mutter hatte schon bald jegliche Gedanken aufgegeben, Euch in dieser Welt noch einmal zu begegnen.« Sie reichte mir ihre rundlichen Finger, die eiskalt meine Haut berührten. »Mein Sohn ist gekommen. Lasst uns seinen Besuch feiern!«, rief sie der Menge zu, der eine versprochene Feier das Höchste sein musste, denn der Jubel steigerte sich noch und der Gerichtstag war mittendrin zu Ende. Die Bretonen hatten sich endlich Einlass in die Halle verschaffen können und suchten meinen Blick. Ich bewegte abwartend die Hand und so blieben sie wachsam in meiner Nähe. Meine Mutter ließ mich los, sobald die Gäste begonnen hatten, zu zechen, und marschierte wenig höflich aus der Halle, eskortiert vom Majordomus und dem beflissenen Jungen, der den Hals vorreckte, um ja kein Wort zu verpassen. Sie gab mir weder ein Zeichen, ihr zu folgen, noch Anweisung zu bleiben, so stand ich eine Weile dumm herum inmitten der aufgeregten Leute, als meine Schwester mir neuerlich entgegenkam.

Nun, da der Auftritt, vor dem ich solche Angst gehabt hatte, vorüber war, fand ich erst Ruhe, sie richtig zu betrachten.

Und bei Gott, sie war schön, wenn man das über ein so junges Mädchen überhaupt sagen konnte, denn die Schönheit der Jugend hat mich immer auf andere, weniger tiefe Art angerührt, als die Schönheit, die mit der Reife kommt. Wenn sie etwas mit meiner Ziehschwester Veva gemein hatte, so die Schlaksigkeit im Gang, wie sie auch junge Pferde noch nicht ganz verlieren, selbst wenn sie keine Fohlen mehr sind. Doch sonst war meine Schwester eine wirkliche Augenweide. Langes schwarzbraunes Haar, geflochten in unmodischen, unverleugbar provinziellen Windungen, ein helles eiförmiges Gesicht mit strahlenden, neugierigen Augen. Lange aufstrebende Wimpern unter dichten, halbmondförmigen Brauen gaben ihrem Blick einen Schmelz, dem sicher viele Männer verfallen würden. Alles an ihr war freundlich, weich und arglos. Sie sah aus, als hätte sie das Leben hier in der kalten Burg noch nicht hart gemacht. Sie sah aus wie jemand, der hinter jeder Ecke eher etwas Gutes denn etwas Schlechtes erwarten würde. Es war lange her, dass ich ein Gesicht voll so viel Hoffnung hatte sehen dürfen. Meine kleine Schwester, dachte ich stolz.

Ich lächelte ihr schüchtern zu. In Kanelegres war Gâles immer der bewunderte große Bruder gewesen und ich bloß ein eigenbrötlerischer Sonderling. Dieses Mädchen aber sah mich mit der ganzen aufgestauten Liebe einer einsamen Kindheit an. Für sie war ich wohl so etwas wie ein heimkehrender Held, das merkte ich, ohne das wir miteinander gesprochen hätten, und es machte mich vorsichtig. Ich glaube, dass ich damals, in diesem Moment entschied, dass sie in mir immer nur diesen Helden sehen sollte, nie den Menschen.

»Oh, Marke«, hauchte sie, und schon war sie mir wieder um den Hals gefallen. »Ich dachte, ich würde dich nie sehen.« Sie musste mich offenbar anfassen, um zu glauben, dass ich da war, nicht sofort verschwinden würde.

»Ist ja gut, Fluflu«, murmelte ich peinlich berührt, Hilfe suchend in der mir ungeübten Gewohnheit der Bretagne, solcherlei Kosenamen zu fertigen. Sie kicherte, drückte mich noch fester, und eigentlich fand ich es schön. Nicht nur wegen ihrer Anmut wuchs einem Blanscheflur gleich ans Herz. Sie war so echt, so warm, so anders als alles, was ich kannte, dass ich fühlte, wie ich sie sogleich gern hatte, wirklich gern. Wie eben ein Bruder seine Schwester gern haben kann, die er noch nie gesehen hatte.

»Fluflu«, wiederholte sie den neuen Namen begeistert. Der Name Blanscheflur bedeutet zwar etwas Schönes, aber er klang viel zu betulich für dieses lebendige Geschöpf, fand ich. »Du darfst mich nie wieder anders nennen, versprich es«, flüsterte sie mir selig zu. Ich musste lachen, versprach es, und sie stimmte ein.

Dann folgte ich, die Bretonen sicherheitshalber an meine Seite rufend und meine Schwester auf später vertröstend, meiner Mutter und ihrem Gespann der Haushofmeister. Sie war wirklich nicht sehr erbaut, mich zu sehen, und machte sich auch hier keine Mühe, mir einen anderen Eindruck zu vermitteln. Die beiden Haushofmeister, Vater und Sohn offenbar, standen da und starrten mich böse an. Der Vater war ein breiter, rotgesichtiger Mann mit struppig ungepflegtem Bart, fauligen Zähnen und einem ungelenken Körper. Er trug ein Gewand, das sicher einmal teuer gewesen war, aber seit dem Kauf nie gereinigt worden war. Ich erinnerte mich an den Reinlichkeitswahn meiner Mutter vor meiner Abreise und wunderte mich, wie sie solches duldete. Die Augen des Älteren flohen von einem zum anderen, unstet versuchte er den eigenen Vorteil, auf welche Seite er künftig gehörte, schnell und sicher abzuschätzen. Sein Sohn, etwas jünger noch als ich selbst, aber gierig nach Bedeutung, kaute auf den Lippen. Dünn und wächsern, sah er dem Vater nicht ähnlicher als eine Hagebutte einer Rübe. Übereifrig rieb er seine Hände aneinander und machte mir einen seltsam hungrigen Eindruck. Der Vater war ergraut, seines Sohnes Haar war trotz der Jugend schon leicht gelichtet, von mausbrauner Farbe, stumpf und kurzgeschnitten wie bei einem Mönch. Auch war ihm entweder noch kein Bart gewachsen, oder er ging rasiert, eine Sitte, die in Cornwall dieser Jahre außer Mode gekommen war, um nicht zu sehr an die Römer zu erinnern. Ich nickte dem ungleichen Beratergespann zu.

»Ihr werdet Euch wohl erinnern«, erklang die Stimme meiner schnaufenden Mutter, »dies sind Vater und Sohn Michaele de Zwyyntek, meine Berater und Verwalter.«

»Wir grüßen Euch«, verbeugte sich der Vater viel zu kurz, er sprach mit einer lang gezogenen, seltsam quäkenden Stimme, von der ich fühlte, das sie viele Aussagen bereits widerrufen hatte. Ich mochte den Vater de Zwyyntek nicht. »Wir grüßen Euch«, echote dann der stumpfe Sohn und verbeugte sich wohl tiefer, sah mir aber dabei mit unwillkürlich hochgezogenen Lefzen über seine gerunzelte Stirn ins Gesicht. Ich mochte auch den Sohn de Zwyyntek nicht.

»Ich bin mit dem cornischen Protokoll nicht vertraut, liebe Mutter«, begann ich bewusst hölzern, »so weiß ich nicht, welche Vorbereitungen Ihr noch zu treffen habt, um mir die Regentschaft zu übergeben. Aber im Angesicht der drohenden irischen Angriffe schlage ich vor, dass wir es schnell tun, dass ich ein Heer ausheben und gegen Morolt zu Felde ziehen kann. Das Volk ist ja sehr unzufrieden. Es könnte im Osten bald Aufstände geben.« Ich lächelte knapp. Die beiden Majordomus zogen die Luft ein. Dass ich den Namen des irischen Anführers und auch die prekäre Lage kannte, hatten sie nicht erwartet.

Meine Mutter wusste ihre Reaktion noch weniger zu verbergen. »Ich denke nicht daran, Bürschchen, dich hier ohne weiteres hineinplatzen und mir das Heft aus der Hand stehlen zu lassen. Cornwall ist mein Reich. Du bist bloß hier, weil du entweder dumm oder schlau genug warst, mir vorher keinen Boten zu schicken.« Ich lächelte weiter, als hätten wir nur Höflichkeiten ausgetauscht. Dies brachte die füllige Dame noch mehr in Rage. »Grins mich nicht an!«, kreischte sie. »Du hast hier nichts zu sagen, niemand außer mir hat hier etwas zu sagen! Ich bin Königin von Cornwall! Ich!!« Damit wogte sie an mir vorbei und verließ die Kammer. Die Herren de Zwyyntek standen da und befanden sich offensichtlich weiter in dem Konflikt, vorschnell erraten zu müssen, welches die siegreiche Seite dieser Auseinandersetzung sein würde, sodass sie nicht mit der falschen untergehen würden. Ich sprach im Stillen ein Gebet für die Loba und für Eli, ohne beider Vorbereitung würde ich in dieser Situation sicher einen ähnlich hilflosen Eindruck gemacht haben. So aber gedachte ich Elis Lehrsatz, dass allein das Gebaren des Sieges schon die halbe Schlacht gewonnen hat, und lächelte dem Vater de Zwyyntek zu. »Eure Herrin ist nervös, Majordomus. Es scheint mir, dass Ihr sie auf die anbefindlichen Realitäten aufmerksam machen müsst. Oder solltet Ihr mit denselben ebenso wenig vertraut sein?«

Der Alte schnüffelte wie ein Jagdhund und nölte dann: »Ich halte es für am besten, Euch zu raten, die Sache nicht zu überstürzen. Es könnte Schwierigkeiten mit sich bringen.«

»Ach ja?«, fragte ich so hochmütig, wie ich eben konnte, um die nachfolgende Lüge leichter von meiner Zunge perlen zu lassen: »Ich habe eine bretonische Armee mit hundertfünfzig Reitern in Kanelegres stehen, die binnen eines Monats hier sein wird, um die Angelegenheit mit Nachdruck zu regeln, wenn wir es nicht jetzt tun, Zwyyntek. Haltet Ihr das für überstürzt?« Der Alte schnaufte leise. Er musste eine Entscheidung fällen. Wenn ich nicht log, sollte er sich besser auf meine Seite schlagen. Hundertfünfzig Pferde waren mehr, als sich Tintâgel, Dartmoor und Wales zusammen binnen ein paar Wochen zu schiffen leisten konnten. Vielleicht hatte ich zu hoch gegriffen.

Der Sohn de Zwyyntek hielt es vor Spannung kaum aus. Mit den Zähnen riss er sich aufgeregt trockene Hautfetzen von den Lippen, bis er blutete. Der Vater strich sich mit der linken Hand über den rauschigen Bart.

»Ich spreche mit der Regentin, mein König«, hatte er sich dann entschieden. »Mein König«, setzte gleich der Sohn nach und verbeugte sich bodentief, was meine Zuneigung für ihn nicht hob. Aber zwischen mir und den Zwyyntek-Männern ging es nicht um Zuneigung, es ging um Macht. Und dafür, das wussten sie und ich, brauchten wir einander.

Ich hatte die erste Schlacht gewonnen. Die beiden Intriganten würden auf meiner Seite sein, solange sie diese für die einträglichere hielten. Nun begann der Feldzug gegen die plumpe Herrschsucht meiner Mutter.

Und Blanscheflur, Fluflu, wie ich sie treu seit dieser ersten Begegnung nannte, durfte nie etwas davon erfahren.

Wenn ich heute an die Ereignisse dieser Tage, denen noch schlimmere folgen sollten, zurückdenke, so quält mich nicht die Sünde gegen meine Mutter, sondern ich sehe Fluflus junges, unschuldiges Gesicht, ihr Strahlen, wie sie ihre weiche Wange an meiner rieb, mich abküsste und mich lieb hatte, den heimgekehrten Bruder. Und ich sehe dasselbe schöne Gesicht, nur ein paar Jahre älter, am Tag, da sie mich voller Verbitterung und Enttäuschung verließ. Und die Wandlung in ihren Augen, diese plötzliche Härte, als sie ging.

Fluflu war wie aus Gold, und ich habe dieses Gold in Eisen verwandelt, durch die Verfehlungen meiner jugendlichen Eitelkeit. Ich denke so oft an dich, Fluflu. Auch damals habe ich oft an dich denken müssen, besonders als Brangaene kam. Sie war älter, als du es je geworden bist, aber sie hatte das gleiche Gold in sich, das gleiche Strahlen, das einen jeden Mann zum Helden werden lassen wollte. Wenn ich doch nur nicht als ein Held hätte scheinen wollen, wenn ich doch dir als der gegenübergetreten wäre, der ich war: ein müder, junger Mann, niedergedrückt von Verantwortung, angetrieben von Ehrgeiz und einsam, so einsam. Mit deinem wunderbaren Herzen hättest du mich sicher genauso geliebt, doch ich wollte, dass du auch in mir Gold sehen solltest. Dein Gold wurde zu Eisen, geliebte Schwester, und meines – sowieso nur geborgt oder gestohlen – wird zu Stein. Ich bin schon Stein, liege hier wie meine eigene Grabplatte, wenn ich denn eine kriegen sollte. Dir habe ich später ein Mausoleum bauen lassen. Vielleicht hätte ich dir lieber im rechten Moment zuhören sollen.

Ach, schon wieder koche und kaue ich meinen eigenen Brei aus »wenn«, »hätte« und »vielleicht«. Als ob es etwas nützte, als ob ich hier und heute noch irgendetwas ungeschehen machen könnte von jenen Tagen.

Fluflu, Liebes, wirst du mich auf der anderen Seite genauso wild umarmen, wenn ich endlich gestorben bin? Läufst du mir von irgendwo entgegen, drückst mich und küsst mich, wenn ich komme? Ich habe mir immer so viel auf meine Reitkünste eingebildet, meine Tanzschritte und meine Verbeugungen.

Aber jemandem entgegenzugehen, das habe ich nie gelernt.

Geheime Post an die Fürstin Konstanze von Aquitanien, genannt die Loba, derselben zugestellt nach Berichten ihrer Spione in der Bretagne und zu Cornwall an ihre Zuflucht in der heiligen päpstlichen Nuntiatur zu Rom

Erlauchte und gnädige Herrin, etc.

In einem Kloster nicht unweit des Sitzes derer von Tintâgel, genannt nach der heiligen Saint Madryn, Santa Materiana, haben wir glücklich einen Schreiber gefunden, der bereit ist, Euch im Stillschweigen diesen Brief zu schreiben und durch Boten zu senden, da das Kloster sich gerade in der Auflösung befindet und in ein Nonnenstift verwandelt wird. Es ist also nicht zu befürchten, dass etwas über Eure diskreten Nachforschungen an den König oder seine Familie oder deren Feinde durchdringt.

In der Bretagne fanden wir eine erschreckende Situation vor. Die Ziehfamilie des Königs war wohl einer Fehde mit dem Fürsten Morgând von Lonoîs zum Opfer gefallen, die heimatliche Burg Kanoellegris war zerstört. Doch hat der König überlebt und den Aufbau auch schon unter der wackeren Aufsicht seines Verwalters, eines gewissen Raouls, um mehr als man in der Kürze der Zeit erwarten könnte, vorangetrieben. Weiter hat man uns kaum Auskunft geben wollen. Eine Weile haben wir unter dem Vorwand, wandernde Söldner zu sein, selbst auf Kanoellegres gearbeitet. Unserer Beobachtung nach ist die Burg schlecht bewacht, kaum zehn Söldner und nur um die zwei Dutzend Arbeitskräfte, die jedoch zupacken können.

Man spricht mit Wärme vom jungen König und vermisst ihn auch ehrlich. Gut einen Monat vor Mittsommer ist er nach Cornwall aufgebrochen auf geheimer Schiffsroute in Begleitung eines alten Blinden, zehn bretonischer Reiter und fünf Diener. Er hat die ganze cornische Zunge umsegelt, um wohl östlich an Land zu gehen, und hat alsdann den Landweg nach Tintâgel gewählt, wo er sich aber nicht als König zu erkennen gab. In den Wirtshäusern sprach man nur von einer Gruppe fremder Handelsreisender. Das Land hier ist sehr zerrüttet, ausgeblutet durch die Angriffe eines heidnischen Volkes aus dem Norden, die Irisch heißen. Die Regentin hat wenig Voraussicht bewiesen, doch weiter mag der Schreiber nichts aufzeichnen über die Landesherrin, da Euer Protegé noch nicht offiziell bestätigt ist als König und er fürchtet, dass der Bote mit der Post abgefangen würde und man nachträglich seine Schrift erkennen könnte. Seit drei Tagen ist nun der junge Herrscher in der Burg, und noch hat die Regentin keinerlei zeremonielle Vorkehrungen getroffen, ihn einzusetzen. Ob dies auf Schwierigkeiten derart, wie Ihr sie mit uns besprochen habt, bevor wir aufbrachen, hinweist, vermag ich nicht zu sagen. Durchaus aber, wie Ihr bereits geschlossen haben werdet aus den Berichten, ist der junge König in großem Bedürfnis nach Gold, Reitern, Waffen und sogar einer Flotte, wie es scheint. Denken wir weiter etwas voraus, ist es sicher nicht verfehlt, ihn auch als Freund dem ein oder anderen Kirchenfürsten zu empfehlen, so etwa dem Bischof von Salisbury. Wir werden neue Nachricht senden, wenn wir in der Bretagne wieder angekommen sein werden.

Mit vorzüglicher Hochachtung und in der Versicherung unserer aufrechten Treue und Dienstbarkeit, entbieten wir unseren untertänigen und christlichen Gruß.

Girolamo di Tristimontagna (∧ ∧ ∧; Signum sic)
und Jehan de Toulon (x+x; Signum sic)

Die Falle

Nach mehr als zehn Tagen auf Tintâgel war die Zeit dringlich geworden zu handeln, bevor sich alle durch die vermeintliche Duldung meinerseits und von meiner Mutter Dreistigkeit überzeugen ließen, dass ich keinerlei Absicht hätte, König zu werden. Die dicke Herrscherin wich mir aus, vertröstete mich auf irgendwelche örtlichen Festivitäten, zu denen sie handeln würde, doch selbst diese lächerlichen Ausflüchte teilte sie mir nicht selbst mit, sondern ließ sie mir entweder durch den Vater oder noch lieber durch den Sohn de Zwyyntek ausrichten, deren beider Loyalität mir keineswegs eine Gewissheit war. Den gemeinsamen Mahlzeiten blieb sie, wie Fluflu und auch andere mir mitteilten, schon seit Jahren fern. Die Königin pflegte in ihrer Kammer zu essen, hieß es. Also ergab sich auch keine Gelegenheit zu einer öffentlichen Konfrontation. Wenn ich zu ihren Gemächern vordrang, um sie zu sprechen, hieß es stets, dass die Königin ruhte und mich nicht empfangen könnte. Ihr Spiel war sehr durchschaubar.

Die ersten Tage ließ ich sie noch mit großer Zuversicht gewähren. Es gab auch so vieles, an das ich mich gewöhnen musste. Die Bretonen, von Haus aus selbst nicht verwöhnt, jammerten indes über die harten Betten und die schlechte Küche Tintâgels. Auch wenn ich ihnen heimlich zustimmte, so ging ich doch mit furchtlosem Beispiel voran, bei den Mahlzeiten alles zu essen, was aufgetischt wurde, nicht immer zur Freude meines Magens. Ich machte mich mit den Teilen von Tintâgel wieder vertraut, die ich noch aus meiner Kindheit erinnerte, und es waren nicht viele. Trotz meiner anfänglichen Enttäuschung und meiner unerreichbaren Bewunderung für die Burgen des Südens, musste ich zugeben, dass meine Mutter mit ihren Mitteln sicherlich viel verbessert und die Festung um das Dreifache vergrößert hatte als noch zu meines Vaters Zeiten. Und auch die Sauberkeit, an die ich mich noch aus den letzten Wochen meiner Kindheit hier erinnerte, hatte sie beibehalten. Es gab kaum Ratten in den Sälen oder Kammern und stets eine ganze Reihe der Dorfkinder, die bestellt wurden, um diese Plagegeister zu fangen, wenn sie sich einmal zu weit vorgewagt hatten. Die Tiere in den Ställen, gerade die Pferde, waren in hervorragendem Zustand. Der Stallmeister verstand etwas von Zuchttieren und nahm seine Aufgabe sehr ernst. Einen Weinkeller oder ähnliche kulturelle Errungenschaften gab es natürlich nicht. Auch war die abendliche Unterhaltung begrenzt auf die brüstenden Erzählungen der anwesenden Herren oder den schüchternen und ungeschulten Gesang einiger Frauen, die hergekommen waren, um den Sommer auf Tintâgel zu verbringen. Besonders schlimm allerdings waren die Feuer aus getrocknetem Seetang, die, um Holz zu sparen, in der Halle und auch in vielen Kammern gegen die fast allzeit klammen Nächte entzündet wurden. Der Gestank, der mir aus meiner Kindheit nur aus den Dorfkaten erinnerlich war, füllte manchmal die große Halle und kroch die Gänge entlang. Sicher war dies eine der weniger erfolgreichen Sparmaßnahmen meiner Mutter. Auch wenn ich die Bretonen gar nicht überreden musste, dass ein solches Feuer in unserer Kammer nicht entfacht wurde, war es doch, wenn der Wind nicht wehte, unmöglich, sich vor dem Gestank zu schützen, der mir die Galle hochsteigen ließ. Ich nahm mir vor, dass die Aufhebung des Seetangfeuers eines der ersten Verdienste meiner Amtszeit sein sollte. Zwar war Cornwall arm an Holz, doch ich dachte, dass es noch andere Brennstoffe geben müsste, solche, die mich nicht zum Würgen zwängen, wann immer ich es mal warm haben wollte.

Meine Mutter hatte auf dem oberen westlichen Felsen Vorkehrungen für einen neuen Trakt treffen lassen, doch der Plan war noch nicht über die bloße Auslage der Umrisse des zukünftigen Seitenbaus gediehen.

Einmal, als ich nicht schlafen konnte, ritt ich nachts im

Bogen durch das Dorf, nur von ein paar Hunden bekläfft, und schließlich zur östlichen Ebene, hielt meine Stute an und stand lange an der Klippe und sah hinüber. Im hellen Licht des Vollmonds hatte ich fast eine Vision, ich sah den befestigten Bauernhof mit römischen Mauern meiner Kindheit, ich sah die schlecht und recht gezimmerte Burg meiner Mutter – und ich sah das noch nicht erweckte Tintâgel, das ich zu meinem Zuhause machen wollte. Ich sah den Trakt auf dem oberen Felsen vollendet mit Anlehnungen an die südliche Bauweise, doch dem rauen Klima gewachsen. Ich sah die untere Anlegestelle verbreitert und eine Straße mit Pflastersteinen, ganz wie der Weg hoch nach Loupierre geschaffen, die Ochsenkarren auch bei schlechtem Wetter bis zum Dorf hinauf befahren konnten, um die Ladung der Schiffe besser löschen zu können, gerade im Winter. Ich sah Schiffe aus dem Süden und dem Norden, römische Güter und maurische Stoffe. Ich sah Wachtürme entlang der Küste nach Osten und nach Westen, von denen mit Lichtzeichen Warnsignale bei bevorstehenden irischen Angriffen gegeben werden konnten. Und ich sah Schafe auf den jetzt leeren Weiden, Schafe überall um mich herum, so zahlreich verstreut wie die Sterne dieser Nacht. All diese Dinge sah ich für Momente so klar, dass es mich einen Moment erschreckte, als sich diese Bilder meiner Vorstellung wieder an ihren zukünftigen Platz zurückzogen und mich den Aufgaben einer arbeitsreichen Gegenwart überließen.

In die stille, sanfte Dunkelheit summte ich eine alte cornische Weise und feierte, Kiesel über die Klippe werfend, mit mir selber meinen Plan, ein großer und berühmter König zu werden.

Während der Tage verbrachte ich viel Zeit mit Fluflu, die mir überall hin nachfolgte, plappernd selbst beim Rasieren nicht von mir rücken wollte. Wie war sie trotz der Zeit mit meiner Mutter nur so unglaublich unverfälscht geblieben, fragte ich mich oft, halb erstaunt, halb melancholisch. Einmal zerrte sie mich in ihre Kammer, und ich musste mich neben sie stellen, damit wir zusammen in den alten Kupferspiegel blicken konnten, den sie hütete wie einen Schatz. Dicht aneinander gedrängt wurden unsere beiden Gesichter von der schimmernden Platte zurückgeworfen. Fluflu kamen zwei dicke glänzende Tränen der Freude.

»Immer habe ich mir vorgestellt, dass wir das einmal zusammen machen würden. Und jetzt ist es so weit.«

Sie zog kurz die Nase hoch und strahlte die gelblich-rote glänzende Fläche vor uns an. Meine Schwester war fast so groß wie ich, und ich war erstaunt, durchaus in freudiger Eitelkeit, dass wir einander sehr ähnlich sahen. Die Loba und viele andere Frauen hatten mich schön gefunden, doch erst mit Fluflus Gesicht an meiner Seite bekam ich eine Ahnung davon, dass etwas Wahres daran war. Meine Nase war breiter als die ihre und auch gebogener, doch wir hatten die gleichen Wangenknochen, die gleichen Augen und Brauen, die gleichen vollen Lippen und das gleiche runde Kinn. Ebenso wie ich fasziniert, löste Fluflu ihren Zopf auf und ließ ihre Locken ähnlich wie meine, die damals gerade auf die Schultern reichten, über den Rücken hinabfallen. Sie griff nach meiner Hand und strahlte über das ganze Gesicht.

Ich weiß nicht, ob Schönheit einem Mann so wichtig sein darf wie einer Frau. Ich habe mir diese Frage mein ganzes Leben lang gestellt. Aber seit dem Morgen vor Fluflus Kupferspiegel hielt ich mich anders, sprach auch anders, nicht unbedingt rückfallend in die aufgeblasene Eitelkeit meiner Jugend, sondern eher als schiene in mir ein Abglanz des überstrahlenden Lichtes der unschuldigen, jungen Schönheit meiner Schwester.

»Und jetzt bist du da«, sagte sie mehr zu sich selbst. Schon umarmte sie mich wieder. Ihre Liebkosungen waren absolut unerfahren, wirklich nur wie die eines jungen Menschen, eines Kindes, das sich nicht wie ich selbst auferlegt hatte, nie die Nähe eines anderen zu suchen. Vielleicht hatte Fluflu die gleiche Einsamkeit erlitten wie ich, nur einen anderen Schluss daraus gezogen. Während ich mir versprochen hatte, niemanden zu brauchen, mich nicht zu betrügen für den kurzen Trost der Nähe eines anderen Menschen, schien sie den entgegengesetzten Weg gewählt zu haben. Sie verschenkte ihre Zärtlichkeit mit harmloser Freigebigkeit.

Und zunächst weckte sie in mir nichts als freundschaftliche Wärme, die wachsende Zuneigung des Bruders zu einem so ganz formbaren und unberührten Geschöpf. Aber bereits nach drei oder vier Tagen fühlte ich so etwas wie eine seltsame Besitzgier, dass Fluflu niemanden sonst so umarmen sollte, an niemandem sonst so hängen sollte, wie sie – meinerseits völlig unverdient – an mir hing. Zwar schob ich sie immer nach kurzer Zeit beiseite, drückte ihr die Hand zum Zeichen, dass es nun gut sein müsse, oder strich ihr ähnlich verabschiedend über die Wange, doch heimlich erwartete ich, dass sie mir bald wieder diese wunderbare harmlose und so heilende Zärtlichkeit entgegenbrächte.

Manchmal – und dies auch noch in späteren Jahren – passte ich sie auf ihren Gängen ab. Verstohlen setzte ich mich so, dass sie denken musste, mich zu überraschen, damit sie mir von hinten die Augen zuhielt, mir ihren warmen Atem in den Nacken kicherte und mich scheinbar gelangweilt alle schönen Frauen Britanniens durchraten ließ, wer sie wohl sein könnte. Wohl wissend, dass es nie jemand außer ihr wagen würde, dem König die Augen zuzuhalten.

»Ach, du bist es bloß, nur meine Schwester, wie schade!«, stöhnte ich dann zum Abschluss dieser schnell ritualisierten Begegnungen. Und sie riss mich dann an den Haaren oder hielt mir die Nase zu oder zwickte mich in die Seite oder streckte mir die Zunge heraus. Dann hakte sie mich unter und wir gingen ein Stück zusammen, wobei ihr Kopf an meiner Schulter ruhte. Das war schön.

Manchmal fragte ich mich später, besonders nachdem ich Fluflu verloren hatte, ob sie es nicht genau gewusst hatte, ob sie dieses Spiel mitspielte, weil sie wusste, dass es mir unmöglich gewesen wäre, sie oder irgendjemand anderen um die Nähe einer Umarmung zu bitten. Und vielleicht schon in jenen ersten Tagen unserer gemeinsamen Zeit, während ich überlegen dachte, ihr – der Kleinen – gefällig zu sein, war sie es doch längst, die mir großherzig einen Freundesdienst erwies, um mich aus meinem Gefängnis zu retten.

Hätte es Fluflu nicht gegeben, wäre ich vielleicht wieder nach Kanelegres zurückgekehrt, wo ich gewisslich auch Möglichkeiten gefunden hätte, meinen Ehrgeiz zu befriedigen.

Aber Fluflu war da, und so war es meine nächtliche Vision dessen, was Tintâgel einmal sein könnte. Ich musste handeln.

Und handeln konnte ich nur, wenn die unangenehmen Zwyynteks meine Pläne unterstützten. Ich erforschte so unauffällig, wie es eben ging, beider Leumund unter Gästen, Dienern und Soldaten und erfuhr eine recht nützliche Geschichte, die mir half, bestimmte Fehler gar nicht erst zu machen.

Der Vater de Zwyyntek war der Mann gewesen, der mich in meiner Kindheit aus dem Schweinetrog gerettet hatte – und dies nicht aus Freundschaft dem König gegenüber, sondern aus Eigennutz, um seine fast schon verloren geglaubte haushofmeisterliche Ernennung zu erringen.

Die Familie der Zwyynteks stammte aus Flandern, war vor vielen Jahren mit den Römern nach Cornwall gekommen und hatte kaum etwas Besseres als ein Sklavendasein in den Zinnminen geführt, bis ein Vorfahre des struppigen Majordomus den besuchenden römischen Statthalter vor einem einstürzenden Balken gerettet hatte.

Der junge, hektische Herzog von Dartmoor, dem ich diese Geschichte verdankte, deutete jedoch zugleich an, dass es wohl ebenso dem Vorfahren Zwyyntek zuzurechnen gewesen war, dass der Balken überhaupt wankend geworden wäre. Jedenfalls ahnte der errettete Römer nichts von dieser Vorgeschichte und nahm die Sippe der Zwyynteks zum Dank mit nach Tintâgel, wo der Ahnherr nach römischer Sitte mit eigenem Land beschenkt wurde. Das Geschlecht derer von Zwyyntek, außer dem Grundbesitz kaum reicher als in den Zinnminen, siedelte vor Tintâgel, trieb teils Handel, war teils an Verwaltungsaufgaben beteiligt. Zu Zeiten meines Vaters dann war der ältere

Zwyyntek ein Spezialist für den Inlandshandel mit Zinn geworden.

Eine spezielle Rechnungsweise der Gewinnermittlung zu seinen Gunsten führte jedoch dazu, dass de Zwyyntek, der schon kurz vor der Ernennung zum Majordomus stand, von dieser wieder abrücken musste - da fiel ich in den Schweinetrog. Wie kann ein König dem Mann, der seinen Sohn rettet, einen Gefallen verwehren, wenn dieser Mann zudem Besserung gelobt und Verstand für das Zinngeschäft hatte? Also war de Zwyyntek Haushofmeister und Verwalter und da er seinen Sohn, seit dieser zehn Jahre zählte, überall mit hingenommen hatte, schien es - obgleich nichts Derartiges je vereinbart worden war - nur natürlich, dass der Sohn sein Nachfolger würde.

Denn zudem, so erzählten mir einige der Söldner auch mit echtem Grimm, verfügte der Sohn über ein unwahrscheinlich gutes Gedächtnis, dessen Leistungen den Menschen wie ein Akt der Zauberei erschienen. Er konnte sich nach nur einmaligem Zuhören alles merken, was jemand zum Vortrage brachte. Ganze Briefe und Urkunden, aber auch Zahlen, die Soldlisten und - besonders unangenehm - deren Vorschussverzeichnisse, alle Arten von Rechnungslisten eigentlich und vor allem Geständnisse, die Diener und hohe Herrschaften gleichermaßen ablegten, wenn sie trunken oder ärgerlich genug waren und sich allein und unbelauscht wähnten. Früh hatte der Sohn Zwyyntek diese Erinnerungswerke kombiniert mit einer Fähigkeit, lautlos aus dem Nichts aufzutauchen, sodass man nicht wusste, wie lange er schon zugegen gewesen und was er gehört hatte. Trotz seiner Jugend war er fast mehr gefürchtet als der Vater, doch für einige Jahre ohne diesen Vater ganz hilflos, da er die vielen Versatzstücke heimlich erlauschter oder offen erfragter Information wohl noch nicht zu einem nützlichen Ganzen zusammenführen konnte. Der Vater hatte ein politisches Konzept, der Sohn nährte und tränkte es.

Michaelis, der Sohn, war siebzehn Jahre alt und hatte sich selbst Latein, das Lesen und Schreiben beigebracht, indem er den memorierten Inhalt von Urkunden und Briefen, die er fand, mit deren äußerer Gestalt in Verbindung brachte. Manche der alten Waschfrauen, die einmal in der Woche aus dem Dorf zu uns kamen, kniffen die Daumen ein und spuckten aus, wenn die den Sohn Zwyyntek sahen, denn sie hielten ihn für einen bösen Geist. Er hatte keine Freunde und auch kein Mädchen unter den Mägden oder Dorfschönheiten. Der Schatzmeister hatte gehört, dass sich der Junge eigentlich zum Priesteramt oder Mönchstum berufen fühlte, doch der Vater ließ ihn nicht gehen, obschon seine Fähigkeiten in der Kirche ihm den Weg in ein hohes Amt hätten ebnen können. So unterhielt der Knabe enge Bande zum Mönchskloster St. Materiana, kaum eine Meile von Tintâgel entfernt, und unterzog sich freiwillig häufiger Fastenzeiten.

Wenn ich auch nicht ein solches Gedächtnis hatte wie der Zwyyntek-Sohn, so nahm ich mir doch vor, niemals zu vergessen, dass dieser nichts vergaß, und wollte vor ihm immer besonders auf der Hut sein.

Am elften Tage nach meiner Ankunft, als meine Mutter sich noch immer nicht befähigt sah, mit mir über die Übergabe der Regierungsgeschäfte zu sprechen, geschweige denn, sich mit mir aus irgendeinem anderen Grunde zu befassen, entschied ich, dass dies wohl auch nicht in einhundert weiteren Tagen der Fall sein würde.

Ich hatte die müßige Zeit genutzt, mich bei den besuchenden Adligen beliebt zu machen, bei Ursula, der lebensfrohen Gattin des Herzogs von Dartmoor, fast ein wenig zu sehr.

Auch hatte ich den Schatzmeister und den Koch befreundet, wenngleich jener der wortkargste von allen blieb und als Einziger keine merklichen Beschwerden über meine Mutter hegte. In jeglichem Umgang hatte ich von meiner beginnenden Amtszeit als einem unwiderrufbaren Faktum gesprochen, und wenn die Menschen daran Zweifel hegten, so verbargen sie diese vor mir.

Ich glaube allerdings, ich war, beseelt durch den Wahnwitz meiner Jugend und meiner Pläne, tatsächlich überzeugend genug. Und nun wusste ich Fluflus wegen, dass mein Lächeln und meine Freundlichkeit – sei sie gespielt oder echt – in den Menschen den Wunsch wecken konnten, mir behilflich zu sein, wenn ich es nur geschickt genug anstellte.

Den ganzen elften Tag überlegte ich, was zu tun wäre, und holte schließlich den alten Zwyyntek von der Abendtafel fort, um mich im so genannten Innengarten mit ihm zu besprechen, wo sich zu dieser Zeit niemand aufhielt. Der Sohn fastete und war deswegen beim Essen mal wieder nicht zugegen, was mir sehr recht, dem Vater aber hinderlich war, doch wusste er nicht, wo er den Jungen auftreiben sollte.

»Wir wollen jetzt einmal ehrlich miteinander reden, Majordomus«, fing ich an. »Ihr wisst es, und ich weiß, dass meine Mutter mir die Amtsgeschäfte nicht übergeben will.«

Der Majordomus wiegte unentschieden den Kopf.

»Und Ihr wisst auch, dass ich Mittel habe, diese Situation sehr viel grausamer zu entscheiden.« Ich räusperte mich. »Der Rechtsanspruch ist klar auf meiner Seite, aber ich will die Vorherrschaft Tintâgels nicht durch einen lächerlichen Familienstreit schwächen.«

Der Majordomus zog sich am Bart. »Hmm«, machte er, leicht spöttisch, wie es mir schien. Ich würde ihn zwingen müssen.

»Also, welche Möglichkeiten seht Ihr, meine Mutter schnellstmöglich vom Thron zu bewegen?«, fragte ich ihn.

Der alte Zwyyntek stocherte mit dem Fingernagel in seinen fauligen Zähnen herum. »Ich habe Euren Vater gut gekannt«, fühlte er sich schließlich bemüßigt zu sagen.

Nun war es an mir, unentschieden auszusehen, da ich noch nicht wusste, worauf er hinauswollte. »Ein wackerer Mann, Euer Vater, aber ohne Weitsicht. Er hat das Haus schlecht bestellt. Er war von anderen Dingen eingenommen. Es ist nicht gut, wenn ein König das tut.«

»Hmm«, ließ ich hören und wartete.

»Und wenn das Haus schlecht bestellt ist und der Hausherr stirbt, dann muss man eben einfach so machen, nicht?«

Der Majordomus hatte seinen Zahn nun erlöst von dem,

was ihn störte, und atmete auf. »Eure Mutter hat es nicht besser gekonnt. Sie hat viel gespart, aber manches auch am falschen Ende. Wer sagt mir, dass Ihr es besser könnt, junger König?«

Man muss einen Fisch fangen, um zu sehen, was er frisst, dann kann man alle anderen auch bekommen, erinnerte ich mich an eine von Elis Lektionen. Also musste ich den Majordomus zuerst mit dem locken, was meiner Einschätzung nach Fische wie er alle fraßen. »Wie viel?«, fragte ich nur.

Der Majordomus nahm sich gar nicht erst die Zeit, entrüstet zu tun: »Ich will einen Zehnten an den Zinnverkäufen und eine Mine ganz allein für mich.«

Das war ungeheuerlich, Zinn war Cornwalls einziger Bodenschatz und nach Aussagen des Schatzmeisters warfen die Minen im Moment kaum genug ab, dass sich der Transport des Zinns lohnte. Der Schatzmeister hatte aber auch angedeutet, dass dieses sich sehr ändern könnte, wenn die Iren aufhörten, die küstennahen Handelswege zu verheeren. Ich lächelte bloß. Der Majordomus starrte mich gierig an.

»Den Dreißigsten«, beschied ich ihm, »und alle Minen bleiben mein Eigentum.«

Der Alte zog sich verstimmt am Bart. »Mein Sohn muss mein Nachfolger sein, auf Lebenszeit, mit allen Rechten und aller Vergünstigung«, brummte er dann. »Und auf keinen Fall darf er ins Kloster gehen.« Diese Forderung, den ersten Teil zumindest, hatte ich lang kommen sehen und lang darüber nachgedacht. Wenn man sich eine Laus in den Pelz setzte, war man dann ein klügerer Narr, nur weil man die Laus kannte – oder zu kennen glaubte? Der junge Zwyyntek würde ebenso wie sein Vater für den eigenen Vorteil handeln. Doch wenn ich es nun einzurichten verstand, dass sein Vorteil immer auch der meine wäre?

Denn der nützliche Inhalt dieses Fischmagens war die Angst des Vaters vor dem geistlichen Bestreben seines Sohnes. Dies musste ich mir merken. Es würde im Umgang mit beiden wichtig sein. »Es soll sein«, bestimmte ich. »Und was nun? Mit meiner Mutter, meine ich.«

»Ich habe eine Idee«, klang eine lasche Stimme von der Tür zum Vorratskeller, aus dem der Sohn lautlos entstiegen war. Wie ich später erfuhr, war es sein Schönstes, inmitten der gelagerten Leckerbissen zu fasten, um den Versuchungen noch besser widerstehen zu lernen.

Der Vater und ich erschraken gleichermaßen. Der Sohn – an diese Wirkung gewöhnt – lächelte befriedigt mit seinen spröden, dünnen Lippen und kam näher. Er setzte sich die lederne Kappe zurecht, die er wegen seiner empfindlichen Ohren trug.

»St. Materiana«, flüsterte er dann.

»Du gehst mir in kein Kloster, Bursche«, polterte der Vater gleich los. »Das kannst du jetzt ein für alle Mal vergessen. Der König wird's nicht zulassen, auch wenn ich nicht mehr lebe! Grad haben wir's besprochen. Vergiss es endlich.«

Der junge Zwyyntek schüttelte mit nur einer Spur von Hass und Enttäuschung in den Augen den Kopf.

»Ich nicht, aber sie.« Er wies mit dem Kinn in Richtung der Kammern meiner Mutter.

Der Vater war ungehalten: »St. Materiana ist ein Mönchskloster, Junge, wie soll die Königin –«

Doch der Sohn unterbrach ihn: »Die Mönche sind schon fast alle fort, Vater. Ab Mittsommer ist es nur noch ein Nonnenkloster. Weil hier die Iren noch nicht angegriffen haben. Anderswo sind zu viele Nonnen umgekommen. Keiner will die Töchter mehr ins Kloster schicken.«

Der alte Zwyyntek und ich saßen still da, unbeeindruckt von der einfachen Ungeheuerlichkeit dieses Planes. »Man müsste sie bei Mittsommer hinreisen lassen«, führte der Sohn aus. »Sozusagen zur Einweihung. Um allen zu zeigen, wie sicher St. Materiana ist. Dass die Leute wissen, sogar die Königin traut sich hin. Und den Nonnen würden wir sagen, dass die Königin nach der Rückkehr ihres Sohnes nunmehr den Wunsch verspürt, sich von der Welt zurückzuziehen und in den Konvent einzutreten.«

Der Vater blinzelte heftig, er legte den Kopf auf die Seite und sah seinen Sohn an mit der Erkenntnis, dass vor den kühlen

Plänen dieses Jünglings niemand sicher sein könnte. Auch er nicht. Und so wie dieser Vater den möglichen Betrug in seinem Sohn gewahrte, wurde ich ganz und gar zum Verräter an meiner Mutter. »So soll es sein«, sagte ich wieder. »Es sind zwei Tage bis Mittsommer. Ich treffe Euch morgen hier, um alles zu bereden. Ihr müsst die König-, die Regentin davon überzeugen, St. Materiana mit ihrer Anwesenheit zu beehren!«

Der Sohn de Zwyyntek lächelte, stolz über seinen angenommenen Plan, den ersten eigenen. Der Vater indes schien um Jahre gealtert, aber vielleicht war es nur eine vorübergehende Blässe. »Wir werden hier sein«, versprach er.

Dann stand ich auf und wanderte zu den Ställen hin, um mit diesem unglaublichen Plan allein zu sein. Es war ein einfacher Plan, dessen Erfolg beinahe garantiert schien. Auf dem Festland geschahen solche Geschichten häufig, ich hatte oft davon reden hören. Der Herr von Soundso, der seine Frau, seine Mutter, seine Schwester, seine Schwägerin ins Kloster geschickt hatte, um sich das Erbe nicht streitig machen zu lassen. Manchmal hatten wir über solche Geschichten gelacht, manchmal den Kopf geschüttelt, manchmal auch betroffen gesagt, dass es nicht rechtens wäre vom Herrn von Soundso.

Wie würde ich dabei abschneiden, fragte ich mich, in den Geschichten an den Tafeln Cornwalls und Britanniens. Würden es alle erfahren? Oder würde jemand die dünne Geschichte von dem plötzlichen Rückzugsbedürfnis meiner Mutter glauben? »Immerhin hat er sie nicht umgebracht«, hatte Berenice oft zu solchen Erzählungen gesagt, um sie zu enden. Ich dachte an die Loba und das, was ihr Mann ihr in der Hochzeitsnacht angetan hatte. War ich nun genau so ein Mann? Ich würde meine Mutter nicht schlagen und treten, doch ich würde ihr die Freiheit rauben und sie zu einem Leben zwingen, das sie nicht für sich gewählt hatte.

Bei meiner alten Stute angekommen, hielt ich an und legte ihr die Hand auf die weichen Nüstern. Sie schnaubte erkennend.

Es gab so viele Gründe, mit denen ich den Schritt rechtfertigen konnte, den ich nun in meinem Herzen bereits getan hatte. Es musste etwas getan werden gegen die Iren – und meine Mutter tat es nicht. Es musste etwas getan werden am in- und am ausländischen Handel – und meine Mutter wusste nicht, wie. Es musste so viel im ganzen Land getan werden – und meine Mutter wollte es nicht.

All diese Dinge waren richtig und echte Notwendigkeiten, die es zu berücksichtigen galt.

Doch zugleich kannte ich den eigentlichen Grund meines Handelns genau: Ich wollte König sein – und meine Mutter ließ mich nicht. Und vielleicht versuchte ich die Jahre meines Zögerns, diese Berufung wirklich anzunehmen, nun zu vergessen, dadurch, dass ich das Ziel, auf dem Thron Cornwalls zu sitzen, umso rücksichtsloser verfolgte. Ich lehnte mich an den Hals meines Pferdes und biss die Zähne so fest zusammen, dass ich dachte, sie würden zerbersten. »Vertrau niemandem«, hörte ich die Stimme meiner Mutter. »Vertrau niemandem.« Ich vertraute ihr nicht.

Wenn ich nicht bald handelte, woher wusste ich, dass mich nicht ein paar besondere Kräuter in der Suppe ums Leben oder wenigstens den Verstand brachten oder dass sie mich nicht auf einen vorgetäuschten Feldzug schicken würde, von dem ich nur auf meinem Schild zurückkehren würde. Ich flocht meine Finger in die Mähne meines Tieres und dachte, dass es hier in Tintâgel für mich keine Möglichkeit geben könnte, schuldlos zu bleiben und zugleich zu überleben.

Auch kamen mir die ersten Ahnungen davon, dass die Schwierigkeiten mit meiner Krönung nicht etwa beendet wären, sondern gerade erst anfingen. Ich hatte großtuerisch hundertfünfzig Reiter versprochen, doch mehr als die zehn Bretonen würde ich so schnell nicht auftreiben können. Ich hatte Kanelegres zu verteidigen, Morgân war immer noch mein Feind dort. Die Iren und eine Menge ehrgeiziger Adliger hier, die nur darauf warteten, dass Tintâgel seine Vormachtstellung nicht würde halten können, waren meine ersten Feinde hier.

Und außerdem war da in eher freundschaftlicher Bedrohung noch die Herzogin Ursula von Dartmoor, die mir erst heute Mittag im Vorbeigehen verharrend eine warme Hand aufs Gesäß gelegt und mir gleichzeitig verheißungsvoll lächelnd mitgeteilt hatte, wie sehr sie sich für ihren Ehemann freue, dass dieser im Morgengrauen auf die Falkenjagd ginge, welche sein liebster Sport wäre. Er zöge diese Zerstreuung allen anderen vor, fügte sie blinzelnd an.

Ich war durchaus froh, zu entdecken, dass die absichtlich dort platzierte Hand einer Dame auf dem Hinterteil eines Mannes in Cornwall offensichtlich wohl ebenso wie woanders in der Welt eine kaum zu missdeutende Offerte darstellte.

Aber eine Affäre war mit Sicherheit das Falscheste, was ich nun beginnen konnte. Doch es wäre mir auch eine verdiente Ablenkung, nickte ich mir selber zu.

Abschied nehmend, tätschelte ich meiner Stute den Hals und wusste, dass ich zwei folgenreiche Entscheidungen an einem Abend getroffen hatte und zugleich zwei Mal mich selbst über das Leben eines anderen Menschen gestellt hatte: über das Leben meiner herrschsüchtigen, dicken Mutter und über das Leben des netten, mageren Herzogs Ernest von Dartmoor. Wütend trat ich nach einem späten Huhn, das noch über den Hof pickte, und fragte mich, ob alle Könige sich solche Gewissensbisse machten wie ich.

Fluflu wich ich an diesem Abend aus.

Als der Morgen gerade dämmerte, ritt der Herzog von Dartmoor, den es aus unbestimmtem Tatendrang nie lange an einem Orte hielt, zur Falkenjagd – und als die Sonne aufgegangen war, lag ich schon einige Zeit bei seiner Frau und hielt seine Laken warm. So wie mir das Cornische wieder zuflog, war ich beruhigt zu entdecken, dass ich auch andere Dinge nicht verlernt hatte, bloß weil ich einige Jahre keine Gelegenheit genutzt hatte, sie zu üben. Schon bevor die Dame mir am Vortag im Gang sehr willkommen zu nahe getreten war, hatte ich darüber nachgedacht, dass es endlich an der Zeit wäre, meine sinnlos lang eingehaltene Keuschheit bald aufzugeben, und dass Ursula von Dartmoor nicht die schlechteste Wahl dafür wäre.

Ursula war ungemein fröhlich, unbeschwert, äußerst leichtgläubig, wie mir bereits an den vorhergehenden Abenden bei der gemeinsamen Tafel aufgefallen war, und hörte selten auf, zu reden. Dabei konnten unwichtige Belanglosigkeiten unvermittelt mit tiefen Erkenntnissen abwechseln – und man wusste nie, was sie wohl im nächsten Moment tun oder sagen würde.

Bei dieser ersten Begegnung in ihrer Kammer sah ich mich schließlich sogar genötigt, ihr vorsichtig den Mund zuzuhalten, was sie erfreut als ein Zeichen übergroßer Leidenschaft missdeutete. Ursula erinnerte mich stets an einen Widder, nachdem ich sie auf die eigentlich nur ihrem Ehemann zustehende Art und Weise kennen gelernt hatte, sogar noch mehr. Sie trug das feste Haar in Kreisen über den Ohren geflochten, und der Schwung ihrer dichten Brauen führte auf diese Flechten zu, sodass es schien, als könnten sie Hörner sein. Sie war hübsch, nicht auf extravagante Art wie die Loba oder umwerfend wie meine Schwester Blanscheflur. Sie war eher jemand, den man gerne ansah, weil sie so voller Leben und sonderbarer Einfälle steckte. In ihrem Kopf, dachte ich oft, musste es vor Einfällen sprudeln wie in einem übervollen Hechtkasten.

Mit zwölf Jahren bereits hatte man sie, um eine Fehde abzuwenden, mit dem drei Jahre jüngeren Herzog vermählt. Sie und ihr nervöser Gatte waren mehr als Geschwister aufgewachsen. Dies war nun fünfzehn Jahre her, die Eheleute hatten inzwischen drei Kinder und waren einander herzlich zugetan. Ursula strahlte, als hätte es nie einen Tag Kummer oder Zweifel in ihrem Leben gegeben. Freimütig berichtete sie über das wunderbar kameradschaftliche Einverständnis, für das sie in der Ehe mit dem schmächtigen Ernest so dankbar wäre.

»Aber er kann einen schon verrückt machen«, teilte sie mir mit, als ich mich bereits wieder ankleidete.

»Er hibbelt und hibbelt und kann nie lange auf einem Stuhl sitzen bleiben. Immer muss er was tun. Immer! Wenn er nicht jagen kann, will er Krieg führen, und wenn er das nicht kann, dann will er Gericht halten. Hach, das kann manchmal sehr anstrengend sein.«

Ich nickte ihr höflich zu. In ihrer rosigen Nacktheit völlig unbedarft im Bett ausgestreckt, plappernd und kichernd, hatte die Herzogin wirklich etwas sehr Anziehendes.

Ich band meine Stiefel und war verwundert über meine eigenen Gefühle. Ich empfand für Ursula trotz unserer gerade erst vergangenen Umarmung eine rein freundschaftliche Zuneigung, die solcherart Begegnungen in der Folgezeit sicher nicht ausschließen würde, doch mein Herz war frei von Sehnen, Eifersucht oder Begierde.

Diese Erkenntnis beschwingte mich geradezu.

Ich hatte aus meiner mangelnden Erfahrung heraus halb erwartet, jede Sinnlichkeit brächte die Gefühlsverwirrungen mit sich, wie die Loba sie in mir entfacht hatte. Festzustellen, dass dem offensichtlich nicht so sein musste, erleichterte mich im Hinblick auf meine diesbezügliche Zukunft ungemein.

»Weißt du«, seufzte die Herzogin gerade, indem sie sich auf den Bauch drehte, »ich liebe ihn wirklich sehr, das kleine Wiesel. Aber dich hätte ich um nichts in der Welt verpassen wollen. Das war wirklich schön!« Ich stimmte der Dame aus voller Überzeugung zu. Sie kniff mich begeistert in den Schenkel, sodass ich schnell aufsprang. Lachend streckte sie die linke Hand aus, und ich ergriff sie herzlich.

»Wollen wir das noch einmal tun?«, fragte sie arglos, als hätten wir nur ein bisschen miteinander geplaudert. Und war es denn etwas anderes, fragte ich mich durch meine neuen Empfindungen hindurch.

»Es wäre mir eine Ehre und ein Vergnügen.« Ich lächelte sie an, als ich mich schon abwandte, um zu gehen. Die Herzogin reckte sich genüsslich und knurrte dabei wohlig, eine Spur zu laut für die frühe Morgenstunde. »Du, Marke?«, fragte sie dann. »Warst du auch in Rom, als du drüben warst?«

»Nein, ich war nur bis zum Languedoc.«

»Ach«, gähnte sie, »ich für meinen Teil möchte so gern mal nach Rom! Aber Ernest will nicht verreisen. Da fragt man sich doch warum, das wäre doch nun die ideale Sache für einen Menschen wie ihn. Immer unterwegs …«

Die Hand schon an der Türe, fiel mir etwas ein: »Wenn du fährst, sag mir Bescheid. Ich glaube, ich weiß jemanden in Rom, den du unbedingt kennen lernen musst.«

»Wie nett«, murmelte Ursula von Dartmoor, raffte die Kissen ihres Mannes in die runden Arme, drehte mir den Rücken zu und schlief noch einmal ein.

Beschwingt trat ich auf den Gang. Ursula war weit mehr als eine kurze Ablenkung gewesen. Und wenn mir auch der Gedanke an ihren nervösen, Falken jagenden Ehemann unangenehm war, so fand ich doch, dass es keinen wirklichen Grund für ein schlechtes Gewissen geben konnte. Ursula hatte sich als sehr geübt in der Kunst der versteckten Liebschaft erwiesen, daraus schloss ich, dass Ernest von Dartmoor wohl häufig auf die Falkenjagd ging und vielleicht so auch willentlich seiner Frau und sich selbst einen stillschweigenden Dienst erwies. Die beiden waren jedenfalls ein Paar, dessen Freundschaft und Zuneigung ich mir erhalten wollte. Und somit auch einen Zugang zu Dartmoors Torfmooren. Kurz dachte ich noch darüber nach, dass es vielleicht bessere Wege gab, die Freundschaft eines Mannes zu gewinnen, als mit seiner Frau zu schlafen, aber dann rechnete ich nur noch auf Ursulas und meine Diskretion und überlegte, dass es am heutigen Tage Wichtiges zu planen galt.

Meine Laune stieg und die Welt war mir nicht mehr so schwer und finster wie am gestrigen Abend, und es wuchs mir für Stunden die tröstende Täuschung, ich könnte den Lauf der Ereignisse vorausbestimmen. Ich pfiff sogar, als ich die Halle durchquerte. Mir fiel nur das Kinderlied vom Schneider ein, der eine Maus zum Freund hat, sicher ungewöhnlich. Wahrscheinlich dachten aber alle Diener, die mich sahen und hörten, ohnehin das unvermeidlich Richtige: Der König hatte bei einer Frau gelegen!

Doch so lange sie nicht wussten, wer für mein Pfeifen verantwortlich war, sollte es mir gleich sein.

Ich ging in die Kammer, in der ich mit drei der Bretonen schlafen musste, wusch mir gut gelaunt das Gesicht und rasierte mich. Dann machte ich mich auf die Suche nach Fluflu, um das schlechte Gewissen zu beruhigen, dass ich mich gestern Abend nicht bei ihr hatte sehen lassen.

Sie kauerte mit staubigem Saum im Innenhof und kritzelte mit einem Stock mürrisch Gesichter in die trockene Erde. Als sie aufsah, wurde mir einen Moment angst, dass sie alles wüsste. Wie fast alle Frauen, denen ich in meinem Leben nahe stand, hatte auch Fluflu einen scharfen Sinn für das, was ein Mann gerne geheim halten oder vergessen möchte.

»Wo warst du denn gestern Abend?«, begrüßte sie mich schneidend, keine Umarmung, kein feuchter, knallender Kuss für mich heute Morgen. »Ich dachte, wir wollten uns gestern getroffen haben.« Sie schmollte mit vorgeschobenem Kinn.

»Ich hatte etwas Wichtiges zu besprechen, Regierungssachen nämlich«, bellte ich zurück, plötzlich und zu meinem Ärger auch noch voller Schuldgefühle wegen meiner morgendlichen Zerstreuung. Meine Schwester war doch nicht Ursulas Ehemann!

Fluflu sah mich unter den langen Wimpern her von der Seite an. Ich versuchte ein entschuldigendes Lächeln, bei dem ich hoffte, unwiderstehlich zu sein, und tatsächlich entschlüpfte meiner kleinen Schwester sogleich ein versöhnliches Strahlen. Einen Augenblick später war mein linkes Auge unter ihren Lippen feucht geworden. Ich drehte verlegen den Kopf zur Seite.

»Irgendwas ist heute aber anders«, sinnierte sie, als sie mich losließ, freiwillig diesmal. Ich ergriff verunsichert die Flucht und versprach ihr, sie entschädigend bei der Abendtafel zu unterhalten.

Mein nächster Weg führte mich ins Badehaus, wo ich mich sogar mit eiskaltem Wasser zufrieden gab, wenn es mir nur die Gewissheit schenken würde, dass mich nicht auch noch des Herzogs Hunde misstrauisch beschnüffelten, wie meine liebe Fluflu. Grimmig grinste ich, meinen rotblau erstarrten Leib mit Seifenkraut abreibend, vor mich hin und dachte, dass ich wirklich etwas mehr Gemütskälte haben sollte, um mich als König nicht durch alles und jedes aus der Ruhe bringen zu lassen.

Dann machte ich mich auf, einen von den Zwyynteks zu finden, wobei ich mich sicher darauf verlassen konnte, früher oder später vom Sohn überrascht zu werden. Meine Suche war lange glücklos, schlimmer noch, ich lief statt dem Majordomus dem rückgekehrten Herzog Ernest in die Arme, der sich über die dürftige Jagd beschwerte. Die Hunde hatte er zum Glück dem Heger übergeben. Der Herzog wirkte kleiner, als er war, allein schon dadurch dass seine schmächtige Gestalt ständig in Bewegung war. Stand er einmal still, zupfte er sich dauernd am Gewand oder ruckte mit dem Kopf. Ich wurde selbst ganz unruhig, wenn ich ihn zu lange ansah.

Heute indes reichte sein bloßer Anblick, um mich zu schrecken.

»Wisst Ihr, mein König«, redete Ernest von Dartmoor, »ich freue mich sehr auf Eure Krönung. Ich beabsichtige, mit Euch über den Torfhandel zu sprechen.«

»Ah!«, machte ich erfreut verstehend.

»Ja, seht Ihr, Sire, ich habe mal bei Eurer Mutter damit angefangen, aber sie hört ja Neuerungen nicht gerne.«

»Ha!«, machte ich, nun meine Zustimmung signalisierend.

»Aber jetzt, da Ihr mit den Iren aufräumen werdet, da könnten wir gute Geschäfte machen«, sagte der Herzog und nickte.

»Hm«, gab ich noch von mir, dann war Ernest von Dartmoor schon wieder an mir vorbei. Ich nahm mir vor, das nächste Mal etwas großzügiger in meiner Konversation zu sein – doch dann auch wieder: ein Mann, der mit Ursulas Redefluss lebte, war sicher nicht böse, wenn er mal in Ruhe ausreden konnte.

»Mein Vater wünscht Euch zu sprechen«, klang da die dünne Stimme des bleichen Zwyyntek-Knaben hinter mir.

»Natürlich«, sagte ich und folgte der schmalen Gestalt in die Waffenkammer, wo außer dem Vater noch zwei Söldner warteten.

Volkslied zur Zeit der Regierung des jungen König Marke häufig von Tintâgel bis weit nach Salisbury gesungen

Du bist jung Marke, spring übern Bach.
Mach Kinder, Marke, dutzendfach.
Mach Kinder, die die Iren nicht holen,
Kinder, die nicht aus den Kissen gestohl'n.

Du bist jung Marke, spring übern Bach,
Kümmer Dich um des Landes Sach.
Schütz uns vor Tod, Feuer und Irenmord,
Schick Cornwalls Feinde sämtlich fort.

Du bist jung Marke, spring übern Bach,
Such Dir 'ne Frau zum Brautgemach.
Hol Dir 'ne hübsche Herzogin,
Wir kommen all zur Feier hin.

Du bist jung, Marke, König bist Du,
Wir singen für Dich und jubeln Dir zu.
Das Einz'ge, was wir dafür gern hätten,
Ist ruhiger Schlaf in sicheren Betten.

St. Materiana

Meiner Mutter Füße steckten von ihr noch ungeahnt schon fest in einer Falle, die ihr eigener Sohn aufgestellt hatte. Der Majordomus hatte ihr in einer Besprechung gestern Abend dringend angetragen, die Neueröffnung St. Materianas als Nonnenkloster mit ihrer Gegenwart zu beehren. Da das Kloster in kaum bemerkenswerter Entfernung lag, konnte die Königin weder Zeitmangel noch die beschwerliche Reise vorschützen, wie wir vorausgesehen hatten. Der alte Zwyyntek hatte ihr gegenüber auch erklärt, dass ihre morgige Anwesenheit das Konvent umso anziehender für reiche Familien beispielsweise aus Dartmoor und Salisbury machen würde, die sich gegenwärtig wegen der »irischen Lage«, wie meine Mutter sie gerne nannte, nicht so weit westlich nach einer geistlichen Zuflucht umtaten.

Da das Kloster der Regentin einen Zehnten seiner Erträge, Spenden und Stiftungen zahlte, war sie von dieser Aussicht bewegt, bereit, am morgigen Tage mit dem Majordomus, seinem Sohne und von zwei Wachen begleitet den kurzen Weg über die Hochebene zu nehmen und St. Materiana zu beehren. So weit, was geplant war. Dann folgte die Fabel, die den Plan abrunden sollte.

Die beiden Wachen würden später öffentlich schwören und gerne die Geschichte erzählen, die ihnen der Majordomus in Kupfer ausbezahlt hatte, nämlich, dass die Königin, vom Anblick der allgegenwärtigen Frömmigkeit der neu eingetroffenen Schwestern geblendet, auf die Knie gefallen wäre und ausgerufen hätte: »Hier ist meine wahre Heimat. Bittet mich nicht, hier will ich nun bleiben. Nun da mein Sohn bei Euch ist, soll er König sein in der grimmen Welt dort draußen.«

Als die Wachen mir diese Geschichte zur Probe herunterleierten, hatte ich erstmals ernsthafte Zweifel, ob das Komplott nicht zu einfach erdacht war.

Doch was komplizierter war, als diese dünne Geschichte etwas glaubhafter zu machen: Ich musste der Gruppe folgen und in St. Materiana meiner Mutter den Siegelring abnehmen, um ihre Regierungsinsignien vollständig in meinem Besitz zu haben. Notfalls, das ahnte ich, musste ich bereit sein, dies auch mit Gewalt zu tun. Sofort nachdem die Zusammenkunft in der Waffenkammer unbemerkt aufgelöst worden war, erzählte ich den Gästen in der Halle, unter anderem einer gänzlich ausgeschlafenen und apfelwangigen Ursula von Dartmoor, dass ich morgen nach Süden zu den Minen reiten würde.

»Schon früh?«, fragte Ursula mitfühlend.

»Noch vor Sonnenaufgang«, bestätigte ich ihr.

»Das ist die beste Zeit, ein Vorhaben zu beginnen«, warf der hinzutretende Herzog aufrichtig erfreut ein. »Früh getan, ist wohlgetan.« Er lächelte knapp und zog dabei an seinem Wams. »Ich halte es auch immer mit der Morgenzeit, um wichtige Dinge zu erledigen.«

Und ich fühlte mich unter seinem herzlichen Einverständnis, mit dem er wohl einen Bruder im Geiste in mir zu erkennen wähnte, wie der übelste Schuft, den es auf der Welt je gegeben hatte. »Ich habe Vorbereitungen«, entschuldigte ich mich blass.

Tatsächlich ging ich zum Stallmeister, gab Anweisungen für die früheste Morgenstunde und befragte viele der Wachen zur Tarnung nach dem besten und sichersten Weg zu den Minen. Den Bretonen schärfte ich ein, dass ich sie morgen alle noch brauchen würde, dass sie also nicht ins Dorf reiten oder an den Strand gehen konnten, auch wenn sie von überall her Mittsommerfeiern lockten. Der Majordomus tat meinen angeblichen Plan der Königin kund, als er sich nachmittags mit ihr besprach. Das teilte er mir abends mit, als wir im Innenhof saßen, um alles noch einmal zu bereden. Die Königin hätte kein Misstrauen geschöpft. Sie selber fuhr nur ungern zu den Minen, hielt sie auch für eine kaum einträgliche Sache, sodass sie mir diesen Weg gerne überließ. Ich wünschte, dass meine Mutter nicht gar so unkritisch in dieses Komplott hineingetappt wäre. Es hätte mir das Gefühl erspart, eine arglose Frau zu verraten. Aber es gab ohnedies kein Zurück mehr. Ich hatte Fluflu einfach versetzt. Sie hatte sich schließlich zurückgezogen und es war mir nur recht, sie heute nicht mehr sehen zu müssen. Ich fühlte mich trotz des morgendlichen Eisbades schmutzig.

Das Schicksal meiner Mutter war beschlossen, und ich schlief nicht in dieser Nacht, der letzten, die sie in ihrem Leben in Tintâgel verbringen sollte. Vom oberen Gang aus sah und hörte man die Mittsommerfeiern im Dorf. Die Bauern feierten noch immer drei Tage lang, trotz aller Mühen der Kirche, dies zu verhindern. Nach Westen hin lag St. Materiana ganz im Dunkeln. Ab Morgen würde ich nie mehr nach Westen sehen können, ohne damit das Gefängnis meiner Mutter in Augenschein nehmen zu müssen.

Unruhig wanderte ich durch die leeren Gänge auf und ab und schließlich, schon weit nach Mitternacht, ging ich in die große Halle, wo eine eingemummte, in sich versunkene Gestalt vor dem verglimmenden Feuer saß. Es war ein Holzfeuer, ein seltener Luxus, der es mir aber erlaubte, ohne Übelkeit näher zu treten.

»Marke«, sagte die Gestalt leise, als hätte sie mich erwartet. Es war meine Mutter. Sie winkte mich zu sich heran. Die rote Asche warf einen warmen Schein auf ihr Gesicht, sodass sie beinahe freundlich aussah.

Schweigend, klopfenden Herzens ging ich zu ihr, meine Kehle trocken. Der Henker, der bei seinem unwissenden Opfer steht. Meine Mutter sah nicht auf. »Waren sie gut zu dir, auf Kanelegres, mein Sohn? Ich habe gehört, sie sind alle tot?«, fragte sie müde.

»Ja, das waren sie«, brachte ich hervor. Das feiste Gesicht mit den von langer Müdigkeit gezeichneten Zügen sah seltsam fremd aus – als wäre die Gestalt weder Mann noch Frau, sondern eher eine Verschmelzung aus meiner Mutter und meinem Vater gleichermaßen.

»Schön«, sagte die Königin leise, »schön, dass sie gut waren. Wir wollten, dass es dir gut gehen sollte, weißt du. Dein Vater und ich haben uns sehr geliebt, Marke. Ich kann kaum schlafen, seit er nicht mehr bei mir ist. Immer bin ich wach in diesen Nächten, im Sommer kurz und im Winter lang. Seit vierzehn Jahren.

Und wenn ich dann so wach bin, dann esse ich. Jede Nacht, Marke, esse ich, weil er nicht bei mir ist. Ich esse immer seinen Anteil an allen Mahlzeiten auf. Ich lasse für zwei bringen und für zwei decken. Und wenn wir einen Hirsch haben, dann esse ich sogar Herz und Leber, obwohl mir davon immer schlecht wird. Aber es wäre eben doch sein Anteil, nicht?« Die Königin kicherte, als hätte sie mir eine lustige Begebenheit anvertraut.

Mir war eiskalt. In der Asche erspähte ich nun Reste eines heimlichen Festmahls. Knochen und Schalen, sogar eine Brotrinde.

»Ich esse und esse, jede Nacht, aber es hilft doch nicht«, sprach meine Mutter weiter. »Wenn der, den du liebst, geht, dann hält man es nicht aus. Ich nicht. Wir wollten keine Kinder, wenn es nach uns gegangen wäre. Aber als er dann König wurde … Was sollte man machen?«

Sie schüttelte den Kopf, als verstünde sie die Abwege ihres Schicksals auch nach tausendfacher Betrachtung nicht.

»Ich bin froh, dass sie gut zu dir waren«, fing sie dann wieder an.

»Mutter«, begann ich, doch sie winkte ab.

»Für uns ist es viel zu spät, Marke. Ich bin froh, dass es für dich und deine Schwester noch Zeit ist. Hast du dich schon einmal verliebt, mein fremder Sohn?«

Plötzlich sah sie mir voll ins Gesicht, forschend, in ihren kleingedrückten Augen das erste ehrliche Interesse, das sie mir seit meiner Rückkehr entgegenbrachte.

Ich überlegte kurz, ob mir die Wahrheit schaden könnte, dann schüttelte ich aufrichtig den Kopf. Die Königin stand auf, ihre Rundlichkeit wirkte auf einmal nur noch ungeheuer verletzlich, als trüge sie all die Jahre der Trauer um meinen Vater um den Leib geschlungen, gefangen in ihrer Einsamkeit, ihrer Schwermut und ihrer unstillbaren Sehnsucht. Sie machte mich so traurig, dass ich gerne etwas Tröstendes zu dieser Mutter, die ich morgen vom Thron stoßen würde, gesagt hätte. Hilflos suchte ich nach Worten und fand keine. Es gab keine Worte, die einer leidenden Frau dreizehn Jahre ihres Lebens und meinen Vater wiedergegeben hätten.

Und sie wusste das am allerbesten. Mit ihrer plumpen rechten Hand tätschelte sie mir sanft den Brustkorb und ließ sie dann zärtlich eine Weile auf meinem Herzen liegen: »Ich hoffe, es wird dir nie geschehen. Du würdest es auch nicht aushalten können. Wie ich.«

Sie breitete hilflos die Arme aus, schüttelte voller Verzweiflung den Kopf: »Du siehst ihm so ähnlich. Ich kann dich nicht ansehen. Es bringt mich um den Verstand.«

Ein Husten oder Zucken, das ich dann als Schluchzen begriff, schüttelte die massige Gestalt, und sie ging an mir vorbei, wogte umgeben von ihrer unermesslichen Traurigkeit den Gang hinunter. Reglos stand ich an der erlöschenden Feuerstelle und setze mich schließlich wie betäubt in ihren Sessel. »Mutter«, flüsterte ich leise. Zum ersten Mal klang es so, wie ich es früher gesagt hatte, so als meinte ich wirklich einen anderen Menschen mit diesem Wort, jemanden, der mich hätte hören können.

Ich wollte nicht denken in dieser grässlichen Nacht, denn wenn ich es getan hätte, hätte ich noch vor Morgen Tintâgel verlassen müssen. Ich hätte den Plan absagen und ihr das Einzige lassen müssen, was sie noch hatte: das Gefühl, mit der Herrschaft auf Tintâgel die Gegenwart meines toten Vaters festzuhalten. Ich glitt auf die Knie und spürte mit den Fingerkuppen nach den Resten ihrer geisterhaften Mahlzeit in der Asche. Wie unter einem Bann strich ich mir den erkalteten Staub über meine Stirne. »Verzeih mir«, raunte ich wieder und wieder. Doch ich wusste, dass mich niemand hörte und dass ich von niemandem Verzeihung erlangen konnte. Ich würde für immer mit dem leben müssen, was ich mich zu tun entschlossen hatte.

Zum Glück war die Mittsommernacht wie immer sehr kurz, und mit der Dämmerung verflog die erdrückende Gegenwart der traurigen, dicken Frau am Kamin. Ich weckte den Stallknecht auf und ließ meine Stute satteln. Dann suchte ich noch die Bretonen und sagte ihnen, was zu tun wäre. Als ich aufs Tor zuritt, widerstand ich gerade eben noch dem dumm-sentimentalen Bedürfnis, den Kopf zu wenden, um Tintâgel ein letztes Mal zu sehen, bevor ich als König zurückkehrte. Über die feuchten Wiesen, vorbei an den noch schwelenden Dorffeuern mit ihren in der morgendlichen Kühle unempfindlich ausharrenden Betrunkenen ritt ich gen Süden. Weit genug, dass mich keiner mehr sehen konnte, als ich dann mein Pferd nach Westen wandte, um meine Mutter in St. Materiana gefangen zu setzen. Dies wurde meine dritte Sünde.

Cornwalls Chronik (Auszug)

Alsbald dâ nu der junge künec hie was, do segete die Küniginne, sîn guote muoter, ih enwell nit mer zer welte leben. Ich will bî Gott sîn. Und du solt der Künec sîn ze Tintâgel und der herre ze Kurneval. Es iszt mîn wunsche unde der zîten louf. Do klageten alle vîl sere, doch si ginc und wurd der junge Künec unser Herr, da waren alle frô trotz sî klageten.

(Als schließlich der junge König hier war, da sagte seine liebe Mutter, die Königin: »Ich will das weltliche Leben nicht mehr. Ich will bei Gott sein. Und du sollst der König auf Tintâgel und der Herr in Cornwall sein. Es ist mein Wunsch und der Lauf der Dinge.« Alle klagten über ihren Entschluss, aber sie ging, und der junge König wurde Herrscher. Da freuten sich alle trotz ihrer Traurigkeit.)

Krönung

Als ich mich vom Süden her St. Materiana näherte, fühlte ich erstmals jene dunkle Bedrohung, die ich beim Anblick seiner Mauern nie wieder verlieren sollte. Die Einsiedlerkate, die der erste Mönch, der hier jemals siedelte, vor über fünfzig Jahren baute, als St. Materiana noch ein Versammlungsort der Druiden war, stand inzwischen in Stein gefasst ein wenig fernab des Klosters und war – wenn auch außerhalb der Mauern gelegen – das am besten befestigte Gebäude des ganzen Konvents.

Der Legende nach, die sich gerade um Klöster herum äußerst schnell zu bilden scheinen, hatte hier ein wandernder Pilger, Priester und Missionar die Druiden bei einer ihrer blutigen Maifeiern überrascht, zu der sie arme Sünder, eingesperrt in einem Weidenkäfig in der Form eines übergroßen Mannes, lebendig verbrennen wollten. Der gute Prediger, entsetzt ob dieses Ansinnens, hatte die Druiden angerufen und sie von der Falschheit ihres Tuns so nachhaltig überzeugt, dass sie die schon todgeweihten Übeltäter freiließen und stattdessen selbst bereitwillig in den Weidenmann kletterten, um sich durch läuterndes Feuer ganz ihrer Bekehrung zu Jesus Christus zu überantworten.

Eine reiche Witwe, Madryn von Cummhyllford, hatte von der wundersamen Glaubenswandlung gehört und dem Priester die Geldmittel für den Bau des Mönchsklosters zur Verfügung gestellt, sodass ihr Name für immer mit den großen Taten des Gottesmannes verbunden war.

Dann gründete der Mönch das Kloster und nannte es zum Dank nach seiner Gönnerin, St. Materiana. Zu Zeiten meines Großvaters hatten kaum mehr als zehn Mönche hier gesiedelt, was der Abtei den Spitznamen »Anus Mundi« eintrug. Unter der Herrschaft meines Vaters waren es immerhin schon vierzig Ordensbrüder, und es wurde ein Scriptorium angelegt.

Zuletzt nun in den vergangenen zehn Jahren hatten bis zu hundert Fratres hier mehr schlecht als recht gelebt, die auch Cornwalls Chronik für meine Familie führten. Aber das Land warf zu wenig ab, und der Bischof von Salisbury benötigte seinerseits Arbeitskräfte zur Erstellung einer eigenen Schriftsammlung. Von den dreißig Nonnen, die man aus verschiedenen Klöstern nun hierher geschickt hatte, erhoffte man sich, dass sie genügsamer, aber auch arbeitssamer seien als die Brüder und St. Materiana wieder in eine einträgliche Abtei verwandeln würden. Zudem ging man tatsächlich davon aus, dass einige reiche Damen hier vor den Iren Zuflucht nehmen könnten, was auch neue Mittel mit sich brächte.

Ich umritt das Kloster, dessen Kirche äußerst klein und noch ganz unverziert war. Die Mönche hatten die Gärten verkommen lassen, wohl aus Verdrossenheit, denn nicht zu Unrecht sagt man an den Küsten, dass in Cornwall nur die Steine und Bärte freiwillig wuchsen. Es war kurz vor Mittag, und damit mich meine Mutter und die mit ihr reitenden Komplizen nicht entdecken konnten, ließ ich das Pferd in einer kleinen Senke grasen und streunte über den Friedhof, auf dem ich eines Tages das Grab meiner Mutter zu besuchen hätte.

Als die Sonne am höchsten stand, trug mir der Wind die schrille Stimme meiner Mutter zu, die, wie ich auf dem Bauche liegend dann sehen konnte, aus östlicher Richtung begleitet von den Zwyynteks und den eingeweihten Wachen auf einem Maultier die paar Schritte über die Hochebene geritten kam.

Mein Herz pochte, unbeweglich harrte ich aus, bis alle in der Klosterpforte verschwanden, dann rannte ich um die Kirche herum und klopfte das vereinbarte Zeichen, vier schnelle Schläge an die Seitentür, die mir sogleich von einer Novizin, einem kaum zehnjährigen Mädchen, geöffnet wurde.

Das Kind sah mich von unten her an und fragte: »Seid Ihr der König?« Außer Atem nickte ich nur. Das Haar hing mir in die Stirn, und ich schwitzte. »Hier ist aber bloß Gott König«, beschied mir die Kleine altklug und schnippisch und ging voller Selbstzufriedenheit voran.

Ich hörte meine Mutter, bevor ich die Gruppe sah. Alle Verletzlichkeit und Trauer der Nacht war aus ihrer Stimme gewichen, ersetzt wieder durch die metallene, uneinsichtige Kälte, die ich auch am Gerichtstage gehört hatte. Ich war für diese Wandlung dankbar, sie machte mir vieles leichter.

»Ja, schön, schön, liebe Mutter Oberin«, sagte sie gerade, »und nicht vergessen, den Zehnten bekomme ich!«

Ich lehnte mich an die Wand und ließ das Mädchen, das mich geführt hatte, vorgehen, wie es vereinbart war.

»Was möchtest du denn, mein Kind«, fragte meine Mutter ungehalten, als die Kleine bei ihr war.

»Seid Ihr die Königin?«, klang die selbstzufriedene junge Stimme zu mir herüber.

»Ja, natürlich. Das weißt du doch. Was willst du, ich habe kein Geld bei mir.«

»Ich bin Perpetua von Chard. Ich bin Novizin. Und ich bin gerne hier. Gott, der Herr, wohnt hier nämlich!« Ich hörte den alten Majordomus husten. Das Kind war in seinem naseweisen Glaubenseifer vom Plan abgewichen. »Es ist jemand hier, der Euch sprechen will, Königin Cornelia«, teilte die Novizin Perpetua dann doch noch gnädig mit. Wieso hatte man sie bloß für diese Arbeit ausgewählt? Ein Kind, hatte der Majordomus erklärt, vergisst schnell und versteht nicht, was vor sich geht. Wie er trotz seines eigenen Sohnes darauf kommen konnte, so zu planen, war mir unverständlich.

»Und wer?«, schnappte meine Mutter. »Wer will mich sprechen? Wieso bittet derjenige nicht um eine Audienz, wie sich das gehört?«

»Ach, na wenn schon«, sagte der alte Zwyyntek.

»Kommt mit zur Einsiedlerkate«, leierte das Mädchen, nun wesentlich weniger überzeugend. Dann ging sie voran, und meine Mutter folgte widerwillig unter weiteren Beschwichtigungen des Majordomus und der gekauften Klostervorsteherin.

Ich ging ihnen nach, und als ich sie den Weg zur Kate machen sah, dachte ich, dass es für mögliche Zeugen wirklich ganz natürlich aussah. Die Königin auf dem Weg in ihr neues Zuhause, ihre selbstgewählte Zuflucht. Die Möwen schrien, Blumen blühten, und Bienen flogen. Der Tag hatte binnen weniger Augenblicke etwas schrecklich Heiteres angenommen. Ich musste ausspucken, so bitter war es mir im Mund geworden. Das kleine Mädchen kam aus der Kate gerannt und winkte mir. Jetzt war es so weit. Ich ging schnell, als wüsste ich wirklich, wo ich ankommen wollte, getrieben nur von der Kraft meines Ehrgeizes. Der Majordomus hatte gerade mit seinem Sohn die Hütte verlassen, als ich an der Tür eintraf. Sie ließen mich passieren und schlossen die Tür hinter mir.

»Was soll das?«, fragte meine Mutter, von der plötzlichen Dunkelheit ebenso wie ich überrascht. Die Kate hatte nur ein paar Schachten als Fenster. Beide kniffen wir die Augen zusammen, um uns in der niedrigen Hütte erkennen zu können. Meine Mutter war schon länger als ich in dem Raum gewesen, so gelang es ihr als Erster. »Was tust du hier?«, schnappte sie.

Ich riss meine Augen so weit auf, wie ich konnte, und gewahrte ihre plumpe Gestalt schließlich kaum einen Arm weit vor mir.

»Ich bin gekommen, Euch abzulösen, Cornelia. Man glaubt, bei Hofe, dass Euch ein Rückzug von der Welt Not täte, und ich bin hier, Euch von der Bürde der Regierungsgeschäfte zu erlösen.« Ich schwitzte noch immer.

»Was?«, zischte meine Mutter, noch gar nicht ungläubig, eher als hätte ich mir eine Unverschämtheit erlaubt, die sie sich nicht gefallen lassen würde. »Bist du verrückt, Bursche?«

»Hört zu, Mutter«, sagte ich so ruhig ich konnte. »Ich habe es lange im Guten versucht, Ihr wolltet nicht hören. Als Euer rechtmäßiger König befehle ich Euch, hier Aufenthalt zu nehmen, bis Ihr bessere Einsicht in die politischen Gegebenheiten genommen habt und freiwillig auf alle Herrschergewalt verzichtet.« Ich zwang meiner Stimme eine Festigkeit auf, die ich nicht spürte. Seltsamerweise hatte ich immer gewusst, dass ein

Moment wie dieser in unser beider Leben kommen würde, und es erleichterte mir diesen Augenblick. Ich konnte mich plötzlich schützen durch die Idee, dass ich nur etwas lange Vorausbestimmtes erfüllte, dass ich dem einzig vorgezeichneten Weg folgte, den es für mich geben würde.

»Was?«, fragte meine Mutter wieder, doch nunmehr schwankend, betäubt von ungläubigem Schrecken. »Was soll das heißen? Was redest du für einen Unsinn?« Dann rief sie: »Zwyyntek, kommt sofort! Ein Staatsstreich!« Aber es folgte weder Antwort noch Hilfe.

Ich war nun ganz ruhig. »Das heißt, dass Ihr mit dem Einverständnis Eures Haushofmeisters und Eures Königs so lange hier bleiben werdet, bis Ihr keine Gefahr für meine Herrschaft auf Tintâgel mehr darstellt. Sobald Ihr Eurer Regentschaft aus freiem Willen abschwört, wird man Euch verschiedene Aufenthaltsorte für Euren Lebensabend zur Wahl stellen. Keiner davon wird in Cornwall sein, keiner Euch zu irgendeiner Form politischer Macht befähigen. Es ist Eure Entscheidung. Wenn Ihr mir die Regentschaft und Herrschaft hier und gleich vor Zeugen übergebt, sollt Ihr sogleich gebracht werden, wohin Ihr es wünscht. Wenn nicht, bleibt Ihr hier und die Welt wird unterrichtet werden, dass Ihr aus dem übergroßen Bedürfnis nach einem zurückgezogenen Leben mit Gott Tintâgel an diesem Mittsommertag zu Ehren des Herrn in aller Stille für immer verlassen habt. Und es wird niemanden geben, der diese Geschichte anzweifelt.«

Die Umrisse meiner Mutter verflüssigten sich in der schummerigen Dunkelheit der Klause. »Was?«, sagte sie noch einmal, nun völlig bestürzt.

»Eure Entscheidung«, forderte ich.

Die alte Frau zuckte. Dann schüttelte sie den Kopf. »Nie!«, keuchte sie und spuckte nach mir. »Du kleiner Verräter. Nie! Ich werde Tintâgel nie aufgeben! Ich habe dieses Gemäuer zu dem gemacht, was es ist! Du hast doch keine Ahnung, du –«

Ich streckte die rechte Hand aus: »Euren Siegelring, bitte.«

Mit einem wütenden Geheul warf sich die Königin auf mich,

hieb mir ihre Nägel ins Gesicht und versuchte mich mit ihrer Körperfülle auf die Tür zuzuschieben.

Ich ergriff ihre rechte Hand, erbarmungslos auf mein Überleben bedacht, wie ich den schwertführenden Arm eines anderen Mannes in der Schlacht genommen hätte.

Sie heulte vor Schmerz und ballte verzweifelt die Finger, um zu verhindern, dass ich den Ring von ihrem Mittelfinger ziehen könnte. Den Ellbogen fest unter ihr schwabbeliges Kinn gepresst, schob ich sie rücksichtslos gegen die Hinterwand und verstärkte meinen Griff um ihr rechtes Handgelenk, dass die Finger ihr ganz weiß wurden. Wir blieben bei diesem Kampf völlig lautlos, einzig hörbar war das Schaben unserer Füße im Staub und unser Atem. Mit der Linken fasste ich nach ihren Fingern und bog die Kuppen nach oben, griff dann den großen Siegelring und riss ihn ihr so heftig vom Finger, dass ich ihn beinah brach. Sobald ich ihn sicher in meiner Hand wusste, ließ ich die Frau, die meine Mutter war, los, und überrascht von dieser Kräfteverlagerung, sank sie erschlaffend zur Erde. Den Kopf gegen die Wand gelehnt, begann sie zu kichern, hoch, schrill und beängstigend. Gefangene neigen zu allerhand seltsamem Verhalten, wenn sie erkannt haben, dass sie gefangen sind. Wieso sollte es meiner Mutter da anders gehen.

Auf dem lehmigen Boden, beide Ellbogen auf die runden Knie gestützt und die Hände, eine ganz rot, die andere ganz weiß, an die Stirn gelegt, starrte sie mit weit aufgerissenen Augen auf die Erde und gluckste. Das war das Letzte, was ich von ihr sah.

»Lebt wohl, Mutter«, sagte ich, als ich die Tür öffnete. Das Gluckern und Kieksen drang kaum durch die schwere Holztür, als ich sie von außen zuzog. Die beiden de Zwyynteks starrten mich an, die Mutter Oberin, das vorhängende Schloss absperrend, sah nur auf ihrer Hände Arbeit. Ich hielt den Siegelring vor mich hin, dass ihn alle sehen sollten: »Meine Mutter, Cornelia von Cornwall, fühlt sich berufen, den Rest ihrer Tage im Schutze dieses Konvents zu verbringen. Sie hat mir gerade die

Regierungsgeschäfte übergeben. Wir müssen unverzüglich nach Tintâgel zurückkehren, um alles in die Hand zu nehmen.«

Der Vater und der Sohn de Zwyyntek verbeugten sich wie überrascht durch diese Wendung der Ereignisse, die Mutter Oberin knickste. Ich streckte die Hand aus, dass alle sie küssen konnten, und nahm die ersten Huldigungen meiner Königswürde entgegen. »Gehen wir«, befahl ich dann.

Ich schritt zurück zu meinem Pferd, das dösend in der schönen Sonne stand, und saß auf. Auch bei diesem Abschied drehte ich mich nicht um. Es war getan, wie es getan werden musste. Ich kehrte zurück nach Tintâgel als König von Cornwall.

Die erwartungsvolle Feststimmung des Mittsommertages in der Burg hatte alle Gäste und die gesamte Dienerschaft in der Halle versammelt.

Das Mahl war noch nicht aufgetragen, das Feuer im Innenhof noch nicht entzündet, als wir wiederkehrten. Die Wachen begannen sogleich den zwei Diensthabenden die Geschichte in ihrer einstudierten Version weiterzugeben, ich hörte gerade noch die ersten Sätze, dann war ich auch schon im Gang und schritt durch die geöffneten Türflügel vor die wartende Gesellschaft hin. Die Gespräche und die abenteuerlich vorgetragene Musik verstummten. Ich stellte mich neben den Kamin, schöpfte Atem und ließ meinen Blick über die Anwesenden schweifen. Fluflu schmollte auf ihrer Bank und sah mich absichtlich nicht an. Der alte Zwyyntek trat ein und nickte mir zu. Ich schlug zweimal leicht in die Hände.

»Es ist mir eine Pflicht und eine Ehre zu verkünden, dass die Regentin Cornelia von Cornwall heute Nachmittag im Kloster St. Materiana ihre Amtsgeschäfte niedergelegt hat und mir die Herrschaft übergeben hat. Meine liebe Mutter wird auf ihren eigenen Wunsch hin in der Abtei verbleiben, um sich ganz ihren geistlichen Bestrebungen hingeben zu können. Ich spreche nun zu Euch in der Nachfolge meines Vaters, Marcus von Cornwall, und als sein rechtmäßiger Erbe.«

Fluflus Kinn klappte in maßlosem Erstaunen hinunter. Auch

die übrigen Versammelten waren mehr als überrascht. Immerhin bedeutete dies, dass die Intrige bislang unbemerkt geblieben war. Keiner wusste, was zu sagen war. Da rief die ölige Stimme des alten Majordomus lauthals: »Lang lebe König Marke, ein Hoch auf König Marke.«

Und alle stimmten mit ein, Fluflu trat leise neben mich und drückte mir verstohlen die linke Hand. Ich wusste nicht, was sie denken mochte. Die Gäste kamen zu mir und küssten mir die Hand, die Diener den Saum oder den Fuß.

Ich stand ungerührt, den würdelos ertrotzten Siegelring an meiner Rechten, nickte, dankte und eröffnete dann die Mittsommerfeiern, zu der ich alles Bier und allen Branntwein bringen ließ, den der Keller hielt, hauptsächlich, weil ich selbst so viel trinken wollte, dass ich vergessen würde, über wessen lebendiger Leiche diese Feier gehalten wurde, und wem dies zu verdanken war. Nach ein paar Stunden waren alle berauscht, ich selbst so sehr, dass ich am Feuer im Innenhof zusammensackte und lange in die hohen Flammen starrte, die die trunkenen Diener nicht mehr füttern konnten. Der Hof leerte sich, die Gäste schlichen schwankend in ihre Kammern oder schliefen in Nischen und Ecken ein.

Diese Nacht war die wärmste seit langem. Fluflu hatte ich auf ihre Kammer geschickt, nachdem ich ihr versprochen hatte, am nächsten Tage alles zu erklären.

Ich leerte den Rest meines wievielten Humpens, schwindlig, schlaflos und elend beschämt. Eine Gestalt glitt neben mich. Mühsam blinzelte ich zur Seite, da küsste sie mich auch schon, umschlang mich mit weichen Armen und griff mir freundlich fordernd zwischen die Beine.

»Ursula«, murmelte ich entsetzt gegen ihre warmen Lippen.

»Na, und?«, lallte sie sanft. »Ist doch Mittsommer und alle schlafen. Vor allem Ernest schläft. Mein König!« Sie lächelte breit. Mit einem letzten Rest von nüchterner Willenskraft stand ich wankend auf und zog Ursula vom Boden hoch.

»Nicht hier.« Ich schüttelte den Kopf.

Da ging sie voran und führte mich entschlossen ins dunkle

Badehaus. So weit es der Rausch zuließ, war ich Ursula wohl dann gefällig, ich erinnere mich nicht an alles, was noch geschah. Aber ich weiß, dass weder der Wein, noch die tröstlich verzehrende Leidenschaft der Herzogin, noch die samtweiche Mittsommernacht das Gefühl in mir auslöschen konnten, unendlich allein zu sein – und unendlich schändlich. Ich hatte die dritte Sünde meines Lebens begangen, und es war mir nicht die Gnade geschenkt, mich diesbezüglich zu belügen.

Der nächste Morgen brachte außer einem Brummschädel auch noch die Erkenntnis, dass nun ein schwererer Abschnitt des Weges begonnen hatte. Ich musste hundertfünfzig erlogene Reiter auftreiben, um die käufliche Loyalität des alten Zwyynteks nicht zu verlieren. Ich musste Gold leihen und mich daran machen, meine glänzende Vision eines zukünftigen Tintâgels in die Tat umzusetzen. Ich hatte den Rest der Nacht in der Kammer meiner Mutter verbracht, auf dem Schafsfell vor ihrer Bettstatt liegend, da ich es selbst volltrunken nicht über mich bringen konnte, in den Laken der Frau zu schlafen, die mir das Leben geschenkt und deren Leben ich zerstört hatte. Lange hielt ich den Kopf in die Waschschüssel, fühlte die Kühle des Wassers gnädig durch meine Haare streichen und versuchte zu denken. Ich musste vor allem handeln. Man erwartete von mir rasche und umfassende Veränderungen, deren Ausbleiben meine Amtszeit gleich wieder hätte beenden können. Die hundertfünfzig erlogenen Reiter waren das Wichtigste.

Die nächsten sieben Tage waren eine endlose Aneinanderreihung von Besprechungen, Planungen und Lügen. Der Majordomus drängte verständlicherweise mit zunehmendem Argwohn immer wieder darauf, die besagten hundertfünfzig Reiter schnell anreisen zu lassen, ich vergaß verständlicherweise mit abnehmender Glaubwürdigkeit immer wieder, die Bretonen zu schicken, bis ich es nicht mehr aufschieben konnte und drei von ihnen mit dem Auftrag nach Kanelegres sandte, Ruâl mitzuteilen, dass ich alles Gold senden würde, das ich auftreiben konnte, und dass er mir im Gegenzug sofort alle verfügbaren Söldner senden sollte, die er fände. Pferde würden sich schon noch irgendwo auftreiben lassen. Statt einer einzigen, riesigen Schwierigkeit – der Fehde mit Morgân – hatte ich nun ein paar weitere, riesige Schwierigkeiten hinzugewonnen: Iren, landhungrige Kleinadlige, Zinnminen, die Majordomus, Torfhandelswege mit dem von mir gehörnten Herzog von Dartmoor und eine völlig unwehrfähige Burg, die ich schnellstens befestigen musste.

Obwohl mich diese Tage bis an die Grenzen meiner Gesundheit erschöpften, fand ich nachts kaum Schlaf, als hätte sich die Angewohnheit meiner Mutter, unerkannt durch die Gänge zu geistern, auf mich übertragen. Nach drei Tagen kam besorgte Nachricht aus St. Materiana, dass meine Mutter jegliches Essen verweigerte und nicht vom Bette aufstehen wollte, obwohl eine erste Untersuchung durch die heilkundigen Schwestern des Klosters keinerlei Anhaltspunkte für eine Erkrankung hatte finden können. Enerviert ohnehin durch die ständigen Anfragen, die vom Schneider bis zum Stallmeister an mich gestellt wurden, beschied ich dem Bauernjungen, den die Nonnen als Boten geschickt hatten, nur, dass sie mich wieder in Kenntnis setzen sollten, würde meine Mutter ernsthafte Anzeichen eines bedrohlichen Siechtums zeigen. Insgeheim dachte ich noch boshaft, dass ihr selbst ein paar Monate dauernden Fastens kaum etwas anhaben konnten, dick wie sie war.

Fluflu sah ich tagsüber nun nur noch kurz, sie hatte ihr Schmollen vom Mittsommertag aufgegeben und versuchte mich aufzuheitern, oft durch alberne Possen und durchschaubare Schmeicheleien, wie ein kleines Schoßhündchen. Wir saßen immer an der Tafel beisammen, ein Privileg, welches sie unter meiner Mutter nicht gekannt hatte. Es schien, als würden die Hofleute, Gäste und Diener Fluflu, nun da sie neben mir saß, erst wirklich zu sehen beginnen. Und bisweilen glaubte ich in den Augen anderer das gleiche Erstaunen zu sehen, das mich selbst überkommen hatte, als wir uns vor dem Spiegel in ihrem Zimmer betrachtet hatten. Statt der dicken und unhöflichen Königin stand dem Hofe nun ein junges Geschwisterpaar vor, wenn auch Fluflu mehr durch ihre bloße Anwesenheit glänzte, denn an der Regierung beteiligt zu sein. Oft fragte sie, ob sie mir Arbeit abnehmen könnte, und dann schickte ich sie, um Haushaltung zu lernen, in die Vorratskammern oder in die Ställe und Zeughäuser. Eine rechte Hilfe konnte sie jedoch nicht sein, und dies war nicht ihre Schuld. Meine Mutter hatte meine Schwester völlig ungeschult sich selbst überlassen. Der ältere Zwyyntek erklärte mir, dass dies zunächst wohl nur eine Nachlässigkeit der ehemaligen Regentin gewesen wäre, die an ihrer Tochter ebenso wenig Interesse nahm wie an ihrem Sohn. Doch hätte sie Blanscheflur nicht wegschicken können, weil es zu viel Geld gekostet hätte, und dann kam es ihr auch zupass, dass sie Heiratsangebote für meine Schwester ausschlagen konnte, mit dem Hinweis darauf, dass diese ja noch gar nicht fähig und in der Lage wäre, einem Haushalt vorzustehen.

Ich heuchelte dem Majordomus gegenüber Ärger und Unverständnis, nahm mir jedoch insgeheim vor, daran zu denken, diese Ausrede selbst einigen Werbern gegenüber zu benutzen, die vor der Zeit kämen. Ich dachte nicht daran, Fluflu, geschweige denn mich selbst zu verheiraten, bevor ich zumindest ein paar der Feuer gelöscht haben würde, die durch meine eigene Schuld um mich herum loderten. Und Fluflu war noch so jung. Es konnten meinethalben gut und gerne noch fünf oder sechs Jahre sein, bevor sie einen Ehemann wählen sollte. Vielleicht auch sieben. Schön wie sie war, gab es keine Eile. Ich wollte für meine Schwester keine unglückliche Ehe. Sie sollte einen aufrechten Mann von hohem Stande heiraten, vielleicht einen König aus dem Norden, jemanden, bei dem sie es gut hätte. Aber noch wollte ich nicht daran denken.

So rannen die Stunden ineinander. Tintâgel bedurfte dringender Reformen, und ich ließ den Majordomus, den Schatzmeister und alle anderen gleich wissen, dass ich nicht daran dächte, die Geschäfte meines Amtes dem Zufall oder den stets offenen Händen anderer Männer zu überlassen.

In der Arbeit mit dem älteren de Zwyyntek erstaunten mich nebenbei auch die unterschiedlichen Ausprägungen, die Geschäftssinn nehmen konnte.

Der alte de Zwyyntek fing beim bloßen Gedanken daran, Gold auszugeben, statt es einzunehmen, an zu schwitzen – und dies im wahrsten Sinne des Wortes. Er hatte die seltsame Regierungsweise meiner Mutter wohl nicht nur unterstützt, sondern mit geformt. Es interessierte ihn nur, wie er seinen dreißigsten Anteil erhielte oder dass nichts »verschwendet« wurde, wie er gern sagte. Oft vergaß er auch angeblich, meine Anweisungen oder Vorhaben mit den Bauherren oder Kaufleuten zu besprechen, weil diese Ausgaben bedeuteten. Statt eine baufällige Mauer einzureißen und neu aufzubauen, stützte er sie lieber ab, bis sie die nächste Mauer mit sich riss und so die zweifachen Kosten verursachte, nur eben ein paar Wochen später.

Ich war den Lehrmeistern meines Lebens täglich dankbarer, nicht an diesem Hofe unter dieser Zucht des sinnlosen Geizes und der ängstlichen Beschränktheit aufgewachsen zu sein.

Von Westen und Osten gleichermaßen trafen täglich Hilferufe der Iren wegen ein. Als ich fragte, wie meine Mutter mit den Boten verfahren war, beschied mir der Majordomus, dass sie diese unter dem Versprechen, ihnen eine sichere Heimstatt zu schaffen, als Arbeiter in die Zinnminen hatte schicken lassen. Es gab zwar offiziell seit Abzug der Römer keine Sklaven mehr in Cornwall, aber ich war mir nicht sicher, ob die Arbeiter in den Zinnminen das wussten.

So vieles auf einmal zu ändern gab es, dass ich nicht wusste, wo mir der Kopf stand, aber nun war es einmal angefangen, und einen Weg zurück gab es nicht.

Ich ließ mir Karten anlegen von den bevorzugten Angriffsstellen der Iren und ein Verzeichnis der minderen Adligen, die ein Interesse haben könnten, mich in diesem Kampf zu unterstützen. Der alte Zwyyntek konnte wohl etwas lesen, Zahlen zumeist, aber nicht schreiben, auch war er faul, sich mit Angelegenheiten zu beschäftigen, die keinen sofortigen Gewinn brachten. Neben seinem mangelnden Sinn für Investitionen erwies er sich auch als äußerst starrsinnig, Dinge auszuprobieren, die ihm nicht sofort verständlich oder angenehm waren. Diese verzögerte er oder verfuhr in sträflicher Nachlässigkeit mit ihnen. Wenn der Sohn nicht da gewesen wäre, dessen Schriftbild zwar unausgegoren und flatterhaft war, dessen Gedächtnis aber das alles wettmachte, wäre ich verloren gewesen. Der alte Zwyyntek schien sofort, nachdem die Macht von meiner Mutter auf mich übergegangen war, das Interesse verloren zu haben, an Tintâgels Aufstieg mitzuarbeiten. Mürrisch schaute er oft herein, wenn sein Sohn und ich über Urkunden, Landkarten oder Verzeichnissen saßen, und maulte, dass dies eine unnütze Zeitverschwendung sei und lieber jemand zu den Zinnminen reisen sollte, um dort den Gewinn abzuholen. Sein Sohn nahm dies väterliche Desinteresse hingegen wie eine persönliche Befreiung auf und stellte mir seine ganze Arbeitskraft zur Verfügung, wobei er seine Unerfahrenheit und mangelnde Inspiration durch Durchhaltevermögen und Genauigkeit auszugleichen wusste.

Zwölf Tage nach Mittsommer kam der Bauernjunge vom Kloster wieder und berichtete, dass meine Mutter hoch fieberte und hustete. Die Schwestern machten sich Sorgen, dass sie nun ernsthaft an der Lunge erkrankt sein könnte.

Ich hatte so viel zu tun, dass ich einen Besuch für den nächsten Tag ankündigte, diesen dann aber wieder verschob und auch am nächsten Tage keine Zeit fand. Als ich mich dann schließlich kurz vor dem Kirchgang daran erinnerte, befiel mich ein mulmiges Gefühl. Ich stand unruhig in der Kapelle, während der neu eingetroffene Kaplan die Messe las, und fragte dann Blanscheflur, ob sie mit mir unsere Mutter besuchen wollte, deren Zustand ich ihr nicht verschwiegen hatte. »Ausreiten würde ich schon wollen«, antwortete sie gedehnt. »Aber die Mutter will ich nicht unbedingt sehen.« So sehr ich ihre Gefühle verstehen und teilen konnte, umso mehr musste ich doch darauf drängen, dass der Schein gewahrt bliebe und wir der Krankheit der ehemaligen Regentin, gerade so kurze Zeit nach ihrer Abdankung, gehöriges Mitgefühl entgegenbrächten.

Ich redete mit Fluflu im Innenhof über die Möglichkeit, dass unsere Mutter nicht mehr lange leben könnte.

»Du bist jetzt meine Familie, Marke«, antwortete sie nur. »Ich will nicht heucheln.« Bewegt drückte ich ihre Hand und redete einige Zeit davon, dass unsere Mutter für ihr Leben und Sein, welches allein ich noch anders kannte als Fluflu, die auch an unseren Vater keine Erinnerungen haben konnte, sicher zwingende Gründe gehabt hätte. »Die Herrschaft über ein Land ist eine schwere Bürde«, erklärte ich Fluflu feierlich. Sie kniff die Augen zu und legte den Kopf auf die Seite.

»Du gefällst mir besser, wenn du nicht so tust, als hättest du das Römische Reich zu regieren.« Ich streckte ihr in der zwischen uns gewachsenen kindlichen Vertrautheit die Zunge heraus, und sie umarmte mich wieder.

Schließlich kam sie doch mit, und als der Abend fiel, ritten wir über die Hochebene das kurze Stück zur Abtei, begleitet von vier der Bretonen, die keinerlei Loyalität meiner Mutter gegenüber verspüren konnten. Wir klopften gar nicht erst an die Pforte, sondern schritten fort zu dem kleinen Gebäude nahe der Steilküste, in dem wir die Kranke nach wie vor vermuteten.

Aber in der Einsiedlerkate von St. Materiana war niemand mehr, die Tür stand offen, die dunkle Hütte war leer. Als wir suchend ins Kloster eintraten, murmelten die Nonnen gerade die zehnte Messe für unsere Mutter herunter, die im Morgengrauen gestorben war.

Ich fasste Fluflus Hand wie zum Trost, denn ich wusste nicht, ob sich hinter der so gut vorgebrachten Kühle nicht auch noch die Trauer eines verlassenen Kindes verbergen konnte. Doch sie war wirklich ganz ruhig, ihre Hände warm und trocken, als Erste schritt meine Schwester unbefangen auf die aufgebahrte Leiche zu und küsste unserer Mutter sanft die Stirn. Dann drückte sie ihr noch kurz den linken Arm.

»Sie riecht gar nicht gut«, flüsterte sie mir wieder zurücktretend zu, als die Reihe an mir war, zur Bahre vorzugehen. Fluflu hatte Recht, Cornelia von Cornwall, unsere seltsame Mutter, verströmte einen üblen Geruch, der ihr zu Lebzeiten äußerst unbehaglich gewesen wäre. Ich sah auf das schon gelblich verfärbte Gesicht herab. Das Kinn war hinuntergesackt, der Körper schon wieder weich geworden. Der Sommer war heiß, und man musste sie am besten noch in dieser Nacht beerdigen. Widerwillig beugte auch ich mich, ihre Stirn zu küssen, da entwich der Toten mit grausigem Ächzen noch einmal Luft aus den Lungen.

Die murmelnden Nonnen hielten inne. Es war so still, dass man durch die dicken Wände die See rauschen hören konnte. Heimlich fluchte ich über diesen dummen Zufall, der vielen Gerüchten Nahrung geben konnte. Es war, als wäre die Bahrenprobe aufgegangen.

Die Bahrenprobe war ein veraltetes und eigentlich unzulässiges Instrument der Rechtsprechung, das sich aber gerade in den hiesigen Gefilden immer noch großer Beliebtheit erfreute. Angeblich erkannte die Leiche, der Unrecht geschehen war, noch immer den eigenen Mörder, wenn er sich ihr näherte. Man behauptete, dass Blut wieder aus den Wunden flösse, Hände sich hoben, Fingerzeige zu weisen, um den Bösewicht vor aller Welt zu entlarven, oder dass Geisterstimmen seinen Namen riefen. In dem rülpsenden Stöhnen, das unserer Mutter entwichen war, ließ sich beim besten Willen nicht mein Name erkennen, doch es reichte aus, die Nonnen zu ängstigen und einen Gedanken zu säen. Das grässliche Kind, das vor zwei Wochen Teil unserer Verschwörung gewesen war, sah mich strafend an.

Ich hatte seit meinen ersten Tagen im Feld so viele tote Menschen gesehen, die noch nach Tagen Gas entweichen ließen, andere die in tausend Stücke zersprangen, wenn sie nach langem Liegen in der Sonne ein Lufthauch berührte, dass mich das Ächzen meiner Mutter nicht beeindruckte, aber was die Nonnen denken mochten, wusste der Himmel. Fluflu wandte nur angeekelt den Kopf, wegen des sich verstärkenden Fäulnisgeruchs – oder kicherte sie etwa?

Ich schlug das Kreuz über meiner Mutter und meiner eigenen Brust. Die Nonnen huben noch immer etwas aus dem Takt gekommen wieder zu beten an, und wir verließen die Kapelle.

Das naseweise Kind folgte uns ungehörig bis zu unseren Pferden. »Jetzt ist sie tot«, sprach sie uns unverschämt an. »Weil Ihr sie dagelassen habt. Das wollte sie nämlich nicht.«

Das Mädchen hatte eine bläuliche Gesichtshaut und tiefe Schatten unter den Augen. »Geh mir aus dem Weg«, sagte ich nur und hielt Fluflu den Steigbügel.

»Nur wegen Euch«, keifte die Kleine noch einmal, dann fand sich endlich eine erwachsene Schwester, die sich verbeugend entschuldigte und das Gör in den so genannten Klostergarten schickte.

»Was befehlt Ihr, was mit der ehrenwerten Verstorbenen geschehen soll?«, fragte die Nonne, als ich mich gerade selbst in den Sattel zog.

»Begrabt die Dame im Kirchhof. In einiger Zeit werde ich eine Grabplatte fertigen lassen.«

Die Nonne knickste, und wir ritten zurück. »Da brauchst du ja einen ziemlich großen Stein«, prustete Fluflu, leider noch bevor wir außer Hörweite waren.

Heute Morgen dachte ich, dass sich meine rechte Hand bewegt hätte. Aus den kurzen Dämmerzuständen ungnädig durch das Zucken erwacht, wartete ich mit gespannter Aufmerksamkeit, ob sich das Phänomen wiederholen würde, doch das tat es nicht. Alles ist wie immer, elend, hoffnungslos, starr. Wie ich so an meine Mutter denke, frage ich mich, wie sie ihre letzten Tage verlebt haben mag. Hat sie sich nur weiter an meinen Vater erinnert, daran, sich nun endlich mit ihm zu vereinen? Oder hat sie voller Hass an ihren Sohn, den Verräter, ihren Kerkermeister und Mörder denken müssen, ohne den sie frei und Königin geblieben wäre.

Ich habe keine Kinder, von denen ich mich täuschen lassen könnte, nun da ich schwach und alt bin.

Weder habe ich zu erwarten, dass sie bei mir sitzen und über mein Schicksal weinen, noch dass sie mich heimlich oder offen umbringen werden. Als Ruâl noch so klein war, in der ersten Zeit in Kanelegres, habe ich mir oft vorgestellt, einen Sohn wie ihn zu haben, eigentlich dumm, da er kaum zehn Jahre jünger war als ich. Und manchmal, wenn ich Kinder bei ihren lauten Spielen beobachtete, tat ich in meinem Herzen so, als wäre eines von meinen, ein Sohn oder eine Tochter, unter ihnen, über die ich mich freuen könnte.

Als Tristan dann auftauchte, hatte ich für ein paar Wochen die unüberzeugte Hoffnung, dass ich ihn als meinen eigenen Sohn aufnehmen und letztendlich sogar adoptieren könnte. Doch selbst wenn der Rat sich nicht gegen Tristan gestellt hätte, war doch in dem Jungen immer etwas, was mich von ihm fern hielt. Ich bewunderte seine Talente, seine Fertigkeiten und seine bisweilen schönfärbende Weltsicht, aber wirklich geliebt habe ich ihn nicht.

Wenn Brangaene und ich ein Kind gehabt hätten, wie wäre das wohl gewesen? Wir waren beide schon zu alt dafür, auch wenn sie so viel jünger war als ich. Eine Geburt hätte ihren Tod bedeuten können, und selbst wenn ich ein gemeinsames Kind als Erben hätte anerkennen lassen können, wäre mir das keine noch so geringe Gefahr für Brangaenes Leben wert gewesen.

Das Volk hat sich wohl nur in den ersten Jahren meiner Herrschaft gewundert, dass ich nicht heiratete. Aber weil ich so vieles zu tun hatte, verziehen sie es und verstanden es wohl auch. Später ging es dann allen so gut, dass keiner gewagt hätte, meine Ehelosigkeit zu kritisieren. Ich ließ auch Gerüchte ausstreuen, dass ich gelobt hätte, unvermählt zu bleiben, bis die cornischen Küsten von den Iren befreit wären. Oder dass ich wegen der angeblichen Entführung meiner Schwester so in Trauer versunken wäre, dass keine Dame mein Herz je gewinnen könnte. Viele Frauen fanden meinen andauernden Junggesellenstand sehr anziehend, das war mir lange Jahre recht.

Wie Ursula fanden auch andere Gattinnen ihren Weg in mein Leben, die von ihren Ehemännern nichts erwarteten oder wünschten als eine friedliche Koexistenz. Ich war immer sehr vorsichtig, diskret und nie gefühlsduselig. Schreckliche Nächte der Eifersucht, der Begierde, des Sehnens und Hoffens wie zu Zeiten der Loba habe ich mit keiner dieser Gefährtinnen erleben müssen. Und sogar bei den ersten seltsamen Nächten mit Brangaene ist es so gewesen, dass ich nie selbst zur Tat schreiten musste, um ein Abenteuer zu beginnen. Vielleicht war dies das Siegel der Loba, das ich nie mehr verloren habe. Doch störte es mich nie, als schüchtern oder abwartend zu gelten. Ich hatte stets Angst, Frauen etwas aufzudrängen, das sie vielleicht nicht wollten und wogegen sie sich nicht wehren konnten. Wer kann schon *Nein* zum König sagen?

Es war naturgemäß auch mein Nachteil, dass viele der höfischen Frauen den König besitzen wollten und keinerlei echte Neigung dem Mann gegenüber hatten.

Wenn ich an die Frauen denke, die mich geliebt haben, so weiß ich sicher, dass diese Reihe nicht mit meiner Mutter beginnt. Blanscheflur hat mich geliebt, oder wenigstens die Bruchstücke meiner selbst, die ich ihr zu sehen gestattet habe.

Für Ursula war ich ein guter Freund, ein Spielgefährte fast. Dann später, als ich mein vierzigstes Jahr erreichte, hat mich Bronwen, die walisische Baronin geliebt, die wegen Steuerfragen zum Gerichtstag kommen musste und dann fast zwei Jahre blieb.

Und auf ihre Art, in der einzigen Weise, die sie zeigen konnte, hat mich auch die Loba geliebt, das weiß ich heute. Ohne ihre wundersame Hilfe wäre ich damals nie König geblieben.

Und dann Brangaene. Aber Brangaenes Liebe steht glücklich außerhalb aller meiner Erfahrungen, ohne Vergleich. Durch die anderen Frauen habe ich mich vielleicht verändert, sicher habe ich auch von ihnen gelernt – aber durch Brangaene ist mein Herz gerettet worden.

Oder verdammt. Oder beides.

Aus den Rechnungsbüchern des Bischofs von Salisbury Lord Philipp of Cowley

Ausgaben

Für einen Mantel für den Sänger *Thomas Pidgeon*
3 Denare
Für einen Tanzabend der Damen *Gothula, Hroswilt und Elfwa*
50 Sesterzen
Für eine Abschrift der Chronik der *Landschaften Dartmoor und Chard* **25 Sesterzen**
Für eine *irische Harfe* **14 Denare**
Für zwei *Rösser aus Lusitanien*, mit Zaumzeug und Satteln
350 Sesterzen in Gold
Für eine neue *Reisesänfte* **125 Sesterzen**
Für sechs *Zinnleuchter* aus Cornwall **7 Denare**

Einnahmen & Spenden

Von den *Vorstehern der Handwerker* in Salisbury
20 Denare in Kupfer
Von den *Grafen zu Exeter* **70 Sesterzen in Gold**
Aus den *Pfründen* der Besitze Salisburys
290 Sesterzen, 45 Denare
Beteiligung am Apfelwein der Gärten von *Shrewton, Andover, Cranborne und Tidworth* **567 Sesterzen und 8 Denare**
Schenkung der *Fürstin Konstanze von Aquitanien*
9543 Goldstücke

Philipp

Der Tod meiner Mutter wurde mit gebührendem Respekt und gefühlloser Unbeteiligtheit betrauert, solange wie ich die Trauer anordnete. Ursula hatte nun einen neuen Grund, mich heimlich in meiner neuen und umgestalteten Kammer besuchen zu kommen. Wie sie es nannte, musste sie mich »trösten«, dass ich nicht dächte, alle Frauen würden mich verlassen. »Ich weiß es ja, nichts kann einem Mann die Mutter ersetzen«, flüsterte sie mir ahnungslos mitfühlend ins Ohr. Nach zehn Nächten glaubte ich nun wirklich, dass der Herzog Bescheid wusste, aber es duldete, oder dass es ihm egal war, was Ursula trieb. Ich nahm die nächtlichen Zerstreuungen mit einiger Dankbarkeit an. Wenn Ursula und ich uns so leise wie eben möglich aneinander erfreuten, dann fühlte ich mich wie gesegnet durch diese erfrischend harmlosen Momente, in denen ich mich einfach nur wie ein junger Mann erlebte, der mit einer hinreißenden Geliebten das Lager teilte. Ich musste nicht grübeln, nicht weise, vorausschauend oder gewitzt sein. Ich musste mir keine Intrigen, Hintergedanken oder heimlichen Interessen überlegen. Ich musste mir nicht mal Gedanken darüber machen, ob ich denn auch trotz meiner Jugend recht königlich wirkte, denn es waren wohl vornehmlich die Begleiterscheinungen meiner Jugend, auf die Ursula Wert legte. Noch immer hatte ich Fluflu und auch Ernest gegenüber ein schlechtes Gewissen, weshalb ich meiner Schwester ein Pferd schenkte und den mageren Herzog durch so gute Konditionen beim Torfhandel überraschte, dass er vor lauter Ehrgefühl protestierte und die Gewichte und Zahlungen zu seinen eigenen Ungunsten korrigieren ließ.

Aber so sehr ich auch versuchte, mir vorzumachen, dass alles seinen Gang ginge und dass ich mich lediglich in arbeitsreichen

Zeiten fände, konnte ich mich gerade am frühen Morgen, wenn ich wach lag, nicht darüber hinwegtäuschen, dass mein Hals in einer Schlinge steckte.

Der Majordomus, der die Bretonen misstrauisch hatte abreisen sehen und der sie sogar durch Spione bis zur Küste hatte verfolgen lassen, redete viel davon, dass nun das von mir beschriebene Heer bald kommen müsste.

»Da werden sich die Iren wundern, wenn sie Eure hundertfünfzig Reiter sehen, was?«, beendete er die Sitzungen des Abends eintönig, vielleicht nur ein bisschen bestimmter mit jedem verstreichenden Tag. Ich nickte dann und gab mich recht ungeduldig.

»Wenn ich die vermaledeiten Bretonen doch nur eher geschickt hätte, so wie Ihr's gesagt habt, Meister Zwyyntek«, faselte ich gerne, allerdings war ich um jeden Tag dankbar, da ich die recht abgerissene Schar, die Ruâl wohl einzig in der Lage sein würde zu schicken, nicht sehen und erklären musste.

Manchmal drückte mir diese Erkenntnis wie ein Stein aufs Gemüt, nur wenige Augenblicke nachdem ich Ursula aus meinen Armen verabschiedet hatte – und ich fragte mich, ob ich wohl ein rechtes Talent zur Schwermut hatte, so wie andere eines zum Reiten, Seiltanzen oder Bogenschießen. Meist ging ich dann in die Kapelle und betete alleine in der vertrauten Gewohnheit meiner frühesten Jugend. Aber dass Gott mir hundertfünfzig Reiter herschicken würde, war ein Wunder, an das nicht einmal ich glaubte.

Ich war nun vierundfünfzig Tage König, der Herbst nahte schon, die Schatzkammern leerten sich, und die Gäste auf Tintâgel überlegten, auf ihre Heimatsitze zurückzukehren, um ihre erfreulichen Erinnerungen an den Sommer in Tintâgel nicht durch die schweren Herbststürme trüben zu lassen.

Die Iren indes verheerten ungestört weiter das Land, und ich überlegte, ob ich mir den Winter über auch einen Bart stehen lassen sollte, weil die Burg so zugig und kalt war.

Da, kurz bevor wieder eine ungewollte Zusammenkunft mit dem Majordomus anstand, gerade als ich mich in der Halle an etwas Hafergrütze stärken wollte, erreichte ein atemloser Bote die Burg, der den Bischof von Salisbury, Lord Philipp of Cowley, ankündigte.

Ich hatte keine Ahnung, was von diesem Besucher zu erwarten war, wollte mich aber nicht auf falschem Fuße fangen lassen. Vorsichtig ging ich also zurück, um meine besten Gewänder anzulegen, und gab Anweisung, den Bischof zu erfrischen, seine Begleiter zu verköstigen und sofortiges Quartier zu schaffen. Dann eilte ich wieder in den unteren Saal, wo der Bischof vor einem Becher Rotwein saß, dessen zweifelhafte Qualität ihm seiner Miene nach zu schließen offenbar gleich aufgefallen war.

Der Bischof von Salisbury war ein gut aussehender Mann. Etwas kleiner als ich es war, hielt er sich dennoch sehr aufrecht und wirkte in der Tat wie ein Kleriker, der seinem Amt nicht nur ein gewisses Maß an Pflicht, sondern auch Freude abgewinnen konnte. Obschon er noch kaum über dreißig Jahre zählte, war seine Stirn zerfurcht von Falten, die, wie ich später erfuhr, auf ein ihn beständig plagendes, schmerzhaftes Rückenleiden zurückzuführen waren.

Er stand gleich auf, als ich hereinkam, und statt mir den Ring zum Kuss anzudienen, verbeugte er sich in einigem Abstand. Es war eine unerwartete, egalitäre Höflichkeit, die ich in meiner Überraschung umso natürlicher und lieber zu erwidern wusste.

»Mein König«, sagte er.

»Herr Bischof«, grüßte ich.

Dann standen wir dumm voreinander herum, und keiner wusste fürs Erste, was zu sagen wäre. »Euer Wein«, fing mein Gast dann wirklich betroffen an.

»Ich weiß«, sagte ich und nickte.

»Wie könnt Ihr so etwas nur trinken, Majestät? Ihr seid doch sogar im Languedoc gewesen.« Die feinen Lippen des Bischofs verzogen sich gerade so weit, einen höflichen Schauder, der nur aus der besseren Erfahrung kommen konnte, zum Ausdruck zu bringen.

»Das tue ich gar nicht, Exzellenz, er ist nur für die Gäste, nachgerade die, die zum ersten Male kommen!«

Ich konnte den Bischof auf Anhieb gut leiden, stellte ich mit Überraschung fest. »Heißt das, ich muss meinen eigenen Wein bringen, wenn ich bei Euch etwas Gutes trinken will?« Lord Cowley lächelte mich sehr gewinnend an. Seine Schreiber und der mir nachgeeilte Majordomus, der gar nicht abwarten konnte, vorgestellt zu werden, blickten verwirrt zwischen uns hin und her. Sicher fragten sie sich in diesem Moment, ob der Herr Kirchenfürst und ich ein Interesse aneinander hatten, das weder bei Hofe noch in der Kirche gerne gesehen worden wäre, das aber als Information ungeheuer nützlich sein könnte. Wenn der Bischof und ich hier nämlich tatsächlich miteinander anbändelten, wollte jeder derjenige sein, der diese Sensation gewinnbringend ausschlachten könnte. Der Gedanke an eine solche Irreführung der Klatschgeister machte mir ungeheuren Spaß – und ich vermutete, dass es Philipp of Cowley ähnlich ging. Er blinzelte mir nämlich zu.

»Nein, das heißt es überhaupt nicht, Herr Bischof, Ihr müsst Euch mir nur so beliebt machen, dass ich Euch von meinem eigenen Wein abgebe.«

»Ich glaube, Ihr habt keine Vorstellung davon«, erwiderte noch immer strahlend Philipp of Cowley, »wie leicht mir das fallen wird.«

»Lasst uns ungestört miteinander reden, Exzellenz«, sagte ich dem Bischof. Als wir zusammen und ohne eine weitere Erklärung die Halle verließen, dachte ich zum ersten Mal fast leichtsinnig amüsiert, wie großartig es doch war, König zu sein und niemandem etwas erklären zu müssen, wenn man sich nicht danach fühlte.

Lord Cowley und ich stiegen schweigend auf den neu angelegten Zinnengang, auf dem sich außer ein paar verdrossen arbeitenden Handwerkern, die ich lange nicht bezahlt hatte, niemand aufhielt und uns auch nicht ungesehen belauschen könnte, wenn wir unser Schweigen brechen würden.

Staubig von der Reise und auch erschöpft, obgleich er in

einer Sänfte gekommen war, lehnte sich der Bischof an die Brüstung, und in stiller Einvernehmlichkeit sahen wir aufs Meer hinaus.

»Wir haben eine gemeinsame Bekanntschaft, Majestät«, begann er schließlich, vorsichtig den Rücken streckend. »Wollt Ihr mir den Spaß machen und raten, wer es sein könnte?« Dass der lustige Bischof und ich eine gemeinsame Bekanntschaft haben könnten, daran hätte ich nie gedacht. Vielleicht hatte er bereits einen Spion eingeschleust, überlegte ich – oder gar eine Spionin?

»Sprecht ihr vom Herzog von Dartmoor?«, tat ich ihm also gespielt arglos den Gefallen.

»Nein«, grinste Lord Cowley, fast anzüglich.

»Sprecht Ihr etwa von seiner tugendhaften Gemahlin?«, fragte ich etwas schärfer.

»Ich hatte leider noch nicht das Vergnügen, dem Paar vorgestellt zu werden, da sie seit meiner Rückkehr aus Rom wohl hier in Tintâgel weilten. Ich bin noch nicht lange wieder in England, wisst Ihr.« Er legte eine Hand ans Kreuz und verzog das Gesicht.

»Dann tut es mir Leid, Euch nicht weiter vergnügen zu können, Exzellenz. Meine Familie in der Bretagne, die kein sehr geselliges Leben führte, ist sämtlich tot, auch meine Mutter verstarb vor kurzem, wie Ihr wisst. Die Auswahl an Bekannten ist also sehr gering.«

Der Bischof setzte schnell ein dienstlich mildtätiges Gesicht auf und nahm den Wink, seinen kleinen Jokus zu beenden, bevor er mich zu sehr langweilte.

»Ihr habt dann wohl ein Mitglied dieser Familie mit weniger Aufmerksamkeit bedacht als es umgekehrt der Fall ist, König Marke. Habt Ihr nicht eine Dame vergessen, die noch am Leben ist?« Ich starrte den Bischof nicht begreifend an.

»Konstanze von Aquitanien«, löste Bischof Philipp endlich sein Rätsel – und die Wirkung seiner überraschenden Offenbarung hätte nicht größer sein können, auch wenn ich versuchte, recht gefasst auszusehen.

»Die Loba«, sagte ich leise.

Was wusste der Bischof? Weswegen hatte die Loba ihn mit dem Geheimnis unserer Bekanntschaft betraut. Sofort fielen mir hunderte von Möglichkeiten ein, derentwegen ich nun auf der Hut sein müsste: Handelsstrassen, Heiratskandidatinnen, militärische Abkommen. »Eure Tante«, fuhr Lord Cowley fort, »hat mir die Ehre erwiesen, mich in Rom bisweilen in unterweisende Gespräche zu nehmen. Sie lebt seit kurzem in der päpstlichen Residenz, wisst Ihr. Eine Fehdesache, glaube ich.« Mit einem Anflug meiner alten Besessenheit nahm ich den charmanten Bischof nun näher in Augenschein, ob er etwa der Liebhaber meiner »Tante« gewesen war. Doch da ist etwas, ein dummer Stolz oder ein inneres Triumphieren, das wohl kein Mann gänzlich verbergen könnte, wenn er von einer Frau wie der Loba sprach, deren Geliebter er gewesen war.

Und Lord Cowley hatte dieses fragwürdige Leuchten nicht an sich. Ich atmete auf. »Ihr habt meine Tante getroffen«, heuchelte ich glückliche Überraschung. »Ist sie wohlauf?«

Bischof Philipp nickte mit Nachdruck: »Ganz und gar wohlauf, mein König. Natürlich verschont das Alter keinen von uns mit seinen Zipperlein.« Er lachte hüstelnd. Ich blinzelte gereizt bei der Anschuldigung, dass »meine Tante« bereits für eine alte Frau gelten sollte, doch in den Augen des Bischofs war sie das sicherlich. Nur für mich blieb sie ewig – die Loba. Der Bischof schnickte einen Kiesel ins Meer.

»Jedenfalls schickt Euch Eure Tante durch mich ein Geschenk, welches noch durch meine Garde im Hof bewacht wird und außerdem –«

»Angriiiiff«, röhrte da in äußerstem Entsetzen die Wache vom Turm. »Alaarm, Reiterei im Süden. Zu den Waffeeeen!«

Iren, es mussten Iren sein! Jetzt galt es. Mir gefror das Blut in den Adern, ich rannte die Stiege hinunter, das Schwert schon in der Hand, den armen Bischof ignorierend, der unerhört hinter mir herrief, dass ich doch auf ihn warten möge.

Nur Augenblicke später trat ich vors Tor, die verbleibenden Bretonen und ein paar Dutzend cornische Soldaten neben und hinter mir. Gegen die Sonne spähte ich den Zugang zum Dorf hinauf, wo sich schon die Staubwolke eines Heeres ankündigte. Iren konnten es nicht sein, niemals würden die Iren zu Lande angreifen, und Schiffe waren nirgendwo gesichtet worden. Um uns herum herrschte das hilflose Durcheinander blanker Furcht, die Frauen wurden in die geheimen Kammern gebracht, die Diener rannten, Pferde wieherten. Der schön geordnete Innenhof verwandelte sich in nacktes Chaos. Der Bischof, der mir mit seinem schmerzenden Rücken keuchend nachgerannt war, wurde sogar von einem Stallknecht umgestoßen, und niemand half ihm auf, da seine eigene Garde mit drohenden Grimassen noch um seine Sänfte herumstand, als wäre dies der wichtigste Gegenstand der christlichen Welt. Lord Cowley rappelte sich fluchend auf und riss mich herum. »Jetzt hört mir doch mal zu, Marke«, fuhr er mich an. »Das ist das Heer, das Eure Tante Euch schickt, hundertfünfzig Reiter, vor zehn Tagen aus der Bretagne übergesetzt. Ich habe mich extra beeilt, um von Salisbury aus vor ihnen hier zu sein.«

Ich starrte den Bischof noch immer kampfbereit an, das Schwert fest umklammert, willens, es gegen jedermann zu heben, der mir und Tintâgel zu nahe kommen würde. Dann sickerten seine Worte in mein Bewusstsein.

Das konnte nicht wahr sein! Hundertfünfzig Reiter, die meine Tante schickte. Hundertfünfzig erlogene, mit einem Male Wirklichkeit gewordene Reiter, die mich und Cornwall retten würden.

Hundertfünfzig Stützen zu meinem wackeligen Thron.

Ich begann erst zu schnauben, dann zu lachen. Überwältigt vor Erleichterung fiel ich dem armen Cowley um den Hals und küsste ihn knallend auf beide Wangen, ähnlich feucht und ungestüm, wie Fluflu es tat, und entsprechend abwehrend reagierte der Bischof. Er wischte sich mit dem Handrücken unwillkürlich die Haut trocken. Ich konnte immer noch nur lachen. »Gott sei Dank!«, rief ich wieder und wieder, wozu der Bischof so vorsichtig nickte, als sei ich durch diese Begebenheit als ein gefährlicher Wahnsinniger enttarnt.

Ich gab Anweisungen, die Truppen vor der Burg lagern zu lassen. Die Panik löste sich langsamer auf, als sie ausgebrochen war, und der Bischof führte mich in dem verebbenden Durcheinander zu einer Truhe Goldes aus dem Languedoc, die den Gruß meiner Tante abrundete. Hätte mir jemand diese Geschichte erzählt, hätte ich sie wohl nicht geglaubt. Welche Fügung war es, dass diese Frau vor Jahren in mein Leben getreten war, um es nach ihren Wünschen zu formen, und sich dann gewandelt hatte, mir in meinen hilflosen Bestrebungen, mein eigener Herr zu sein, zu helfen.

So gefasst wie es eben ging, ließ ich den Schatzmeister das Gold registrieren und lud den Bischof auf einen wirklichen Rotwein ein. »Das will ich aber meinen«, sprach Lord Cowley noch immer leicht verwundert, und wir soffen den ganzen Nachmittag hindurch.

Am Abend torkelten wir Arm in Arm, schmutzige Lieder aus dem Languedoc grölend, wieder auf den Zinnengang und veranstalteten ein Wettpinkeln von der Brustwehr in das Lager der hundert wundersamen Reiter, die sich vor Tintâgel einrichteten.

»Sieger! Sieger!«, krakeelte Lord Cowley entsetzlich unbescheiden, während er unbestimmt in die Dämmerung wies. Wir hatten versäumt, ein festes Ziel zu setzen oder Wettbewerbsregeln aufzustellen, so konnte ich ihm nicht gut widersprechen.

»Dafür habe ich einen Hauptmann getroffen«, behauptete ich, als sich ungehalten eine beschwerende Stimme zu uns erhob.

»Ach, Hauptmann, Quatsch!« Der Bischof winkte ab und sackte zur Erde. Langsam, etappenweise hinabgleitend wegen der tückisch beweglich gewordenen Mauer, ließ ich mich neben ihm nieder. Wir hörten das Meeresrauschen und das geschäftige Treiben der Burg, die innerhalb eines Tages mehr als hundertdreißig zusätzliche Gäste zu versorgen hatte. Sicher suchten sie uns unten. Der Majordomus war noch immer nicht vorgestellt worden und schmollte irgendwo vor sich hin. Die Ankunft der hundertfünfzig Reiter, deren lügenhafte Existenz er mir schon fast bewiesen hatte, musste ihm überdies zugesetzt haben. Ich grinste sehr zufrieden. Der Schatzmeister zählte wahrscheinlich noch immer die aquitanischen Goldstücke.

»Du, Marke«, redete mich da der Bischof vertraulich an.

»Hm?«, machte ich in Gedanken versunken.

»Du, Marke, ich will dir mal was sagen.« Lord Cowley trank noch mehr Wein. Dann verstummte er lange.

»Na, dann sag's doch!«, forderte ich schließlich ungeduldig.

»Ja, du musst aber auch zuhören«, beschwerte sich der Bischof.

»Bitte«, sagte ich. »Ich höre ganz genau zu.«

»Also«, lallte Lord Cowley. »Salisbury ist sicher nicht das Beste, was man als Bischof so kriegen kann. Also, verglichen mit so anderen … Dings …« Er stieß auf.

»Bistümern«, ergänzte ich hilfreich.

»Ja, genau, Bistümern nämlich.« Lord Cowley nickte froh. »Aber man kann was daraus machen. So wie Cornwall ja auch nicht das Beste ist, was man als König so kriegen kann, oder?«

»Richtig«, bejahte ich überrascht. Der Bischof und ich verstanden uns glänzend. Was doch ein paar Schläuche Wein die Politik vereinfachen konnten!

»Eben. Und da kann man doch auch was daraus machen. Wenn man es dann so bedenkt, dann könnten wir uns doch zusammentun, oder?« Der Bischof stieß wieder auf.

»Wie zusammen?«, fragte ich nach.

»Im Handel. Und politisch. Und überhaupt.« Lord Cowley machte eine ausladende Geste, als wäre damit alles bis in die Einzelheiten erklärt.

»Richtig«, sagte ich wieder. Das erschien mir auch eine ganz hervorragende Idee, wenn ich sie auch nicht wirklich zu fassen vermochte im Nebel der Rotweinhumpen.

»Ihr habt ja so Recht, Bischof«, bestätigte ich deshalb noch mal, um nicht gar zu dumm dazustehen. »Sehr scharfsinnig.«

»Du sollst doch Philipp zu mir sagen«, maulte mein neuer Verbündeter noch. Dann war er an meiner Schulter eingeschlafen. Trotz der Kühle der frühen Nächte musste auch ich irgendwann eingenickt sein.

Am nächsten, in mehrfacher Hinsicht sehr schmerzhaften Morgen erwachten mein Freund Philipp und ich eng umschlungen zu dem Krähen der ersten Hähne. Meine Arme, die ich wohl Wärme suchend um den Bischof gewickelt hatte, waren erstarrt und gefühllos. Mein Rücken schmerzte, mein Magen war sauer, und beide Beine waren eingeschlafen. Der Bischof, der sich ebenfalls zu regen versuchte, stieß gepresste Laute ähnlichen Schmerzes aus, wie ich ihn fühlte. In stummer, gewissenhafter Arbeit drehten wir uns beide voneinander weg auf die Seite, um dann wackere Versuche des Aufsetzens zu wagen.

Als ich den Kopf nach hinten legte, um Schwung zu holen, erspähte ich noch die Kappe des jungen Zwyyntek, wie sie lautlos die Stiegen hinunter verschwand, und stieß einen besonders finsteren Fluch aus. Nun würde der ganze Hof hören, wie Lord Cowley und ich hier aufgewacht waren, wenn auch die absolute Unschuld der Begebenheit fehlen würde.

Tatsächlich sind Lord Cowley und ich das Gerücht, seit unserer ersten Begegnung Liebhaber gewesen zu sein, nie mehr losgeworden.

In den langen Jahren unserer Freundschaft und blühenden Abkommen zog er mich oft auf, dass meine anhaltende Ehelosigkeit diese Fama förderte, während er für seinen Teil alles nur Menschenmögliche unternähme, um solche Annahmen über ihn zu zerstreuen. »Sag doch mal selber«, forderte er dann, »was kann ich denn noch tun?«

In der Tat nahm es Philipp of Cowley – aus welcher Motivation auch immer – zu wortgetreu, seinen Anbefohlenen ein Vater zu sein. Mehr als fünfzehn Kinder hatte der Bischof aus Salisbury im Laufe der Jahre freudig anerkannt, von der Schar der Enkel, die sich in den letzten zwanzig Jahren nach und nach hinzugesellt haben, will er hingegen selten etwas hören. Dies hat weniger mit den Kindeskindern selbst als mit der beharrlichen Weigerung meines Freundes zu tun, zuzugeben, dass er immer noch ein gutes Dutzend Jahre älter ist als ich, der schon lange als Greis gehandelt wird, wenn auch zu Unrecht. Jedenfalls vermochten er und ich, seine trunkene Vision einer Zusammenführung gemeinsamer Interessen nüchtern hervorragend umzusetzen, über dreißig Jahre lang. Mit seinem überraschenden Besuch auf Tintâgel begann das Licht meiner Herrschaft zu strahlen. Ich setzte mit dem Gold der Loba nicht nur den Aufbau von Tintâgel fort, sondern fing an, das Wachturmsystem entlang der Küste zu errichten, von dem ich geträumt hatte. Wenn wir auch dadurch die Raubzüge der Iren nicht ganz verhindern konnten, so rettete die Turmkette, von der bei einem Angriff Feuersignale gegeben werden konnten, doch vielen Menschen das Leben. Die neue Kavallerie tat das Übrige hinzu, den Iren die Botschaft zu überbringen, dass sie sich nun nicht mehr in Cornwall vergnügen konnten, wie sie es wollten. Zudem wurden die Reiter der Loba noch verstärkt von einem wagemutig ausstaffierten Haufen von vierzig Söldnern, davon immerhin die Hälfte zu Pferde, die Ruâl einen guten Monat später zu schicken vermochte.

Tintâgel hatte nun eine wirkliche Armee. Und da nichts erfolgreicher ist als der Erfolg, den man bereits errungen hat, gesellten sich von überall her junge Adlige mit eigener Rüstung zu mir, Zweitgeborene oder Abenteurer zumeist, doch sie waren äußerst kampfeswillig und festigten meine Vorherrschaft. An die Loba schrieb ich nie, wenngleich ich über ihren Aufenthalt bestens informiert war. Ich wusste nicht, wie ich ihr Dank sagen sollte. Und besteht nicht eine seltsame Hemmung den Menschen gegenüber, die uns schon kannten, als wir noch nicht groß waren, umso mehr wenn sie genau wissen, wie wir diese Größe erreichten – und dass wir es ihnen verdanken?

Im nächsten Frühjahr vermochte ich sogar, dreißig Reiter und über zweihundert Fußsoldaten – befreite Arbeiter aus den Zinnminen – zur Verteidigung von Kanelegres zu schicken, wenn auch Ruâl bisweilen durch Boten hatte ausrichten lassen, dass Morgân offenbar seltsam uninteressiert schien, Kanelegres noch einmal zu befehden. Doch die Präsenz meiner Armee, die aufatmenden Handelsstraßen, die guten Beziehungen in alle vier Himmelsrichtungen, die mir fast spielerisch zufielen – all das festigte meinen Ruhm als größten König Britanniens – auch auf dem Festland. Und besonders stolz war ich, als ich eines Tages zwei Handelsposten gründete, die ich nach Aryff und Corbin nannte, ein schon fast unwirkliches Versprechen aus anderen Tagen einlösend. Dass ich am Hofe das Protokoll aus dem Languedoc einführte, machte mich zugleich sehr modisch als den feinsten Edelmann, den man so weit im Norden finden konnte. Fluflu hatte anfangs einige Mühe, sich an ihre veränderte Rolle zu gewöhnen, doch die Lieder, die ich auf sie dichten ließ, die schmachtenden Jünglinge, für die sie sich nie wirklich interessierte, schmeichelten ihr sehr – gar nicht zu reden von den Kleidern, die ich ihr machen ließ. Es waren gute Zeiten.

Die nächsten vier Jahre vergingen in stetiger Arbeit, doch einem noch beständigeren Glück, wie im Fluge. Tintâgel wurde groß, Fluflu immer schöner – und ich immer aufgeblasener. Meine Eitelkeit, die alte Feindin aus den Tagen in der Bretagne, schlief nun wieder jede Nacht neben mir und erwachte schon, bevor ich die Augen aufschlug. Ich hatte alles, konnte noch mehr haben – und ich wollte alles: Ruhm, Gold, Frauen.

Jeden Monat erschien eine andere Delegation, die mir entweder eine Königstochter zur Heirat anbot oder um die Hand meiner Schwester anhielt. Manche Bewerber stellte ich Fluflu zur Probe vor, doch sie war nur gleichgültig freundlich gegen die nervösen jungen Männer, die es gar nicht fassen konnten, dass meine Schwester als eine der wenigen Ausnahmen tatsächlich so schön war, wie in den Liedern beschrieben.

Nachdem Ursula und Ernest von Dartmoor die Burg verlassen hatten, wählte ich mir aus den Damen, die zu Besuch kamen, bisweilen eine Geliebte aus, und oft erfuhr ich mit diskretem Schrecken, dass der Bischof von Salisbury ebenfalls bereits ein naher Bekannter dieser Frau gewesen war. Mein Freund Philipp und ich schienen auch in dieser Hinsicht übereinstimmenden Geschmack zu haben, da die Damen fast ausnahmslos dem gleichen Typus angehörten.

Mein Herz indes blieb ganz ruhig, nie zu mehr bewegt als zu der kameradschaftlichen Freundlichkeit, wie ich sie gegenüber Ursula empfunden hatte.

Ich überließ es den Frauen, mir Ihr Interesse zu bekunden, und ebenso überließ ich es ihnen, das Ende unserer Bekanntschaft zu bestimmen. So sehr es mich heute auch anwidert, es zugeben zu müssen, so war doch der einzige Mensch, für den ich wirklich etwas empfand, ich selbst. Ich war so berauscht von meinem Glück, meinem Erfolg, der unwiderstehlichen Leichtigkeit, mit der sich all meine Pläne Schritt für Schritt vor mir entfalteten, dass ich vergaß, was mir schon einmal geschehen war, als ich niemanden als mich selbst im Kopf hatte.

Aber da Gott nicht vergisst, war es nur eine Frage der Zeit, bis mir die Lektion meiner Jugendzeit wiederholt werden sollte.

Als Riwalîn dann auftauchte, fröhlich, naiv und nicht sehr klug, hätte ich jedoch, selbst wenn ich gewarnt oder aufmerksamer gewesen wäre, niemals in ihm den Vorboten des schlimmsten Verlustes meines damaligen Lebens erkannt.

Aber nichts anderes war er.

Brief Ruâl d. Ä., Verwalter auf Kanelegres, an seinen Herrn, König Marke von Cornwall

Verehrter Herrscher, ich entbiete Euch etc., etc.

Kanelegres ist fertig gestellt, ganz nach den Plänen, wie ich sie Euch bei meinem Besuch im Herbst zu zeigen vermochte.

Vom Morgân aus Lonois hören wir nichts, er scheint sich mit einer Fehde im Süden übernommen zu haben. Andere Gerüchte besagen, dass er die Witwe Morag bei einer nächtlichen Auseinandersetzung erdrosselt haben soll, sodass er nun nirgendwo einen Rechtsanspruch gültig machen könnte, und für den Kauf von falschen Zeugen in dem Maße, wie sie nötig wären, fehlt ihm wohl das Geld wegen der Fehdehandlungen. Der Handel in der Bretagne indessen mit cornischem Zinn blüht. Ihr seid sehr populär geworden unter den jungen Adligen hier. Ich schreibe Euch nicht zuletzt im Namen eines von ihnen, ein Sohn aus Canoel mit Namen Riwalîn, der Euch gerne im neuen Frühjahr besuchen kommen möchte, um bei Euch höfische Sitten zu lernen. Er kennt, so sagt er, Eure Ziehfamilie aus früheren Zeiten. Ein aufrechter Bursche, nett, aber durchaus kampfesversessen, wie mir scheint. Er will gerne gegen die Iren ziehen. Ich habe ihn hier auf dem neu angelegten Übungsplatz eine Weile beobachtet. Er ist ein Krieger von beachtlicher Körperkraft, doch noch ohne jede Finesse. Auch seine Manieren sind eher grob, so wie es hier halt zumeist Sitte ist, Ihr wisst, was ich meine. Ein Aufenthalt zu Tintâgel täte ihm sicher in mehrfacher Hinsicht wohl. Ihr gewönnet durch die Aufnahme des jungen Riwalîn hingegen einen weiteren Festlandsverbündeten im Osten. Er spricht bereits den Treueschwur mit. Ohne abschätzig klingen zu wollen, verehrt er Euch mit fast schwärmerischer Ergebenheit, fragt nach

Eurer Haartracht, Eurem Kleidungsstil und übt auch, das Fleisch mit dem Messer statt mit der Faust zu speisen. Riwalîn zu Canoel ist kein Erbe, er ist ein zweitgeborener Sohn und von schlichtem, stillem Gemüt. Ich kann ihn Euch so empfehlen, wie ich es getan habe, sicher ist er ein Zugewinn und keine Last.

Von meinem Sohne Ruâl kann ich Euch berichten, dass ich ihm nichts mehr beizubringen habe, weder als Schreiber noch als Verwalter. Der Junge ist nun über das achtzehnte Jahr hinaus, doch wiegen seine Tage doppelt, so berichten mir die Bauern und die Kaufleute gleichermaßen. Wenn es um den Pferdehandel geht, so schicken sogar die Klöster bis zu zwei Wochen im Süden nach ihm, wenn sie Rösser kaufen wollen.

Ihr habt einen guten Verwalter in ihm, wenn ich einst nicht mehr sein werde. Mein Sohn sendet Euch herzliche Grüße und erbittet außerdem Euren Segen für die Heirat mit einer freien Bauerstochter, mit Namen Floraete. Ich denke, dass er noch zu jung ist, aber da strafe ich schon meine eigene Prahlerei Lügen. Wenn er alt genug ist, Fachmann für Pferde, ein Schreiber und ein Verwalter zu sein, ist er wohl auch alt genug, sich eine richtige Frau auszusuchen.

Dankt GOTT, dass Ihr noch keine Kinder habt. Hier steht alles zum Besten, sorgt Euch nicht, ich schicke die Abrechnungen im nächsten Herbst.

Riwalîn und Blanscheflur

Im Frühling des fünften Jahres meiner Herrschaft war von dem Tintâgel, das ich als unerwünschter Gast betreten hatte, kaum noch etwas wiederzuerkennen.

Die Burg war groß, trotzte den Stürmen und stellte eine geschmackliche Feinheit aus, wie sie niemand hier so hoch im Norden zu finden erwartet hätte. Bischof Philipp und ich tauschten die Baumeister, die Maler, die Schreiber und die Schneider untereinander aus, von denen sich so mancher als gesegneter Baron wiederfand, nachdem er den Auftrag zur Zufriedenheit beider Auftraggeber erfüllt hatte. Der Trakt auf dem oberen Felsen war fertig gestellt, und ich bewohnte die Gemächer im westlichen Turm, wie ich es mir einst erträumt hatte. Um Ordnung zu schaffen, gab es nun einen Gesindetrakt, einen Gästeflügel und eine Trennung in Männer- und Frauenseite. Die Straße vom Landungssteg war befestigt worden, doch schon zwei Mal hatten die Wintersturmfluten alles wieder aufgefressen, was in monatelanger Arbeit gelegt worden war. Es kamen Schiffe von überall her, manche noch immer behelligt von den Iren, doch genug Händler erreichten die Bucht, um sagenhafte Güter zu löschen, die in ganz Britannien Absatz fanden. Ich war reicher, als ich es mir je hätte träumen lassen. Wir ließen Tänzerinnen, Gaukler und Musiker kommen, derentwegen sich insbesondere der Bischof von Salisbury immer wieder einlogierte, da es in seiner Residenz doch zu sehr aufgefallen wäre, all dieses Volk zu beherbergen. Die Jahre erscheinen mir rückblickend wie ein einziges großes Fest, unterbrochen wohl durch viele Arbeitsstunden, die aber auf ihre Art auch zu meinem Wohlbefinden beitrugen. Ich fühlte mich nützlich, erfolgreich und großartig.

Selbst in den grauen cornischen Wintern umgab Tintâgel immer ein heller Schein, und kein einziges Seetangfeuer wurde mehr entzündet. Morolt, der grausige Anführer der Iren, versuchte noch immer Kinder zu entführen, und seine Männer vergewaltigten noch immer die Frauen, ermordeten ganze Dörfer, doch mussten sich die Barbaren weiter nach Osten verlagern, sodass ihr Raubzugsgebiet fast schon außerhalb meiner Herrschaft lag und den Herzog von Bristol zu grämen begann, der sich in seiner Meerenge immer sehr sicher gefühlt hatte. Halb rechnete ich schon mit des Herzogs Angeboten zu Verhandlungen.

Kurz vor dem Beltane-Vollmond, den Bischof Philipp dem Landvolk halbherzig auszupredigen versuchte, verfiel ich auf die Idee, ein riesiges Fest auszurichten. Nie und nimmer hätten die Bauern und genauso wenig die Adligen das höchste Fest des alten Glaubens einfach so verstreichen lassen. Es sollte Musik, Tanz und – das Letzte eine Neuerung – Kampfspiele geben, wenn auch nicht so brutal wie nach römischem Vorbild.

Ich lud alle Adligen des britischen Südwestens ein, meine Gäste zu sein, nicht zuletzt, um ihnen die Stärke meines Militärs zu demonstrieren. Die Kosten, die mir ihre Unterbringung verursachen würde, wären nichts gegen den Gewinn, den ich durch Handelsabkommen, Bündnisse und Allianzen zu machen gedachte. Tintâgel brummte in den Vorbereitungen. Ich saß mit dem besorgten Schatzmeister im Thronsaal, wie wir ihn inzwischen nannten, und besprach die Ausgaben für die Zeltstoffe, als man einen jungen Mann meldete. Dunkel entsann ich mich einer Empfehlung Ruâls und ließ den Gast eintreten.

Riwalîn von Canoel kam auf federnden Sohlen. Er war ein Mann wie ein Baum. Ungehobelt zweifellos, wie Ruâl wohl geschrieben hatte, die Haare viel zu lang und sogar noch an den Schläfen geflochten. Seine Gewandung war hoffnungslos altmodisch, fadenscheinig und von jenem grüngrauen Farbton, den ich nicht mal den niederen Dienern und Hilfsjungen gestattete zu tragen. Ich schätzte ihn zu Recht auf den Anfang seiner zwanziger Jahre. Seine Körpergröße und voll ausgebildete Statur ließen ihn älter erscheinen, doch sein Gesicht war noch ganz und gar jungenhaft. Er strahlte mich in unverhohlener Freude an, wobei er eine beträchtliche Lücke zwischen den Schneidezähnen entblößte. Er schien nicht zu wissen, ob er sich verbeugen oder auf die Knie fallen sollte, kurz zuckte er in beide Richtungen, um dann lediglich mit gesenktem Kopf zu verharren. Ich musste beinahe lachen.

»Wir grüßen Euch, Riwalîn aus Canoel, Ihr kommt mit den besten Empfehlungen unseres Verwalters Ruâl von Kanelegres, ein Mann, der unser volles Vertrauen besitzt. So seid Ihr uns willkommen und gern gesehen auf Tintâgel.«

Sein Kopf schoss vor, er grinste, wenn es denn möglich war, noch breiter und seliger und rief auf bretonisch: »Oh, König Marke, Ihr könnt Euch gar nicht vorstellen, was es mir bedeutet, hier zu sein. Bei Euch!«

Die umstehenden Höflinge, deren Schar mit den Jahren gegen meinen Willen gewachsen war, begannen zu hüsteln und zu kichern. Da die bretonische Garde, wie sie inzwischen hieß, die mit mir aus Kanelegres herübergekommen war, aus ehemaligen, freien Bauern bestand, war das Bretonische in Tintâgel immer mehr als eine niedrige Sprache angesehen worden. Dass ein Mann von Adel bretonisch sprach, diskreditierte ihn sogleich bei dem verzogenen Gezücht, das nun meistenteils in meiner Halle herumlungerte. Riwalîns einfache Freude, sein ehrliches Glück, hier zu sein, machten ihn blind für diese bösen Nebenerscheinungen höfischen Lebens.

Mich nahmen sie nun umso mehr für ihn ein.

Ich stand auf, auch wenn sein Rang dies nicht erforderte, und legte ihm meine Hand auf die Schulter. Eisen war weich wie schmelzende Butter gegen diesen Mann, stellte ich dabei fest.

Ich ließ meine Hand vor lauter Verwunderung länger liegen, als es notwendig gewesen wäre. Sogleich kicherte es wieder hinter mir, und ich ahnte, dass ich dem Gerücht, ein heimlicher Männerfreund zu sein, möglicherweise wieder neuen Auftrieb gegeben hatte. Tatsache war es allerdings, dass sich die Schulter Riwalîns tatsächlich so gut anfühlte, dass ich gerne wieder einen Vorwand gesucht hätte, ihn hin und wieder zu berühren. Dies allerdings ohne jegliches sinnliches Interesse.

Er war wie ein edles Pferd oder wie ein ausgewachsener Hirsch, dessen Muskeln zu spüren ein ästhetisches Erlebnis war. Der arme Kerl hatte keine Ahnung, dass er schon durch diese ersten Augenblicke bei Hof gezeichnet war im Klatsch der Anwesenden.

»Ich freue mich, einen Landsmann aus der alten Heimat zu treffen«, sagte ich darum mit warmer Stimme.

»Ich kannte Eure Familie, ich meine, ich war noch ein Kind, aber ich kannte Euren Ziehvater Gordec, und Euer Bruder Gâles hat mit mir gespielt«, plapperte der junge Mann gleich los. Er sprudelte über vor Beweisen seiner aufrichtigen Verehrung und Zuneigung. Ich konnte nicht anders, als ihn wirklich einnehmend zu befinden. Ich rief den Quartiermeister – es gab inzwischen zwei Dutzend Ämter auf Tintâgel – und wies ihn an, dem braven Burschen trotz der Überfüllung eine eigene Kammer zu geben, was den Höflingen natürlich ein Dorn im Auge war, da sie selber oft zu dritt eine Schlafstatt teilen mussten. Riwalîn für seinen Teil war sich der Auszeichnung nicht bewusst. Nur ungern verließ er die Halle, fragte noch, wann er wieder kommen dürfte, und schüttelte immer noch strahlend den Kopf, wie einer der sein eigenes Glück kaum fassen konnte.

Am Abend aß ich alleine mit Fluflu auf meinem Zimmer. Die Kampfspiele sollten am nächsten Tage beginnen, und in der Halle herrschte eine ziemlich gespannte Atmosphäre. Auch hielt ich es seit ungefähr einem Jahr für weise, mich ein wenig rar zu machen unter den Bewohnern der Burg. Die Strategie fruchtete. Ein Tag, an dem ich auftauchte, um in der Halle zu speisen, wurde als ein besonderer Tag angesehen.

Auf dem Tisch in meinem Zimmer, der zu diesen Anlässen am Ende meines Bettes aufgestellt wurde, lag eine Decke aus Konstantinopel. Silberne Teller und Kelche schimmerten im Licht der cornischen Zinnleuchter, die ich auf Anraten meines Freundes Philipp einzig verwendete. Da ich aber nie welche verschenkte – man hätte es als eine Beleidigung empfunden –, waren diese Leuchter ein begehrtes Objekt geworden. Sie waren groß in Mode, Zinn aus Cornwall war das wahre Zeichen adliger Bescheidenheit eines großen Haushalts. Für das, was noch vor vier Jahren ein ganzer Wagen voll gekostet hatte, verkaufte ich nun fünf Leuchter. Natürlich nur außerhalb von Cornwall.

Cornisch war überhaupt ein Prädikat großer höfischer Eleganz geworden. Die Damen flochten ihre Haare sklavisch so, wie meine Schwester sie flechten ließ, obwohl natürlich keine Frau an Fluflus Schönheit heranreichen konnte.

Sie war noch strahlender, noch überirdischer geworden.

Ihr Gesicht, immer voller Freude, Zuversicht und Glück, war inzwischen nicht mehr gar so kindlich, vielleicht auch verwöhnter, diesen Zug bemühte ich mich zu übersehen.

Im vorigen Jahr hatte sie sich an Brot aus schlecht gemahlenem Mehl einen Zahn ausgebissen. Nicht direkt vorne, aber wenn sie breit lächelte, konnte man die Lücke wohl sehen. Deswegen hatte sie sich eine kokette Art angewöhnt, den Kopf zu einer Seite zu drehen, wenn sie mit Menschen sprach. Man hielt auch diese Manier für sehr nachahmenswert, und überall in Tintâgel begegnete man Frauen, die den Kopf verdrehten, wenn sie flirten wollten.

Ich ließ Fluflu die besten Stoffe tragen, die Britannien gesehen hatte, dass sie nie danach fragte oder um mehr bat, machte mir meine Freigebigkeit zur Freude. Sie hatte wohl etwas Haushaltsführung gelernt, doch was hatte Tintâgel nun noch gemein mit den vergrößerten Bauernhöfen anderer Herrschaftssitze, wo die Herrin noch selbst in der Küche stehen musste. Also hatte ich Fluflu nur einige Grundlagen beibringen lassen, meistens zerstreute sie sich durch Nadelarbeiten, sie war künstlerisch sehr begabt. In der Gesellschaft ihrer Frauen, so glaubte ich fest, fühlte sie sich wohl, ohne nach einer Veränderung ihrer Situation zu streben. Sie sprach mir nie von Heirat oder bezeugte mehr als ein rein flüchtiges Interesse an einem der jungen Männer, die ich ihr sogar hin und wieder vorstellen ließ, wenn sie um Fluflu warben, einfach nur, um ihre Reaktion zu sehen.

»Was denkst du vom jungen Soundso?«, fragte ich sie dann in unseren privaten Momenten.

Und dann antwortete sie etwas wie: »Nett.« Oder: »Ich finde, er hat eine wirklich schöne Stimme.«

Manchmal, da sie ein teuflisch genaues Auge hatte, machte sie die Bewerber auch nach, insbesondere, wenn sie die Männer nicht mochte. Dabei hatten wir viel Spaß. Aber nicht ein einziges Mal bezeigte sie Interesse sinnlicher oder wenigstens schwärmerischer Natur, wofür ich heimlich sehr dankbar war.

Ich hätte sie wohl nach Frankenreich verheiratet, oder Rom, sogar nach Konstantinopel, hatte ich schon überlegt. Sie einfach so an irgendeinen britannischen Landadligen oder Kleinkönig zu vermählen, dem sie in einem feuchten und primitiven Gemäuer Kinder hätte gebären sollen, während der Kerl sich mit seinen Mägden verlustierte oder ständig auf die Jagd ging, das war mir zutiefst zuwider.

Meine eigenen Affären hielt ich immer geheim. Wenn ich eine der Frauen über lange Zeit sah, begann Fluflu aber merkwürdigerweise stets, sich mit ihr anzufreunden, was mir die Fortführung einer Liebelei aus unerfindlichen Gründen unmöglich machte. Da ich sie belog, war ich umso wachsamer ihr gegenüber, ob sie auch unehrlich wäre, auch wenn es dafür keinen Grund gab. Nicht mal der junge Zwyyntek hatte je eine Klatschgeschichte über meine Schwester zu erzählen gewusst. Wenn die Frauen, mit denen ich Verhältnisse pflegte, auch stets etwas älter als ich waren, so hatte ich doch in vielen Gesprächen von mehr als einer gehört, dass auch bei Frauen der Drang mit einem anderen Menschen zusammen zu sein, wie Mann und Frau es sind, früh einsetzen kann. Dass gerade ein so zärtlicher und warmherziger Mensch wie Fluflu in dieser Hinsicht gar keine Regungen zeigte, verwunderte mich.

Ich beobachtete sie mit den Stallknechten und den Besuchern. Ich brachte sie mit jungen und älteren Männern zusammen, doch nie bezeugte sie etwas anderes als jene gewinnende Freundlichkeit und Anmut, die ihr schon bei unserer ersten Begegnung so eigen gewesen war.

Oft schon hatte ich erwogen, mit ihr darüber zu sprechen, aber es war ein heikles Thema. Wie fragt man seine Schwester, ob sie sich einen Liebhaber wünscht. Und was hätte ich getan, wenn sie mir wider meine Vermutung gestanden hätte, dass sie gerne mit dem ein oder anderen Burschen ein solches Zusammensein anstrebte?

Als sie an diesem Abend in meine Kammer kam, sah sie so entzückend aus, dass ich eine Weile nichts sagen konnte.

Ich streckte nur die Hand aus, und sie hockte sich vertraulich auf meine Knie und lehnte still ihre Stirn an meine.

Als mein Kammerherr klopfte, um das Essen auftragen zu lassen, erhob sie sich und setzte sich mir gegenüber.

Es gab Hirsch, gekocht in getrockneten Äpfeln, frisches Brot, Wein, den sogar Lord Cowley gerne getrunken hätte, Honigkuchen und Pasteten. Fluflu hatte einen gesegneten Appetit und aß begeistert, während ich ihr von den morgigen Veranstaltungen erzählte. Sie nickte zu manchen Bemerkungen, lachte über andere und fragte nach, wer denn wer sei. Ich freute mich, dass sie nie den geringsten Zweifel zu haben schien, dass keiner die Kämpfer Tintâgels schlagen würde. »Hoffentlich regnet es nicht, so wie letztes Jahr zu Beltane«, sinnierte sie nach dem letzten Schluck Wein.

Ein Stück Fleisch hatte sich ihr in die ungeliebte Zahnlücke gesetzt und mit der Zunge versuchte sie es herauszusaugen, wobei sie die Lippen vorstülpte und die Brauen runzelte, sodass ich über ihre Grimasse lachen musste.

Sie warf mit einem Pastetenrest nach mir. »Hör bloß auf, irgendwann fehlt dir auch noch ein Zahn, und dann lache ich. Ha-ha-ha!« Was den fehlenden Zahn anging, war Fluflu sehr leicht zu treffen, also entschuldigte ich mich.

Und dann, weiß der Himmel, warum ich davon anfing, sagte ich zu ihr: »Ich glaube, wir müssen in diesem Sommer mal über einen Ehemann für dich nachdenken. Du bist schon fast zwanzig.« Fluflu hatte den Rest aus der Lücke befreit und schluckte ihn hinunter. Sie sagte nichts.

»Also, nicht, dass ich etwas überstürzen will, aber vielleicht siehst du ja beim Turnier einen, der dir gefällt. Sind ja viele hier. Ich meine, junge Männer.«

Fluflu legte den Kopf aufmerksam auf die Seite und schwieg immer noch. Die Stille war mir peinlich. »Du musst nicht denken, dass ich dir einen Ehemann aufzwingen würde, weißt du, ich denke, du solltest die Wahl treffen. Du sagst mir, wer dir gefällt, und wir reden darüber.«

»Gut«, sagte Fluflu nur. Diese Reaktion verunsicherte mich.

»Ist es dir unangenehm, wenn ich von einem Ehemann für dich spreche?«, fragte ich deshalb nach.

»Nein«, sagte sie ganz ruhig und zuckte die Schultern.

»Ich meine, ich habe noch nicht geheiratet, weil es aus politischen Gründen im Moment nicht ratsam wäre. Aber für dich kann das ja anders sein.« Ich konnte es einfach nicht sein lassen.

»Gut«, wiederholte Fluflu nur. Sie lächelte mich freundlich an, oder vielleicht etwas mitleidig, aber das konnte ich mir auch einbilden.

»Oder gibt es da schon jemanden, den du magst?«, bohrte ich nach.

Fluflu senkte die Lider. Sie legte die Hände im Schoß zusammen und sprach mit leiser Stimme: »Da ist schon jemand, der mir gefällt, aber ich kann nicht davon sprechen.«

Ich schluckte. Einen Moment blieb mir die Stimme weg.

»Aber natürlich, äh, kannst du es mir sagen, Fluflu. Du weißt doch, du, äh, sagst es mir und ich –«, stotterte ich, bevor ich schwieg.

Fluflus Wimpern flatterten, sie mied meinen Blick. »Na gut«, stieß sie dann hervor. »Ich liebe den Herzog von Dartmoor.«

Ich saß stocksteif. Das konnte nicht sein! Das war die Strafe Gottes, fuhr es mir durch den Kopf. Die Strafe für meinen Ehebruch mit Ursula. Wie sonst hätte sich meine Schwester in den kleinen hektischen Herzog von Dartmoor verlieben können?

»Er ist so ungemein anziehend«, fuhr Fluflu fort. »Pflichtbewusst, aufrecht und er kann so vieles«, flüsterte sie weiter. Mir war sehr warm geworden.

»Fluflu, Liebes«, stammelte ich schließlich fassungslos, »Herzog Ernest ist doch verheiratet. Er hat schon eine Frau.«

»Haaah«, brach es da aus meiner Schwester heraus. »Reingefallen! Wie schaffst du das bloß, dich beim Regieren nicht ständig reinlegen zu lassen?« Fluflu schüttete sich aus vor Lachen. »Du liebe Güte, Marke, bist du simpel! Ausgerechnet Ernest!« Dünn lachte ich mit, unbeschreibliche Erleichterung im Herzen. Es war mir egal, wenn ich hier der Esel war, solange Fluflu nur gescherzt hatte. Ich nahm mir vor, das Thema von jetzt an besser ruhen zu lassen.

Die Kampfspiele waren ein großartiger Erfolg. Ich selber hatte an den Schaukämpfen mit dem Kurzschwert, dem Langschwert und einem Geschicklichkeitsspiel zu Pferde teilgenommen, dessen Regeln ziemlich einfach waren.

In allen Disziplinen, bei denen ich in die Waffen ging, gewann ich vor den anderen. Es ist auch dies eine ärgerliche Sache bei der Königswürde, dass ich es nicht recht wusste, ob ich gewonnen hatte, weil ich gut kämpfte, oder weil sich keiner getraute, den König zu besiegen – zumal ich der Gastgeber war. Es gab viel Beifall, viele Artigkeiten und Schmeicheleien. Ich entschied mich, niemandem zu glauben, und konnte doch für mich mit einem Gefühl zurück zu den Zelten gehen, dass ich meine Sache nicht schlecht gemacht hatte. Auch andere Männer erwiesen sich als wackere Kämpfer. Leider fiel der junge Baron von Delmoral vom Pferd und brach sich den Ellbogen, aber sonst wurde keiner ernsthaft verletzt. Ein paar Stauchungen und Platzwunden, die sichtbare Narben hinterlassen würden, waren gerade den jungen Männern, die noch nie einen Kampf zu Felde bestritten hatten, sehr recht.

Ich erwischte sogar zwei Halbwüchsige in den Ställen, wie sie sich gegenseitig mit Rechen auf den Kopf schlugen, um eine Schramme zu erzeugen. Mit gespieltem Zorn schickte ich sie hinaus zu ihren Betreuern. Erst fand ich es wirklich komisch, doch dann dachte ich an die Zeiten, in denen ich meine ersten Narben erhalten hatte, auf einem Schlachtfeld, nicht auf einem Turnier. Und um mich herum waren Menschen gestorben. Das war nun gerade erst ein Dutzend Jahre her, dachte ich und konnte es kaum glauben. Wie sich ein Leben doch ändern konnte.

Meine Schwester war der größte Erfolg der Turniere. Da das Dichten mehr und mehr in Mode kam, sah man überall junge Männer, die sich bemühten einen Reim auf Blanscheflur zu finden, was gar nicht so einfach ist. Jeder, der Fluflu ansah, liebte sie. Dass sie selbst unter den Frauen, die sich bemühten, ihren eigenen Wettkampf in anderen Disziplinen abzuhalten, wie etwa Grazie, Schönheit und Bewunderung, keine Feindinnen hatte, sprach für Fluflus wundervolles Wesen.

Thomas von Britannien, ein sehr von sich eingenommener Mönch oder Schreiber im Dienste Philipps, ich weiß nicht genau, was er war, folgte meiner Schwester auf Schritt und Tritt, verfasste kurze Gesänge aus dem Stegreif und verkaufte diese dann an junge Adelsherren, die sie als die eigenen ausgaben. Aber auch ich feierte meine Erfolge auf diesem Fest, wie ich es mir schöner nicht hätte vorstellen können. Bündnisangebote, Heiratskandidatinnen, Zinsverpflichtungen, all das flog mir einfach so zu.

Am Abend war ich nicht etwa erschöpft, wie man es nach so langem Tage hätte annehmen sollen, sondern geradezu berauscht, auch wenn ich nur wenig getrunken hatte. Ich fühlte mich, als hätte ich einen Berg bezwungen, dessen Aufstieg die letzten zehn Jahre gedauert hatte. Ich stand am Gipfel und sah hinab, und alles war aufs Beste geordnet.

Nächtens, auf dem heimlichen Weg zur Baronin Laurentia, die mir ein in Lavendelwasser getränktes Taschentuch ungefähr drei Mal hatte vor die Füße werfen müssen, bis ich sah, was sie tat, hielt mich wieder mal unerwartet vortretend der junge Zwyyntek an.

»Ich halte es für meine Pflicht, mit Euch zu sprechen, Majestät«, klang die tonlose Stimme aus dem Dunkel des Ganges.

Wer dem jungen Majordomus begegnete, hatte sofort ein schlechtes Gewissen. Mir ging es da nicht anders.

Auch wenn ihm der Wunsch, ins Kloster zu gehen, verwehrt blieb, lebte er doch wie ein Mönch oder Priester. Er trug mit Vorliebe dunkle Roben und die unsägliche lederne Kappe. Von den sagenhaften Gewinnen, die sein Vater dank des in Mode gekommenen Zinns machte, hätte auch der Sohn in Saus und Braus leben können, doch de Zwyyntek blieb mehr als bescheiden, fastete, betete und hatte sich meines Wissens noch nie mit einer Frau vereinigt. Seine sparsame Genügsamkeit gab ihm einen unerfreulichen Vorbildcharakter, er erinnerte uns alle daran, dass wir fehlerhaft, verwöhnt und völlerisch geworden waren.

Zunächst dachte ich, dass er mich vielleicht vor dem Stelldichein mit Laurentia bewahren wollte, deren Ruf nicht einwandfrei war. Das Einzige, was Laurentia von einem Mann noch nicht bekommen hatte, war vermutlich Aussatz.

»Die Angelegenheit«, formten die bleichen Lippen die ersten Worte, »die Angelegenheit betrifft Eure verehrte Schwester.«

»Was habt Ihr mir zu sagen, Michaele«, forderte ich ungeduldig und gereizt, ein Umgang, den ich mir fast wider Willen mit dem betulichen jungen Mann angewöhnt hatte. »Macht es kurz!«

»Eure Schwester und der Champion hatten Worte«, flüsterte Zwyyntek. Bedeutungsvoll schloss er die Augen. Ich stieß entnervt die Luft aus. »Natürlich hatten meine Schwester und der edle Riwalîn eine Unterhaltung miteinander. Ich habe es gesehen, Ihr habt es gesehen, der ganze Hof hat es gesehen! Mann, was wollt Ihr denn nun daraus drechseln?« Ich vermutete, dass es de Zwyyntek und vielleicht auch einigen anderen Höflingen widerstrebte, dass Riwalîn aus Canoel – der Bauer, wie sie ihn nannten – das Turnier überragend gewonnen hatte. Es gab nicht viele Disziplinen, denen er sich nicht gewachsen zeigte, selbst Spielen, die ihm bisher fremd gewesen waren. Ich hatte mich sehr darüber gefreut, dass gerade der verachtete Bretone sich als so überlegen erwiesen hatte. Es geschah dem cornischen Hof ganz recht. Vier Kränze hatte Riwalîn errungen, mehr Ringe, als ich es wusste, und die Damen waren ihm bis zum Zelt gefolgt, in dem er sich umzog. Der Schatzmeister hatte es mir erzählt, wie sich drei Frauen aus Kent um ein Guckloch gedrängt hatten, das sie in den Stoff gerissen, um den »Bauern« beim Umkleiden zu beobachten. Außerdem hatten einige der jungen Männer heute Abend versucht, die Haare an den Schläfen zu Zöpfen zu flechten. Da aber schulterkurzes Haar modern war, ließ der Effekt dieser Nachahmungen des provinziellen Siegers doch sehr zu wünschen übrig.

»Wenn Ihr mir sonst nichts zu sagen habt«, wollte ich das Gespräch beenden, bevor Laurentia noch dächte, ich käme nicht mehr, und verstimmt wäre.

»Ich rede nicht von den Worten, die alle gesehen haben, Majestät, ich rede von einem Streitgespräch.«

»Ein Streitgespräch?« Fluflu hatte sich gestritten?

»Hinter den Zelten hörte ich, wie die Prinzessin Blanscheflur dem Herrn aus der Bretagne vorwarf, er habe eine ihr nahe stehende Person zutiefst gekränkt.«

»Eine ihr nahe stehende Person?«

»Wörtlich äußerte Eure erhabene Schwester: Ihr habt meinen besten Freund so traurig gemacht, dass ich auch ganz betrübt bin.« Der Majordomus kniff die Lippen zusammen und wartete in gekränkter Eitelkeit.

»Seid Ihr sicher?«, fragte ich unnützerweise nach. De Zwyyntek hielt es entsprechend für unter seiner Würde, mir zu antworten. Ihn zu fragen, ob er sich wirklich an etwas erinnerte, war, wie einen Fisch zu fragen, ob er glaubte, schwimmen zu können.

»Was hat Riwalîn geantwortet?«, wollte ich wissen.

»Der Herr Champion sagte, dass er sich solcher Schuld nicht bewusst sei, aber bereit wäre, alles zu tun, um Abbitte zu leisten.« De Zwyyntek nickte. »Ich dachte nur, Ihr solltet es wissen. Das tut Ihr nun.« Damit verschwand er in der Dunkelheit. Nun wusste ich es. Was? Dass meine Schwester sich durch Riwalîn für ihren besten Freund gekränkt fühlte? War ich nicht Fluflus bester Freund? Hatte ich etwas gesagt, dass meiner Schwester den Eindruck vermittelte, dass ich unglücklich wäre über Riwalîn? Ich überlegte. Ich hatte ihr noch nicht einmal von seiner Ankunft erzählt.

Fluflu musste irgendetwas missverstanden haben.

Ich beschloss, dass Laurentia den Abend nun doch ohne mich verbringen müsste, und wagte es trotz der späten Stunde noch bei meiner Schwester anzuklopfen. Eine der drei Damen, die während des Turniers mit ihr die Kammer teilten, öffnete meinem beharrlichen Pochen die Tür und wusste sich nicht zu lassen zwischen der Peinlichkeit, einem Mann im Hemd gegenüberzustehen und der Freude, den König höchstselbst begrüßen zu dürfen. Ihre Verlegenheit übertrug sich auf mich. Fluflu musste dem beiderseitigen zögerlichen Gestammel an der Tür schließlich ein Ende bereiten.

Sie raffte sich zwei abgelegte Kleider um den Hals und stolperte müde auf den Gang. Die verlegene Dame zog sich zurück, doch ich war sicher, dass sowohl sie als auch ihre Zimmergenossin an der Türe lauschten, also ging ich mit Fluflu in eine Nische. Es war auch im neu angelegten Damentrakt so kalt, trotz des wunderbaren Wetters der letzten Tage, dass Fluflu bald die Zähne aufeinander schlugen und ich meinen Mantel vor ihr auf den Boden legte, dass sie zumindest nicht auf den eisigen Steinen stehen musste.

»Was willst du denn bloß um diese Zeit?«, fragte sie mich schlotternd. »Hedwigue wird vor lauter Ehre nicht schlafen können!«

»Der Majordomus hat mir berichtet, dass du dich durch den Champion gekränkt gefühlt hast. Ich wollte fragen, worum es ging«, zischelte ich zurück.

»Ahh nein«, entgegnete Fluflu aufgebracht, »kann ich denn nichts tun oder sagen, ohne dass dieser Mensch hinter mir herschleicht?« Sie rieb die kalten Zehen an der Wade des anderen Beines.

»Hat er dich nun gekränkt oder nicht?« Mir wurde auch kalt.

»Nein, hat er nicht.« Sie verschränkte die Arme.

»Und wer ist dein bester Freund, den er beleidigt hat?«, forderte ich noch immer verstimmt, für den Fall, dass ich es nicht wäre.

»Ich bin selbst mein bester Freund«, war Fluflus überraschende Erwiderung. Sie stieg von meinem Mantel und ging wieder auf ihre Tür zu. Tief verletzt blieb ich in der Nische stehen und schmollte. Ich wollte ihr bester Freund sein. Da geisterte das Weiß ihres Hemdes noch mal zurück. Sie umarmte mich fest. »Sei doch nicht böse, Marke.«

Ich brummte nur. »Findest du ihn denn nett?«, flüsterte sie mir ins Ohr.

»Wen?«

»Na, Riwalîn!« Sie stupste mir den Finger in die Wange.

»Ach so, den. Ja, sehr nett sogar.«

Mein rechtes Augenlid wurde nass unter einem klassischen Fluflu-Kuss, dann war sie verschwunden.

Irgendetwas war mir unheimlich. Aber ich wusste nicht, was es war. Vor meiner Kammer lag ein weiteres Lavendeltuch, doch Laurentia hatte keinerlei Reiz mehr für mich in dieser Nacht.

Ich saß lange neben dem Kamin und wurde nicht müde. Das schöne Rauschgefühl des Abends aber hatte ich verloren.

Am nächsten Morgen beäugte ich den Gast aus der Bretagne sehr scharf. Ich konnte nicht finden, dass er sich irgendwem gegenüber ungebührlich betrug, wenn man von einer gewissen Grobschlächtigkeit einmal absah. Als Champion des gestrigen Tages hätte er sich unter den Damen fast jede zur Gefährtin des Tages und natürlich der Nacht wählen können, doch er blieb gleichsam unbeeindruckt. Fast wirkte Riwalîn sogar niedergeschlagen, trotz seines unglaublichen Erfolges am Vortage. Fluflu war mit den Frauen in der oberen Halle geblieben, so ergab sich keine weitere Gelegenheit zu einem unverfänglichen Gespräch.

Die Schreckensnachricht traf zur Mittagsstunde ein. Ein

geschundener Reiter, blutend und nur mehr einäugig, fiel vor den Toren der unteren Burg vom Pferd und keuchte das Wort, dass ich schon fast gedacht hatte, nie mehr hören zu müssen: »Iren«. Der Mann lag durch den Blutverlust und die Strapazen des Ritts schon fast auf den Tod, doch wir vermochten Folgendes zu erfahren.

Morolt, der irische Schrecken, war im Morgengrauen in Boscastle gelandet. Die von den Beltane-Feiern noch bezechten oder übermüdeten Dorfbewohner hatten weder Zeit, Signal zu senden, noch die Vorsichtsmaßnahmen zu treffen, die sie über Jahre trainiert hatten.

Die Iren metzelten, brandschatzten und lachten ungehindert in ihrem Kriegsglück, wohl noch in dem Augenblick, als der erschöpfte Mann vor meiner Burg niedersackte. Dass die Iren auf einmal so weit im Osten auftauchten, obwohl sie hier seit fast zwei Jahren nicht mehr hatten landen können, setzte uns alle in lähmenden Schrecken. Ich gab sofortige Order zum Aufbruch und rief einen jeden meiner vornehmen Gäste bei seiner Ehre, mich zu begleiten. Erstaunlich viele Kämpfer des Turniers, die vor Schlachtendrang nur so geglüht hatten, blieben von diesem Aufruf unbeeindruckt. Der Erste aber, der ohne ein weiteres Wort voll gerüstet an meiner Seite stand, war Riwalîn.

»Wann reiten wir?«, wollte er wissen. Das Bretonische in diesem Augenblick zu hören ließ mich wieder an meine Fähigkeiten glauben, die ich einst vor so vielen Jahren auf den Fehdefeldern um Kanelegres von Claudius, Gordec und anderen gelernt hatte. Dankbar lächelte ich dem großen Kerl zu.

»Sofort, mein Freund«, sagte ich ihm.

»Ich werde nicht von Eurer Seite weichen.«

Das tat er auch nicht. Der Ritt auf der Küstenstraße nach der Bucht von Boscastle dauerte lange, da die Straßen feucht waren. Die Pferde rutschten oft aus. Aber Riwalîn blieb neben mir. Er war an meiner Seite, als wir das Blut des Gemetzels rochen, noch bevor die Büsche uns den Blick freigaben auf einen der grausigsten Massakerschauplätze, die ich in meinem Leben davor oder danach je sehen musste.

Die Bucht von Boscastle war rot vom Blut der geschlachteten Menschen und schwarz von der Asche der brennenden Fischerboote. Die Iren – betrunken und fiebrig von ihren grausamen Taten – liefen zwischen den Leichen und Ruinen umher. Ein paar Kinder, zu entsetzt, um noch schreien oder weinen zu können, saßen gefesselt am Flutsaum. Cornische Sklaven für Morolt. Im Angesicht der Schrecken von Boscastle wusste ich nicht mehr, ob ich die Geschichten, die ihn bezichtigten, Kinder zu fressen, nicht doch glauben sollte.

An einen der Stände zum Trocknen der Fischernetze hatten die Iren einen Mann gebunden, die Arme und Beine zu den Seiten hingestreckt, wie eine Zielpuppe beim Schwertwerfen. Und das taten sie. Vier Speere staken in dem Gott sei Dank mittlerweile leblosen Körper. Wimmern tönte aus den noch stehenden Gebäuden, Tiere waren lebendig verbrannt worden.

Wir hatten Pech, der einzige Zugang hinunter in die Bucht würde uns auf lang hin sichtbar machen. Die Iren hätten am Ende Gelegenheit, sich zu sammeln und auf die Boote zurückzufliehen, bevor wir kampfbereit wären.

Aber irgendetwas sagte mir, dass diese Schlächter gar nicht fliehen würden. Dass sie uns vielmehr begegnen wollten.

Diese Szenerie war Morolts Art, sich mir vorzustellen, damit ich ihn nicht vergaß und mich als König nicht zu sicher fühlte.

Also gab ich Zeichen zum gesammelten Angriff, alle Reiter zuerst, um den Weg nach unten schneller zu nehmen.

Die berittenen Herren, die es gewohnt waren, die Kampfkraft der Feinde an den toten Körpern der Fußsoldaten zu zählen, waren nicht zufrieden mit dieser Entscheidung.

»Also los«, sagte Riwalîn heiser.

Ich will den Kampf, der folgte, nicht wiedererleben in Gedanken. Ich will die Schreie nicht noch einmal hören, nicht noch einmal riechen, was die Luft geschwängert hatte. Ich will nur sagen, dass dieser Kampf furchtbarer war als alle, die ich bisher erlebt hatte. Wir machten elf Gefangene.

Die restlichen Iren, die wenigen, die dem Tod entkamen, flohen schließlich auf die Schiffe. Die Kinder konnten wir retten. Morolt sah ich nicht, aber jeder der Iren kämpfte mit der Kraft von zehn Männern. Als sie sich auf die Schiffe zurückgezogen hatten, sandten sie noch ein paar Speere nach uns. Einer galt mir.

Er war von einem exzellenten Schützen mit viel wütender Kraft geschleudert worden und hätte mich geradewegs ins Herz treffen sollen.

Er tat es nicht, weil Riwalîn von Canoel, der belächelte Bauer aus der Bretagne mit der barbarischen Haartracht und den fadenscheinigen Kleidern, sich vor mich warf und statt meiner die Lanze in der eigene Brust empfing.

Alle Überlebenden von Boscastle folgten uns nach Tintâgel zurück. Sechs Adlige und zwanzig Fußsoldaten waren tot.

Denselben Männern, die gestern noch geziert und sich verzehrend nach echten Narben über den Turnierplatz stolziert waren, hatte Gott ihre Wünsche schrecklich erfüllt. Viele waren verwundet – am schwersten Riwalîn. Alle hatten erwartet, dass er noch am Schauplatz seiner Heldentat selbst versterben würde, doch er lebte. Keuchend und Blut spuckend, trugen wir ihn auf einem Langschild über die steilen Pfade. Die gefangenen Iren, gebunden und geknebelt, wurden immer wieder von meinen Männern gestochen und geschlagen, dass ich schließlich dem Treiben Einhalt gebot, sodass sie mir nicht vor dem Verhör hingemacht wurden. Die Sonne ging unter, als wir Tintâgel wiedersahen. Noch nicht einmal ein Tag war vergangen, aber alles war anders. Fackelträger liefen uns aus der Burg entgegen, die Frauen standen bleich auf dem Zinnengang, viele hatten den Tag betend in der Kapelle verbracht.

Ich ließ von Riwalîns Seite und ritt vor. Im Burghof versammelte ich alle in einem ängstlichen Kreise und berichtete, was geschehen war und was von den Heimkehrenden zu erwarten sei. Die Ehefrauen und Mütter der Erschlagenen brachen zusammen. Über Riwalîn und seine Tat sagte ich noch nichts, weil er in dem Schrecken des Augenblicks nicht die Würdigung erfahren hätte, die dieser halbtote Mann verdiente. Als sie ihn dann kaum später hereintrugen, löste sich ein Schrei tiefsten Entsetzens aus der Menge. Die Stimme war verzerrt und schrill, doch ich wusste sogleich, dass es Fluflu war, die so geschrien hatte. Sie stieß die Menschen vor ihr beiseite und rannte zu Riwalîn hin.

Die Leute trauern so unterschiedlich. Manchen sieht man nie eine Regung an, doch im Inneren verzehrt sie der Schmerz, für den sie keine Worte finden. Andere weinen ein paar Tage herzzerreißend und sind dann wieder ganz hergestellt. Und andere fangen sofort an, zu vergessen. Es gibt Menschen, denen gibt das Leben so viel Schreckliches zu erfahren, dass sie schon ganz geübt sind, wenn der Schmerz kommt.

Fluflu hatte keinen Kummer in ihrem Leben gekannt. Als hätten gute Geister sie mit einer Hülle aus Freude umgeben, war sie wohl einsam gewesen, überdrüssig und vernachlässigt in ihrer Jugend, doch nie wirklich auf die Probe gestellt. So deuchte mich ihr Ausbruch, als sie Riwalîn sah, zunächst als eine zu heftige Reaktion eines behüteten Mädchens auf den ersten Einbruch grausamer Wirklichkeit.

Schreiend sank sie neben ihm, den die erschöpften Träger abgesetzt hatten, auf die Knie, rief mit hoher Stimme seinen Namen und hieb sich mit den Händen immer wieder den Kopf und die Brust, als spürte sie seine Verletzung am eigenen Leibe. Einige der Frauen zogen sie von dem Verwundeten weg. So als hätte die Erregung meiner Schwester dem Leid die Bahn gebrochen, hob nun ein Weinen und Wehklagen an, von dem ich dachte, dass die vermaledeiten Iren es noch auf ihren flüchtenden Booten hören mussten.

Ich gab Anweisung, dass die Verwundeten den Heilkundigen übergeben werden sollten und die Iren in den Kerker gebracht wurden, damit ich sie morgen verhören könnte.

Diejenigen, welche nur leicht verletzt waren, schickte ich nach St. Materiana, um sie dort von den Schwestern pflegen zu lassen. Riwalîn hieß ich in seine Kammer bringen, sandte die Ärzte und Heilfrauen zuerst zu ihm und wartete auf dem Gang.

Eine der Heilerinnen trat schließlich heraus, die Arme bis über die Ellbogen in Blut gefärbt, Blut, das meines gewesen wäre, wenn Riwalîn nicht …

»Wenn er heute nicht stirbt, kann er morgen sterben, oder an vier folgenden Tagen danach, König«, teilte mir die Frau in der nüchternen Art mit, wie sie Menschen eigen ist, die das Entsetzliche zur Heimat ihres Alltags gemacht haben.

»Wenn er in sechs Tagen nicht an der Wunde, am Blutverlust oder einer Entzündung gestorben ist, kann er das Fieber bekommen und dann sterben. Ich mache mir wenig Hoffnung, Majestät.« Sie sah mir geradewegs ins Gesicht mit Augen, die noch müder waren als meine. Müde wie von Jahrhunderten solcher Anblicke. Ich nickte.

»Die Lanze hat nicht sein Herz getroffen, aber die Lunge. Es geschieht so gut wie nie, dass so einer die erste Nacht überlebt. Aber dann wieder …« Sie legte den Kopf auf die Seite.

»Aber dann wieder was?« Gierig nach einem Funken Hoffnung fasste ich sie am Arm, Riwalîns klebriges Blut nun auch an meiner Hand.

»Aber dann wieder«, sagte die Frau leise, »scheint es mir nach all den Jahren meines Lebens, dass nur die sterben, die nichts mehr zu erledigen haben. Und dieser junge Mann ruft nach einer Frau. Vielleicht haben die Götter noch etwas vor mit ihm. Etwas Schöneres hoffentlich.«

Um ihre Mundwinkel spielte die Erinnerung eines Lächelns.

»Darf ich hinein?« Die Heilerin zuckte die Schultern, wie unentschieden, ob es nützen oder schaden könnte.

Also trat ich an Riwalîns Bett, wo mein Lebensretter unter dicken Honigverbänden keuchte und stöhnte. Die Ärzte, die ihn verbunden hatten, verließen die enge Kammer und der Bretone und ich waren allein.

Seine Haut war fahlweiß, vom Schweiß überzogen. Die Augen rollten ihm bis weit in den Kopf. Er war nicht bei Bewusstsein. Die Hände hatte man ihm angebunden, dass er sich nicht selbst verletzte. Sein Stöhnen erinnerte mich daran, wie

Hunde träumen, ebenso das Zucken seiner Füße unter der heißen Decke. Vorsichtig berührte ich seinen Arm.

Er warf den Kopf herum, ohne die Lider öffnen zu können.

»Riwalîn«, flüsterte ich auf bretonisch. »Riwalîn, mein Freund.« Die rissigen Lippen bewegten sich, als versuchte er etwas zu sagen. Ich streichelte ganz leicht seine Schulter.

»Danke, mein Freund.«

Das Röcheln verstärkte sich. Ich neigte mein Ohr zu seinem Mund. »Blanchefleur«, vernahm ich den sehnenden heißen Atem. »Blanchefleur.«

Ich richtete mich auf, als hätte mich etwas gestochen.

Die Wunden an meinem rechten Arm schmerzten plötzlich stärker, als ich es vorher wahrgenommen hatte.

Ich zog meine Hand von ihm ab und verließ den Raum.

Das Lied des Kurvenal von Canoel auf den Herzenskummer der schönen Blanscheflur

Wer nie wusste, was Liebesleid ist,
Der weiß auch nie, was Liebe ist.
Wem nie das Herz in Kummer brach,
Der hat keines gehabt.

Blanscheflur, Cornwalls schöne Tochter.
Die hatte ein Herz und wusste es nicht.
Als sie ihn dann sah, den Fremden,
Begegnete ihr mit ihm auch das eigene Leben.

Da er dann siech lag und bald starb,
Fraß das neue Leid sie fast auf.
Und aus dem Schmerz stieg, größer als vorher,
Die Gewissheit ihrer Liebe.

Sie klagte und weinte, doch liebte auch.
Und Liebe schenkt Leben selbst im Tod.
Aber der Tod tritt nur einmal zurück
Um der Liebenden willen.

So gewann sie den Geliebten einmal bloß.
Zum zweiten Mal, da war es zu spät.
Da starben sie beide, und der Kummer lebte fort.
Doch beide hatten sie wirklich geliebt.

Er war kein König und war nicht reich.
Sie war verstoßen und fern von Zuhaus.
Aber edler als diese zwei ist kein Kaiser.
Ihr Adel lag in beider Herzen.

Hört, Ihr Leute, ich weiß, was ich sage,
Kummer und Liebe gehen Hand in Hand,
Wie Leben und Tod,
Wie Riwalîn und Blanscheflur, ewig ungetrennt.

Verlieren

Der Tag nach meinem großen Turnier, der aufgeblasenen Zurschaustellung meiner Macht, ging statt des vorhergegangenen Festes in die Geschichte ein. Es ist ein altes Sprichwort hierzulande, dass man die Götter am besten zum Lachen bringen kann, indem man ihnen von den eigenen Plänen erzählt. Die Stimmung auf Tintâgel war gedrückt und gespannt. Niemand erwartete oder fürchtete ernsthaft einen neuen Angriff, doch es war, als sei ein klingender Zauber zerstört worden. Das Fest, die Kampfspiele, die neu vollendete reiche Burg, all das war wie ein Traum gewesen, der mich zum mächtigsten Herrscher eines zauberhaften Reiches gemacht hatte, glorios, unverwundbar – unaufhaltsam.

Nun war der Traum zerplatzt, viele Bündnisangebote wurden mit wenig Diplomatie zurückgezogen. Die Familien, die einen Angehörigen beim Kampf in der Bucht von Boscastle verloren hatten, drängten mich, ihnen Vergütungen zu leisten. Sie pochten auf Gebietsabtretungen, Steuererlasse, Gold: gänzlich unhaltbare Forderungen, doch beschlichen von der unwägbaren Furcht jener Nacht fühlte ich mich fast zu schwach, diese Ansprüche abzuweisen. Ich wich aus, verzögerte, war unfähig, klare Urteile zu fällen, und verlor mich so mehr und mehr in den unheimlichen Ängsten dieser Tage. Etwas in mir war erkrankt. In meinem ganzen Leben, in den folgenden dreißig Jahren meiner Regentschaft, habe ich nie wieder gutmachen können, wie viel meiner Macht mir in diesen Tagen durch die Finger rann, ohne dass ich versucht hätte, es aufzuhalten. Der junge Sieger, strahlende Herrscher und unbesiegbare König, der ich gewesen war, starb in diesen Tagen und ließ einen schutzlosen, verwirrten, grüblerischen Menschen zurück.

Einen Mann zwar, doch wieder zurückgeworfen auf die Sorgen des halbwüchsigen Knaben, der sich selber nicht recht zu fassen vermochte. Ich verlor das Interesse an meinem Äußeren, entließ drei meiner Schneider, hörte sogar eine Weile auf, mich zu rasieren. Die Iren hatten mich nicht getroffen, wie sie es erhofft hatten, dennoch hatten sie gesiegt. Ich wusste es, und mit jedem Tag, der nach der Schlacht von Boscastle verging, wussten es auch andere.

Sie wurden mehr, sie wurden gefährlicher, und sie wurden gieriger.

Zum ersten Mal wird mir heute klar, dass ich mich also schon einmal so elend gefühlt habe, wie ich es seit Monaten tue. Vielleicht ist es mir nur nicht so schrecklich gewesen, eben weil ich jünger war. Damals wusste ich noch nicht, wohin es gehen würde. Es war zwischen all den Lügen und Ängsten auch noch Hoffnung übrig. Heute bleibt mir einzig die Gewissheit, dass mich mein Weg mit jedem Tag weiter auf das Ende zuführt. Dabei versuche ich, mir nicht Leid zu tun. Es gelingt nicht immer. Der ganze Rücken ist mir wund. Ich habe mehr und mehr Liegegeschwüre, gerade in den letzten Tagen ist es wirklich schlimm geworden. Vielleicht sollte ich die ganze Gedankenarbeit drangeben. Wem hilft es schließlich, dass ich die Gräber der Vergangenheit durchfleddere? Ich weiß, dass ich mir nur Hoffnungen mache, dass Brangaene wiederkommt.

Gerade das wollte ich nicht. Ich wollte mir nur das Leben aus dem Körper reden, hatte ich mir doch versprochen. Aber ich kann den Selbstbetrug nicht länger verleugnen. Ich lausche manchmal auf ihre Schritte. Wenn die Tür sich öffnet, hoffe ich jedes Mal, dass sie darin stehen wird.

Ich dachte, dass mich die Gedanken an das, was war, leichter sterben ließen, stattdessen holen sie meinen Geist ins Leben zurück, auch wenn es nur das Leben in der Vergangenheit ist.

Wie interessant ist es doch, dass ich diese Zeiten trotz alledem nicht vermisse. Man sollte doch meinen, dass ein Kranker, ein Gelähmter wie ich, vor Sehnsucht vergeht bei dem Gedanken an Turniere, an Tänze, die Unbeschwertheit eines jungen Königs.

Aber ich will nur Brangaene. Mit ihr habe ich nie getanzt, es wäre nicht nur unschicklich gewesen, ich hätte auch eine komische Figur abgegeben. Dass Bischof Philipp in seinem Alter noch immer tanzt oder es wenigstens versucht, hat meinem armen, alten Freund den Beinamen »Knochenmann« eingebracht. Er behauptet zwar, dass er das lustig findet, aber das scheint mir doch sehr verwegen.

Diese ganze glänzende Zeit, in der ich der Günstling des Glücks, der Frauen, der Reichen war, bleibt mir doch nur in Erinnerung wie ein Stück poliertes Kupfer, in dem ich mich zwar spiegeln konnte, aber das mir nichts wert war, wenn ich ehrlich bin. Ich hatte so viel und doch nichts, weil ich selber noch immer nicht lebte, noch immer nicht erwacht war aus dem Dämmer meiner Eitelkeit, meiner Unzulänglichkeit, meiner dummen Geltungssucht.

Heute, nach Brangaene, wäre ich es vielleicht wert, dass ein ehrlicher Mensch wie Riwalîn sein Leben für mich riskierte. Aber damals, wenn ich nun darüber nachdenke, war er derjenige, den ich hätte schützen sollen, denn er hatte erkannt, was mir damals noch lange Jahre verborgen bleiben würde.

Er war schon angerufen worden durch die Stimme seines Schicksals. Und sein Schicksal war Blanscheflur, meine süße Schwester Fluflu, die er selbst sterbend so zärtlich Blanchefleur nannte.

Riwalîn überlebte die erste Nacht, im Gegensatz zu zwei anderen Männern, die eigentlich leichter verletzt waren, die aber noch vor Morgengrauen dahingingen.

Seine gestöhnten Worte und das unschickliche Gebaren meiner Schwester ließen mir keine Ruhe. Ich suchte Fluflu, wenn ich den Geiern in der Halle entwischen konnte, und fand sie schließlich auf dem Zinnengang. Aufs Meer hinausstarrend, stand sie da, in der Hand hielt sie, wie ich schreckensbleich bemerkte, ihre beiden schwarzen Zöpfe. Fluflu hatte sich das Haar geschnitten. Der Wind fuhr ihr durch die kurzen schwarzen Locken. Sie heulte schon wieder. Ihre Augen waren verschwollen, und ihr Kleid war auf der Brust ganz nass von ihren Tränen.

Ihr Anblick machte mich rasend. »Was zur Hölle denkst du eigentlich, was du hier tust?«, schrie ich sie an.

Sie wandte mir das verstörte Gesicht zu, ihre Lippen zitterten. Fluflu sah schrecklich aus, unbeherrscht, hässlich, fast dumm.

»Und was hast du mit deinen Haaren gemacht? Hast du den Verstand verloren?« Statt einer Antwort kam nur weiteres Schluchzen und Schnotten. Es war unerträglich.

Ich packte sie am Arm: »Fluflu, was ist denn mit dir los?«

Sie starrte auf ihre Zöpfe, dann auf mich. Dann hing sie mir am Hals, doch diesmal hatte diese Umarmung für mich nichts der erfreulichen Nähe, die ich oft so sehr gesucht hatte.

Ich fühlte mich peinlich berührt, meine Schwester in dieser erbarmungswürdigen Verfassung zu sehen. Doch ich spürte kein Mitleid.

»Ich will nicht, dass ... Ich will nicht, dass ihm ...«, heulte sie mir stoßweise ins Ohr. Ich zog ihre Arme ärgerlich von meinem Halse ab.

»Was willst du nicht? Reiß dich endlich zusammen.« Ihre Nase lief, kieksendes Schluchzen brachte sie an den Rand eines Schluckaufs. Sie kniff die Augen zusammen und verzerrte ihren Mund. Ich war erschüttert, sowohl von meiner Teilnahmslosigkeit als auch von Fluflus Entstellung. Ich hatte sie nie so gesehen. Selbst wenn sie schmollte oder gekränkt war, hatten ihre Züge noch immer die strahlende Schönheit behalten, die mir das Herz adelte.

Ich sah überhaupt nie gerne Menschen, die weinten, aber sich so gehen zu lassen, das ging mir zu weit. »Du sagst mir jetzt, was los ist! Hör auf, dich so zu benehmen!«

»Riwalîn«, plärrte sie. »Ich habe solche Angst, dass er stirbt.«

»Fluflu, was ist mit dir und Riwalîn? Du musst mir die

Wahrheit sagen!« Ich packte sie an der Schulter und schüttelte sie. Ihre Haut zeigte Rötungen und Schwellungen von der Stirn bis zum Halsausschnitt.

»Ich liebe ihn doch so«, greinte Fluflu, mit dem Handrücken wischte sie sich die Nase wie ein Bauernjunge.

»Ist er dein Liebhaber?«, fragte ich rauer, als ich die gefangenen Iren am Morgen angegangen war. »Hat er dich verführt? Sag mir die Wahrheit!« Zu meinem eigenen Erstaunen hatte ich den Impuls, ihr eine Ohrfeige zu geben oder sonst wie grob zu ihr zu sein.

»Nein«, japste meine Schwester unter den Tränen ihrer ersten Liebe. »Aber ich will ihn heiraten.« Sie musste ganz klar den Verstand verloren haben. Der Schock des irischen Angriffs sicherlich. Wahrscheinlich hatte ihr auch schon jemand erzählt, was Riwalîn für den König getan hatte. Natürlich hatte sie schwärmerische Gefühle für meinen Lebensretter. Ihre offenkundige Verwirrung stimmte mich milder. Ich nahm ihr sanft die Zöpfe ab, die sie sinnlos in den Händen hielt.

»Fluflu, du gehst jetzt auf dein Zimmer und legst dich ein wenig nieder. Hier kannst du doch nichts für die armen Verwundeten tun, mein Liebes.«

Sie folgte wie ein Hund. Nickte, zog die Nase hoch und schlich mit hängenden Schultern auf die Stiege zu.

Bevor sie auf die Treppe ging, wandte sie sich noch einmal um.

»Die Zöpfe sind für Bogensehnen.« Darauf konnte ich wirklich nur den Kopf schütteln.

Ich sah fast stündlich nach Riwalîn in der schwankenden Hoffnung, ihn entweder sterben oder wachen zu sehen, sodass ich mit ihm reden konnte. Doch weder erwachte noch starb der Bretone. Er redete auch nicht mehr.

Fast wäre er verdurstet, weil ihm das Schlucken so schwer fiel. Nur tropfenweise konnte man ihm das Wasser einflößen. Meine Schwester lag in ihrer Kammer und führte sich weiterhin so auf, als sei die Verwundung die ihre. Ich hieß die Frauen, sie mit Stickereien oder anderen Sachen zu beschäftigen, aber den besorgten Berichten zufolge, die sie mir flüsternd zwischen den Audienzen hinterbrachten, war es alles andere als leicht.

So vollkommen wie Fluflu sich verändert hatte, war alles von einem Tag auf den anderen nicht mehr wiederzuerkennen. Die Atmosphäre blieb gespannt, um das Mindeste zu sagen. Es gab keine weiteren irischen Angriffe, doch plötzlich führten sich alle auf, als hätte es seit Jahren nur einen einzigen Tag ohne sie gegeben und nicht umgekehrt. Meine Schwester wurde immer öfter und immer unverschämter als Ehefrau eingefordert, um ein Bündnispfand zu sein. Meine militärische Überlegenheit ließ die Lords unbeeindruckt, da sie mir offen ins Gesicht sagten, dass einer allein gegen alle auch mit einem großen Heer nichts ausrichten konnte. Nur wenige Stunden nach dem größten Friedensfest, das es in Britannien je gegeben hatte, sah ich offenem Krieg entgegen. Der Gedanke, Fluflu nun verheiraten zu müssen, war mir keinen Deut angenehmer geworden als in den Jahren zuvor.

Besonders durch ihre seltsame Art seit dem Überfall auf Boscastle schien sie mir als Ehefrau in solch prekärer Bündnissituation fast eine Gefahr. Vielleicht wurde sie wahnsinnig. Dann könnte man mir vorwerfen, eine Kranke aus dem Haus gegeben zu haben.

Nichtsdestotrotz rückten drei Kandidaten in die nähere Wahl.

Am sechsten Tag nach der Schlacht saß ich abends wieder zermürbt in Riwalîns Kammer. Er war noch immer nicht gestorben, doch besser ging es ihm auch nicht. Das Fieber hatte eingesetzt, und man hatte den Hünen noch fester ans Bett binden müssen, um ihn die zarten Heilungen nicht durch unkontrollierte Zuckungen wieder zerreißen zu lassen. Ich besah mir seinen Kampf um Leben oder Tod mit der gleichen kalten Entrücktheit, mit der ich Fluflu in ihrem schweren Kummer oben auf dem Zinnengang gesehen hatte. Ich dachte wohl auch daran, wie leicht es wäre, ihn zu ersticken, seine Wunde zum Bluten zu bringen oder sie mit Schmutz zu vergiften. Aber immer wieder erlebte ich den Moment, in dem ich hörte, wie die Lanze auf mich zu pfiff, in dem ich wusste, dass ich nicht mehr würde ausweichen können. Und dann, wie ein Luchs, sprang Riwalîn vor mich. Den Körper gespannt im Flug, als glaubte er, dass nichts seine Muskeln durchdringen könnte. Dann der dumpf-feuchte Einschlag der Klinge und sein markerschütternder Schrei. Immer wieder.

Hätte er nur einen Wimpernschlag gezögert, hätte er sich nicht so unglaublich schnell bewegen können, wäre ich an seiner Stelle oder - wahrscheinlicher - schon lange tot.

Am siebten Tage ging ich nicht zu ihm, auch am achten nicht.

Am neunten Tage gab mir die Heilerin Nachricht, dass der Bretone wider alles Erwarten auf dem Wege der Genesung sei. Aber das freute mich nicht. Ich wartete nur darauf, dass ich wieder mit ihm sprechen könnte. Dann würde ich ihn nach Hause schicken müssen.

Abends, nach weiteren unerfreulichen Verhandlungen, müde, gereizt und zerschlagen, ging ich schließlich hin.

Der lange Kerl schlief, doch die fahle und feuchte Blässe seiner Gesichtshaut war einem rosigen Schimmer gewichen, der ihn um ein Vielfaches gesünder aussehen ließ. Am Fenster stand ein halber Kelch Weins, ein Stück Brot und ein Napf Brühe, den er wohl nachmittags geleert hatte.

Seine Lippen hatten ihre wunde Sprödigkeit verloren, sanft klafften sie auseinander und enthüllten in rührender Arglosigkeit seine Zahnlücke. Der Frieden dieses Genesungsschlafes war so vollkommen, dass ich begann mich wie ein Eindringling zu fühlen, ein Störenfried, geplagt von den Unruhen und Sorgen einer böseren Welt, als dieser junge Mann hier sie verdiente. Ich weiß nicht warum, ich habe mir diese Frage hundertfach gestellt, aber als ich plötzlich hörte, wie die Tür sich öffnete, verbarg ich mich wie eben so ein Eindringling hinter dem Vorhang an seinem Fenster, statt ohne Scheu und offen zu treffen, wer auch immer den Kranken besuchen wollte.

Es war nur die Heilerin. Sie fühlte dem Kranken die Stirn und strich ihm sanft die Wangen, dass er erwachte.

»Es kommt jemand zu Euch«, flüsterte die alte Frau.

»Was?«, japste der Bretone, nicht verstehend.

Die Alte legte den Finger an die Lippen, ein Zeichen, das Riwalîn Eindruck zu machen schien. »Es kommt eine Ärztin zu Euch, mein Junge. Aber lange kann sie nicht bleiben.«

Ich fühlte mich in meinem Versteck mittlerweile sehr unbehaglich, fast lächerlich, wollte schon einen dummen Scherz machend hervortreten, da winkte die Heilerin der Tür, und eine vermummte Gestalt betrat das Zimmer. Hatten sie eine Zauberin, eine kirchlich Geächtete hergebracht, um Riwalîn zu retten? Das hätte sie mir doch sagen können. Die Alte ging, und die Vermummte nahm ihre Schleier ab, einen nach dem anderen. Kurze, schwarze Haare fielen ihr gerade bis auf die Wangen.

Es war Fluflu. Mein Herz blieb stehen.

Ich konnte nicht glauben, dass sie eine solche List gewählt hatte, um Riwalîn zu sehen. Meine Fluflu, so ohne Falsch, war fähig, mich derart zu hintergehen. Mir blieb der Mund offen. Wie konnte sie das tun?

»Riwalîn«, hauchte indessen meine Schwester am Kopfende des Krankenlagers knieend. Zärtlich strich sie ihm durch das barbarische Haar. Und er antwortete schwärmerisch: »Blanchefleur!« Dann glotzten sie einander an wie zwei betörte Kühe. Ich war erstarrt, gefangen in einem Kerker meiner eigenen Dummheit, den ich wohl noch zu diesem Zeitpunkt hätte zerbrechen können. Die Überlegung, mit welcher Bemerkung, welchem Gebot ich hervortreten sollte, kostete mich nur ein paar Herzschläge Zeit. Aber dann war es schon zu spät. Fluflu, in der ihr so eigenen ungestümen Zärtlichkeit, stürzte sich auf den gerade Gesundenden und begann ihn wild zu küssen. Es machte Geräusche, wie man sie in der Leidenschaft wohl als erregend empfinden kann, die einem unbeteiligten Zuhörer aber nur Scham verursachten.

Die Arme noch schwach von den Fesseln der letzten zehn Tage, vermochte Riwalîn weder sie richtig zu umfangen, noch sie abzuwehren. Die Wunde in seiner Brust missachtete meine

Schwester mit wahnwitziger Leidenschaft. Sie kletterte zu Riwalîn ins Bett, der sich zumindest nicht mit Worten oder Gesten dagegen verwahrte, und zerrte an seinen Laken und ihrem Gewand zugleich. Ich schloss die Augen. Mir wurde übel. Das konnte nicht sein.

Mit erstaunlicher Zielstrebigkeit ging meine Schwester ans Werk, den Halbtoten zu lieben und ihn so völlig unachtsam dem Tode näher zu bringen. Sie sagten sich wieder und wieder ihre Namen, flüsterten sie, keuchten sie in entsetzlicher Einfallslosigkeit, sicher auch, weil sie die Sprache des anderen kaum verstanden. Die robuste Natur des Bretonen musste ihn trotz seiner Entkräftung für diesen Dienst ausgestattet haben, sodass er meiner Schwester Willen und Verlangen auch in diesem Zustand erfüllen konnte.

Beide stöhnten und ächzten, beide wohl aus Wonne und aus Schmerz. Ich hielt mir die Ohren zu. Viel half es mir nicht.

Nach einer Weile dann vernahm ich die gedämpften Geräusche nicht mehr. Ich lugte. Riwalîn lag noch immer auf dem Rücken, ohnmächtig, wenn mich nicht alles täuschte.

Fluflu krebsrot im Gesicht, das elend kurze Haar zerzaust, hing noch eine Weile wie erstarrt auf seiner Brust, zog dann ihre Kleider wieder an und zurecht und küsste den dahindämmernden Geliebten zum Abschied auf die Stirn.

»Ich muss gehen, aber ich komme wieder«, flüsterte sie, sich hastig verschleiernd. Dann floh sie auf den Gang. Der Spuk war vorüber. Schlimmeres Unheil, als ich es mir je erträumt hätte, war angerichtet durch Riwalîn von Canoel.

Ich sah, aus meinem furchtbaren Versteck fluchtartig hervortretend, dass Riwalîns Wunde wieder aufgebrochen war, unter den Binden vergrößerte sich schnell ein Kreis frischen Blutes. Vielleicht umso besser, dachte ich, soll er doch sterben. Dann sah ich ihn wieder vor mir, wie er mir das Leben rettete, und konnte es nicht zulassen.

Bevor noch Schlimmeres passierte, ging ich auf den Gang und rief nach den Ärzten. Die Heilerin, mit der sich Fluflu verbündet hatte, tauchte nicht auf. Keiner der Gerufenen konnte sich erklären, wie der Kranke sich derart hatte echauffieren können, um die Blutung wieder zu beginnen, zumal das Fieber gesunken war.

Und ich, der Arme, der es wusste, rannte auf den unteren Hof, riss mein Pferd aus dem Stall, schreckte die Wachen auf, brüllte, mir gefälligst das verdammte Tor zu öffnen, und ritt. Ritt über die Hochebene an St. Materiana vorbei, immer weiter gen Westen, bis das Pferd und ich beide schweißnass waren und ich die Entscheidung fällte, die vierte Sünde meines Lebens zu begehen.

Morgen würde ich meine Schwester verheiraten.

Ich war kein Unmensch. Aus den drei zur Wahl stehenden Kandidaten durfte sie sich den aussuchen, der ihr angenehm war, selbst wenn sie den mit den schlechtesten Prospekten wählte. Ich würde sie zu Philipp nach Salisbury zur Hochzeit verfrachten, und wenn sie dann zurückkäme, wäre der verfluchte Kerl, den sie gerade vor meinen Augen bestiegen hatte, entweder tot oder über dem Meer in der Bretagne.

Ich ließ mich kalt und taub frieren im Nachtwind. Allein der Gedanke an mein Pferd, dem eine solche Unterkühlung tödlich sein konnte, brachte mich irgendwann dazu zurückzureiten.

Wieder in Tintâgel am Kamin in meiner Kammer wurde ich wohl wieder warm, aber ich fühlte noch immer nichts.

Und das sollte sich auch so schnell nicht wieder ändern.

Am nächsten Morgen war Riwalîn wieder so schwach wie direkt nach seiner Verwundung. Da ich unbedachterweise am Tag nach der Schlacht allen erzählt hatte, wie er sich aufgeopfert hatte für mich, konnte ich schlecht Anweisungen geben, seine Pflege zu reduzieren. Fluflu hieß ich in ihrer Kammer zu verbleiben und stellte sie am späteren Vormittag, nur mit Mühe dem jungen Zwyyntek ausweichend, vor vollendete Tatsachen.

Sie saß mit einem dümmlichen Grinsen auf ihrer Bettstatt, in Gedanken sicher noch in der letzten Nacht, und errötete, als ich den Raum betrat. Ich war so gleichgültig gegen ihren Charme und ihre geheuchelte Unschuld, wie man es nur sein konnte. Mit einer überzeugend bedrohlichen Gebärde bedeutete ich ihr, sitzen zu bleiben.

»Sprich nicht zu mir und vor allem widersprich mir nicht.«

Ich legte die Hände auf dem Rücken zusammen und sah aus ihrem Fenster. Im Hof kontrollierte gerade der alte Zwyyntek, den vermehrt die Gicht plagte und ans Bett fesselte, den Gehalt einer neu eingetroffenen Zinnlieferung. Wenn die Zinnwagen kamen, war es so ziemlich die einzige Zeit, zu der er sich noch aus seiner Kammer wagte, deren Reinigung durch die Diener und Scheuermägde er strikt ablehnte. Er trug zwar noch den Titel des Majordomus, doch hatte er wirklich in den letzten zwei Jahren schon keine Amtsgewalt mehr gehabt.

Er kam auch heute wohl nur, um seinen dreißigsten Anteil zu überprüfen. Wütend versuchte ich, mich auf das zu besinnen, was ich zu sagen hergekommen war.

»Ich weiß, was gestern Nacht vorgefallen ist, und ich kann dir nicht sagen, wie enttäuscht ich von dir bin. Erspar mir bitte jegliche Lügen. Du bist beim Bretonen gewesen und hast dich mit ihm, … du hast ihn …« Ich konnte es nicht sagen. Die ungewollt bezeugten Bilder, wie meine Schwester sich mit dem Kranken vereinigt hatte, ließen mir schon wieder die Galle hochsteigen. »Diese Schande ist unglaublich, abgesehen von deiner Täuschung und Untreue mir als deinem König gegenüber. Es muss schnellstens gehandelt werden.«

Jetzt drehte ich mich um. Ich fühlte noch immer nichts.

Fluflu sah aus wie ein gescholtenes Kind. Mit geweiteten Augen starrte sie mich schuldbewusst an. »Es tut mir Leid, Marke.«

»Ach, halt den Mund. Es tut mir Leid, es tut mir Leid!«, spuckte ich sarkastisch. »Weswegen musstest du so etwas tun? Warum musstest du mich derart hintergehen? Verflucht noch eins!« Meine Beherrschung kam mir zusehends abhanden. Ich wurde laut, das durfte ich nicht. Niemand sollte etwas von dieser Unterhaltung wissen. Mühsam bezähmte ich mich.

»Aber wir wollen doch heiraten«, lispelte Fluflu, die Augen

fest auf den Boden gerichtet, den Kopf zwischen die Schultern gezogen, als erwartete sie Schläge.

»Heiraten! Ich höre immer Heiraten! Wen willst du heiraten?«

Jetzt kullerten ihr auch noch die ersten Tränen. »Na, Riwalîn. Ich liebe ihn doch.« Ihre Stimmlage, unterwürfig und zugleich siegesgewiss in ihrer Verblendung, ihrer Schwärmerei, war mir unerträglich. Wie konnte sie mich so enttäuschen.

»Na, da bin ich ja beruhigt«, geiferte ich. »Das ändert natürlich alles. Dann ist es selbstverständlich gar kein Problem, dass du dich an einen hergelaufenen Bauern weggeworfen hast. Wann will er dich denn heiraten? Und wo wollt ihr leben? Wovon wollt ihr leben? Von der guten Luft in der Bretagne?«

Ihr Unterlippe zitterte: »Wir haben noch gar nicht darüber gesprochen. Aber ich dachte doch, dass ich heiraten kann, wen ich will, wenn mir einer gefällt. Vor dem Turnier hast du das selbst gesagt. Und du hast auch neulich gesagt, dass du ihn magst.« Ihre Stimme verzog sich zu jenen langen Klagelauten, die mich seit der Begegnung auf dem Zinnengang nur noch wütender machten.

»Er hat dir noch nicht einmal gesagt, dass er dich heiraten *will*? Du steigst ins Bett zu einem, der dich nicht mal zur Frau gefragt hat! Das ist ja ganz wundervoll. Immer besser.«

Dass ich selber solcher Beschäftigung seit fünf Jahren mit einiger Regelmäßigkeit und wechselnden Gefährtinnen nachging, versuchte ich in diesem Augenblick nicht zu bedenken. Immerhin hatte ich nie eine Jungfrau verführt.

Fluflu heulte unentwegt weiter.

»Hör endlich auf zu flennen! Du wirst dich verheiraten, meine Liebe, das versichere ich dir, aber nicht mit Riwalîn, dem Bauern. Das kommt überhaupt nicht in Frage, verstehst du!?«

»Er hat dir das Leben gerettet«, winselte meine Schwester. »Wie kannst du nur so über ihn reden? Du bist so gemein!«

»Ich kann so über ihn reden, liebe *Blanchefleur*«, höhnte ich, »weil ich im Gegensatz zu dir nämlich in der wirklichen Welt lebe, und in der wirklichen Welt ist es ziemlich klar, dass die Schwester des Königs von Cornwall keinen Bretonen heiratet, der nicht mal ein Lehen hat, der ein Zweitgeborener ist und der sich an den Schläfen Zöpfe flechtet wie ein Wilder!«

»Wie bist du denn auf einmal?«, Fluflu klang ehrlich erstaunt. »So bist du doch nie gewesen. Was hast du denn?«

»Du hast dich ja auch vorher nicht mit irgendeinem Dahergelaufenen eingelassen und damit eine Katastrophe ausgelöst. Schon politisch! Vor allem politisch! Das ist nämlich überhaupt eine politisch sehr sensible Angelegenheit.«

Mir fiel nichts mehr ein. Ich versuchte mich zu sammeln.

Fluflu hatte das Weinen aufgegeben und sah mich mit seltsam ruhigen Augen an. Ich wähnte, schließlich doch noch Einsicht in dieser Wandlung zu entdecken. Somit beschloss ich, ihr alles ganz sachlich zu erklären. Schließlich wohnte dieser Angelegenheit eine Logik inne, der sich auch der ungeschulte Verstand meiner kleinen Schwester nicht entziehen konnte.

»Es ist so. Du hast drei Bewerber zur Auswahl: Du kannst den Erben von Bristol heiraten, den Prinzen von Devon oder den Fürsten von Frome. Der von Bristol wäre mir am liebsten, rein von der Bündnissituation her, aber ich lasse dir freie Wahl. Du sagst mir, wen du willst, und Cowley wird euch so schnell wie möglich trauen! Und das mit – mit gestern Abend bleibt unser Geheimnis. Aber kein Wort mehr über Riwalîn!«

Ihr Gesicht war mit einem Mal wieder klar, ganz ernst und besonnen. »Ach so«, sagte sie, wie verstehend. »Kann ich ein paar Tage darüber nachdenken? Es ist ja wichtig, nicht?!«

»Ach, Fluflu, mein Schatz.« Ich ging vor ihr in einer plötzlichen Gemütswallung auf die Knie. Dass die Liebe zu meiner Schwester so überraschend zurückkam, so als wäre nie etwas vorgefallen, traf mich unvorbereitet und machte mich wieder nachgiebig. Ich fasste ihre Hände.

»Natürlich, Liebes. Begreif mich wenigstens. Ich will doch nicht, dass du unglücklich wirst. Nimm dir alle Zeit der Welt, aber bitte versteh, dass es nicht anders geht.«

Sie nickte. Ich musste sie dazu bringen, dass sie mich durch und durch begriff: »Die Dinge haben sich geändert, mein Herz, wir sind nicht mehr so stark wie noch vor ein paar Wochen.« Verzweifelt stand ich wieder auf und begann hin und her zu laufen. Die Erleichterung machte mich mitteilsam in einer Offenheit, wie ich sie sonst auch Fluflu gegenüber vermieden hätte.

»Es ist alles so kompliziert. Bristol und Frome wollen mir die Luft nach Osten hin abdrücken und Devon kann mir den Zugang zum südlichen Meer verwehren. Du weißt, was das für den Handel hieße.« Sie nickte wieder. Wusste sie es?

»Du kannst keinen Mann ohne Land heiraten. Schon gar nicht einen Ausländer. Und du kennst ihn doch sowieso kaum.« Wieder bewegte sich ihr Kopf auf und ab.

»Ich bin ja froh, dass du … die Liebe kennen gelernt hast mit einem Mann, den du … gern hast, aber es geht nicht. Bitte, mein Herz, versteh mich doch.«

»Ist schon gut, Marke«, erwiderte sie kühl. »Ich hab dich gut verstanden. Ich sage dir dann, wenn ich mich entschieden habe.« Dankbar küsste ich ihre Hand und verstand mich selber nicht mehr, dass ich so kalt und aufbrausend gewesen war. Sie war jung und bildete sich ein, verliebt zu sein. Ich wusste, wie das war. Man machte dumme und unverzeihliche Fehler.

»Kann ich noch mal mit ihm sprechen, bitte? Nur um ihm die Sache zu erklären.« Sie drückte meine Finger.

Was konnte schon passieren? Er wollte sie ohnedies nicht heiraten. Und er war halb tot. Sicher konnte er ihre Tugend kein zweites Mal gefährden. »Also gut«, erwiderte ich. Doch es folgte weder ein Kuss noch eine Umarmung, auch wenn ich noch eine Weile an der Türe herumlungerte.

Meine Schwester überlegte sich ihre Wahl in der Tat reiflich. Nach fünf Tagen war sie noch immer zu keiner Entscheidung gekommen. Der Bretone genas, diesmal ohne Fieber, konnte er erstmals seit der Schlacht von Boscastle wieder aufstehen und im Zimmer umhergehen. Ich besuchte ihn des Abends, um ihm endlich meinen zähneknirschenden Dank zu übermitteln. Er tat ganz unbefangen. So, als hätte er nie meine Schwester entehrt.

Wog es sich denn wirklich auf, wenn ein und derselbe Mann einen rettete, um kaum zehn Tage später die Schwester zu verführen? War Unschuld mehr wert als Leben oder weniger? Diese verfluchten Römersitten. Nach dem alten Recht hatte Fluflu jederzeit einen Liebhaber nehmen können. Dieses Getue um die Unschuld. Wenn es nicht meine Schwester gewesen wäre, hätte ich mir darüber nicht einen einzigen Gedanken gemacht.

Tatsache war außerdem, dass ich mir ohne Riwalîn diese Fragen nicht mehr würde stellen können. »Ich danke Euch dafür, dass Ihr bereit wart, Euer Leben für das meine einzusetzen«, sagte ich auf Bretonisch.

»Es war etwas, dass ich jederzeit wieder tun würde, mein König«, antwortete er bewegt und küsste mir die Hand. Mit meiner Schwester zu schlafen wahrscheinlich auch. Aber diese Angelegenheit blieb wohl besser unausgesprochen.

»Ihr seid sicher bald gekräftigt genug, die Heimreise anzutreten, mein Freund«, gab ich ihm den deutlichsten Hinweis, den die Gastfreundschaft erlaubte. »Ich bin sicher, dass Eure Familie Euch schon vermissen wird.«

Er schlug die Augen nieder. »Ich hätte mir auch an Eurer Seite ein Zuhause gemacht, Majestät. Ich bin gern auf Tintâgel«, murmelte er. Riwalîn war nicht stolz. Er würde sich sogar herablassen, mich zu bitten. Das durfte ich nicht zulassen. Ich ging, ohne mich noch einmal umzudrehen.

Es waren einsame Tage. Fluflu blieb viel in ihrer Kammer, um gründlich nachzudenken, wie sie sagte. Ich drängte sie nicht, gab den drei wartenden Bewerbern viel Wein und Tand, mit dem die drei Burschen im Rahmen ihrer nicht so hoch bemessenen Geistesgaben vollauf beschäftigt waren. Nach zehn Tagen schließlich teilte ich ihr beim nun sehr schweigsamen Mahl mit, dass es jetzt genug sein müsste mit der Überlegung und dass ich wissen wollte, wen sie sich erwählt hatte.

»Am Abend werde ich es dir sagen, Marke«, meinte sie bloß. Weiter bekam ich nichts aus ihr heraus und beschloss, dass es dann wohl noch bis zur Nacht warten könnte.

Am Abend aber saß ich ausnahmsweise, um den Gästen keine Gelegenheit zu geben, sich vernachlässigt oder gekränkt zu fühlen, aber mehr noch, damit sie meine Abwesenheit nicht nutzten, um ein Komplott zu schmieden, eine Weile in der unteren Halle. Ich wollte anschließend zu Fluflu gehen, wenn es keiner bemerkte. Der alte Zwyyntek, gerade von einem besonders schlimmen Gichtanfall genesen, döste vor dem Feuer. Er roch so stark, dass sich selbst die Unempfindlichen von ihm fern hielten.

Der Prinz von Devon und der Fürst von Frome übten sich im Armdrücken. Ein paar Leute würfelten. Es war ein Abend wie jeder andere. Ich gähnte verstohlen.

Da trat Fluflu in die Halle. Außer den zwei armdrückenden Werbern, die so sehr in ihr Kräftemessen vertieft waren, dass sie die Augen nicht voneinander ließen, und dem schnarchenden alten Zwyyntek sprangen alle Herren sogleich auf. Die scharrenden Füße, Bänke und Stühle füllten den Saal mit ihren Geräuschen bis zur Decke und waren ebenso schnell wieder verstummt.

Fluflu trug einen gewundenen Kopfputz, sicher, um die geschorenen Haare zu verbergen, und einen dichten Mantel aus grobem grünem Tuch, als wollte sie ausreiten.

»Marke von Cornwall«, erhob sie laut die Stimme, »als meinem Bruder, Vormund und König habe ich dir etwas zu sagen.« Es war mucksmäuschenstill. Das Sägen des alten Majordomus hallte geradezu von den Decken. Die beiden von Devon und von Frome ließen endlich voneinander ab.

Ich schluckte nervös. Fluflu sprach so nie vor anderen.

»Ich komme, um dir zu sagen, dass ich mich einzig verheiraten will und werde mit meinem Geliebten, Riwalîn von Canoel!«

Die Anwesenden in der Halle sogen gemeinschaftlich entsetzt Luft ein, auch ich. Meine Schwester nutzte den Überraschungsvorteil und redete weiter.

»Da du meinen Verlobten, der dir das Leben rettete zu Boscastle, in schändlicher Manier deine Gastfreundschaft entzogen hast, kann auch ich nicht länger auf Tintâgel verweilen. Ich werde mit ihm gehen und Cornwall verlassen noch heute Nacht.«

Am Ende der Halle schwankte Riwalîn selbst herein, geschwächt noch immer, im Gebaren wie ein ängstlicher Hund, der weiß, wofür er geprügelt werden wird. Er konnte sich kaum auf den Beinen halten, wie würde er eine Reise überstehen wollen? Fluflu hingegen hatte nichts Ängstliches. Sie strahlte in einer neuen unbezwingbaren Stärke, nicht unähnlich der unserer Mutter, als sie mit Blanscheflur schwanger war und den Priester der Burg verwies.

»Nimmst du deine Worte zurück, Marke von Cornwall?«, fragte sie laut. »Wirst du deine Verfehlungen der Gastfreundschaft wieder gutmachen und deinen Lebensretter bitten, auf Tintâgel zu bleiben als mein Ehemann?«

Alle Augen richteten sich auf mich. Ich konnte die flackernde Neugierde auf der Schwelle zur Verachtung geradezu körperlich spüren.

»Geh auf deine Kammer, Blanscheflur«, knurrte ich durch die Zähne. »Du bist verwirrt und weißt nicht, was du sprichst.«

Der alte Zwyyntek hustete im Schlaf.

»Lebwohl, du großer König«, sagte sie nur hohntriefend und wandte sich zum Gehen. Sie lief zu Riwalîn, ihrem Geliebten und Helden, den sie nun ansah, wie sie früher mich angesehen hatte.

»Komm zurück, Fluflu, sofort!«, rief ich. Doch die zwei verschwanden ohne ein weiteres Wort aus der Halle. Über ihre Schulter warf sie mir den letzten Blick zu, den ich im Leben von ihr erhalten sollte, den Blick, der mir bis heute durch und durch geht und mir immer wieder sagt, warum ich sie verlor.

Der alte Zwyyntek hustete immer weiter. Im Schrecken und Erstarren der gerade vorgefallenen Ereignisse dauerte es länger, als es hätte sollen, zu bemerken, dass der alte Mann auf seinem Platz vor dem Feuer erstickte. Als ihm endlich alle die notwendige Aufmerksamkeit zuwenden konnten, war er tot.

Cornwalls Chronik (Auszug)

Es war ein tag im sumer, der hat vîl leides braht. Es starben an deme tag des künecs schoene svester, diu hiez Blanscheflur und was noch jung. Und es starb der alte Major d. der was alt und hat sih vîl verdînet um Tintâgel. Dies was in der Zît grad ê der künec hat den rats berufen.

(Ein Sommertag hat großes Leid über Tintâgel gebracht. An diesem Tag starb die schöne Schwester des Königs, sie hieß Blanscheflur und war noch jung, und es starb der alte Haushofmeister, der alt war und sich um Tintâgel sehr verdient gemacht hatte. Dies geschah, kurz bevor der König das erste Mal den Rat berief.)

Der Pakt

Am nächsten Tag habe ich meine Schwester offiziell für von Riwalîn entführt und dann verstorben erklären lassen, sie zu verstoßen hätte ich nicht übers Herz gebracht, sie einzufangen war mir unter aller noch verbliebenen Würde. So dachte ich, besser tot als der Untergang Cornwalls. Die Leute sagen, dass nichts einen Mann mehr entehrt, als wenn seine Gattin ihm die Hörner aufsetzt. Doch nicht mehr Herr über die eigene Schwester und Schutzbefohlene zu sein ist ein größerer Schlag. Eine betrügerische Gattin konnte man wieder betrügen. Aber ich konnte mir keine neue Schwester erschaffen, die mir gehorchen und den heiraten würde, den sie müsste. Mit Fluflu hatte ich Tintâgels letzten Trumpf verloren.

Ich wusste nicht, was ich noch retten konnte. Die drei Brautwerber, geeint in der Schmach ihrer öffentlichen Abweisung, drohten mir mit Fehde, der sich viele heimlich Unzufriedene gerne angeschlossen hätten.

Der alte Zwyyntek war tot, und der Sohn, nicht wirklich trauernd, fand sich plötzlich mit Geschenken überhäuft, die den Verschwörern seine Dienste sichern sollten.

Und verwunderlicherweise brachte sie der neue alleinige Majordomus sämtlich zu mir. Er warf den einfachen Sack, in den er alles hineingestopft hatte – Gold, Ringe, kleine Kostbarkeiten – vor meine Füße und fiel in einer gänzlich uncharakteristischen Dramatik auf die Knie.

»Ich will Euch Treue schwören, König Marke«, klang seine tonlose Stimme, die Augen hielt er gesenkt. »Ihr sollt wissen, dass ich auf Eurer Seite sein werde.« Das hatte ich nicht erwartet. Eine teure, erlesen verzierte Wachskerze war aus dem Beutel gerollt. Sie schaukelte auf dem Boden zwischen uns hin und her, bis sie wieder ein Gleichgewicht fand. Ich wusste nichts zu sagen.

»Eure Schwester«, presste er hervor. »Sie hat schwer gefehlt. Betrogen hat sie Euch und Tintâgel. Sie hat gesündigt.«

Der Majordomus sah mit brennenden Augen auf, in ihnen leuchtete eine verzehrende Verrücktheit, wie sie nur in einer unerhörten Liebe wachsen kann. Es war der Blick, den ich auf die Loba gerichtet hatte. Der junge Zwyyntek liebte meine Schwester. Er fühlte sich mit mir vereint, weil sie uns beide verlassen hatte. Sein Treueschwur für mich war der abgewiesene Eid, den er Fluflu nie hatte leisten können.

Fast musste ich lächeln über die Vermessenheit dieses bleichen Burschen, dass er sich selbst der Aufmerksamkeit meiner schönen, lebensfrohen Schwester für würdig erachtet hatte.

Doch sein Schmerz war echt und erinnerte mich auch an den meinen. »Wir wünschen es nicht, über unsere verstorbene Schwester zu sprechen«, schnarrte ich kalt. »Und was Euch angeht, Zwyyntek, so könnt Ihr Euch zur Zeit besser einrichten als hier auf Tintâgel. Ihr wisst, wir stehen nicht mehr so fest wie bisher. Devon, Frome und Bristol könnten gegen uns ziehen. Und ich weiß nicht, wie viele Freunde wir noch haben würden, wenn ich Bündnistreue einforderte. Überlegt Euch gut, bei wem Ihr Euer Bett macht, Majordomus.«

»Bei Euch, Sire.« Dem bleichen, jungen Mann standen verzweifelte Tränen im Blick. »Nur bei Euch. Tintâgel ist mein Leben.« Jetzt tat er mir wirklich Leid. »Ich schwöre es.«

»Michaele«, sagte ich sanft. »Vor langer Zeit habe ich Eurem Vater geschworen, Euch nicht ins Kloster gehen zu lassen, obgleich dies Euer ehrlicher Herzenswunsch war. Wenn Ihr diesen Wunsch noch immer fühlt, so will ich den Eidbruch gegen Euren Vater selig wohl auf mich nehmen und Euch ziehen lassen. Der Bischof von Salisbury würde Euch unterbringen, wo immer Ihr wollt. Einen Mann von Euren Fähigkeiten würde selbst der Heilige Vater bei sich haben wollen.«

Mein Haushofmeister schüttelte bescheiden den Kopf. »Ich trage den Herrgott in mir, Majestät. Und niemals wird mir diese Gewissheit jemand nehmen können. Aber ich glaube, dass Ihr trotz Eures Lebenswandels ein guter Herrscher seid, und ich will Euch helfen. Ich will Euch helfen, Cornwall zu halten.«

In meinem Kopf sprangen die Gedanken umeinander wie Hasen im Frühjahr. Zwyyntek rührte mich, doch ich misstraute ihm zu sehr, als ihm wirklich den Glauben zu schenken, den die Offenlegung seiner Seele in diesem Moment verdient hätte. Und immer wieder kam mir die dreifältige Bedrohung Frome, Devon und Bristol in den Sinn.

Ich würde einen Kanzler brauchen, auf den ich mich blind verlassen könnte. »Ich habe Geld, Sire«, redete er weiter, ohne meine Aufforderung erhob er sich nun. »Das ganze Geld meines Vaters. Er hat es nie für irgendetwas ausgegeben. Ich brauche es nicht. Ich gebe Euch eine Anleihe ohne Zinsen, kauft mehr Soldaten, bringt sie aus Schottland oder Frankenreich, sodass sie kein örtliches Interesse haben können. Dann steht Ihr wieder sicher, dann kann Euch nichts passieren. Ihr könnt neu verhandeln.«

Das machte Sinn. Ich nickte dem vor Eifer übersprudelnden Majordomus langsam zu. »Und Frome, Bristol und Devon?«, fragte ich. Die Fehdedrohung der drei gekränkten Freier könnte von heute auf morgen umgesetzt werden.

Die schmalen Lippen de Zwyynteks verzogen sich zu einem ungewohnten Lächeln. »Wenn Ihr sie nicht besiegen könnt – führt sie.«

»Gegen wen?«

Der Majordomus sah mich mitleidig an. »Irland, Majestät.«

»Irland verdanke ich den ganzen Ärger, Michaele.«

»Weil Ihr es falsch angefangen habt, Majestät. Wer etwas will, muss zuerst etwas geben.«

»Und was soll ich ihnen Eurer Meinung nach geben, mein lieber Majordomus, Euer Geld, das Ihr mir so freundlich leihen wollt? So viel, wie es diese drei wollten, habt auch Ihr nicht.«

»Geld hält nicht lange vor, Sire. Die drei Herren brauchen

etwas ganz anderes. Etwas, das die Römer gut verstanden. Die Hoffnung auf Macht, König Marke.«

Ich weiß nicht mehr, worüber wir dann im Einzelnen sprachen, aber es war die Geburtsstunde des Rates.

In der oberen Halle ließ ich lange Tische mit vierzehn Sitzen und meinem Thron aufstellen und berief in den folgenden sechs Monaten die erlesenen Herren und Damen Südenglands, Wales und sogar einen aus Südschottland ein, Mitglieder meines Rates zu werden. Besondere Beraterfunktion kam den jungen Herren von Frome, Devon und Bristol zu, denen ich zu ihrer Ernennung bewegt mitzuteilen wusste, dass auch wenn uns das Schicksal Familienbande verweigert hatte, ich sie doch an meinem Hofe nicht mehr missen wollte.

Die zwölf Herren und zwei Damen – beides geschäftstüchtige Witwen, die sich der Wiederverheiratung oder Verschleierung erfolgreich verweigert hatten – des Rates brachten insgesamt vier Zofen, dreißig Diener und je vier Leibwachen mit nach Tintâgel, sodass ein weiterer Anbau bevorstand, den ich mit dem so großzügigen Anleihen des jungen Zwyyntek bestritt.

Die Strategie schlug an, besser als geplant, doch von der Durchsetzung anstrengender als geahnt.

Ich musste ein anderer Mensch werden. In den ersten drei Monaten nach der Ratsberufung alterte ich um Jahrzehnte. Ich durfte nicht mehr der strahlende junge König sein, der bei seinen eigenen Wettkämpfen mitstritt, die Damen bezauberte, die Nächte durchtanzte und charmante Komplimente drechselte.

Zu lächeln gewöhnte ich mir ab, ebenso die Scherze, die schnellen Bemerkungen, für die ich so berühmt gewesen war. Ich bewegte mich langsamer, noch immer mit der früh angelernten Grazie, doch sonst tastender, vorsichtiger, so als könnte jeder meiner Schritte mich in unvorhersehbare Gefahren führen. Und das konnte er auch.

Wir führten, wie vom Majordomus angeraten, einen langen, zehrenden Krieg gegen die Iren, doch die Kriege im Inneren der Burg waren weit tückischer und aussichtsloser.

Die heitere Stimmung hatte Tintâgel zusammen mit Fluflu verlassen, und zurück blieb ich in meinen Grillen, Sorgen und meiner Schwermut, so als hätte mich die flügelleichte Herzlichkeit meiner Schwester nur ein paar Jahre emporgehoben aus der Finsternis, die mir wesenseigen zu sein schien.

Vor mir lag ein langes Leben, aber ich hatte den Spaß daran verloren und wähnte nicht, ihn jemals wieder zu finden.

Brief Ruâl des Jüngeren von Kanelegres, Verwalter der Besitzungen seiner Majestät König Marke von Cornwall in der Bretagne, namentlich der Feste und der Ländereien zu Kanelegres

Eure Majestät,

wir vermissen Euch, es sind schwere Stunden für uns gewesen und ich, der ich Euch heilig halte in der Erinnerung eines zwölfjährigen Knaben, vermisse Euch besonders.

Im letzten Winter ist mein Vater an einem Lungenfieber gestorben, er hat Euch einen Brief geschrieben in der Woche vor seinem Tode, noch eh er zu schwach wurde, ich schicke ihn mit diesem Boten mit.

Nach Jahren des Friedens hat uns hier oben vor wenigen Wochen erstmals wieder Fürst Morgân angegriffen, ohne aber namhaften Schaden anzurichten, auch wenn wir einige unserer Besten gegen ihn verloren. Schlimmer erging es der Burg Canoel im Osten, die er fast so geschliffen haben soll wie Kanelegres seinerzeit. Ansonsten erfreuen wir uns bester Verfassung, meine liebe Frau Floraete hat vor kurzem einem kräftigen Knaben das Leben geschenkt, ich bin geneigt, ihn dankbar nach Euch zu nennen, doch wünsche ich dafür Eure Erlaubnis. Wir hörten von dem Leid, welches Euch um Eure Schwester befallen hat, und senden Euch unser Mitgefühl. Zu gegebener Zeit wünsche ich mit Euch zu diesem Thema noch zu unterreden. Doch es scheint, wie die Alten sagen: *Ein Haus, in dem niemand gestorben ist, kann nur in den Wolken stehen.*

Wir alle auf Kanelegres entbieten Euch unseren untertänigen und ehrfürchtigen Gruß, etc.

(Siegel) Ruâl Jun. De Kanelegres, né à Loupierre

Dritter Teil

Die Zeit der Liebe

Allein

Die Jahre kamen und gingen, und ich blieb. Die Iren erkannten die Zeichen der Zeit und verzogen sich bis auf einige Attacken, die sie im Schutze der Dunkelheit an kleinen Fischerdörfern oder einzelnen Katen ausführten, an andere, schlechter befestigte Küsten.

Jedes meiner Ratsmitglieder war höchst unzufrieden, keine Ausnahmestellung errungen zu haben, doch da alle diese Geisteshaltung teilten, schuf es zumindest eine Gleichheit unerfüllten Hungers unter den Aufstrebenden. Eifersüchtig bewachten sie die allgemeine Gunstverteilung und hielten sich so ohne mein Zutun auf derselben Höhe. Die Zinsen, die ich dafür eines Tages würde zahlen müssen, wären fällig, wenn es gelten würde, einen Nachfolger aus der Herde dieser Gierigen zu bestimmen.

Tintâgels Armee war sehr groß geworden, nicht zuletzt durch die Söldner und Bündnistruppen. Ich besaß vier Stimmen im Rat, jedes andere Mitglied nur eine. Dennoch konnte ich keine Entscheidung alleine durchsetzen. Jedes Unternehmen musste vorbereitet werden durch intensive Schmeichelei, Bestechung oder bisweilen auch eine Drohung. Auch in einer geglückten Intrige konnte Vergnügen liegen, fand ich heraus, aber es war nicht mehr leicht, beschwingt und freudevoll, wie das Herrschen in meinen ersten Jahren trotz der harten Arbeit gewesen war. Zunächst trauerte ich dieser goldenen Zeit hinterher, so wie ich Fluflu vermisste, die leichten Affären, die lustigen Feste. Ich glaube, ich vermisste vor allem meine Jugend.

Dann hörte ich eines Tages auf, etwas anderes zu erwarten als das, was ich hatte, und begann zu überleben.

Ich wählte keine Geliebten aus den regelmäßigen Gästen

und Hofdamen mehr, da ich nicht wusste, ob sie zur Vorbereitung einer Hinterlist geschickt wurden. Durch de Zwyynteks Einfluss, aber auch um die Dinge leichter kontrollieren zu können, ließ ich mir von Lord Cowley, dem immer mächtiger werdenden Bischof von Salisbury, bisweilen fanatisierende Priester und Kaplane schicken, die dafür sorgten, dass das höfische Leben wesentlich christlicher und moralischer wurde. In Wirklichkeit hieß es natürlich nur, dass alles, was vorher offen geschehen war, nun heimlich geschah. Bisweilen teilte ich auch noch das Laken mit einer Frau, doch selten öfter als für eine Nacht, und fast immer waren es reiche Adelsfrauen aus der Provinz, die Tintâgel ohnehin bald wieder verlassen würden, die aus eigener Notwendigkeit nicht darüber schwatzten und die mich bestimmt nicht in die Verlegenheit bringen würden, sie zu heiraten.

Nach einer anfänglichen Phase, in der die britischen Heiratskandidatinnen über mich hereinbrachen wie Sommergewitter, wachte dann ein jedes Ratsmitglied eifersüchtig darüber, dass ich nicht eine Tochter der Gegenpartei erwählte, so blieb ich – ohne deswegen unglücklicher zu sein – letztlich mit aller Einverständnis unverheiratet.

Mehr als zwei Jahrzehnte vergingen. Cornwall war mächtiger, als es jemals gewesen war. Viel war geschehen, vieles davon traurig. Ursula von Dartmoor ging mit ein paar anderen Damen auf eine Pilgerfahrt nach Rom und wurde auf der Rückfahrt mit all ihren Begleiterinnen von Räubern erschlagen. Lord Cowley, durch seinen Einfluss beim Papst, ließ sie sogar zur Heiligen erklären, um ihr Andenken zu ehren, aber Ernest war schlicht untröstlich. Nachdem er fast ein Jahr mit niemandem gesprochen hatte, nicht einmal mehr auf die Jagd zog, musste er sich neu verheiraten, um eine Fehde zu verhindern. Die Fürstentochter, die ihm übergeben wurde, konnte die Erinnerung an Ursula nicht verblassen lassen, und auch sie starb bald im Kindbett, zusammen mit dem Sohn, den sie zur Welt gebracht hatte.

Bischof Philipp wurde ein paar Mal nach Rom berufen, jeweils mit einem stets angenehmer werdenden Versprechen der Kardinalswürde, doch immer kehrte er als fröhlicher Bischof nach Salisbury zurück. »Hier in Britannien bin ich als Bischof so gut wie ein Papst«, erklärte er mir, »wieso sollte ich als Kardinal beim Heiligen Vater weniger zu sagen haben als ein Kaplan an meinem Hof.«

Lord Philipp of Cowley war ein glücklicher Mensch, so fühlte ich mit Überzeugung, wenn wir uns bei seinem jährlichen Besuche auf Tintâgel wiedersahen. Das irdische Dasein in seiner Beschwerlichkeit plagte ihn weniger als mich, der bald nur noch am Leben litt.

Aus Kanelegres kamen immer nur gute Nachrichten. Klein-Ruâl, längst ein erwachsener Mann und ein erlesener Verwalter, nur in meiner Erinnerung noch der gewinnende Knabe von zwölf Jahren, hatte vier Kinder bekommen. Allen, auch der Tochter, hatte er selbst das Schreiben beigebracht.

Morgân, berichtete er, gegen den wir bisweilen noch ins Feld zogen, wäre keine ernstzunehmende militärische Bedrohung mehr, eher so etwas wie eine Gruselgeschichte aus vergangener Zeit, die man im Winter den Kindern erzählte.

Fürst Morgân, rechnete ich, musste um die siebzig sein, er war schließlich ebenso alt wie mein Ziehvater Gordec, den er in Stücke hauen ließ, damals vor so vielen Jahren. Ich hatte bisweilen noch die Vision, Morgân zu Fall zu bringen, mir seinen Kopf schicken zu lassen, aber dann waren solche kurzen Zerstreuungen bewiesener Macht längst unwichtig geworden. Eher war ich es zufrieden, dass es den Menschen wohl erging, in Kanelegres und Tintâgel, dass die Iren seltener landeten, dass es in meinem ganzen Herrschaftsgebiet keine Fehden gab, dass wir uns vor der Welt nicht mehr als Barbaren verstecken mussten, sondern dass wir Gesandte schicken und empfangen konnten, wie die reichsten Höfe des Festlandes es zu tun pflegten. Tintâgel war ganz entschieden kein Karnickelfelsen mehr. Wir hatten einen Jüten, einen päpstlichen Legaten, einen Franken, einen Ponteviner, einen Byzantiner, einen Griechen und einen Lusitanier bei uns. Zu all diesen Nationen unterhielten wir Handelsbeziehungen und Bündnisse. Es gab in Tintâgel mit Regelmäßigkeit solch exotische Köstlichkeiten wie in Honig eingelegte Datteln zu essen, Weine aus dem Languedoc und den italischen Bergen. Wir erhielten die schönsten Pferde aus Lusitanien und Stoffe aus so fernen Ländern, dass selbst die gewieftesten Händler in Verlegenheit gerieten, zu erklären, woher sie kämen. Cornisches Zinn war ein begehrter Handelsartikel auf dem Festland, nicht in dem fälschlich bescheidenen Schick, den es hier in England nach wie vor hielt, sondern als ein solider Gebrauchsgegenstand.

Michaele de Zwyyntek der Jüngere, den niemand mehr anders als den einzigen Zwyyntek kannte, mein Haushofmeister und Kanzler, mein ungeliebter Berater im Rat, blieb, wie er war. Er fastete, betete, spionierte und verlor auch langsam alternd nicht einen einzigen Moment, den er in seinem Gedächtnis behalten hatte. Er ging meist in einer nachgemachten Mönchskutte und Sandalen gekleidet, eine Marotte, die zu seiner Ausstrahlung unheimlicher Überlegenheit beitrug. Keiner mochte ihn, aber er war von ungeheurem Nutzen in Dingen des Staates.

Ich verließ mich auf seine Einsichten, ohne ihn jedoch wirklich teilhaben zu lassen an meinen eigenen Überlegungen, Befürchtungen oder Zukunftsplänen. So ging es gut auf Tintâgel, wenn es auch nicht mehr lustig oder aufregend war.

In meinem fünfzigsten Jahr indes wurde die Stimmung ungemütlich, fast bedrohlich. Wieder und wieder stellte man mir mehr oder weniger taktvoll die Frage, was mit dem Reich nach meinem Tode geschehen sollte. Fünfzig war zweifelsohne ein Alter, in dem man sich mit solchen Angelegenheiten auseinander setzen musste. Übrigens war es außerdem nicht zuletzt dem Majordomus zu verdanken gewesen, dass mein Tod nicht bereits durch den ein oder anderen, nicht gar so bekömmlichen Zusatz zu meinen Speisen und Getränken eingetreten war. Um die Ernennung eines Erben wurde plötzlich mit heftigster

Dringlichkeit intrigiert. Jede Wahl, die ich hätte treffen können, wäre der Auslöser zu einer Reihe verheerender Fehden gewesen. So wand ich mich, verschob, vertröstete, log und wartete und wusste selber nicht, auf was.

Die Äbtissin Perpetua zu St. Materiana an den Haushofmeister Michaele de Zwyyntek (eilig)

Im Namen unseres HERRN JESUS CHRISTUS etc.

Die Dame Brangaene ist genesen. Ich will sie hier heraus haben. Mit Altartuch, Kerzen oder ohne, holt sie mir spätestens bis zum nächsten Neumond ab, oder ich kann Euch für ihren Aufenthalt nicht mehr garantieren. Mir ist sie keinen Fetzen Pergaments mehr wert. Wir müssen ohnedies sehr sparen, aber es scheint ja trotz gegenteiliger Versprechungen keine Hilfe von Euch zu erwarten zu sein.

Der HERRGOTT wird uns richten für die Dinge, die wir tun und sagen – und auch für die Taten, die wir nicht ausführen.

Der Gefundene

Im späten Frühjahr vor meinem einundfünfzigsten Geburtstag veranstaltete ich eine große Jagd, deren Treiben ich selbst aber wie immer seit Fluflus Fortgang fernblieb.

Wenn das ganze Volk ausgezogen war, machten sie gewöhnlich genug Lärm, dass sich kein einziger Bär, Wolf oder Hirsch blicken ließ. So hätten sie es eher eine Landpartie denn eine Jagd nennen sollen, doch erforderte es die höfische Eitelkeit, zu einem produktiven Zweck auszureiten.

Es war an Jagdtagen eine der wenigen Zeiten, wenn sich die Burg erquicklich geleert hatte, und ich spazierte dann gerne über die weiten Zinnen, wanderte durch die Gänge und versuchte mich angesichts der sicheren Pracht Tintâgels in die Gewissheit zu reden, dass mein Leben nicht umsonst gewesen war.

Mein Trübsinn war mit den Jahren schlimmer geworden, fand ich. Ich seufzte viel, und wenn ich mich des Morgens bückte, machte ich unwillentlich Geräusche wie das Knarren der Kerkertüren. Mein Haar war fast ganz weiß.

Ich hatte mir die schlanke Figur erhalten, nicht zuletzt durch das viele Reiten, aber meine Brüche schmerzten mich, die Narben aus meiner Jugend brannten oft wie Feuer, und ich hatte Kummer mit dem rechten Knie, in dem es manchmal stach, als hätte ich einen Pfeil einstecken. Wenn ich sah, wie die Adern auf meinen alternden Händen hervortraten, dachte ich bisweilen ungläubig, dass es nicht sein könnte, dass ich mich so verändert hätte. Und wenn ich heimlich in Fluflus alten Spiegel sah, den ich noch unter den Hundefellen in meiner Truhe verborgen hielt, erschreckte mich mein Gesicht. Wer war der traurige und einsame Mann, den ich dann sah?

In den seltenen Zeiten des Alleinseins, wie an diesem Tag, strich ich ungestört durch die Ställe, manchmal auch die Vorratskammern, zumeist aber hielt ich mich auf dem Zinnengang auf, blickte zum Meer, hörte den Möwen zu und atmete die wunderbare Luft. Es waren seltene Momente, in denen ich versuchte, nicht zu denken und Frieden zu finden in dieser kostbaren Ruhe.

Ich vernahm die seltsame Musik lange, bevor ich die zurückkehrende Gesellschaft sehen konnte. Keiner meiner Jäger, noch einer meiner Höflinge hatte jemals so große Meisterschaft im Jagdhornblasen erworben, wie sie in Fetzen mit dem sich drehenden Wind vom Inland her zur Burg getragen wurde. Es war doch eigentlich auch noch zu früh für ein Ende der Jagd. Aber die Musik kam näher.

Eine Melodie, so zart und feinsinnig vorgetragen, wie es nur wirklich große Musiker vermögen, erreichte Tintâgel und verzauberte mich und die anderen hier Zurückgebliebenen, die sie hörten, in andächtiger Starre.

Als dann der Tross sichtbar wurde, krakeelten einige Ungeduldige gegen die berückende Musik an. Schließlich vermochte ich, einige Worte zu verstehen: »Ein Wunder … Mysterium … hört den … unglaublich.«

Gewohnt, der größten Aufregung stets mit dem entsprechenden Gegengewicht an Sicherheit und Würde entgegenzutreten, verließ ich die Zinne und fand in der Spanne, die der lange Wurm der Jäger, Höflinge und Damen brauchte, die Feste zu erreichen, die Zeit mich umzukleiden, um dem angekündigten »Wunder« so königlich wie möglich zu begegnen. Ich begab mich in die Ratshalle und saß auf dem Thron, zu beiden Seiten standen wie immer vorsichtshalber zwei Mann der Bretonischen Garde, wenn auch diese nun schon in der zweiten oder dritten Generation nach Tintâgel kamen. Ich hatte gerade versucht, einen gesammelten Gesichtsausdruck aufzusetzen, da flog die Tür auf und der angeberische Baron Perranporth sprang herein und juchzte: »Ein Findelkind, Euer Majestät, wir haben ein Findelkind aufgelesen. Und es spielt die Flöte wie ein Waldgeist.«

Der Baron küsste seine Fingerspitzen, wurde dann aber von anderen aus dem Wege gestoßen, die alle zusammen losschnatterten, dass keiner mehr ein Wort verstehen konnte.

Also erhob ich mich, das machte immer Eindruck, weil ich mich insbesondere bei Ernennungen erhob, und flugs verstummten alle, zischelnd wie dressierte Kläffer, die Futter riechen und den Heger nicht verärgern wollen.

»Man bringe das Findelkind vor mich hin«, tönte ich, das konnte ja etwas werden. Die Menge bewegte sich, teilte sich schließlich, und das Findelkind entpuppte sich als ein junger Mann von mindestens zwanzig Jahren, der tief errötend im Mittelpunkt der eitlen Aufmerksamkeit seiner enthusiasmierten Entdecker stand. Der Jüngling war groß und dünn, er war durchaus gut gekleidet, seine Haare sehr gepflegt und nach neuerer Sitte frisiert. Das dunkle Blond seiner Locken schimmerte im Dämmerlicht der Halle, den Kopf hielt er wie fragend leicht schief zur Seite geneigt. Seine Arme und Beine waren schlaksig und feingliedrig, die Hände zeigten ungewöhnlich lange Finger.

Seine Stiefel waren etwas verschmutzt und schlecht gebunden, wie in Eile. Ich sah, wie sein Adamsapfel auf- und niederging, unsicher, was wohl von mir für ihn zu erwarten wäre. Er wirkte nicht unbedingt ängstlich, aber sehr gespannt.

»Verstehst du unsere Sprache, mein Junge?«, fragte ich ihn langsam. Der Fremde nickte.

»Aber du bist ein Ausländer, nicht wahr?«

»Ich komme aus der Bretagne, Sire«, antwortete er zu meiner Überraschung in leicht akzentuiertem Cornisch, nicht unähnlich meiner eigenen Aussprache, als ich damals aus Kanelegres nach Tintâgel zurückkehrte.

»Wie heißt du, bretonischer Freund?«, fragte ich ihn lächelnd in seiner Heimatsprache. Es war totenstill, nur das Hecheln der kleineren Hunde, die mit allen anderen in die Ratshalle hereingebrochen waren, hörte man.

»Oh, er fragt ihn nach seinem Namen«, kommentierte der Baron Perranporth zum Wohle der ganz Dummen, die sich nicht denken konnten, dass dies wohl die nächste logische Frage wäre.

»Psst«, machte die Witwe Penzance.

»Tristan«, krächzte der junge Mann, dessen Aufregung ihn dazu brachte, leicht die Farbe zu wechseln. Wie eine Katze auf der Flucht sprang der Name von Lippe zu Lippe, alle wollten ihn einmal gesprochen, seine Laute gekostet haben, als gäbe ihnen das noch größeres Vergnügen, an dieser Szene teilzuhaben.

»Tristan aus der Bretagne«, sprach ich, den Gesetzen der Gastfreundschaft folgend, »erlaube mir, dir ein Gastfreund zu sein und Wein bringen zu lassen, denn für ein Findelkind, dem ich schnell eine Amme rufen würde, scheinst du mir recht alt.«

Alle lachten pflichtschuldigst. Seit über zwanzig Jahren wusste ich nicht mehr, ob ich wirklich noch gute Scherze machte, oder ob alle nur lachten, weil sie auf irgendetwas im Gegenzug für ihre eilfertige Anerkennung meines Humors warteten. »Eine Amme! Ganz köstlich!«, zwitscherte Perranporth, der natürlich mal wieder übertreiben musste.

Der Jüngling Tristan verbeugte sich davon unbehelligt mit einer Grazie, die ich ihm nicht zugetraut hatte. »Ich danke Euch von Herzen, edler König«, antwortete er, nun auf Lateinisch. Der Junge war also auch gebildet. Er machte mich neugierig, mehr darüber zu erfahren, wer er war und warum er von meinem Hofstaat »gefunden« worden war. Ich hieß, ihn in Gastgemächer zu führen, ihm ein Bad zu bereiten und ihm neue Kleider zu geben, sodass er sich umziehen könne. Mit der Jagd war es einstweilen natürlich vorbei. Und da der geringste Anlass denen, die es nicht bezahlen müssen, dafür steht, ein Fest auszurufen, wurde die »Entdeckung des süßen Findeljungen« – Perranporth – Grund für eine improvisierte Feier, zu der nun nicht einmal ein Bär oder Hirsch zugesteuert wurde.

Als das abendliche Treiben schon in vollem Gange war, erschien der junge Tristan wieder in der Halle. Ich rief ihn sogleich an meine Seite und versuchte, in Ruhe ein paar Sätze mit ihm zu sprechen, bevor die Meute ihn anfallen konnte und die Neuigkeiten aus ihm herausbluten lassen würde wie aus einem geästeten Hirsch. Obwohl ich den Majordomus nicht sah, roch ich ihn geradezu in unserer Nähe, alles belauschend, was der Fremde zu sagen hätte.

Sein Vater, erzählte mir dieser Tristan noch immer leicht aufgeregt, war ein Kaufmann aus der Nähe von Canoel, ein Name, der mich bei bloßer Erwähnung immer noch zucken ließ. Er selbst sei wohl in der Hoffnung auf Lösegeld von Seeräubern entführt und nach einem schrecklichen Sturm in der Nähe von Tintâgel von den Strolchen an der Küste ausgesetzt worden. Die Piraten hätten den Sturm als Gottes Strafe angesehen und sich der Ursache ihrer Sünden so schnell entledigen wollen. Er habe versucht südwärts zu halten, um wieder nach der Bretagne zurückzufinden, von deren Lage er geografisch offenbar nur ungenaue Vorstellungen hatte, da sei er im Wald fehlgegangen und hätte dann aus Furcht vor Bären und Wölfen wieder umgedreht. Am Waldrand sei er am frühen Mittag der Jagdgesellschaft begegnet.

Ich nickte bedächtig zu all seinen Ausführungen, obwohl sie mir nicht ganz logisch und wahrhaftig schienen. Wann hatte man je von so gottesfürchtigen Seeräubern gehört, die einem so wohl gekleideten Opfer nicht sämtlich die Kleider stahlen? Und wann von Seeräubern, die einen jungen Mann nicht seiner Würde berauben würden, in dem sie mit ihm ebenso brutal verfuhren wie mit einer weiblichen Gefangenen. Mein Gast war aber ganz unversehrt. Und wenn ihm der Hof schon Aufregung bereitete, müsste ihm ein Aufenthalt nach einer Entführung auf einem Seeräuberschiff fast den Tod gebracht haben vor lauter Angst. Das ergab alles keinen Sinn.

Und wie kam es, dass es nahe bei Canoel einen Kaufmann gab, so reich und umsichtig, seinen Sohn in mehreren Fremdsprachen und musikalischer Erziehung zu unterweisen – aber ich hatte noch nichts von diesem Kaufmann gehört, noch Ruâl je über ihn schreiben lesen?

Ich sagte vorerst nichts, und Tristan wurde zutraulicher. Er war ein ganz angenehmer junger Mensch, fand ich. Ich redete mit ihm über seine Heimat, aber die Gegend musste sich in den letzten Jahrzehnten doch sehr verändert haben, denn wir fanden wenig gemeinsame Anhaltspunkte.

Es gefiel mir, dass der Junge nach dem obligatorischen Begrüßungswein weder trank noch sich von den Schmeicheleien beeindrucken ließ. Er saß einfach da, antwortete immer höflich und war ein Muster an guter Erziehung. Ich musste öfter schmunzeln, wenn ich sah, wie die öligen Bemerkungen meiner Hofsassen an ihm abperlten.

Dann tänzelte der Baron Perranporth plötzlich mit einer Knieharfe herein: »Juhuuu«, rief er, »seht einmal, was ich gefunden habe. Tristan, süßer Findelknabe, kannst du wohl diesem Instrument ähnlich himmlische Töne entlocken wie dem Jagdhorn? Na, wollen wir das nicht alle hören?«

Sofort applaudierte die Gesellschaft. Tristan aber sah mich fragend an, und erst als ich nickte, schritt er in die Mitte des Kreises, der sich gebildet hatte, und nahm die Harfe auf.

Was dann folgte, hätte ich in meinen kühnsten Träumen nicht für möglich gehalten. Der Junge nahm auf einem Schemel Platz, besah sich das Instrument, drehte ein paar Mal an den Schrauben, die die Saiten hielten, und begann zu spielen.

Die Musik, die er erschuf, war so unendlich schön, sanft und heiter. Sie hatte nichts Kirchliches und war doch auf ihre Art heilig, sie füllte den Saal in unaufdringlich leiser Üppigkeit, sie stillte jedes Verlangen und erweckte dabei doch zugleich den Wunsch, dass sie nie aufhören möge.

Ich weiß nicht, wie lange Tristan spielte, aber als er dann endete, stand ich auf, wie von einer unsichtbaren Schnur gezogen, ging auf den Künstler zu, legte ihm meine Hand auf die Schulter und bat ihn: »Bleibt an meinem Hofe, Tristan. Ich will Euch um mich haben. Wir werden Nachricht schicken an Euren Vater, dass er sich nicht sorgt. Aber bleibt bei uns als erster Musiker in meinem Land.«

Und der Junge, wohl überwältigt von solcher Offerte, fiel

mir, seine Manieren vergessend, um den Hals, küsste mir dann mehrfach feucht die Hand und stammelte Dank. Seltsam berührt von seinem familiären Überschwang, wollte ich lieber allein sein. Ich wies die Gemeinschaft an, trotz meines Rückzuges weiter zu feiern, und ging in meine Gemächer. Manchmal hörte ich die zauberhafte Musik, die in dieser Nacht gar nicht enden wollte, durch meine geöffneten Fenster zu mir herüberwehen.

Das Herz drückte mich, meine ganze Brust schmerzte. Ich wusste nicht warum, wähnte schon, dass ich ernsthaft krank würde, fiel aber trotz solcher Überlegungen schließlich immer wieder auf die verstörende Gewissheit zurück, dass es etwas mit der Ankunft des Jungen zu tun haben musste.

Tristan blieb auf Tintâgel. Seinem Vater, so versicherte er, wollte er selbst Nachricht über seinen Verbleib zukommen lassen, um mir keine Ausgaben zu verursachen. Ich fand dies einen ungemein rücksichtsvollen Zug, der von seinem ganzen Wesen glaubhaft unterstützt wurde. Er war bescheiden, höflich und wortkarg, spielte meist den ganzen Tag auf Harfen, Flöten oder Hörnern und fand stets begierige Zuhörer von den Höchsten zu den Niedersten, die ihn aufforderten, weiterzumachen. Wann immer er ein Publikum hatte, war er glücklich.

Wenn ich ihn sah, strahlte er mich an, nickte mir sich verbeugend zu, und immer glaubte ich, in seinen Augen den Wunsch zu lesen, mir etwas anzuvertrauen. Gab es aber Momente, in denen ich ihm fast ungestört gegenübertrat, wich er aus, flatterten seine Lider unstet, während er meinen Blick mied.

Er war fast schon einen Monat in Cornwall, als ich eines Morgens von einer heiteren Rauferei vor dem Tore hörte.

Ein Bettler begehrte gewalttätig Einlass, hieß es. Er sprach bretonisch und erklärte einem von der Garde, der schließlich zu seiner Hilfe eilte, dass er gekommen sei, um seinen Sohn zu sehen – Tristan.

Das gab einen Tumult! Der angebliche reiche Kaufmann – ein bretonischer Bettler, der an der Tür des Königs einen Skandal veranstaltete. Um die Angelegenheit öffentlich zu machen, rief ich den Mann und Tristan beide in die große Halle.

Tristan, der in einer leerstehenden Kammer im Frauentrakt geübt hatte, wusste nicht, was den Hof in solche Aufregung versetzte. Zögernd, ängstlich, betrat er noch vor dem wütenden Bettelmann den Saal, blickte sich scheu, doch auch schuldbewusst um, so als würde nun etwas herauskommen, was er lieber noch geheim gehalten hätte.

»Lass mich los, ihr dreischwänzigen Säue, ihr cornischen Idioten«, pöbelte eine Männerstimme vernehmlich in fragwürdigem Cornisch vor der großen Türe.

»Wenn eure König siehst, wie ihrs mich behandeln, werdet ihr nur noch Schweine hüten darfst! Jawohl, Geschweins!«

Der Hof bog sich vor Lachen. Ein Hungerleider, den der König vor seinen eigenen Wachen in Schutz nehmen würde. Wenn das nicht zu köstlich war!

Die Wachen, selbst wider Willen gutmütig lächelnd, stießen den Mann mit sanfter Gewalt in den Saal, sodass er auf dem Hosenboden landete.

»Unverschämtheit! Ich habe gedacht, dies ist ein zivilisiertes Land! König Marke, hatte ich das all die Jahre zu erwarten, als Ihr mich eingeladen habt, Euch doch endlich zu besuchen?« Der Bettler sprach nun wieder bretonisch.

Er kehrte mir sein Gesicht zu, und es traf mich mitten ins Herz. Ruâl, von der Zeit unberührt, dachte ich zuerst. Ich blickte zu seiner rechten Hand hinunter, aber sie hatte alle Nägel – und eine Zunge hatte der Mann offensichtlich auch.

»Klein-Ruâl«, flüsterte ich überwältigt.

»Klein-Ruâl?!« Der Besucher stemmte entrüstet beide Hände in die Hüften. »Ich bin vierundvierzig! Und die Einzige, die mich Klein-Ruâl nennen dürfte, ist meine ehrenwerte Gemahlin, aber die hat keinerlei Anlass dazu.« Jetzt grinste mich der Mann, der das Gesicht seines Vaters trug, breit an.

»Also doch noch ein Karnickelfelsen, König, hein?«, strahlte er, nun verschwörerisch in der mir fast vergessenen Sprache des Languedoc. »Hat all die Mühe mit Eurer Erziehung gar nichts genutzt! Und ich sehe, einige Damen tragen Bärte, ganz wie befürchtet.« Es standen ihm trotz seiner heiteren Worte Tränen in den Augen.

Ich stand auf, mit zitternden Knien ging ich auf den Bettler zu, jeder Schritt brachte mich einer lang vergessenen Jugend näher. Dann umarmten wir uns. Die Menge war starr vor Staunen. Der König verliert die Fassung über einen hergelaufenen Bettler. Und Ruâl weinte wie das Kind, das er bis gerade eben noch in meiner Erinnerung gewesen war.

Wir hielten einander bei den Händen, vergaßen die Geier und Pfauen um uns herum und waren einen Moment wieder ganz jung, saßen zusammen in der Ruine von Kanelegres und hofften, dass das Leben besser wurde. »Ruâl«, flüsterte ich wieder.

Sein wunderbar ehrliches Gesicht, noch immer erhaben durch den freien Stolz, der ihm schon als kleiner Junge eigen war, leuchtete. »Ich bin so froh, dass ich hier bin, König Marke.«

Mein aufgeregtes Herz zu beruhigen, sah ich mich um und erblickte den schreckensbleichen Tristan. Sollte das wahr sein? War Ruâl, mein Ruâl, sein Vater? Hatte er uns deshalb die ganze Kaufmanns- und Seeräubergeschichte vorgelogen, dass er hier um seiner selbst willen Aufnahme fand, nicht als Sohn meines Verwalters aus der Bretagne?

»Komm her, Tristan von Kanelegres, und begrüße deinen Vater«, befahl ich bewegt. »Es ist schwer, sich einen besseren Sohn zu wünschen. Es ist unmöglich, einen besseren Vater und Großvater zu haben.«

Tristan umarmte Ruâl, versank dankbar in den Armen seines Vaters und schluchzte. Ruâl aber sah mich über die zuckenden Schultern seines Sohnes hinweg an und schüttelte unmerklich den Kopf mit einer Ernsthaftigkeit, die mich gleich wieder daran zweifeln ließ, dass diese Geschichte schon ihren guten Ausgang gefunden hatte. Der Hof johlte, warf die Kappen in die Höhe und hoffte offenkundig schon wieder auf ein spontanes Fest. Doch Ruâls letzte Geste ließ mich ihn erst einmal nur ins Badehaus senden, und ich gab Befehl, ihm die besten Kleider zu geben, die man finden konnte. Wer weiß, was hier geschah? Irgendetwas war nicht ganz geheuer. Ich verließ die Halle und überlegte, was es wohl mit Ruâls Auftauchen hier auf sich haben könnte.

Dann wünschte ich Ruâl und Tristan in meinem Gemach zu sehen. Erschöpft, ermüdet, aber lächelnd traten die beiden Männer kaum eine Stunde später zu mir ein. Ich hatte den Majordomus als Zeugen zu dieser Unterredung nicht abweisen können. Er zerbarst vor Eifersucht, dass ich meinem Verwalter aus der Bretagne, den ich seit ewigen Zeiten nicht gesehen hatte, mehr offenes Gefühl entgegenbrachte als ihm, meinem ständigen Cancellarius und Berater.

Ich wies Ruâl an, sich zu setzen, Tristan ließ ich stehen. Ruâl war nun sehr ernst und geschäftsmäßig. »Ich muss Euer Verzeihen erbitten, Majestät, dass ich in dieser Verkleidung bei Euch aufgetaucht bin. Ich dachte, es reist sich so sicherer. Man hört ja einiges.« Er zuckte wie in komischem Irrtum die Schultern. »Die Geschichte, die ich Euch zu erzählen habe, ist lang und kurz, verwirrend und klar zugleich. Würdet Ihr mir das Vertrauen erweisen, mir bis zu Ende zuzuhören, mich erzählen zu lassen, ohne an meiner Ehrlichkeit zu zweifeln?«

»Pah«, machte de Zwyyntek, als ich freundlich nickte.

»Ich vertraue Euch mit meinem Leben, Ruâl«, fügte ich deshalb hinzu.

Der Majordomus beschränkte sich fürderhin auf die reine Atemtätigkeit. Er musste fast platzen.

»Und Tristan«, sprach Ruâl dann noch, »auch du darfst mich nicht unterbrechen, bis ich geendet habe. Hast du verstanden, Junge.« Er sah kurz über die Schulter nach seinem Sohn. Der nickte, wieder die Farbe wechselnd.

»Also«, seufzte Ruâl, »dies ist eine wahre Geschichte, doch sie ist auch schwer.« Ich lächelte ihm zu. Es war so schön, ihn zu sehen. Es war schön, ihn zu kennen.

»Vor fast vierundzwanzig Jahren erreichte die Burg von Kanelegres in der Nacht ein junges Paar, das war auf der Flucht.

Ich wusste nicht vor wem, und die Gastfreundschaft verbot solche Fragen. Sie schienen mir rechtschaffene Leute zu sein, von edler Herkunft, wenn auch ins Unglück geraten, so gaben wir ihnen Obdach. Nach ein paar Wochen bemerkte meine Frau, die ein Auge hat für solche Sachen, dass die Dame schwanger war. Sie unter diesen Umständen über den Winter woanders hinzuschicken verbot sich von selbst. So blieben beide. Der Mann war sehr hilfsbereit, stark wie ein Ochse, nachdem er von einer anfänglichen Schwäche genesen war. Er fasste an, wo er nur konnte. Für keine Arbeit war er sich zu schade. Der Dame ging es nicht so gut. Sie weinte viel, sprach unsere Sprache nicht wirklich, und ich glaube, sie hatte Heimweh.« Ich sah kurz zu Tristan hinüber, er war ganz und gar ahnungslos, wohin diese Einleitung führen würde, und lauschte dem Bericht seines Vaters ohne erkennbare Regung.

»Dann zog, wie ich Euch schrieb, der alte Morgân, er lebt übrigens immer noch, gegen Canoel im Osten, Ihr wisst, die Burg, wo Gâles die Witwe Morag kennen lernte.«

Ich nickte, meine Hände waren eiskalt, meine Zunge trocken wie Staub. Das konnte nicht sein. Ich zwang mich zur Ruhe.

»Der Gast sprach, dass er zu denen von Canoel gehörte und ihnen in der Fehde beistehen wollte. Seine Begleitung flehte ihn an, nicht zu gehen. Ihre Niederkunft stand kurz bevor.

Ich habe gehört, dass Ihr noch immer unverheiratet seid, mein König, Ihr wisst also nicht, welch ein Dämon in die Frauen fährt, bevor sie gebären. Dankt dem Herrgott dafür!« Er bekreuzigte sich. »Aber auch das, verzeiht den Ausdruck, das Gezeter seiner Geliebten konnte den Mann nicht zurückhalten. Er zog ins Feld, und nach sieben Tagen schon brachten sie ihn zurück, einen zerbrochenen Speer in der Brust.

Er war gleich tot gewesen. Die Dame aber, gerade in den Wehen, der wir die Nachricht ersparen wollten, stand trotzdem auf, als sie Pferde hörte, schleppte sich in den Hof und sah das Elend, bevor man sie hätte hindern können. Direkt neben seiner Bahre ging sie auf die Knie. Sie klammerte sich an ihn, und es brauchte zwei starke Männer, sie von ihrem Geliebten wegzureißen. Un dann wurde sie ganz und gar ohnmächtig.« Meine Zähne begannen zu klappern. Ich biss sie zusammen. Aber es half nichts, ich ahnte, wie die Geschichte ausgehen würde, und ich konnte nichts dagegen machen.

»Sie lebte dann noch drei Tage, jedenfalls ihr Herz schlug weiter und die Wehen hatte sie auch. Am dritten Tag brachte sie schließlich ein Kind zur Welt, genau zu Sonnenuntergang. Und wie es seinen ersten Schrei tat in den Armen meiner Frau, da war die Dame tot, als hätte sie sich in tiefe Wasser sinken lassen. Sie hat das Kind nie gesehen, wisst Ihr.«

Ich sah zu Tristan hinüber. Seine Augen waren groß und geweitet, auch ihm schien etwas zu dämmern.

»Meine Frau war selbst schwanger mit dem kleinen Marke. Ich habe Euch damals noch geschrieben. Natürlich nicht alles, ich wusste nicht, wie Ihr es aufnehmen würdet. Und Floraete, sie sagte, dass wir das Kind behalten sollten wie unser eigenes, denn es wäre uns vom Tode geschenkt worden. Sie ist eine bemerkenswerte Frau, meine Floraete. Und dann sagte sie auch: Dies Kind ist in Trauer getragen und in Trauer geboren worden. Wir wollen hoffen, dass es in Freude empfangen war, aber es hat bereits so viel Leid in sich, wir sollten ihm einen Namen geben, dass das Schicksal weiß, ihn in seinem restlichen Leben besser zu behandeln. So haben wir«, nun blieb auch Ruâl die Stimme aus. Er musste sich mehrfach räuspern. »So haben wir ihn Tristan genannt, damit ihm …, damit ihm in seinem Leben nichts Trauriges mehr widerfahren soll. Denn in dieser Geschichte liegt genug Trauer für ein ganzes Leben. Verzeiht mir, mein König. Verzeiht, dass ich es Euch nicht eher sagen konnte.«

Ich nickte. Ich wusste nicht, was ich tun sollte.

»Und kennt Ihr nach meiner späten Beichte wohl auch die Namen seiner bedauernswerten Eltern?«

Der Majordomus starrte mich an. Sollte er doch zum Teufel gehen! »Seine Mutter«, konnte ich nur raunen, »war meine geliebte Schwester Blanscheflur, die wunderschöne Prinzessin von Cornwall. Und sein Vater war der edle Riwalîn von Canoel, der mir in der schrecklichen Schlacht von Boscastle das Leben rettete, in dem er seines vor mich hinwarf. Ihr habt zwei Menschen gerettet, die für immer Teil meines Lebens sind.«

Tristan blickte mich fassungslos an. Ruâl weinte für uns, wie er es heute schon einmal getan hatte.

Der Majordomus saß wie vom Donner gerührt.

»Mein Neffe«, sagte ich, mich erhebend, »mein Schwesternsohn, Tristan von Cornwall.«

Ruâl stand ebenfalls auf. »Euer Neffe, bei meinem Leben, dem Andenken meines Vaters und beim Leben meiner Frau und meiner Kinder. Dieser junge Mann ist Euer Neffe, Euer Schwesternsohn, Tristan von Cornwall. Ich schwöre es.«

Ich wusste natürlich, dass Blanscheflur und Riwalîn tot waren. Nachdem der erste Zorn verflogen war, hatte ich heimlich doch Nachforschungen über sie anstellen lassen und erfahren, dass eine Dame, die sich in der rauen Welt außerhalb von Burgmauern nicht gut auszukennen schien, und ein geschwächter Mann von der grundsätzlichen Kondition und Statur eines Ochsen sich um eine Schiffspassage nach Frankenreich bemüht hatten.

An der anderen Küste jedoch hatte sich die Spur bald verloren. Ich wusste, dass Fluflu niemals glücklich auf einem Bauernhof mit Riwalîn hätte leben können. Und ein Bauernhof, vielleicht mit einem kleinen Jagdgebiet, wäre alles gewesen, was ihm nach bretonischem Erbrecht zugestanden hätte, wenn überhaupt. So blieben mir verschiedene Erklärungsversuche. Mal dachte ich, dass beide in schwärmerischer Verstiegenheit, deren ich Fluflu nach ihren Ausbrüchen vor ihrer Abreise durchaus für fähig hielt, sich in die See gestürzt hätten. Dann fürchtete ich, dass sie Krankheiten, Räubern oder Fehdehandlungen zum Opfer gefallen wären. Ich hörte dann, dass Canoel zerstört war, dort konnten sie also auch nicht sein.

Trotz besseren Wissens hoffte ich noch ein paar Jahre, dass Fluflu eines Tages wieder in Tintâgel ankommen würde, mir um den Hals fiele, mich abküsste, und dass dann alles so wäre wie früher. Um ehrlich zu sein, an diese Version dachte ich am liebsten und oft vor dem Einschlafen, so als könnte mich diese Lüge in die bessere Welt meiner Träume leiten, in denen ich nicht so schlecht war wie in der Wirklichkeit.

Dass Fluflu schwanger gewesen wäre, dass ich vielleicht sogar Zeuge der Zeugung meines eigenen Neffen gewesen war, war mir nie ernsthaft in den Sinn gekommen. Fluflu hatte so gar nichts, was sie mütterlich vermuten ließ. Sie war verspielt, fröhlich und flatterhaft, so ganz noch ein Kind, aber keine Frau, die Mutter zu werden in der Lage schien. Dennoch hatte ich keinen Grund, an Ruâls Geschichte zu zweifeln, auch nicht daran, dass Tristan selbst keinen blassen Schimmer gehabt hatte, dass Ruâl nicht sein Vater war. Seine Erschütterung war so wenig gespielt wie meine eigene.

»Wisst Ihr, Majestät«, fuhr mein Verwalter fort. »Wir haben immer so viel von Euch gesprochen. Wenn die Kinder sich schlecht benommen haben, hat Floraete immer gesagt: An König Markes Tisch dürftest du aber so nicht sitzen. Oder: Wer sich nicht zu benehmen weiß, wird nie nach Cornwall eingeladen. Ich glaube, anfangs war sie ein bisschen eifersüchtig auf Euch, weil ich immer so gern erzählt habe, wie es mit uns war auf Loupierre, wie die erste Zeit in Kanelegres war. Ihr seid mir damals vorgekommen wie eine Sagengestalt.« Ruâl lächelte schief. »Immer so ernst und besonnen, fast schon grüblerisch. Und Ihr wart so gerecht. All die Schenkungen, die Ihr an den Bauern vorgenommen hattet. Ihr wisst es ja wohl noch, dass mein Vater und ich auch ganz andere Herren kannten.« Ich winkte beschämt ab, aber Ruâl bemerkte mich gar nicht. Er sah seine rechte Hand an. Ich war ihm dankbar, dass er redete und redete und so Tristan und mich beide einer direkten Antwort entband. Seit seiner Kindheit hatte Ruâl dieses Gespür dafür gehabt, Spannungen zwischen Menschen aufzulösen oder abzumildern.

»Und so habe ich auch immer von Euch erzählt. Und dann später, als man Euren Namen wirklich überall kannte, als Cornwall ein Begriff geworden war für Wohlstand und Zucht und Sitte, da war es so ein Spiel gerade zwischen den Söhnen, wer Euch wohl als Erster besuchen dürfte, wisst Ihr. Als sie dann anfingen, ihr eigenes Leben zu leben, war es nicht mehr so wichtig. Marke folgt mir nach als Verwalter, und meine Tochter denkt schon, dass sie hingerichtet werden soll, wenn ihre Mutter sie mal für eine Stunde von ihrem Verlobten wegbittet. Er heißt Jehan.«

Ich versuchte zu lächeln. Tristan saß noch immer weiß wie die Wand. Was musste in ihm vorgehen? Für mich hatte sich höchstens die Gegenwart geändert, und, so Gott wollte, auch die Zukunft.

Für ihn aber war gerade seine ganze Lebenszeit hinter ihm zusammengebrochen, so wie eine Brücke, die das Hochwasser nicht übersteht. Es gab keinen Weg zurück. Ich fragte mich, auf welcher Seite des Ufers er stand, als es geschah. Junge Menschen haben so schrecklich wenig, an dem sie sich festhalten können.

»Und mein Tristan hier«, fuhr Ruâl mit einem wackligen, aber warmen Lächeln fort, »bei dem war es etwas anders, der ist ganz und gar vernarrt in die Musik. Sprachen spricht er so, als würde sie ihm der Wind ins Ohr blasen, je nachdem in welchem Land er steht. Er muss nur zuhören, schon kann er auch reden. Das Cornische hat er von den Zinnhändlern gelernt, einfach beim Abladen, wisst Ihr. Mein eigenes Cornisch, na ja, das habt Ihr ja gehört: Ich kannst ihm nicht wirklich geredet, dass einer mir verstehen getut«, grinste er.

»Und wer sonst an Händlern kam, egal woher, er redet mit ihnen, er lernt ihre Lieder, und es gab bislang kein Instrument, das er nicht sofort spielen konnte. Das ist kein aufgeblasener Vaterstolz, das ist wahr.«

Er hielt inne, als wollte er sich für den letzten Satz die Zunge abbeißen. »So hat er oft gesagt, dass er ein Hofmusiker bei Euch werden wollte, dass Ihr ein Herr wäret, der solche Zerstreuung eben weit eher zu schätzen wüsste als wir dummen Bauern vom Lande.«

»Musik ist keine Zerstreuung«, wisperte Tristan sofort beleidigt, wie ein Märtyrer des guten Geschmacks, der weiß, dass er gegen eine Mauer aus Ignoranz anredet. Es schien mir, als hätten Vater und Sohn, Verzeihung, Ruâl und Tristan diese Art Unterhaltung über Tristans künstlerische Orientierung schon öfter geführt, ohne einander den Standpunkt des anderen auch nur einen Deut näher gebracht zu haben.

»Gut, Junge, also keine Zerstreuung. Musik, eben, ja?! Darf ich Musik sagen? Und dann war er besessen von dem Gedanken, dass Ihr sowieso jeden meiner Söhne als Musicus bei Euch aufnehmen würdet, auch wenn er nur auf der Flöte bliese wie ein wackerer Schweinehirt. Und er wollte doch nun herausfinden, ob Ihr den wahren Genius in ihm erkenntet.« Tristan verdrehte heimlich die Augen. Ruâl übersah es geübt.

»Vor ein paar Wochen ist er dann verschwunden. Er hatte wohl mit ein paar Händlern ausgemacht, dass sie ihn mitnehmen bis kurz vor Tintâgel und dass er den Rest des Weges allein zurücklegen wollte. Dann solltet Ihr ihn für sein Talent erwählen, nicht für seine Herkunft.«

Tristan kaute an den Nägeln seiner linken Hand. Er machte mir nur mehr einen bemitleidenswerten Eindruck.

»Als er dann nicht geprügelt zurückkam, dachten wir uns, dass es ihm wohl gelungen sein musste. So bin ich dann hergekommen, um alles mit Euch zu bereden. Und auch mit dir, mein Sohn.«

»Nenn mich nicht so«, zischte Tristan giftig und verfiel dann wieder in seine brütende Stille. Ruâl machte eine bedauernde, aber auch Nachsicht fordernde Geste.

»Ich weiß, für mich ist es wohl am leichtesten, denn ich habe als Einziger gewusst, was die Wahrheit war. Aber es bricht mir fast das Herz, meinem Sohn Lebewohl zu sagen, um Euch Euren Neffen zu schenken. Ich hoffe, dass ihr beide mir verzeihen könnt, was ich getan habe.«

Ruâl legte Tristan die Hand auf die Schulter, aber der schüttelte sie verächtlich ab. Also wandte sich der Abgewiesene hilflos zu mir, als hätte ich eine Lösung für alles. »Was sollen wir tun, mein König?«

Ich zögerte »Ich weiß auch nicht, was wir jetzt am besten

machen, mein Freund«, sagte ich dann. Mein Cancellarius und Haushofmeister sog geräuschvoll Luft ein, wohl um den Redeschwall vorzubereiten, den er gedachte vom Stapel zu lassen, denn er wusste sehr wohl, was seiner Ansicht nach zu tun wäre, und er nutzte die Gunst der verlegenen Stunde, um dies kundzutun.

»Majestät, Ihr könnt diesen Neffen niemals anerkennen«, schnarrte er.

Seine bleichen Lippen zitterten. »Bedenkt doch die Umstände, unter welchen uns Eure Schwester verließ. Ihr habt sie noch am nächsten Tage für entführt und tot erklären lassen. Rechtlich schon kann der Sohn einer Toten, die offiziell Monate vor seiner Geburt starb, nicht Euer Neffe sein. Und dann wissen wir nicht, ob sie und dieser ..., der Mann, ob sie verheiratet waren. Wer ist Zeuge, dass sie getraut wurden? Niemand! Ihr könnt doch nicht einen Bastard zu Eurem Erben machen. Und selbst wenn sie geheiratet hätten: Es bleibt bestehen, wie es damals war. Sein Vater war ein bretonischer Bauer und nicht würdig einer Prinzessin von Cornwall.« Zwyynteks linkes Auge begann unter der nervösen Anspannung zu zucken. Fluflus Fortgehen hatte ihn vielleicht wirklich von allen am meisten getroffen. Er sah in Tristan nicht wie ich, dass ein Teil von ihr nach Tintâgel zurückkehrte, er sah nur, dass Tristan Riwalîns Sohn war. Der Abkömmling des Mannes, der ihm und uns allen Fluflu genommen hatte, weil sie sich entschieden hatte, ihn wider alle Hindernisse zu lieben.

Für meinen Haushofmeister war Tristan eine Gefahr. Nicht des Erbes wegen, sondern wegen seiner begrenzten Teilhaberschaft an menschlichen Gefühlen, die noch begrenzter war als meine eigene. In Tristans Anwesenheit lag die Drohnung, dass ich mich wieder einem anderen Menschen annähern konnte und den Majordomus in seiner mageren Position als meinen engsten Berater in Frage stellte. »Ich muss Euch dringend abraten, Sire, wenn Ihr den Fremden als Erben akzeptiert, dann könnte es einige sehr empfindliche Abspaltungen in den Loyalitäten geben.« Er machte eine Pause und bemühte sich, seiner

Stimme wieder den ausdruckslosen Klang zu geben, den jedermann an ihm kannte. »Abspaltungen auch da, wo Ihr sie weder vermuten noch brauchen könntet, wisst Ihr?!«

»Wollt Ihr mir drohen, Michaele von Zwyyntek?«

Der Majordomus kuschte. Es war der Rückzug eines kleinen bissigen Kläffers vor dem Hofhund. Aber der Kläffer würde schon noch versuchen, den Hofhund in dem Moment, wo der es nicht kommen sah, in die Waden zu beißen.

»Ich versuche, Euch zu raten, Majestät, nicht Euch zu drohen. Wir haben doch beide nur Cornwalls Wohlergehen im Sinn.« Er verbeugte sich, den Körper steif vor Wut. Er ging mir auf die Nerven.

»Ich werde mich in dieser Angelegenheit einzig mit mir selbst beraten und muss Euch alle nun bitten, mich bis zum Abend zu verlassen.« Ruâl und Tristan standen sofort auf, mein Neffe wohl überglücklich, der Kammer und den verstörenden Geschichten, die in ihr erzählt wurden, zu entkommen.

Als sich die Tür hinter allen geschlossen hatte, legte ich mich in plötzlicher Erschöpfung aufs Bett. Ich fühlte mich alt und vernichtet. Ich konnte mich nicht bewegen.

So elend war Fluflu also gestorben. An gebrochenem Herzen war sie verendet, als der Mann, den sie liebte, erschlagen worden war. Wie sehr hatte ich sie gefehlt, sie im Stich gelassen. Eine uralte Erinnerung kam zu mir, senkte sich kalt über meinen versteiften Körper und saß zentnerschwer auf meiner Brust. Meine Mutter in ihrer letzten Nacht in Tintâgel, dick und allein vor den Essensresten der gruseligen Anteile meines toten Vaters. *»Wenn der, den du liebst, geht, das übersteht man nicht. Ich nicht«,* hatte sie gesagt. Sie hatte mich gefragt, ob ich je verliebt gewesen wäre.

»Ich hoffe, es wird dir nie geschehen. Du würdest es auch nicht aushalten können. Wie ich.« War es das Erbe meiner Mutter, dass Fluflu es auch nicht ausgehalten hatte?

Ich hatte ihr nie von dieser seltsamen Begegnung mit unserer Mutter erzählt. Gab es das, dass manche Familien die Liebe nicht aushalten konnten, so wie andere sich einen Klumpfuß oder Sommersprossen vererbten? Wer sagte denn, dass Fluflu nicht wie so viele einfach im Kindbett gestorben war? Dass sie die Geburt dieses Jungen getötet hatte und nicht Riwalîns Ende. Schamhaft dachte ich zurück an den unseligen Abend, da ich mich hinter einem Vorhang verborgen hatte und mit ansehen musste, wie meine geliebte Schwester den Todgeweihten geliebt hatte. Vor meinem Auge verfestigte sich vor allem jenes Bild, wie sie auf ihm zusammensank, als alles vorbei war. Er ohnmächtig und auch sie wie besinnungslos, hatten sie dagelegen wie eine Vorahnung dessen, dass sie nicht zusammen leben, nur zusammen sterben konnten. Ich wünschte, ich hätte weinen können. Ich wünschte, ich hätte mir vergeben können für diese Tage, meine Wut und meine Entscheidungen. Aber ich konnte nichts tun. Meine Kehle stach vor Trockenheit, doch ich vermochte noch nicht einmal nach einem Becher zu greifen, um einen Schluck Wasser zu trinken.

Fluflu, dachte ich. So stolz und herrisch, wie sie zu mir gesprochen hatte, als sie an jenem Abend die Halle verließ, so weich und verletzlich musste sie wieder gewesen sein, als sie Cornwall verlassen hatte. Weshalb hatte ich sie nicht besser aufs Leben vorbereitet, weshalb ihr nicht den Gefallen getan, sie ihren Riwalîn heiraten zu lassen.

Später war es doch dann auch ohne sie gegangen. Ich hätte den Rat ebenso einberufen können, wenn beide hier am Hofe gelebt hätten. Hätte Riwalîn zu einem Baron meiner Krone oder zu meinem Waffenmeister machen können. Das hätte ihm gefallen. Es gab so viele Möglichkeiten, dachte ich. Und ich konnte mich nicht länger der wachsenden Gewissheit erwehren, dass ich unter ihnen die schlechteste gewählt hatte. Einen Augenblick, zwischen Schlummer und Schmerz, fantasierte ich für mich, wie schön es hätte sein können, wenn alle hier geblieben wären, wenn wir eine Familie gewesen wären, die in der Liebe Glück und nicht den Tod gefunden hätte, darüber bin ich dann wohl eingeschlafen.

Als ich wach wurde, senkte sich der Abend. Vorsichtig streckte ich mich. Ich konnte mich wieder bewegen.

Durstig leerte ich einen ganzen Krug Wasser. Dann holte ich den alten Kupferspiegel aus seinem geheimen Versteck.

Ich sah meine müden Augen, noch immer mit den langen Wimpern eines Träumers, auch wenn ich schon längst nichts mehr träumte. Ich sah die feinen Linien um meinen Mund und meine Augen, und ich sah die Ähnlichkeit zu meinem jüngeren Selbst, und somit die Ähnlichkeit zu Fluflu. Ich sah meine Locken, die Fluflus Locken gewesen waren, nun fast ganz weiß, als hätte sich der Winter auf mir niedergelassen.

Und ich wusste, dass es für mich nur eine Sache zu tun gab, damit ich mich je wieder ohne Scham ansehen konnte.

Ich wusch mir Gesicht und Hände und brach zur Halle auf.

Brief des Bischofs von Salisbury, Lord Philipp of Cowley an seine Majestät König Marke von Cornwall (in geheimer Post durch Boten nur dem König selbst zu übergeben / Abschrift)

Lieber Freund,

meine Spione bringen mir Nachricht, dass du den Gerüchten, ein Liebhaber der Männer zu sein, neues Futter vorstreust durch die Aufnahme eines jungen Mannes als deinen »Neffen«?! Ich bin erprobt darin, mein Freund, viele, viele entzückende Nichten zu haben, die mich nur Onkel nennen, wenn wir in Gesellschaft sind, doch einen »Neffen« zu erfinden ist wohl etwas vermessen!

Nein, ehrlich, sag mir, was es damit auf sich hat. Ist er wirklich dein Neffe? Ich höre, der Junge ist ein ganz ausgezeichneter Musiker. So einen könnte ich wohl auch gebrauchen. Das Leben ist doch ziemlich langweilig geworden. Wenn man alles hat, kann es einen nur noch erfreuen, einen Teil davon zu verlieren und wieder zurückzuerstreiten, sonst ist der Alltag so stumpf wie cornisches Zinn – fühlt Euch dadurch nicht beleidigt, nur ein angelegentlicher Vergleich. Aber ganz im Ernst, solltet Ihr meine Hilfe brauchen, kann ich binnen sieben oder zehn Tagen bei Euch sein. Ich reise zwar nicht mehr ganz so gerne – nicht dass ich etwa das Alter fühlte – es sind eher die Straßen, die mit der Zeit immer unbequemer geworden sind, auch wackeln die Sänftenträger heute mehr als noch vor ein paar Jahren …

Kurz und gut, gebt mir einen Anlass, dass ich Euch bald wieder besuchen kommen kann, dann reden wir über diesen »Neffen«. Tut so lange doch bitte nichts Unüberlegtes.

Ich grüße Euch, mein Freund …

Ein Erbe

Ruâl und Tristan ließ ich beide herkommen und hieß sie, vor der Türe zu warten. Dann ging ich in den Ratssaal, wohin ich alle einberufen hatte, die zum Rat und zu den wichtigen Verbündeten Cornwalls gehörten. Die Höflinge und Damen, die keine offizielle Stellung bekleideten, drückten sich ungeduldig auf den Fluren herum und hofften, etwas erlauschen zu können.

Ich ließ Ruhe einfordern und trat dann vor mein Kabinett.

»Damen und Herren des Rates von Cornwall. Ich will heute zu Euch über eine Angelegenheit größter Wichtigkeit sprechen, die uns alle angeht.«

An der Wand gewahrte ich im Halbdunkel, die Kappe tiefer als sonst in die Stirn gezogen, meinen Haushofmeister, noch immer mit der Miene eines in seinen Gefühlen tödlich Verwundeten. Das musste er nun mit sich allein ausmachen.

»Vor ein paar Wochenläufen seid Ihr von einer Jagdpartie zurückgekehrt mit einem Findelkind, wie ihr den jungen Tristan genannt habt. Und wirklich hättet Ihr kaum mehr im Recht sein können, als dass dieser junge Mann nämlich einer ist, der gefunden werden sollte.«

Lächelnde Gesichter zu allen Seiten. Vielleicht erwarteten sie, dass Tristan offiziell zum Hofmusikus ernannt werden würde oder dass ich ihm eine Baronie angedeihen ließ. Eine kleine hoffentlich nur, die keine ihrer Besitzungen berührte!

»Heute habt Ihr in einem verkleideten Bettler den kennen gelernt, der als sein Vater kam, Ruâl von Kanelegres, treuer Verwalter meiner Güter und Besitzungen in der Bretagne. Ich rufe Ruâl von Kanelegres einzutreten, um Zeuge zu sein zu dem, was ich sagen werde.«

Die Tür öffnete sich, und gönnerhaft freundlicher Beifall begrüßte meinen alten Bekannten, Klein-Ruâl, wie ich trotz seiner augenscheinlich älteren Gegenwart noch immer dachte. Nickend stießen sich einige der Herren untereinander an, ihrer Vermutungen über mein Vorhaben nun noch sicherer. Sie glaubten wohl, dass Tristan Kanelegres zum Lehen erhalten würde. Das wäre ein Akt wahrhaft königlicher Großzügigkeit gewesen – und die Burg weit genug weg, jeden Neid zu vermeiden.

»Ihr Damen und Herren, Ruâl von Kanelegres, für dessen Ehre, Treue und Wahrhaftigkeit ich selbst Bürge sein will, hat mir heute Nachmittag eröffnet, dass der junge Tristan niemand anderer ist als der Sohn meiner jung verstorbenen Schwester Blanscheflur – und somit ist er mein Neffe.«

Das saß. Erst war es totenstill, dann erhob sich das Gemurmel in einer Mischung aus Protest, Erstaunen und Widerstand, das ich schon kannte, wenn ich sonst Vorschläge anbrachte, die nicht wirklich welche waren.

»Eure Schwester war nicht vermählt, Sire«, meldete sich natürlich der Herzog von Frome, einer von Fluflus abgeschmetterten Brautwerbern, der diese Schmach nie vergessen hatte. »Sie kann Euch unmöglich einen legitimen Erben hinterlassen haben.« Die anderen murmelten zustimmend.

»Sie wurde für tot erklärt am Tag, nachdem sie Tintâgel verließ! Entführt und tot!«, assistierte der von Bristol. »Egal, ob sie nachher noch ein Kind zur Welt brachte oder nicht. Es wäre das Kind einer Toten. Es existiert praktisch gar nicht.« Er streckte mir seine Handflächen entgegen, als könnte er mir mit dieser Geste die Logik seiner Gedankengänge stichhaltig demonstrieren. »Existiert einfach nicht!«

»Genau«, rief der Baron Perranporth. »Da kann ja dann jeder kommen und sagen, dass er Erbansprüche hat.«

»Hört, hört«, machte ein anderer Ratsherr einfallslos.

Es ließ nie ab, mich zu erstaunen, auch wenn ich dieses Schauspiel schon hundertfach hatte beobachten können, wie schnell sich der Wind gegen die kehrte, die bevorzugt werden sollten, auch wenn sie vorher jedermanns Liebling gewesen waren, wie eben das »süße Findelkind Tristan«.

Ich hob die Hand und hieß die Meute schweigen.

»Ruâl von Kanelegres kann ausreichend Zeugen beschaffen, dass Tristan wirklich der Sohn der verstorbenen Blanscheflur von Cornwall ist. Nach dem alten Recht muss die Schwester des Königs nicht verheiratet sein, um einen gültigen Erben hervorzubringen. Es reicht, dass ich ihren Sohn anerkenne.«

»Ja, nach dem alten Recht!«, keifte der Herzog von Devon. »Ich dachte, das hier ist ein christlicher Hof und keine Barbarenscheune. Nach dem alten Recht durfte man sich auch scheiden lassen – oder mehrere Weiber haben! Das hätte ich dann aber auch mal gerne für mich in Anspruch genommen.«

»Nach dem Recht, welches ich kenne, egal ob alt oder neu«, hustete der alte Baron von Delmoral, »wird der ordnungsgemäße Rang des Kindes nach dem Vater gemessen. Wer ist denn sein Vater? Hat er Ansehen? Weiß das jemand?«

In die Stille hinein klang glücklich über die Vorlage die tonlose Stimme, die mir noch nie vor allen in den Rücken gefallen war, die meines Majordomus: »Sein Vater ist ein freier Zweitgeborener eines kleinen Gehöfts in der Bretagne, Riwalîn von Canoel, genannt *der Bauer*!«

Hüstelndes Lachen überall. Der Bauer – na, so ein Spaß aber auch für meine überfütterte Meute.

»Also einen Bauernsohn wollt Ihr zu Eurem Erben machen, König Marke?«, rief einer hinter dem Rücken von Devon, ich erkannte die Stimme nicht. Vielleicht war es Gloucester.

Eine Frauenstimme erhob sich, die von Anne of Heuwwel, einer meiner Witwen. »Ich denke, dass König Marke recht tut«, überraschte sie mich. »Der junge Mann ist sein einzig lebender Blutsverwandter. Er hat Anspruch auf den Thron. Und hat man nicht gehört, dass der besagte Riwalîn von Canoel in der Schlacht von Boscastle sein Leben gab für das des Königs? Zeigt das nicht edle Abstammung besser als ein Lehen oder ein Titel?«

Anne of Heuwwel war stets eine Idealistin. Murren erhob

sich, aber erstmals auch abwägendes Gebrumm. Einige fingen an, nachzudenken. Ein Erbe meiner Linie würde zumindest auch niemand anderen bevorzugen; und das war stets das größte, gemeinsame Interesse aller Anwesenden. Und der »Bauer« Riwalîn hatte keine Familie, die bei Hofe Ansprüche hätte stellen können. Tristan wäre ein einzelner Rivale. So billig und mit so wenig Einfluss, gänzlich ohne andere lebende Verwandte, bekämen sie keinen anderen Erben.

»Ich rufe zur Abstimmung und Wahl«, wagte ich es also.

»Ich fordere die Stimmen für und gegen die Ernennung des jungen Tristan zum Erben des Throns von Cornwall.«

Ruâl war ganz blass geworden und schluckte. Michaelis de Zwyyntek starrte mich mit zusammengekniffenen Augen an.

»Wer für die Ernennung meines Neffen zum Erben meines Thrones ist, der hebe nun die rechte Hand. Nie soll diese Wahl widerrufen werden.« Die Witwe de Heuwwel stand gleich auf und hob die Rechte. Ebenso der Gesandte des Bischofs von Salisbury – ich hätte nichts anderes erwartet –, dann noch der walisische Statthalter. Und zu meiner großen Überraschung rappelte sich, trotz seiner ungünstig beantworteten Frage nach der Herkunft des Vaters auch der alte Delmoral aus seinem Sessel hoch. Schlachtenmut und Heldentaten waren dem alten Haudegen wohl immer noch lieber als Stammbäume. Gut für ihn. Und gut für mich. Vier Stimmen für Tristan.

»Ich rufe zur Gegenstimme. Wer gegen die Ernennung meines Neffen zum Thronerben ist, der hebe nun die rechte Hand. Nie soll diese Wahl widerrufen werden.«

Die Herren Frome, Bristol und Devon konnten gar nicht schnell genug aufspringen; sie reckten die Arme, als hätte ich einen Wettstreit ausgerufen, wer von ihnen am größten sei. Dann meldeten sich der Baron von Perranporth, die Witwe von Penzance, die meiner Beobachtung nach ihre Abstimmungen einfach immer ein ums andere Mal von Ja nach Nein abwechselte, ohne politisches Konzept, und noch zwei weitere Adlige des Südens, die seit Jahren bereits einen eigenen Prätendenten förderten. Sieben Stimmen gegen Tristan.

»Ich rufe diejenigen, die sich der Stimme enthalten, Zeichen zu geben, dass sie keiner der beiden Parteien für oder wider beitreten wollen. Nie soll diese Wahl widerrufen werden.«

Die zwei Herren, die sich der Stimme enthalten hatten, standen auf und deuteten eine Verbeugung in meine Richtung an. Ich war mir nicht klar, ob sie ihre Verhaltung als einen Gefallen mir gegenüber ansahen. Wenn dem so war, würde ich spätestens morgen Vormittag zu hören bekommen, womit ich sie für ihre Entscheidung zu entschädigen hatte.

»Majordomus«, donnerte ich den armen Zwyyntek an. »Als mein Cancellarius, beglaubigt mir öffentlich, wie viele Stimmen ich im Rate geben kann, bezogen auf eine einzige Sache!«

Stille an der Wand, ich sah, wie er die Lippen bewegte.

»Wir können Euch nicht hören, Cancellarius.« Ich hatte langsam genug von seinem anmaßenden Schmollen.

»Vier, Euer Majestät. Ihr habt das Gewicht von vier Stimmen im Rat, bezogen auf eine einzige Sache.«

Jedes Wort war von ihm angespitzt worden, jedes eine letzte Warnung, besser keine meiner Stimmen auf die Sache zu setzen, die er als eine falsche ansah. Sehr eindrucksvoll!

»So hört denn, dass ich alle vier Stimmen gebe für die Ernennung des jungen Tristan, meines Neffen und Schwesternsohnes, zum Erben meines Thrones in Cornwall.«

Acht zu sieben, da war nichts zu machen.

Die Verlierer bemühten sich, das Gesicht zu wahren.

Sie applaudierten mit zusammengebissenen Zähnen ihrer Niederlage. Die Witwe of Heuwwel kniff mir ein freundschaftliches Auge zu. Ruâl lächelte tapfer. Aber er wusste ebenso gut wie ich, dass solch eine knappe Entscheidung nicht unbedingt zum Besten des Jungen war. Es konnte sogar sehr gefährlich sein, auf diese Weise zum Thronfolger gemacht zu werden.

»So verkünde ich denn vor Euch, den Mitgliedern des Rates von Cornwall, die glückliche Berufung meines Neffen Tristan, dem Sohn meiner geliebten Schwester Blanscheflur, als meinen Thronerben und Nachfolger.«

Verhaltener Beifall folgte. Ich ließ Tristan hereinrufen, der dieser Aufforderung folgte wie ein Lamm auf dem Wege zur Schlachtbank. Er empfing die Nachricht nicht anders als einen Backenstreich. Bemüht, den Abend zu retten, ließ ich Wein bringen, aber es wollte keine rechte Freude aufkommen, zuallerletzt bei dem Jungen selber. Ich versuchte, mit ihm zu reden, aber er war abweisend.

»Ich wollte ein Musiker bei Euch sein, Majestät. Nicht mehr und nicht weniger. Nicht Euer Erbe.«

Beleidigt sah er auf seine langen begabten Finger.

»Ich bin dein Onkel, du darfst mich beim Vornamen nennen«, bot ich ihm an, wie man einem Kind einen Honigkuchen reicht, um es lächeln zu sehen.

»Ich kann gar kein König sein. Ich kann nur Musik machen. Es ist das Einzige, was ich will. Für alles andere habe ich so gar keinen Sinn. Mein … Ruâl sagt immer, ich habe zwei linke Hände mit lauter Daumen dran. Ich kann nicht mal mit dem Schwert kämpfen. Bloß Harfe, Flöte, Trommel. So was eben.«

»Du sollst ja auch Musik machen, mein Junge. Ich verlange nicht von dir, dass du morgen anfängst zu regieren. König zu sein ist etwas, was man lernen kann. Sogar ich habe es gelernt«, versuchte ich einen Scherz, der aber keiner war.

Ich verstand ihn gut, erinnerte ich mich doch an meine eigene Jugend, an meine Versuche zu vergessen, dass ich König sein würde. Wer weiß, wenn ich je ein so eindeutiges Talent dagegenzusetzen gehabt hätte wie Tristan, vielleicht wäre ich dann nie zurückgekehrt.

»Ich will dir ein guter Oheim sein«, sagte ich ihm freundlich.

»Ich hätte lieber wieder einen Vater«, platzte er da heraus. »Bis heute morgen hatte ich eine ehrbare Familie. Jetzt gibt es bloß zwei Tote, die ich nie gekannt habe. Einen Bauern und eine Prinzessin, die sich nicht zu schade war, mit einem Bauern wegzulaufen. Schöne Eltern sind das!«

Erst als ich die Ohrfeige schallen hörte, wurde mir bewusst, dass ich sie dem eben ernannten Thronfolger verpasst hatte.

Die Leute sahen überaus neugierig herüber. Gab es etwa einen Skandal in der Nachfolge dieses Votums?

»Sprich nie wieder so über deine Mutter, hörst du!« Es war mir egal, wer uns beobachtete und was sie alle dachten. Ich packte ihn am Hals. »Und sprich nie wieder so über deinen Vater. Du hast keine Ahnung, wovon du redest.«

Tristan sah mich mit angstgeweitetem Blick an und hielt sich die Wange, auf der ich alle meine Finger sehen konnte.

»Du magst kein König sein, Kind, das kann schon sein, es ist ja nichts, womit jeder zur Welt kommt! Dann bist du eben ein Musiker. Es ist nicht an mir, das eine über das andere zu stellen. Aber auch ein Musiker hat nicht das Recht, das Andenken von zwei Menschen zu schmähen, die mehr wert waren, als du es ermessen kannst. Tu mir den Gefallen und red erst wieder mit mir, wenn du aufgehört hast, dir selber Leid zu tun.« Flüsternd wurden die Gespräche um uns herum wieder aufgenommen, ich wollte wetten, dass sie alle nur noch ein Thema zum Gegenstand hatten.

Ich wäre in meiner Wut gern selbst gegangen, aber ich konnte es mir nicht leisten, die um mich herum stattfindenden Wortwechsel des heutigen Abends nicht mit anzuhören.

So schickte ich den Jungen sehr bestimmt fort: »Du darfst dich jetzt zurückziehen, Tristan von Cornwall. Morgen früh erwarten wir, dich in anderer Verfassung zu sehen.«

Mein Neffe verbeugte sich zitternd, drehte sich dann um, und ich sah, wie Ruâl ihn sanft hinausführte. Mitleidig tätschelte er Tristans Arm, den dieser beleidigt wegzog. Natürlich konnte Ruâl bei allem Pflichtbewusstsein nicht einfach von heute auf morgen aufhören, sich Tristan gegenüber wie ein Vater zu fühlen. Die Maulschelle hatte ihm sicher mehr Schmerz bereitet als meinem wehleidigen Neffen.

Aber auch mir ging sie durch und durch. Selbst wenn Tristan sie verdient hatte, war ich es doch in Wirklichkeit gewesen, den ich gerade geschlagen hatte, nur eben mehr als zwanzig Jahre zu spät. Außerdem ging es mir auf die Nerven, dass Tristan unter seiner Ernennung litt, als sei er verbannt worden.

Dass es so schwer ist, etwas Gutes zu tun, hat mich mein ganzes Leben lang verblüfft.

Außer dass Tristan nun formal zu meinem Erben ernannt worden war, änderte sich für ihn wenig, und was sich änderte, war sicher überwiegend zu seinen Gunsten. Die Damen, bereits zuvor begeistert von ihm als Musiker, nahmen nun Witterung nach ihm auf wie Bluthunde. Anfangs, glaube ich, machte ihm diese Annäherung eher Angst, er schien mir trotz seiner Manieren sehr unerfahren im Umgang mit Damen, der außerhalb der Öffentlichkeit stattfand, um es mal vorsichtig zu sagen. Ich war mir auch sicher, dass Ruâl gut über all seine Kinder wachte und dass die furchtbaren Praktiken, hilflose Mägde ins Heu zu zwingen, so wie sie zu Gordecs Zeiten üblich gewesen waren, auf Kanelegres längst keinen Platz mehr hatten.

Tristan, jenseits der formellen Höflichkeiten den Menschen gegenüber eher scheu und verschlossen, und nur in seiner Musik entspannt, aufblühend und großzügig, verriet über seine Gemütszustände am meisten durch die unkontrollierbare Verfärbung seiner Gesichtshaut. Angst, Scham und Wut ließen ihn bleich werden wie Wäsche auf der Wiese, Freude, Lob und Eitelkeit ließen ihn erröten, dass seine Ohren leuchteten. Nach ein paar Wochen kam noch eine andere Beobachtung hinzu, die ich zunächst nicht recht einzuordnen wusste.

Bisweilen, am schlimmsten morgens, zeigte Tristans Antlitz eine leuchtende, rote Hautkrankheit, die im Laufe des Tages dann verschwand, oder wenigstens verblasste. Dieser Ausschlag, fiel mir auf, erschien unregelmäßig.

Manchmal wochenlang nicht und dann ein paar Tage hintereinander. Am Essen konnte es nicht liegen, ich hatte den Küchenmeister schon gefragt, was am Abend vorher serviert wurde. Es waren immer andere Speisen gewesen. Jedem anderen hätte ich diesen kleinen mir unerklärlichen Makel gelassen, aber in Anbetracht der Umstände überlegte ich sicher ein wenig überängstlich, ob mein Neffe nicht das Opfer einer schrittweisen Vergiftung durch seine Gegner wurde.

Möglicherweise waren die Gaben des Stoffes, die man seinem Essen beimischte oder an seine Kleider rieb, wie ich schon fantasierte, oft zu stark bemessen, sodass sie diese Reaktion seiner Gesichtshaut auslösten.

Die Witwe of Heuwwel hatte mir einmal vertraulich erzählt, dass ihr Schwager praktisch von innen heraus verfault sei, durch ein Pudergift, das ihm der Buhle seiner Frau regelmäßig unter die Ringe gegeben hatte. Ihre Schilderungen des elend langsamen Sterbeprozesses des Schwagers waren detailreich und derart anschaulich gewesen, dass es mir die Haare aufstellte. So etwas wollte ich für Tristan zu verhindern wissen. Aber ich brauchte Hilfe.

Es gab nur einen einzigen Menschen, der alles wusste, was auf Tintâgel vor sich ging – Michaelis de Zwyyntek, mein nach wie vor beleidigter Cancellarius. Vielleicht würde ihn diese Anfrage wieder mit mir versöhnen.

So rief ich den Majordomus zu geheimer Beratung zu mir und fing an, ihm vorsichtig zu schmeicheln, hoffentlich ohne dass er die Absicht merken und gleich verstimmt sein würde.

»Ich habe Euch Unrecht getan, Michaele«, begann ich. »Manchmal ist ein Mann blind für die Bande langen Vertrauens, Bande, die wirklich zählen.« Als wäre ich selbst ganz entsetzt von meiner eigenen Blindheit, machte ich eine lange Pause und starrte kopfschüttelnd vor mich hin. Zwyyntek wartete.

»Ich bin ein alter, kinderloser Junggeselle, wie Ihr wisst, und ich fürchte, ich habe mich blenden lassen von dem Wunsch eines jeden Mannes, einen Sohn seiner eigenen Linie im Hause zu haben. Der Mensch ist ein Tier, wisst Ihr.«

Wieder hielt ich Stille, in der ich de Zwyyntek nicht ansah, doch den Blick weiterhin stur in scheinbar schmerzhaftem Erkennen auf den Boden geheftet, bemerkte ich, wie er seine Zehen in den Mönchssandalen, die er mit Vorliebe trug, auf und nieder bewegte. Für Zwyynteks magere Verhältnisse war dies ein Zeichen höchster Erregung, ich war also auf der richtigen Fährte. Trauernd seufzte ich.

»Wie dumm … Es hilft nun nichts zu jammern, Majordomus, wie?« Blitzschnell, gleichsam auftauchend aus meinem sorgsam ausgestellten Schmerz, hob ich den Kopf. Der Kanzler blinzelte ertappt, hatte aber sein Gesicht gleich wieder unter Kontrolle. »Ich fürchte, dass wir eine Schlange an unserem Busen genährt haben, so wie Ihr es gleich gedacht und mutig gesagt habt, Michaele! Es besteht die Annahme, dass uns unser Neffe und Thronfolger schmählich hintergeht.«

Der Fisch saß am Haken, gierig schluckte er den Köder. Ungeduldig atmete der Majordomus jedes weitere Wort meiner Lügengeschichte ein, entspannte sich zunehmend in der wohligen Hoffnung, dass Tristan nun gewisslich verstoßen würde. »Ich muss wissen, was mein Neffe tut, wenn er nicht auf seinen vielen Instrumenten übt. Seit einiger Zeit höre ich, dass er abends noch einmal seine Kammer verlässt, wenn alle schlafen. Ich will wissen, wen er des Nachts trifft, wenn ihn niemand mehr wachend wähnt, versteht Ihr, Zwyyntek? Es muss Umstürzler geben, die sich seiner bemächtigen. Oder er sich ihrer, das weiß ich nicht.«

Grenzenlose Enttäuschung überflutete die Züge des Majordomus.

»Das ist alles, Majestät? Euer einziger Anhaltspunkt für diese Vermutung ist, dass Ihr glaubt, er trifft sich des Nachts mit einer Gruppe von Verschwörern?«

»Ich habe Gründe, solches anzunehmen«, sagte ich dunkel.

Der Majordomus schüttelte den Kopf, wie einer, der zu seiner nachträglichen Schande bei einem Kinderrätsel nicht gleich auf die simple Lösung gekommen ist.

»Er hat eine Buhle, Majestät«, korrigierte de Zwyyntek leidenschaftslos meine vorgegebenen Vermutungen.

»Eine was?!« Ich tat entrüstet und hoffte, mir war weder die Belustigung noch die Erleichterung anzumerken.

De Zwyyntek machte die Augen schmal, ich sollte meine kleine Posse wohl besser nicht übertreiben. Schließlich war ich selbst in meiner Jugend niemand gewesen, der andere ohne Heuchelei der Unmoral bezichtigen konnte. Dass ich selbst zuletzt eine Affäre gehabt hatte, lag nun wohl schon vier Jahre zurück, aber Zwyyntek vergaß bekanntlich nichts.

»Euer Neffe stiehlt sich bisweilen des Nachts in den Frauentrakt und verbringt Zeit bei einer der Damen dort. Es ist seinen Besuchen keine bestimmte Regelmäßigkeit anzumerken. Mal geht er wochenlang nicht, dann auch wieder ein paar Mal hintereinander. Ich lasse mir die Laken und Leibbinden der betreffenden Dame zeigen«, enthüllte der Majordomus zu meinem ehrlichen Erschrecken. Er begann sich für den Gegenstand dieser Unterhaltung zu erwärmen. »Eine Schwangerschaft ist weder eingetreten noch zu befürchten, Majestät. Sie ist nämlich schon fast jenseits des gebärfähigen Alters und dürfte wohl kaum empfangen.«

Ich war sprachlos. Dass solches in Tintâgel vorging, war mir unglaublich. Ich wusste, dass Michaelis in allem herumschnüffelte, aber dass er selbst vor Leibbinden, Laken und womöglich auch den Leibstühlen der Bewohner nicht Halt machte, entsetzte mich zutiefst. Einmal mehr wurde ich daran erinnert, dass dieser stille Mann vor nichts zurückschreckte, wenn es darum ging, das Leben der Hofbewohner auszukundschaften.

»Wünscht ihr über die Identität der Betreffenden informiert zu werden?«, bot der Majordomus diskret an.

Noch immer in stummer Erschütterung schüttelte ich den Kopf. Es konnte ohnehin nur die Witwe Penzance sein, die sich Tristan, selbst wenn er Harfe spielte, fast auf den Schoß zu setzen versuchte. Dass sie bei seiner Ernennung gegen ihn gestimmt hatte, war also tatsächlich politisch völlig unmotiviert gewesen. Nun war sie seine Geliebte.

»Habt Ihr weitere Anhaltspunkte wegen Eurer Befürchtungen?«

»Was?«, blaffte ich ärgerlich.

»Eure Befürchtungen wegen einer Verschwörung?«

Das hatte ich fast über den Schreck aus den Augen verloren.

»Nein, … keine, das war alles. Ich, äh, danke Euch für

Eure Umsicht, Majordomus.« Ich war äußerst bemüht, meine Fassungslosigkeit nicht zu zeigen. »Ihr könnt Euch zurückziehen.«

»Zu Diensten, edler Herrscher«, entgegnete Zwyyntek und verbeugte sich mit einem Anflug undefinierbarer Ironie, bevor er das Zimmer verließ.

Vielleicht hatte er auch durch meine Laken geschnüffelt, dachte ich mit Entsetzen, bestimmt sogar!

Aber Tristan, lenkte ich meine Gedanken auf einen weniger peinlichen Gegenstand hin, wurde also immerhin weder vergiftet, noch war er sonst wie erkrankt. Seine Haut musste sich demnach jedes Mal entzünden, wenn er bei einer Frau gewesen war. Und wenn ich das schon herausgefunden hatte, dann war es sicher auch dem Majordomus nicht neu. Ich schüttelte mich unwillkürlich. Leibbinden und Bettlaken! Und mein Neffe bekam Ausschlag, wenn er mit einer Frau schlief. Was für ein feines Zuhause ich doch hatte.

Tristan ging ich nach dieser Entdeckung lieber ein paar Tage aus dem Weg, und der Witwe Penzance vermied ich für eine Weile, die Hand zu küssen. Dabei konnte sie ja nichts dafür.

In den folgenden Monaten gehörte Tristan mehr als Musiker denn als mein Neffe, also ganz seinen eigenen Wünschen entsprechend, zum Inventar von Tintâgel. Alle waren daran gewöhnt, ständig aus irgendeinem Raum das Singen seiner Harfe oder die verfeinerten Töne seiner vielen Flöten zu hören. Ich ließ ihn weitestgehend in Ruhe, was sollte ich ihn auch fragen. Als politischen Berater hätte ich eher noch den Küchenmeister vor Tristan berufen.

Bisweilen wurde seine große Sprachfertigkeit genutzt, und er musste als Dolmetsch herhalten, wenn auswärtige Verhandlungen geführt wurden. Dass dies für meinen Thronfolger langfristig keine Aufgabe sein konnte, war mir bewusst, doch ich wartete einfach ab, in der Hoffnung, dass niemand Anstoß nehmen würde. Trotz all der Widrigkeiten, denen ich mich in meinem Leben auch unter Todesgefahr gestellt habe, bin ich in diesen Konflikten immer so unsinnig abwartend gewesen wie ein Kind, das sich die Augen zuhält und denkt, es ist unsichtbar, solange es keinen Laut tut.

Und seit ich ein Kind war, wusste ich, dass dies eine gefährliche Täuschung sein konnte, und es war es auch diesmal.

Und dann kam der Tag, an dem sich alles zum Schlechtesten wandte. Es war zwei Monate nach Mittwinter, die Burg elend kalt, allen war es langweilig, die Stimmung war gereizt, und der Majordomus hatte irgendwie vermocht, sich durchzusetzen, dass in diesem Jahr erstmals eine Fastenzeit gehalten wurde. Ich glaube, er hatte den Vorschlag schon zu Samhain gemacht, und zwar nach einem völlerischen Gelage, dessen Auswirkungen selbst den Ungläubigen die Notwendigkeit und Befreiung des christlichen Fastens leuchtend vor Augen gestellt hatte. Wer denkt nicht daran, nie wieder zu trinken, wenn er mit pochendem Schädel über einer Waschschüssel hängt und dieselbe ihrer eigentlichen Funktion entfremdet? Und wer vergisst es nicht wieder, wenn der nächste Krug feinen Weins vor ihm steht.

Nun jedenfalls, frierend, umgeben von nichts als den schwarzen Stürmen der cornischen See, erschien uns diese Entscheidung zu fasten sämtlich als schwachsinnig, doch wir konnten sie nicht revidieren, ohne für unchristlich oder gar ketzerisch zu gelten. Dass selbst mein Freund Bischof Philipp angesichts der Fastenzeit seinen Besuch auf das spätere Jahr verschoben hatte, weil er das Fasten für eine unsinnige und wenig hilfreiche Geistesübung hielt, hätte uns dabei in den Augen der Welt nichts geholfen.

Ich glaube, dass ich schon vor Morgengrauen mit einem Schnupfen oder einem leichten Kopfschmerz aufgewacht war. Im Laufe des Vormittags allerdings wurden meine sämtlichen Wahrnehmungen von einem pochenden, alles übertönenden Zahnschmerz übertroffen, den ich schon vor dem Mittag nicht mal mehr mit Gewürzen oder Branntwein zu betäuben vermochte. Der Schmerz bohrte sich einer heißen Nadel gleich in meine rechte Wange und Schläfe, ließ mich jeden einzelnen Herzschlag im Kopf spüren wie glühende Zangen, die immer wieder nach dem gleichen Fetzen Haut griffen. Ich hasste es, krank zu sein. Und ein Zahnreißen hasste ich mehr als alles andere. Unleidlich rief ich nach dem Arzt.

Der Branntwein, wenn auch gedacht, den Schmerz zu lindern, hatte bislang nur die Wirkung gezeigt, mich richtig trunken zu machen, zumal ich seit sieben Tagen fastete, sodass ich bald rasend und enthemmt in meiner Kammer wütete.

Der Medicus kam und machte nach kurzer Untersuchung den Vorschlag, die Schmerzquelle zu entfernen. Ich verstand ihn nicht gleich, aber das konnte an mir liegen.

»Stimmt Ihr dem Plan zu, Majestät?«, fragte er ängstlich.

»Wozu? Was für ein Plan, Mann?!«

»Dass wir die Wurzel des Übels entfernen«, assistierte beflissen der Majordomus, der natürlich bei solcher Angelegenheit nicht fehlen durfte. Vielleicht wollte er meine Zähne demnächst auch noch kontrollieren, nicht nur meine Laken und meinen Nachttopf. Aber wenn der Zahnschmerz aufhörte, war mir alles recht, was diesen erstrebenswerten Zustand schnellstmöglich herbeiführte.

»Wurzel des Übels?«, lallte ich also sehr interessiert.

»Den Zahnherd, Majestät«, brachte der Medicus schüchtern hervor. »Das, welches Euch die augenblickliche Pein verursacht. Es handelt sich um einen Eurer Zähne.«

»Genau«, nickte ich überzeugt, der Medicus schien mir doch ein sehr verständiger Mann. »Der Herd verursacht mir Pein.«

Der Majordomus gab ein beunruhigendes Zeichen über meine Schulter, und zwei Knechte packten mich bei den Armen. Das hatte ich nicht kommen sehen. Ein Staatsstreich?!

»Was zur Hölle?« Da hatte mich auch schon der Medicus fest bei den Haaren. »Bitte den Mund weit zu öffnen, Majestät.« Da ich mich wenig hilfreich verhielt, griff er einfach meinen Unterkiefer und zog ihn zu sich herunter.

Ich brüllte, noch nicht vor Schmerz, eher aus Unsicherheit und Unbeherrschtheit des Branntweins wegen. Vielleicht war dies wirklich ein Staatsstreich, man konnte nie wissen. Ich leistete vorsichtshalber weiteren Widerstand. Der Medicus fing an zu schwitzen, die Knechte hielten mich aber unnachgiebig, als wäre ich auf die Bank geflochten. »Gleich hab ich ihn, Sire!«

Aus den Augenwinkeln sah ich, wie der schmächtige Mann eine kleine eiserne Zange hervorzauberte, die er dann außerhalb meines Blickfeldes mit erstaunlicher Kraft an meinem schlimmen Backenzahn befestigte. Er musste sich mit dem Folterknecht ausgetauscht haben. Der Schmerz schwoll furchtbar an, ich schrie wieder. Branntwein, vom Majordomus schwungvoll gegossen, lief mir über Gesicht und Zunge. Vergeblich versuchte ich weiter, mich aus dem Griff der beiden dümmlichen Knechte zu befreien. Ich hustete, das Knirschen der schrecklichen Zange ließ mir den Kopf in tausend Stücke springen. Mir wurde schwarz vor Augen.

Dann schmeckte ich Blut und Eisen, sowie eine kleine Menge Schwefels. »Wir haben ihn, Majestät«, teilte mir der Majordomus erregt mit. »Wir haben ihn! Der Zahn ist im ganzen Stück entfernt worden.« Abermals spülte eine barmherzige Welle Branntweins über mich hinweg.

»Großartig, Michaele, weshalb wickelt Ihr ihn nicht in mein Laken und putzt meinen Leibstuhl damit«, pöbelte ich. Leider behinderten mich die Finger des Medicus in meiner Mundhöhle bei der Aussprache, so kam es nicht klar heraus.

»Was hat er gesagt?«, erkundigte sich der Majordomus interessiert. Der Medicus hatte es auch nicht verstanden. Meine Augen waren offenbar geschwollen, ich konnte sie nun nicht mehr öffnen. Außerdem wurde ich mit einem Mal sehr müde. Die Knechte lockerten ihren eisernen Griff, als sie meinen Körper erschlaffen spürten.

»Ihr solltet nun ruhen, Majestät«, riet schlau der Medicus. Sie schoben mir einen weingetränkten Lappen in den Mund und verfrachteten mich aufs Bett. »Fass mich bloß nicht an, du Hund«, drohte ich in undeutlicher Aussprache dem Knecht, der im Begriff war, mir das Wams aufzumachen, und fegte seine Hand von meinem Leib.

»Es ist besser, seine Majestät allein zu lassen. Er braucht nun vor allem Ruhe«, flötete der Medicus, den Zahn noch immer stolz in seiner Zange. »Alle hinaus, bitte.«

»Meister Zwyyntek«, hörte ich noch eine Stimme in Aufregung auf dem Gang rufen, »Meister Zwyyntek, schnell!«

Dann muss ich eingeschlafen sein.

Als ich erwachte, war alles längst vorbei, doch hatte ich keine Ahnung, was Furchtbares geschehen war. Im Gegenteil, ich fühlte mich, unwissend, wie ich war, unendlich besser.

Mein Gesicht war nicht mehr verschwollen, und obgleich die Lücke des entfernten Zahnes noch roh und wund war, war es kein Vergleich zur Höllenpein des Morgens.

Ich zog die Vorhänge vom Fenster und stellte fest, dass es schon dämmerte. Ich hatte den ganzen Tag verschlafen.

Wenn man große Schmerzen, elende Übelkeit oder andere Maläsen durchlitten hat und nach einiger Zeit des Jammers wieder zu neuer Gesundheit erwacht, ist es, als wäre die ganze Welt frisch gewaschen worden. Alles fühlte sich friedlich und wunderbar an. Ich spülte meine gemarterte Zahnlücke mit Wein und Salbeisud, trank fast einen ganzen Krug Wassers und spazierte vorsichtig pfeifend in die untere Halle, um nachzusehen, was mein fastender Hofstaat den ganzen Tag ohne mich getrieben hatte.

Dort bot sich mir schon durch den Türspalt ein erbärmlicher Anblick. Tristan hockte mit gesenktem Kopf, die Ellbogen auf die Knie gestützt auf einem Schemel. Die Hofgesellschaft kehrte ihm den Rücken zu und tuschelte.

Als mir die Tür knirschend gänzlich geöffnet wurde, sprangen alle auf und verbeugten sich, im Blick ein teils hungriges, teils mitleidiges Glitzern. Sofort war ich auf der Hut.

»Was ist hier vorgefallen?«, rief ich, sogleich in gespannter Erwartung einer Katastrophe. Tristan wandte das Gesicht ab.

Der Majordomus trat vor, beglückt, die dünnen Lippen formten seine Worte vorsichtig und genussreich. »Es hat sich ein bedauerlicher Zwischenfall ereignet, Majestät.«

»Ich höre.«

»Die Sachsen sind im Süden gelandet, nahe Sumerset.«

Wir hatten mit Sumerset ein Bündnisabkommen. Da die Leute vom Südosten bisweilen so unter den Sachsen zu leiden hatten wie wir unter den Iren, hatten wir einen gegenseitigen Hilfspakt abgeschlossen, der uns zur sofortigen Bereitstellung von 200 Mann zu Fuß und 50 Mann zu Pferd verpflichtete, wenn eines der beiden Barbarenvölker dauerhaft angreifen sollte. Für uns waren die Sachsen keine direkte Bedrohung, so weit übers Festland nach Nordwesten wie in meiner Kindheit kamen sie nicht mehr. »Sind die Truppen ausgerückt?«, fragte ich, nun etwas zuversichtlicher. Es gab also keinen Krieg, es waren keine Iren gelandet.

»Darin liegt ja der bedauerliche Zwischenfall eben begründet, Majestät, die Truppen sind nämlich nicht ausgerückt.«

Betretenes Schweigen ringsum. »Wieso nicht, Zwyyntek?!«

»Da Eure Majestät aufgrund Eurer Erkrankung nicht zur Verfügung standen, habe ich mich als Vertretung an Euren Thronfolger und Erben gewendet, als der Gesandte aus Sumerset vorsprach.«

Ich sah das triumphierende Lächeln des Majordomus und ahnte Schlimmes.

Tristan konnte wahrscheinlich sächsisch sprechen, die sächsische Harfe spielen und ein paar ihrer Lieder singen, aber sonst hatte er von den Sachsen oder dem, was sie für Sumerset bedeuten konnten, nicht die leiseste Ahnung.

Und de Zwyyntek wusste das.

Tristan – bleich, natürlich – vermied es noch immer, mich anzusehen. Der Majordomus fuhr fort: »Da der Gesandte mit Eurem Neffen sprach, zeigte sich dieser nicht nur gänzlich unbeeindruckt oder besser in Unkenntnis von Fakten und Geschichte dieses Bündnisses, er machte dem Grafen Bloyfs sogar den erfrischenden Vorschlag, lieber einmal bei einer fröhlichen Feier mit den Sachsen über Frieden zu verhandeln, da er wisse, dass sie ein sehr fröhliches Volk seien.« Zungenschnalzen und leises Kichern entwich meinem Rat, der diese Geschichte ja bereits kannte, sie aber auch in der Wiederholung nicht fassen konnte. Das war einfach zu gut!

De Zwyyntek leuchtete geradezu vor Schadenfreude. Er hatte den idealen Schlag gelandet, Tristan ein für alle Mal als meinen Nachfolger zu disqualifizieren, ohne ernsthafte Gefährdungen gegenüber Tintâgel zu verantworten zu haben.

»Ich habe mir dann erlaubt, Euer Einverständnis voraussetzend, die Befehlsfolge zu umgehen und den Gesandten zu bitten, sich bis morgen Früh zu gedulden. Ich sagte ihm, dass Ihr die Truppen dann antreten lassen würdet.«

»Ihr wisst genau, Zwyyntek, dass Ihr selbst den Befehl zum Ausrücken hättet geben können!« Was für eine Scharade.

»Theoretisch natürlich, Majestät, aber nicht legal. Wenn der Thronprätendent in Vertretung des Herrschers anwesend ist, obliegt auch ihm die Befehlsgewalt.« Er verbeugte sich dienstbar.

»Ja, ist gut, Zwyyntek«, sagte ich nur. Es war ohnehin nichts mehr zu machen. Sumersets Gesandter würde zwar keine Schwierigkeiten anzetteln, aber er würde das Gefasel Tristans überallhin ausplaudern, und ganz Britannien würde wissen, dass mein Neffe unfähig war, selbst so einfache Amtsgeschäfte zu leiten, wie ein Bündnisheer loszuschicken. Das war ungeheuerlich. Ich musste handeln, sonst riss mich der Junge mit in den Abgrund.

»Tristan von Cornwall«, blaffte ich ihn an.

Der arme Kerl war zu verstört, um auch nur aufzustehen.

»Erhebt Euch! Ihr habt Eurem Land heute einen schlechten Dienst erwiesen. Wir müssen Euch daher bitten, Euch freiwillig aus den Regierungsgeschäften und allen Ansprüchen als Erbe zurückzuziehen, bis der Rat eine andere Entscheidung hat treffen können.«

Jetzt rappelte er sich langsam auf. Mit hängenden Schultern, die seine schlanke Gestalt seltsamerweise noch größer aussehen ließen, trat er vor mich hin. Er konnte nur flüstern:

»Ich bin ein Musiker, Onkel, kein König. Das habe ich Euch noch am ersten Abend gesagt.«

Die Herren Bristol, Frome, Devon und Perranporth grinsten unverschämt. Wie schön, dass ihre Niederlage so schnell aufgehoben wurde. Alles konnte geschehen, solange es niemand sah, aber etwas, das sich so dankbar öffentlich ereignete, war in Stein gemeißelt. Tristans Fehler würde unvergessen bleiben.

Tristan hob trotzig den Kopf. »Aber sorgt Euch nicht, König Marke, ich werde Euch nicht weiter in Schwierigkeiten bringen. Darf ich mich zurückziehen?« Ich nickte nur. Was sollte ich auch sagen? Wie ein geprügelter Hund schlich mein Neffe aus dem Saal.

Am nächsten Morgen war Tristan verschwunden. Nur die Tatsache, dass er all seine Instrumente zurückgelassen hatte, gab mir die Hoffnung, dass er zurückkommen würde. Was heißt Hoffnung? War es nicht ein Segen, dass er wegging? So konnte er wenigstens nicht noch größeren Schaden anrichten. Vielleicht war er einfach in die Bretagne geflohen, um sich auf Kanelegres seine Wunden zu lecken.

Ruâl von Kanelegres an seinen Lehnsherren König Marke von Cornwall

... auch wir sind sehr in Sorge, mehr noch nach den letzten Ereignissen, auf die wir uns beim besten Willen keinen Reim machen konnten. Ich weiß nicht, was genau vorgefallen ist, aber in der Tat tauchte der Junge hier vor ein paar Tagen auf, schweigsam und bedrückt, nicht einmal seine Ziehgeschwister oder Floraete konnten zu ihm durchdringen. Er wollte keine Harfe, keine Flöte, gar nichts von dem anrühren, was doch sein Leben ist. Wir waren sehr aufgeregt und sind es noch.

Dann, abends, als Floraete und ich noch am Feuer saßen, kommt er herein und fragt, wie das genau mit seinen Eltern damals gewesen wäre.

Wir haben ihm dann die ganze Begebenheit erzählt, alle Ereignisse, wie wir sie zu berichten wussten, von Morgân, wie er Kanelegres zerstörte, wie Ihr ihm Rache schwort, wie Ihr zurückmusstet nach Cornwall, von den frühen Tagen Eurer Herrschaft, wie Riwalîn erst hier auftauchte, um dann nach Tintâgel zu gehen.

Erstaunlicherweise wollte er über die Liebesgeschichte seiner Eltern wenig hören. Davon nicht, sagte er sogar sehr bestimmt. Wir berichteten ihm dann, wie Eure Schwester und Riwalîn hier auftauchten und um Obdach baten, wie elend beide waren und dass Riwalîn trotz seiner eben erst ausgeheilten Verletzung nicht davon abzuhalten war, in die Schlacht zu ziehen, um gegen Morgân zu kämpfen, als dieser Canoel angriff. Wie Ihr sicher erinnert, hat Morgân damals Canoel auch eingenommen und behalten, da Riwalîns Familie sämtlich den Tod fand. Der Alte muss nun wenigstens über siebzig sein, aber noch immer kampfeslustig, grausam und unbelehrbar. Bevorzugt überfällt er nun die Wagen von Kaufleuten und Händlern.

Und seine Ritter sind von den übelsten Räubern nicht mehr zu unterscheiden. Im Süden soll er ein Nonnenkloster überfallen und alle Schwestern von der ältesten bis zur jüngsten Novizin von sechs Jahren schänden haben lassen. Für nichts und wieder nichts. Ich erzähle Tristan also von Morgân, da schaut er mich an wie eine Kuh, wenn's donnert, und fragt, ob er dann der einzige Überlebende aus seines Vaters Familie wäre. Für Floraete ist es immer noch ganz schrecklich, dass sie nicht mehr seine Mutter sein kann, wie sie es all die Jahre war, deswegen hat sie uns an diesem Punkt der Unterhaltung verlassen, wofür ich dankbar bin, eingedenk dessen, was dann kam.

Soweit ich es weiß, ist Tristan tatsächlich der einzig lebende Erbe von Canoel, das habe ich ihm dann auch gesagt. Ich hätte nie gedacht, dass er – oder irgendwer anders, davon mal abgesehen – ein Interesse an den Ruinen von Canoel haben könnte. Es war nie eine wirkliche Burg, Ihr wisst ja, wie man Riwalîn genannt hat, ganz falsch war das nicht. Und seit Morgân damals Canoel zerstört hat, ist auch nichts wieder aufgebaut worden. Morgân hatte kein Geld dazu, und es liegt zu wenig Reiz im ganzen Anwesen – finanziell und auch von der Bodenqualität her –, dass sich jemand sonst dafür stark machen würde.

Wir hier auf Kanelegres betrachten Morgân natürlich noch immer als Todfeind, aber ehrlich gesagt, dass Morgân ein mächtiger Fürst war, liegt mehr als dreißig Jahre zurück. Der letzte große Zug, der ihm wirklich gelang, war die Zerstörung von Kanelegres. Manche der Kinder hier denken sogar, dass Morgân nur eine Märchengestalt ist, so wie ein böser Riese oder ein Seeungeheuer.

Tristan hat aber ein mir im Nachhinein unbehagliches Interesse an dem alten Scheusal gezeigt. Wo er denn wohne, wie er lebe, ob er noch eine Armee habe, weshalb Ihr ihn nicht, wie geplant, vernichtet hättet? Das Letztere habe ich ohne Vorwurf geschrieben, Majestät, er hat aus Wissbegier gefragt, und ich habe ihm geantwortet, was ich für die Wahrheit hielt: nämlich, dass Morgân Euch immer noch daran erinnerte, welch ein weiter Weg hinter Euch lag, und dass das lange Überleben manchmal wichtiger ist als ein kurzer Sieg. Verzeiht, wenn ich Euch in diesem Punkte vorgegriffen oder missverstanden habe. Der Junge hat sich dies alles angehört, noch zu ein paar Einzelheiten nachgefragt und hat sich dann sehr respektvoll zur Nacht zurückgezogen. Ich hatte das Gefühl, dass es ihm erstmals seit seiner Ankunft etwas besser ging. Aber nun ist er verschwunden. Er erschien nicht am nächsten Morgen, sein Pferd war fort und wie Kaedin, unser Jüngster, dann feststellte, hatte Tristan eines der ganz alten Langschwerter mitgenommen, die wir in der Waffenkammer eigentlich nur noch der Tradition wegen behalten. Ich bin sehr bang, dass der Junge eine Dummheit vorhat. Tristan hat sich für die Harfe interessiert, als meine anderen Kinder noch mit stumpfen Spindeln gespielt haben, und für das Schwert, den Speer oder den Bogen hat er nicht mehr Begabung bewiesen, als wenn man diese einem Tanzbären in die Tatzen gedrückt hätte. Schon immer dachte ich, dass nicht jeder ein Ritter sein muss, und habe ihn gelassen. Ich bin ja schließlich auch eher ein Schreiber und Verwalter als ein Krieger.

Natürlich habe ich sofort einen Trupp und Späher nach Lonois aussetzen lassen, um herauszufinden, ob Tristan tatsächlich nach dorthin geritten sein könnte, aber noch haben sie keine Spur und wir keine Nachricht.

Betet für uns, mein König. Ich bin sicher, dass Euer Neffe für Euch nicht das war, was Ihr Euch vielleicht von einem Erben erhofft habt, aber für Floraete und mich ist er immer noch unser Sohn. Vielleicht könnt Ihr es nicht verstehen, weil Euch Kinder verwehrt geblieben sind, aber egal, wie sie sich im Leben machen, man kann sie nie ansehen, ohne nicht zugleich wieder um das hilflose, plappernde kleine Bündel zu fürchten, das sie vor Zeiten mal gewesen sind.

Ich schicke Euch Meldung, sobald ich selbst welche habe.

In ewiger Treue und ehrerbietiger Hochachtung, etc., etc.

Ruâl (Siegel)

Die irische Lösung

Während Tristan verschwunden war, stand die Zeit in Tintâgel nicht still. Der Rat drängte auf die Ernennung eines anderen Erben, doch egal, wer von welcher Partei vorgeschlagen wurde, es war immer einer anderen nicht recht. Das Gleichgewicht zwischen den Lehnsleuten war zu empfindlich. Lange hatte ich diese Tatsache als einen Vorwand nutzen können, um mich nicht festlegen zu müssen, doch die Auseinandersetzungen seit dem Debakel mit Sumerset wurden immer schärfer. Parteibildungen wechselten täglich. Ich fürchtete, dass, wenn ich dieses Spiel zu lange fortschreiten ließ, sich die Stimmung auch schnell gegen einen einzigen Feind richten könnte, und der wäre ich. So hatten sich die Kräfte schon einmal zusammengebraut, und ich fürchtete, dass ich diesmal weder Mittel noch Rat wüsste, eine Fehde zu verhindern.

Ich grübelte um eine Lösung und dachte während einer besonders aussichtslosen Sitzung schon daran, mit Bischof Philipp über einen Pakt mit der Kirche zu verhandeln, dass Tintâgel in den Besitz des Heiligen Stuhls übergehen sollte, da bat mein Cancellarius ums Wort. Ich vertraute dem Menschen nun weniger als zuvor, und ich wusste, dass sein Angriff auf Tristan eine neue Zeit in unserer Zusammenarbeit einläutete – und zwar eine zu meinen Ungunsten.

Vorher waren es er und ich für Tintâgel gewesen, nun waren es er und Tintâgel gegen wen auch immer.

Mürrisch nickte ich ihm zu, zu sprechen.

»Ich fürchte, dass wir hier alle samt und sonders in eine viel zu komplizierte Richtung denken«, beschied er uns in der tonlosen Arroganz, die uns immer wieder daran erinnern sollte, wie unvollkommen wir waren. »Einen Erben innerhalb Britanniens zu finden ist nicht nur unmöglich, es ist auch ganz und gar unnötig. Gerade so, als würden wir Zinn importieren.«

Die Räte empörten sich. Ich hätte es auch gern getan, doch der Anstand verbot es, so starrte ich den Majordomus nur finster an. Was hatte er sich nun wieder ausgedacht?

»Es gibt eine wesentlich einfachere Lösung, die bedauerlicherweise schon seit geraumer Zeit nicht mehr diskutiert worden ist.« Er machte eine Pause, damit sich die murmelnde Erregtheit legen und in gespanntes Interesse verwandeln konnte. »Der König muss sich verheiraten und einen Erben zeugen, der direkt von seiner Linie ist.«

Ich war zu erstaunt, um überhaupt etwas sagen zu können, und den meisten Räten ging es nicht anders. Seit über einem Dutzend Jahren war der Vorschlag, dass ich mich verheiraten sollte, nicht einmal mehr angedacht worden. Dass der König von Cornwall ein unwandelbarer Junggeselle war, war so selbstverständlich wie ein Sonnenaufgang im Osten.

»Das wäre doch das Gleiche, Meister Zwyyntek«, rief da dankenswerterweise der Herr von Gloucester. »Eine Heiratskandidatin aus Britannien würde der Familie der Betreffenden ebenfalls mehr Rechte zugestehen.«

Dieser Einwand fand viel Zustimmung, heimlich erleichtert atmete ich auf. Aber de Zwyyntek hatte es kommen sehen, dass jemand diesen Vorwurf wagte, wie auch nicht?! »Deswegen erlaubte ich mir ja auch anzumerken, dass man in die falsche Richtung gedacht hat. Versteht mich recht: Es darf keine Braut aus Britannien sein. Wir müssen eine geeignete Kandidatin im Ausland finden. Und auf diese Weise gewönnen wir noch einen Bündnispartner hinzu!«

Andächtige Stille breitete sich im Ratsaal aus. Oh, nein, dachte ich, nur das nicht. Ich wollte nicht heiraten. Bestimmt war ich kein Feind der Frauen, gewiss nicht. Als einer der letzten Herrscher hatte ich sogar noch Frauen in meinem Rat, das gab es an den meisten Höfen überhaupt nicht mehr. Nur, mit einer Frau in der Ehe zusammenzuleben, konnte ich mir nicht vorstellen. Selbst mit Bronwen, die für zwei Jahre hier auf Tintâgel wohnte, hatte ich nie zusammengelebt. Ich genoss unsere Begegnungen, das zärtliche Zusammensein, die tiefen und wunderbaren Gespräche mit ihr, aber ich war doch auch froh, wenn ich mich von ihr verabschieden konnte. Und als sie nach unserer gemeinsamen Zeit schließlich ging, vermisste ich sie nicht mehr, als wenn Bischof Philipp sich nach einem seiner ausgedehnteren Besuche auf den Rückweg nach Salisbury machte. Ich war einfach nicht für die Ehe geschaffen. Ich würde eine Frau nicht glücklich machen können. Und eine reine Zweckehe zu schließen, dieser Gedanke jagte mir noch mehr Angst ein.

Meine Räte hingegen gaben dem Vorschlag des Majordomus ausnehmend viel Bedenkzeit. Ihnen schien der Gedanke an irgendeine arme Ausländerin, die man mir unterschob, ganz angenehm zu sein.

»Wir sollten zunächst alle geeigneten Kandidatinnen suchen«, zirpte der Baron Perranporth. »Dann kann man eine bessere Entscheidung treffen.« Viele Köpfe nickten, zu viele.

»Es ist nicht gut, dass der Mensch allein sei«, zitierte finster die Witwe Penzance, die Tristan sehr zu vermissen schien.

»Es könnte ja ruhig auch eine zweite oder dritte Tochter sein«, schlug der Herzog von Bristol großzügig vor. »Geld und Land haben wir selber. Ums Erbe geht es uns ja schließlich nicht.«

Uns, sagte er, als würden sie alle mit einer Gattin bedroht. »Genau«, pflichtete ihm der von Devon bei, »wir sollten unserem König den Gefallen tun und ihm was Hübsches suchen, dann fällt ihm das mit dem Erben auch leichter.«

Das gemeinschaftlich dumme Lachen, zu dem ich mit Überwindung nur ein äußerst sparsames Lächeln beisteuerte, dröhnte durch die Halle. Einzig die Witwe of Heuwwel hielt sich pikiert zurück, sie war ein sehr feiner Geist und überhörte solch rohe Späße. Außerdem mochte sie von Devon nicht.

Aber es half nichts. Keine Abstimmung seit der Ernennung des Rates hatte je so viel Zustimmung hervorgerufen. Handzeichen abzufragen wäre nur eine unnütz schmerzhafte Bestätigung meiner Niederlage gewesen. Ich hatte verloren.

»Man lege mir die Vorschläge zum Ende des Monats vor«, sagte ich und machte dem peinlichen Treiben ein Ende. »Wir haben noch dringlichere Angelegenheiten zu besprechen.«

Der Monat hatte schließlich gerade erst angefangen. Vielleicht, redete ich mir wieder wie ein Kind ein, vergaßen sie es ja einfach wieder. Der Frühling kam bald. Wenn ich rechtzeitig Kampfspiele oder gesellige Ausfahrten anberaumte, geriete der Vorschlag möglicherweise in Vergessenheit. Meine Angst ging sogar so weit, dass ich überlegte, eine kleine Fehde vom Zaun zu brechen, um Ablenkung zu schaffen. Ich fand mich selbst unwürdig. Aber hat man nicht gehört, dass sich Wölfe, die in eine Falle getappt sind, den eigenen Fuß abbissen? Zum ersten Mal in meinem Leben hatte ich eine Ahnung von der Panik, die den Wolf befähigen musste, solches zu tun.

Aus Kanelegres kam wochenlang keine weitere Nachricht. Ich war immer noch etwas beunruhigt, dachte aber, dass Ruâl mir sofort Bescheid geben würde, wenn er etwas Schlechtes über Tristan erfahren hatte.

Wir alle vermissten seine Musik, die uns zu einer regelmäßigen Vergnügung und Erbauung an den Abenden geworden war. Die Witwe Penzance redete auffallend viel davon, ins Kloster gehen zu wollen, was von den anderen mit gierigem Interesse aufgenommen wurde, da auf diese Weise ein Platz im Rat frei wurde. Seufzend, mit melancholischem Blick auf den Schemel, von dem aus Tristan zu musizieren pflegte, verbrachte sie die Tage in der Halle, ohne sich großartig an den Unterhaltungen oder Spielen der anderen zu beteiligen.

Als Mensch fehlte mir Tristan kaum, da ich auch weiter wenig Austausch mit ihm hatte finden können. Oft dachte ich aber darüber nach, dass in ihm schließlich ein Teil von Fluflu wohnte, doch ich hörte diesen Teil nur in seiner Musik, wenn sie klang, wie Fluflu gelacht oder sich bewegt hatte.

Vielleicht lag es daran, dass er seine Mutter nicht gekannt hatte, dass er so wenig von ihr hatte. Und was seinen Vater anging, so hatte er Tristan allein seine Größe vererbt.

Nichts von Riwalîns erstaunlicher Körperkraft, seiner männlichen Ausstrahlung oder seiner enormen Kampfeskunst hatte sich im Sohn entwickelt. Aber ich kannte natürlich Riwalîns Familie nicht. Oft war ein Kind eher einem Onkel oder einem Großelternteil ähnlich als den Eltern. Ich sah, sollte ich den Worten meiner Mutter glauben, aus wie mein Vater. Hieß das, dass ich auch so fühlte, so dachte wie er? Und Fluflu, obwohl sie mit unserer Mutter am gleichen Ort gelebt hatte, war so ganz anders gewesen als irgendjemand, den ich je gekannt habe. Es konnte ja auch sein, dass die Menschen einfach sie selbst waren, dass sie nicht werden mussten, wie ihre Vorfahren gewesen waren.

Kurz nach Æquinox legten mir die Räte schließlich ihre gefürchtete Liste der in Betracht kommenden Heiratskandidatinnen vor, und meine Bedenken hätten nicht berechtigter sein können.

Wir diskutierten gerade die Tochter des Königs von Lusitanien. Das heißt, ich bemühte mich vielmehr, allen Verfechtern dieser Kandidatin klar zu machen, dass eine Zweijährige dem Zweck, möglichst schnell einen Erben zu produzieren, wenig dienlich war, als ohne jede Vorankündigung die große Türe aufgerissen wurde. Niemand anderes marschierte in die Halle als Tristan. Staubig, die Stiefel und Hosen bespritzt mit Straßendreck, die Haare ungekämmt, näherte er sich dem Ratstisch mit einer zuvor in seinen Bewegungen nie offenbarten Entschlossenheit.

In der rechten Hand trug er einen Sack vor sich her.

Alle starrten wir ihn an, selbst der Majordomus vergaß völlig, ihn ob seines ungebührlichen Eindringens zu maßregeln, oder den Jungen doch wenigstens trotz seiner augenscheinlichen Gegenwart nachträglich anzukündigen. Kurz vor der Tafel, sodass wir ihn alle sehen konnten, blieb er stehen und verbeugte sich elegant. Sein Auftreten hatte etwas Ungeheuerliches.

»König Marke, mein Onkel und Souverän, Ihr Räte von Cornwall, ich grüße Euch.« Auch seine Stimme klang anders, es war außerordentlich, was mit dem Jungen geschehen sein musste. Neugierig forderte ich ihn auf, zu sprechen. Tristan drehte sich um die eigene Achse, sodass ihn alle sehen konnten.

»In Schande«, so fuhr er alsdann munter fort, »habe ich Euch verlassen, in Ehren und in froher Hoffnung auf Eure weise Vergebung kehre ich nun glücklich zurück.«

Der Witwe Penzance, die Hände vor dem Busen ineinander verschlungen, entwich ein pfeifendes Geräusch.

Sie war einer Ohnmacht nahe.

»Weiter, Tristan«, sagte ich nur und bemühte mich, nicht ganz so übertölpelt zu klingen, wie ich es augenscheinlich war.

»Mein König, um meine Geburt ranken sich böse Geschichten. Ich kam zu Euch, selbst unwissend, wer ich war. Das Geschenk, welches Ihr mir machtet, mich als Euren Erben anzuerkennen und zu Ehren zu bringen, konnte ich nicht angemessen würdigen. Meine Unwissenheit brachte Schande über Euch. Schande, die ich nie zu wiederholen gedenke.«

Ich äugte zum Majordomus, mein Kanzler kochte vor Wut. Er nagte an seiner Unterlippe. Dieser Auftritt gefiel ihm ganz und gar nicht. Tristan strahlte noch mehr.

»So zog ich aus, um eine Fahrt zu machen, die mein Unrecht sühnen sollte. In der Bretagne fand ich das Abenteuer, welches mich von meiner Schuld befreit hat und Euch, mein König, eine jahrelange Rache erfüllen wird.« Er kippte aufs Stichwort den Inhalt seines Beutels aus. Ein menschlicher Kopf, oder besser dessen Überreste, schon etwas verwest und fast in zwei Teile gehauen, rollte ein kleines Stück und blieb dann schaukelnd liegen. Morgân!

Ich hatte ihn zuletzt gesehen, als ich dreizehn war, über ein weites Fehdefeld hinweg, auf dem er an diesem Tage schmachvoll verlor, aber ich erkannte seine in Alter und Tod geschrumpften Züge, als wäre es gestern gewesen.

Morgân, der Mörder meiner Zieheltern, der Schlächter meiner Ziehgeschwister und letztlich auch der Mörder Riwalîns und meiner Schwester. Ich konnte nichts sagen, nickte Tristan nur zu. »Dieser Mann«, hob Tristan die Stimme, als hervorragendem Sänger fiel es ihm durchaus nicht schwer, auch beim Sprechen die ganze Halle widerklingen zu lassen, »dieser Mann war der Fürst Morgân zu Lonois, der Mörder der edlen Familie Herrn Gordecs zu Kanelegres, Ziehvater des Königs von Cornwall. Morgân zu Lonois war außerdem der Mörder meines Vaters, des edlen Riwalîn von Canoel. Und er verursachte den Tod meiner Mutter, Prinzessin Blanscheflur von Cornwall.« Alle blickten gehetzt zwischen mir, Tristan und Morgâns gespaltenem Schädel hin und her.

»Als ein angeblicher fahrender Sänger verschaffte ich mir Zutritt zu seiner Halle. Ich hatte ein verkleidetes Langschwert mitgenommen, von dem ich behauptete, es sei mein Instrument. Als ich dem alten Feind gegenübertrat, fragte er, was ich mir für meine Dienste wünsche. Ich sagte ihm, dass ich gekommen sei, meines Vaters Burg zu fordern und meines Onkels Familie zu rächen. Da lachte er und befahl, seine Wachen mich gefangen setzen zu lassen. Aber ehe mich seine Männer ergreifen konnten, nahm ich mein Schwert und spaltete ihm den Schädel. So fand er ein Ende, wie er es verdiente, und ich habe mit einem glücklichen Streich jahrelanges Unrecht gesühnt. Ein Feind Cornwalls ist durch meine Hand gefallen. König Marke, vergebt mir meine Schuld und nehmt mich wieder bei Euch auf.«

»Er kann trotzdem nicht mehr Euer Erbe sein! Das hat er verwirkt für immer!«, platzte der Majordomus unhöflichst heraus. Seine Stimme klang schrill und von seiner zerbissenen Unterlippe lief ein dünner Faden Blutes hinunter.

Alle Anwesenden, schwer beeindruckt von Tristans Geschichte, dem offenkundigen Beweis seiner Worte und seiner so gänzlich veränderten Gesinnung, starrten den Cancellarius strafend an. Diesmal hatte er einen Fehler gemacht. Tristan reagierte gelassen, augenscheinlich hatte er nichts zu verlieren, sondern alles zu gewinnen.

»Ich komme auch gar nicht, Euer Erbe zu sein, mein König«,

erklärte er. »Ich komme zurück, so gut wie möglich Euer Neffe zu sein. Mich in Euren Dienst zu stellen, wo ich es kann – und ich erwarte keinen Lohn oder Gewinn. Ich wünsche mir nur, Euch zu helfen! Und wieder für Euch Musik zu machen.« Mein Gott, jetzt hatte der Junge aber sicher auch den ärgsten Widersacher auf seiner Seite. Was für eine Rede!

Ich war selber ganz gerührt, streckte die Hand aus, zog ihn zu mir her und umarmte den Heimkehrer zum Zeichen meiner Vergebung. In diesem Moment fühlte ich mich ihm nahe auf eine ganz unerklärliche Weise, die ich nicht hinterfragen wollte, um nichts zu zerstören, was gerade erst geschaffen worden war. »Ich bin stolz auf dich, Tristan«, flüsterte ich ihm zu. »Dein Vater wäre stolz auf dich.« Mein Neffe drückte mich mit echter Zuneigung.

Er senkte den Kopf und trat zurück vom Thron.

»Ein Hoch auf meinen Schwestersohn, Tristan von Canoel und Cornwall, der uns als ein abgewiesener Erbe verließ – und der zu uns zurückgekehrt ist in Ehren, als ein Mann von edler Gesinnung, als Rächer seiner Eltern, seines Königs und Bezwinger eines Schurken.«

Jetzt verlor die Witwe Penzance endgültig die Besinnung. Während die Diener um Essigwasser liefen, ließen alle Tristan hochleben. Der Majordomus, wütend und fast verzweifelt die Liste mit den Heiratskandidatinnen hochhaltend, fand kein Gehör für seine Rufe, dass noch Arbeit zu tun und wichtige Entscheidungen zu fällen seien. Morgâns Kopf wurde aufgehoben und auf den Ratstisch gelegt, doch roch er schon zu unangenehm nach dem langen Weg, als dass er uns noch lange zum Zeichen des Triumphes hätte erfreuen können. Ich ließ ihn bald hinausbringen und ordnete statt der Ratssitzung eine Feier anlässlich Tristans Heimkehr an.

Der Majordomus kochte.

Die Gefahr zu heiraten war durch diesen glücklichen Zufall nicht gebannt, aber ich stand nun, da mein Neffe sich als ein erfolgreicher Ritter und nicht nur als Harfe spielender Tropf gezeigt hatte, wieder wesentlich besser da.

Das würde mir auch in den Verhandlungen um die drohende Braut nützlich sein. Es war ein guter Tag.

Ich wollte bei aller Freude sogleich Nachricht an Ruâl schicken lassen, doch Tristan hielt mich an, es nicht zu tun. Leise flüsterte er den Rest seiner Geschichte in mein amüsiertes Ohr. Jedes Wort, das er erzählt hatte, entsprach der Wahrheit, schwor er. Nur hatte er in seiner mangelnden Kampferfahrung leider nicht bedacht, was wohl passieren würde, nachdem er Morgâns Schädel halbiert hätte. In seiner Vorstellung, gestand er, hatte die Begebenheit immer mit dem vernichtenden, die Vergangenheit säubernden Schlag geendet. Ich musste lachen. Künstler hatten bekanntlich das Vorrecht, Geschichten auf ihre Weise enden zu lassen, dazu auf einfachere, als sie in der Wirklichkeit vorkamen. In Anbetracht einer Begegnung mit einem erprobten Schurken wie Morgân allerdings mochte die Kunst wohl versagen. Außerhalb von Gesängen, in denen sie meist irgendwie gestraft, geläutert oder gehängt wurden, neigten Schurken in der Wirklichkeit nämlich durchaus dazu, so unerfahrenen Burschen wie Tristan noch vor dem Frühstück die Kehle durchzuschneiden. Aber seine Fantasie, dass alles einfach zu lösen wäre, war so ganz Fluflu, unberührt von dem, was uns andere am Leben bitter werden ließ. Und es war sogar wundersam gut ausgegangen. Als die Umstehenden das verkleidete Schwert auf ihren Herrn niedersausen sahen, waren alle erst wie gelähmt gewesen. Keiner hatte dem schmächtigen Musiker zugetraut, solches zu tun. Tristan hatte selbst Zweifel gehabt, ob er den Feind in einem Streich tödlich treffen würde. Es war das erste Mal in seinem Leben, dass er die Hand gegen einen anderen Menschen erhob.

»Und Morgâns Männer … Es sind keine Höflinge wie hier«, vertraute Tristan mir etwas peinlich berührt an. »Die Halle in Lonois hätte genauso gut eine Räuberhöhle sein können. Entsprechend kampflustig waren die Herren – zum Glück aber auch zumeist betrunken, trotz der frühen Stunde.«

Jedenfalls hätte Tristan die Halle niemals lebend verlassen, hätte ihn nicht ein von Ruâl losgesandter Spähtrupp heraushauen können. Die Männer waren Tristan seit dem Tage seiner Abreise aus Kanelegres gefolgt und hatten sich gewaltsam Zugang zu Lonois verschafft, als er schon in der Halle war. Das dem Mord folgende Scharmützel hatte nebenbei den Vorteil, dass Lonois nun auch mir gehörte, erfuhr ich, denn keiner von Morgâns Männern überlebte diese unerwartete Begegnung. Unsicher blinzelnd, in sein altes Selbst für einen Augenblick zurückverwandelt, sah Tristan mich schief an.

»Ruâl weiß also schon Bescheid. Ich bin über Kanelegres zurückgereist«, schloss er seinen Bericht endgültig ab. »Jetzt bin ich sicher kein so großer Held mehr in Euren Augen.«

Betrübt sah er zu Boden. Ich fing an, ihn richtig gern zu haben. »Tristan«, raunte ich ihm zu, »glaubst du tatsächlich, dass die meisten Heldengeschichten einsamer Ritter sich je anders zutragen?« Er sah mich ehrlich verblüfft an.

»Diejenigen, die wirklich allein kämpfen, leben meist nicht lange genug, um Geschichten darüber zu erzählen, egal, wie tapfer sie waren. So wie dein Vater.« Ich klopfte ihm spielerisch auf die linke Wange. Fluflus Sohn, dachte ich.

»Red nur nicht davon! Es wirft ein schlechtes Licht auf das Heldentum im Allgemeinen. Man könnte schließlich noch anderen Herren Fragen stellen …« Ich zwinkerte ihm zu, und er strahlte mich an. Fluflus Sohn, Riwalîns Sohn – mein Neffe.

Die Witwe Penzance, zu der Tristan – der trotz der großen Feier ohne morgendlichen Ausschlag blieb – seine intimen Beziehungen wohl nicht wieder aufnehmen wollte, verließ Tintâgel enttäuscht kurz nach Beltane, um endlich ins Kloster zu gehen, wie sie lange angekündigt hatte, ohne wie erhofft von irgendwem zurückgehalten zu werden. Schon gar nicht von Tristan. Sie hatte sich erst für St. Materiana entschieden, dachte aber dann, dass das Leben als Nonne in Salisbury wohl doch unterhaltsamer wäre.

Damit war ein Stuhl im Rat frei, und niemand außer dem wie üblich verstimmten Majordomus hatte etwas dagegen, dass mein Neffe, Tristan von Canoel und Cornwall, den Platz ehrenvoll einnehmen würde, wenngleich auch immer noch nicht als mein Erbe.

Manchmal machten Tristan und ich Spaziergänge auf den Zinnengängen. Wir redeten nicht viel. Er war so jung. Ich hatte lang verlernt, wie sich das Leben in seinem Alter anfühlte. Dunkel erinnerte ich mich an meine Zeit in Loupierre und meine Rückkehr nach Kanelegres, sah mich verschwommen als einen nachdenklichen jungen Mann, der zwischen seiner Angst und seinem Machtwillen hin und her geworfen wurde, ohne dass er es selbst wusste. Tristan hätte sicher einen Vater gebraucht, darin hatte ich keinerlei Übung.

Je älter ich wurde, umso häufiger stellte ich fest, vertrauten mir Menschen ihre Geheimnisse an, hörten auf meine Worte, sicher in der irrigen Annahme, dass es väterlicher Rat sei, den ich ihnen erteilte. Aber das war es nicht. Ich gab ihnen nur die Antworten, an die ich selber nie geglaubt hatte, weil sie mir zu einfach schienen. Ich hatte weder Ruâls Wärme, noch hatte ich Elis erzieherische Schärfe, die mich zu einem sinnvollen Begleiter meines Neffen hätten machen können.

Ich hoffte, dass er mich ein bisschen gern hätte, so wie ich ihn, dass wir uns nah sein konnten, ohne etwas vom anderen zu erwarten. Ob er deswegen enttäuscht war, weiß ich nicht.

Im Rat hielt Tristan stets zu mir, ohne duckmäuserisch zu wirken. Immer wieder wurden den Sommer über Heiratskandidatinnen diskutiert, immer wieder wurden Einwände gefunden, weshalb keine endgültig als Braut bestimmt werden könnte. Manche dieser Einwände kosteten mich eine Menge Spenden an meinen Freund Bischof Philipp, denn ich ließ sie zumeist von seinem Gesandten vorbringen, der als Mann der Kirche über jeden Zweifel an seiner lauteren Meinungsbildung erhaben war.

Wann immer die Beratung dann glücklich erlahmte, ließ der Majordomus sie mit einem neuen Vorschlag wieder aufflammen. So zogen sich Wochen ohne klares Ergebnis hin.

Dann, eines Tages im Hochsommer, bat Tristan ums Wort. Seit er Morgân besiegt hatte, war dem Jungen wirklich ein ganz neues Selbstbewusstsein gewachsen. Er sah den Leuten ins Gesicht, sprach offen, und auch sein Harfenspiel schien – soweit ich als unmusikalischer Mensch ein solches Urteil fällen darf – irgendwie befreiter, ausdrucksvoller. So als wäre die Musik kein Rückzugsort mehr, sondern eine Heimat.

»Ich möchte mit Respekt für alle Anwesenden reden. Ich höre den Verhandlungen nun seit fast zwei Monaten zu. Bislang haben wir nichts erreicht, und ich frage mich, warum? Vielleicht ist es nicht ratsam, Verbündete da zu suchen, wo keine gemeinsamen Interessen bestehen«, gab er zu bedenken. »Die Königshäuser, die Ihr vom Festland her vorschlagt, brauchen keine Bindung mit Cornwall. Wir sind keine Bedrohung, wir treiben guten Handel, wir haben keine Steuerkriege oder territorialen Überschreitungen. Ich glaube, so ist es aussichtslos.«

»Sehr gut gedacht, Neffe«, ergriff ich den Strohhalm.

»Wir müssen also, habe ich mir überlegt, da nach einer Braut suchen, wo ein Anliegen besteht, gute Beziehungen herzustellen«, machte Tristan weiter. Das fand ich jetzt schon nicht mehr so gut. Fiel er mir etwa in den Rücken?

Es war sehr heiß geworden, und mein Hemd klebte überall am Körper. Nun fing ich noch mehr an zu schwitzen.

»Gleich wird er sagen, dass der König eine Sachsenprinzessin heiraten sollte«, dröhnte der Herzog von Bristol. Alle lachten abwechslungssüchtig über den lahmen Witz, der von Bristol natürlich am lautesten.

Tristan wartete, bis sich der Rat wieder beruhigt hatte.

»Die Sachsen«, fuhr er dann fort, »haben uns wenig zu bieten. Aber die Richtung ist nicht schlecht, Herr Herzog. Allein, ich hatte an Irland gedacht.«

Damit hatte nun niemand gerechnet. In die Stille redete Tristan besonnen weiter. »Ich habe vor kurzem mit einem weitgereisten Barden aus Bristol gesprochen, der in Irland gewesen ist. Morolt ist tot. Er ist vergiftet worden. Isolde, die Königin, Morolts Schwester, regiert nun, und das Land ist ein unruhiges

Erbe. Viele Iren fliehen über die See, schon um nicht Hungers zu sterben.«

Tristan hatte wirklich seine Lektionen im Felde der nationalen und internationalen Politik gemacht, stellte ich beeindruckt fest.

Ein Patzer wie der mit den »feierfreudigen« Sachsen würde ihm sicher kein zweites Mal unterlaufen.

»Es gibt unzählige Clankriege, viele kleine Fehden, die das Land ausbluten. Es muss etwas passieren. Irland hat so gut wie keine Handelsbeziehungen mehr, weil sie selbst unter Morolt so lange alle Schiffe versenkt und geplündert haben. Gurmun, der Gemahl der Königin, ist sehr krank, er wird bald sterben. Königin Isolde ist trotz allem in ihrem Land sehr beliebt. Sie ist eine weise und schöne Frau, sagt man. Und im Alter würde sie auch eher zu unserem König passen, als zum Beispiel die Tochter des lusitanischen Königs.« Er lächelte mich freundschaftlich an.

»Jedenfalls hat Irland das größte Interesse daran, sich neue Verbündete zu suchen, um den Handel aufzubauen und innere Sicherheit herzustellen. Und da Irland isoliert ist, kann es auch kein Ungleichgewicht mit den Mächten vom Kontinent geben. Außerdem hätten wir dann Frieden. Ich meine, Frieden für immer«, fügte er etwas pathetisch hinzu. »Das ist alles.«

Bescheiden sah er auf seine feinen Hände. Eine Heirat zwischen zwei Feinden und Frieden für immer – die gefühlige Lösung eines Künstlers. Nur ein Dilettant konnte auf einen so einfachen und brillanten Vorschlag kommen. Kein Staatsmann, der etwas auf sich hielte, hätte auch nur einen Augenblick lang in diese Richtung gedacht.

»Das ist es«, rief begeistert die Witwe von Heuwwel, »das ist doch die Lösung. Frieden mit Irland!« Auch andere stimmten freudig überrascht ein. Gewohnheitsmäßig hatten die drei Frome, Devon und Bristol trotzdem etwas auszusetzen.

»Wie alt ist denn diese Isolde? Vielleicht kann sie gar keine Kinder mehr kriegen, dann wäre doch alles für die Katz!«

Der Einwand wurde einstweilen übergangen, Tristan wurde

gefeiert. Der Gesandte des Bischofs von Salisbury suchte meinen Blick und zuckte mit den Achseln. Also gut, dachte ich, wenn es sein musste, dann war dies wohl wirklich nicht die schlechteste Idee. Immerhin wäre ein Frieden zwischen Irland und Cornwall wirklich erstrebenswert. Keine entführten Kinder mehr, keine nächtlichen Überfälle, keine Wiederholungen der Schlacht von Boscastle. Und vielleicht ein Erbe für Cornwall. Es konnte so schlimm nicht sein.

Ich stand auf und beschloss, als König zu handeln und nicht als der ängstliche Menschenfeind, der ich über die Jahre fast gegen meinen Willen geworden war.

»Majordomus!« De Zwyyntek zuckte, argwöhnisch sah er zu mir hin. »Schickt noch heute Werbung nach Irland an den Hof der Königin Isolde. Richtet Ihr aus, dass Wir, wenn es die Trauer nach dem Ableben ihres Gatten erlaubt, sie baldmöglichst um ihre edle Hand bitten, um Frieden zu schaffen, zwischen unseren beiden Königstümern.«

Ich atmete durch. Isolde von Irland also. So sollte es sein.

Der Bote verließ Tintâgel wirklich noch am selben Tage zu Schiff. Eine schriftlich weiter ausformulierte Werbung drängte höflich auf eine schnelle Eheschließung, am besten noch vor Samhain. Den Gerüchten nach müsste Gurmun, Isoldes Ehemann, bis dahin längst tot und begraben sein. Wenn man den Boten nicht noch vor dem Anlegesteg in Irland umbringen würde, dann sollten wir binnen eines Monats auf Antwort rechnen können. Darin lag mir noch der Hauch einer Hoffnung. Wenn die gute Isolde mich nicht wollte – und dies zu erwarten gab es genauso viel Anlass wie das Gegenteil –, würde ich noch einmal Zeit gewonnen haben.

Wer weiß, was man sich in Irland über mich erzählte?

In Tintâgel wurde einstweilen das Irische voreilig große Mode. Ungeduldig, die kommenden Ereignisse vorzuempfinden, beschlossen die Damen, irische Haartrachten, Symbole und Schmuckstücke zu tragen. Und unter den Herren tauchten auffallend viele Rundschilde auf, die bei Angriffen der Iren erbeutet und in der Waffenkammer gelagert worden waren. Ich sagte nichts dazu.

Iren, die heimlich in Bristol gelebt hatten, wurden aufgespürt, nach Tintâgel verbracht, und Tristan lernte natürlich binnen ein paar Wochen fließend Irisch, noch bevor der ausgesandte Brautwerber zurück war. Mir schien es ewig zu dauern, bis Antwort kam, aber tatsächlich war der Bote wie erwartet nach dreieinhalb Wochen zurück.

Der Brief der Königin Isolde, in guter lateinischer Sprache abgefasst, sollte öffentlich in der Ratshalle verlesen werden. Die Ehre, das entscheidende Dokument zu öffnen, gebührte niemand anderem als dem Majordomus, der es zugleich ins Cornische übersetzen würde.

Das Scharren der Füße und Stühle verstummte, und vor Zeugen brach Michaelis de Zwyyntek mit seinen bleichen Fingern das Siegel Irlands. Er entfaltete die Urkunde, ließ die Augen gierig über den Text wandern, stockte kurz und begann dann in die atemlose Stille seinen Vortrag. »Majestät, Damen und Herren des Rates, hier steht: von Isolde, Königin in Irland und den Inseln, an König Marke von Cornwall. Lieber Freund –« Sofortiges Gemurmel. »Lieber Freund«, eine solch vertrauliche Anrede konnte ja nur heißen … Der Majordomus räusperte sich beleidigt, dass man ihn nicht in Ruhe lesen ließ. Ich hob die Hand, um Stille einzufordern.

»Lieber Freund, Eure Werbung zu empfangen schmeichelt der Frau in Uns und erfreut über die Maßen die Königin, die schon lange einen Ratschluss suchte, die Beziehungen zwischen unseren beiden Ländern zu verbessern.«

Die Räte waren nicht zu halten. Das war eine Sensation. Zwyyntek ließ die Urkunde sinken und sah mich an, als wollte er drohen, unter diesen Umständen nicht weiter zu lesen.

»Ruhe«, bellte ich. Schließlich wollte ich selber am meisten wissen, wie es weiterging. »Bitte, Majordomus.«

»Wie Ihr so gut unterrichtet erwähnt, liegt unser Gemahl zu unserer großen Betrübnis lange schon mit einer Krankheit darnieder, und es gibt kein Anzeichen noch eine Hoffnung, dass er geheilt werde von seinem Leid. Gerade erst hat ihn ein weiteres Mal der Schlag getroffen. Allerdings …«

»Allerdings?!«, rief Anne of Heuwwel entrüstet. »Was kann es denn da für ein Allerdings geben! Es ist doch alles klar.«

Der Majordomus sah sie an, als wollte er sie mit dem Siegelband erwürgen.

»Allerdings ist unser Ehemann noch am Leben, und eine zweite Heirat einzugehen verbietet sich nach unseren Gesetzen und Bräuchen. Und wohl auch nach den christlichen Geboten, die Ihr, wie ich denke, in Cornwall befolgt.«

Sollte das möglich sein, die Königin sagte mir ab und redete mich trotzdem als ihren Freund an? Das hieße, wir könnten Handelsbeziehungen haben, ohne dass ich heiraten musste! Ich schöpfte Hoffnung.

»Um Eure Hand aber nicht vorschnell und undankbar zurückzuweisen, möchten wir Euch einen Vorschlag machen, der uns beiden ebenso dienlich sein könnte wie Eure freundliche Werbung. Solltet Ihr nicht warten wollen, bis dereinst meine Witwenschaft beginnt, bieten wir Euch voll Vertrauen die Hand unserer Tochter Isolde, der Prinzessin von Irland, an, dass sie Eure Gemahlin und Ihr damit unser lieber Schwiegersohn werdet.« Der Majordomus las noch weiter, aber nun konnte man kein Wort mehr verstehen, alle redeten durcheinander. Die Überraschung war grenzenlos.

»Ruhe!«, donnerte ich. »Ruhe!« Ich musste sogar mit meinem Becher auf den Tisch hauen, damit es still wurde.

»Tristan!« Mein Neffe zuckte. »Ihr habt uns so viel von Irland zu berichten gehabt, was wisst Ihr über die junge Isolde, die uns die Königin zur Frau anbietet.« Die Räte starrten Tristan an, dass ich erwartete, sie würden zu geifern beginnen, wenn er nicht schnell genug antwortete.

»Es gibt unzählige Lieder über die junge Isolde, Majestät«, antwortete er bereitwillig. »Sie gilt als ein Wunder an Schönheit, Grazie und Liebreiz. Sie kann noch nicht älter als siebzehn oder achtzehn sein. Man nennt sie: Isolde mit den goldenen Haaren! Unter den Iren ist sie bereits jetzt eine Legende.«

»Legende!« Bristol schon wieder. »Kann sie Kinder kriegen, das ist doch die Frage! Wenn sie keine Kinder kriegen kann, nützt sie nichts. Ob mit goldenen Haaren oder ohne! Pah!« Und mit so einem hatte ich ernsthaft Fluflu verheiraten wollen, schämte ich mich noch mal.

»Ich würde von einer Achtzehnjährigen wohl annehmen, dass sie Kinder bekommen kann, Herzog«, schoss ich ihn an. »Das wird in Irland nicht anders sein als überall auf der Welt.«

Seit man die ganzen geheimen Iren in Bristol entdeckt hatte, stand der Herzog nicht mehr so gut da. Seine Macht im Rat schwächelte. Einer, der zu Hause nicht Ordnung halten konnte … Ich kannte diesen Platz ganz genau.

»Ich weiß eine Ode auf die Prinzessin Isolde«, meldete sich Tristan etwas übereifrig. Ich schüttelte den Kopf, das war nun wirklich nicht der geeignete Zeitpunkt.

»Verzeiht, Majestät«, schaltete sich der Majordomus ein, in den Augen ein verdächtiges Glitzern. »Ist dies nicht eine unerwartet glückliche Fügung? Zu warten, bis der Ehemann der alten Isolde stirbt, kann eine Falle sein. Wenn Ihr aber die Prinzessin schnell herholt, habt Ihr ein Bündnis und eine Geisel als Rückversicherung. Und außerdem eine Frau, die jung genug ist, Euch binnen neun Monaten einen Erben zu schenken.« Er lächelte dünn. »Ich erlaube mir in aller Bescheidenheit, Euer Majestät zu einer Abstimmung zu raten. Gleich jetzt. Als Euer Cancellarius und Majordomus scheint es mir, dass so den Interessen Tintâgels am sinnvollsten gedient ist.«

Warum, fragte ich innerlich. Warum musste das geschehen?

Aber es gab keinen Ausweg. Und dazu noch so ein junges Huhn von siebzehn oder achtzehn. Es half alles nichts.

Ich bat geschlagen zur Abstimmung, und drei Tage später war mein fröhlicher Tristan, Oden auf Isolde singend, unterwegs nach Irland als Brautwerber, um die holde Prinzessin Goldhaar, die Legende, das Wunder an Schönheit und was weiß ich noch, äußerst schnell nach Tintâgel zu bringen, damit sie meine Frau werden konnte.

Selbst wenn sie die schönste Frau der Welt wäre, dachte ich des Abends gequält, bevor ich einschlief, ich will sie nicht heiraten. Lieber würde ich mein weiteres Leben als Mönch verbringen, redete ich mir selber ein. Unangenehm berührt stellte ich fest, dass ich mir ungeheuer Leid tat. Ich war nicht der erste König, den man ohne Neigung verheiratete, und sicher auch nicht der letzte.

Cornwalls Chronik (Auszug)

So ist ez dan für Kurnevâlis ein hochzeit gewest, als der Küneg hat heimgeholet diu schône Küeniginne Isolt mit den goldenen Hâren, diu ist gekommen von Îrland, von wo sie hat gefüeret der junge Tristan hêre, des edelen Küneges Neffe. Die vil schoene Küneginne kam ein Mond vor Samhain unde ein halben Mond nach Æquinox. Und brachte mit sich vîl Goldes, einige Hund von groszem Wuochs und drî mal zehen Ritter und Ors. Da waren sî vermälet in Gottes segen, ê der dritte Tag tagete.

(Es gab dann für Cornwall eine Hochzeit, als der König die schöne Prinzessin Isolde Goldhaar aus Irland hat kommen lassen. Des Königs Neffe Tristan war als Brautführer gefahren. Die zukünftige Königin kam einen Monat vor Samhain und einen halben Monat nach Æquinox. Als Aussteuer brachte sie Gold, uns unbekannte große Hunde und dreißig berittene Soldaten. Drei Tage nach ihrer Ankunft wurde die Hochzeit gefeiert.)

Die Hochzeit

Als das Schiff am späten Vormittag anlegte, fühlte ich eine quälende Unlust, mich am Gestade zu zeigen. Dieser ganze Aufwand, nur um ein Kind zu heiraten, dachte ich noch immer trotzig. Der Kampf gegen meine finstere Gesinnung, den ich jeden Tag aufs Neue aufzunehmen versuchte, war auch an diesem Tag wieder verloren. Der restliche Hof hingegen war ganz aus dem Häuschen. Mein zu eilfertiger Haushofmeister brachte mir sogar persönlich einen guten Mantel, den ich als zu viel der Ehre für die ungewollte Braut ansah, jedoch eine Menge Volks hatte sich am Steg versammelt, und ich war ihnen ein königliches Auftreten schuldig, wenn es auch meine Laune nicht hob.

Ohnedies, all mein Gezeter war umsonst, denn heute, so sagte ich mir viele hundert Male vor, heirateten nicht nur zwei Menschen, die einander nicht kannten, und in meinem Falle auch nichts an dieser Unkenntnis ändern wollten: Heute heirateten Irland und Cornwall.

So ging ich, gewiss ohne Freude, aber getrieben von ernsthafter Pflichterfüllung hinunter zum Hafen, gefolgt vom Rat, vom Hofstaat und den Gästen. Allein Tintâgels Gäste stellten eine Menge von über hundert Menschen, alle mit ihren eigenen Vorstellungen und Hoffnungen für diesen Tag und den nachfolgenden Ereignissen beschäftigt. Ich sah aus den Augenwinkeln die Räte und Höflinge miteinander tuscheln. Es war unverändert mein sicheres Gefühl, dass in dieser Ehe wenig Glück zu finden wäre, selbst wenn vieles günstiger gestanden hätte. Der Rat hatte seinen Sieg.

Aber sie sollten mich nicht unterschätzen, die eifrigen Herren Barone und aspirierenden Ministerialen. Ich hatte meine Pläne für die Zukunft, egal wie diese Zukunft aussehen mochte.

Nicht umsonst war ich länger König gewesen, als die meisten von ihnen überhaupt auf der Welt waren.

Das Schiff legte an. Es war kühl und feucht an diesem Tag.

Die Sonne hatte sich noch nicht gezeigt, was kein gutes Omen für eine Hochzeit war. Wir standen am Gestade und warteten auf den Beginn der Begrüßungszeremonie.

Da trat Tristan drüben an die Reling. Er winkte vage zum Ufer hinüber. Sein Gesichtsausdruck war angespannt, unruhig, als erwartete er Schlimmes. Was kann denn noch kommen, überlegte ich dumpf, was kann noch schlimmer sein, als dass die Braut gerade mal siebzehn ist?

Man begann, die dreißig Schlachtrösser und voll gerüsteten Reiter auszuladen, die Teil von Isoldes Mitgift gewesen waren, und alsdann auch eine Vielzahl von Truhen, die wohl die Kleider und Barschaft der Braut enthielten. Ein überforderter Knappe führte außerdem drei riesenhafte Hunde mit federndem Gang von Bord. Der Handel schien mir ehrenhaft erfüllt. Die Königin hatte Wort gehalten.

Ich stand still und unbeweglich und hoffte, dass man meinen Unmut als besonnene Feierlichkeit deuten würde. Das Volk reckte ohnehin nur die Hälse, um die neue Königin sehen zu können. Es gab binnen der wenigen Wochen bereits viele beliebte Lieder über die Schönheit der Braut, an deren vorbereitender Verbreitung ich großen Anteil hatte. Es war wichtig, dem Volk mit Isoldes Ankunft die Sicherheit eines neuen friedlichen und schönen Zeitalters zu geben. Sollten sie sie nur als einen Friedensengel sehen und feiern.

Als die Rösser und Kisten schließlich samt und sonders an Land waren, begannen die Musikanten eine fröhliche Melodie zu spielen, wie sie einem solchen Empfang wohl angemessen war.

Da zeigte sich die Prinzessin oben auf dem Bootssteg. Das Volk winkte, rief »Hurra« und schnalzte. Isolde war hoch gewachsen, vielleicht nur eine Hand kürzer als Tristan, ein eher hagerer Typus, der mir bei Frauen nie gefallen hat. Unsicher sah sie zu Boden, als sie die Landung herabstieg, gefolgt von einer Eskorte ihrer Kammerfrauen und natürlich dem offiziellen Brautwerber, meinem Neffen, der sich sehr bemüht zeigte. Er warf ihr sogar in sinnlosem Eifer einen Mantel in den Sand, dass sie sich nicht beschmutzte. Sehr galant, dachte ich bitter.

Unten angekommen, wartete sie aufgeregt, fast unentschieden, dass er ihren Arm nehme und sie auf mich zuführe. Es war überhaupt nichts Königliches an ihr, trotz ihrer Größe, sie hielt sich schlecht und bewegte sich eckig. Auch wenn ich keinerlei Erwartungen an dieses Mädchen gehabt hatte, war ich dennoch auf das Äußerste enttäuscht. Ich hätte wirklich warten sollen, bis der Ehemann der alten Isolde tot war, und dann die wirkliche Herrscherin von Irland heiraten können, dachte ich vergeblich. Zu spät, zu spät …

Als Tristan auf ein paar Schritte heran war, hob er den Kopf und sah mich an. Das Unwohlsein in seinem Mienenspiel war noch deutlicher als zuvor und – er hatte den Ausschlag!

Viele leuchtende Pusteln, die mir und allen anderen, die ihn so genau wie ich zu beobachten wussten, klar sagten, dass Tristan bei einer Frau gewesen war. War er deswegen so verlegen, hatte er eine der Kammerzofen beschlafen und seine Pflichten vernachlässigt? Ich hatte geglaubt, dass er sich seit seinem Sieg über Morgân solche Ausrutscher nicht mehr leistete. Nun ja, er war jung und fern der Heimat, versuchte ich es ihm nachzusehen. Bestimmt hatte es Feiern für Isoldes Abschied gegeben.

Dann hatte ich keine Zeit, weiter darüber nachzudenken, denn dieselbe stand nun vor mir. Sie schwankte etwas, da sie im feuchten Sand wohl nur unsicher Tritt gefasst hatte, und hob schließlich den Kopf. Zum ersten Male sah ich in das Gesicht der vielfach besungenen Isolde von Irland, der Legende an Schönheit, Liebreiz und was weiß ich. Isolde, mit den goldenen Haaren.

Ich hielt die Luft an und hoffte, dass keiner in meinen Augen lesen konnte, was ich dachte. Zum Glück kam das Volk auf den Felsen nicht nahe genug heran, um sich von der völligen Verfehlung aller Lieder überzeugen zu müssen.

Ihr Gesicht war länglich und schmal, große blassblaue Augen, umrahmt von dichten rötlichen Wimpern, standen viel zu eng beieinander. Ihre Nase war klein, platt und sommersprossig, was Letzteres, wie man mir sagt, unter den Iren recht häufig vorkommt und nicht als ein Schönheitsfehler gilt. Sie hatte seltsam geformte Lippen, die sie ohne Anstrengung und Verzerrung der unteren Kinnpartie nicht schließen konnte, da ihr die zwei Vorderzähne nach außen gewachsen waren wie bei einem Kaninchen. Sie lächelte scheu und zwinkerte unstet mit den Augen.

Zu meinem Erstaunen waren ihre langen Haare nicht geflochten und aufgesetzt, wie es einer Königstochter an einem solchen Tage zukäme, sondern sie trug sie offen über den grünen Mantel fallend. Vielleicht ein irischer Hochzeitsbrauch, dachte ich ganz benommen, in Irland war den Berichten meiner Tristan vorausgeeilten Spitzel zufolge vieles noch wie vor der Zeit. Vom Aussehen Isoldes hatten meine Spitzel versäumt, mir Kenntnis zu geben. Jetzt wusste ich auch warum. Das war nun meine Braut und zukünftige Frau. Mir wurde schwach.

Erzürnt rief ich mich selbst zur Ordnung. Schließlich war ich kein alberner Jüngling, der auf eine Liebesheirat gehofft hatte. Diese Ehe war ein Staatsakt, und ich sollte besser anfangen, mich entsprechend zu verhalten. Ich streckte also meine Hand aus und sprach laut, sodass alle es hören konnten:

»Willkommen, Isolde von Irland! Willkommen als meine zukünftige Frau in Cornwall. Ich freue mich unendlich, Eure Bekanntschaft zu machen, und muss sagen«, hier ritt mich der Teufel, »dass es selbst in den hunderten Liedern, die ich gehört habe, keinem Barden wirklich möglich war, Euren unbeschreiblichen Anblick angemessen zu besingen.«

Das Volk rief Beifall und raunte. Die glücklichen Unwissenden, dachte ich. Isolde grinste geschmeichelt, und ich schluckte trocken. Wenn sie das noch als ein Kompliment auslegte, so helfe uns Gott. Vielleicht gehörte sie aber zu den Prinzessinnen, die irgendwann wirklich glaubten, dass sie schön wären, nur weil ihre Eltern genug Dichter und Sänger dafür bezahlt hatten, solches zu behaupten.

In wackligem Cornisch, das Tristan ihr in den sechs Wochen seiner Begleitung wohl besser hätte beibringen können, beantwortete sie meinen Gruß: »Ich danke Euch, König Marke, ich bin ja froh, dass ich jetzt hier bin, weil ich nämlich die Seefahrt gar nicht gern habe. Es ist so langweilig auf einem Boot. Man kennt bald alles, meine ich, und sonst ist da ja nur Wasser, was kann man da schon sehen? Wasser, ja, aber sonst …« Darauf lachte sie unsicher, wobei sie die Zähne noch weiter entblößte. Ich musste wegsehen.

Einige der Höflinge unterdrückten erfolglos ein Kichern.

Da ist ja nur Wasser, wiederholte ich ihre Worte erschüttert für mich selbst, den Blick nun wieder wie angenagelt an ihrem Munde. Wenn ich mir vorstellte, sie auch nur zu küssen, graute es mir.

»Ihr seid gewiss erschöpft, meine Teure«, unterbrach ich ihr Geplapper. »Ich werde Anweisung geben, Euch zu Euren neuen Räumen zu bringen, dass Ihr ein paar Tage ruhen könnt, bevor die Feierlichkeiten beginnen.« Schafft sie weg, hätte ich gerne befohlen. Vielleicht hatte ich in meinem Erschrecken zu schnell gesprochen, denn ihre einzige Reaktion war ein hilfloses Flattern der Wimpern, und sie sah sich suchend um.

»Verzeiht, König«, tönte da plötzlich in fehlerfreiem Latein eine Frauenstimme, die klang wie der weichste Ton einer kostbaren Bronzeglocke: »Die Herrin Isolde ist wahrlich etwas erschöpft und verwirrt von der Überfahrt. Sie hatte noch keine Gelegenheit, sich auf die Hochzeit und das hiesige Zeremoniell gebührend vorzubereiten.« Die Stimme kam aus der Gruppe, die hinter Isolde gestanden hatte, es war eine ihrer Zofen oder Hofdamen. Die Irinnen bewegten sich, um Platz zu machen.

Die Frau, die so gesprochen hatte, trat vor und verneigte sich voller Stolz, Würde und Eleganz. In mir flammte Zuversicht. Das ist in Wirklichkeit Isolde, dachte ich. Die Iren – schließlich in der Welt berühmt für ihren Humor – hatten uns wohl einen Streich spielen wollen und hatten eine Vollblutstute durch eine Ziege austauschen lassen, um uns dumme Cornen auf die Probe zu stellen. Ich begann unwillkürlich erleichtert zu lächeln, den Spaß wäre es mir wohl auch wert gewesen. Der Gedanke an eine Ehe mit dieser rettenden Erscheinung war plötzlich nicht ganz so bedrückend. Da sprach jedoch die Frau mit der bronzenen Stimme weiter und löschte meine kaum geborene Hoffnung gleich wieder aus.

»Ich bin Brangaene, Vertraute und Nichte von Isolde der Älteren, der Königin von Irland, außerdem die Hofdame der zukünftigen Königin von Cornwall, und bitte mit den notwendigen Anweisungen vertraut gemacht zu werden, um Eure Freundlichkeit gebührend erwidern zu können.«

Also doch nicht Isolde. Brangaene.

Brangaene, was für ein Name und was für eine Frau! Ich schätzte sie bei näherem Hinsehen, mit dem ich ungehörig gar nicht wieder aufhören konnte, auf das Ende ihrer zwanziger Jahre. Sie trug ein schlichtes, braunes Gewand und war gebaut wie die römischen Statuen, die ich in meiner Jugend auf der Durchreise in Avignon und Tours gesehen hatte.

Ihr Haar war schwer, zu mehreren Flechten gewunden, in der Farbe von dunklem Honig. Hell leuchtete ihre klare Haut im dunstigen Licht des Mittags. Sie hatte grüne Augen, katzenhaft schräg gestellt, ohne Misstrauen oder Falsch darin, eher so, als entginge ihr nichts. Ich fand sie atemberaubend schön.

Vorschnell wollte ich schon antworten, da kam mir glücklich, wie es auch angemessen wäre, der Majordomus zuvor und wies die Frau zischend an, mit wem sie zu sprechen habe. Verneigend zog sie sich zurück. Ich empfand ihren Weggang unerklärlicherweise als schmerzlichen Verlust. Wieso sprach sie Latein? Wo ging sie jetzt hin?

Ich gaffte ihr nach und brauchte einen hoffentlich unbemerkten Augenblick, bis ich mich erinnerte, dass vor mir noch immer meine »unbeschreibliche« Braut von einem Bein aufs andere trat. »Euren Arm, Isolde«, seufzte ich verzagt und schritt mit ihrer kalt feuchten Hand auf meinem Handgelenk den Weg zur Burg empor. Tristan folgte uns auf dem Fuß. Ich würde unbedingt mit ihm über diese Brangaene sprechen müssen und hoffte, dass sie nicht diejenige wäre, mit der er sich eingelassen hatte. Aber so sah sie mir nicht aus.

Für Tristan interessierten sich eigentlich nur die ganz jungen Frauen – oder eben die, die ihre Jugend schon ein paar Jahre zu lange hinter sich hatten, wie die Witwe Penzance. Was seine persönlichen Vorlieben betraf, darüber war ich mir nie wirklich klar geworden.

Als wir die unteren Steinstufen vor dem Tor erreicht hatten, zeigten sich plötzlich doch noch ein paar Sonnenstrahlen und brachten Isoldes wallendes Haar dazu, rötlich glänzend aufzuleuchten. Es sah hübsch aus, so wie poliertes Kupfer. Sie ist ja noch ein Kind, dachte ich von Mitleid bewegt, obwohl ich mir nicht wirklich sicher war, wem von uns beiden letztlich dieses Mitleid galt. Ich zwang mich in königlicher Würde, ihr etwas Freundliches zu sagen.

»Euer Haar ist wirklich ganz genau so, wie die Dichter sagen, Teuerste«, brachte ich so mit halbherziger Bemühung heraus. »Wie gesponnenes Gold.« Diese Zeile kam in einem Kehrreim der Lieder über sie vor, und ich hatte sie im Gedächtnis behalten, weil mir das Bild als solches gefiel.

»Ach ja, na, ich muss ja nicht selber spinnen, und meine Mutter meint, ich hätte ungeschickte Finger, aber das mit der Harfe macht mir Spaß. Huch! Na so was, jetzt bin ich in was getreten«, sagte meine Zukünftige, und ich ging in stiller Verzweiflung weiter.

Es war schlimmer, als ich sechs Wochen lang befürchtet hatte.

Die Hochzeitsfeierlichkeiten dauerten drei Tage, von denen ich Isolde an den ersten zweien gut und gerne zu vermeiden wusste, ohne dass es Misstrauen oder Unbill erregt hätte. Es war dies für Tintâgel ja auch weniger eine Hochzeit als eine zukunftsweisende Zusammenkunft aller Adligen bis zu zehn Tagesreisen auf und ab der Küste entlang und bis zur anderen Küste im Süden. So saß ich die meiste Zeit im großen Saal der unteren Burg, redete mit diesem und jenem, spürte Interessenlagen, halbwegs verlässlichen, alten Verbündeten und ernst zu nehmenden, neuen Feinden nach. Da ich durch den Friedensschluss mit den Iren aber allen im Lande gedient hatte, konnte sich keiner der Herren zurückgesetzt fühlen, weil ich nun doch nicht eine ihrer Töchter zur Königin erwählt hatte. Der Gedanke war der einzige Lichtblick, den ich mit Isoldes Person zu diesem Zeitpunkt sicher zu verbinden wusste, denn sie festigte meine Macht und den Frieden in Britanniens Südwesten für ein paar weitere Jahre.

Ich hatte für das Fest schnell aus Kanelegres Wein kommen lassen, als Tristan gen Irland aufgebrochen war, und ich hatte Ruâl angelegentlich diskret bestellt, dass es ruhig ein Tropfen minderer Qualität sein dürfte, denn die meisten meiner Landsleute merkten den Unterschied sowieso nicht und wurden bei Wein erst dann misstrauisch, wenn er gar zu sehr nach Essig schmeckte. So hatte mir der wackere Mann fünfunddreißig Fässer geschickt, die er von römischen Kaufleuten zu einem Spottpreis erstanden und niemals wirklich hätte weitervertreiben können. Er und ich waren es beide zufrieden, und ich hatte den Kellermeister angewiesen, fünfzehn der Fässer mit Honig zu süßen und gleich nach Isoldes Ankunft an die Dörfler der Umgebung zu verteilen. Den Mundschenken war der Auftrag gegeben, dass die anderen zwanzig tunlichst von den Hochzeitsgästen geleert werden mögen. Und dieses so rasch, dass der Rausch die Verhandlungen günstig und der nachfolgende Brummschädel ihren Aufenthalt erfrischend kurz gestalten möge. Die Mundschenke tranken selbst heimlich mit, und spätestens am Ende des ersten Tages nach dem Eintreffen meiner Braut war es schwer möglich, einen Nüchternen unter den Anwesenden anzutreffen.

Die irischen Soldaten hatten zudem noch weitere Tränke aus ihrer Heimat mitgebracht, die sie freimütig unter den Frauen austeilten, sodass es neben viel Lärm, Lachen und Schlägerei auch viel Gefälligkeit gab. Die Schreiber aus Salisbury und die Sekretäre, sowie auch den lieben Bischof Philipp selbst sah ich selten außerhalb der Bettkammern.

Mir war es nur recht, dass sich alle vergnügten.

Isolde und ihre Damen hatten sich am Tage ihrer Ankunft zunächst in die vorbereiteten Gemächer zurückgezogen und wurden weder erwartet noch vermisst. Sicher ruhten sie nach den beträchtlichen Anstrengungen der Überfahrt oder bereiteten sich auf die Hochzeit vor. Auch am zweiten Tage erspähte ich nicht so viel wie einen Zipfel von ihnen. Das tat dem allgemeinen Feiern und Frönen indes keinen Abbruch.

Alles in allem war diese ungewollte Vermählung ein gelungenes Fest für einen Mann meines Standes, zwar, ich – als der Bräutigam – blieb nüchtern und keusch, und dieses ohne Bestreben, etwas daran zu ändern. Man lernt recht viel, wenn man nicht trinkend von Saufenden umgeben ist und sich an ihrer Derbheit nicht zu stören weiß. Man lernt vor allem viele Geheimnisse, die mitunter in späterer Zeit nützlich kommen können. Ich lächelte, dankte für die guten Wünsche der Anwesenden und tat so, als wäre alles in bester Ordnung. Was für ein schlechter Komödiant ich doch als guter König sein musste.

In der oberen Burg spielten Tag und Nacht hindurch die Musikanten auf, deren mehr und mehr leiernde Tänze immer wieder von den Rufen der Frauen nach Tristans Harfen- und Sangesvortrag unterbrochen wurden. Einige der jungen Mädchen, Töchter meiner Vasallen zumeist, und selbst die dritte Ehefrau des Herzogs von Dartmoor, sollen bei seiner Darbietung der neumodischen Ballade von der Hindin und dem Raben vor unterdrückter Erregung in Ohnmacht gefallen sein. Er war an beiden Abenden immerzu von Frauenvolk umringt, sodass sich mir keine Gelegenheit ergab, unter vier Augen mit ihm zu reden.

Ich bekam meinen Neffen also erst am dritten Tage zu Gesicht, als die meisten Gäste, noch immer trunken oder verkatert, schon wieder an die Abreise am nächsten Tage denken mussten. Es war der eigentliche Hochzeitstag, und entsprechend gespannt waren die Verantwortlichen der Feier.

Der Küchenmeister kam schon vor Mittag drei Mal zur

Audienz, um sich zu beschweren, dass ihm einige der irischen Reiter während eines ihnen heiter erscheinenden Wettbewerbs durch das Küchenfenster gepinkelt hätten, um den Herd zu erreichen, was zumindest zweien trefflich gelungen war und die Suppe verdorben hatte. Der Küchenmeister neigte bereits zu gefühligen Ausbrüchen, wenn ihm ein Ei zerbrach, und sein wiederholtes Zetern, Klagen und Gestikulieren machte mich mürbe. Ich versprach ihm, die Iren von der Küche, der Suppe und allzu viel weiterem Wein fern zu halten.

Zudem musste ich noch mit dem Majordomus festlegen, wer am Abend die Bettlegung zwischen Isolde und mir bezeugen sollte, ein Gedanke, den ich bisher gerne und gut hatte verdrängen können. Die Liste wurde auf mein Betreiben hin zu fünf der würdigsten und ältesten Herren verkürzt, da ich hoffte, sie würden derbe Späße in ihrem Leben genug gemacht und erlebt haben, als dass sie mich damit an diesem Abend noch langweilen würden. So konnte auch der Großteil der anderen Gäste zeitig am andern Tage abreisen, da sie nichts verpassten.

Der Schatzmeister nickte mir in stiller Anerkennung zu.

Ich war mir sicher, dass sowohl er und auch der Majordomus dachten, dass ich nur so schnell wie möglich mit meiner Frau alleine sein wollte. Die meisten Anwesenden machten Bemerkungen in diese Richtung. Glaubten denn hier alle Männer, dass ein junger Körper und ein Schopf ohne Grau ausreichten, Leidenschaft jenseits aller Vernunft zu entflammen?

Mir brummte trotz der Abstinenz der Schädel, und ich fühlte mich wachsend mürrisch werden, als ich Tristan schließlich zufällig gewahrte, wie er eilig die Halle durchquerte. Ich stand sogleich auf und winkte ihn zu mir.

»Kommt mit mir, Neffe«, sagte ich ihm freundlich, dankbar den unsagbar langweiligen Ausführungen des Heerführers von Gloucester zu entgehen, der es mir schon seines Ranges wegen nicht nachtragen konnte, wenn ich ihn einfach sitzen ließ.

Ich griff bestimmt nach Tristans Arm und spazierte alsbald, es ging unaufhaltsam gegen die Mittagsstunde, mit ihm an den oberen Zinnen entlang, wie wir es auch sonst oft getan hatten.

Ich hatte diesen Gang überlegt, da mich die Aussicht auf meine geliebte See immer zu beruhigen wusste, und da zusätzliche Ohren hier bekanntlich am besten zu vermeiden waren. Was ich Tristan zu befragen hatte, war nicht für irgendwen sonst bestimmt. Der Himmel war inzwischen hoch, und die Bucht war frei von Nebel.

Wir lehnten nebeneinander an den Zinnen in Richtung Westen, und ich fühlte den Anblick des endlosen Blaus wie eine Linderung durch meine aufgewühlte Seele gleiten. »Es ist ja nur Wasser«, fiel mir da Isoldes dummes Gerede und damit der eigentliche Anlass für diesen Gang wieder ein, und ich sprach zu Tristan: »Du hast deine neue Herrin also wohlbehalten nach Cornwall gebracht, mein Freund. Ich bin glücklich zu sehen, dass du ihr diese Heirat nicht nachträgst. Du weißt wohl, ich hätte dich nun jederzeit wieder ohne Bedenken zum Erben und Nachfolger gemacht. Nur, ein Erbe, der den Rat nicht hinter sich hat, lebt nicht lange genug, sich dieses Erbes zu erfreuen. Darum beglückt es mich umso mehr, als du dich auch in dieser Frage abermals wahrhaft als ein edler Mann aufrechten Herzens gezeigt hast.«

Der Wind fuhr mir mit kühlen Fingern durch das Haar, und ich spürte mich immer friedlicher werden, fühlte, wie die gespannte Wachsamkeit der Verhandlungen zweier langer und wichtiger Tage für Augenblicke von mir abfiel.

Tristan schwieg. Das Meer schwappte sanft an die unteren Felsen, und die Möwen schrien über uns. Alles war so heiter und wohl darum umso mehr bedrückend. »Es wird nicht leicht sein, für keinen von uns«, fuhr ich gerade fort, als der Junge mich plötzlich unterbrach.

»Sie ist so wunderschön, nicht? Ganz so, wie es in den Liedern heißt«, platzte er heraus.

Ich stutzte ob seiner Ungebührlichkeit, doch dann dachte ich, dass er sicher das Mädchen meinte, dem er seinen neuen Ausschlag verdankte. Ich musste ihn nach dieser Brangaene fragen.

»In welchen Liedern, mein Sohn?«, fragte ich abwesend.

»Na, die Lieder über Isolde, Eure Braut …«, sprach er voll schlecht verborgener Ungeduld über meine Schwerfälligkeit.

In seinen Augen glomm Verzweiflung.

Ich versuchte, meine Gedanken zu sortieren. Ich konnte an Isolde nichts wirklich Schönes finden: nun ja, die Haare vielleicht, wenn die Sonne schien, doch dazu musste sie sie ja offen tragen, was nicht nur unstatthaft, sondern auch ungepflegt wirken würde, bei dem Wind, den wir hier gewöhnlich hatten. Sie würden ihr ständig im Gesicht herumhängen. Sicher hatte Tristan meine Enttäuschung bei ihrer Ankunft bemerkt und wollte mir tröstend Sand in die Augen streuen. Ich lächelte voller Wärme über das freundliche Bemühen des Jungen, mich aufzumuntern. Es gehörte zur Seele eines Künstlers, die Dinge lieber so zu blicken, wie sie sein könnten, als so, wie sie sind. Aber ich war König und kein Harfner, und deshalb vermochte ich in einer Hagebutte keinen Granatapfel zu sehen, auch wenn ich es vielleicht selbst gerne gewollt hätte.

Ich versuchte, die Sache schlauer anzufangen und endlich noch einmal das Gespräch einzufädeln, das mir seit dem Landungssteg aus zwei Gründen dringlich geworden war.

»Tja, wenn wir erst an einer Frau Gefallen gefunden haben, so wird es uns immer noch bewusster, wie schön doch auch andere Frauen sind, habe ich da nicht Recht, Neffe?«

Tristan schwieg verlegen und kratzte an einer seiner rot leuchtenden Blasen. »Nun?«, fragte ich ihn, »hast nicht auch du dein Herz auf eine Frau gesetzt? Du kannst mit mir ruhig drüber sprechen. Auch wenn es eine der Irinnen ist, wir haben ja jetzt Frieden.« Solange es nur nicht die Irin Brangaene war!

Für diese Frau würde ich sogar einen Krieg anzetteln, wurde mir erschreckt klar. Aber ehe ich danach fragen konnte, drehte Tristan sich auf dem Fuße um und lief die Stiege hinunter, als brenne der Dachstuhl hinter ihm. Ich schüttelte verständnislos den Kopf und stieß Luft aus, in der Hoffnung, es würde die unsichtbaren Gewichte, die ich nun abermals auf mir lasten fühlte, verschwinden lassen. Nach einer Weile kamen wieder Schritte auf der Stiege nach oben, halb erwartete ich Tristans Rückkehr, halb fürchtete ich, dass es schon Zeit für die Trauung wäre, und wie ein Windhauch wischte die Idee an mir vorbei, wie ich, wenn ich noch ein kleiner Junge wäre, gerne fortgelaufen wäre und mich versteckt hätte, um der Eheschließung wie einer Züchtigung zu entgehen.

Die Schritte erreichten die oberen Stufen und verharrten. Es war nicht Tristans Tritt. Er setzte den rechten Fuß immer fester auf als den linken. Ich kannte seinen Gang wohl und dieser war es nicht.

Also drehte ich mich nicht um, ich wollte nicht. Ich würde einfach nur hier stehen und das Meer sehen, das endlos weite, endlos blaue Meer, bis es am Abend grau und dann in der Nacht schwarz werden würde. Ich würde hier stehen unbeweglich wie die Mauern Tintâgels, und es würde mich niemand mit einem hasenartigen, unverständigen, kleinen Mädchen verheiraten können, welches das Meer für eine Menge Wasser und sonst nichts hielt.

Die Schritte setzten sich zögerlich wieder in Bewegung, kamen näher und hielten neben mir an. Ich rührte mich noch immer nicht.

»Es ist jetzt wohl bald so weit«, sagte da eine Stimme neben mir auf lateinisch, und wieder klang es, als hätte man eine weiche Bronzeglocke angeschlagen. Ich drehte den Kopf übereilt nach rechts und hätte mir um ein Haar die Nase an der Zinne gebrochen. Es war die Frau vom Strand, Isoldes Zofe, Brangaene. Sie verneigte sich. »Verzeiht, wenn ich Euch störe, ich wusste nicht, dass ich Euch hier finden würde, ich selbst wollte nur ein wenig Ruhe finden. Es gab so viel zu tun.« Ich sah sie an, als könnte ich ihren Anblick wie verdurstend in mich hineintrinken. Sie war erhitzt, ihre Stirn glänzte feucht, und die Anstrengungen des Tages hatten einige Haarsträhnen aus ihrer Frisur gelöst, die der Seewind leise hin und her pendeln ließ. Ich wusste nicht, was ich sagen konnte. Meine Zunge war wie gelähmt.

»Es ist mir eine Ehre, Euch kennen zu lernen, König Marke, auch wenn die Umstände vielleicht wenig glücklich sind.«

»Ist Glück wichtig?«, fragte ich sie da plötzlich. Es geschah wie gegen meinen Willen, ganz ohne zu überlegen, es erschien mir natürlich, sie das zu fragen. Sie sah aus wie jemand, der mir eine Antwort auf solcherlei Fragen hätte geben können. Ich hätte ihre Haarsträhnen gerne mit dem Finger berührt. Deshalb legte ich die Hände fest auf dem Rücken zusammen.

»Ist die Frage nicht eher, ob Glück möglich ist?« Sie lächelte, und in ihren Augen schimmerte eine tiefe und wissende Traurigkeit.

Sie sah, die Ellbogen mädchenhaft auf die Mauer gestützt, aufs Meer hinaus: »Habt Ihr noch Träume, König Marke?«

Ich überlegte, nicht nur des Lateinischen wegen. Niemand hatte mich je nach meinen Träumen gefragt. Vielleicht hatte ich lange keine gehabt, oder ich hatte sie alle vergessen.

»Ich weiß es nicht, edle Frau.« Sie nickte verstehend.

»Ich glaube«, redete sie nach einer Weile weiter, »ich glaube, heute wäre es für uns alle notwendig, ein paar Träume zu haben.« Wieder war Stille, und in mir wuchs das unerklärliche Bedürfnis, ihr einen Teil meiner Selbst zu geben, wenn nicht einen Traum, so doch wenigstens eine Wahrheit, eine Offenbarung, die noch niemand von mir gehört hatte.

»Ich liebe das Meer«, flüsterte ich rau. Da lächelte sie, noch immer, ohne mich anzusehen, stützte den Kopf in die Hände und sagte schwärmerisch in die Weite hin: »Ah, la mer, die Mutter aller Träume … Dann ist es gut.«

Ich war plötzlich starr, Gefangener einer uralten Erinnerung an diese zwei Worte, deren Ursprung sich mir nicht klar zeigen wollte: Es war eine Erinnerung an Glück und Schuld zugleich, an alles, was menschlich und freundlich war. Gerade wollte ein Teil dieses Andenkens aus dem Dunst meines Gedächtnisses steigen, als der Majordomus von den Stiegen trat. Ich hatte ihn natürlich nicht kommen hören. Sein Atem ging ganz ruhig, woraus ich schloss, dass er schon länger dort verharrt und gehorcht hatte. Jetzt war ich froh, nicht offen mit Tristan gesprochen zu haben.

»Ist es so weit, Michaele?«, fragte ich.

Er nickte sachlich: »Man hat sich in der unteren Halle versammelt, Majestät.«

Sofort straffte ich mich und bewegte mich gegen meinen Willen auf ihn zu, Brangaene verneigte sich schweigend und vornehm, als ich an ihr vorüberging. Am Kopf der Treppe drehte ich mich noch einmal nach ihr um: »Und Ihr?«

Sie lächelte und schickte ihre seltsam singende Stimme aus: »Glaubt Ihr, dass das Meer für uns beide reicht?«

Da war mir plötzlich, als hätte mich eine Hand auf den Kehlkopf geschlagen, und meine Augen stachen. Ich runzelte die Brauen in tiefer Ratlosigkeit ob dieser unbekannten Empfindungen und folgte stracks dem neugierig pausierenden Majordomus die Treppe hinunter.

Es war Zeit zu heiraten.

In der unteren Halle standen sich Iren und Cornen feierlich und mit fortschreitender Ausnüchterung aus der Gewohnheit langer Jahre noch immer leicht feindselig gegenüber wie in einer Schlachtanordnung, keilförmig auf den Bischof, Lord Cowley, zuführend, dessen Sekretäre in ihrem Katzenjammer hin und her wankten und nur schwerfällig an den notwendigen Schriftrollen festhielten, in denen die Ehe beglaubigt werden sollte.

Isolde, in einem durchaus kleidsamen Grün, stand neben Tristan, der betreten und bleich auf seine Füße blickte und den Kopf auch nicht hob, als ich den Saal betrat. Ich schritt schnell auf die Gruppe zu, schneller als es würdig war, doch nur so konnte ich mich dazu bringen, diesen Gang zu Ende zu gehen. Tristan trat zurück, und ich hielt mein Handgelenk aus, dass meine Braut ihre wieder etwas feuchte Linke darauf legen könnte. Herr im Himmel, dachte ich, hilf mir!

Ich betete inbrünstig, als Bischof Philipp den Sermon begann, doch ich flehte meist um die Stärke, nicht auszureißen, nicht alle Verhandlungen, Ränke und Pläne der letzten Monate, die in den vorvergangenen zwei Tagen zu so einem glücklichen Abschluss gebracht worden waren, durch die unbekannte Regung meines Herzens zunichte zu machen.

Es war still wie zur Mitternacht, als der Bischof sich um ein geistliches Utensil zu den Sekretären wandte. Da schlug, als würde die Welt einfallen, laut die große Eichentür ins Schloss und die Gäste, der Bischof, die Schreiber und auch ich drehten sich nach der vor Scham errötenden Brangaene um, die, zu spät kommend, wohl das Gewicht der Tür nicht allein hatte auffangen können und so den Lärm verursacht hatte.

Sie knickste tief und bekreuzigte sich höflich, de Zwyyntek zischte etwas unter dem Atem her, und einige Anwesende schüttelten missbilligend den Kopf, wie es die Menschen gern tun, wenn anderen ein Missgeschick widerfährt. Alle starrten tadelnd die arme Brangaene an – alle, außer Isolde und Tristan, wie mir bewusst wurde, als ich den Bischof zum Fortfahren auffordern wollte. Tristan und Isolde hatten ihre Blicke ineinander verschränkt wie Ertrinkende, denen die Gegenwart des anderen der einzige Halt ist auf wilder und todbringender See. Tristan schwitzte trotz seiner Blässe und wrang seine sensiblen Harfnerfinger ineinander, dass die Knöchel abwechselnd blass und rot wurden.

Tristan und Isolde sahen in Brangaenes Störung keine Unterbrechung, sondern ein paar kostbare Sekunden des Aufschubs. Tristan und Isolde, dachte ich beinahe erheitert, und wunderte mich, nicht schon vorher diese so augenfällige Richtung bedacht zu haben. Ich zögerte, während mein Freund, der Bischof, mich unter seinen geschwollenen Lidern wachsam ansah und meine Aufforderung, wieder zu beginnen, abwartete. Tristan und Isolde: Er fand sie also wirklich schön und war wirklich in sie verliebt. Und sie in ihn. Natürlich …

Mein Elend, das Mädchen heiraten zu müssen, war nur ein einzelner Ziegel in einem ganzen Haus des Unglücks, wie mir nun schlagartig klar wurde. Und wie gern hätte ich mit meinem betörten Neffen getauscht, wie gern eine Ehe gestiftet, die in gegenseitiger Zuneigung beiden zumindest ein paar Jahre jugendlichen Glücks geschenkt hätte.

Bischof Philipp räusperte sich. Auch die anderen Gäste hatten ihre mahnenden Blicke ausreichend vergeben und ihre

Aufmerksamkeit nun wieder uns zugewandt. Es war zu lange still gewesen.

»Fahrt fort, Exzellenz«, sagte ich heiser. Das Mädchen neben mir konnte ein leises Aufschluchzen nicht unterdrücken, aber ich hoffte, alle würden es als ihrer Jungfräulichkeit angemessene Furchtsamkeit auslegen. Der Gedanke an Tristans scharlachroten Ausschlag bei ihrer Ankunft jedoch vermittelte mir eine ziemlich klare Vorstellung davon, dass da nicht mehr viel wäre, was die Prinzessin so ängstlich beschützen müsste – schon gar nicht vor mir. Ich spürte eine deutliche Ahnung kommenden Unheils und hörte den Bischof kaum, als die Ehe, meine Ehe, ausgesprochen wurde. Ich nickte Isolde zu, legte kurz pflichtschuldig meine Wange an die ihre und küsste die Luft über ihrem Handgelenk.

Wir waren verheiratet. Es gab von meiner Seite weder uneheliche Kinder noch ungeklärte Erbansprüche, die jetzt noch hätten bedacht werden müssen. Es war getan. Isolde war Königin von Cornwall. Ich tätschelte hilflos ihre Rechte und schritt dann mit ihr an meiner Seite den Gang entlang, meine Braut stolpernd und schluchzend, um die Glückwünsche der Anwesenden an der kurzen Tafel entgegenzunehmen.

Was soll nun werden, dachte ich leicht betäubt, während ich mit leerem Kopf die formellen Bekundungen der Beiwohnenden anhörte und beantwortete.

Was sollte nun werden? Es war mir selbst auf eine Art immer noch schlimm, dass ich keinerlei Neigung für Isolde spürte, aber das hatte noch keiner Ehe wirkliches Unglück gebracht, die meisten Gatten waren einander bessere Gefährten, wenn sie auf allzu wacklige Gefühle verzichteten und sich dem Wohle ihres Hauses, Hofes oder, wie in unserem Falle, ihres Reiches widmeten.

Doch dass die junge Königin des Königs Neffen liebte, dessen Thronanspruch endgültig zu vereiteln sie überhaupt erst hergebracht worden war, dass ferner dieser Neffe, der keinerlei verlässliche Freunde am Hof und drei ausgesprochene Feinde im Rat hatte, dass dieser Neffe auch sie liebte – das alles konnte nur zu großer Trauer und einer unvermeidlichen Katastrophe führen.

Isolde hatte die Fassung jetzt gänzlich aufgegeben, heulte am Tisch ungebührlich vor sich hin, und Tristan, zum Zerreißen gespannt, wippte von den Fersen auf die Zehen.

Ach, Tristan, dachte ich müde, ach, Isolde, ach, wir alle!

Sie waren beide so herzzerreißend jung. Ich hatte wenigstens schon ein Leben hinter mir, das mir in seiner Gesamtheit half, diesen Tag mit ein bisschen Würde zu überstehen.

Wie aber mochten die beiden sich fühlen?

Dann hatte auch der letzte Gratulant seine formelle Aufwartung gemacht, und in der oberen Halle war die Tafel aufgetragen.

Ich hieß Isolde leise, sich umzukleiden. Sie gehorchte wie eine Sklavin. Unwohl ging ich dann an der Seite des Majordomus die breite Treppe hinauf, der zur Feier des Tages sogar ein Lächeln zeigte. Er hatte gesiegt.

Unterwegs, schon auf halber Strecke, drehte ich mich noch einmal um und begegnete Brangaenes Blick. Da wusste ich, dass sie es gewusst hatte. Dass sie es mir auf der Zinne gesagt hätte, wenn es nicht bedeutet hätte, ihre Herrin zu verraten, und ich lächelte ihr zu.

Ein paar Träume oder das Meer.

Ich hatte das Meer: Dank ihrer wusste ich gerade jetzt ganz genau, dass ich etwas hatte, was mich all dies überstehen und einen Ausweg finden lassen würde. Ich schloss die Augen, als könnte ich ihr so meine Gedanken schicken, und sie senkte den Kopf, als hätte sie meine stumme Botschaft verstanden. Dann drängte sie der Herr von Frome rüde beiseite.

Oben angekommen, warteten wir, belangloses Zeug schwatzend, ein paar Minuten auf die junge Königin.

Isolde erschien in einem Prunkgewand römischer Machart, leider in tiefem Rot gehalten, was sie nicht kleidete und sie unter den Sommersprossen noch blasser aussehen ließ. Es war augenscheinlich ein Vermögen wert, aber auch ein Vermögen konnte ihre traurige Erscheinung nicht adeln. Zum ersten Mal tat sie mir Leid. Wie es der Brauch erforderte, wurde sie mir zur rechten Seite gesetzt. Tristan stand hinter uns und wich meinen Blicken aus, wann immer ich die seinen suchte. Ich arbeitete fieberhaft an einer Möglichkeit, wie ich wenigstens diese Hochzeitsnacht aussetzen oder vermeiden könnte, ohne ins Gerede zu kommen. So beschäftigt, aß ich nur wenig von den Speisen, die der Küchenmeister trotz seiner morgendlichen Zustände hervorragend bereitet hatte. Alle langten zu, als hätte es an den vorangegangenen Tagen nur Wasser und Linsen gegeben, einzig der Majordomus befand sich wieder in einer selbst erwählten Fastenphase, trank Wasser aus einem hölzernen Becher und beäugte das Geschehen und Prassen um sich herum misstrauisch und mit einer Überlegenheit, deren Ursache wohl am besten ihm selbst einsichtig sein mochte.

Trotz ihrer aufgewühlten Seelenlage nährte sich nach einiger Zeit auch Isolde ganz wacker, vielleicht ein Vorteil ihrer Jugend, und beim Honigkuchen angekommen, fragte sie sogar laut, während sie sich die Finger einzeln leckte, ob nicht getanzt würde, in Irland wäre dies ein Hochzeitsbrauch.

Ich gab dem Majordomus ein Zeichen, dem er sogleich nachkam, und binnen weniger Augenblicke hatten die müden Musikanten sich aufgestellt und begannen gemessene Tänze zu spielen, zu denen sich kaum die Hälfte der Gäste gelangweilt einreihte. Niemand schien wirklichen Gefallen daran zu finden, und es wollte keine rechte Stimmung aufkommen. Nach einer Weile sah ich den schwersten der irischen Reiter mürrisch entschlossen den Saal verlassen, und kurze Zeit später, in der er wohl sein Quartier besucht hatte, kehrte er mit einer flachrunden Handtrommel zurück und redete auf die gerade verschnaufenden Musikanten ein, deren Aufmerksamkeit und Kondition der Exzesse vom Vortag wegen zu wünschen übrig ließen.

Da der Mann nur Irisch sprach, wurde ein Dolmetsch zur Gruppe gerufen. Und weil das allgemeine Interesse mangels anderer Zerstreuung dann ohnehin auf diese Vorkommnisse gerichtet blieb, war es nur billig, dass Tristan nach dem Rechten sah. Er kehrte nach kurzem Austausch zum Tisch zurück und redete erstmals seit den unerquicklichen Fragen an der Zinne wieder direkt zu mir: »Mein Herr und König, der Ire lässt fragen, ob er eine schnellere Weise aufspielen und in den Tanz leiten dürfte, zumal es sich um einen besonderen irischen Reigen handele, den die Königin immer sehr gerne gehabt habe.«

Dabei richtete er seine Hundeaugen auf Isolde, die sogleich zurückschmachtete. Ich musste handeln, um nicht durch solcherlei Unvorsichtigkeit schon vor der Hochzeitsnacht als Hahnrei enttarnt zu sein. So stand ich auf, schlug in die Hände und rief: »Meine lieben Gäste! Zu Ehren der jungen Königin von Cornwall wird nun eine Weise und ein Tanz aus ihrer schönen Heimat erklingen. Und da ich, wie Ihr alle sehen könnt, ein alter, gebeugter Mann bin« – hier lachten einige pflichtschuldig – »wird nun mein junger Neffe Tristan statt meiner die Braut zum Tanze führen und somit der Musik und Cornwall gewisslich einen besseren Dienst erweisen, als ich dies könnte.« Der Majordomus kniff die Lippen ein, und einige Herren des Rates steckten die Köpfe zusammen, um leise zu tuscheln. War das schon zu auffällig gewesen?

Ich nickte dem ungeduldig wartenden Iren zu und setzte mich wieder. Da begann der Mann wie ein Wilder die Trommel mit einem kleinen Doppelholz zu schlagen, dass es klang, als würde ein Gewitter losbrechen. Der Donner der flachen Trommel war zugleich verheißungsvoll und mitreißend. Erregte Überraschung zeichnete schnell die Gesichter aller Anwesenden. Isolde indessen sprang auf, ergriff Tristans Hand und zog ihn zu den dann zögerlich einsetzenden Klängen der Musikanten, die sich bemühten, dem trommelnden Iren in melodischer Weise zu folgen, vor die Kapelle.

Sie begann sich mit einem Temperament bald hin und her, bald auf und ab hüpfend zu bewegen, das ich der eckigen Gestalt niemals zugetraut hätte und das mich gegen meinen Willen und meine Laune schmunzeln ließ. Selbst der so musikalische Tristan hatte Mühe, ihr zu folgen und nicht nur dümmlich dazustehen. Aber als er dann die ersten Schritte wagte, fanden sich auch bald ein paar andere Tänzer ein, die ihr Glück versuchen wollten. Bischof Philipp, der sich trotz seiner Jahre und seines Rückenleidens Brangaene zur Partnerin erwählt hatte, machte zu meinem Erstaunen gar keine schlechte Figur. Auch wenn Brangaene nicht gar so ausgelassen leichtfüßig sprang und wirbelte wie ihre Herrin, so war es mir doch eine Augenweide, sie zu betrachten. Die, die nicht tanzten, wippten mit dem Fuß oder hieben die Humpen auf den Tisch, und zum ersten Mal seit drei Tagen hatte ich das Gefühl, wahrhaftig auf einer Hochzeit zu sein, wenn ich auch trotzdem weiter zu verdrängen suchte, dass es meine eigene war.

Der unermüdliche Ire schlug, schon vor Schweiß triefend, weiter seine Trommel, die Gäste johlten und folgten Isolde in immer neuen Schleifen und Kreisen. Die Musikanten hatten nun den richtigen Takt gefunden und spielten, als gelte es ihr Leben.

Ich schlug ein paar Mal im Takt in die Hände, suchte im Trubel Brangaenes erhitztes Gesicht zu erspähen und stellte mir vor, wie es wäre, dort mit ihr zu tanzen. Wie Wellen in einem aufgewühlten Meer, dachte ich träumerisch, und bewegte zwei Finger auf dem Tisch hin und her, als die Musik auf Geheiß des meisterlichen Trommlers plötzlich endete. Alles klatschte begeistert, ließ den Mann hochleben und warf ihm Ringe und Gold zu, nach denen der stolze Kerl sich aber nicht bückte, sondern den gierig wartenden Musikanten zunickte, die sich alsbald darauf stürzten und alle Gaben schneller einsammelten, als der Ire hatte den Rhythmus schlagen können. Man brachte den Mann vor mich hin, und da Tristan in seiner Erschöpfung nach dem Tanz als Übersetzer nicht abkömmlich war, erschien ebenso überraschend wie glücklich die schöne Brangaene neben mir. Ein einziger Blick in ihre Augen genügte, um mich aus der Fassung zu bringen. Ihr Gesicht glühte, ihr Atem ging schwer. Sie nur anzusehen machte mich glücklich.

»Sagt ihm, dass er seine Heimat trefflich dargestellt hat, dass es uns eine Freude und eine Ehre war, zu entdecken, dass Irland nicht nur wackere Kämpfer, sondern auch edle Künstler zu seinen Söhnen zählt«, bat ich Brangaene in Latein, dessen Grammatik ich mir leider nicht immer ganz gewiss war.

Brangaene nickte und wechselte die Worte in die Sprache der Iren. Der Trommler senkte vornehm das Haupt.

»Sagt ihm auch, dass ich seinen Stolz nicht durch ein wahlloses Geschenk verletzen werde, als ob er ein bezahlter Spieler wäre. Doch darf er sich zum Lohn für seinen Tanz wählen, was immer er als Zahlung wünscht.«

Der Ire beantwortete Brangaenes Übersetzung, ohne eine Sekunde lang nachzudenken. Und sie warf auflachend den Kopf zurück. Da hörte ich es zum ersten Mal, dieses derbe, tief rollende Lachen, das so ganz unhöfisch, so lebensfroh und ansteckend klang, dass alle außer dem Majordomus mitlachten, ohne zu wissen, was der Mann überhaupt gesagt hatte. Der Trommler nickte lustig bekräftigend seinem Wunsche hinterdrein und strahlte entwaffnend in die Runde.

Neugierig bildete sich ein Ring der Anwesenden um uns, und nur aus dem Augenwinkel sah ich, wie Tristan und Isolde sich fernab stehend hastig und noch vom Tanze außer Atem miteinander besprachen. »Nun?«, fragte ich schnell, um die Aufmerksamkeit im Kreise zu halten. »Was wünscht der Mann?«

»Ich soll ihn küssen«, verkündete Brangaene noch immer lachend. Der Bischof gab das Lateinische für die der gelehrten Sprache Unkundigen sogleich genüsslich auf Cornisch weiter. Er leckte sich die Lippen, als ginge es um ihn, der alte Wüstling. Die Umstehenden machten Laute, pfiffen und schnalzten mit der Zunge.

»Ich darf Euch nicht befehlen, Frau Brangaene«, sagte ich mit einem überraschenden Stich plötzlichen Unbehagens. »Ihr müsst das nicht tun.«

»Warum soll ich ihn nicht küssen«, rief sie laut, und ich genoss trotz allem den Klang dieser außergewöhnlichen Stimme. »Wenn einer Frau im Leben nichts Schlimmeres widerfährt, als dass sie einen wackeren Mann mit gutem Taktgefühl zu küssen hat, so darf sie sich nicht beschweren!«

Die Anzüglichkeit, die in ihren Worten lag, und die auch ich erst nach der süffisanten Übersetzung des Bischofs verstand, sowie die geübte Sanftheit, mit der sie beidhändig den Kopf des Iren an sich zog und ihre Lippen weich auf seine legte, ließen mich eifersüchtig zusammenfahren. Bischof Philipp nickte mit Kennerblick.

Ich knurrte fast inwendig in seine Richtung, während die Gäste klatschten und Brangaene den glücklichen Iren schließlich entließ, der vorspielte, taumelnd zu Boden zu gehen, als würden ihm die Sinne schwinden. Gewiss, sehr witzig! Ich rang mir ein großzügiges Lächeln ab. Unter dem Lachen und Schulterklopfen der anderen jungen Männer strebte der Geküsste, ohne sich noch einmal umzusehen, wieder dem Weinschlauch zu. Ich war augenscheinlich nicht der einzige Mann, der gerne mit dem Trommler getauscht hätte. Brangaene lächelte bezaubernd in die Runde. Die ledigen Männer setzten an, sich ihr zu nähern, als wäre ein Jagdhorn geblasen worden.

Bischof Philipp – natürlich – gewann das Rennen, da er schon neben ihr stand. Er sprach in schnellem Latein zu ihr und führte sie beflissen ihrem vorherigen Platz an der Tafel zu, ohne dass ich noch ein weiteres Wort hätte sagen können. Die übrigen Höflinge zerstreuten sich abgeschmettert und gingen nun langsameren Tänzen mit erschöpfter Gelöstheit nach.

Was sind die Iren doch für ein Volk, dachte ich benommen, als ich mich schweigend setzte. Über drei Jahrzehnte hatten sie in Cornwall gewütet, die Frauen vergewaltigt, die Kinder verschleppt und die Männer erschlagen. Sie waren roh und ungeschlacht und hatten es am Morgen noch als einen Zeitvertreib ausersehen, dem armen Koch in die Suppe zu pinkeln – vielleicht war der Zaubertrommler sogar einer der beiden gewesen, die den Kessel erreicht hatten.

Und nun hatte dieser Mann allein durch seine Kunst und Lebensfreude eine Versammlung unglücklicher oder missgünstiger Menschen in eine strahlende Festgesellschaft verwandelt, hatte uns allen ein Lächeln geschenkt und hätte an den Dankesgaben für einen Mann seines Standes reich werden können.

Aber all das schlug er aus für den Kuss einer schönen Frau, von der er nicht mehr begehrte und nicht mehr erhalten würde als eben diesen kurzen Gunstbeweis. Ich lächelte versonnen, als Isolde auf den Stuhl neben mir glitt. Sie wischte sich noch die Stirn und sah mir erstmals seit der Trauung voll ins Gesicht. »Ach ja, das war schön. Danke, König Marke.« Sie lächelte schüchtern.

»Ich freue mich, dass du dich amüsiert hast, mein Kind«, sagte ich versöhnlich. Wenn sie mein Mündel wäre, dachte ich kurz, könnte ich es wohl mit ihr aushalten.

Isolde hatte augenscheinlich etwas auf dem Herzen. Sie rutschte auf der Stuhlkante hin und her.

»Darf ich mir noch was wünschen? Ich meine, bitte?« In der flehentlichen Botschaft ihrer Augen lag ein Schmelz, der die vorspringende Härte beider Vorderzähne noch weiter ausstechen ließ, und ich zuckte unwillkürlich zurück.

»Nun?«, nickte ich ihr in sicherem Abstand zu. Sie holte tief Luft:

»Ich hätte so gerne, dass Tristan auch noch singt.« Sie legte die Hände zusammen wie ein kleines Kind. »In Irland hat er immer für uns gesungen. Jeden Abend.«

Was kann es schaden, überlegte ich, ob sie es sich wünscht oder eine andere? Tristans Gesang wurde auf Festen sowieso fast immer verlangt, und die Musikanten hatten durch die unverhoffte Einlage des Iren heute sicher keinen Grund zu grollen, wenn Tristan größeren Ruhm errang als sie.

Ich sah unentschlossen die Tafel hinunter und gewahrte in Unmut, wie der nun gar nicht mehr verkaterte Bischof Brangaene mit wachsendem Fleiß schöne Augen machte. Ein Sangesvortrag des berühmten Tristan würde auch ihn zwingen, den Mund zu halten, das entschied die Sache. Egal wie oft wir die gleichen Damen gekannt und verehrt hatten, diese Suppe wollte ich ihm ebenso verderben, wie die Iren es am Morgen mit meinem armen Koch getan hatten.

»Hört«, rief ich dann also aus, und die Gespräche verebbten. »Musik erfreut und eint die Menschen. So bitte ich nun, um Irland sein großes Geschenk zu vergelten, meinen Neffen Tristan für uns zu singen und Cornwalls Landen eine ebenso schöne Stimme zu geben, wie sie die irische Trommel sang. Es soll dies kein Wettstreit sein, doch wenn es einer wäre, so ist schon klar, dass es hier nur Sieger, aber keine Besiegten geben kann. Die Musik schenkt einem jeden von uns den Ring des Siegers. Spielt auf, Tristan.«

Brangaene hatte sich sogleich vom balzenden Bischof abgewandt und lächelte mir zu, verstand sie wohl überhaupt Cornisch? Der liebe Philipp wirkte ob der Unterbrechung verstimmt und leerte daraufhin einen Halbliterhumpen Wein in einem Zug. Lange konnte er auf den Holzbänken nämlich wegen seines Rückens nicht sitzen, wusste ich und konnte mir die Schadenfreude nicht verkneifen.

Tristan hatte offenbar schon ahnend oder hoffend, was unvermeidlich kommen würde, seine Harfe holen lassen und nahm Platz auf einem Schemel vor der offenen Feuerstelle. Die Flammen tanzten hinter ihm und warfen Schatten durch den Saal. Das flackernde Licht ließ seine schlanken Finger wie flüssig erscheinen, als er sich setzte und suchend einige Takte anschlug. Dann unterbrach er seine Einleitung und rief mit brüchiger Stimme: »Ich singe zu Ehren meiner neuen Königin, der herrlichen Isolde, als ihr treuer Diener.«

Der so Angebeteten schossen die Tränen in die Augen. »Hach ja«, machte sie leise. Es rührte mich fast selber.

Mein Neffe indessen hatte offenbar einen Zipfel seines Verstandes wiedererlangt und sprach erneut: »Und natürlich auch zu Ehren meines Oheims, des großen Marke von Cornwall, dem gerechtesten und edelsten aller Herrscher. Möge ihre Verbindung« – er räusperte sich – »gesegnet sein.«

Der Bischof rief mit neuerlich trunkener Stimme »Amen« und verzögerte so den Beginn der Darbietung seinerseits, da ebenfalls alle anderen nun »Amen« riefen. Der Herr von Bristol sackte auf die Knie, ob aus Bezechtheit oder Frömmigkeit war nicht klar auszumachen. Seine Frau half ihm hoch. Es wurde langsam still, die Iren rückten noch ihre Schemel so, dass sie besser sehen konnten, dann war endlich alles ruhig und Tristan begann zu spielen.

Wie süße Regentropfen plätscherten die Töne durch die große Halle, mischten sich mit dem sanften Trickeln der Fackeln und des Feuers.

Dann sang Tristan, es war eine alte Weise, die er und ich aus der Bretagne kannten und die in meiner Jugend dort fast an jedem Abend gespielt wurde. Doch dass ich sie so oft gehört hatte, konnte ihr nichts von ihrem Reiz und ihrer Schönheit nehmen. Es war die eigentlich recht sentimentale Geschichte einer verwunschenen Dame, die von einer Rivalin zu Wasser gezaubert ward, um ihr so tückisch den Geliebten zu nehmen. Der Geliebte heiratete unwissentlich die Hexe, doch im Schlafe redend verriet sie sich, und er zog aus mit einem Becher, in den er den Geist seiner eigentlichen Gefährtin geschöpft hatte.

Jahrelang wanderte er sühnend mit dem Gefäß durch Wälder und Berge und geriet schließlich in eine glühend heiße Einöde, in der er nach drei Tagen und Nächten dem Verdursten nahe war. Da rief die verwunschene Frau aus dem Kelch, er möge sie trinken, um wenigstens sein Leben zu retten, da beide doch keine Hoffnung hätten, jemals wieder in fester Gestalt vereint zu sein, und sie so doch in ihm fortleben könnte.

Der Geliebte aber wollte die Teure nicht um seinetwillen töten und stürzte sich alsdann mit ihr von einer Klippe. Kein Tropfen Wasser sprang aus dem Becher, bis er am Boden aufschlug, so fest umschlossen hielt er ihn. Dann aber, als sterbend sich das Gefäß seiner Hand entwand, floss das Nass auf dem trockenen Boden gerade noch bis zu seinen erstarrenden Lippen, küsste ihn sanft zu Tode und versickerte.

»Es rollte das Wasser, als weit es vermocht,
kämpfte mit Staub und mit Stein,
Die Lippe dem Sterbenden netzte es noch,
dann sog die Erde es ein.
So stirbt eine Liebe, so stirbt ein Verrat,
so stirbt ein gebrochenes Glück.

Auch Erinnerung wird sterben an jene Tat,
verflossene Zeit kehret nimmer zurück.«

Tristan sang es in umwerfendem Ton, so als fühlte er jedes einzelne Wort, und die anwesenden Damen und Herren heulten ungebremst. Der Bischof blies sich die Nase am Tischtuch, und viele taten es ihm gleich.

Ich weinte nie, deshalb konnte ich meinem Neffen keinen Tränentribut zollen, doch auch ich fühlte mich seltsam bewegt. Isolde starrte den Sänger tränenblind an, und von ihren offenen Lippen troff ein dünner Speichelfaden, so eingenommen war sie von seinem Spiel. Ich musste wegsehen. Als er geendet hatte, war es minutenlang totenstill, dann schlugen alle in die Hände und ließen den Jungen hochleben. Tristan stand auf und verbeugte sich.

»Ich danke dir, mein Junge«, sagte ich ihm, als er langsam zu mir kam. Meine Stimme war heiser. Ich hatte die dunkle Ahnung, zum ersten Mal etwas Neues an dieser Geschichte entdeckt zu haben, auch wenn ich sie schon so lange kannte.

Vielleicht war es die Kunst des Sängers, vielleicht hörte ich sie nur mit anderen Ohren, ich wusste es nicht, ich streckte die Hand aus und drückte Tristans Arm. Er hielt den Blick gesenkt. »Ich würde mich mit Eurer Erlaubnis nun gerne zurückziehen, mein König«, flüsterte er.

»Ja, geht nur, mein Lieber, geht nur, es wird Zeit für uns alle. Es war ein langer Tag, ein sehr langer Tag. Habt nur keine Sorge«, raunte ich dann nachfolgend, wusste aber nicht, ob er verstand, was ich meinte.

Dachten denn die beiden wirklich, so unauffällig zu sein?

»Die Herren wären bereit.« Begleitet von einer Wolke säuerlichen Atems, säuselte mir Michaelis sein Drängen zum Aufbruch ins Ohr. Sicher freute er sich schon auf das Brautlaken. Endlich mal eins, das ihm offiziell überreicht wurde, das er sich nicht heimlich aus einer Kammer stehlen musste. Er legte die Hand fordernd auf die Lehne meines Stuhls.

Ich nickte, stand auf und hieß die Gäste sich erheben.

»Ich danke Euch für Euer Kommen und Eure Gesellschaft, edle Damen und Herren. Meine liebe Frau und ich werden uns nun zurückziehen, und diese fünf aufrechten Männer«, die alten Zausel, die ich aussortiert hatte, reckten sich, um wenigstens halb aufrecht zu wirken, »werden an Eurer Statt die Bettlegung bezeugen. Der Majordomus wird sich um den Beweis und Eure geordnete Abreise kümmern. Meine besten Wünsche begleiten Euren Weg, und Ihr seid jederzeit willkommen auf Tintâgel.« Damit griff ich, um die feuchte Hand zu meiden, Isoldes Ellbogen und verließ, gefolgt vom Haushofmeister, dem mitleidig dreinschauenden Bischof, den fünf Alten und dem niedergedrückten Tristan den Saal und folgte Isoldes unsicheren Schritten zu ihren Gemächern hin. Taktvoll wartete die Eskorte, aus der sich Tristan auf halber Treppe lautlos und verdrossen verabschiedete, vor Isoldes Kammer, bis sie sich für die Nacht umgekleidet hatte und durch eine ihrer Mägde wissen ließ, dass wir eintreten dürften. Ich war erleichtert, dass dies nicht zu Brangaenes Aufgaben gehörte. Sie hier zu sehen hätte mich zutiefst beschämt.

Mit Kerzen und Öllampen, fast wie eine Wachablösung, betraten wir das Zimmer der Königin, die im Bett kauernd in ihrer Furcht mehr denn je wie ein verängstigtes Kaninchen wirkte. Sie trug ein Nachtgewand aus weißem Leinen mit einem hochstehenden Kragen, der sie noch jünger aussehen ließ. Ich wusste, dass die verstorbene zweite Ehefrau des Herzogs von Dartmoor bei beider Hochzeit erst vierzehn Jahre gezählt hatte, und fragte mich in diesem Moment, wie er es wohl über sich gebracht hatte, sich einem solch jungen Wesen als Mann zu nähern. Selbst wenn ich Isolde anziehend gefunden hätte, wäre sie mir noch immer zu jung gewesen. Mit beiden Händen hatte sie die winterlich schwere Decke vor das Herz gerafft und befeuchtete bald die obere, bald die untere Lippe mit der Zunge. Ein erschrecktes Kind, keine Frau war das.

Ich legte widerstrebend nur den Gürtel und das Obergewand ab und hätte fast auch noch meine Stiefel anbehalten, wenn mich der Bischof nicht freundlich darauf aufmerksam gemacht hätte. Die Stimmung war zu angespannt, als dass ein Lachen darüber möglich gewesen wäre. In den langen Jahren meiner Herrschaft war mir auch einige Male die zweifelhafte Ehre zuteil geworden, Zeuge einer Bettlegung zu sein, und es hatte mir nie gefallen. Sicher gab es Brautpaare, die sich ob aus Jugend oder Zuneigung mehr auf das Alleinsein freuten als meine ängstliche Ehefrau und ich es taten, doch es schien mir immer eine fälschliche Einmischung, andere Menschen im Augenblick ihres Zubettgehens zu beobachten. Mit mulmigem Unbehagen schlüpfte ich so weit von Isolde entfernt wie eben möglich unter die Decke und saß stockaufrecht der verlegenen Abordnung gegenüber.

Der Bischof schlug das Kreuz, murmelte noch irgendeinen berauschten Segen und dachte damit wohl, fein aus dem Schneider zu sein. Für ihn begann nun der angenehme Teil des Abends. Der Baron von Delmoral, gut an die achtzig und damit der älteste der fünf Herren, sah sich bemüßigt, noch ein paar Worte zu sprechen: »Liebe Brautleute«, keuchte er zahnlos, »seid einander gut und seid einander gute Freunde, denn Freunde kann man nie genug haben. Das ist wahr. Liebe vergeht und Hass vergeht, aber Freundschaft vergeht nie. Ich hatte mal einen Freund, einen Römer, der … Wann war das noch?« Er verlor den Faden und seine Stimme verebbte.

Ob Langeweile wohl auch vergeht, fragte ich mich zynisch.

»Es wird dir schon keiner den Kopf abreißen, Mädchen, was?«, bellte da der Heerführer von Gloucester unvermittelt in Isoldes Richtung. Sie zuckte zusammen, und alle Herren lachten dröhnend, erleichtert, einen Grund gefunden zu haben, sich nun aus der peinlichen Situation zurückzuziehen. Der Bischof hielt mit einem letzten freundschaftlichen Blick auf mich die Tür, und dünn lächelnd verließ Michaelis de Zwyyntek den Raum als Letzter, fast widerstrebend, als wollte er nicht nur der Bettlegung, sondern auch gleich der Hochzeitsnacht beiwohnen. Die Tür fiel ins Schloss. Die verbliebenen Kerzen flackerten im Luftzug, dass ich schon fürchtete, sie würden erlöschen und mich mit Isolde im Dunkeln zurücklassen.

Dann endlich entfernten sich die Schritte aller und Isolde und ich waren für wenige Sekunden zum ersten Mal in unserer kurzen Bekanntschaft allein. Ich sprang sofort aus dem Bett und zog meine Stiefel wieder an. Sie beobachtete mich zitternd. Ich musste etwas sagen.

»Liebe Isolde«, stammelte ich, während ich mein Obergewand leider zunächst falsch herum anlegte und mir der Gürtel mehrfach entglitt. »Ich will dir mitteilen, dass …« Ich wusste nicht weiter, was wollte ich ihr überhaupt mitteilen? Ich hatte noch immer keinen Plan, mehr einen eigenen Rettungsversuch im Kopf. »Wegen der Hochzeitsnacht, nun also, da ist es so eine Sache …« Endlich hatte ich beide Enden des Gürtels zu fassen bekommen. »Kurz und gut, mein Kind, heute wohl besser nicht. Ja. Gute Nacht dann, du bist sicher sehr ermüdet. Das hat ja alles Zeit, viel, viel Zeit. Hm?!«

Mit diesen Worten tastete ich mich rückwärts auf die Seitentür zu und verschwand lautlos wie ein Dieb in der Nacht.

Erleichtert und beschämt zugleich stand ich dann im Halbdunkel auf dem Gang und schüttelte vor mir selbst den Kopf. Ich hätte es sicher besser machen können, dachte ich, aber auch sehr viel schlechter. Ich atmete aus und lehnte einen Moment an der kalten Steinmauer, um zu verschnaufen.

Dann schlich ich mich in den Westflügel zu meinen Gemächern. Ich musste nur wenigen Bedienten ausweichen, denn der so großzügig verzechte Wein der Feierlichkeiten tat endlich seine Wirkung. Tintâgel wirkte wie ausgestorben, niemand hätte vermuten können, dass zu diesem Zeitpunkt über zweihundert Menschen in der Burg weilten, die Stallknechte und Gehilfen nicht mal eingerechnet. Es war ein seltsames Gefühl, halb als wäre ich ein Geist, halb als wäre ich von den Geistern vergangener Zeiten umgeben.

Ich war nun ein verheirateter Mann – wer hätte das gedacht?

In meinen Räumen musste ich selbst Feuer machen, da der Kammerherr folgerichtig geschlossen hatte, dass ich mein Bett in dieser Nacht gar nicht oder erst spät gegen Morgen aufsuchen würde. Es war sehr kalt, und ich hatte mich eben bis aufs Hemd entkleidet und mit Blick auf den kleinen Scheiterhaufen im Kamin niedergelegt, als ich ein Kratzen an der Tür hörte. Ich sprang sofort auf, griff nach meinem Schwert und stellte mich an die Wand neben dem Portal, um den eventuellen Angreifer zu überraschen, als die Tür aufging und eine Gestalt von fremder Hand hineingestoßen wurde.

»Was um alles in der Welt«, stieß ich hervor und hob mein Schwert. Die Gestalt schrie leise auf und wich zurück.

Der unerwartete Besuch war eine Frau. Brangaene.

»Was tut Ihr hier, verdammt noch mal?«, zischte ich erst auf Cornisch und dann unter Auslassen des Fluches nochmals auf Latein, um sicher zu gehen, dass sie mich verstand.

»Psst«, machte Brangaene und erholte sich wohl erst selber von einer Aufregung. Sie deutete auf die Tür und legte den Finger an die Lippen.

Ich schwieg und hörte, wie sich leise Schritte entfernten. Ein lautes und ein leises Auftreten. Rechts, links. Das war ein Tritt, den ich nur zu gut kannte, Tristans.

»Was um alles –«, begann ich wieder. Diesmal sprach ich deutlich leiser, Brangaene bedeutete mir aber nochmals zu schweigen und zog mich von der Tür weg.

»Wenn Ihr mir nur ruhig zuhört, werde ich Euch alles erklären, jedenfalls soweit ich es kann, aber Ihr müsst still bleiben, oder die ganze Burg wird noch davon erfahren. Und glaubt mir, dass Ihr das nicht wollt!« Dass ich das nicht wollte, verstand sich von selbst.

Ich stellte also mein Schwert hin und setzte mich überrumpelt in den Stuhl neben dem Kamin. Das Zimmer heizte kaum auf, und Brangaene war nur in einem simplen Nachtgewand gekommen, welches sie ausnehmend gut kleidete, aber sicherlich nicht genug warm hielt.

»Setzt Euch doch, Frau Brangaene«, flüsterte ich also und wies auf das Bett. Sie nahm Platz, als wäre es das Natürlichste von der Welt, auf dem Bett eines fremden Mannes mitten in stockdunkler Nacht zu sitzen.

Ich bewunderte sie für ihre Haltung und stand auf, um ihr aus der Truhe einen meiner Mäntel zu holen, den ich ihr reichte und auf ein stilles Zeichen dann auch um die Schultern legte.

Ihre Haare dufteten wundervoll. Verwirrt ertappte ich mich bei dem Gedanken, meine Lippen auf ihren Scheitel zu legen.

Ich hatte Mühe, mich wieder zu entfernen, und richtete mich daher so brüsk auf, dass es mir im Rücken wehtat. Was für eine seltsame Nacht, die einem nicht weniger seltsamen Tag folgte. Ich fühlte eine absolut verzückte Freude über ihren Besuch, die jedoch meiner Verwunderung einstweilen noch die Waage hielt. »Also?«, gebat ich, als ich dann schließlich wieder saß. Ich hatte den Eindruck, mich in den letzten Stunden nicht besonders würdevoll verhalten zu haben, und beschloss, dass es nun das Beste wäre, still zu sein, bis ich mehr Aufschluss über die wunderlichen Ereignisse erhielte, die Brangaene zu mir geführt hatten.

»Ihr habt«, begann meine Besucherin vorsichtig, »bemerkt, dass zwischen Eurer Gattin und Eurem Neffen ein sehr gutes Einvernehmen besteht, nicht wahr?« Ich nickte. »Wollt Ihr wissen, wie gut dieses Einvernehmen ist, ohne mich für eine Verräterin zu halten?«

»Ihr seid keine Verräterin, Frau Brangaene«, sagte ich leise. »Niemand von rechtem Verstand könnte Euch dafür halten. Und ich glaube nicht, dass Ihr mir etwas verraten werdet, was ich noch nicht weiß.«

»Alsdann«, stieß sie aus und setzte sich zurecht. »Das macht es mir leichter.« Unauffällig zog sie ihre bloßen Füße vom Steinboden hoch und verbarg sie unter dem Mantel und den Decken meines Lagers. Und dann begann sie ihre Erzählung, die die einzige Wahrheit ist, die es jemals über die Geschichte zwischen Tristan und Isolde gegeben hat.

»Als Eure Brautwerbung Irland erreichte, lag der Gemahl der Königin krank zu Bett. Er ist verkindischt und wunderlich seit vielen Jahren. Die Königin klagt nie darüber, auch kümmert sie sich ganz fürsorglich um sein Wohl, aber ich weiß, dass sie im Stillen gehofft hat, dass ihm der Schlag, den er im Spätsommer erlitt, diesmal den Tod bringen würde, um ihn und damit auch sie zu erlösen. Ich bin seit nunmehr zwölf Jahren die Vertraute der Königin.

Als Kind war ich nach Irland gebracht worden mit nichts als meinem Namen. Man ließ mich am Königshof, wo ich bei den Waschweibern angelernt wurde. Doch ich habe mich vor der rauen Arbeit im Scriptorium versteckt und erlernte dort insgeheim den Gebrauch vieler Schriften und das Bücherlesen und fremde Sprachen. Ich glaubte, dass es niemand wisse, doch eines Tages stand die Königin vor mir, wie aus dem Boden gewachsen. Weshalb ich meine Gaben vor ihr versteckte, fragte sie. Sie wollte mich gerne weiter anlernen, damit ich wirklich etwas verstünde vom Schreiben, vom Lesen und von der Politik. Da war ich gerade sechzehn.«

Ich rechnete schnell im Kopf und hatte Angst, dass sie mir diese geistige Anstrengung zu deutlich ansehen würde. Also achtundzwanzig war sie jetzt.

»So wurde ich außerdem die Lehrerin der Prinzessin Isolde, die in ihren Geistesgaben eher dem Vater nachkommt, auch wenn man sie nach der Mutter benannt hat. Die Königin ist darüber tief betrübt. Isolde in Irland zu vermählen, würde ihre Macht gefährden, das wusste sie schon seit vielen Jahren. Sie bezahlte Spielleute und Sänger, die schmeichelhaftesten Lieder auf ihre Tochter zu dichten, sodass sich vielleicht ein Bewerber finden würde, dem die Tochter allein ob ihres Rufes genug gefallen könnte, sie unbesehen zu heiraten.

Zur Zeit, in der Euer Antrag kam, hatte die Königin kurz die Hoffnung, Euch selbst nach dem täglich erwarteten Dahinscheiden ihres Gatten die Hand zu reichen und so einen Friedensschluss von Dauer zwischen Cornwall und Irland herbeizuführen. Doch König Gurmun erholte sich unverhofft, und so sah sich Isolde gezwungen, um diese Gelegenheit nicht zu verlieren, stattdessen ihre Tochter Euch zur Frau zu geben. Als Tristan kam, um die Braut zu holen, schienen beide vom ersten Augenblick an ineinander verwandte Gemüter zu erkennen, er musste ihr stundenlang auf der Harfe vorspielen, dass es am

Hofe schon Gerede gab. Die Abreise des Brautschiffs fand daher übereilt und bei ungünstigem Wind statt. Die Königin schickte mich mit fort, auch wenn es uns beiden fast das Herz brach. Sie wusste, dass Isolde niemals Einfluss auf das Geschehen hier zu Gunsten ihres Heimatlandes nehmen könnte, selbst wenn sie es wollte. Und ich stimmte zu. Am Abend bevor das Schiff die Anker lichtete, rief sie mich in ihre Bettkammer und gab mir ein Fässchen aus dichtem Holz. Es war nicht länger als meine Elle. Die Königin gab mir einen Schluck daraus zu trinken.« Brangaene verzog das Gesicht.

»Sie sagte, es sei der klarste, beste und stärkste Branntwein, der sich in ganz Irland finden ließe, und ich sollte sehen, dass Isolde und Ihr, als ihr zukünftiger Gemahl, zur Hochzeitsnacht das Fässchen leertet, so weit es ginge.

Damit wollte sie ihrer Tochter den Einstieg in die Ehe erleichtern und hoffte, dass dies sie in Treue an Euch binden würde. Das Fässchen übergab sie meiner Verantwortung. Doch wie ich Euch sagte, standen die Winde ungünstig und ich wurde krank«, sie lächelte mich zum ersten Male seit Beginn ihrer Erzählung an. »Krank nämlich, wie Damen niemals krank werden. Aber wenn wir von einem Mann sprächen, so stellt Euch die schlimmste Form der Seekrankheit vor, die Euer Magen zulässt.«

Ich lachte auf, und gleich machte sie wieder beschwichtigende Gesten, dass wir nicht gehört würden.

»Deswegen war ich zwei Tage oben an Deck, dem einzigen Ort, wo ich es überhaupt aushalten konnte, und nicht in den Kammern unten. Als sich dann die Winde legten und es mir besser ging, stieg ich hinab, um nach der Prinzessin zu sehen. Sie hatte wohl meine Obhut, nicht aber meine Gesellschaft vermisst.« Brangaene hielt inne.

Ich nickte ihr zu und sprach selbst die Worte aus, die sie aus Loyalität scheute. »Tristan war also bei ihr.«

»Das war er. Sie hatten das Fässchen gefunden, angezapft und gemeinsam binnen weniger Stunden geleert. Es hatte sie zueinander geführt wie Tiere in der Hitze. Ich fand schon immer, dass Wein den Menschen nur schneller Gelegenheit gibt, das zu tun, was sie ohnehin tun wollen. So glaube ich nicht, dass dieser Trank etwas geschehen ließ, was sonst nicht geschehen wäre, doch ich hatte meine Pflicht vernachlässigt und den Auftrag der Königin gefehlt.« Sie senkte den Kopf. »Ich bitte Euch statt ihrer um Verzeihung, König Marke.«

»Ihr wart krank, liebe Brangaene, also quält Euch nicht damit.« Ich hätte ihr gerne noch mehr Tröstendes gesagt, aber ich wusste auch, dass sie leider Recht hatte. Sie hätte es verhindern müssen. Nicht weil es mir persönlich wichtig gewesen wäre, sondern weil es eine prekäre Staatsangelegenheit war, die nun völlig außer Kontrolle geriet, wie ihre Anwesenheit in meiner Bettkammer deutlich machte. Aber es war auch eine Herausforderung.

Ich weiß, dass ich mich hin und wieder von den Aufgaben des Herrschens ermüdet fühlte, aber noch während ich nach diesem langen Tag Brangaene zuhörte und mir im Zwiegespräch mit ihr erstmals klar machte, was eigentlich passiert war, wusste ich, dass ich es lieber so hatte als anders. In jeder Schwierigkeit, jeder Herausforderung lag auch der Reiz, diese Hürde zu überwinden, mehr noch, sie gut zu überwinden. Ich würde mir die langen Jahre meines Herrschens in Cornwall nicht von zwei liebestollen Kindern kaputtmachen lassen.

»Wir werden für alles eine Lösung finden«, sprach ich also in neuerlich gewonnener Überzeugung.

»Ja«, Brangaene nickte abwesend. »Aber das ist noch nicht das Ende. Als Ihr vorhin die Kammer der Königin verließt, hatte sich Tristan – wie wohl zuvor vereinbart zwischen ihm und ihr – im Nebenzimmer verborgen. Sie hatten vor, die Hochzeitsnacht irgendwie zu stören, wie weiß ich nicht. Doch dann seid Ihr, ohne zu zögern, gegangen. Damit hatten sie nicht gerechnet. Nun ängstigten sich beide – nicht zu Unrecht –, entdeckt zu sein. Tristan fürchtete, in Schande verstoßen zu werden, und Isolde schien so weit zu denken, dass man sie einfach nach Irland zurückschicken könnte, weil die Ehe noch nicht nachweislich vollzogen ist. Sie sollte Cornwall ja erst als Morgengabe erhalten. Also kamen sie auf einen Plan, den ich für wenig erfolgreich hielt, in dem ich aber mitspielen musste, wenn ich Euch endlich alles erzählen wollte.« Sie schüttelte den Kopf. »Tristan wollte, dass ich im Dunkeln Eure Kammer beträte, mich als Isolde ausgebend zu Euch legen würde, um dann noch vor Morgengrauen zurückzuschleichen, nach erbrachtem Beweis der königlichen Unschuld. Dies ist übrigens eines der Nachthemden Eurer Frau, um das Trugbild glaubhafter zu gestalten.« Sie schwieg, und ich hatte das Gefühl, dass sie errötete. Wohl, weil sie mir sicher einen solchen Beweis ebenfalls hätte schuldig bleiben müssen, dachte ich in neuerlich eifersüchtiger Erinnerung an den geübten Kuss, den der Ire erhalten hatte. Auch meine Wangen wurden heiß, und ich war froh, dass es so dunkel war. Es war unwürdig, in solcher Weise an Brangaene zu denken, obwohl ich, und auch das wurde mir jetzt klar, mir recht ausführlich bereits ihre körperliche Gegenwart fantasiert hatte, bevor sie so unverhofft in diese Nacht schneite.

»Wissen die beiden denn, dass ich es weiß?«, forschte ich nach, um mich selbst von diesen Gedanken zu lösen, die aufregend und beängstigend zugleich waren.

»Nein«, entgegnete Brangaene schlicht. »Aber sie fürchten es.« Dann kicherte sie plötzlich, und auch ich konnte ein unterdrücktes Lachen nicht mehr zurückhalten, denn all dies war doch zu absurd.

»Und wie lange«, fragte ich, Atem schöpfend, »meint Ihr, dass Ihr noch hier bleiben müsst, um den Anschein zu wahren?«

Es war jetzt, da das Feuer gänzlich verlosch, so finster, dass ich nicht mal mehr ihre Gestalt klar ausmachen konnte. Dennoch hatte ich das Gefühl, dass sie ungebührlich breit lächelte, als sie mir antwortete: »Das könnt nur Ihr entscheiden, mein König, ich weiß nicht, was eine Euch angemessene Zeit wäre. Ich will Euch ja nicht unterschätzen …« Ich schnappte indigniert nach Luft. Sie kicherte. Ich war zerrissen zwischen der Empfindung, dass ihre Aussage eine äußerst ungebührliche und respektlose war, und einer völlig unbekannten Verwirrung, die mich zum andauernden Lächeln brachte, wozu ich in diesen Tagen doch nun weiß Gott keinen Grund hatte. Ich hatte die Wahl, sie zurechtzuweisen, ich hätte sie sogar nach Irland zurückschicken können, wofür vieles sprach. Ich versuchte, einen Augenblick klar nachzudenken. Wenn Brangaene vom Hofe entfernt wäre, gäbe es nur drei Mitwisser der Angelegenheit, einer davon war ich. Die beiden anderen waren keine wirklichen politischen Bedrohungen. Tristan nämlich hatte keine Ambitionen zur Staatsmacht, nicht mal zu Gold. Es reichte ihm, wenn er mit seiner Harfe im Trockenen saß und üben konnte und dabei genügend Bewunderung von allen möglichen Frauen – edlen Damen genauso wie Küchenmägden – einheimsen konnte. Er war ein Künstler, kein Königsmörder. Und das Mädchen? Sie war vielleicht unberechenbar in ihrer geistigen Schlichtheit, niemand, dessen Handlungen ich hätte vorempfinden oder vorausplanen können, doch sie war – auch wenn ich solches Tun freiwillig nicht noch einmal auf meine Seele laden wollte – nicht die erste Frau, die ohne größeres Problem in einem Kloster unterzubringen wäre. Es ließ sich immer ein Grund finden, angebliche Unfruchtbarkeit, Untreue (das wäre nicht mal gelogen – und schnell zu beweisen) oder die berühmte geistige Einkehr, die ich schon meiner Mutter erfolgreich unterstellt hatte. Tristan und Isolde würden mir nie gefährlich werden. Nur die im Dunkeln auf meinem Bette fröstelnde Gestalt, einzig und allein Brangaene könnte eine wirkliche Gefahr sein. Sie war klug, gebildet, politisch geschult. Sie hatte gerade mehr oder weniger offen zugegeben, Irlands Interessen im Auftrage der Königin in Cornwall zu vertreten. Ich hatte einen Spion auf meinem Lager hocken. Einen Spion zudem, der mir heute Nacht durch Schönheit und Geist, List und Ränke näher gekommen war, als es der Langlebigkeit eines Königs zuträglich wäre. Immerhin war heute offiziell gehochzeitet worden. Brangaene konnte mich ohne Zaudern meucheln, einen Brautbeweis vortäuschen, und Cornwall wäre eine irische Kolonie unter der angeblichen Herrschaft Isoldes, von Brangaene gelenkt.

Ich hörte auf zu lächeln. War ich jetzt ganz verrückt geworden oder gerade erst zur Besinnung gekommen?

Denn schlimmer als all die Szenarien, die mein einsamer Kopf hätte entwerfen können, waren mir die heimlichen Gedanken, dass, wenn Brangaene all diese Sachen nicht wäre, wenn sie wirklich die aufrechte und edle Frau wäre, für die ich sie hielt, dass ich dann gern gewollt hätte, dass sie mein Freund werden sollte. Ich hätte sie gern im Rat an meiner Seite gehabt, sie gefragt bei strittigen Entscheidungen, mich anschließend mit ihr besprechen können über die aufgeblasenen Barone und ränkesüchtigen Herzöge, mit ihr über die Hysterie des Küchenmeisters lachen können. Seit Eli hatte ich keinen Freund mehr gehabt, das war eine lange Zeit, mehr als dreißig Jahre. Philipp of Cowley war mir fast mehr ein Bruder denn ein Freund geworden, aber ihn sah ich zu selten, um mich von ihm ganz verstanden zu fühlen …

Und eine Frau hatte ich noch nie als Freund gehabt. Die Loba war mir mehr eine Lehrerin als eine Freundin gewesen in ihrer Kälte und Bitterkeit – und eine Gönnerin.

Brangaene schien meines Vertrauens würdig. Ihr scharfer und beweglicher Verstand erinnerte mich zwar sehr an die Loba, doch Brangaene hatte zudem Seele. Alle Frauen in meinem Leben hatte ich mir vom Herzen fern gehalten. Ich hatte ihnen die Sachen gesagt, die sie hören wollten, sie respektvoll beschenkt und mit ihnen die Löcher meiner Einsamkeit gestopft, so wie sie vielleicht mit mir. Mit einigen gab es jenseits der kurzen Nächte, die uns zueinander geführt hatten, auch noch eine zerstreute Herzlichkeit, eine stille Verbundenheit, die aber in dem Moment verlosch, wenn wir einander den Rücken kehrten, um wieder die zu sein, die die Welt sehen wollte. Hatte ich je einen Mangel an Freundschaft gespürt? Wieso kamen mir diese Grübeleien ausgerechnet heute, in der seltsamsten Nacht in langer Zeit, in der eine schöne Fremde bei mir war und von Dingen sprach, die meine Herrschaft und meine Lebensarbeit im Nu hätten vernichten können. Ob ich Brangaene auch jenseits meines Wunschdenkens wirklich trauen konnte, vermochte ich nicht mit Sicherheit zu entscheiden. Erschreckend jedoch war, dass ich es *wollte*, dass ich *wollte*, dass sie mich gern haben sollte, mich kennen zu lernen wünschte. Mich, Marke, nicht den König. Mit Schrecken dachte ich an die albernen Betörungsversuche des Bischofs, überhaupt fiel mir ein, wie sich Männer fortgeschrittenen Alters benahmen, wenn sie sich mit einer schönen Frau allein oder vermeintlich allein befanden. So wollte ich auf keinen Fall sein. Ich musste anders sein. »Wir müssen einen Beweis schaffen«, unterbrach sie schließlich meine wirren Gedankengänge.

»Einen was?«

»Den Brautbeweis. Der Hof will ihn morgen Früh sehen, und Tristan und Isolde werden darauf warten, sobald ich aus Eurer Kammer komme.« Sie hatte Recht. Wir brauchten unnützes Blut für ein unnützes Symbol.

»Ich werde mich schneiden«, sagte ich entschlossen.

»Das wäre viel zu auffällig, man könnte die Narbe bei Euch sehen, wie wolltet Ihr sie erklären? Ihr müsst mich schneiden. Darauf wird keiner kommen.«

»Niemals!«

Sie stieß zischend Luft aus, ungeduldig mit so viel Widerrede, und zog aus dem Ärmel eine Klinge, die fahl im Nichts dieser Nacht schimmerte.

Jetzt also! Wenn Brangaene wirklich gekommen war, um mich zu ermorden, würde sie es nun versuchen. Näher würde sie nie wieder mit gezücktem Dolch im Dunkeln an mich herankommen. Jetzt würde es sich zeigen.

Sie drehte die Klinge um, sodass die Spitze auf sie zeigte, und forderte: »Jetzt macht schon, mir ist kalt.« Zögernd griff ich nach dem Dolch. Es war ein kleines arabisches Stilett, mit einer Klinge so scharf, schmal und spitz, dass man hinterher nicht einmal Wunden sehen würde, wenn man gut damit umzugehen wusste. Eine Klinge, die wie geschaffen war für einen Mord. Ein Stich an der rechten Stelle mit dieser Waffe würden einen Menschen binnen zweier Tage innerlich verbluten lassen, ohne dass jemand etwas sehen würde. Brangaene klapperte mit den

Zähnen. Sie drückte ihren linken Arm gegen mich, von dem sie den Ärmel des geborgten Nachtgewandes hochgeschoben hatte.

»Also gut.« Ich zog sie zum Bett und setzte sie wieder auf die Kante. »Haltet den Arm von Euch ab, ein wenig nach hinten, sodass wir eine Stelle treffen, die glaubhaft Blut gibt.« Ich stellte ein Knie auf die Bettkante und hielt ihren Ellbogen, damit ich die Haut darüber ritzen konnte. In der Kälte des Raumes erschien mir ihr Körper brennend heiß. Ich zog die Klinge ohne Druck mit der Spitze über ihr Fleisch, als hätte ich noch nie ein Messer in der Hand gehabt. Wenn es hochkam, schabte ich ein paar Hautfetzen. Ich konnte es nicht. Irgendetwas in mir vermochte es nicht über sich zu bringen, in dieses glatte, weiche Fleisch zu schneiden. Ich wollte …

»So doch nicht. Wir brauchen ein paar richtige Tropfen«, wies sie mich ungeduldig an. Ich begann trotz der Kälte zu schwitzen. Wieder laborierte ich ungelenk an ihrem Arm herum, um eine geeignete Stelle zu finden. Sie drehte den Kopf, sodass er nur Winzigkeiten von meiner Brust entfernt war, ihr heißer Atem drang durch mein Hemd. Meine Hand begann zu zittern. »Da zum Beispiel«, sagte sie fordernd und umschloss mein Handgelenk mit ihrer Rechten, um die Schneide zu einem Teil ihres Oberarmes zu lenken, der ihr passend erschien. »Na, los doch«, sie verpasste meiner Hand einen Stoß und ich schnitt. Brangaene gab einen Schmerzenslaut von sich, gefolgt von einer Folge irischer Wörter, die ich nicht halb so gewählt vermutete wie ihre lateinische Ausdrucksweise. Ich spürte, wie ihr Blut über meine Finger rann, und ließ es auf das bereitgelegte Laken tropfen, bis ich befand, dass dies gefälschter Beweis genug für die gefälschte Unschuld meiner abwesenden Frau sein müsste. »Verzeiht mir«, flüsterte ich. »Ich hole ein Tuch, um den Schnitt zu verbinden.« Sie blieb still.

Eilfertig ging ich zur Truhe und riss in meiner Hast eines meiner besten Hemden entzwei, um ihre Wunde zu versorgen. Wie ich jedoch schon vermutet hatte, schnitt ihr Dolch so scharf, dass der Schnitt sich sogleich schloss, wenn man darauf drückte. Ich raffte das Laken vom Bett und warf es vor die Tür, sodass Brangaene es mitnehmen könnte, wenn die »angemessene Zeit« vorbei wäre. Sie hatte sich wieder in meinem Umhang vergraben und nahm erneut auf der anderen Seite vom Bett Platz. Ich stand eine Weile unschlüssig herum, dann setzte ich mich auch noch einmal in den Stuhl neben dem kalten Kamin. Ich fühlte ihr Blut an meinen Fingern und dachte, dass ich noch nie einen so intimen Moment mit einer Frau geteilt hatte wie diesen. Was geschah hier zwischen Mitternacht und Morgen? Welche seltsamen Ereignisse stahlen sich in mein Leben? Verstohlen und in der Dunkelheit ungesehen, diebisch fast, führte ich meine Hand zum Mund und leckte an ihrem Blut wie ein Hund. Es ging mir durch und durch. Zwischen Scham und Genuss wurde mir schwindlig.

»Ihr seid ja so in Gedanken, König Marke?!« Sie raschelte mit dem Mantel, es war wirklich scheußlich kalt, gerade erst Herbst und schon hockte die Feuchtigkeit des langen Winters im Gemäuer. Die lange Stille musste ihr unangenehm geworden sein. Oder hatte sie mich trotz der Dunkelheit beobachten können? Ich errötete.

»Erzählt mir mehr von Euch, Brangaene. Bitte.«

»Oh.« Der Schatten bewegte sich wieder. »Ich wurde als Säugling von Fahrenden gefunden, irgendwo zwischen den Alpen und Britannien. Sie zogen gen Irland, wo sie mich am Königshof ließen, weil die Zeiten schlecht waren und ein jedes zusätzliche Kind war ein Esser zu viel, zumal eines, das nicht den Sippen angehörte. Woher sie mich hatten, weiß ich nicht. Ich weiß auch nicht, wer mir meinen Namen gab, ob die Vaganten oder meine wirklichen Eltern, aber die Iren ließen ihn mir wie eine Mitgift. Wie die Königin mich fand, sagte ich Euch schon, sie ließ mich durch ihren Bruder Morolt adoptieren, sodass ich rechtmäßig ihre Nichte wurde und eine angemessene Stelle bei Hofe einnehmen konnte. Die Iren sind allerdings nicht so …« Sie suchte wohl nach den angemessenen Worten, uns Cornen, insbesondere den Hof zu Tintâgel zu beschreiben, ohne mich erzürnen zu wollen.

»So hochnäsig?«, half ich lächelnd nach.

»Nein, so begierig vielleicht, wie ich die Cornen hier sehe. Jeder, egal ob Stallknecht oder Herzog, ist besorgt, dass ein anderer ihm etwas voraushaben könnte. Irland hat nicht viel, außer Steinen und Musik. Da gibt es dann auch weniger, um dass man sich streiten müsste. Wir zahlen noch in Kühen, wisst Ihr, nicht in Gold. Ich bewundere und liebe die Königin sehr. Der Abschied war mir schwer.«

Sie blieb stumm. Ich hatte das Gefühl, dass ihr etwas im Kopf herumging, was sie nicht sagen wollte.

Meine Hand spielte zerstreut mit dem Schild und dem Waffengehänge, die neben mir an die Wand gelehnt waren. Ihre Stimme klang so schön in der Dunkelheit, ich wollte, dass sie weitersprach.

»Habt Ihr denn in Irland einen Gefährten zurücklassen müssen?« Ich versuchte die Frage ganz beiläufig klingen zu lassen, doch leider verschluckte ich mich gleich, nachdem ich geendet hatte, an meinem eigenen Speichel und musste fürchterlich husten. Es war einer dieser Hustenanfälle, bei denen man mit der Luft und der Peinlichkeit zugleich ringt, und ich errötete vor Scham, zumal sie aufstand und sich in der Dunkelheit zu mir herübertastete, um mir den Rücken zu klopfen. Als ich wieder sprechen konnte, bedankte ich mich mit hoher, pfeifender Stimme.

Ich stand auf, machte einen Schritt zur Seite und stieß gegen meine Waffen, die laut klappernd zu Boden gingen. In der Überraschung trat ich gleich wieder vor und landete auf Brangaenes Zehen.

Es wurde immer unerträglicher, wie ich mich benahm.

»Ich denke, ich gehe jetzt besser, König Marke, man könnte den Lärm gehört haben, und Euer Kammerherr könnte nach Euch sehen wollen. Es war jetzt wohl auch lange genug, ich meine wegen der beiden.«

»Ja, Ihr habt Recht«, versicherte ich. Ich nahm ihre Hand ohne weitere erniedrigende Zwischenfälle und führte sie zur Seitentür. Dann bückte ich mich nach dem Beweislaken und legte es ihr verlegen in die Arme. Um den Kammerherr sorgte ich mich am wenigsten. Der lakenerfahrene Majordomus war es, den ich fürchtete. Vielleicht sah das Blut nicht so aus, wie es aussehen musste. Im Gegensatz zum Majordomus hatte ich da nämlich gar keine Erfahrung.

»Ich danke Euch für Eure Ehrlichkeit, Frau Brangaene. Glaubt mir – auch ohne den Vorzug genossen zu haben, Euch so lange zu kennen, wie die Königin von Irland, kann ich Euch aufrichtig versichern, dass Ihr in mir das gleiche Vertrauen in Eure Fähigkeiten und Eure Person erweckt. Ich werde mich blind auf Eure Diskretion verlassen. Und sagt Isolde noch nicht, dass der Plan angeblich aufgegangen ist, wenn Ihr es irgendwie vermeiden könnt. Ich werde mir das Spielchen eine Weile zu Nutze machen.«

Sie drückte kurz meine Finger: »Ihr habt mein Wort. Genießt den Rest Eurer Hochzeitsnacht in Ruhe, man wird sonst was von der armen Isolde denken, wenn Ihr morgen so übernächtigt seid.«

Die Frau Brangaene musste offenbar immer das letzte Wort haben, dachte ich leicht pikiert.

»Ach, und, König Marke?«

»Ja?« Sie stand schon auf dem Flur, das zerknüllte Laken schimmerte schwach vor ihrem Busen, sich rückwärts entfernend, flüsterte sie kaum vernehmlich:

»Ich habe niemanden in Irland außer der Königin zurückgelassen, dessentwegen mir das Herz schwer wäre.«

Damit verschwand sie in der Dunkelheit. Als ich sie nicht mehr hörte, entzündete ich eine Öllampe und spähte vorsichtig zu beiden Seiten des Korridors. Michaelis de Zwyyntek war nirgendwo zu sehen. Vielleicht hatten wir wirklich Glück gehabt. Ich ging zu meinem kalten Bett und drehte mich auf die rechte Seite, auf der ich gerne einschlief. Ich starrte in die Dunkelheit und fühlte, wie das seltsame, ungerufene Lächeln zurückkehrte, das ich nicht einzuordnen wusste. Der Klang von Bronze schwebte durch meine Kammer und drehte sich mir in Kopf und Herz.

Das Lied von Leid und Liebe der Schönen Isold
(Ballade von Gryffin dem Schwärmer)

Ach, was musst Isolden Schmerzen leiden,
weh, schön Isold, weh,

Dass der alte König wollt sich an ihr weiden,
weh, schön Isold, weh.

Am Hochzeitsabend berief er sie in seine Kammer,
weh, schön Isold, weh,

Und ob das Herz ihr weinte für Tristans Jammer,
weh, schön Isold, weh,

Musst sie ihm nun geben ihren heimlichen Hort,
weh, schön Isold, weh,

Grimm Marke, der Alte, nahm wie Messing Gold,
weh, schön Isold, weh,

Indes Tristan sang und spielte die Harfe, rief,
weh, schön Isold, weh,

Bis ihm das Blut von Fingern und Herze lief,
weh, schön Isold, weh,

Doch Liebe duldet und überlebt eine jede Qual
weh, schön Isold, weh,

Der Frühling besiegt den Winter jedes Mal,
weh, schön Isold, weh,

Und Markes Winter begann schon lang, lang, lang
weh, grimm Marke, weh.

Brangaene

Am Morgen ritt ich früh aus, um meiner eigenen Verwirrung zu entgehen, vielleicht aber auch um vor der Tatsache fortzulaufen, dass ich nun unwiderruflich verheiratet war mit einer dümmlichen und unhübschen Königstochter, die mit meinem Neffen schlief. Ich war der Ehegatte eines Mädchens, das ich der irischen Politik wegen nicht loswerden konnte, wenn ich nicht ihren Treuebruch öffentlich machte, und deren Treuebruch ich der cornischen Politik wegen nicht öffentlich machen *konnte.* Ein Widerspruch, der sich nicht lösen ließ, und der eigentlich nebensächliche Gedanke an den Menschen, mit dem ich diese ungewöhnlich keusche und unbequeme Hochzeitsnacht verbracht hatte, gab mir mehr zu grübeln auf, als es meinem Verstande zu begreifen möglich war.

Über die Hochebene ritt ich am Kloster vorbei, und der frühe Wind war ungewohnt warm. Ich schloss die Augen gegen die bereits winterlich tief aufgehende Sonne und hörte zugleich das Schnauben meiner Stute, den Wind, das Meer und meinen eigenen Atem, der in trägen Wolken vor mir in den hohen Himmel kreiselte. Es war ein Gefühl, das ich noch nie im Leben in solcher Vollkommenheit erfahren hatte, und doch wusste ich auf einmal, was es war: Ich war glücklich.

Ich war eins mit dem Himmel, mit der Sonne, dem Pferd und mir selber, ich fühlte mich wie ein lange zerbrochener Krug, der nun von geschickter Hand sicher zusammengesetzt war und sogar Wasser halten konnte.

Und all dieses Fühlen traf mich mit solch einer unbekannten Wucht, dass ich gelähmt und wie neuerlich erwachend die Augen öffnete zu der erschreckenden Erkenntnis, dass ich der Liebe begegnet war. Trotz aller Vorsichtsmaßnahmen, trotz aller Wachsamkeit, Schulung und Bemühung gemäß dem Rat meines Vaters, mich dem Menschlichen fern zu halten, hatte sich nun die vielleicht menschlichste aller Regungen über mich gelegt wie eine Decke, von der ich nicht wusste, ob sie mich ersticken oder wärmen würde.

Ich streichelte unsicher den Hals meines treuen Tieres und versuchte, mich mit dieser neuen Situation vertraut zu machen. König Marke liebte. Liebte zum ersten Male in seinem langen, einsamen Leben, und liebte ausgerechnet die Zofe und Erzieherin seiner neuen Ehefrau, liebte die geheimnisvolle Brangaene.

»Brangaene«, sagte ich ihren Namen in den klaren Morgen vor mich hin.

Ich weiß nicht, was junge Männer fühlen, wenn sie das erste Mal entflammt sind, Himmel, ich wusste noch nicht einmal, was Männer mit dreißig oder vierzig Jahren fühlen, wenn sie einer Frau begegnen, die ihre Sinne einnimmt.

Ich war zweiundfünfzig Jahre alt. Zweiundfünfzig Jahre, in denen ich genug gesehen, getan und erlebt hatte, um ein paar Jahrhunderte damit zu füllen.

Ich war König von Cornwall, Herzog in Britannien, seit gestern Fürst in Irland und ein armer, unsicherer Mann, der überhaupt nichts wusste. Ich wünschte, ich hätte Eli bei mir, ihn hätte ich fragen können, was zu tun wäre. Für einen Mönch wusste Eli schließlich erstaunlich viel von der Liebe. Ich wendete mein Pferd. Eli – wahrscheinlich hätte er mir geraten, mir die Frau zu schnappen und mit den beiden schnellsten Pferden, die wir finden könnten, gen Süden zu reiten, immer weiter, bis zu den Pyrenäen, nach Rom oder Konstantinopel, um dann als einfache Leute glücklich weiterzuleben. So etwas hätte ich von Eli zu erwarten gehabt, gefolgt von einem »Ich sag es nur einmal, Cornwall!«.

Aber das konnte ich nicht tun. Schließlich war ich König, und sicher liebte diese Frau in mir auch die Macht meiner Krone. Wie konnte ich überhaupt davon ausgehen, dass Brangaene, nur weil der verblendete Liebhaber ihrer hasenzähnigen jungen Herrin sie im Stockdunklen in mein Schlafzimmer geschubst hatte, nur weil ich sie, wenn ich einen Hauch übler wäre, als ich ohne meinen Verdienst daran bin, gezwungen haben könnte, mit mir das Lager zu teilen, wie konnte ich denken, dass sie für mich auch nur annähernd etwas ähnlich Verzehrendes, Geheimnisvolles empfand wie ich für sie?

Daran hätte Eli wohl zuallererst seinen Spaß. »So reich und so dumm, ich zweifle an Gottes Allmacht ...«, das sagte er immer, wenn ich mich damals ähnlich närrisch anstellte.

Mein Pferd graste müßig, und ich wusste, dass ich längst hätte zurückreiten müssen, es waren schließlich Gäste in der Burg, denen mein Ausbleiben zu leicht lösbare Rätsel hätte aufgeben können. Von Bräuten, die am Morgen nach der Hochzeit fortliefen, hatte man öfter gehört, aber von einem Bräutigam?

Doch ich wollte Zeit gewinnen, und so wählte ich für den Rückweg die Strecke durchs Dorf und unten am Bach entlang. Ich war schon um die kurze Biegung, sodass ich den unteren Burghof sehen konnte, und setzte mich zurecht, den königlichen Anschein zu wahren, als ich die Gestalt sah, die wohl ohne Ziel am Bach entlangstreifte. Im gleißenden Morgenlicht, zwischen den mit der rötlichen Heide bewachsenen Hängen, von denen sich sanfte Dunstschwaden entwanden, dachte ich, dass es eine Göttin aus den alten Sagen sein könnte, eine Göttin des Friedens und der Stille, die der Erde oder dem Himmel entstiegen wäre, um in der Feste von Tintâgel nach dem Rechten zu sehen. Diese Träumerei verflog so schnell, wie sie gekommen war, und ich war keinesfalls enttäuscht, sie gegen die Erkenntnis einzutauschen, dass es Brangaene war, die sich nun gerade zum Bach hockte, um das kalte Wasser versonnen durch ihre Finger strömen zu lassen.

Mein Pferd schnaubte, und sie schreckte auf, mit zusammengekniffenen Augen spähte sie in meine Richtung. Mir schlug das Herz bis zum Hals. Ich war unfähig, mich zu äußern. Das Tier spürte wohl meine Hilflosigkeit und setzte sich im Nu ohne meinen Wunsch oder mein Zutun in Bewegung. Ich befahl mir selbst, etwas zu sagen, das mich weise, gewandt und interessant vor der heimlichen Verbündeten der Nacht erscheinen ließ, etwas, das die erschreckende Erkenntnis meiner wahnwitzigen Liebe zu dieser wundersamen Frau nicht preisgeben würde.

Ich war jetzt auf zehn Schritt heran, und Brangaene legte zum Schirm gegen die Sonne die Hand über die Augen, erkannte mich nun und lächelte.

Ich weiß keinen Heiligen und keinen Gott, den ich zu meinem Schutz hätte anrufen können. Gegen meinen Willen, der sich noch immer in dem Wunsch verausgabte, etwas Bemerkenswertes zu äußern, öffnete ich den Mund und machte ein halb blökendes, halb meckerndes Geräusch, das in jeder Sprache nur bedeuten konnte: Ich bin ein bedauernswerter Einfaltspinsel.

»König Marke«, rief Brangaene, und ihre Stimme klang so schimmernd wie der Bach neben ihr. »Wie Ihr mir da auf dem Pferd entgegenkamt, mit der Sonne im Rücken, dachte ich für einen Augenblick, Ihr wäret ein Engel oder ein Heiliger. Ihr macht mich noch zu einer Christin!«

Sie trug ein dunkelblaues Gewand mit einem heidefarbenen Umhang, das ihren vollen Körper zeigte, ohne ihn preiszugeben. Ihre Haare leuchteten, und ihre Augen waren unsichtbar, geschützt und beschattet von langen, dunklen Wimpern. Trotz der durchwachten Nacht und der gerade erst überstandenen Reise sah sie frisch und munter aus. Wieso sprach diese Frau nur so gut Latein?

»Ich fürchte«, brachte ich schließlich mit noch unsicherer Sprachlehre als gewöhnlich zuwege: »Ich fürchte, ich würde wohl einen schlechten Heiligen machen, Frau Brangaene.«

Sie lachte, wahrscheinlich wegen der Grammatik.

Ich begann, mich tief zu verabscheuen, und beschloss, nie wieder etwas so Dummes zu sagen, gleich in welcher Sprache.

»Vielleicht einen schlechten Heiligen«, entgegnete sie dann mit dem gleichen schmelzenden Lächeln, mit dem sie sich nur ein paar Stunden zuvor von mir verabschiedet hatte, »aber es scheint mir, dass Ihr durchaus einen zufrieden stellenden König abgebt. Ich wünsche Euch einen guten Tag, manche sollen ja eine schlechte Nacht gehabt haben.«

Damit ging sie an mir vorbei. Der Bach rauschte, aber vielleicht war es auch nur das Blut in meinen Ohren, das ich tosen hörte. Ich saß wie vom Donner gerührt, bis mein Pferd gelangweilt zu scharren anfing. Träumerisch gab ich ihm einen leichten Stoß mit der Ferse und somit die Erlaubnis, mich armen Schlafwandler zur Burg zurückzutragen.

»Einen zufrieden stellenden König«, hauchte ich in absoluter Verzückung, »sie hält mich für einen zufrieden stellenden König.« Ich begann sofort zu fantasieren, wie Brangaene mich vielleicht in Zukunft bei meinen zufrieden stellenden Königstätigkeiten beobachten könnte, um sich meiner zu erwärmen. Ich überlegte auch, mir einen neuen Mantel machen zu lassen, in Rot, es ging schließlich auf den Winter zu. Rot stand mir immer noch am besten. Letztes Jahr hatte ich in sparsamer Kurzsichtigkeit gedacht, dass mir ein neuer Mantel noch nicht Not täte, obwohl das Rot billig zu haben gewesen wäre. Vielleicht hatten die, die mich des Geizes bezichtigten, doch nicht so ganz Unrecht. Jetzt wurde mir nämlich unstrittig klar, wie dringend ich einen neuen roten Mantel bräuchte, da er mich klar als einen zufrieden stellenden König auswiese. Ich sollte mir auch das Haar ordentlich schneiden lassen. Gerade drehte ich mich nochmals nach ihr um, um zu sehen, wohin sie gegangen war, und gewahrte noch, wie ein Zipfel ihres Mantels hinter der Wegbiegung verschwand. In diesem Moment stieß ich mir den Kopf am Burgtor, und die Wache, die dahinter in einem windstillen Plätzchen gedöst hatte, sprang auf und begann sich in vollem Bewusstsein ihrer Verfehlung zu entschuldigen.

»Ihr zeigt aber kein zufrieden stellendes Verhalten für einen Wachmann«, sagte ich tadelnd und unterdrückte ein Lächeln, als ich vom Pferd stieg.

Ein Stallknecht kam gerannt und führte die Stute fort, der Wachmann wartete hinter mir ängstlich auf eine Strafe, weitere Rügen oder Verweise, doch ich kümmerte mich zu seinem erleichterten Erstaunen nicht mehr um ihn. An jedem anderen Tag hätte ein solches Verfehlen schwere Folgen gehabt. Aber nicht heute. Ich schwebte über den Burghof und hörte ihre liebliche Stimme immer wieder: »Einen zufrieden stellenden König.« Das hatte Brangaene über mich gesagt. Sie hatte über mich nachgedacht.

Regem satisfactorem, das war ich.

Ich blieb plötzlich stehen und hörte auf zu atmen.

Oder meinte sie, dass ich einfach kein guter König wäre, bloß gerade mal zufrieden stellend? Was hieß zufrieden stellend schon?

»Manche sollen ja eine schlechte Nacht gehabt haben«, das hatte sie schließlich auch noch gesagt. Damit hatte sie sich selbst gemeint, das war völlig klar! Weil ich sie mit meinem angestrengten Gerede in wackligem Latein zu sehr gelangweilt hatte, als dass ihr das Wachen eine Kurzweil gewesen, jedoch nicht genug hatte langweilen können, dass es sie in den Schlummer versetzte. Durchaus nicht zufrieden stellend! Das hatte sie mir mitteilen wollen.

Was für eine feine Art doch die teure Brangaene hatte, mir zu erklären, dass eine Nacht in meiner Gesellschaft für sie schlimmer war als eine Nacht ohne Schlaf.

Und ich hätte fast teures Geld für einen unnützen, neuen Mantel zum Fenster rausgeworfen. Als ob ein Rot in den scheußlichen Januarstürmen hier besser wärmen würde als irgendeine andere Farbe. Mein jetziger Mantel würde es ohne weiteres noch ein paar Winter machen. Was hatte ich mir bloß gedacht? Nichts als Verdruss war aus Irland gekommen. Jetzt metztelten sie zwar keine Dörfer mehr nieder, aber dafür untergruben sie die königliche Gemütsverfassung, diese Heiden! Ich war sehr missgelaunt, und es war zu meinem Elend außerdem noch gestern bestimmt worden, mit Isolde gemeinsam zu frühstücken. So versunken in meiner düsteren Betrachtung, hatte ich schon fast vergessen, dass Brangaenes Erscheinen in meinem Schlafzimmer ja keine himmlische Fügung, sondern Teil dieser dummen kleinen Intrige war, die sich die Kinder ausgedacht hatten. Und dass ich so tun musste, als hätte ich nichts gemerkt und hätte wie ein blinder und brünstiger Ziegenbock einfach ein jegliches Wesen bestiegen, das nachts in mein Zimmer gekommen wäre, sofern es nur lange genug still hielt. Solchen Plan konnten sich nur zwei Halbwüchsige in ihrer ersten großen Hitze ausdenken.

Isolde und Tristan bemühten sich sehr, ihre Rollen überzeugend zu spielen, als ich in den kleinen Saal trat, wo die Tafel für das junge Ehepaar bereitet worden war.

Isolde hatte einen Schleier vor das Gesicht genommen, eine Entscheidung, die ich gern zu jedem Zeitpunkt unseres künftigen Zusammenlebens begrüßt hätte, um dieses verlogene Hasengesicht nicht sehen zu müssen. Tristan stand, die Haut noch gereizter als vorgestern, hinter meinem Stuhl und nagte vor Aufregung an den Fingernägeln, als ich hereinkam. Also war Isolde offensichtlich nicht untätig geblieben in ihrer Hochzeitsnacht. Umso besser, sie würde noch mehr Angst haben, entdeckt zu werden. Ich setzte mich und war erleichtert, meine plötzliche schlechte Laune wenigstens zum Teil in dieser albernen Komödie auslassen zu können.

Die Diener trugen warme Milch und Wein, Gerstenbrei und Bratenreste vom gestrigen Festmahl auf, und Isolde saß still und leidend am Tisch, ohne zu speisen.

Offenbar hatte sie noch nicht mit Brangaene sprechen können und wusste so tatsächlich nicht, wie ihr Spielchen ausgegangen war. Ich ließ sie in dem Netz ihrer Ungewissheit zappeln, bis die Dienstboten sich schließlich entfernten.

Dabei aß ich – wohl auch selbst ohne Appetit, aber mit noch weniger Neigung, dies preiszugeben – eine Scheibe Braten und ein Stück Brot. Ich vermutete, da ich nichts Gegenteiliges zu hören bekam, dass Brangaene den gefälschten Beweis beim Haushofmeister hatte abgeben lassen, sodass zumindest der Hof sich ruhig verhielt.

»Meine liebe Isolde«, begann ich schließlich langsam und in neutralem Tone, als wir nach Beendigung der Mahlzeit allein waren, »so eine Hochzeitsnacht ist ja wohl selten ein Vergnügen und in dieser prekären Lage sicher noch ungefälliger als gewöhnlich.«

Mit boshaftem Vergnügen machte ich eine Pause, die lang

genug war, alles bedeuten zu können, und hörte, wie Tristan hinter mir japste, als hätte ihn ein Pferd getreten, wo es gemeinhin am meisten wehtut. Isolde blinzelte unsicher hinter ihrem Schleier. »Äh, ach ja, na ja«, machte sie einleitend, blieb dann aber stumm.

»Ich weiß«, fuhr ich fort, »dass ich dir ein Ehemann bin, der auch dein Vater oder Großvater sein könnte. Deshalb glaube ich, es ist für uns alle am besten, ein paar einvernehmliche Grundvereinbarungen betreffs unserer ehelichen Verpflichtungen zu beschließen. Was meinst du, Isolde, liebes Kind?« Ich trank heiße Milch und lächelte milde.

Zufrieden stellend! Jetzt hätte mich diese Brangaene erleben sollen, jeder Zoll ein durchaus zufrieden stellender König.

»Verehrter Onkel«, flüsterte Tristan eifrig hinter mir, doch mit einer sehr, sehr königlichen Handbewegung brachte ich ihn zum Schweigen. So, ihr beiden unsäglichen Gören, dachte ich, ein paar Jahre mehr auf dieser Erde zahlen sich doch hin und wieder aus. Ich lächelte meine geistig arme Ehefrau milde und ermunternd an, bis sie antworten konnte: »Oh, ja, gewiss. Grundvereinbarungen sind gut. Da weiß man ja dann, woran man ist und so. Denn sonst weiß man das ja nicht, also vorher, meine ich. Wenn man noch keine Grundvereinbarungen hat, nämlich.«

So unauffällig wie möglich schüttelte ich den Kopf. Wenn auch nur die Hälfte des Lobpreises wahr sein mochte, den man der Klugheit ihrer Mutter sang, so musste diese von Jahr zu Jahr mehr verzweifelt gewesen sein, so ein Geschöpf als ihre Tochter und Erbin aufwachsen zu sehen. Ich hätte sie auch ganz weit weg verheiratet, dachte ich in stiller Zustimmung für die irische Königin. Einerlei, ich redete zu der jungen Ehefrau: »Nun, dann schlage ich vor, mit Rücksicht auf deine delikate Jugend, dass wir unsere ehelichen Zusammenkünfte von nun an beschränken, besser noch aussetzen werden, bis du dein zwanzigstes Jahr erreicht hast, um dich bis dahin ganz deinen Studien und Zerstreuungen in der Musik widmen zu können. Was meinst du, mein liebes Kind?«

Ihr zurückgezogener Unterkiefer klappte hinunter, grenzenlose, dankbar erstaunte Erleichterung zeichnete sich auf ihrem Gesicht ab. Wie sie so da saß, in der schutzlosen Ungewandtheit in allen Dingen dieser Welt, vermochte ich es fast, sie zu bemitleiden. Aber dieses Mitleid verdiente wohl weniger sie, Isolde, als die Jugend an sich, die stets so viel von sich preisgibt, während sie bewusst doch nur danach trachtet, die unausgewachsenen Anteile ihrer Person zu schützen und zu verbergen, bis sie genug gelernt hat, diese zu bezähmen. Selbst diese beiden hatten in ihrer ganzen Lügenscharade noch genug Unschuld in sich, dass sie sich nicht völlig verleugnen ließ.

»Das ist sicher alles am besten so, wie Ihr es wollt, mein Gemahl«, flüsterte sie schließlich und wurde rot. Auch Tristan musste hinter meinem Rücken förmlich glühen, ich konnte es fühlen, ohne mich umzudrehen.

Was für ein schaler, kleiner Triumph, ein Sieg, bei dem es nichts zu besiegen gab. In diesem Moment fühlte ich mich unsagbar alt und müde. Ich hatte zwei kleinen Kindern nach einigem Drohen ein Spielzeug geschenkt, von dem sie fürchteten, dass es ihnen verdorben oder genommen werden konnte. Sie dachten, sie hätten gesiegt, und für einen kurzen Moment hatte ich das auch gedacht. Als wenn es hier um etwas von Belang gegangen wäre. Wer in Isoldes Bett schlief, füllte keine Kornkammern für den Winter, es rettete keinen Bauern vor dem Hungertod und keinen Hammel vor dem Schlachter. Alles, was es war, war eben nur ein Spielzeug, wie ein Holzpferd oder eine Puppe. Ich wollte vom Tische aufstehen und gehen.

»Eure Majestät sollten diese Entscheidung vielleicht noch mal bedenken und ganz gewiss auch im Rat besprechen«, kam plötzlich eine tonlose Stimme aus einer dunklen Ecke bei der Seitentür. Michaelis, mein misstrauischer und misstrauenswürdiger Majordomus, seinem Platz an der Tafel der Fastenfreuden wegen ferngeblieben, hatte es sich trotzdem nicht nehmen lassen, diesem Frühstück in aller Stille, zu still für mein ruhiges Befinden, beizuwohnen.

»Euer Majestät verzeihen die Bemerkung, doch ist ein nicht

unwesentlicher Grund, der dem Rate die Entscheidung vermittelte, dass eine Eheschließung zwischen Euch und der Prinzessin von Irl-, ich meine der schönen Königin Isolde« – er verbeugte sich in seinem Halbdunkel hungernd galant in Richtung meiner armseligen Gattin, die geschmeichelt zurücklächelte – »ist doch ein wesentlicher Grund gewesen, baldmöglichst einen Erben zu erzeugen, um Cornwalls Zukunft über jeden Zweifel zu sichern.«

Letzteres betonte er in dieser bedeutungsvollen Weise, die aus ihm immer nur einen zweitrangigen Staatsmann machen würde, egal wie viele Geheimnisse er wusste und Intrigen er spann. Da konnte er Laken sammeln bis zum Jüngsten Tag.

»Wir danken Euch für Euren feinfühligen und umsichtigen Rat, Majordomus«, lächelte ich dem Intriganten zu. »Und gerade ein Mann von solch bemerkenswerter und feinsinniger Weitsicht, wie Ihr sie eben hier jenseits unser aller Verstehen so bescheiden unter Beweis gestellt habt, wird einsehen, dass diese Hochzeit zu unserer großen Freude zwar, aber dennoch ein wenig übereilt stattfand, und wir unserer zarten Gattin Zeit geben müssen, sich an alles zu gewöhnen. So setzen wir – Eurer Worte eingedenk – die Ehe nur aus bis zur Æquinox im Frühjahr. Und wer weiß«, erschreckte ich die Kinder, »vielleicht ist der Erbe ja bereits gezeugt?!« Michaelis lächelte sein dünnes, maskenhaftes Lächeln kurzfristig erhitzt vom Strohfeuer seiner Eitelkeit, und verzehrt von seiner immer währenden Wut, dankte er also für die Zurechtweisung und nahm wieder auf dem dunklen Hocker Platz. Das war keinesfalls eine Kapitulation.

Es war mir nicht recht, dass er mitgehört hatte, doch glaubte ich, den größten Schaden für uns alle zumindest bis zur nächsten Æquinox verschoben zu haben, das war fast ein halbes Jahr. Aber nun wusste noch jemand außer Tristan, Isolde und mir, dass ich nicht in der Kammer der Königin schlafen würde.

»Und ich bin ja auch noch da, Onkel«, ließ sich Tristan jetzt vernehmen und lachte sein unsicher hechelndes Lachen, das ich lange nicht gehört hatte und das mir an diesem Morgen besonders unangenehm auffiel. Ich hob nun endlich die Tafel auf und ging in den Thronsaal, um den hohen Gerichtstag zu beginnen, der an den Tagen nach der Hochzeit stattfinden sollte. Ich war nicht sicher, wie gerecht ich nach allem, was geschehen war, wohl sein könnte, aber ich tat mein Bestes. Zufrieden stellend war ich alle Mal.

Jetzt, zurückdenkend, wissend, wie alles ausgehen würde, kann ich mit echter Wärme über den alten Narren lächeln, der dachte, den jungen Narren tatsächlich einen Schritt voraus zu sein. Ich glaube, dass wir alle an diesem Tag dachten, dass einer mehr wisse und ahne als der andere, während auch dieser mit einem Fuß an einer Leimrute hing.

Und vielleicht war der fastende Majordomus ja wirklich der Einzige, der einen klaren Kopf behielt. Wer weiß?

Brangaene sah ich dann den ganzen Tag nicht, und es war mir lieb und schmerzlich zugleich. Tristan und Isolde harften im unteren Saal vor sich hin, vielleicht musste die arme Brangaene ihnen zuhören und das unerträgliche Zwinkern, die verstohlenen Blicke und vor allem Isoldes Dissonanzen wieder und wieder ertragen. Vielleicht las sie auch irgendwo oder schäkerte mit dem Bischof, eine so gebildete Frau brauchte schließlich geistige Anregung und Herausforderung. Ich hatte die Vermutung noch nicht zu Ende gedacht, da war das Wachs dieses Gedankens schon zu dem harten, brüchigen Marmor der Überzeugung menschlicher Eifersucht geworden.

Da würde sie sicher sein, im Scriptorium. Ich sah es geradewegs vor mir, wie sie gemeinsam auf Latein vor sich hin konversierten und ihren Spaß hatten. Das war natürlich etwas ganz anderes als eine mühsame Unterhaltung mit einem König, der in ihren Augen nichts anderes sein konnte als ein gehörnter Ehemann, welcher schon bei der Hochzeit zu ältlich für seine Gemahlin war. Und der nicht so gut Latein konnte.

Ich beschloss, den drei Schreibern, die Bischof Philipp mir eingeschleppt hatte, ab morgen den Wein zu streichen. Sie soffen ohnehin zu viel und gehörten lange wieder ins Kloster geschickt. Zwei Mägde waren im letzten Jahr schon mit ihren

Bastarden niedergekommen, die der Bischof ganz selbstverständlich zu seinem Gesinde einforderte. Dem musste endgültig ein Riegel vorgeschoben werden.

Beim Abendmahl dann, ausnahmsweise allein vor dem Kamin in der großen Halle, betrank ich mich auf der Suche nach Linderung meines Seelenschmerzes an sizilischem Wein. Ich wurde deswegen noch ärgerlicher, weil der Sizilische, zumindest die Menge, die ich an diesem Abend verzechte, so teuer gewesen war, dass ich dafür auch zwei lusitanische Schlachtrösser hätte kaufen können. Und mein Wunsch durch mein einsames Gelage, alles um mich herum zu vergessen, wurde auch nicht erfüllt. Schließlich torkelte ich zu Bett, warf meinen Kammerherrn hinaus und drohte jedem, der mich in dieser Nacht stören würde, Vierteilungen, Ersäufen und das Hängen seines Hundes an. Mindestens.

Und saß dann lange nutzlos und missmutig auf der Bettkante. Das Feuer war noch nicht heruntergebrannt und es war mir durch den Sizilischen und meine Wut so heiß, dass ich mich gleich zweifach mit kaltem Wasser abrieb, ohne mich zu beruhigen. Mein Hemd war in den Ärmeln vom herablaufenden Wasser klamm geworden. Es klebte feucht an meinen Ellen, ein Gefühl, das ich hasste, nun umso mehr, da ich gerne einen Grund haben wollte, richtig wütend zu werden. Da hörte ich Schritte. Jemand wagte, mich zu stören.

Als sich die Seitentür öffnete, griff ich nach der Öllampe, um sie glücklich dem armen Tropf an die Schläfe zu werfen, der sich meinen strikten Anordnungen so frech widersetzte.

»Salve Rege«, flüsterte der Tropf in hervorragendem Latein, und die bronzene Stimme füllte den Raum. Es war Brangaene.

Ich verbrannte mir die Hand an der Öllampe.

»Brangaene«, zischte ich, durch die vor Schmerz zusammengebissenen Zähne. Wieso hatte Isolde sie trotz der klaren Absprache nur wieder hergeschickt? Sollte sie mich ablenken? Ich war jetzt mit einiger Verzögerung natürlich doch noch trunken geworden, was meinen Verstand nicht unbedingt besser arbeiten ließ.

»Oh, Eure Hand«, Brangaene stellte sanft die Öllampe ab und zog meine Rechte in den Kerzenschein am Kopfende des Bettes. »Hm«, machte sie, »nicht schlimm, aber auch nicht so gut. Ihr wisst doch, was gegen Verbrennungen dieser Art am besten hilft?«

»Verbrennungen dieser Art«, wiederholte ich blöde wie ein aufgeschreckter Schüler, der Zeit für die Antwort herausschinden will, weil er sie noch nicht kennt.

»Gleich noch einmal verbrennen«, lächelte Brangaene. Ich war mir nicht sicher, ob ich sie richtig verstanden hatte, da zog sie schon meine Hand in die Flamme, und ich beobachtete, wie die Lohe an der verbrannten Stelle entlangzüngelte, bis es mir einen heißen Stich gab. Knurrend zog ich meine Rechte weg und wandte mich ab, um die nun zweifach schmerzende Wunde so unauffällig wie möglich in meine Waschschüssel zu tauchen.

»Weshalb hat sie Euch heute Abend hergeschickt?«, fragte ich über die Schulter. »Es ist doch alles besprochen worden. Keine Ehe vor Æquinox im Frühjahr. Sie hätte Euch nicht zu bemühen brauchen. Es wird nur Gerede geben. Der Majordomus ist ein … äh …« Ich verlor den Faden.

Mein Besuch blieb still. Ich drehte mich um. Brangaene stand in ihrem blauen Kleid vor dem Schrein, erleuchtet durch das flackernde Kerzenlicht. Ihr Gesicht war diesmal nicht von der kühlen Gefasstheit, die sie mir immer so überlegen erscheinen ließ, sondern fast schüchtern. Ich entdeckte in ihr in diesem Moment eine geradezu mädchenhafte Unschuld, und ich schämte mich, sie angefahren zu haben wie einen gewöhnlichen Bedienten.

»Es hat mich niemand geschickt, Marke von Cornwall, ich bin hier, weil ich Euch gerne sehen wollte. Ich und niemand sonst. Und ich dachte, dass vielleicht auch Ihr mich sehen wolltet. Sagt mir, wenn das vermessen war.« Jetzt lächelte sie nicht mehr. Ihre Worte hingen in der Luft.

Ich schwieg, doch nicht aus Strategie oder Verwirrung. Ich schwieg, weil ich ganz sicher sein wollte, dass ich ihr elendes, makelloses Latein trotz meines Zustandes richtig verstanden hatte. »Ihr wolltet mich sehen?«, fragte ich schließlich dumm zurück, aber ich scherte mich inzwischen etwas weniger darum, dass sie mich für einfältig halten könnte, offenbar eines der Nebenverdienste des sizilischen Weins. Brangaene nickte.

»Ach«, bemerkte ich geistreich auf Cornisch. Dann fiel mir nichts mehr ein. Wieder war Stille, in der ich immer lauter ein rhythmisches Wummern hörte, das mich nach einer Weile den Kopf wenden ließ, um zu hören, woher es stammen möge. Es war mein Herzschlag. Ich musste lachen.

»Wollt Ihr, dass ich wieder gehe?« In ihrer Stimme hallte nun ein metallischer Hauch von Kränkung, deutlich anders und weniger vorteilhaft als der warme Bronzeton, der sonst mit ihr schwang, und ich war erleichtert, in dieser unirdischen Göttin einen Wesenszug menschlicher Frauen aufgespürt zu haben. Brangaene war verunsichert. Wie ich.

»Nein, bitte, setzt Euch. Wie gestern. Ich will Euch etwas erklären. Wenn ich kann. Bitte.« Ich wies auf das Bett, und sie nahm Platz mit einer durchweg gespannten Aufmerksamkeit, die sicher ein Spiegel meiner eigenen gewesen wäre, wenn nicht die Humpen des Sizilischen jegliche Spannung verhindert hätten. Ich beschloss, dass der Wein die beiden Rösser wert gewesen war, deren Gegenwert ich vor einigen Stunden in der vorschnellen Gewissheit meines Jammers versoffen hatte. Ich setzte mich ihr gegenüber in den Stuhl, der neben meinen Waffen an der Wand stand, und starrte auf meine verbrannte Hand. Es tat nun gar nicht mehr weh.

Ich trage die Narbe heute noch. Sie ist vielleicht so groß wie mein Daumennagel und kreisrund, an den Rändern ein wenig erhaben. Wenn sie mich zum Waschen auf die Seite drehen, kommt manchmal meine rechte Hand neben meinem Gesicht zu liegen. Um der Scham über diese Prozedur, so weit ich es kann, auszuweichen, fixiere ich meinen Blick dann auf dieses Mal. Und ich denke daran, wie Brangaene mich noch einmal verbrannt hat, um mich zu heilen. Ich sehe meine Narbe und fühle die Berührung ihrer kühlen und trockenen Finger, die meine Hand über die Flamme zogen, um mir Linderung zu geben. Jetzt endlich finde ich die Zeit, mich zu wundern. Jetzt erst habe ich Gelegenheit, das Wunder dieses Augenblicks zu erkennen. Dass sie mich so einfach berühren konnte, dass ich sie mich verbrennen ließ, ohne ihr auch nur einen winzigen Moment zu misstrauen, nie auch nur einen Wimpernschlag zweifelte, dass sie tat, was sie tat, um mir Gutes zu tun. Wenn ich könnte, würde ich diese Narbe gerne berühren, würde sie gerne mit den Fingerspitzen der linken Hand abfahren, um in ihr eine Spur Brangaenes zu finden.

Doch so kann ich sie nur hin und wieder mit meinen Augen streifen. Und wie ich jetzt liege, kann ich sie gar nicht sehen, die rechte Hand ist mir am Morgen nämlich unter die Decke gelegt worden.

Ich sehe nur die Laken, die Balken und Steine, die Bettpfosten und den Stuhl, auf dem ich in jener Nacht saß. Ich stelle mir vor, dass Brangaenes schöne Augen auf all diesen Sachen geruht haben müssen, irgendwann einmal. Vielleicht flüchtig und in Eile, vielleicht in Gedanken an etwas anderes versunken, vielleicht auf der Suche nach etwas. Und ich wandere langsam mit meinen Blicken durch den ganzen Raum, über jedes Ding, jeden Stein, ich küsse jeden Zoll mit meinen Augen und denke daran, wie es war, Brangaene zu küssen, zum ersten Mal und jedes Mal danach.

Da kannten wir uns gerade zwei Tage, und schon trug jeder durch den anderen verursacht eine Wunde am Körper, als wären wir ebenbürtige Veteranen eines eben begonnenen Gefechts mit ungewissem Ausgang.

»Ich habe wenig Neigungen zur Offenheit«, begann ich mit schleppender Stimme. »Und die Unsicherheit dessen, was ich in Eurer Nähe und Gegenwart empfinde, würde in mir noch weniger Verlangen als gewöhnlich wecken, meine ehrlichen menschlichen Empfindungen mit einem anderen Wesen als meinem Pferd oder meinem Hund zu teilen, da diese beiden zumindest den Vorteil besitzen, nicht sprechen zu können. Es scheint, als wäre ich sowieso ungeschickt ohne Vergleich, jedes Mal, wenn ich Euch begegne, so mag es Euch nicht auffallen, dass ich heute Abend sehr trunken bin.«

Sie holte Luft, doch ich ließ sie gar nicht erst zu Worte kommen. »Und wenn es Euch aufgefallen sein sollte, erspart mir die Bestätigung dieser Beobachtung, bitte. Ich würde es gerne mit ein bisschen Würde durch diesen Augenblick schaffen.« Ich lauerte auf eine ihrer spitzen Bemerkungen, doch sie blieb überraschenderweise still. Mit der gegen alles gefeiten Macht, die einen Bezechten freimütig reden lässt, ohne an die Folgen zu denken, fuhr ich fort, meinen Weg zu suchen, während ich ihn schon ging.

»Ihr sagtet gestern, dass es Eure Überzeugung sei, dass der Wein die Menschen nur schneller zu dem führt, was sie ohnehin tun wollen, und dem mag so sein. Auf jeden Fall hilft er mir, heute Abend eine Ehrlichkeit zu zeigen, die in mir seit meinen frühesten Jahren verborgen war.« Ich atmete durch.

»Ich bin hilflos, wenn ich Euch sehe, Frau Brangaene, hilflos an Geist, Herz und Körper. Ich renne gegen Tore und stottere wie ein tumber Tölpel. Ich denke einen Gedanken, der mir klar und richtig ist, nur um ihn im nächsten Moment zu verwerfen und einen anderen Gedanken vorzuziehen, der das genaue Gegenteil behauptet. Ich bin besorgt um meine Kleidung und mein Alter. Ich bin so weit vom Weg abgekommen, dass ich nicht weiß, wie ich jemals dahin zurückfinden soll.«

Aus den Augenwinkeln versuchte ich vergebens, eine Regung ihres Gesichtes zu erhaschen, in ihren Zügen zu lesen. Was ich begonnen hatte, musste ich jetzt auch zu Ende bringen.

»Alles macht mich traurig und betrübt, um im nächsten Moment Grund für Heiterkeit und Leichtigkeit zu sein. Und auch wenn ich nicht weiß, was Ihr getan haben könntet, um diese Gefühle in mir wachzurufen, weiß ich doch, dass sie allein Euch gelten. Ihr habt überhaupt keine Schuld und auch keine Verpflichtung, versteht mich richtig. Ich habe noch nie empfunden, was ich fühle, und noch nie gesagt, was ich Euch sagen will. Aber jetzt, da ich Euch kenne, da ich Euch sehe, Euch auch dann sehe, wenn ich die Augen schließe, da …« Ich schluckte, in meiner langen Rede ernüchterte ich zusehends, die erste Wirkung des Weines, die mir ein Ersatz für eigenen Mut gewesen war, versickerte. Meine Hände hielten sich aneinander fest.

»Ich bin kein höfischer Liebhaber, ich kann nicht die Dinge sagen und tun, die die Dichter tun und sagen, von denen sie singen, bis die Frauen ohnmächtig niedersinken. Ich habe jede Menge Verfehlungen. Ich bin ein einsamer Mann mit zu viel Ehrgeiz für ein ruhiges Gemüt und zu wenig Leichtigkeit für ein einfaches Leben.«

Bevor ich ihr es sagte, hatte ich so noch nie darüber nachgedacht, aber es stimmte. Ich grübelte zu viel, wollte zu viel, sorgte mich zu viel. All dieses »Zuviel« mochte wohl insgesamt zu wenig sein für eine Frau wie Brangaene.

»Sicher gibt es bessere und größere Männer als mich, aber von dem, was ich sein kann, gehört nun alles Euch.

Denn seit ich Euch kenne, seid Ihr jeder meiner Atemzüge, jeder meiner Herzschläge, jede Bewegung und jedes Wort, im Wachen und Schlafen, Brangaene, seid Ihr. Ihr seid das große Meer, in dem ich nun für immer verloren gegangen bin, und ich will es nicht ändern.«

Es war ganz still. Selbst der Sturm in meinem Innern hielt inne. Ich sah sie an und wartete. Fühlte dankbar ihre Gegenwart und meine Angst. Dann hob sie den Kopf, sah mir ins Gesicht, und Ewigkeiten oder Sekunden vergingen.

Und Brangaene sprach: »Herr, all das seid Ihr mir.«

Mein Gott!

Ich hatte geredet, ohne zu denken, ohne zu planen, was ich als Nächstes tun würde. Und die schlichte Klarheit ihrer Antwort hallte in meinem Kopf nach, wie eine Begnadigung einem schon Verurteilten klingen muss. Ich blieb sitzen, gelähmt von einer nie gekannten Schüchternheit.

Ich traute mich kaum, das Wort zu denken, doch ich fühlte Unschuld. Ich dachte, dass ich alles, was einem Menschen im Leben an Unschuld zur Verfügung stand, verloren hatte, bevor ich fünfundzwanzig Jahre zählte, auf dem Schlachtfeld, in Folterkellern, in den Betten von einsamen Frauen und im Angesicht der Gefangenen, die ich tötete. Ich hatte meine Mutter verraten, meine Schwester verstoßen und stets zuinnerst gefühlt, dass ich mich von den Frauen fern halten müsste, um ihrem Leben nicht weiteren Schmerz zuzufügen. Dass Brangaene mir zuhörte, mich sah, mich, Marke, und mir dann diese alles verzeihende, alles reinigende Antwort gab, war eine Absolution, wie ich sie nie zuvor erhalten hatte.

Ich sah sie durch das schwache Licht der flackernden Kerzen an und hielt ihren Blick aus. Etwas regte sich in meinem Inneren, brach auf, strömte aus. Und als sie mir dann zulächelte, mit diesem Lächeln, das mir immer währenden Schmerz und immer währendes Glück zugleich verhieß, den Glauben an Heilung und die Krankheit der Liebe zugleich, da lebte ich. Zum ersten Mal in meinen zweiundfünfzig Jahren lebte ich. Ich lächelte zurück.

Brangaene erhob sich, schön und spröde, und so stand ich ebenfalls auf, mehr wohl aus der höfischen Gewohnheit so vieler Jahre, als im Wissen, was ich nun tun sollte. Sie kam langsam auf mich zu und streckte die Hände nach den meinen aus. Die Berührung ihrer Haut durchflutete meinen ganzen Körper. Wir standen da und sahen uns an.

»Ich habe noch nie einen König geküsst«, flüsterte sie.

»Ich auch nicht«, hauchte ich schwach, meine Knie waren weich.

»Sollen wir es trotzdem versuchen?«

Ich wünschte, sie hätte endlich aufgehört, Latein zu reden, so war es ja fast, als würde man einen Priester küssen, dachte ich noch, dann spürte ich ihren warmen Atem an meinen Lippen. Und dann weiß ich gar nichts mehr. Ich war nur noch ein einziges schwindlichtes Gefühl der Wonne, ein berauschter, seliger Tropfen in einem Mahlstrom der Liebe. Als das Gefühl endlich wieder verebbte, wurde mir klar, dass wir uns nicht bewegt hatten, noch immer still voreinander standen, unsre

Lippenpaare weich aneinander gelegt. Ich atmete ihren Atem und spürte ihre alles versüßende Gegenwart.

Verschreckt bemerkte ich jedoch den Gedanken vorbeiwischen, dass Brangaene vielleicht ein bisschen mehr Leidenschaft erwarten würde. Schließlich war sie eine junge Frau mit – wie ich mir in meinen Grillen nun als wirklich zurechtgezimmert hatte – erheblicher Erfahrung mit allen möglichen leidenschaftlichen Männern. Gerade wollte ich anheben, Ansätze dieses Feuers zu entwickeln, da legte sie ihren Kopf auf meine Schulter und gähnte, dass ich dachte, es müsste ihr den Kiefer ausrenken. Ich war erschüttert.

»Ach, Marke, entschuldigt, ich bin so entsetzlich müde von der Reise und der letzten Nacht. Ich habe seit Tagen nicht wirklich geschlafen. Ob wir uns vielleicht einfach ein Weilchen hinlegen könnten?«

In meiner Jugend gab es im Languedoc ein böses Sprichwort betreffend einen älteren Mann auf Freiersfüßen: Wenn ihm eine Frau ein *Ja* sage, wäre er geschmeichelt, wenn sie ihm ein *Nein* sage, wäre er zumindest erleichtert. Ich hatte sowohl ein *Ja* als auch ein *Nein* von Brangaene erhalten und angesichts der Krüge des Sizilischen, die noch in meinem Kopf plätscherten, war mir diese Unentschiedenheit vielleicht tatsächlich ganz recht – zumindest für den Augenblick.

Ich schluckte meine Eitelkeit tapfer hinunter und brachte Brangaene zu meinem Bett, auf dem sie nun bald zwei Nächte ohne Ruhe gesessen hatte. Ich legte mich zu ihr, als hätten wir seit Ewigkeiten unsere Tage gemeinsam beendet.

»Gute Nacht, Marke von Cornwall«, lallte sie mit schon schwerer Zunge. Und fügte dann halb im Schlafe hinzu: »Morgen.«

Ich hielt sie umschlungen und lauschte ihrem tiefen Atem.

Die Kerzen verloschen später, doch das Zimmer blieb mir erleuchtet von dem Versprechen an ein ewiges Morgen, an dem ich endlich die Gelegenheit haben würde, nach so vielen Jahren des falschen Seins etwas Richtiges zu tun.

Ich schloss die Augen und träumte, ich sei direkt in Brangaenes Herz gereist, das groß, weich und sonnenhell war. Ich träumte noch immer davon, als ich schließlich einschlief.

Kurz vor der Morgendämmerung weckte mich ihr Rühren. Sie fuhr mit ihrer linken Hand in den Ärmel meines Hemdes und hielt an meinem Ellbogen an. Die Berührung ihrer Finger war sonderbar, obgleich ihr Griff fest war, klammerten sie nicht, sondern erkundeten mich auf diesem kleinen Fleck meines Körpers, als würde sie so ein Gesamtbild des Mannes gewinnen können, der von nun an der ihre war.

»Marke?«, fragte sie, ohne die Augen zu öffnen.

Ich drehte mich zu ihr.

»Ich glaube, jetzt wäre es schön.«

Ich habe keine Sekunde der folgenden Momente vergessen, sie sind mir eingebrannt als das eigentliche Zeichen meiner Königswürde, die Augenblicke, in denen ich wirklich ein Mann und wahrhaft ein Mensch wurde. Brangaene schob sich in meine Arme hinein und begann mich zu küssen. Ich legte die Hände auf ihre Schulterblätter, wo ich ihren Atem am besten spüren konnte, und ließ mich von den natürlichen Bahnen ihres Körpers leiten. Ich fuhr ihren Rücken hinab und liebkoste die grandiose Weichheit ihrer Hinterbacken. Sie küsste mein Gesicht und meinen Hals, nagte an meinen Ohren und fuhr die Linie meiner Schulter mit ihrer Zunge ab, während die Linke meinen Ärmel verließ, dann wie eine Schlange von meinen Knien an meinem Bein hochfuhr.

»Ich verspreche Euch, dass ich keine Zepter-Witze machen werde«, raunte sie mir ins Ohr. Und unser Lachen und unsere Leidenschaft mischten sich ineinander.

Niemals hatte ich etwas gefühlt oder mir zu fühlen erlauben können, was ich unter Brangaenes Händen, Haaren, Lippen und Haut zu spüren begann. Wie eine zärtlich aufflutende Brandung spürte ich sie in meinem Inneren. Kleine, langgestreckte Wellen zunächst, die mich von allen Seiten umspülten, auf meine Mitte zutrieben und sich zurückzogen, um neuen kürzeren Platz zu geben, in langsam sich wiederholendem

Wechsel. Ihr Atem, den ich auf meiner Haut fühlte, war der Wind eines Morgens im Frühsommer, voller Versprechungen der Wärme des kommenden Tages. Ich löste ihre Haare und breitete sie über uns aus, hielt sie in meinen Händen und legte sie in einem Kreis um ihren Kopf auf dem Kissen.

Die Empfindungen aller meiner Sinne, als ich in sie eintauchte, waren die des Zurückfindens an einen lang vertrauten, so wonniglichen Ort, der mich ganz und gar umgab. Mein ganzer Körper fühlte die Wärme, Nähe und Süße, die Brangaenes geheime Lande waren. Ich konnte sie nicht berühren, ohne fast bis zur Bewusstlosigkeit von der unglaublichen Gewissheit überschwemmt zu werden, dass ich sie liebte, dass sie – unbegreiflicher noch – mich liebte. »Brangaene«, flüsterte ich, dachte ich, atmete ich, trank ich und liebte ich zugleich diesen Namen, der für mich die Schwingung ihrer Seele barg. Ich rief ihn aus als Zeichen der Freude, sie gefunden zu haben, mich von ihr finden zu lassen, nicht mehr allein zu sein, endlich am Leben zu sein, nach Jahrhunderten der Einsamkeit endlich zu fühlen. Ihre Hand, die nach den zärtlichen Erkundungen meines Körpers in meinem Nacken Rast genommen hatte, fuhr mir zu Mitte des Rückens und blieb dort, eine einzig ruhige Oase im Sturm, der uns zueinander trug. Für immer hätte ich diese Momente der Nähe fühlen wollen, bis in alle Ewigkeit wollte ich diese Haut an meiner haben, meine Augen in die ihren versenken können. Mit jedem Fleck ihres Körpers, den ich erkunden durfte, mit jedem Moment, in dem sie mich weiter einließ, Teil ihrer strahlenden Seele zu werden, liebte ich sie mehr. Ich fand tausend Gründe, ein jeder durch den nächsten übertroffen, sie anzubeten, für alles, was sie war. Und zugleich wusste ich, dass all diese Gründe nur die ersten Schritte auf dem einzigen Weg waren, den mein unerfahrenes Herz gehen konnte, um seine Heimat zu kennen. Und sie wusste es, hatte es lange erkannt und mir zu einem Geschenk gemacht. Ich nahm es an, verging und erstand zur gleichen Zeit neu.

Dann lagen wir in kurzer Ewigkeit nebeneinander und hielten uns fest. »Ich liebe nichts auf der Welt so sehr wie Euch, Marke«, flüsterte Brangaene. »Ist das nicht seltsam?«

Da begannen die Hähne zu krähen, und der neue Tag regte sich, schickte sein erstes müdes Licht in meine Kammer, sodass Brangaene in diesem Grau noch mehr aussah, als wäre sie aus Marmor. Ihre langen Wimpern flatterten müde und gelöst. Sie musste mich verlassen, wurde mir immer schrecklicher bewusst, musste aus den wundersamen Klängen und Düften unseres Zusammenseins entschwinden, sodass wir beide uns der Welt zuwenden konnten, die mir ab diesem Tage immer unwichtiger und fremder vorkommen sollte. Die Burg mit all ihrem Volk, das Reich mit seinen Gesetzen und Grenzen würden mir nie wieder etwas anderes sein als eine unwirkliche Ablenkung von dem, was nun in meinem Leben zählte: Brangaene und ihre Liebe. Sie setzte sich auf und glättete ihre Haare mit der Hand, zog sie sich über die Schulter und begann, sie mechanisch zu flechten. Ich beobachtete die Muskeln in ihren weißen Schultern und wusste nicht, wie wir dieses Spiel aushalten sollten, unser Heil in dem Wahnsinn verteidigen konnten, der uns täglich umgeben würde. Der uns nur durch die Lügen, die zu erzählen wir gezwungen sein würden, an unsere einzige Wahrheit erinnern würde. Wie könnte es sein, wie könnte es weitergehen an einem Tag nach einer Nacht, in der alles außer Kraft gesetzt war, was je in meinem Leben gegolten hatte?

Ich könnte mich offensichtlich zu Brangaene bekennen, ich hätte leicht Beweise bringen können, dass mir Isolde untreu war. Ich könnte sie und Tristan fortschicken. Es würde vielleicht die Iren auf ihren Kriegsschiffen zurückbringen, aber die Verhandlungen waren erfreulich gelaufen und ich könnte die Adligen jetzt gut halten. Brangaene könnte bei mir bleiben, ich könnte sie heiraten. Mich befiel solcher Ekel bei dem Gedanken, dass jemand von ihr denken könnte, sie sei nicht mehr als ein Spielzeug des Königs. Niemals durfte irgendeiner dieser edlen Frau solches Unrecht antun. Ich hatte mir nach der Sünde, die ich an meiner Schwester beging, geschworen, nie mehr feige zu sein und nie mehr vor mir selber wegzulaufen.

»Wir werden es ihnen sagen, Liebste«, sprach ich.

Brangaene zog sich zu Ende an, drehte sich langsam zu mir um, umarmte den Umhang an ihren Schultern und redete mir meinen Heldenmut mit der Nachsicht einer erfahrenen Beraterin aus.

»Nein, Marke, du weißt, dass wir das nicht können. Nicht unseretwegen. Es geht hier um so viel. Es geht für Euch und mich um die Pläne von Jahrzehnten. Wir halten das schon aus. Lass uns in Ruhe darüber reden. Später.«

Damit beugte sie sich zu mir und küsste mich zum Abschied sanft und kurz auf die Lippen.

»Darf ich dich heute Abend besuchen, großer König?«

Ich hielt ihr Handgelenk fest und war zerrissen im Herzen, ich konnte sie nicht so gehen lassen: »Herrin«, sagte ich, und »Herrin« nannte ich sie ganz bewusst, denn das war sie mir vom ersten Augenblick an gewesen. »Wenn ich in der Tat ein großer König wäre, so groß, wie Ihr ihn verdientet, wäre, würde ich die Sonne vom Himmel schieben, damit es wieder Nacht wäre und unser Zusammensein erneuert und ungestört.«

Sie lächelte, als hätte ich mich erneut zum Narren gemacht.

»Ihr seid auf jeden Fall ein wirklich zufrieden stellender König«, flüsterte sie noch. Dann verschwand sie durch die Seitentür nur wenige Minuten, bevor der Kammerherr, in Erwartung eines großen Katzenjammers und unausgestandener Wut, zögernd eintrat, um mich zu seiner Verwunderung schon an der Waschschüssel zu finden.

So leicht es war, Brangaene zu lieben, so schwer war es, diese Liebe zu verbergen. Ich wollte immer wieder ihren Namen sagen, wollte sie den ganzen Tag über sehen. Wenn sie – wie es ihre Pflicht war – sich um die Angelegenheiten Isoldes kümmerte, vermisste ich sie so sehr, dass es mir überall wehtat. Versunken in die Erinnerung unserer ersten gemeinsamen Nacht als Mann und Frau, saß ich fast den ganzen Tag schwachsinnig lächelnd im Thronsaal und zeigte mich taub gegen die Stimmen der äußeren Welt.

Bischof Philipp kam schließlich, um sich zu verabschieden. Freundschaftlich klopfte er mir mit seiner weichen Bischofshand auf die Wange.

»Das Eheleben bekommt dir wider Erwarten gut, mein alter Freund. Hat dich die irische Dame entschädigen können für den bösen Zwang, kein Junggeselle mehr zu sein?«

Alter Hund, dachte ich, du weißt genau, dass ich mit Isolde nichts anfangen kann. Aber ich wollte mir auch diesem alten Freund gegenüber keine Blöße geben, die mein Glück hätte gefährden können. »Isolde ist sicher eine gute Ehefrau, wenn sie etwas älter geworden ist«, antwortete ich ausweichend. Philipp setzte sich stöhnend, seine Abreise verzögernd.

»Lieber, alter, junger Freund«, ächzte er. »Du und ich kennen uns sehr, sehr lange. Und wir kannten vor einiger Zeit viele der schönsten und interessantesten Damen der ganzen Welt – jedenfalls bevor du angefangen hast, so ein Langweiler zu werden.« Er grinste und drehte an seinem Ring. »Ich habe es immer sehr an dir und mir geschätzt, dass wir beide wussten, dass das Glück niemals bei Frauen unter einem gewissen Alter zu finden ist. Nur Männer, die nichts davon verstehen, denken so.« Sein Gesicht war nun sehr ernst. Er beugte sich vor und sprach so leise, dass ihn niemand außer mir verstehen konnte.

»Ich habe nicht von Isolde gesprochen, sondern von der irischen Dame. Und meiner Erkenntnis nach ist vor drei Tagen hier nur eine einzige irische *Dame* angekommen.« Mit der bisweilen überraschenden Unmissverständlichkeit, die er auch in Vertragsverhandlungen an den Tag legen konnte, sah mir mein alter Freund direkt in die Augen. »Ich hätte durchaus versucht, sie dir wegzunehmen, Marke, egal wie lange wir Freunde sind. Weißt du, ich werde nun wirklich nicht jünger. Das heißt nichts, manche haben auch keinen Spaß, wenn sie jung sind. Aber ich hätte es mir gewünscht, die letzten Jahre mit einer solchen Frau zu verbringen. Eine Frau an meiner Seite zu haben, die mich so ansieht, wie die – irische Dame dich ansieht.« Stumm saß ich da und wusste nicht, was zu sagen wäre.

»Ich weiß nicht, was du meinst, Philipp«, stotterte ich schließlich.

Der Lord-Bischof erhob sich. »Ich wünsche dir von Herzen Glück, mein Freund«, sagte er nun laut mit der voll tönenden Stimme eines geübten öffentlichen Redners. »Du wirst es brauchen.« Er umarmte mich zum Abschied. Mit Erschrecken fühlte ich seine Knochen unter den Roben und dem Mantel. Um den näher rückenden Lauschern sicher keinen Fund zu bieten, flüsterte er mir ins Ohr: »Sei vorsichtig, Marke, was ich sehe, können auch andere sehen. So schlau bin ich nämlich nicht. Ich liebe dich nur. Aber sag das niemandem, du König. Sonst kommen wir in noch schlechtere Reputation. Verstanden?! Ich habe beim Trauen die Finger gekreuzt, wenn du mich fragst, bist du gar nicht wirklich verheiratet!« Als hätte er mich gerade gesegnet, schlug er über meinem Kopf das Kreuz.

Er wandte sich nun wirklich zum Gehen.

»Lord Cowley«, rief ich ihn zurück. Philipp kehrte mir sein amüsiert fragendes Gesicht zu. »Ich danke für Euren Rat und Beistand, Herr Bischof.« Vor den überraschten Augen der Umstehenden langte ich nach seiner Hand und küsste ihm den Ring, den er mir in all den langen Jahren nie aufgedrängt hatte.

»Gott segne Euch beide«, Philipp lächelte liebevoll, dann ging er. Ich sah seiner Sänfte vom Zinnengang aus nach, wie die Träger sie holpernd über den Weg nach Boscastle trugen, und sorgte mich um seinen armen Rücken. Mein alter Freund Philipp. Ob ich mich unter Brangaenes Händen so alt anfühlte wie der arme Bischof in meinen Armen beim Abschied? Ich beschloss vorsichtshalber, häufiger auszureiten, damit ich nicht außer Form geriet.

Den Rest des Tages wartete ich auf die Nacht, in der ich Brangaene wieder in meiner Kammer zu begrüßen erwartete.

Das größte Problem, bedachte ich, in den vermeintlich klaren Momenten, die ich in dieser ersten Zeit zu fassen vermochte, war der Majordomus. Allen anderen war nun erst einmal der Wind aus den Segeln genommen, dadurch dass die Ehe durch den Beweis des gefälschten Lakens schließlich als vollzogen galt. In einem Monat oder zweien spätestens würde man anfangen, Isolde um die Anzeichen einer Schwangerschaft zu beäugen. Aber ich war schließlich ein alter Mann in den Augen des Hofes, da ging so etwas nicht ganz so schnell. Außer de Zwyyntek, Tristan und natürlich der lieben Isolde selbst wusste keiner, dass ich nicht die Absicht hatte, sie in gesegnete Umstände zu setzen. Und ich hoffte, dass Tristan damals bei der Witwe Penzance wenigstens genug gelernt hatte, um seinerseits auch nichts daran zu ändern. Obwohl ich unruhig wurde, wenn ich an des Haushofmeisters Interesse an den Laken anderer Leute dachte, namentlich meinen oder denen meiner fürchterlichen Gattin. Den Majordomus von der Entdeckung Brangaenes fern zu halten, mochte schon schwierig genug sein, wie aber ihn nicht auf diese beiden jungen Narren stoßen lassen, die womöglich mit jedem Tag auffälliger werden konnten? Ich würde die Angelegenheit mit Brangaene besprechen, strahlte ich meine eigenen Wände an. Auf einmal hatte ich einen Menschen, mit dem ich so etwas besprechen konnte. Das war ein schönes Gefühl.

Endlich verstummten die Schritte und murmelnden Stimmen auf den Gängen, und die Burg legte sich schlafen. Brangaene würde bald kommen. Aufgeregt wusch ich mir noch einmal Gesicht und Hände und fuhr meine Wangen ab, in der Besorgnis, dass sie der Geliebten zu stoppelig erscheinen könnten. Ob ich den Spiegel noch mal hervorholen sollte? Jedes Mal, wenn ich auch nur so viel als ein Knarren im Gebälk hörte, fuhr ich in glücklicher Erregung zusammen. Wie sollte ich sie wohl empfangen? War es eindrucksvoller zu sitzen, als wäre ihr Kommen eine freundliche Selbstverständlichkeit, oder sollte ich sie ungeduldig im Stehen begrüßen? Ich war völlig überfordert damit, eine Frau für mich einnehmen zu wollen, die sich offenbar bereits trotz all meiner Fehler dafür entschieden hatte, mich zu lieben.

Nachdem ich ein paar Mal zwischen Sessel und Bett hin

und her gewechselt hatte, entschied ich mich dann anstandshalber für den Sessel, um nicht wie ein lüsterner Schuft zu wirken, der es gar nicht abwarten konnte. Tatsächlich aber war ich durch und durch ein lüsterner Schuft, der es gar nicht abwarten konnte. Ich legte Feuerholz auf, setzte mich und wartete. Es wurde später und später, aber Brangaene kam nicht. Die Beruhigungen, die ich mir selber vorsagte, dass sie sicher durch einige Dienste an Isolde aufgehalten worden war, blieben irgendwann ohne Wirkung. Ich konnte mir auch nicht vorstellen, dass Brangaene ein Spiel spielte, mich auf die Folter zu spannen. Genauso wenig – vielleicht vermessen – konnte ich mir vorstellen, dass sie mich nicht sehen wollte. Als es schließlich schon Mitternacht oder danach sein musste, entschloss ich mich besorgt, in den Frauentrakt hinüberzugehen. Schließlich hatte ich als König und Ehemann jegliches Recht auf meiner Seite, bei meiner lieben Gemahlin nach dem Rechten zu sehen, falls ich jemandem begegnen sollte. Ich wusste nur nicht, wo Brangaene schlief. Dies und ungefähr tausend andere Dinge hatte ich sie heute Nacht fragen wollen. Die Nachtluft war feucht und herbstlich, doch auf ihre Art mild. Ich genoss diese unerwartete Wahrnehmung und auch die Feststellung, dass seit dem Erwachen meiner Liebe für Brangaene all meine Sinne jenseits meiner bisherigen Erfahrungswelt geschärft waren. Das war schön. Ich trödelte trotz des begehrten Ziels meines späten Spazierganges und sah zurückgelegten Kopfes in den Nachthimmel.

Dann, auf dem Weg über den ruhigen Hof gewahrte ich bei den Ställen sich bewegende Schatten. Füße scharrten, und leises Keuchen war zu hören. Die Feierlichkeiten waren ein für alle Mal vorbei, so hoffte ich nicht, dass sich dort noch zwei der Dienstboten vergnügten. Aber die Geräusche klangen nicht nach Vergnügen. Irgendetwas ging dort vor sich, was nicht rechtens war. Die Pferde schnaubten unruhig. Mein Schwert hatte ich dummerweise in meiner Kammer gelassen, so griff ich mir einen Stein und näherte mich lautlos dem Stall. Ich weiß weder, was ich in diesem Moment eigentlich erwartete, noch warum ich selbst ging, ohne die Wachen zu verständigen, so als wäre ich nur ein aufgeschreckter Hausherr, der in seiner eigenen Scheune nachsieht, ob alles in Ordnung wäre.

Gedämpfte Stimmen drangen heraus. Und zwischen dem Gemurmel das Stöhnen einer Frau in Not. Gerade noch hatte ich mich hinter einer Säule des Eingangs verbergen können, da traten zwei Kerle, die ich noch nie auf Tintâgel gesehen hatte, in den Hof und zerrten zwischen sich eine widerstrebend kämpfende Gestalt, der sie einen alten Futtersack über den Kopf gezogen hatten. Der Armen waren die Hände auf den Rücken gebunden, und offensichtlich hatte man sie unter dem Sack geknebelt. Solch eine rohe Tat in Tintâgel, unter meinen Augen. »Wacheee«, brüllte ich und stürzte mich, ohne weiter zu überlegen, auf den größeren der beiden Knechte. Wie lange ich ihn erfolgreich bekämpft hätte, wenn die Wachen nicht schnellstens herbeigeeilt wären, kann ich ehrlicherweise nicht sagen. Ich machte meine Sache aber nicht schlecht.

Innerhalb von ein paar Augenblicken hatten dann die Wachen die beiden Übeltäter festgesetzt, und ich kniete bei der Unglücklichen, die in dem Handgemenge zur Seite gestoßen worden war. Vorsichtig, da ich nicht wusste, ob sie verletzt sein könnte, zog ich ihr den schrecklichen Futtersack von Schultern und Haupt.

Es war Brangaene. Die Haare wirr, mit einem Lumpen scharf in den Mund gebunden, blickte sie mich noch immer in Todesangst an. Mir blieb fast das Herz stehen. Ich löste ihr die Fesseln mit zitternd ungeschickten Händen und half ihr aufstehen. Sie hustete schrecklich und würgte an dem Schmutz des Knebels.

Niemals zuvor oder danach in meinem Leben habe ich eine solche Mordlust verspürt wie in diesem Augenblick.

Wer auch immer ihr das angetan hatte, sollte eines fürchterlichen Todes sterben. »Alles in Ordnung?«, flüsterte ich. Der Hof füllte sich nun mit Erwachenden, die die Schreie und Schläge, das Getrappel der Soldaten gehört hatten, eilig entzündete Fackeln schimmerten fast freundlich in der klaren Nacht.

»Was ist denn hier los?« Der verschlafene Majordomus arbeitete sich zu mir vor, den Mantel eben über sein Nachtgewand ziehend. Heute also hätte der liebe de Zwyyntek endlich einmal fest geschlafen!

»Eine Entführung«, rief ich so laut, dass es alle hören konnten. »Diese beiden Schurken haben die Zofe meiner Frau entführt.« Großes Erstaunen ringsumher, gefolgt vom unvermeidlichen Getuschel. Es entging mir nicht, dass Tristan und Isolde die Einzigen waren, die dem Lärm hier draußen nicht gefolgt waren. Ich hoffte, dass sie ihn zumindest gehört hätten und sich voneinander trennen könnten, bevor ihr Fehlen jemandem auffiele. Brangaene konnte noch immer nichts sagen. Schwach vor Angst und Unwohlsein war sie dabei, sich zu übergeben. Eine der eingetroffenen Mägde kühlte ihre Stirn mit Wasser, eine andere hielt ihr einen Becher mit Wein hin, den meine Geliebte aber noch nicht anzunehmen vermochte. Die Wachen knufften die beiden Knechte, die Brangaene entführen wollten. Der Kleinere wimmerte und schrie immer wieder, dass er unschuldig sei, was die Umstehenden mit Hohngelächter quittierten.

»Man bringe die beiden Schandtäter in den Thronsaal«, befahl ich. Sogleich setzte sich die Menge in Bewegung, gierig auf einen kurzen Prozess, vielleicht noch mit einem Hängen vor Morgengrauen. Ich hätte keine Einwände gehabt, außer dass es mit dem Hängen für mich zu schnell erledigt gewesen wäre. Rösten oder Trichtern war eher nach meinem Geschmack für diese beiden Schurken, die sich an meiner Brangaene vergehen wollten.

Förmlich blieb ich noch ein Weilchen neben der Armen stehen.

»Fühlt Ihr Euch besser, edle Dame?«, fragte ich sie, fast entzweigerissen, weil ich sie nicht wenigstens kurz umarmen konnte. Brangaene nickte, deutete auf ihren Hals und winkte ab. »Kommt in den Thronsaal, sobald Ihr könnt«, sagte ich ihr, »Diese Schandtat wird gesühnt werden!« Dann folgte ich mit dem Majordomus ins Innere.

»Welch eine glückliche Fügung«, bemerkte de Zwyyntek

tonlos, »dass Ihr gerade zur Stelle wart.« Ich antwortete nichts darauf. Sollte er mir doch den Buckel herunterrutschen.

Man hatte den Thronsaal schnell mit Fackeln erhellt, und fast alle Ratsmitglieder – ebenfalls zur Nacht gewandet – waren schon versammelt. Die verschlafene Harmlosigkeit der Hemden und Bettumhänge machte die hastige Zusammenkunft auf eine seltsame Weise ungeheuer bedrohlich. Ängstlich drückten sich die beiden gefesselten Schurken aneinander. Nur mühsam kämpfte ich den Impuls nieder, sie anzuspucken, um wenigstens etwas zu tun.

Ich setzte mich auf den Thron. Jeden Knochen einzeln würde ich ihnen brechen lassen und sie dann aufhängen. Und ein paar Knochen wollte ich wohl persönlich übernehmen.

»Übeltäter!«, dröhnte ich, »Ihr habt euch eines schlimmen Vergehens schuldig gemacht. Ihr habt eine der Damen meines Hofes, die Zofe und Base der Königin, entführen und ihr etwas Schreckliches antun wollen. Ich werde euch fürchterlich bestrafen.« Die beiden Schurken hatten nun wirkliche Angst. Gehetzt blickten sie umher. »Habt ihr etwas zu eurer Verteidigung zu sagen?«, fragte ich formell, ohne eine wirkliche Antwort zu erwarten. Der Größere der beiden trat den Kleinen mit dem Fuß, um ihn zum Reden zu ermuntern.

»Herr König, bitte«, jammerte der dann auch gleich. »Wir sind überaus unschuldig.« Der Hof bog sich vor hämischem Lachen. »Das ist wahr, ganz und gar unschuldig!«

»Hör zu, du Lump, reize mich nicht. Ich selber war es, der dich bei den Ställen ertappt hat.« Dem Großen brach der Schweiß aus, er blickte sich gehetzt nach allen Seiten um, als suchte er jemanden. Der Kleinere setzte seine Rede fort.

»Ja, wohl, Majestät, das ist so. Aber es war doch so vereinbart.« Der Trottel hatte die Stirn, mir ein Auge zuzukneifen. »Wir haben doch nach Eurem Auftrag gehandelt!«

»Ihr habt was?!«

»Nach Auftrag der Königin, nicht von ihm«, blökte der Größere korrigierend. Der Hof atmete gemeinschaftlich ein, dass ich schon dachte, es würde die Fackeln löschen.

»Sprecht endlich und wehe, ihr lügt, ich lasse euch bei den Füßen aufhängen und langsam verbrennen.«

So ermuntert begann der Kleinere eifrig zu erzählen. Am Mittag wären zwei Iren ins Dorf gekommen, die radebrechend Männer für einen Auftrag suchten, der in Wein und Gold bezahlt werden würde. Die beiden Schurken hatten sich sogleich gemeldet und waren in einem Heuwagen versteckt nach Tintâgel gebracht worden. Bei den Ställen versteckt hatten sie von einem Mittelsmann der neuen Königin erfahren, dass dieser durch eine bestimmte Dame großes Unrecht geschehen sei. Um das Unrecht zu sühnen, forderte die Königin, die betreffende Dame zu fangen und sie in einen entlegenen Ort zu verbringen, wo die beiden gedungenen Schurken sie umbringen und zum Beweis ihres Todes die Zunge herausschneiden sollten. Wenn ich nur daran dachte, welche Angst Brangaene ausgestanden haben musste!

»Das hätten wir natürlich nie gemacht, ehrlich«, plapperte abschließend der Kleinere. »Es wär doch Verschwendung. Wir wollten sie für uns behalten, die Dame. Der Geoff hier hätte seinem Hund die Zunge rausgeschnitten. Es hätte doch keiner gemerkt, wenn sie bei uns als Magd gelebt hätte.«

Mir wurde heiß vor Wut und schlecht vor Angst. Geoff, der Größere, beeilte sich, hinterherzuschicken: »Ja genau. Nie hätten wir das gemacht. Wir hätten sie sogar bei uns im Haus wohnen lassen. Obwohl es schade gewesen wäre, um den Hund. Der hört aufs Wort.«

Alle Augen waren auf mich gerichtet. Der große Geoff, der kleine Schurke, der Hofstaat, sogar der Majordomus glotzten mich in ungläubiger Überraschung an.

Ich stand auf, ganz ruhig und leise, fast ein bisschen heiser gab ich den nächsten Befehl: »Man bringe die Königin.«

Eintrag ins Verzeichnis des Klosters der Schwestern zur guten Pforte, St. Materiana

Entlassen am heutigen Tage die Laienschwester Sr. Lukas, auch bekannt und zu uns gekommen als die Dame *Brangaene von Irland.* Sie hat im Kloster mehr als acht Monate unter einem strengen Schweigegelübde verbracht und wird nun auf Bitten und Auftrag des königlichen Majordomus Michaelis de Zwyyntek nach Tintâgel überstellt, um den König Marcus II. zu pflegen. Im Dank für ihre zukünftigen Dienste überlässt der Hof zu Tintâgel unserem Kloster:

10 Kerzen Bienenwachs
1 Altartuch
1 gerüttelt Maß an Weihrauch
Gelobt sei der HERR.

Schuld

Kurz vor Isolde erreichte meine geliebte Brangaene die Thronhalle. Noch immer bleich, das Kleid beschmutzt vom Stall, das Haar feucht, trat sie zitternd ein. Während ein eilfertiger Höfling ihr die ganze Geschichte in wackligem Latein erzählte, zeigte sie keine Miene. Ich konnte den Blick wider alle Bemühung nicht von ihr lassen und fühlte mich als ein krankes Scheusal. Selbst in diesem erbärmlichen Zustand war Brangaene für mich die anziehendste aller Frauen, und ich konnte nicht aufhören, daran zu denken, welche wundersamen Geheimnisse sie und ich im Schutze der letzen Nacht miteinander geteilt hatten und dass ich wieder mit ihr allein sein wollte. Ich versuchte mich zu ernüchtern, dachte an die furchtbaren Momente, die sie – betastet von den unwürdigen Händen dieser beiden Schurken – hatte erdulden müssen. Tatsächlich im Auftrag Isoldes? Sollten wir entdeckt sein? Oder wollte sie Brangaene als Mitwisserin der falschen Hochzeitsnacht beseitigen? Fast sehnte ich den Eklat, der unweigerlich kommen würde, herbei. Dann wäre alles vorbei. Ich würde den Thron verlieren, aber Brangaene gewinnen. Dann würden sich andere mit Cornwall, Irland, Bristol und Devon herumärgern müssen. Brangaene und ich könnten nach Kanelegres ziehen und dort in Frieden miteinander leben. Ich lächelte fast im Angesicht dieser erlösenden Träumerei, als sich die Tür öffnete und Isolde, eskortiert von den Dienern und Wachen, die nach ihr geschickt waren, den Saal betrat.

Die Augen weit aufgerissen, die platte Nase gekraust, die untere Lippe ängstlich unter die vorspringenden Zähne gezogen, tastete sie sich vor bis zur Mitte der Halle und heftete ihren unsteten Blick schließlich auf mich. Ihr so genanntes Goldhaar fiel ihr offen über die Schultern und schimmerte im Widerschein der Fackeln. Sie sah sehr jung, sehr verletzlich aus – und sie widerte mich mehr an als Geoff, dessen Hund und der kleine Übeltäter zusammen.

»Isolde«, sprach ich so tief und grollend, wie es mir möglich war. »Gegen Euch ist schweres Zeugnis abgelegt worden. Wir werden keinerlei Rücksicht nehmen auf die Tatsache, dass Ihr unsere Gattin seid. Wer an unserem Hofe Unrecht tut, der stehe auch für sein Unrecht gerade, egal ob von hoher oder niedriger Geburt.« Geoff und der kleine Komplize tuschelten erleichtert miteinander. Die Tür knarrte, und Tristan schlich herein, Bücklinge in meine Richtung vollführend. Wie ich sie beide in diesem Moment hasste!

»Ah, sehr gut, auch unser Neffe ist also zugegen«, grollte ich. »Tristan, da die Königin vielleicht nicht alles versteht, was hier verhandelt wird, mögt Ihr ihr den Dienst erweisen, ihr im Irischen auszuhelfen, wenn es ihr am nötigen Begreifen gebricht.« Ich hatte mich extra verschraubt ausgedrückt, damit eben dieser Fall eintrat. Die gebleckten Zähne schimmerten im Fackelschein, als meine Ehefrau keuchte, dass sie nicht sicher sei, weshalb man sie aufgeweckt habe. Tristan preschte dienernd vor und flüsterte Isolde etwas Beruhigendes zu.

»Ach so« sagte sie ein paar Mal. Dann wiederholte ich die Anschuldigungen der beiden Schurken.

»Gebt Ihr, Isolde von Irland zu, dass Ihr Anstifterin und Auftraggeberin dieser schändlichen, lügenhaften Tat wart?« Tristan wisperte, und Isolde nickte dazu nicht eben glücklich.

»Sprecht nun, Isolde, unsere Geduld ist nicht gut genährt heute Nacht, nach dem, was geschehen ist.«

»Äh«, machte Isolde gerade, da tönte diese unvergleichliche, diese wunderbare Stimme warm und voll in den Saal:

»Verzeiht, König Marke, dass ich unterbreche, aber ich glaube, dass ich helfen kann, Licht in die Angelegenheit zu bringen.« Brangaene sprach *Cornisch.* Das war doch nicht zu glauben! Selbst in den intimsten Momenten, die ich in meinem Leben erlebt hatte, hatte mich diese Frau gezwungen, Latein zu sprechen, und dabei konnte sie meine Sprache. In dummer

Überraschung sah ich zu ihr, ebenso zum Glück alle anderen, der Majordomus mit dem Ausdruck eines Jagdhundes, der angeschlagenes Wild riecht. »Es ist so, dass ich die Königin Isolde tatsächlich gefehlt habe, so hatte sie ganz Recht, mich anzuklagen, auch wenn mein Vergehen nicht so schwer wiegend war, dass es solche Bestrafung forderte.«

»Einen Schreiber für die Akten«, zischte der Majordomus eine Spur zu laut. Brangaene nickte ihm zu, fast hätte sie gelächelt.

»Danke, Herr Majordomus.« Zwyyntek wurde rot.

Was hatte sie nur vor? Solch eine Gelegenheit würde sich uns nicht wieder bieten.

»Es ist so, dass wir beide, die Königin und ich, auf der Überfahrt von Irland zwei weiße Hemden besaßen, die sehr kostbar waren«, fing Brangaene an zu reden. Weiße Hemden? Das musste der Schock sein, dachte ich.

»Durch eine Unbedachtsamkeit wurde das Hemd der Königin beschmutzt, und so bat sie mich, ihr vor der Hochzeitsnacht das meine zu leihen.« Brangaene nickte heftig, wie um die lahme Erzählung mit ihrer ganzen Willenskraft zu beleben. Der Majordomus machte schmale Augen. »Gegen allen Anstand habe ich der Königin Vorhaltungen gemacht, dass sie doch besser hätte aufpassen sollen, und wollte mein Hemd nicht gleich hergeben. Ich sagte ihr, dass mein Hemd nicht so neu sei wie ihres und dass der Tausch leicht bemerkt werden könnte.«

Isolde gaffte am ungläubigsten von allen. Tristan wisperte in ihr Ohr, was das Zeug hielt. »In Irland«, faselte meine geliebte Brangaene weiter, »ist ein solcher Ungehorsam ein schweres Verbrechen, und nach unseren Gesetzen tat die Königin ganz recht, mich zu strafen.«

Geoff stieß den kleinen Komplizen an. Wahrscheinlich zeigte sich ihm erstmals seit ihrer Verhaftung ein Hoffnungsschimmer, dass er seinen unseligen Hund wiedersehen würde, der so gut erzogen war.

Ich sah Brangaene durchdringend an. »Aber nun bereue ich nicht im Geringsten, der Königin diesen Gefallen getan zu haben«, sagte sie mit einem plötzlichen Lächeln, und es war mir, als hätten die Diener weitere hundert Fackeln in den Saal getragen.

»Im Gegenteil. Dadurch, dass ich der Königin in ihrer Not half, fand ich die größte Freude meines Lebens, und nicht einen Augenblick, vergangen, gegenwärtig oder zukünftig würde ich tauschen wollen. Alles, meinen Leib, meine Seele und mein Leben gäbe ich her für die Glückseligkeit, die ich im Austausch für dieses Hemd erfuhr. Ich wünschte nur, ich hätte nie einen Augenblick gezögert oder verschwendet.«

Sie hatte mit so viel echtem Gefühl, solch ungeheurer Wärme und reiner Liebe gesprochen, dass alle Anwesenden vergaßen, dass bloß von einem unsinnigen Hemd die Rede war. Die ganze Halle zerschmolz unter Brangaenes Lächeln, dem Schimmer in ihren Augen, der umarmenden Seelengüte ihrer Stimme.

»Ach, ein Hemd also«, murmelte schlafwandlerisch der Majordomus. Selbst ihn hatte der Zauber umfangen. »Na, das wird sich doch klären lassen, so ein dummes Missverständnis.«

Brangaene nickte. »Vergebt mir, Königin Isolde«, bat sie dann mit einer unnachahmlichen Verbeugung in Richtung der Königin. Isolde blickte verwirrt umher.

»Ist das wahr, Isolde?«, fragte ich rau, die Augen weiter fest auf Brangaene geheftet, bewegt bis in die tiefste Seele. »Entspricht die Schilderung Eurer Cousine und Zofe der Wahrheit, und könnt Ihr darauf einen heiligen Eid schwören?«

Sollte sie wenigstens den Meineid auf ihren krummen kleinen Geist nehmen. Tristan wisperte noch ein wenig, dann war es ganz still.

»Ach so«, plapperte Isolde, »ja, das war so mit dem Hemd. So wie sie das gesagt hat.« Tristan flüsterte nochmals. »Und das tut mir auch Leid«, fügte sie an, »wegen der Brangaene. Ich hätte das nicht machen sollen. Ich schwöre, dass ich es nie wieder tun werde.«

Raunen in der Halle. Ich erhob die Hand. »Man gebe den beiden Schurken je fünf Weidenstreiche auf die Fußsohlen und verweise sie dann des Landes«, entschied ich, meiner ursprünglichen Wut ein wenig entfremdet. Geoff und sein Freund sahen einander erleichtert und entsetzt zugleich an. »Und die Königin Isolde mag für ihr Vergehen geistlichen Beistand und geistliche Buße suchen. Sie soll für einen Monat im Kloster St. Materiana wohnen, um über ihr vorschnelles Urteilen, das einer Königin nicht angemessen war, nachzudenken.« Ich bemerkte aus den Augenwinkeln, wie alles nickte. Offenbar war diese Rechtsprechung zufrieden stellend. Tristan allerdings war fahlweiß geworden. »Und Euch, Brangaene von Irland«, sagte ich weicher, »bitten wir um Verzeihung. Seid gewiss, dass wir Euch Dank schulden für die wunderbare Leihe Eures Hemdes, eine Tat, die in meinem Leben ohne Beispiel ist.«

Brangaene knickste und die Versammlung löste sich auf. Ich verwickelte Tristan in ein Gespräch, bis Isolde, geführt von zwei Damen, die ihr sogleich beim Packen helfen würden, die Halle verlassen hatte. Morgen musste ich Brangaene unbedingt zur Rechenschaft ziehen, dafür, dass sie mir nicht gesagt hatte, dass sie des Cornischen fast fehlerfrei mächtig war.

In dieser Nacht sah ich Brangaene nicht. Ich lag schlaflos auf meinem Bett, starrte in Erwartung des Morgens an die Decke und dachte über die fürchterlichen und wundervollen Ereignisse dieser Nacht nach. Dass ich vermocht hatte, Brangaene aus den schmutzigen Händen der beiden Dorftölpel zu retten, erfüllte mich mit Zuversicht. Ich erinnerte mich dunkel, wie ich einmal in meiner Jugend die Chance gehabt hatte, einer unglücklichen Frau zu helfen, und wie ich sie in Feigheit vertan hatte. Dass ich nun, da ich nicht einmal wusste, wer die Gefangene gewesen war, nicht gezögert hatte, ihr zur Seite zu stehen, schien mir als ein gutes Omen, so als könnte ich meine Zweifel, Brangaene gar nicht zu verdienen, beruhigen. Ich fuhr mit dem Finger über die verbrannte Stelle an meiner rechten Hand. War das erst gestern gewesen?

Doch die süßen Erinnerungen an die vergangene Nacht konnten nicht mehr an die Oberfläche meiner Gedanken steigen, denn ich war zu beunruhigt. Die Hemden-Geschichte hatte uns alle einen kurzen Moment eingelullt, doch es blieb ein bestehendes Faktum, dass Isolde, sicher im Bunde mit meinem Neffen, den kalten Plan ersonnen hatte, Brangaene umbringen zu lassen, weil diese ihr Geheimnis kannte. Ich hatte es nicht erwartet. Aber nun wusste ich, dass ich weit Schlimmeres von meiner minderbemittelten Gattin zu erwarten hatte. Brangaene hielt es offensichtlich für das Beste, sich das Vertrauen der Königin trotz allem zu erhalten, und auch ich beschloss, auf der Hut zu sein.

Als der Morgen kam, ließ ich den Majordomus wecken.

Übernächtigt folgte er meinem Befehl, mich im feuchten Nieselregen auf dem Zinnengang zu treffen. Die lederne Kappe schützend um seine Ohren ziehend, beäugte er mich, als könnte er die Veränderung, die in mir geschehen war, von meinem Gesicht ablesen. Und wirklich glaube ich, dass etwas zu sehen war. Zum ersten Mal, seit Fluflu fortgegangen war, war mir wieder etwas wichtig geworden, was nichts mit dem ängstlichen Schutz vor politischen Intrigen oder nacktem Überleben zu tun hatte. Und darüber hinaus: Zum ersten Mal in meinem Leben war mir ein anderer Mensch wichtiger als ich selbst. »Majordomus, wir machen uns Sorgen«, begann ich. »Unsere Gattin, sie scheint ein wenig überschwänglich, unbesonnen, in ihren Handlungen und Entscheidungen, Ihr versteht.«

De Zwyyntek nickte fröstelnd: »Die Hemden-Geschichte.«

»Wer sich solcher Kleinigkeiten wegen zu derart unbedachten Handlungen hinreißen lässt, der könnte mitunter auch andere Maßnahmen befürworten, die noch weniger angemessen sind.« Es war wirklich unangenehm kalt in der Nässe. »Ich möchte Euch daher bitten, dass Ihr die Königin nach ihrer Rückkehr aus St. Materiana davor schützt, dass sie ihr unausgebildetes Urteilsvermögen ins Unheil führt. Und sollte sie noch einmal über das Leben eines anderen Menschen richten, auch wenn es der dümmste Schweinehirt Cornwalls ist, so nehme ich Euch bei Eurem Wort und Eurer Ehre, dieses zu verhindern. Und ich will über jede ihrer Handlungen betreffend die Dame Brangaene von Irland informiert sein.«

De Zwyyntek zog den Kopf ein. »Wie Ihr befehlt, Majestät.«

Damit wusste ich Isolde unter ständiger Überwachung. Ich wusste auch, dass es die Gerüchte befeuern könnte, dass ich als alter Mann, meiner eigenen Schwäche schmerzhaft bewusst, meine junge Frau überwachen lassen müsste, um mich ihrer Treue sicher zu fühlen. Aber es war mir egal, solange ich Brangaene in Sicherheit wusste.

Als Isolde am späteren Vormittag in einer Reisesänfte über die Hochebene nach St. Materiana getragen wurde, meldete sich prompt mein Neffe bei mir. Bleich, die schlanken Hände zu Fäusten geballt, mit einem gezwungenen Lächeln stand er vor dem Thron und bat um Urlaub.

»Ich will auf eine Pilgerfahrt gehen, mein Onkel«, presste er mit zusammengebissenen Zähnen hervor. »Bis nach Glastonbury oder vielleicht übersetzen nach Frankenreich.«

»Hast du denn in deinen jungen Jahren bereits solche Sünde auf dich geladen, dass du die Notwendigkeit für eine Pilgerfahrt spürst, mein lieber Tristan?«, fragte ich tückisch. Mein Neffe sackte auf die Knie.

»Ja, das habe ich. Verlangt nicht, dass ich davon spreche, Herr. Es ist zu schlecht, was ich getan habe. Ich will büßen und als ein besserer Mensch zu Euch zurückkehren. Und ich schwöre Euch, ich will es nie wieder tun, was ich tat.« Er senkte den Kopf und bot ein Bild echten Jammers. Ob er es ernst meinte mit dieser Anwandlung reuiger Frömmigkeit? Der Bischof von Salisbury tat zwar selbst nicht, was er predigte, aber wenn er von Sünden und Buße redete, machte er seine Sache sehr gut. Vielleicht hatte Tristan über seinen Ehebruch – dazu noch mit der Frau seines Onkels – nachgedacht und war zu dem Schluss gekommen, dass es wirklich falsch war. Mir selbst waren Anwandlungen von Schuld, Reue und den heimlichen Versprechen des »nie wieder« gut aus der Zeit bekannt, da ich ähnlich moralisch verstrickte Beziehungen zu Ursula von Dartmoor oder anderen verheirateten Damen unterhielt. Und aus eben diesem Grunde bewertete ich Tristans mögliche Ansätze zur Besserung nicht besonders hoch. Die Absicht, solche Verfehlungen nicht noch einmal zu begehen, reichte meist bis zur nächsten Gelegenheit. Dass Isolde mir völlig gleichgültig war, machte es natürlich um ein Vielfaches leichter, ihrem Liebhaber gegenüber mit Nachsicht aufzutreten. Es war sogar ein gutes Gefühl, fast väterlich.

»Und wie lange«, fragte ich, »willst du uns bedauerlicherweise die Freuden deiner Musik und Gegenwart entziehen, um zu pilgern?«

»Einen oder zwei Monate zumindest, mein König, vielleicht länger.«

»Es sei.« Tristan erhob sich. »Geh mit Gott und finde, was auch immer es ist, das du suchst.« Meinen Segen hatte er. Es war beinahe, als hätte Gott ein Einsehen mit Brangaene und mir und würde uns ein paar ungestörte Stunden schenken.

Isolde war im Kloster, Tristan ritt am Nachmittag nach Osten, und als der Majordomus der Abendtafel fernblieb, erfuhr ich bei der gewöhnlichen Nachfrage, ob er wieder fastete, dass er an einer schmerzhaften Ohrenentzündung litt und sehr krank war. Fürsorglich gab ich Anweisung, ihn in den nächsten zwei Tagen unter keinen Umständen aufstehen zu lassen und ständig zu pflegen. Ich zog mich schon nach dem ersten Gang zurück mit der Erklärung, wegen der gestrigen Ereignisse sehr müde zu sein. Die seltsame Gerichtsverhandlung hatte fast alle um den Schlaf gebracht. Der Hof teilte meine angebliche Erschöpfung und zog sich ebenfalls alsbald zurück.

Diese Nacht gehörte nur Brangaene und mir.

Ich entfachte, nachdem ich den Kammerherrn fortgeschickt hatte, ein rechtes Höllenfeuer in meinem Kamin, damit es Brangaene nicht frieren sollte. Dann verbrannte ich Lavendel, bis ich kaum noch atmen konnte, um dem Raum einen angenehmen Duft zu verschaffen. Obwohl ich den festen Vorsatz hatte, nicht allzu lange darin gewandet zu bleiben, legte ich meine bestickte, rote Tunika und den entsprechenden Umhang an, von denen ich hoffnungsvoll annahm, dass sie mich anziehender erscheinen ließen. Mit einem aufgebrachten Bienenstock im Bauch setzte ich mich in den Sessel neben dem Feuer und überlegte, was ich ihr sagen sollte, wie die erneute Verführung meiner Geliebten zu beginnen wäre. Brangaene enthob mich dieser Sorgen, sobald sie lautlos durch die Tür glitt.

Noch während ich mich überrascht erhob, packte sie mich und vermochte es in einer einzigen Bewegung, meinen Gürtel zu lösen, mich des Umhangs samt der Tunika zu entledigen und mich aufs Bett zu werfen. Ich bewunderte ihre Taktik, deren einzelne Schritte ich nicht nachvollziehen konnte, und ergab mich. Was folgte, war die schönste Invasion Irlands in Cornwall, die ich mir denken konnte. Dann, nachdem ihr Angriff vorüber war, hielten wir einander fest, bis sie den ersten zusammenhängenden Satz des Abends sprach: »Es ist aber schrecklich heiß hier.« Auf Cornisch!

»Ich hatte das Feuer entzünden lassen, werte Dame, dass es Euch bei dem höfischen Diskurs, in den ich Euch zu verwickeln plante, um sanft Eure sittsamen Widerstände zu brechen, nicht kalt würde. Es konnte ja niemand ahnen, dass du hier hereinkommst und dich an mir vergehst wie Caesar an den Allobrogern.«

Brangaene strich sich die Haare aus dem Gesicht: »Das mit den Allobrogern wusste ich gar nicht.«

Sie stützte sich auf den Ellbogen und lächelte zu mir herab. Ich wusste selbst nicht genau, ob es die Allobroger gewesen waren, und hoffte, dass sie das Thema fallen lassen würde.

»Ich bin sehr froh, dass ich nicht an Geoffs Hund verfüttert worden bin. Ich danke Euch für meine Rettung.«

Gerne hätte ich irgendetwas gesagt, das witzig, schlagfertig oder überlegen gewesen wäre. Aber mir fiel nichts ein. Ich konnte sie nur ansehen und es gar nicht fassen, dass sie da war, dass sie mich liebte und dass sie so wunderbar war. Sanft legte ich meine Hand an ihre Wange, und sie schloss die Augen.

Ihre Brauen waren wie Adlerschwingen im Licht der Lampen und des Feuers. »Wieso hast du mir nicht gesagt, dass du Cornisch sprechen kannst?«, fragte ich leise, mit den Fingerspitzen ihr Gesicht entlangfahrend.

»Ich dachte, vielleicht höre ich hier so einiges, was ich nicht hören würde, wenn alle Welt wüsste, dass ich die Landessprache verstehe.« Sie biss in meine Hand.

»Ja, aber selbst ich – und selbst in der Nacht?!«

Sie umarmte mich und legte den Kopf auf meine Brust. »Du weißt doch, wie Frauen sind. Wir wollen wenigstens etwas Besonderes sein.«

Ich streichelte ihren glatten Rücken. Noch nie in meinem Leben hatte ich mich so wohl, so sicher und so erfüllt gefühlt. Ich hatte nicht geahnt, dass ein Mensch sich derart heil fühlen konnte, aufgelöst und angekommen in der Gegenwart eines anderen. »Es macht mich ganz krank, dass du so schlau bist«, flüsterte ich abwesend.

»Sag doch mal etwas Höfisches«, forderte Brangaene in meine Schwärmerei, »ich meine, all die Sachen, mit denen du meine Sittsamkeit aufbrechen wolltest.«

»Ich sage die ganze Zeit schon solche Sachen.«

»Nicht höfisch!«

Ich schob sie hoch und drehte sie auf den Rücken: »Du bist ja auch nicht sittsam gewesen.«

Sie lächelte: »Marke?«

Ich küsste mich an ihrem Haaransatz entlang. »Hm?«

»Was wäre, wenn alles anders wäre. Ich meine, wenn du nicht König von Cornwall wärst und ich nicht die Zofe deiner Ehefrau? Überhaupt, wenn du gar keine Ehefrau hättest, meine ich?« Die Kissen zurechtschiebend, legte ich mich auch hin, glücklich bereit, meinen linken Arm unter Brangaenes Nacken ertauben zu lassen.

»Also, wenn ich nicht König wäre, hätte ich vielleicht Kaufmann werden können für Zinn«, überlegte ich. »Ich habe nämlich nicht viel Talent zu irgendwas, aber mit dem Zinn habe ich immer eine glückliche Hand gehabt. Und wenn ich so als völlig unverheirateter Kaufmann durch die Lande gezogen wäre, dann hätte ich dich zufällig eines Tages in Irland gesehen. Du wärest gerade einer sehr anmutigen Tätigkeit nachgegangen –«

»Ich kann weben wie ein Schotte«, warf Brangaene großtuerisch ein. »Einer Tätigkeit wie dem schottischen Weben nachgegangen«, fuhr ich berichtigt fort, »und hätte die Augen gar nicht wieder von dir lassen können. Mein Herz hätte sich zusammengekrampft, ich hätte nicht mehr gewusst, was tun, und ich wäre zu dir hin an deinen Webstuhl getreten und hätte gesagt: Heiratet mich, schönste aller Frauen, werdet die meine auf der Stelle oder ich bin meines Lebens nicht mehr froh.«

Brangaene kehrte mir begeistert ihr Gesicht zu. »Das hättest du gesagt?« – »Ja, das hätte ich gesagt. Und dann hätte ich dich schnell entführt, bevor dir aufgefallen wäre, dass ich viel zu alt für dich bin.«

Sie zog mich an sich und küsste mich zärtlich. »Und ich würde sagen: Ich will Euch heiraten, fremder Zinnkaufmann, heute und jeden Tag wieder – auch wenn Ihr ein alter Greis und meiner nicht würdig seid.«

Ich begab mich daran, das Gegenteil zu beweisen – und für einen unwürdigen, alten Greis machte ich meine Sache nicht schlecht.

Alles war wunderbar, weil es Brangaene gab. Jeder Tag strahlte in hellem Licht, auch wenn sich der Herbst bedrohlich in den Winter verwandelte. Es gab keine nennenswerten Krisen, kaum Intrigen, das Leben plätscherte freundlich vor sich hin. Der Majordomus erholte sich von seinem Ohrenleiden, behielt aber eine Hörschwäche zurück, was ihn als den gefürchteten Lauscher, der er sein Leben lang gewesen war, stark einschränkte. Isolde kehrte aus St. Materiana wieder, heulte drei Tage unter dem Vorwand der Freude, zu Hause zu sein, als sie von Tristans Abreise erfuhr, und erschreckte mich zu Tode, indem sie eines Abends kurz vor Brangaenes Ankunft an meine Tür pochte. Der Zuwendung ihres Liebhabers entwöhnt, schlug sie mir heuchlerisch vor, dass wir vielleicht doch nicht bis zum Frühjahr mit der »Wiederaufnahme« unserer ehelichen Beziehungen warten sollten. Erschüttert expedierte ich sie auf den Flur. Ein glücklicher Zufall wollte es, dass Bristol und Baron Perranporth beobachteten, wie ich mich galant von meiner abgeblitzten Ehefrau mit einem Handkuss trennte, ganz so, als hätte ich sie nach Erfüllung ihrer Pflichten noch ein bisschen nett verabschieden wollen. Jedenfalls ging nun auf Tintâgel das Gerücht, dass Isolde und ich nach dem Hemden-Zwischenfall wieder versöhnt wären, und der Argwohn legte sich.

Brangaene hatte es freilich etwas schlechter getroffen, weil sie als Isoldes Gesellschafterin die Verpflichtung zu deren Zerstreuung und Unterhaltung nicht umgehen konnte. Die Hemden-Affäre hatte Isolde reuig werden lassen, sie vertraute Brangaene nun blind und bezog sie in all ihre Überlegungen mit ein. In St. Materiana hatte sich Isolde das laute Lesen im Gebetbuch der Nonnen angewöhnt, was für Brangaene, wie sie mir abends ausgelaugt erklärte, eine rechte Tortur war.

Das Doppelleben, das wir führten, hatte natürlich seine Schattenseiten. Bisweilen gab es Tage und selbst Wochen, in denen wir uns nicht sehen konnten. Wenn wir uns stritten, konnten mitunter Ewigkeiten vergehen, bis wir Gelegenheit hatten, die Dinge wieder gerade zu rücken. Immer in der Furcht, entdeckt zu werden, schliefen wir beide schlecht, und schließlich gewöhnte sich Brangaene an, schon weit vor Morgengrauen wieder in den Frauentrakt zurückzuschleichen. Da man sie nachts bei ihren Gängen über den Hof ein paar Mal gesehen hatte, ging das Gerücht, dass sie alten Kulten anhinge, die sie angeblich am Abend insgeheim im Kräutergarten ausführe. »Ich wünschte, ich hätte Zeit für alte Kulte«, seufzte Brangaene nur, als ich ihr davon erzählte. »Ich habe ja kaum genug Zeit für alte Könige.« Wenn wir uns an der großen Tafel begegneten, musste ich sie fast ignorieren. Das fiel mir besonders schwer, wenn sie bedrückt oder kränklich wirkte und ich nicht wusste, wann ich Gelegenheit hätte, sie danach zu befragen.

Isolde ließ ich in bester Absicht einen albernen kleinen Hund mit Namen Peticrü zukommen, kaum größer als eine Ratte, aber flauschiger, mit dem sie sehr zu Brangaenes Verdruss bald täglich Gespräche führte, in denen Isolde Rede und Gegenrede des Hundes zugleich übernahm. Ich hatte gehofft, der Hund wäre eine Ablenkung von den Gebetsbüchern gewesen, und entschuldigte mich bei meiner aufgebrachten Geliebten. »Heute hat sie mit ihm darüber disputiert, ob Pferde nicht schneller wären, wenn sie sechs Beine hätten«, stöhnte Brangaene. »Der Hund war natürlich der Ansicht, dass acht Beine noch schneller wären.«

Mittwinter war die längste Nacht des Jahres, und Brangaene und ich versuchten, sie gebührend zu feiern. Tristan war nicht zurückgekehrt, und ich dachte, dass es früher oder später eine Beschäftigung für Isolde geben müsste, um sie nicht gefährlich werden zu lassen in ihrer überspannten Einsamkeit. Wenn sie nur etwas anziehender gewesen wäre, hätten sich sicher einige der jungen Männer darum bemüht, ihre Liebhaber zu werden, aber Isolde war nun einmal Isolde, und außer Tristan hatte noch kein Mann vermocht, Schönheit jenseits aller Vernunft in ihr zu erblicken. Die Januarstürme waren eisig, die Torfwege waren von Schneewehen versperrt, sodass der Brennstoff knapp wurde und ich schon fürchtete, wir müssten auf die alten Seetangfeuer zurückgreifen.

Die Schmelze kam dann aber früh, und eines erschreckenden Tages erinnerte mich der misstrauische Majordomus daran, dass Æquinox bald vor der Tür stände und damit die inoffizielle Frist verstrichen sei, in der ich die ehelichen Beziehungen zu meiner Gattin ausgesetzt hatte. Dank heuchelnd für seine Umsicht, entließ ich den grässlichen Mann und versuchte, so bald wie möglich mit Brangaene zu sprechen. Aber eine kostbare Woche verstrich, in der mich der Gedanke an einen erzwungenen Beischlaf mit Isolde fast zu Tode marterte, bevor Brangaene dann eines Abends durch meine Tür huschte. Am Fußende des Bettes sitzend, küssten wir uns ausgehungert, und als sie mich lieben wollte, brachte ich es nicht über mich, bevor ich ihr nicht die schreckliche Mitteilung gemacht hätte.

Meine Liebste wurde ganz blass und saß einen Augenblick wie versteinert da. »Sie können dich doch schließlich nicht zwingen, mit ihr zu schlafen!«, flüsterte sie ungläubig. Die scharfsinnigen Augen betrog zum ersten Mal eine heimliche Naivität.

»Doch, genau das können sie. Und wenn sie es wollen, können sie sogar dabei vor der Tür stehen oder im Zimmer sein. Alles für einen Erben.« Ich hatte einen bitteren Geschmack im Mund. Brangaene kamen die Tränen. Im Laufe unseres gemeinsamen Schattendaseins hatte ich sie ein paar Mal weinen sehen. Aus Glück, aus Wut, aus Erschöpfung, aber noch nie mit einem solch verzweifelten Ausdruck wie jetzt. Über uns lag eine Kuppel der Stille, und es gab nichts, was ich ihr sagen konnte, um sie zu trösten. Hilflos streichelte ich ihre Hand und hasste mich dafür, sie – wenngleich schuldlos – so unglücklich zu machen.

»Na ja«, murmelte sie schließlich, »vielleicht ist es eben so. Du gehörst mir nicht, Marke, ich habe es mir nur eingeredet, weil ich es gerne so wollte. Aber die Wirklichkeit ist doch, dass Isolde deine Ehefrau ist und dass ich diejenige bin, die ihr den Mann stiehlt.« Heiße Wut wallte in mir auf. Ich trat gegen die Holzscheite vor dem Kamin und hieb meine Faust gegen die Mauern.

»Das ist der größte Unsinn, den ich jemals gehört habe, Brangaene. Du weißt genau, dass ich dein Mann bin und niemandes sonst. Wir haben vielleicht keine gesegnete Ehe, leben versteckt, und all die Unbill, die wir auf uns nehmen müssen, aber wenn jemand ein Fleisch, ein Geist und eine Seele ist, dann sind das du und ich!« Jetzt liefen noch mehr Tränen über ihre Wangen. Hilflos wischte sie sich die Nase mit ihrem Ärmel ab.

Ich kniete vor ihr nieder und packte sie bei den Ellbogen: »Denk nach, Brangaene! Es gibt eine Lösung, wir müssen sie nur finden.«

Am Abend von Æquinox, als die Feuer draußen hoch brannten, ging ich vom Hof, unter Beifall verabschiedet, mit Isolde in Gesellschaft ihrer vertrauten Zofe Brangaene in die Kemenate der Königin und befragte sie mit großem Interesse nach ihrem Hund Peticrü, dessen Fähigkeiten und Ansichten zur Weltlage.

»Das ist mal richtig nett«, erklärte ich ihr leutselig, »dass wir Gelegenheit haben, uns etwas besser kennen zu lernen. Wir sehen uns ja leider so selten.«

Honigwein bechernd, den Brangaene ihrer Herrin immer wieder gerne auffüllte, erwies sich Isolde als nicht eben trinkfest. Nach dem dritten Humpen bot sie bereits lallend an: »Soll ich Euch auch vormachen, wie der Hund rückwärts gehen kann?« Ich zeigte mich an dieser Darbietung äußerst interessiert und nötigte meiner Gattin einen weiteren Becher Honigwein auf, mit dem ich auf unsere gesegneten ehelichen Beziehungen trinken wollte. Brangaene winkte ab, um Isolde nicht zu vergiften, und es war auch kein weiterer Schluck notwendig. Kurz bevor meine liebe Frau ins gesegnete Land der berauschten Träume hinüberglitt, murmelte sie noch mit einiger Bestimmtheit, dass der Hund aber trotz meiner ungewohnten Anwesenheit im Bett zu verbleiben hätte. »Der schläft da immer«, waren ihre letzten Worte.

Brangaene und ich sahen einander an wie zwei siegreiche Verschwörer. Ich hob die leise schnarchende Königin aus dem Bett, während Brangaene schnell das unberührte Laken gegen eines von unseren austauschte, sodass der Majordomus am nächsten Morgen auch die Spuren glaubhafter Beschäftigung finden würde. Dann legte ich die arme Betrunkene zurück, Brangaene zerraufte ihr ein wenig das Haar und hieb eine Kuhle in das zweite Kissen, das alsdann blitzschnell von dem rattenähnlichen Hund besetzt wurde.

Wir löschten die Kerzen, und ich machte extra ein bisschen Lärm, als ich ebenfalls mit derangiertem Haar, rotgezwickten Wangen und unordentlicher Kleidung die Kammer verließ, damit auch alle wussten, was ich angeblich gerade verrichtet hatte. So ausstaffiert, ging ich großspurig durch die Halle, wo Devon und Frome und ein paar andere noch miteinander tranken. Reichlich erheitert riefen sie mir Zoten über das Eheleben nach und vollführten obszöne Gesten. Ich nickte den rohen

Kerlen zu wie ein Mann, der gerade alles Wichtige zu seiner Zufriedenheit erledigt hat, und zog mich triumphierend zurück. Brangaene wollte es nicht riskieren, mich in dieser Nacht noch zu besuchen, aber ich konnte ihre Gegenwart spüren, als läge sie in meinen Armen.

Isolde errötete am nächsten Tag durch und durch, als ich sie der Höflichkeit halber aufsuchte und mich bei ihr für ihr eheliches Entgegenkommen bedankte. »Es hat mir großen Eindruck gemacht, ganz unvergesslich«, versicherte ich ihr.

»Oh, äh«, stammelte sie verkatert und erinnerungslos, »mir auch. Ganz bestimmt.«

Beltane kam, Isolde wunderte sich, dass sie nicht schwanger war, und fühlte sich deswegen sicher umso erleichterter, als am Vollmond vor Mittsommer zwei Spielmänner in Boscastle gesehen und gehört wurden, deren einer niemand anderes war als der langvermisste Tristan. Isolde wurde nach Brangaenes Angaben so nervös, dass sie kaum noch schlief und selbst den Hund völlig vernachlässigte. Sie konnte die Ankunft des heimlichen Geliebten kaum erwarten, ließ ständig gesprächsweise seinen Namen fallen und beteuerte immer wieder, wie sehr sie doch wirkliche Musik vermisst habe.

Tristan hingegen ließ sich beunruhigend viel Zeit, die paar Stunden von Boscastle nach Tintâgel zu reiten. Zwei Tage vor Mittsommer in einem starken Regenguss erschien er galoppierend in Begleitung seines Gefährten und forderte lauthals, eingelassen zu werden, da sonst die teuren Instrumente beschädigt würden. Der Majordomus trug mir die Nachricht von Tristans Ankunft zu und auch, dass dieser für nichts Zeit oder Augen hatte, als sich rettend mit seinen angefeuchteten Harfen und Flöten zu beschäftigen. Am Abend hielt mein Neffe es schließlich gnädig für angebracht, mir seine Aufwartung zu machen. Da ich kein Unmensch bin, ließ ich die Königin rufen und hoffte, dass Brangaene sie begleiten würde. Der Plan ging auf, nur kurz bevor Tristan und sein Freund durch die schwere Eichentür traten, nahm Isolde an meiner Seite und Brangaene unten bei den anderen Damen Platz. Isoldes Miene war angespannt, sie krampfte die Hände um die Lehnen, und ich hatte Mitleid mit ihr, da ich ahnte, wie sie sich fühlen musste.

»Die Herren Tristan von Cornwall und Canoel und Gandin von Dublin«, rief der Majordomus. Der Hof applaudierte affektiert, da alle Tristans Musik und abendliche Unterhaltungen vermisst hatten. Sollte der Junge wirklich auf einer Pilgerfahrt gewesen sein, war ihm diese gut bekommen. Er hielt sich besser, wirkte nicht so schlaksig und hatte den sündig-duckmäuserischen Habitus verloren, den er seit Isolde ausgestellt hatte, wenn er mir begegnet war.

»Ihr seid zurückgekehrt, Tristan, lieber Neffe«, empfing ich ihn, »seid uns gegrüßt durch eine Umarmung und einen Kuss unserer werten Gattin, der schönen Isolde, deren Willkommen Euch lieber sein mag als das Eures alten Onkels!« Joviales Lachen, der König beliebte mal wieder mit seinem Alter zu kokettieren. Dabei wollte ich nur nett sein. Isolde stand auch gleich auf und umfing Tristan beinahe mit einem Würgegriff, der ihm, wenn mich nicht alles täuschte, eher unangenehm war. Auch bog er das Haupt leicht nach hinten, als sie ihm den Begrüßungskuss aufdrückte. War das die erfolgreiche Sühne, die ihn von der Versuchung fern halten sollte, oder hatte er nur das Interesse an Isolde verloren? Ich sah den Unterschied in beider Wunsch nach dieser Begegnung mit Besorgnis. Ich hatte schließlich ebenso große Hoffnungen in die Rückkehr meines Neffen gesetzt wie Isolde.

Tristan machte, nachdem die Königin sich bleich wieder setzen musste, große Szene. Er stellte seinen Kollegen Gandin vor, als einen Musiker sondergleichen, und gab sogleich damit an, dass er mit ihm in Lutèce gewesen sei. Gandin, ein Mensch von Angesicht, dem ich nicht einmal einen Zinnleuchter anvertraut hätte, durchsuchte die Halle nach schönen Frauen und hielt seinen hungrigen Blick an Brangaene fest, die verlegen den Kopf senkte. Die Gäste machten zu dieser Einführung »Oh« und »Ah«, und Tristan bot an, sogleich eine Kostprobe des Könnens seines Freundes hören zu lassen. »Hört den großen Gandin von Dublin, einen Zauberer der Melodien!« Mit einem albernen irischen Akzent, der mir fast nicht echt erschien, wirbelte der Herr Gandin nach seiner Harfe, die er Rotte nannte, und drechselte ein paar hohle Phrasen, dass er als Landsmann sich zu nieder fühlte, als dass er für die schöne Königin Isolde singen könnte. Stattdessen habe er mit dem Kennerblick des Iren gleich eine andere heimatliche Schönheit erspäht, auf die er singen wollte.

»Hört nun«, rief er, »meine Ode auf die schöne Brangaene von Irland.« Brangaene zuckte zusammen und sah nicht auf. Ich fühlte mich, als hätte ich Seetang essen müssen. Wieso kannte der Angeber Brangaenes Namen? Wieso sagte Brangaene nicht irgendetwas Passendes, um den Anmaßenden in seine Schranken zu weisen? Doch Brangaene betrachtete nur weiter ihre Finger, als gäbe es dort etwas äußerst Wichtiges zu untersuchen, und blieb stumm. Ich bekam Bauchschmerzen und versuchte, mich anders hinzusetzen. Der Angeber Gandin nahm auf einem Schemel Platz und wartete in einem Anflug von Höflichkeit immerhin auf mein Zeichen, seine elende Posse fortzusetzen. Da ich keinen Grund fand, ihm dieses mit Folgerichtigkeit zu verweigern, begann er bald zu spielen und unglücklicherweise auch zu singen. Seine Fähigkeiten als Harfner waren denen Tristans tatsächlich fast ebenbürtig, nur im Anschlag war er nicht so weich, so unabsichtlich, wie dieser es sein konnte. Mein Neffe, ohne erkennbaren Neid auf den Konkurrenten, zog sich in die Menge zurück und sah die Königin nicht an. Was war los? So hatte ich mir diesen Abend wirklich nicht vorgestellt. »Schönste Blume aus den Hügeln«, sang Gandin mit zitternder Stimme meine Brangaene an, »sei mir tausend Mal gegrüßt.« Brangaene war rot wie Klatschmohn geworden. Der Schmachtende fühlte sich dadurch noch befeuert. Es folgte ein Lied über ihre Augen, die Zartheit ihrer Haut und die Stärke ihres Herzens, in seiner Aussage durchaus mit meinen eigenen Beobachtungen übereinstimmend. Waren das die Worte eines Spielmannes, oder kannte der Angeber Brangaene? Kannte er sie, wagte ich kaum zu denken, wie ich sie kannte? Ich dachte, dass ich in meiner Jugend eifersüchtige Besitzgier auf die Loba verspürt hätte, aber verglichen mit dem Höllenfeuer, das nun in meinem Inneren zu lodern begann, waren diese lang zurückliegenden Gefühlswallungen nur ein Frühlingswind gewesen. Der Abend musste so schnell wie möglich enden, damit ich mit Brangaene reden konnte.

»Brangaene, schönste aller Frauen«, tremolierte der Unsägliche abschließend, »du bist die Fischerin, in deren Netz auf ewig mein armes Herz zappeln wird.«

Ein schallender Akkord und das Publikum brach in begeisterten Beifall aus. Denen konnte man auch alles vorsetzen, dachte ich grimmig. Nachdem Brangaene am Hochzeitsabend noch von allen möglichen Männern belagert worden war, hatte sie es seit unserem ersten Zusammensein auf geheimnisvolle Art vermocht, sich der Aufmerksamkeit der Jäger zu entziehen, so als lebte sie unsichtbar im sicheren Bannkreis unserer Liebe. Der Blödmann und seine Harfe, Rotte, oder wie er das Ding auch immer nannte, hatten dieses Sanctorium aufgehoben. Alle Männer sahen meine Geliebte plötzlich mit neu erwachtem Interesse an. Fast hätte ich nun die Armlehnen meines Thrones zerbrochen. Der Abend dauerte ewig, ein schmalziges Lied folgte dem anderen. Tristan harfte und sang und dann der Blödmann wieder und dann Tristan, und alle schrien nach Zugaben, sobald die beiden endlich mal den Mund hielten. Tristan sang kein Lied über Isolde, viele dafür aber, die von den schönen Frauen von Lutèce, Londinum und Dublin handelten. Einige davon waren sehr anzüglich, fast schon anstößig, doch selbst – oder gerade die Tugendwächter hatten keinerlei Einwände gegen den Vortrag. Ich sah einmal zu Isolde hinüber und gewahrte in ihrem Gesicht die gleiche Seelenqual, wie ich sie erduldete. Unwillkürlich, bewegt von Mitgefühl, griff ich nach ihrer Hand und drückte sie, so als könnten wir uns gegenseitig ein Trost sein, da sich unsere Geliebten offenbar entschlossen hatten, solch grausames Spiel mit uns zu spielen. Dankbar sah sie mich an und küsste mich überraschend auf die Wange, genau in dem Moment, als Brangaene sich nun doch entschlossen hatte, mir einmal gnädig den Kopf zuzuwenden.

Brangaenes Gesicht verlor alle Farbe. Ihr Blick hing wie ein verkeilter Schürhaken an Isoldes und meiner Hand, und ich ließ los, als hätte ich mich an etwas verbrannt. Das machte die Sache nicht besser. Wären Tristan und der Rottenspieler doch nur geblieben, wo sie gewesen waren, bei den schönen Frauen von Lutèce, Dublin oder in der Hölle. Ich war sehr verstimmt.

Als die späte Mittsommerdämmerung hereinbrach, entschuldigte sich Isolde einfallsreich mit Kopfschmerzen, und ich geleitete sie der Höflichkeit halber zu ihren Gemächern, wo sie, sobald sich die Tür hinter ihr geschlossen hatte, in herzzerreißendes Schluchzen ausbrach. Innig wünschte ich, dass ich solches auch hätte tun können, aber leider war ich weder achtzehn noch ein in seinen Erwartungen betrogenes Mädchen. Voller Wut stampfte ich also in meine Kammer und beschloss, morgen Vormittag auf die Jagd zu ziehen oder irgendein anderes Unterfangen zu beginnen, um einige Tage aus Tintâgel zu verschwinden. Da könnte Brangaene sich dann mal überlegen, wer oder was ihr wichtig wäre. Ich riss mir die Stiefel von den Beinen, warf sie gegen die Wand und tat noch ein paar andere dumme Sachen, bis ich mich einen Augenblick setzte und mich fragte, weshalb ich so außer mir war. Ich hatte die Vermutung, dass der blöde Gandin mit der Rotte irgendwann einmal Brangaenes Liebhaber gewesen war. Diese Vermutung war mir durch nichts bestätigt außer meinem eigenen Wahn. Und selbst wenn dem so war, versuchte ich den schmerzhaften Gedanken schnell zu überspringen, ich wusste nicht, wer vor mir in Brangaenes Leben gewesen war – aber dass es Männer für sie gegeben hatte, war mir nicht neu. Ich warf meinen Gürtel auf den Boden wie ein bockiges Kind. Es war doch Vergangenheit, vorbei, eine andere Zeit in ihrem und meinem Leben; das war nur meine Angst, sie eines Tages zu verlieren. Dass sie sich irgendwann einmal für einen anderen Mann entscheiden würde und mich wieder zurückließe in meinem eigenen Gefängnis, das sie mit sanfter Hand geöffnet hatte. Brangaene war mir lebensnotwendig geworden. Wie ein Echo hörte ich die Worte, die meine Mutter einmal zu mir gesprochen hatte, die für Fluflu

Wahrheit geworden waren und nun auch für mich: *»Wenn der, den du liebst, geht, das übersteht man nicht.«* Ich durfte Brangaene dieses Joch nicht aufsetzen. Wir waren so mit unseren aufwändigen Versteckspielen in der Gegenwart beschäftigt, dass wir selten über die Zukunft sprachen, vielleicht auch, um den Gedanken zu vermeiden, dass wir nicht wirklich eine Zukunft hätten. Jedenfalls keine Zukunft, wie Liebende sie sich erträumten. Für uns würde es keine Kinder geben, keine Familie, keine Beständigkeit, kein Ansehen in einer Gemeinschaft. Nur ein dauerhaftes Jonglieren um Entdecktwerden, neue Listen und unvermutete Zwischenfälle. Was für ein Leben war das überhaupt, das ich Brangaene da zumutete? Ich war schließlich der König, und so Gott wollte würde ich auch als König sterben. Doch egal, wie ich starb, es würde wohl vor ihr sein. Und was wäre dann mit Brangaene? Betrog ich sie nicht um ein Stück Leben oder Freude? Ich hatte einfach so gelebt im Glück unserer Liebe, hatte es bisweilen auch schwierig gefunden, dass wir so viele Umwege gehen mussten, um beieinander zu sein, aber dass Brangaene auf einem Schneebrett stand, das jeden Augenblick unter ihr wegbrechen konnte, daran hatte ich nie mit dieser Klarheit denken wollen. Und hatte sie sich nicht trotzdem für mich entschieden?

Ach, Brangaene, seufzte ich innerlich und wusste nicht recht warum. Aus Dankbarkeit? Oder aus Scham, dass ich so kleingläubig und unsicher gewesen war zu denken, dass das Auftauchen des Rottenspielers etwas ändern könnte, an dem großen Entschluss dieser Frau, ihr Leben mit mir zu leben – trotz allem. Mit allem, was dieses Leben ausmachte.

Nach all diesen endlosen Grillen, als ich mich schlaflos in der hellen Nacht hin und her wälzte, öffnete sich die Tür. Brangaene setzte sich an meine Seite wie eine Ärztin, und eine Weile hielt ich nur still ihre Hand. »Ich muss dich um Verzeihung bitten, Marke«, flüsterte sie dann.

»Warum denn das, Liebste?«

»Weil ich so eifersüchtig war, als ich gesehen habe, wie Isolde dich geküsst hat. Das war nicht richtig von mir.«

»Ich war auch eifersüchtig«, gestand ich, sie zu mir ziehend. »Auf den Rotten-Esel, der dir Augen gemacht hat vor allen! Mit Fischerin und Netz und all diesen Dingen.«

»Dazu hast du vielleicht auch ein bisschen mehr Grund«, Brangaene richtete sich wieder auf. »Der Rotten-Esel, wie du ihn nennst, und ich kannten uns früher in Irland.«

»Kanntet euch so, wie du und ich uns kennen?«, wollte ich es ihr einfacher machen. Wie eine Wolke schob sie sich vor mein Gesicht.

»Niemand kennt sich so, wie du und ich uns kennen, Marke.«

»Ich weiß, Liebste, das habe ich heute Abend verstanden.«

»Ich liebe dich, Marke.«

Ich konnte nicht antworten. Verzweifelt hielt ich sie nur ganz fest und dachte, dass ich es trotz aller guten Vorsätze, trotz meiner kurzen Pose des Heldentums nicht aushalten könnte, wenn sie einmal nicht mehr da wäre. Brangaene streichelte meine Schulter.

»Gibt es irgendetwas, das du dir wünschst?«, fragte ich heiser in dem hilflosen Bestreben, ihr etwas dafür zurückzugeben, dass sie mir, ohne Aufhebens davon zu machen, ihr ganzes Leben schenkte. Ich fühlte ihr Lächeln, bevor ich ihre Stimme hörte, deren warmer Ton das Aufleuchten ihres Gesichtes widerspiegelte.

»Ich würde so gerne einmal einen ganzen Tag mit dir zusammen sein. Vielleicht am Meer. Sonst fühle ich mich eines Tages wie eine Fledermaus.«

Drei Tage später ritt ich kurz nach Morgengrauen weit nach Südwesten an St. Materiana vorbei, angeblich um einen bohrenden Kopfschmerz zu kurieren. Es fiel niemandem auf, dass Brangaene am selben Tag dringend Kräuter sammeln musste und Tintâgel etwas später ebenfalls zu Pferde verließ. Wir hatten einen ganzen Tag für uns, unten an der menschenleeren Küste. Der Majordomus hatte seine große Stunde, mich zu vertreten. Ein ganzer Tag, ohne Angst vor irgendwelchen Augen und Ohren, ohne Angst, entdeckt zu werden. Ein ganzer Tag, wo ich, ohne die Zeit zu fürchten, bei ihr liegen konnte.

Es war wie in einer Legende aus dem Süden, es war warm, der Himmel hoch, und die Möwen schrien in der Ferne über dem unendlichen Meer.

An dem einzigen Baum ganz vorn an der Küste hatte sie auf mich gewartet. Ich konnte ihr Lächeln sehen, bevor ich dafür nahe genug war. Konnte es fühlen, es spüren, es umgab sie wie ein Strahlenkranz. Und ich ritt schneller, übermütig wie ein Jüngling, mich kopfüber in dieses Lächeln zu stürzen, das mir allein gehörte.

Bald lagen wir beieinander unter den schweren Ästen, bedeckt von weichen Fellen, und die Schatten der Möwen zur Mittagsstunde fielen von weit oben auf ihre Haut. Meine Hand fuhr immer wieder die Zeichnungen von all dem nach, was der Himmel in Licht und Dunkel auf ihr spielen ließ. Wären doch auch all ihre Berührungen von damals auf meinem Körper verzeichnet. Hätte doch jeder Ort, wo ihre Finger, ihre Lippen, ihre Haare lagen, ein Mal.

Ich wäre eine Landkarte, jeder Teil meines Körpers gehörte für immer sichtbar meiner Brangaene. Wir liebten uns lange und mit einer Ruhe, wie wir sie noch nicht erfahren hatten. Und als sie mich dann küsste und sagte: »Marke, du bist mein ganzes Leben«, konnte ich nichts antworten. Das Glück macht bisweilen stumm.

Später klopfte ich ihr lächelnd Gedichte und Lieder aus meiner Jugend, schmalzige Gesänge von Liebe und Weh, von denen ich kaum den ersten Vers erinnerte, das Rückgrat herauf und herunter und musste mich von ihr ums Versmaß belehren lassen. »Es macht mich ganz krank, dass du so schlau sein musst«, beschwerte ich mich einmal mehr. Wir lachten, wussten wohl nicht worüber – und wussten doch genau, dass wir nur lachten, um zu vergessen, dass es nicht dauern würde. Sie lag auf der Seite in meinem Arm und ließ ihre Hand mit meiner im Wind fließen. Es war sonnig, und die Luft wehte über uns wie ein Streicheln, als ob die alten Liebesgötter aller

Sagen sich zusammengefunden hätten, uns diesen Tag zu schenken.

Ich fühlte Frieden. Es gab keine Isolde. Es gab keinen Rat und keine Pflicht, es gab keine Spione und keine Gefahren. Es gab überhaupt niemanden außer uns.

Manchmal schlief sie, und gegen den Nachmittag drehte sie ihr Gesicht fort von der Sonne, um nicht zu sehen, dass sie sank. Aber es half nichts, und die Schönheit der sinkenden Sonne erinnerte uns daran, dass unser Leben beides war – höchste Wonne und tiefste Verzweiflung.

Als der Tag unwiderruflich endete, hätte ich noch gern einen gehabt und noch einen, wie ein unbescheidenes Kind. Brangaene musste als Erste aufbrechen. Wir hielten einander sinnlos fest und konnten uns nicht trennen. Es hatte alles noch schlimmer gemacht.

»Wir haben das Meer«, sagte sie schließlich loslassend. »Immer wenn ich das Meer sehe, denke ich an dich. Das ist dann fast so, als hätte ich dich bei mir.«

»La mer«, nickte ich lächelnd und hielt ihr den Steigbügel. »Toujours la mer.« Und ich wusste, dass es eine gnädige Lüge war.

Selbst das Meer war nicht so schön wie Brangaene. Und es half mir auch nicht, weil sie mir jeden Tag heftiger fehlte und ich ohne sie nicht froh sein konnte. Wir gingen auf einer Straße, die ins Nichts führte, je weiter wir voranschritten, umso schwieriger wurde es, uns darüber hinweg zu täuschen.

Vierter Teil

DAS MEER

Brief des Bischofs von Salisbury, Lord Philipp of Cowley an König Marke von Cornwall (in geheimer Post)

Ich bin besorgt um dich, mein Freund. Ich bin schließlich der Ältere, Unmoralischere und Verlebtere von uns beiden, und ich sollte derjenige sein, der siech und krank irgendwo herumliegt und langsam wegstirbt. Ich höre, dass es keine Besserung für dich gibt und dass du nicht einmal schreiben oder auch nur ein Pergament halten kannst. So gebe ich dem Brief einem jungen Mann mit, der mein ganzes Vertrauen besitzt, schließlich ist er mein Enkel, auch wenn mir das Wort ganz und gar nicht gefällt. Anfer heißt er. Er wird dir den Brief vorlesen und wenn du es einrichten kannst, auch eine Antwort an mich mitnehmen. Ich hatte die eitle Hoffnung, dass du nach meinem Besuch bei dir vor ein paar Wochen schnellstens genesen würdest, wenn dir so ein alter Sünder wie ich seinen Segen gäbe. Aber ich weiß, dass ich leider nicht der Mensch bin, auf den du wartest.

Wer hätte gedacht, dass ich derjenige sein würde, der dir vielleicht die Messe lesen oder die Augen schließen muss. Ich komme bald noch einmal wieder. Mein Stab wimmelt nur so von jungen Ehrgeizlingen, die mich als vergreist und altmodisch betrachten, sollen die sich ruhig um Salisbury kümmern. Für mich gibt es nun wichtigere Dinge zu tun. Zum Beispiel, bei einem Freund zu sitzen und ihn vor den Geiern zu schützen, die sein Lebenswerk zerstören. Komm zu Kräften, Marke, das Leben ist noch nicht vorbei. Wir können uns noch mal zusammentun und uns einen Spaß daraus machen, alles wieder zu gewinnen, jetzt, wo es gar nicht mehr zählt. Ich breche übermorgen auf. Mit der Sänfte wird es schon seine Zeit dauern, bis ich da bin. Mein Enkel wird reiten, der kommt schneller an. Stirb mir solange nicht weg. Sonst hätte mein armer Rücken die ganze Buckelei umsonst ertragen. Halt aus.

Ich tu es doch auch. Weswegen war das Leben eigentlich früher lustiger? Es kommt mir sonst immer so vor, als hätte sich gar nichts in der Welt geändert.

Dein Freund, Philipp

Der Rest

Heute Morgen geht es mir sehr schlecht. In der Nacht kam ein noch schlimmeres Fieber als zuvor. Es wundert mich, dass ich überhaupt noch etwas habe, was diese Hitze aufzufressen vermag. Sie füttern mich nun auch noch mit Brühe, um mich widerstandsfähiger zu machen. Die Fettaugen bleiben mir auf der Zunge kleben. Ich denke nur noch an Brangaene. Es funktioniert nicht ganz so, wie ich es gehofft hatte. Ich dachte, dass die Gedanken an sie so schmerzhaft sein werden, dass sie mir den Garaus machen. Und schmerzhaft sind sie ohne Zweifel, aber selbst in diesem Leid noch so unsagbar schön. Wie wundervoll ist es doch, dass ich das erleben durfte. Dass ich sie für diese kurzen Jahre bei mir hatte. Sie liebte mich wirklich. Ich konnte es in ihrer Stimme hören und in ihren Händen fühlen, wenn sie mich berührte. Wir haben so viel miteinander erlebt. Freude, Angst, Glück, vielleicht doch so viel, dass es für ein ganzes Leben reicht. Ist sie deshalb gegangen? Zuerst habe ich es nicht glauben können, als der Majordomus es mir sagte. Doch als sie nicht wiederkam, auch nach Wochen nicht, da musste ich es irgendwann glauben. Aber am Ende verbinden sich alle Dinge zu einem, und was zählt ist die Liebe, die ich für sie fühle. Nichts hat sich daran geändert. Ich liebe sie heute, nachdem sie mich verließ, noch genauso wie damals, als sie bei mir war. Ich grolle ihr nicht. Sie wird ihre Gründe gehabt haben, denn sie tat nichts ohne Grund – außer mich zu lieben.

Der Majordomus kommt schon wieder. Er beugt sich mit seinem sauren Atem zu mir und zeigt mir Dokumente, zu denen ich »Ja« oder »Nein« sagen soll. Und ob ich mir Gedanken über die Ernennung eines Nachfolgers gemacht hätte, fragt er auch heute wieder mit bedauernswerter Einfallslosigkeit. »Nein«, sage ich ihm unverändert, »noch nicht.« Dann zuckt er zurück, als könnte ich ihn beißen. Ich weiß gar nicht, was er will, es geht doch so ganz gut.

Wozu soll ich auch über einen Nachfolger nachdenken. Jeder, den ich bestimmen werde, wird binnen eines Jahres tot sein. Wird ein armes Fehdeopfer derer, die nicht gewählt wurden. Nun geht er wieder, der gute Zwyyntek, in meinem Dienst unter seiner Kappe kahl geworden. Er ist doch noch jünger als ich, wieso sieht er so viel älter aus? Natürlich habe auch ich seit langem nicht in meinen geheimen Kupferspiegel gesehen. So wie der Bischof mich beim letzten Mal angestarrt hat, denke ich mir, dass ich auch nicht mehr wie eine Frühlingsknospe wirke. Der Bischof hat mir einen jungen Mann mit einem Brief geschickt, seinen Enkel. Er sieht ihm aber überhaupt nicht ähnlich. Philipp will kommen, um mich zu besuchen. Sei's drum. Ich bin nun so weit gegangen in meinen Erinnerungen, dass ich auch das letzte schlimme Stück noch gehen werde.

Tristan wich Isolde weiterhin aus, nachdem er zurückgekehrt war. Seine Leidenschaft für sie war offenbar erloschen. Unterwegs auf seiner Pilgerreise hatte er die Gunst verschiedener Frauen genossen und seine Neigung zur Königin vergessen. Das machte es Brangaene und mir natürlich nicht leichter, denn Isolde war reizbar, unzufrieden und völlig gelangweilt mit ihrem Leben. Sie warf den Hund aus ihren Räumen, wollte ständig irgendetwas, dessen sie bereits überdrüssig war, wenn sie es bekam. Bei Tisch aß sie entweder keinen Bissen oder übernahm sich mit der Größe ihrer Portionen. Es war recht traurig mitanzusehen, dass dieses Kind so gar keinen Weg aus seinem Kummer finden konnte. Viermal insgesamt erschien sie nachts in meinem Vorzimmer, so verhungert nach Zuwendung musste sie sein, selbst von so einem völlig Fremden wie ihrem Ehemann.

Beim ersten Mal ließ ich sie plappern, bis sie sich müde geredet hatte, und trug sie schlafend dann selbst in den Frauentrakt zurück. Beim zweiten Mal schützte ich ein heimliches Gebrechen vor, von dem ich ihr sagte, dass ich sie deswegen nicht beunruhigen wollte, das es mir aber unmöglich machte, ihr als Ehemann zur Verfügung zu stehen. Ich hatte keine Ahnung, was für ein Gebrechen das sein könnte, aber Isolde fragte zum Glück nicht nach. Beim dritten Mal hatte Brangaene sie fortschleichen sehen und legte wagemutig ein kleines Feuer im Gang, sodass der Lärm und Aufruhr Schlimmeres verhinderten.

»Wir haben aber auch immer ein Pech!«, maulte Isolde, als sie mit Brangaene »aus Sicherheitsgründen« wieder abziehen musste. Beim vierten Mal überraschte sie mich bedrohlicherweise im Schlaf, kletterte schon auf mein Bett, als ich die Augen aufriss und nach meinem Schwert griff.

»Ich bin es doch bloß«, wisperte sie. »Eure Frau.« Ich hielt mir die Decke unters Kinn wie eine überrumpelte Jungfrau.

»Was wollt Ihr denn hier, Isolde?«, fragte ich ängstlich.

»Ich wollte bei Euch sein, damit wir endlich mal zusammen, äh, na ja, dass wir« – sie gebrauchte ein irisches Wort, nach dessen Übersetzung ich Brangaene später sehr zu deren Belustigung fragen musste.

»Ja, aber doch nicht heute, liebes Kind.«

»Wieso denn nicht, heute ist ja ein Tag so gut wie jeder andere!« Sie schob ihre feuchte Hand auf mein rechtes Bein.

»Nein!«, rief ich eine Spur zu laut. »Es geht heute nicht, weil es nämlich die Gedenkwoche des … des heiligen Sankt Kasimir ist.« Die Hand ließ ab.

»Ja, und?« Ich rückte weiter von Isolde ab.

»Ach, den heiligen Sankt Kasimir kennt Ihr in Irland wohl gar nicht?!«

»Nein«, sie klang misstrauisch.

»Der, äh, der heilige Sankt Kasimir war ein bedeutender, frommer Mann, weißt du, und sein Wahlspruch lautete: Lieber sterben als sündigen.«

»Ach«, kam es enttäuscht von meiner Gattin. »Lieber sterben …«

»Jaja«, beeilte ich mich zu sagen, »und deshalb darf in der Woche des heiligen Sankt Kasimir kein Mann bei seiner Frau liegen, versteht Ihr?« Isolde fragte nach, wann die Gedenkwoche des keuschen Kasimir endete, und ich behauptete in meiner Not, dass sie gerade erst angefangen hätte. Isolde zog um unser beider Seelenheil willen von dannen, ohne ihr Vorhaben in die Tat umgesetzt zu haben.

Brangaene, mit der ich am nächsten Abend zwei Mal wider den heiligen Sankt Kasimir sündigte, lachte verhalten, als ich ihr die Geschichte erzählte. »Was hätte ich denn sagen sollen«, fragte ich beleidigt.

»Du hättest sagen sollen, dass es gleich ein ganzes Gedenkjahr ist«, kicherte Brangaene.

Dennoch war die neue Situation alles andere als lustig.

»Wir müssen uns etwas einfallen lassen, Liebste, so spielen wir ein Spiel von Woche zu Woche, aber es wird immer gefährlicher und Isolde wird vielleicht auch irgendwann klüger. Sie braucht eine Beschäftigung.«

»Was Isolde braucht ist –«, wieder fiel das irische Wort. Brangaene drehte sich auf den Bauch und stützte die Ellbogen auf. »Wir müssen für sie einen Liebhaber finden. Wir müssen Tristan zu ihr zurückbringen. Sie liebt ihn doch.« Wir hatten uns angewöhnt, von Isolde im nachsichtigen Tonfall zu sprechen, so wie man ihn vielleicht einem zurückgebliebenen Kinde gegenüber anwenden würde. Aber Tristans Haut war äußerst rein geblieben, seit er wieder auf Tintâgel weilte. Entweder hatte sich diese Krankheit seiner Jugend verloren, oder er blieb auch sonst keusch.

»Wenn aber Tristan nun kein Interesse mehr an ihr hat? Wie sollen wir ihn dazu bringen?«

Schließlich – in Kenntnis der Schwächen der beiden Akteure – ersannen wir einen verwegenen Plan. Brangaene wegen ihrer abendlichen Wanderungen in dem Ruf stehend, finstere Kräutergeheimnisse zu kennen, drängte sich einen Schritt weiter in Isoldes Vertrauen. Sie wisse, teilte sie ihr einfühlsam mit, dass es mit den ehelichen Beziehungen zum König nicht zum Besten stehe. Isolde fing sogleich an zu heulen, ihre Verfassung war nicht die beste. Brangaene hielt ihr die feuchten Hände und sprach ihr Hoffnung zu, dass es nämlich einen Trank gäbe, der Mann und Frau in ewiger Liebe verbinden würde, wenn er bei Vollmond unter freiem Himmel getrunken würde. Wer an den heiligen Sankt Kasimir glaubte, glaubte genauso an solche Tränke, hatte Brangaene gemeint. Isolde fiel auch gleich darauf herein. Um ihre Ehe in dieser Hinsicht zu beleben, wäre sie bereit, alles zu tun. »Mir ist immer so langweilig. Und abends kann ich dann nicht einschlafen. Es ist sicher, weil er schon so alt ist«, vertraute sie Brangaene unter Tränen an.

»Bestimmt nur deswegen«, hatte Brangaene zu meinem Verdruss tröstend geantwortet. Ich indessen frischte meine Beziehung zu meinem Neffen auf, zeigte Interesse an seinen Reiseberichten und stellte ihm indiskrete Fragen zu den Mädchen in Lutèce, wie ich sie nur dem Herzog von Bristol zugetraut hätte. Tristan erzählte freimütig von seinen Abenteuern. »Und hier?«, forschte ich weiter. »Gibt es hier nicht eine, die dir gefällt?« Tristan gestand, errötend, dass sein Herz völlig erkaltet sei und niemandem gehörte. »Aber wenn es nun eine gäbe, der du gefällst, würdest du sie treffen wollen?« Ich gab den Kuppler mit väterlicher Besorgnis, erzählte Geschichten von einer Dame, die Tristan zu treffen begehrte, und machte deutlich, dass dieselbe Dame gerade seine Fähigkeiten als Musiker über alles schätzte. Dass ich den Namen der Betreffenden nicht preisgeben konnte, verstand er und willigte ein, sie beim nächsten Vollmond unerkannt und maskiert in einem Zelt im Garten zu treffen.

Am nächsten Vollmond, als der Majordomus noch lange mit dem Schatzmeister beisammen saß, weil eine ganze Liste von Zinngeldern einfach verschwunden war, führten wir Tristan und Isolde zueinander. Wir hatten Zelte aufstellen lassen, um irgendwelche angeblich freiluftbedürftigen Gäste zu beherbergen, die natürlich nie eintrafen. Der Hof ging irgendwann schlafen, und das listige Spiel mit Tristan und Isolde konnte beginnen.

Beide trugen Masken, waren sehr aufgeregt und erwarteten das Abenteuer ihres Lebens. Brangaene und ich versteckten uns hinter den knorrigen Obstbäumen und flehten zu allen Heiligen, den Plan aufgehen zu lassen.

Isolde hatte den liebesfördernden Trank schon vorkosten müssen, der hauptsächlich große Mengen Baldrians und Honigweins enthielt, um sie unaufmerksam und schläfrig zu machen. Und Tristan hatte ich Sizilischen zu trinken gegeben, vermischt mit einem Puder aus Tollkirschen, der die Augen schwarz machte, sodass er nicht richtig sehen konnte. Mehr konnten wir nicht tun. Etwas entfernt hatten wir das zweite Zelt errichtet, um am Morgen glaubhaft machen zu können, dass die beiden Liebenden den jeweils anderen, den sie erwartet hatten, verpasst hätten.

Als Brangaene dann kurz vor der Dämmerung ins Zelt stürmte, um Zeter und Mordio zu schreien, dass alles schief gelaufen sei, war es vollbracht. Zu beider Erschrecken, Tristans echtem und Isoldes freudigem, war es geschehen, dass sie miteinander den Trank, dessen angebliche Wirkung Brangaene gleich noch ein bisschen schlimmer machte, getrunken hatten, und bevor der Baldrian ihnen die Lebensgeister nahm, hatten sie sich geliebt.

Laut nach Isolde rufend, betrat ich als Nächster den Garten und machte, nachdem ich den geduckten Tristan mit seinen Kleidern unter dem Arm hatte flüchten sehen, eine fürchterliche Szene, was sie denn getrieben hätte, da ich sie in der Nacht vergeblich gesucht hatte. Isolde weinte echte Tränen, sicher auch aus Dankbarkeit, und ich erklärte in meinem gerechten Zorn, nun gleich noch ein Jahr warten zu wollen, bis sie für die Ehe reif genug wäre.

Damit waren die Liebenden wieder vereint, auch wenn Tristan – mit Ausschlag – sich etwas schwerer tat als Isolde, diese verschlungenen Ereignisse als sein Glück zu begreifen. Ich versuchte, ihm die Liebschaft mit der Königin schmackhafter zu machen, in dem ich den Eifersüchtigen spielte und oft mit ihm meinen Argwohn teilte, dass ich fürchtete, meine Frau könnte einen heimlichen Liebhaber haben. Ich glaube, dass Isolde für Tristan umso spannender wurde, je mehr er das Gefühl hatte, mich durch diese Liaison zu kränken.

Unsere aufwändigen Listen beschäftigten Isolde wohl eine Weile, waren aber dennoch keine Lösung für unser unmögliches Leben.

Es ging dann noch fast ein Jahr gut, wenn man es gut gehen nennen kann, dass die beiden einmal von Frome und einmal vom alten Gloucester erwischt wurden. Gloucester war so alt, dass man seinen Augen nicht mehr trauen wollte. Er konnte nicht einmal sicher sagen, dass es die Königin gewesen war, die er gesehen zu haben glaubte. Er war nur über Tristans Harfe gestolpert und hatte zwei Figuren auseinander fahren sehen, von denen eine mit Isoldes unverkennbarer Stimme »Huch!« gerufen hätte. Man lachte über den Alten und nannte ihn »Sir Huch«, was ihn schwer kränkte.

Aber Fromes Beobachtungen führten fast zu einer Katastrophe. Er hatte gesehen, wie Isolde und Tristan sich bei den Ställen geküsst hatten, als alle anderen schon lange auf dem Wege zur Messe waren. Tristan dachte sich eine völlig fadenscheinige Geschichte aus, die keiner so recht glaubte, dass er die Königin hätte auffangen müssen, als sie eilend, um nicht zu spät zu kommen, eine Abkürzung durch die Ställe hätte nehmen müssen und gestolpert wäre. Unser Glück war, dass Fromes Gattin an dieser Stelle argwöhnisch einhakte und wie nebenbei danach fragte, weshalb er denn selbst so spät noch nicht in der Kapelle gewesen wäre, und dieser das Thema sehr schnell fallen ließ. Er hatte nämlich ein Verhältnis mit einer Dorfschönheit, die nur halb so alt war wie seine Frau.

Insbesondere als der Majordomus sagte, er wolle die ganze Geschichte der Gerechtigkeit halber gerne von Anfang an rekonstruieren, räumte Frome ein, dass er die Königin nicht wirklich gesehen hatte. Er habe einen Spaß machen wollen, versicherte er dünn. So ging es noch eine Weile weiter, doch aller Ohren waren somit für Gerüchte zwischen dem Neffen des Königs und seiner Frau geschärft. Ereignisse, die lange zurücklagen und manchmal auch wirklich völlig harmlos waren, erhielten ein bedrohliches Gewicht. Weshalb war eigentlich Tristan mit Isolde aus Irland gekommen? Wieso war er fortgereist, als die Königin ins Kloster ging? Schon fingen einige findige Spielleute an, Liebeslieder auf die beiden zu dichten, was meiner Position nicht gut tat. Ich machte mir große Sorgen.

Schließlich, im nächsten Herbst, zwei Jahre nach Isoldes Ankunft, kurz vor Samhain, war Tristan plötzlich verschwunden. Er hatte nicht um Urlaub angesucht und auch sonst niemandem Grund oder Ziel seiner Reise verraten. Nur eine einzige Knieharfe hatte er mitgenommen. Nicht einmal der Majordomus wusste, was geschehen war. Misstrauischer denn je, suchte er auffallend oft die Nähe der Königin und machte sich bei ihr beliebt. Er bot sich als Zuhörer an, falls sie sich einsam fühlen sollte, und tauchte auch abends noch oft überraschend bei ihr auf, um nach ihren Wünschen zu fragen. Ich glaube, dass Isolde selbst überrascht war, dass ihr Liebhaber ohne ein Wort verschwunden war.

Brangaene und ich hatten weniger Zeit miteinander als je zuvor. Wir stritten viel, sie war oft müde und gereizt, konnte mir aber keinen anderen Grund dafür nennen als den, den wir beide kannten.

»Ach, Marke, was soll denn mit uns werden?«, fragte sie eines Abends, und als ich antworten und schönreden wollte, winkte sie nur lächelnd ab und ging.

Ihre Haare waren stumpf geworden, und sie seufzte viel, wenn sie sich unbeobachtet glaubte. Die Traurigkeit, die sie umgab, war gewachsen. »Als ich noch jung war, habe ich mich manchmal gefragt, wie es wäre, wenn ich die Liebe nie finden würde. Ich habe nie darüber nachgedacht, was geschehen könnte, wenn ich sie fände«, sagte sie einmal. Wenn sie kam, um bei mir zu sein, hielten wir uns oft nur wortlos fest mit dem Gefühl, zu ertrinken. Und das Schlimmste war, den anderen nicht retten zu können.

Ruâl von Kanelegres an König Marke von Cornwall

Verehrter und geliebter Herrscher,

Euren Brief haben wir erhalten, und in der Tat ist Euer Neffe Tristan im späten Herbst in der Bretagne gelandet. Er hat uns nur kurz besucht, auf der Durchreise sozusagen. Vor etwas über einem Jahr war er schon einmal hier, wir fanden ihn bereits damals sehr verändert. Er lebt so ganz für sich selbst und die Musik, scheint es, als könnte er die Menschen um sich herum nur als einen notwendigen Spiegel seiner Darbietungen begreifen. Meine Frau Floraete ist sehr unglücklich darüber und macht sich große Vorwürfe, ihn schlecht erzogen und nur unzureichend auf ein ehrbares Leben in der Gesellschaft vorbereitet zu haben. Ich sage ihr dann, dass ein jeder seinen Weg gehen muss. Und der Weg mancher führt nun einmal durch die Herzen anderer. Als er in diesem Jahr kam, wollte er keine Fragen hören, spielte dauernd irgendwelche Lieder über die Königin Isolde und sprach ansonsten wenig. Er sagte uns immer wieder, dass wir ihn nicht verstehen könnten. Nur in der Musik fände er Trost.

Dann zog er nach Süden und, so Leid es mir tut, Euch diese Mitteilung machen zu müssen, hat sich dort, so wie wir gehört haben, mit einer jungen Erbin verheiratet. Erbin ist dabei nicht überzubewerten. Sie heißt ebenfalls Isolde, welche Ironie. Sie wohnt in der Burg zu Arundel mit ihrem Bruder und Vater, beide zwei Männer von bescheidenem Ruf, kaum mehr als Raubritter wirklich. Diese Isolde eine Dame zu nennen hieße eine Eselstute für ein Schlachtross zu nehmen. Es heißt, sie sei grob, vulgär und aufbrausend. Ich bin mir sicher, dass diese Ehe nicht Eure Billigung oder

Euren Segen finden würde, König Marke, aber sie ist wohl rechtsgültig. Es tut mir weh, dass dieser Junge, der so viel Talent und Chancen hatte, so wenig davon genutzt hat und so viele Menschen unglücklich machen musste. Vielleicht hat es nichts genützt, dass Floraete ihn Tristan nennen wollte, um ihn von Trauer fern zu halten, denn so hat sich die Trauer andere Ziele erwählt, die bedauerlicherweise in seiner Nähe lagen. Kommt ihn nicht holen, Majestät, wenn ich mir diesen Rat aufgrund unserer alten Freundschaft erlauben darf. Er kann Euch nie ein verlässlicher Erbe sein, und auch sonst ist er wohl nur sich selbst eine Stütze.

Ich bedauere diesen Brief, ich bedauere, dass ich die Hand, die ihn so schön zu schreiben weiß, nicht genutzt habe, dem Jungen zu rechter Zeit ein paar hinter seine musikalischen Löffel zu geben. Ich wollte alles richtig machen an ihm, so fehlt man wohl am schnellsten.

Verzeiht mir, wenn Ihr es könnt. Ich kann es nicht.

Demütig Euer

Ruâl de Kanelegres, né de Loupierre

Schwach

Als Isolde von Tristans Ehe mit der vulgären Raubritterstochter erfuhr, erlitt sie einen Zusammenbruch, der die Gerüchte über beider Liebschaft endgültig in peinliche Gewissheit verwandelte. Ich musste handeln und berief den Rat, dass man die Königin zur Sache ihrer möglichen Untreue anhören sollte. Zu diesem Zeitpunkt war nun alles so ungünstig miteinander verstrickt, dass es mir fast egal war, wie die Anhörung ausgehen würde. Jedenfalls redete ich mir das ein, als ich zu meinem Thron ging, aufrecht und stolz, wie ein Mann, der nichts zu befürchten hat – oder wie ein ganz großer Lügner. Wenn sie Isolde als Ehebrecherin verstießen, wäre es endgültig mit mir und meiner Macht vorbei, doch ich war bereit dafür, pumpte mich auf wie ein Maikäfer vor meinem Kupferspiegel. Ich würde abdanken und mit Brangaene nach Kanelegres gehen. Vielleicht konnte uns solch eine Katastrophe sogar unser Leben zurückgeben. Wir könnten dort in Frieden leben und versuchen, einfach nur Mann und Frau füreinander zu sein. Und selbst wenn die Iren Cornwall wieder bekriegen und Fehde in ganz Britannien ausbrechen würde, sagte ich mir auf dem Weg zur Verhandlung vor, wäre es mir eins. Ich hatte diesem Land mehr als dreißig Jahre meines Lebens gegeben. Ich hatte Fluflu verloren und meine Mutter umgebracht. Brangaene war mir näher als alles, was es je gegeben hatte, selbst näher als Gott. Sie wäre es wert.

Der Rat saß verbittert zusammen. Die Witwe Anne of Heuwwel hatte sich ihren Sitz von einem aus der Partei Bristols abkaufen lassen, es gab keine einzige Frau mehr in der Versammlung, und ich beneidete Isolde nicht.

Sie trat ein, ganz in irischem Grün, wohl um darauf hinzuweisen, dass sie nicht nur die Königin anklagten, sondern auch eine ganze Bande Barbaren gegen sich aufbringen konnten, die diesem Rat noch viel mehr Kopfschmerzen bereiten würden. Um unparteiisch zu wirken, hatte ich dem Majordomus, den ich wegen ihrer neuerlichen Gesprächsgewohnheiten als Isoldes Freund vermutete, gebeten, die Verhandlungen zu leiten. Ich saß auf meinem Thron mit versteinerter Miene und bemühte mich, wie ein unschuldig gekränkter Ehemann zu wirken.

»Isolde von Irland«, schnarrte die tonlose Stimme de Zwyynteks, »gegen Euch führt Cornwall große Klage. Ihr sollt die heilige Ehe gebrochen und mit des Königs Neffen gebuhlt haben, der feige dieses Land verließ und Zuflucht im Frankenreich bei einer anderen genommen hat.« Isoldes helle Wimpern flatterten. Sie sah mich hilfeheischend an. »Sprecht, Königin Isolde, was habt Ihr uns zu sagen«, zischte der Majordomus.

»Ich habe nichts Unrechtes getan«, kam es von Isolde.

»Wart Ihr mit einem anderen Mann als Eurem Ehemann zusammen?«, fragte der von Bristol dazwischen, der sicher schon heimlich auf meinem Thron Probe gesessen hatte.

»Ich war nur mit dem Mann zusammen, für den ich schon auf meiner Brautfahrt aus Irland bestimmt war«, antwortete Isolde. Das musste Brangaene ihr eingetrichtert haben. So schlau war meine Frau alleine nicht.

»Das heißt nichts«, röhrte Baron Perranporth, »Tristan hat Euch aus Irland gebracht. Ihr könnt ihn schon auf der Überfahrt zu Eurem Geliebten gemacht haben.« Das war gut pariert, dachte ich.

Der Majordomus fuhr fort: »Man hat Euch bereits zweimal der Liebschaft mit dem Entflohenen verdächtigt, und Ihr selbst habt ausgerufen: Wie konnte er mir das antun?«, leierte er emotionslos, »als ihr von der Verheiratung des Tristan erfuhrt!«

Isolde schluckte: »Ja, ich meinte, mir als seiner Königin und meinem Mann natürlich. Wie konnte er sich nur so ehrlos gegenüber dem König verhalten?«

Die Herren lachten zynisch.

»Wer's glaubt«, rief der Herzog von Devon. »Sie soll schwören, dass sie nie mit ihm gebuhlt hat!«, forderte der Herr von Bristol, selbst kein Waisenknabe, wenn es ans Buhlen ging. Isolde zitterte am ganzen Leibe.

»Hört schon auf!«, beendete ich schließlich das grausame Hetzen. »Tatsache ist, dass es keinerlei Beweis gibt, dass meine Gattin mir untreu war. Und ich bezichtige sie keiner Schuld. Wenn sie nicht freiwillig gesteht, so soll sie für schuldlos gelten und entlassen sein. Isolde, sagt uns, habt Ihr mir als Eurem Ehemann und König etwas zu sagen?«

Das war mein Fehler! Ich war mir zu sicher gewesen, dass sie den Wink dankbar aufnehmen und abschwören würde. Aber ich hatte vergessen, was für ein geistloses, dummes Ding sie war. Sie fing an zu heulen und kreischte mit anklagend auf mich gerichtetem Finger: »Ehemann! Ha! Was für ein Ehemann seid Ihr denn? Ich muss Euch gar nichts sagen. Sagt doch den Herren lieber mal, warum Ihr fast nie mit mir schlaft. Seit über einem Jahr nicht mehr – und vorher auch nicht wirklich! Erklärt das doch mal vor Eurem Rat!«

Es war beschämend. Alle Augen tanzten zwischen mir und dem Schauspiel, das die zitternde Isolde bot, hin und her. Raunen, Zischeln und schließlich die Stimme des Majordomus: »Wollt ihr sagen, Isolde von Irland, dass der König nie mit Euch die Ehe vollzogen hat?« Alle Geräusche verstummten. Ich schüttelte entsetzt den Kopf. Hätte sie nicht einmal ihren noch so geringen Verstand einsetzen können?

Fahlweiß wrang Isolde ihre Finger ineinander. »Nie kann ich nicht sagen«, flüsterte sie. »Aber bloß zwei Mal in den Jahren.« Sofort erhob sich wieder Tumult. De Zwyyntek rief immer wieder nach Ruhe. Ich konnte nichts tun. Ich war erledigt.

»Rechtlich«, rief de Zwyyntek genüsslich, »ist keiner von beiden Parteien etwas vorzuwerfen. Es gibt keine Zeugen für den Ehebruch, und die Ehe ist rechtskräftig. Ich selbst habe das Laken geprüft.« Die letzten Worte kamen ihm nur langsam, er kaute sie durch wie eine zähe Speise, so als fiele ihm beim Essen etwas auf, das er sich noch einmal ansehen müsste, um es nicht aus Versehen mit hinunterzuschlucken.

»Meister Zwyyntek«, donnerte ich ihn an, »lasst uns diese Farce in Gottes Namen beenden. Es ist, wie es ist. Macht keinen Jahrmarkt daraus.«

Meine Herren Räte lachten überlegen, und de Zwyyntek sah mich nachdenklich an.

»Die Verhandlung ist vorbei«, entschied ich und stand auf. Aber ich fühlte, dass ich verloren hatte. Der Weg zur Tür war ein einziger Spießrutenlauf. Ich würdigte Isolde keines Blickes. Sie selbst war Fackelträgerin zu ihrer Schande gewesen. Die Burg, die ich mein Leben lang gebaut hatte, hatte Feuer gefangen. Es leckte an den Balken und Streben, und es fehlte nicht mehr viel, und das Dach würde einstürzen.

Ich ging stracks in den Stall und ließ mein Pferd satteln. In blinder, wütender Dummheit preschte ich auf den Pfad nach Boscastle. Doch schon nach kurzer Strecke, noch in Sichtweite der Burg hielt ich wieder an. Ich war ein Narr! Wenn jemand alles verdorben hatte, war ich es! Niemand hätte mir als dem König ernsthaft vorgeworfen, wenn ich eine Geliebte hätte. Ich hätte mit acht Frauen in einer Woche schlafen können, Mägde, Zofen, Herzoginnen. Aber davonzulaufen wie ein ertappter Knabe, weil ich nicht mit der Königin schlief, das hatte die Sache erst richtig interessant gemacht. Nun wussten alle, dass ich ein Geheimnis hatte. Und de Zwyyntek würde nicht lange brauchen, bis er die Frau erriet, die mein alberner Ausbruch zum Gegenstand hatte.

Kalte Angst kroch meinen Rücken herauf. Ich musste zurück, musste mit Brangaene reden. Zitternd riss ich mein Pferd herum und ritt schneller zurück, als ich gekommen war. Noch im Hof sprang ich ab und warf die Zügel dem Stallknecht zu. Ich hörte Kichern in jeder Ecke, spürte Hohn in jedem Blick. Natterngezücht, dachte ich, was wisst ihr schon! Bristol, Frome und Devon, diese dreieinige Schicksalsgemeinschaft der Mittelmäßigen, standen vor der Thronhalle und verbeugten sich kaum, als ich vorbeiging. Ich lief in unwürdiger Hast die Gänge bis in den Frauentrakt, Isolde hatte ihre Tür verschlossen. Ich hörte kein Schluchzen und keine Stimmen aus dem Inneren.

Brangaene fand ich nirgends, wagte sogar, die Mägde Isoldes nach ihr zu fragen. Keiner hatte sie gesehen. Auch im Scriptorium war sie nicht.

Verzweifelt rannte ich weiter durch Tintâgel, schließlich landete ich in der Kapelle. In der kühlen Dämmerung kam ich erstmals einen Moment zur Ruhe. Ich fiel auf die Knie und verbarg mein Gesicht in den Händen. Über dreißig Jahre des Kämpfens gegen Feinde, des Lügens mit anderen Lügnern und des Tanzens mit den Eitelkeiten, meiner und der der anderen. Und das alles hatte ich aufs Spiel gesetzt wegen eines kleinen Mädchens, das beleidigt und unausgelastet in ihrer Vergnügungssucht war. Oh, Gott, betete ich sinnlos, lass es nicht zu. All meine Opferbereitschaft, meine hehren Pläne, mit Brangaene in die Bretagne zu gehen, um glücklich das einfache Leben zu führen, waren dahin, unter der Geißel meiner Gefallsucht in diesem Moment verschwunden.

»Marke«, klang da ihre Stimme aus dem Dunkeln. Brangaene hatte regungslos an der Wand gestanden. »Was ist geschehen?«, flüsterte sie.

»Isolde hat mich bloßgestellt, und der ganze Hof lacht über mich. Und der Majordomus ist nur noch Augenblicke davon entfernt herauszufinden, dass du es warst, derentwegen ich mich nicht Isolde gewidmet habe.« Mit den Händen hielt sie sich erschreckt den Mund zu ob meines zornigen Ausbruchs. Ich wusste, dass ich ihr Unrecht tat, aber ich hatte schon weitergesprochen: »Alles ist umsonst, wegen uns.«

Ich stand auf. Ich hatte »wegen uns« gesagt, aber meine Stimme drückte aus, dass ich nur sie gemeint hatte, dass sie an meinem tiefen Fall schuld wäre.

»Oh, Marke«, stöhnte sie. Sie machte zwei eilige Schritte in meine Richtung. »Bitte, lass es uns nicht aneinander austragen.« Weich umarmte sie mich. In meinem Kopf schoss eine verschwommene Erinnerung ans Licht wie ein Irrwisch. Eine andere Frau liebkoste mich in einer anderen Kirche zu einer anderen Zeit. Umschlang mich zum Nutzen ihrer eigenen Pläne. Wie sie alle, wie meine Mutter, wie Fluflu, wie alle Frauen es allen Männern antaten, wenn sie den Augenblick gekommen sahen. Wenn es ihnen nützte, würden sie alle gehen und mich allein lassen. Dann nämlich, wenn ich am schwächsten war, so wie heute. Ich stieß Brangaene von mir.

»Ich kann jetzt nicht davon sprechen«, fuhr ich sie an. »Es steht zu viel auf dem Spiel. Pass auf, dass du dich vom Majordomus fern hältst. Wir hätten aufpassen sollen!«

Ohne sie eines weiteren Blickes zu würdigen, drehte ich mich um und ging. Ich aß nichts und benahm mich noch eine Stunde so unsäglich selbstsüchtig und närrisch, wie es nur menschenmöglich war. Dann, in meinen Zimmern, überrollte mich die Reue, wie die höchste Welle einer Neumondflut. Was musste Brangaene nur gedacht haben? Ich wartete auf ihre Ankunft. Sicher war sie großherzig genug, mir diesen kindischen Auftritt zu vergeben. Wir hatten uns schon oft gestritten, und fast immer hatte ich mich dabei wie ein Dummkopf benommen. Und sie hatte mir immer verziehen. Sie würde unschwer begreifen, wie mich die Ereignisse des Tages unter Druck gesetzt hatten, wie ich nun dastand vor meinem Rat. Mir war nicht wohl. Ich ging unruhig neben meinem Bett auf und ab und wartete. Aber Brangaene kam nicht. Es war nicht ihre Art. Gerade, wenn wir uns gestritten hatten, kam sie fast umso schneller am nächsten Tag, um weiterzustreiten. Hatte ich sie so verletzt, dass sie für sich sein wollte?

Der erste Hahn krähte schon, als ich endlich die Hoffnung aufgab. Auch den Tag über sah ich sie nicht. Ich war brüsk mit allen, tat so, als sei nichts geschehen, und mied den Majordomus, der seinerseits auch nicht unbedingt meine Gesellschaft suchte. Am Abend aß ich in der großen Halle, um so Brangaene wenigstens einen Moment zu sehen. Doch sie und auch Isolde fehlten. Sicher war es Isolde trotz eigener Schuldigkeit ebenso peinlich wie mir, gesehen zu werden. Aber Brangaene hätte doch auch alleine kommen können. Die Unterhaltung war sehr gedrückt. Der Baron Perranporth erzählte irgendeine unglaubwürdige Geschichte, wie er mal mit einem Bären gekämpft hatte. Alle taten so, als ob sie zuhörten, um mich nicht ansehen zu müssen. »Und dann habe ich dem Bären so richtig eins auf die Nase gegeben«, gab Perranporth weiter an. »Zackzack, gleich zwei Mal! Und der Bär hat –«

»Ich ziehe mich zurück«, kündigte ich mitten in diesen Erzählhöhepunkt hinein an. Stühle und Bänke scharrten für die Kratzfüßer. Frome und Bristol blieben glatt sitzen.

In meinem Zimmer wartete ich eine weitere vergebliche Nacht. Gegen Morgen muss ich vor Übermüdung eingeschlafen sein. Ein grässlicher Traum, in dem Brangaene gellend um Hilfe schrie, weckte mich bald wieder. Mit wild klopfendem Herzen saß ich im Bett und war undeutlich überzeugt, dass etwas Furchtbares geschehen sein musste. Natürlich war etwas Furchtbares geschehen. Ich hatte mich lächerlich gemacht, mich vor meinem machtaspirierenden Rat bloßstellen lassen und, am schlimmsten überhaupt, hatte Brangaene für alles verantwortlich gemacht, wie ein dummer kleiner Junge, der seine Amme anschreit, wenn ihm ein Spielzeug zerbrochen ist. Es war mir schwer, mit mir selbst im gleichen Raum zu sein.

Ich schleppte mich matt und innerlich wund auf den Zinnengang. Später musste ich Brangaene endlich finden. Sie hatte mir ihre Verärgerung nun deutlich genug gezeigt, und ich konnte nicht einmal sagen, dass sie nicht Recht gehabt hätte. Hinter mir klappten leise Schritte. Es war de Zwyyntek mit sorgenschwerer Miene.

»Majestät«, er verbeugte sich um keinen Deut weniger tief als vorgestern.

»Was wollt Ihr, de Zwyyntek?« Ihm konnte ich nun am wenigsten trauen. Ich hatte sein selbst versprochenes Abkommen um Tintâgel gebrochen. Kein Erbe für Cornwall.

»Majestät, ich bin gebeten worden, Euch auszurichten, dass ein Mitglied des Hofes um Eure nachträgliche Erlaubnis ansucht, diesen verlassen zu haben.«

»Was?«

»Die Dame Brangaene von Irland ist gestern aus Boscastle zu Schiff nach ihrer Heimat zurückgekehrt.« Mein Herz blieb stehen.

»Was?«, sagte ich lautlos noch einmal.

»Sie bat mich, Euch auszurichten, dem Wohle Cornwalls dienen zu wollen und dem Aufkommen bestimmter Gerüchte vorderhand ausgewichen zu sein, wenn Ihr versteht.«

Jeder Gedanke in mir schrie »nein«, jede Faser meines Körpers, jeder Muskel. Das Blut toste mir in den Ohren, und mein Brustkorb schmerzte. Ich verstand nicht.

»Sie bittet außerdem, nicht nach ihr forschen zu lassen. Und dies hier soll ich Euch zum Zeichen ihrer glücklichen Abreise übergeben.«

Er fischte in seiner Kutte nach etwas und hielt mir einen kleinen Stab an einem Lederband hin. Es war ein Splitter vom Holz unseres Baumes unten an der Küste, an dem wir unsere gestohlenen Tage verbrachten. Brangaene hatte ihn sich beim ersten Mal abgeschabt und gesagt, dass er sie ewig daran erinnern würde, dass wir eines Tages auch das Licht zusammen sehen würden, und er wäre ihr teurer als alles Gold der Welt. »Und natürlich«, hatte sie gelacht, »hilft er mir, nicht zu einer Fledermaus zu werden.« Ich griff unsicher nach dem Holz, das vor meinen Augen verschwamm. Ich bekam kaum noch Luft. Wie eine Schlinge lag etwas Enges, Würgendes um meinen Hals, das Rauschen in meinen Ohren wurde immer lauter. Ich drehte mich um, doch da war niemand. Mein ganzer Körper war mit einem Mal nass vor Schweiß und mich schwindelte. Brangaene, dachte ich nur, verlass mich nicht!

Ich wollte dem Majordomus noch Fragen stellen, dringende Fragen, aber ich konnte nichts sagen. Dann fiel ich, und niemand fing mich auf. Ich spürte den harten Aufprall auf den Holzdielen nur ungenau. Der reißende Schmerz in meiner Brust war größer.

»Medicus!«, rief de Zwyyntek ungewöhnlich laut. Dann drehte er mich sanft auf den Rücken und schob überraschend eine Hand tröstend unter meinen Hinterkopf. »Ich bin ja schließlich da«, sagte er noch.

Dann weiß ich nichts mehr.

Ich muss zwei Tage lang ohne Bewusstsein gewesen sein.

Ich hatte keine Träume, keine Gedanken, nichts. Man schlich nur auf Zehenspitzen um mich herum und flüsterte vor der Tür. Am dritten Tag konnte ich wieder aufstehen, wenn ich mich auch trotzdem durch und durch krank fühlte. In viele Pelze gehüllt, saß ich dennoch fröstelnd an meiner Feuerstelle und erfuhr vom leichenblassen de Zwyyntek, dass sich nun auch meine Ehefrau mit zehn ihrer irischen Reiter aus Tintâgel entfernt hatte und auf dem Weg in die Bretagne war, offenbar um Tristan zu sehen. Der Skandal war somit so öffentlich, dass er schon fast wieder uninteressant war. Sollte sie ihn nur finden, meinen Segen hatte sie. »Befehlt Ihr eine Verfolgung, Majestät?«, fragte de Zwyyntek ängstlich. Ich wusste gar nicht warum. Es war ja nicht seine Schuld, dass Isolde durchgegangen war.

Apathisch schüttelte ich den Kopf und musste husten. Der Brustkorb tat mir immer noch weh. »Ihr müsst die Staatsgeschäfte wohl eine Weile allein übernehmen, de Zwyyntek«, begann ich dann leise. »Ich fühle mich zu krank.«

»Ihr könnt Euch ganz auf mich verlassen, Majestät«, beteuerte der Majordomus bewegt, jedenfalls bewegt für seine Verhältnisse. »Ihr und ich auch, wir tun doch alles für Cornwall, mein König.«

Ich schloss müde die Augen und nickte ihm zu. Aber ich wusste nicht einmal mehr, was das bedeutete. Cornwall war bloß ein Wort. Und König auch.

Von diesem Tage an wurde ich kränker und schwächer mit jeder Stunde. Bis zum nächsten Vollmond konnte ich erst noch die Beine bewegen, dann aber verlor ich binnen Wochen jegliches Gefühl von der Hüfte abwärts. Mit jedem Monat, der anschließend verging, verabschiedete sich ein weiterer Teil meines Körpers, und um Mittsommer herum war ich ganz und gar gelähmt. Das war vor über einem halben Jahr.

Ruâl schickte zur Æquinox im Frühjahr Nachricht aus der Bretagne. Isolde war mit ihren zehn Reitern tatsächlich in Arundel aufgetaucht. Die Raubritter der Familie der anderen Isolde hießen den Aufmarsch der Iren gar nicht gut und warfen sich ohne viel Federlesens ins Gefecht. Tristan, der tapfer auf der Seite seiner neuen Sippe stehen wollte, war nach wie vor ein schlechter und ungeübter Kämpfer und wurde gleich zu Anfang des Kampfes schwer verletzt. Mit starkem Blutverlust matt auf dem Bett liegend, musste er miterleben, dass die Iren die Ritter zu Arundel klar besiegten. Eine lange laute Weile, schrieb Ruâl, hätten sich die irische Isolde und die andere Isolde in zwei Sprachen, sich der niederst möglichen Ausdrucksweise bedienend, so furchtbar um die gefühlsmäßigen Besitzrechte an dem Verwundeten gestritten, dass der unbeherrschten Raubritterstochter schließlich die Geduld gerissen war. Sie hatte einen Dolch gezückt und Tristan erstochen, weil sich der Kranke – so berichteten die Zeugen an Ruâl – ihrer Ansicht nach nicht eindeutig genug zu seiner rechtmäßigen Ehefrau bekannt hatte. Was konnte Tristan nur an so einer Furie gefunden haben? Als sich Isolde daraufhin aufschluchzend über die Leiche ihres untreuen Geliebten warf, ermordete die andere Isolde auch sie. Tristans Ehefrau musste eine ziemlich aufbrausende Dame gewesen sein. Die zehn Iren, oder deren Überlebende, sollen sie dann, die Schreie hörend, schleunigst vom Leben zum Tode befördert haben. Alle Mitglieder des Geschlechts derer von Arundel waren tot. Die andere Isolde soll zudem schwanger gewesen sein mit Tristans Kind.

Das Ende einer ganzen Dynastie, echote es bitter in meinem Kopf, als mir Ruâls trauriger Brief gebracht und vorgetragen wurde. Als eine meiner letzten klaren und unwiderruflichen Entscheidungen befahl ich, die Leichen meines Neffen und meiner Ehefrau nach Tintâgel überführen zu lassen.

Ich hieß den Majordomus, sie im Kirchhof von St. Materiana zu bestatten, wo meine Mutter all die Jahre vergeblich auf eine Grabplatte gewartet hatte.

»Begrabt sie nebeneinander!«, ordnete ich de Zwyyntek gegenüber an.

»Majestät«, wandte er ein, »die Gerüchte! Es wird nicht gut für Euch sein, die Fama der Liebschaft zwischen den beiden so zu fördern.«

Ich winkte nur ab, damals konnte ich die Arme noch bewegen. De Zwyyntek ging besiegt und traf die Anordnungen.

»Ich fördere keine Fama von Liebschaft«, sprach ich zu mir selbst, als ich wieder alleine war. »Ich habe nur so furchtbar viel Grund, mich überall zu entschuldigen.«

So also begann die Zeit meiner Starre. Was zu erzählen war, ist erzählt. Meine Sünden sind gebeichtet, aber mein Sterben ist immer noch nicht zu Ende. »Es scheint mir nach all den Jahren meines Lebens«, hatte die Heilerin mir an Riwalîns Bett gesagt, »dass nur die sterben, die nichts mehr zu erledigen haben.« Was kann ich noch zu erledigen haben?

Mein kleines Versteckspiel mit mir selber ist nicht aufgegangen. Brangaene ist trotz all der Pfade durch die hellen und dunklen Stunden meines Lebens nicht wiedergekehrt, dass ich mich bei ihr entlasten könnte. Im Traum höre ich ihre weiche, bronzene Stimme, höre, wie sie meinen Namen sagt. »Marke.« Wie der samtene Ton einer kostbaren Glocke, die nur mit einem ganz kleinen Holz angeschlagen wurde. Ein Holz, so klein wie der Splitter des Amuletts, das sie mir zurückgeben ließ. Aber in der Wirklichkeit umgeben mich nur die Stimmen des Majordomus, der Ärzte und der Diener, die mich pflegen, wenn man das Pflege nennen will.

Nur einmal noch ihre Stimme hören. Und sie um Vergebung bitten.

Cornwalls Chronik (Auszug)

Tristan, des künecs Neffe ist geriten fort und hat sih eine frowe genumen in Parmenien, daz ist Arundel, diu hiesz Isolt mit den wîzen handen. Doh er hat sî nit geliebet, hat nur sîn herz gehbt füer die Küneginne Isolt. Sie ist kumen ihn ze holen, da er uf den tod lag mit einer wunde, diu konnt nur sie heilen, aber es was ze lang und er starb. Da starb ouch sî, diu schoene Küneginne, gemordt von der andern, Isolt mit den wîzen handen, diu waren rot von der zwî sênenden bluot.

Der künec hat befolen, dasz sî kêren heime. Er hat sî ze grab gelegt eins neben dem anderen, dasz sî vereint warn uf ewiglih. Und sô grosz sîn herze was, sô kranc ward es ouch. Kurnevâlis hat vîl lîdes.

(Tristan, der Neffe des Königs, ist fortgeritten und hat sich in der Bretagne verheiratet, genau genommen in Arundel, mit einer Frau, die hieß Isolde mit den weißen Händen. Aber diese hat er nicht geliebt, sein Herz gehörte nach wie vor der Königin Isolde. Sie ist gekommen, um ihn zu sich zu holen, als er an einer tödlichen Wunde litt, die nur sie hätte heilen können. Aber es dauerte zu lange, und er starb. Da wurde auch Isolde, die schöne Königin, ermordet durch die andere, Isolde Weißhand, die war danach rot vom Blut der zwei Liebenden. Der König hat beide heimholen lassen. Er ließ sie nebeneinander begraben, dass sie auf ewig miteinander vereint wären. Aber so groß sein Herz war, so krank war es auch. Cornwall geht es sehr schlecht.)

Vergebung

Ich bin heute so müde, dass ich meine Augen nicht öffnen kann. Ist das nun der Tod, der endlich zu mir kommt? Das könnte ich mir wohl vorstellen, dass es geschieht, wie einen der Schlaf übermannt, wenn man lange wach gelegen hat. Alles wird schwer im Körper, man fühlt noch, wie sich die Lider glätten, die vorher ängstlich zuckend gekraust waren, angespannt gegen die Strafe des Wachens, man fühlt eine Wärme über den Leib gleiten und schläft. Schläft, um an einem anderen Morgen in einem anderen Leib wieder zu erwachen, in dem man sich zu vergessen bemüht, dass es ein Gestern gegeben hat und ein Vorgestern und so viele Tage eines sinnlosen Lebens.

Die Tür geht, aber ich mache die Augen nicht auf, um den Tod nicht zu verschrecken durch vorschnelle Neugier, die beweisen würde, dass mir noch etwas am Leben liegt, zudem etwas so Unwichtiges wie wissen zu wollen, welche banale Person sich durch meine Türe schiebt.

»Majestät«, flüstert der Majordomus. Sein saurer Fastenatem schlägt mir wie eine Faust ins Gesicht. Wenn ich auch keinen Finger mehr rühren kann, rieche ich doch noch immer wie ein Jagdhund, sehr zu meinem eigenen Verdruss. Ich tue so, als ob ich schlafe. Oder tot bin. Vielleicht wird er mir gleich ein heißes Eisen an die Füße halten, um zu sehen, ob es auch stimmt. Dabei weiß ich nicht, ob ich das fühlen könnte, die heißen Ziegel spüre ich nicht.

»Er schläft«, sagt Zwyyntek. Zu wem? Ich hebe meine Lider aber immer noch nicht. Es ist es nicht wert, den Arzt zu sehen, den Knecht oder einen Mörder womöglich, der mir nun als letzte medizinische Anwendung die Kehle durchschneiden soll. Was geht es mich an, ob es auf diese oder andere Weise beendet wird. »Lasst mich rufen, wenn er erwacht, es wird ein Diener draußen in der Nähe sein.« Keine Antwort. Die Tür schließt sich, und ein Schemel scharrt. Ich lausche hinaus, abermals betrogen durch das verfluchte Interesse meiner unsteten Gedanken, an dieser Ruine des Daseins teilzuhaben.

Wer ist da? Die Magd, die zum Füttern kommt, schnauft und riecht wie eine warme Kuh, die ist es nicht. Und der Knecht, der mich wäscht, redet die ganze Zeit mit mir, wobei er selber alle Antworten gibt, ihm wäre es egal, ob ich schliefe oder wachte, er finge gleich an zu plappern.

Ich kann ja die Wimpern nur mal kurz einen Spalt heben.

Ach, du liebe Güte, es ist eine Nonne! Das Gesicht in den Händen vergraben, sitzt sie an meiner rechten Seite und betet für meine arme Seele. Ich mache die Augen wieder zu. De Zwyyntek muss sie aus St. Materiana herübergeholt haben. Aber das macht ja nichts. St. Materiana ist so etwas wie das Familiengrab der Sippe zu Cornwall geworden. Mein Vater liegt dort, meine unverewigte Mutter, Fluflu habe ich sogar ein Mausoleum bauen lassen, und seit letztem Jahr ruhen auf dem Kirchhof auch Tristan und Isolde. Angeblich sollen sich nachts Liebespaare an ihrem Grab treffen und den armen Nonnen eine Menge zum Weghören geben. Mir ist es egal. Für meine Grabplatte wird auch kein Geld mehr übrig sein. Aber ich brauche sie auch nicht. Wozu? Hier ruht Marke, der versteinerte König von Cornwall.

Was war das? Jetzt nimmt sie doch tatsächlich meine Hand, und ich kann sie nicht wegziehen. Ich muss ihr sagen, dass ich nicht wünsche, angefasst zu werden, auch nicht, wenn es meinem Seelenheil dienen sollte. Ich tue so, als stöhnte ich im Schlaf oder im Erwachen, aber sie lässt meine Hand nicht los.

Ihre Finger sind warm und trocken. »Schwester«, sage ich ihr leise, um sie in ihrer Frömmigkeit nicht zu erschrecken. Sie hebt den Kopf nicht, hält die Stirn gesenkt und ihre Schultern beben, als ob sie weint. Es muss eine ganz besonders mitfühlende Ordensfrau sein, vielleicht eine von diesen Mystikerinnen, die den Schmerz der Kranken in ihren eigenen Körper befehlen können, um ihn mittels ihres hysterischen Glaubens auszukurieren. »Schwester«, versuche ich es noch einmal, »Bitte, Ihr müsst Euch um meinetwillen nicht grämen. Ich habe gar keine Qual. Lasst mich nur los.«

Es stimmt, ich bin ganz ruhig, zum ersten Mal seit Wochen. Das ist ein gutes Zeichen für den Tod, oder? Es heißt doch, dass wir im Sterben Frieden und Vergebung finden.

Jetzt hebt sie den Kopf, mit der linken Hand zieht sie den frommen Schleier fort.

Es ist Brangaene.

Ich kann nur keuchen, ich sehe sie an und vermag es nicht glauben. Ist das ein Trugbild, so ist es das echteste, das ich sah, seit ich krank wurde. »Brangaene«, flüstere ich, »bist du das wirklich?« Tränen laufen ihre Wangen hinunter, und sie greift noch fester nach meiner Hand. Mein Herz flattert. Sie spricht kein Wort, sitzt nur da und hält meine taube, bewegungslose Rechte in der ihren.

»Was machst du hier, wieso bist du zurückgekommen?«

Ein Zittern durchläuft mich. »Wieso bist du von mir fortgegangen?« Sie antwortet nicht. Sie sieht mich an, und meine Blicke verfangen sich in ihrem Gesicht, das mir Anfang und Ende meiner Welt war. Sie hält meine forschenden Augen aus, weiß wohl um die Veränderung, die in ihrer ganzen Erscheinung liegt. Scharfe Falten haben sich von den Nasenflügeln bis zu ihren weichen Lippen gegraben. Tiefe Schatten liegen ihr um die Augen. Das Jahr unserer Trennung hat für sie wohl zehnfach gezählt. Ihre Haut trauert, und sie ist abgemagert, nur ihre Augen sind wie frisch geschliffene Steine, und mein eigenes Bild liegt obenauf, wie um das Leid darunter gnädig vor dem Kranken, der es verschuldet hatte, zu verbergen.

Brangaene.

Die Tür öffnet sich tückisch noch in die frischen Wehen meines Schreckens. »Ah, wie gut, Majestät sind also erwacht.« De Zwyyntek ist zurückgekehrt. Dünn lächelnd tritt er einen Schritt vor. »Die Dame Brangaene von Irland, deren sich Eure

Majestät wohl noch erinnern, hat ihren Rückzug von der Welt aufgegeben, um sich in den Dienst Eurer Pflege zu stellen.« Seine Lippen zucken vor Wonne über diese gelungene Überraschung. »Hoffentlich wird der Anblick einer Vertrauten Eurer Genesung dienlich sein, Majestät.«

Er zieht an seiner Kappe, vielleicht zieht es ihm schon wieder. Wieso hat er sie hergebracht?

»Wenn Ihr etwas braucht, müsst Ihr dennoch weiter nach mir rufen, jedenfalls wenn das Gewünschte nicht im Zimmer ist oder klar bezeichnet werden kann.« Fragend sehe ich ihn an.

»Ach so, Ihr habt es wohl nicht präsent. Die Dame befindet sich doch im frommsten aller Versprechen. Sie hat unserem Herrgott ein Schweigegelübde abgelegt.«

»Es ist gut, Zwyyntek«, sage ich. Er soll uns nur wieder alleine lassen, dann wird Brangaene dieses alberne Gelübde schon aufgeben. Sie ist doch schließlich nicht den ganzen Weg aus Irland zurückgekommen, um schweigend an meinem Bett zu sitzen. Ich muss ihr ein paar Fragen stellen. De Zwyyntek geht. Er schließt die Tür so aufreizend leise, dass ich mir denken kann, wie er dahinter steht und lauscht. Aber seine scharfen Ohren sind nicht mehr, was sie einmal waren. Wenn ich flüstere, wird er uns nicht hören. »Brangaene«, kann ich erst nur sagen. Sie zieht meine taube Hand an ihre Wange, und ich fühle kribbelnd die Feuchtigkeit ihrer Tränen. Also liebt sie mich noch, wenn sie um mich weinen kann. Ist es das, was ich fühle?

Sie drückt ihre Lippen auf meine Finger. »Sprich mit mir, Brangaene, bitte. Sag mir, warum?« Ich weiß selber nicht, welches »Warum« ich zuerst meine.

Warum bist du gegangen? Warum bist du wiedergekommen? Ich will alles wissen. Sie aber bleibt stumm, atmet schwer und sagt nichts. »Bist du wirklich in einem Schweigegelübde?«, frage ich ungläubig. Ich kann es mir nicht vorstellen, dass diese Frau jemals freiwillig auf das letzte Wort verzichten würde. Und als Nonne überhaupt. Sie ist doch nie eine wirkliche

Christin gewesen. Sie legt den Kopf schief und sieht mich einen Augenblick mit dem Anflug ihrer alten Überlegenheit an, so als wäre es unter meiner, ganz sicher aber unter ihrer Würde, dass ich solche Fragen stellte. Vielleicht will sie, das ich zuerst rede, vielleicht ist es ja ein Exempel, dass sie an mir statuiert, dass ich mich erst entschuldigen soll, für meine dumme Selbstsucht, als wir uns zuletzt begegneten. Als hätte ich nach Monaten der Bestrafung noch einen Stolz, den ich verlieren könnte. Und ich will sie ja um Verzeihung bitten. Ich habe darauf noch mehr gewartet als auf den Tod.

»Es tut mir Leid, Brangaene, wie ich dich behandelt habe. Es war so dumm von mir, dich damals anzufahren in der Kapelle. Kannst du mir vergeben? Ich liebe dich.« Ich kann förmlich etwas knacken hören in meinem Brustkorb, als ich es ihr sage. Ich muss lächeln, sie lächelt auch. Sie hat zwei Zähne verloren. Es muss ein schlimmes Kloster gewesen sein, in dem sie war. Zärtlich streckt sie die Hand aus und fährt mir durch mein Haar. Es gibt doch immer noch ein paar Sünden, die ich noch nicht begangen habe, denke ich lächelnd. Jedenfalls hatte ich noch nie zuvor eine Nonne mit Gedanken belästigt, wie sie mir in diesem Moment kommen. Sie strömen in mein Bewusstsein, wie ärgerliche Bittsteller am Gerichtstag in die große Halle eindrangen, wenn sie schon zwei Tage auf ihre Verhandlung gewartet hatten. Ich will sie anfassen, nur festhalten, sie wieder spüren. Wie schnell mir doch der Tod unattraktiv wird in Gegenwart der Frau, die ich liebe. Sie ist wieder da, mein Meer, mein Leben. »Warum bist du fortgegangen, Brangaene?« Ernst blickt sie mich an und schüttelt den Kopf. Mit der linken Hand zieht sie sich den Nonnenschleier von den Haaren. Sie sind stumpf, und von der rechten Schläfe an ist ihr eine ganze Strähne weiß geworden. Die geraden Brauen weisen förmlich auf diesen Makel hin, der sie für mich fast noch schöner macht. Sie sieht aus wie eine Königin. Sie ist meine Königin.

»Dann liebst du mich noch? Dann hasst du mich nicht, für das, was ich getan habe?« Brangaene nickt erst, dann schüttelt sie den Kopf. Ich habe genug von diesem Spiel. Es ist Zeit, dass ich ein paar Antworten bekomme.

»Brangaene, bitte sprich mit mir!« Sie schüttelt abermals den Kopf, diesmal traurig, hoffnungslos. Ich werde wütend. Die Demütigungen der langen Krankheit ballen sich in mir zu einem Blitzschlag zusammen, und ich höre mich, wie ich sie anfahre. »Was für ein Spiel ist das! Ich habe mich schwer an dir vergangen, Brangaene, aber glaubst du, ich habe nicht auch genug gelitten!« Und mit dem letzten Satz, zu meiner eigenen unsäglichen Überraschung, ballt sich meine Hand zu einer Faust und trifft die Bettdecke. Einfach so. Als wäre nichts gewöhnlicher denn diese Geste eines zornigen Mannes, dem die Geduld gerissen ist. Wir starren beide auf meine Hand, dann einander ins Gesicht, in unsäglicher Verblüffung, Zeugen eines unverhofften Wunders.

Ich fange an zu lachen, leise, hustend eher kommt es aus mir heraus, und auch Brangaene stimmt ein, lautlos. Ihre Schultern wippen, und sie drückt mir die selbstständig gewordene Hand, der die Spannung schon wieder verlustig gegangen ist. Streichelt sie, als fürchte sie, mich zu kränken durch so viel unverständliche Fröhlichkeit. Dann steht sie abrupt auf. In der ewigen Dämmerung meines Krankenzimmers wandert sie mit der Vertrautheit langer Jahre umher und sucht nach etwas. Sie findet schließlich eine Kerze in einem cornischen Zinnleuchter und entzündet sie. Ich weiß nicht, welche Tageszeit es ist, es bleibt immer gleich düster hier. Mit dem kleinen Licht kommt sie zurück und kniet an meinem Kopfende neben dem Bett. Sanft wendet sie meinen Kopf, sodass mein Gesicht auf ihrer Höhe ist, und beschwört mich mit ihren schönen Augen, die sich nicht ein bisschen verändert haben. Ich soll auf irgendetwas achten, aber ich weiß nicht, was sie meint. Dann hebt sie weich die linke Hand wie einen Fächer, und noch bevor sie eine weitere Bewegung machen kann, gefriert mir das Blut in den Adern, denn es ist nicht das erste Mal, dass ich diese Bewegung gesehen habe. Ich kann gerade nicht sagen, wer es war, der die Hand schon einmal so hob, doch ich weiß genau, dass ein elender Schreck darauf folgte. Brangaene öffnet den Mund, und ich sehe es. Ich bin gezwungen, es anzuschauen, und würde alles geben, es nicht zu sehen, mehr noch, es ungeschehen zu machen.

Man hat ihr die Zunge herausgeschnitten. In Brangaenes Mundhöhle liegt nur noch ein kleiner Klumpen vernarbten Fleisches zur Tiefe des Rachens hin. Sie ist stumm. Verstümmelt und gefoltert worden, um ihr Schweigen zu sichern. »Nein«, flüstere ich in kindlichem Nichtbegreifenwollen. Und sie, die Überlebende dieser Scheußlichkeiten, sieht mich an, als wollte sie um Verzeihung dafür bitten, dass es hässlich gewesen war, was sie so geheim erlitten hatte.

»Oh, Brangaene!«

Sie umarmt mich. Klettert zu mir aufs Bett, schiebt sich wie früher an meine Seite und hält mich umfangen mit ihren schönen Armen, die ich nicht berühren kann, drückt ihr Gesicht in meinen Hals und weint. Weint in keuchenden, gequälten Lauten, mit jenem schrecklichen Grunzen der Zungenlosen, das mich versteinern ließ, seit ich an einem fernen Tage den Vater Ruâl erstmals hatte einen Ton machen hören. Aus ihrer Kehle kommt nur noch eine verzerrte Erinnerung dessen, was ihre wunderbare, bronzene Stimme war. Nie wieder Brangaene hören können. Sie wird nie wieder sagen können, was sie gerade denkt, nie wieder ihr unnachahmliches Lachen lachen können. Sie wird nie wieder meinen Namen sagen. Und dennoch halten mich diese Arme mit aller Kraft, durchströmt mich die gleiche Wärme, nein, stärkere noch als zu unserer glücklichsten Zeit. Fühle ich in ihrer verzweifelten Umklammerung die grenzenlose Freiheit und Macht ihrer Liebe. Gefoltert und beladen mit Geheimnissen, die ich noch nicht kenne, haben es doch ihre Peiniger nicht vermocht, das Herz dieser Frau zu brechen. Das Herz, das sie so grundlos mir geschenkt hatte und das ich ihr mit Schwäche vergolten habe. Brangaene weint alles in mich hinein, was sie allein zu tragen vermochte, und stößt dabei tiefer hinein in meine Seele als jemals zuvor, offenbart mir die Bedingungslosigkeit ihrer Treue, die Wahrheit ihrer Liebe.

In meiner Kehle glüht ein Schmerz, wie sie ihn gefühlt haben mag, als man es ihr antat, schwillt an, wird heißer und unerträglicher. Mein ganzer Kopf dröhnt vor Qual, die ich nicht erleiden musste, die ich nur raten kann.

Und plötzlich spüre ich, wie mir die Tränen aus den Augen laufen. Ich fühle das Flattern meiner Bauchdecke und die Zuckungen eines Schluchzens, das seit mehr als fünfzig Jahren verborgen in meinem tiefsten Innern gelebt hat. Umfangen von Brangaenes Liebe und freiwilliger Teilhaber ihres Leides, weine ich um sie, um mich, um die Hoffnung, die wir und alle Liebenden einmal hatten, dass sich die Welt unseren Wünschen gegenüber gefällig verhalten möge.

Ich weine um die Eltern, die ich verlor und die einander nicht mehr haben konnten, um die einsamen Nächte meiner Mutter. Ich weine um die durch meinen Stolz zerstörte Liebe meiner Schwester, um die Frauen, die ich nicht glücklich machen konnte, weine um den Tod Tristans und selbst den der kleinen, dummen Isolde, die in dem Spiel unserer Intrigen nur ein mürber Baustein war, der wider Willen eine baufällige Mauer halten sollte.

Am meisten aber weine ich um Brangaene, diese Frau, die in einer besseren Welt eine wirkliche Königin hätte sein sollen, die mich durch ihre Liebe adelte und mich selbst jetzt, gerade in diesem Moment, durch ihr Leiden befreit. Ich weine, dass ich nun doch – allein durch meine Existenz – dieser Frau angetan habe, wovor ich Angst hatte, seit ich denken konnte. Ich bin die falsche Art Mann geworden, trotz aller Vorsicht. Brangaene fühlt meinen Jammer und hält mich noch fester, und wir weinen beide für die längste Zeit. Dann müssen wir eingeschlafen sein, erschöpft vom Glück dieses leidvollen Wiedersehens.

Ich wache auf, weil ihr Kopf auf meiner Brust liegt und sie im Schlaf zuckt. Erst kann ich an gar nichts anderes denken, als dass sie wieder bei mir ist. Meine Brangaene ist hier, meine Gebete sind erhört worden, und meiner langen endlosen Beichte ist wortlos vergeben worden. Mit aller Willenskraft, die ich in den vergangenen Monaten eitel an mein Selbstmitleid verfüttert habe, während die Frau, die ich liebe, gefoltert und gequält wurde, starre ich auf meine rechte Hand. Beweg dich, denke ich immer wieder. Du hast jetzt einen Grund, dich zu bewegen. Du hast die Pflicht, dich zu bewegen. Und ich schaffe es, meinen Daumen zum Zittern zu bringen. Noch mal, zwinge ich mich. Noch mal! Ich kann das erste Glied des Daumens krümmen. »Brangaene«, sage ich leise. Unwillig taucht sie auf aus dem Land schläfrigen Vergessens und sieht mich fragend an. »Meine Hand«, flüstere ich. »Mein Daumen.« Ich bewege ihn noch mal. Ihre Augen werden rund, und sie richtet sich ein wenig auf. Mit den Fingerspitzen fährt sie über meine Haut. Ich kann es genau fühlen. »Kannst du mich kneifen«, bitte ich sie. Brangaene setzt sich auf und schlägt die Beine untereinander. Mit der gleichen entschlossenen Beharrlichkeit, die sie, seit ich sie kenne, an den Tag gelegt hat, unmögliche Hindernisse zu überwinden, beginnt sie, meine Haut zu kneten. Die Augen ganz auf meine Hand gerichtet, walkt sie sich durch jeden Fleck. Die Eigenwilligkeit, mit der sie meiner Bitte nachkommt, ist eine weitere alte Bekannte in den vielen Facetten ihres Wesens. Erst spüre ich gar nichts, es ist, als hielte sie die Hand eines anderen und ich wäre ein unbeteiligter Zuschauer. Dann kribbelt es leicht zunächst in der Handfläche. Plötzlich hält sie inne und lächelt. Sie deutet mokant auf die Narbe, die ich mir in unserer ersten Nacht durch die zu meiner Verteidigung erhobene Öllampe beigebracht habe, und beugt sich hinunter, sie zu küssen. Danach zieht sie meinen steifen Arm zu sich heran und legt meine Hand auf ihr Herz. »Ich weiß«, sage ich ernst, »ich auch.« Sie setzt ihre Arbeit fort, ich weiß nicht, wie viel Zeit vergeht, die Haut wird ganz rot unter ihren geschäftigen Fingern, und plötzlich zuckt es wieder. Nur eine winzige Bewegung, aber sie gibt mir Hoffnung. »Wir müssen einen Weg finden«, wispere ich, »dass du mir sagen kannst, was geschehen ist.« Ironisch zieht sie die Augenbrauen hoch, und ich begreife – nicht mehr in Übung, durch ihren scharfen Geist in meinen Ungenauigkeiten überwacht zu werden – erst nach einer Weile. »Ach so. Gut, entschuldige. Dass du mir mitteilen kannst, was geschehen ist. Ich muss wissen, wem wir noch trauen können.« Nachdenklich lässt sie meine Hand los. Dann macht sie eine Geste, als würde sie schreiben. »Ja, aber wie?«

Sie tippt sich an die Stirn, dass ich gefälligst nachdenken soll.

»Den Majordomus«, entscheide ich. Sie geht grimmig hinaus und bringt einen bleichen Zwyyntek nach einiger Zeit mit sich herein. »Seht nur, Meister Zwyyntek«, ich führe ihm mein Daumenzucken vor. »Die Gebete all der guten Leute hier am Hof werden nun doch noch erhört«, strahle ich ihn an. »Bringt mir geschwind Feder und Pergament, ich will einige Dinge regeln, vor allem die Nachfolge betreffend, da sollen die Besten meiner Treuen nicht leer ausgehen.« Bedeutungsschwanger versenke ich meinen Blick in den seinen.

»Wie wundervoll, Hoheit«, schnarrt er schließlich zu Tode erschrocken. »Ich werde sogleich eilen, dass Ihr mir diktieren könnt.« Er wendet sich beflissen zur Tür.

»Das ist nicht nötig, Majordomus«, drossle ich ihn, »die Dame Brangaene, die Ihr so umsichtig in meine Nähe zurückgeführt habt, wird für mich schreiben.«

De Zwyyntek strauchelt, wäre fast aus der Tür gefallen. Dass Brangaene schreiben kann, musste ihm, dem Allwissenden, doch tatsächlich entgangen sein. Sonst hätte er ihr vorsichtshalber auch die Hand abhacken lassen, da bin ich sicher. »Seid so gut, Zwyyntek«, scheuche ich ihn dann. Brangaene sieht mich an, als er hinaus ist, und hebt die Achseln. »Nicht gut?«, frage ich. Sie dreht die Hände, als wollte sie sagen, dass es sich erst noch zeigen würde. Nach einiger Zeit kommt der beunruhigte Zwyyntek wieder. Zeit, in der Brangaene und ich einander nur angesehen haben, zwischen Harren und Hoffen und der Erinnerung an das, was einmal unser Leben war. Er bringt nur einen einzigen Bogen Pergaments, dazu ist es von minderer Qualität, das kann ich sogar von hier sehen. Er stellt die Tinte auf den kleinen Tisch am Fenster und bedenkt Brangaene mit einem finsteren Blick. »Seid Ihr sicher«, fragt er dringlich, »dass Ihr eine so wichtige Angelegenheit den Händen einer Fremden überlassen wollt?«

»Mir ist sie nicht fremd, Zwyyntek«, antworte ich. »Wenn Ihr mich jetzt allein lassen wollt.«

»Ich bleibe in der Nähe!«, zischt er auf dem Weg in den Gang. Aber daran habe ich sowieso keine Zweifel. Dann setzt sich Brangaene hin und beginnt zu schreiben. Ich beobachte sie, wie sie sich über das Pergament beugt, und höre die Feder kratzen. Brangaene ist mein Land. Sie ist meine Heimat und meine Krone, denke ich. Ich fürchte mich vor den Geheimnissen, die ich erfahren mag, aber zugleich muss ich wissen, was ihr geschehen ist.

Es ist in meinem Herzen so, als gäbe es das letzte Jahr gar nicht mehr, kein Abgrund liegt zwischen uns. Selbst ihr erzwungenes Schweigen kann uns nicht weiter voneinander entfernen. Ich muss jetzt unbedingt gesunden. All diese lächerlichen Wünsche zu sterben sind ein so erschreckender Beweis meiner Selbstsucht und Schwäche. Ich hätte mich auf ein Pferd binden lassen sollen, steif wie ich war, und nach ihr suchen, in Irland oder am Ende der Welt. Sie hätte es für mich getan. Sie hat alles für mich getan, was einem anderen Menschen nur möglich ist. Wie habe ich eine solche Liebe verdient? Bisweilen hält sie im Wort inne, um die Feder neu einzutauchen oder über ein Wort nachzudenken. Sicher schreibt sie auf Latein. Gelöst drehe ich den Kopf auf die Seite, bevor ich merke, was ich da gerade tue. Als ich, über mich selbst erschreckt, ihn wieder zurückwenden will, verweigert er sich mir aber. Ich atme tief ein und aus, versuche, mich ganz zu entspannen, wie ich es tat, wenn ich mit dem Bogen zielte. Da kann ich schon wieder fast mit dem Kinn zucken. Ich fühle es.

Oh, Du mein Gott, bete ich, mach mich gesund, mach mich gesund für Brangaene, lass uns wieder zusammen sein. Was für ein wankelmütiges Geschöpf ich doch bin. Gott wird es mir hoffentlich nachsehen, dass ich seit Wochen hier herumliege und ihn wimmernd um den Tod anflehe und dann meine Meinung über Nacht ändere. Vielleicht habe ich deswegen all meine Jahre vor Brangaene versucht, mich dem Menschlichen fern zu halten. Vielleicht war es nicht die Königswürde, die mir meine Distanz zu allen Gefühlen und Wünschen aufzwang, sondern meine eigene Unentschiedenheit gegenüber dem, was uns dieses Dasein abnötigt. Am Ende kann es sein, dass es mein einziger Weg war, alt genug zu werden, um mich an Brangaene verschenken zu können. Sie schreibt und schreibt, und ich sehe ihr zu, versunken in der demütigen Dankbarkeit ihrer Gegenwart. Fast glaube ich, dass uns die Zeit eine Leiter aus Gras geflochten hat, dass wir an ihr aus dem Tal verlorener Tage noch einmal zum Glück emporsteigen können.

»Ich liebe dich, Brangaene«, sage ich es ihr noch mal, einfach so, weil sie es nun wieder hören kann. Mit gerunzelten Brauen sieht sie kurz hoch und lächelt knapp, mir so mitteilend, dass ich sie besser kein zweites Mal störe.

Schließlich, nach langer Zeit, ist sie fertig. Sie steht auf, wirft einen letzten Blick auf das Geschriebene und bringt es mir.

Sie muss mich erst ein wenig nach oben schieben, dass ich es lesen kann. Natürlich ist es Latein, ihre Schrift ist fast so gestochen wie die des alten Ruâl. Sie hat beide Seiten beschrieben, selbst die Haarseite bricht nie die gerade Linie. Ich verdrehe die Augen: »Es macht mich ganz krank, dass du so schlau sein musst«, sage ich ihr. Sie senkt ungeduldig die Lider, was müssen solche Selbstverständlichkeiten auch ausgesprochen werden. Die Stummen sind sehr unnachsichtig mit denen, die Worte verschwenden.

Brangaenes Pergament

Als du aus der Kapelle fortgegangen bist, war ich ärgerlich. Ich suchte nach jemandem, der mir alles erzählen könnte, fand aber nur Schweigen und Kichern, keine Erklärungen. Isolde traf ich in ihrer Kammer mit dem Majordomus. Sie saßen eng beisammen im leisen Gespräch, fuhren jedoch auseinander wie zwei überraschte Liebende, als ich eintrat. Der Majordomus verabschiedete sich sogleich unter einem kaum verhohlenen Vorwand, und Isolde sah mich nur misstrauisch an. Sie fragte nichts und sagte nichts, wenn ich mit ihr reden wollte. Als ich am Abend auf dem Weg zu dir war, um diesen unseligen Streit auszutragen oder zu bereinigen, fing mich der Md ab. Du wünschtest einstweilen nicht, mich bei dir zu sehen, teilte er mir mit. Ich verstand nicht, was er meinte. Da sagte er, du seist mir als deiner Bettgefährtin mehr als überdrüssig geworden und ich sollte überdenken, ob meine Anwesenheit auf Tintâgel wirklich noch vonnöten sei. Ich glaubte ihm nicht, wollte den Mann einfach zur Seite drängen, da nahmen mich aus dem Nichts zwei der Iren Isoldes gefangen und brachten mich gefesselt und geknebelt ins Badehaus. Der Md untersuchte meine Gewänder, wohl auf Waffen, denke ich mir, fand dabei meinen Dolch und dann mein Amulett, das von unserem Baum. Als er mit seinen Spinnenfingern danach griff, behielt ich die Beherrschung nicht, schrie, es wiederhaben zu wollen, und er kombinierte, dass es wohl wichtig sei, zusammenhängend mit dir. Er steckte es ein. Sie behielten mich den ganzen nächsten Tag dort in der Dunkelheit, ich hatte schreckliche Angst, weil ich nicht wusste, was los war. Dann kam der Md zurück und sagte, dass auf dein Geheiß hin, sodass ich Tintâgel und Cornwall nicht entehren würde durch weibliche Schwatzhaftigkeit, mir die Zunge herausgeschnitten werden sollte, denn dies sei die einzige Möglichkeit, wie eine Frau bei lebendigem Leibe ein Geheimnis wahren könnte. Er zeigte mir ein Dokument mit dem Urteil und deiner Unterschrift. Es war schrecklich, ich kann es dir nicht beschreiben. Die beiden Iren taten es, einer hat sich dabei die ganze Zeit entschuldigt, er kannte mich noch vom Hof zu Hause. Ich verlor die Besinnung, als sie den Stumpf mit einem heißen Eisen versengten, um die Blutung zu stoppen. Als ich aufwachte, war ich in der Einsiedlerkate von St. Materiana ans Bett gefesselt. Ich hatte hohes Fieber. Die Äbtissin, Perpetua von Chard, eine schreckliche Person, stand an meinem Lager. Sie schlug das Kreuz und begrüßte mich als neue Ordensschwester, die ich aufgrund deiner Güte und Barmherzigkeit geworden sei. Sie sagte, dass du schon einmal einer Frau das Klosterleben geschenkt hättest – deiner Mutter. Auch diese hätte sich am Anfang nicht ganz einfinden können, und so hätte der Herr, der sich an alles erinnerte, sie zu sich gerufen. Das könnte auch mir geschehen, der Herr König fackelt nicht lange, gab sie mir noch mit. Dann ging sie. Du hattest mir das von deiner Mutter nie erzählt, ich fühlte, wie aussichtslos alles geworden war. Am schlimmsten war es, wenn ich dachte, dass ich noch etwas sagen könnte, wenn ich zu sprechen versuchte. Ich bekam einmal am Tag etwas zu essen, aber das Schlucken ist mir entsetzlich schwer und bis heute schmerzhaft. Nach einer Woche oder auch zwein banden sie mich los und wuschen mich, weil ich in meinem eigenen Dreck gelegen hatte. Später kümmerte sich niemand um mich. Ich erhielt etwas Brot und Wasser, aber ich hatte das Gefühl, dass die Rationen kleiner und kleiner wurden. Es müssen Monate gewesen sein. Anfangs habe ich noch versucht, die Tage zu zählen, der Winter war eiskalt, dann wurde es etwas wärmer, aber ich verfiel oft in Hungerträume und kann mich nicht an alles erinnern. Einmal noch kam die Äbtissin zu mir, um mir zu sagen, dass meine Herrin, deine treue Gattin, verstorben sei, und dass du weder Kosten noch Mühen gescheut hättest, sie hier in St. Materiana beerdigen zu lassen. Vor ein paar Wochen oder sogar Monaten, ich weiß es nicht zu sagen, als ich dachte, dass ich den nächsten Tag nicht erleben würde, haben sie mich plötzlich aus der Kate herausgeholt und ins Klosterinnere verbracht. Sie haben mich aufgefüttert und gepflegt. Aber sobald ich wieder etwas Kraft hatte, habe ich versucht zu fliehen. Ohne Erfolg. So fesselten sie mich wieder. Vor zwei Tagen kam dann der Md. Er holte mich in der abgehalfterten Sänfte Isoldes ab. Er erklärte mir, dass du mich begnadigt hättest, dass ich zu deiner Pflege wiederkehren dürfte. Wenn ich dich aber durch irgendetwas aufregte, würde er dafür sorgen, dass ich unter den Klippen von Tintâgel an die Möwen verfüttert würde. Es war mir egal, weil ich dich nur wiedersehen wollte. Ich glaube, dass er gelogen hat und dass das Urteil mit deiner Unterschrift gefälscht war. Das habe ich immer gedacht. Es half mir, zu überleben. Nur wenn es mir sehr schlecht ging, habe ich manchmal gezweifelt. Hoffentlich verzeihst du mir das. Ich liebe dich, Marke.

Zusammen

Ich lese mit verschwommenem Blick zu Ende. »Verbrenn es!« Ich gebe Brangaene das Pergament zurück. Sie nickt und lässt es Feuer fangen in der Kerze, wirft es dann in den Kamin, wo es verglost. Zwyyntek, denke ich, während ich sie dabei beobachte, und ich kann es nicht fassen. Auch nach all den Jahren habe ich diesen Menschen in seinem grausamen Kalkül unterschätzt. Er soll zur Hölle fahren, da und nirgends sonst gehört er hin.

Brangaene hustet und ich schaue zu ihr hinüber. »Komm her zu mir, Liebste.« Sie sieht so müde aus. Als sie sich an meiner Seite ausstreckt, ziehe ich ein Bein etwas zur Seite, damit sie besser liegen kann. Auch Brangaene bemerkt es, und wir lächeln uns an. Es muss Abend sein, alles ist dunkel und ruhig. Ich erzähle ihr, was mir geschehen ist, wie der Majordomus mich anlog, mir von ihrer Reise nach Irland berichtete, und wie ich versank in meinem Sumpf der Trauer und Schuld. Ihre Hände streicheln mich, wischen die Angst, die Qual, die Ungewissheit meiner eigenen Kleinmütigkeit aus mir heraus. Ich spüre die Wärme ihres Körpers und höre draußen leise das Meer rauschen. Ich werde gesund werden. Ich werde de Zwyyntek vierteilen lassen, und wenn es meine letzte Amtshandlung ist. Dann können Bristol und Frome oder wer sie auch immer will die Herrschaft haben, und ich werde mit Brangaene endlich fortgehen zu Ruâl und seiner Frau, die ich leider nie kennen gelernt habe. Ich weiß nicht, was für ein Leben wir haben werden, aber ich werde alles tun, es für Brangaene so angenehm wie möglich zu machen. Schließlich könnte ich immer noch ein passabler Zinnkaufmann werden. Und vom ersten großen Verkauf würde ich Brangaene einen Webstuhl schenken. Wir werden endlich heiraten und vergessen, dass es je dies andere

Leben für uns gegeben hat. Brangaene küsst mich mitten in meine stillen, schönen Pläne auf die Wange und schläft ein. Sie ist wieder bei mir.

Ich danke Dir, Gott.

Ich danke Dir von Herzen.

Am nächsten Morgen erwache ich vor ihr.

Ich strecke mich und verschlucke mich vor Überraschung an meinem eigenen Speichel. Ich kann mich bewegen. Ich kann meine Arme, Beine, Hände und Füße fühlen. Vom langen Liegen bin ich natürlich immer noch ganz wund, schwach, und alles tut weh, aber ich bin geheilt. Das fühle ich deutlich. Die Starre hat sich gelöst. »Brangaene«, flüstere ich. Sie schreckt gleich auf, knurrt einen Fragelaut. »Ich kann mich bewegen!« Ihre grünen Augen werden feucht, und sie lächelt mich an, wir brauchen keine Worte mehr. Märchenhaft ausgeruht lege ich einen schmerzenden Arm um sie und halte sie fest. Es ist der schönste Moment meines ganzen Lebens. Ihr Atem streift warm meine Brust. Wenn ich mir die Ewigkeit vorstelle, dann wünsche ich mir, dass es das sein könnte, wir beide vereint in dieser glücklichen Nähe im völligen Bewusstsein des anderen.

Ich drehe ihr den Kopf zu, und wir küssen uns vorsichtig. Immer wieder drücken wir unsere Lippen aneinander, selig, voller Hoffnung. Es wird Zeit für mich.

»Ich will aufstehen«, raune ich ihr ins Ohr. Zweifelnd wiegt sie den Kopf, als könnte ich mich übernehmen. Aber ich bin viel zu lange schwach gewesen. Jetzt ist es Zeit, endlich stark zu sein. Entschieden sehe ich ihr geradewegs in die Augen.

»Ich will nur einmal das Meer sehen, dann lege ich mich gleich wieder hin«, rechtfertige ich mich. »Toujours la mer«, füge ich schmeichelnd an. Sie wird dieser Erinnerung nicht widerstehen können. Das unvergleichliche Lächeln fließt auch sogleich über ihr Gesicht, sie kämpft sich aus dem Bett und kommt zu meiner anderen Seite, um mir aufzuhelfen. Aber ich wehre sie ab, will es alleine schaffen. Das schulde ich mir.

Ich spanne zuerst die Muskeln im Nacken in vorsichtiger

Erwartung an, beuge langsam den Kopf, schiebe die Schultern hoch und rolle dann wie ein Farn meinen Körper nach vorne, um mich schwer atmend aufzusetzen. Sie streckt mir den Arm hin, dass ich mich festhalte, aber das will ich nicht. Sie schüttelt mütterlich den Kopf über meine uneinsichtige Sturheit. Ich stütze mich mit der rechten Hand ab und greife mit der linken Hand nach dem unteren Bettpfosten. Und dann spüre ich Holz. Meine Finger erinnern sich, ich spüre es in der ganzen Handfläche, es ist viel feuchter, als ich es erwartet habe. Und darum müssen sich meine Finger noch fester schließen, damit ich nicht abrutsche und all meine Mühe vergebens wäre. Ich ziehe mich ein Stück weiter hoch und setze zuerst den linken Fuß auf den Boden. Brangaene greift nun doch nach meinem Ellbogen. »Lass nur«, flüstere ich, aufs Äußerste angestrengt. Die riesigen Steinplatten sind eiskalt, aber meine Füße sind es gewöhnt, es macht nichts. Deswegen suche ich nur kurz Halt und setze dann auch den rechten Fuß auf. Ich stehe. Keuchend, wacklig, würdelos, aber ich stehe. Triumphierend sehe ich sie an. Sie nickt. Vornübergebeugt bewege ich mich Fuß um Fuß zur Mauer; Brangaene auf jedem Schritt neben mir, ihr ganzes Wesen eine wortlose Versicherung, dass ich nicht fallen werde, dass sie da ist, mich aufzufangen.

Ich strecke die rechte Hand aus und fasse die unebenen Vorsprünge des Mittelsteins. Er ist ebenfalls feucht, glitschig vom Moder und Schimmel, aber ich kann ihn fühlen. Und dann bin ich auch schon nahe genug am Fenster, dass ich diesen elenden Samtvorhang beiseite reißen kann, hinter dem ich Morgen und Abend, Mittsommer und Winter nicht zu unterscheiden weiß. Brangaene hilft mir, mich zu halten, sie stützt mich ab und duldet keine weitere Widerrede. Offenbar hat sie entschieden, dass ich mir genug bewiesen habe.

Aber nun bin ich am Ziel. Ich öffne zitternd mit der Linken das Fenster, unachtsam, gierig. Endlich. Fast kann ich es nicht glauben, dass ich es nach all den Träumen wirklich tue.

Und dann sehe ich endlich wieder das Meer, unser Meer, Komplize unserer verschwundenen Träume.

Es ist die Zeit der Morgendämmerung. Eine ungezähmte See,

grau und aufgeschäumt, endlos und wütend, ohne einen klaren Übergang zum tiefen Himmel über Cornwalls Küste begrüßt mich. Sie ist laut, mit brüllenden Wellen und fliegender Gischt. Diese reine Kälte erfrischt mich, während mir der Seewind Tränen in die Augen treibt und sie sogleich wieder abtrocknet. Ich atme den unbarmherzigen Wind ein, lasse ihn durch mich hindurchfegen, fühle die Luft, ich bin die Luft und die See.

In der himmlischen Gewissheit von Brangaenes alles verzeihender Gegenwart atme ich ein und trinke das Meer.

Und alles ist gut.

Mein ganzes Wesen scheint einen Moment fließend zu werden, und dann denke ich noch, muss die Sonne aufgegangen sein, ganz schnell hinter einer Wolke hervorkommend, denn es wird gleißend hell. Obwohl mir das Licht nach all den Monaten des Halbdunkels gerade in die Augen fährt, tut es gar nicht weh. Überhaupt, aller Schmerz ist mir vergangen. Ich bin frei.

»Schau nur, Brangaene, das Licht«, sage ich ihr. »Ist das nicht schön?« Aber wieso will ich es ihr sagen? Sie kennt längst alles, was schön ist. Sie ist die Schönheit selbst.

Wie ich so verflüssigt über den Wassern schwebe, wundere ich mich, wie ich hier so rasch herausgekommen bin.

Ist das da unten Tintâgel?

»Brangaene.«

Ich weiß nicht, ob ich ihren Namen denke, fühle oder rufe, vielleicht bin ich auch schon zu einem Teil von ihr geworden, zu einem Widerhall dieser Frau, die meine ganze Seele zum Klingen bringt.

»Marke«, sagt sie da.

Ihre Bronzestimme schwingt schöner als je zuvor, klar über den lauten, wilden Wassern, gespiegelt in tausend kleinen Tropfen silbern fliegender Gischt. Das Wunder ist also geschehen. Sie kann wieder sprechen!

Ihre Gegenwart ist in mir, um mich, verbindet sich spielerisch und zart mit meinem eigenen Flug zu einem warmen Strom aus Liebe, Luft und Licht; und es ist mir egal, wo wir landen, wenn wir nur zusammen sind.

Lord Philipp of Cowley,
Bischof zu Salisbury,
an den edlen Ruâl zu Kanelegres
in der Bretagne

Lieber Freund,

Ihr werdet es einem alten Manne nachsehen, dass er Euch so nennt, auch wenn wir einander nie in Person begegnet sind. Aber wie das Glück kann auch das Leid Fremde zu Freunden machen, geeint im Verlust von Menschen, deren Anwesenheit auf dieser Erde alles erträglicher scheinen ließ, weil sie erlebten, was andere nur träumen. Und wenn ich andere sage, meine ich mich, ich bin ein selbstsüchtiger Esel.

Ich wollte nicht derjenige sein, der diesen Brief schreibt, aber da Gott es mir als armem Sünder auferlegt hat, will ich versuchen, mein Bestes zu tun.

In den letzten Jahren, wenn immer ich meinem Freunde einschenkte vom Wein, den wir beide schätzten und den Ihr als der mir Unbekannte Dritte uns mit gepriesener Auswahl schicktet, dann schwebte ein dunkler Schatten über unseren Bechern. Denn ich wusste, dass einer von uns den anderen zu Grabe sehen würde; und meine Gebete sind nicht erhört worden, dass ich derjenige wäre, der es leichter hätte und nicht alleine zurückbliebe. Ich hatte viel Freude im Leben, und wenn mir Gott im Alter noch diesen Schmerz schenkt, so vielleicht, dass ich sehe, dass ein jedes sein Gegenteil hat und irgendwann finden muss, so wie Marke und Brangaene einander auf ihren Reisen begleiteten.

Der König ist tot. Er starb in den Armen der Frau, die er über alles liebte, die es ihm vergönnt war, vor seinem Ableben noch einen Tag bei sich zu haben. Sein Herz muss einfach aufgehört haben zu schlagen. Ich weiß nicht, ob Ihr es erfahren habt, das Schreckliche, was seit über einem Jahr zu Tintâgel geschah, doch es hat sich Michaelis de Zwyyntek, des Königs Majordomus gegen ihn gewandt. Er hoffte, selbst zum König ernannt zu werden, wenn Marke starb. Doch mein lieber alter Gefährte, stur und unentschieden zugleich, wie er sein ganzes Leben gewesen ist, hatte keine Weisung hinterlassen wollen. Als nun de Zwyyntek die Klagelaute der Verlassenen hörte, die ihren Liebsten sterben sah, und er begriff, dass er betrogen war, dass sein arglistiger Plan nicht aufgegangen war, da wusch sich von seiner schwarzen Seele die dünne Tünche der Menschlichkeit, die viele ihm nie so ganz geglaubt haben. Er erstach die Trauernde rasend über der Leiche des Königs mit sieben Stichen. Dann warf er – obschon schmächtig von Statur und kränklich von Konstitution – beide mit der Kraft des Wütenden aus dem Turmfenster, sodass sie für immer verloren waren unter den Klippen vor Tintâgel.

Ich kam zu einem unerfüllt gebliebenen Krankenbesuch ein paar Stunden nach dem schrecklichen Mord an. Der Hof war sehr in Aufruhr. Die Leichen der Liebenden waren nicht zu finden, gerade so, als hätte das Meer eilends mit sich genommen, was die Menschen so schlecht behandelt hatten.

De Zwyyntek ist nach einem völligen Geständnis unter meiner Gerichtsbarkeit hingerichtet worden. Er selbst forderte eine Verbrennung, um seine Seele zu reinigen. Wenn er denn eine hatte. Doch ich halte allgemein nichts von solcher Qual und ließ ihn am Tage nach seiner Tat schlicht hängen.

Tintâgel ist nun herrenlos, es gibt viel Zank, und das ehemals so glänzende Reich zerfällt.

Einstweilen stellte ich es unter meine Verwaltung, wozu ich das Recht habe, da es keine Erben gibt. Es wird sich gewiss alsbald in Londinum ein junger Adliger finden, der gierig und unerschrocken genug ist, die Feste mit all ihren Feinden zu übernehmen, unwissend, welche Geschichten sie birgt.

Ihr wart dem Herzen des Königs nahe, Freund Ruâl, so will ich, dass Ihr wisst, was ihm wirklich geschah. Ich höre viele Gerüchte über ihn, Isolde und auch den, der Euer Ziehsohn war, Tristan. Thomas, einer meiner Schreiber, ist daran nicht unbeteiligt. Marke hat er eine schlechte Rolle zugedacht.

Als Mensch mag er wohl gefehlt haben, zum Schluss, gelähmt und krank, hatte man ihm alles genommen, was er je besaß. Dem Leben jedoch hat er trotz allem die höchste Ehre abgewonnen, die ich mir denken kann.

Er erwies sich der Liebe einer Frau würdig, die sogar bereit war, für ihn zu sterben. Wer von uns hat eine solche Weihe in seinem Leben errungen? Damit rede ich natürlich wieder von mir.

Da ich keinen von beiden zu einem Grab begleiten konnte, schöpfte ich stattdessen Meerwasser unten vom Flutsaum, und versponnen bilde ich mir gerne ein, dass es Tropfen ihrer Seelen enthalten mag. Ich habe die Hälfte für Euch in die Amphore, die ich dem Boten mitgab, einschließen und mit cornischem Zinn versiegeln lassen. Ich weiß, dass es sie nicht zurückbringt, aber es ist eine Erinnerung. Wenn man so lange gelebt hat wie ich, sammelt man nur noch Erinnerungen – und diese ist mir die liebste.

Das ist das traurige Ende einer großen Liebe, aber sagt für Euch selbst, Freund Ruâl, sind nicht die arm, die nicht alles füreinander gaben?

»Clare Colvin unterhält ihre Leser mit einer vorzüglichen Mischung aus Historie, Liebe und Verbrechen.«

THE INDEPENDENT

Clare Colvin
DIE GILDE DER
SPIEGELMACHER
BLT
416 Seiten
ISBN 3-404-92175-5

Ludwig XIV. träumt von einem grandiosen Spiegelsaal im Schloss von Versailles. Doch die einzigen Künstler, die ihm diesen Wunsch erfüllen könnten, leben auf der italienischen Insel Murano. Dort wird seit langer Zeit die Kunst des Glas- und Spiegelmachens gehütet, streng bewacht von den Mächtigen Venedigs. Die Aussicht auf Reichtum, Abenteuer und ein neues, besseres Leben veranlasst Andrea Allegri und eine Reihe anderer Spiegelmacher, Murano zu verlassen. Sie begeben sich an den Hof des Sonnenkönigs, verfolgt von venetianischen Spionen, und werden schon bald in die Ränke und Amouren des Adels verwickelt.